Chantale

HÉLÈNE DE CHAMPLAIN

NICOLE FYFE-MARTEL

HÉLÈNE DE CHAMPLAIN

Tome I

Manchon et dentelle

HMH

Catalogage avant publication de la Bibliothèque nationale du Canada

Fyfe-Martel, Nicole

    Hélène de Champlain

    ISBN 2-89428-642-2

I. Champlain, Hélène Boulé de, 1598-1654 – Romans, nouvelles, etc. I. Titre

PS8561.Y33H44 2003   C843'.6   C2003-940170-7
PS9561.Y33H44 2003
PQ3919.3.F93H44 2003

Les Éditions Hurtubise HMH bénéficient du soutien financier des institutions suivantes pour leurs activités d'édition :

- Conseil des Arts du Canada
- Gouvernement du Canada par l'entremise du Programme d'aide au développement de l'industrie de l'édition (PADIÉ)
- Société de développement des entreprises culturelles du Québec (SODEC)
- Programme de crédit d'impôt pour l'édition de livres du gouvernement du Québec

Maquette de la couverture : Geai bleu graphique
Illustration de la couverture : Luc Normandin
Révision linguistique : Christine Barozzi et Serge Leroux
Maquette intérieure et mise en page : Martel en-tête

Copyright © 2003, Éditions Hurtubise HMH ltée

Éditions Hurtubise HMH ltée   Distribution en France :
1815, avenue De Lorimier   Librairie du Québec / DEQ
Montréal (Québec) H2K 3W6   30, rue Gay-Lussac
Tél. : (514) 523-1523 Téléc. : (514) 523-9969   75005 Paris FRANCE
edition.litteraire@hurtubisehmh.com   liquebec@noos.fr

ISBN 2-89428-642-2

Dépôt légal : 2ᵉ trimestre 2003
Bibliothèque nationale du Québec
Bibliothèque nationale du Canada

Imprimé au Canada

www.hurtubisehmh.com

NICOLE FYFE-MARTEL

HÉLÈNE DE CHAMPLAIN

Tome I

Manchon et dentelle

Catalogage avant publication de la Bibliothèque nationale du Canada

Fyfe-Martel, Nicole

  Hélène de Champlain

  ISBN 2-89428-642-2

I. Champlain, Hélène Boulé de, 1598-1654 – Romans, nouvelles, etc. I. Titre

PS8561.Y33H44 2003   C843'.6   C2003-940170-7
PS9561.Y33H44 2003
PQ3919.3.F93H44 2003

Les Éditions Hurtubise HMH bénéficient du soutien financier des institutions suivantes
pour leurs activités d'édition :

• Conseil des Arts du Canada
• Gouvernement du Canada par l'entremise du Programme d'aide au développement de
  l'industrie de l'édition (PADIÉ)
• Société de développement des entreprises culturelles du Québec (SODEC)
• Programme de crédit d'impôt pour l'édition de livres du gouvernement du Québec

Maquette de la couverture : Geai bleu graphique
Illustration de la couverture : Luc Normandin
Révision linguistique : Christine Barozzi et Serge Leroux
Maquette intérieure et mise en page : Martel en-tête

Copyright © 2003, Éditions Hurtubise HMH ltée

Éditions Hurtubise HMH ltée   Distribution en France :
1815, avenue De Lorimier   Librairie du Québec / DEQ
Montréal (Québec) H2K 3W6   30, rue Gay-Lussac
Tél. : (514) 523-1523 Téléc. : (514) 523-9969   75005 Paris FRANCE
edition.litteraire@hurtubisehmh.com   liquebec@noos.fr

ISBN 2-89428-642-2

Dépôt légal : 2ᵉ trimestre 2003
Bibliothèque nationale du Québec
Bibliothèque nationale du Canada

Imprimé au Canada

www.hurtubisehmh.com

À la mémoire d'Yvon, mon frère.

Pour la vie...

« Je suis voyageur et navigateur.
Et tous les jours, je découvre un nouveau continent
Dans les profondeurs de mon âme. »

KHALIL GIBRAN

Personnages historiques

Hélène Boullé : Fille cadette de Marguerite Alix et de Nicolas Boullé, secrétaire à la Chambre du Roi de France. Née en 1598, probablement à Paris ; elle sera mariée au sieur Samuel de Champlain le 30 décembre 1610.

Samuel de Champlain : Né à Brouage vers 1570, il cumulera les charges d'officier dans les armées du Roi, capitaine de marine et lieutenant des vices-rois de la Nouvelle-France de 1611 à 1635.

Nicolas Boullé : Frère aîné d'Hélène Boullé, apprenti chez l'honorable homme Jacob Bunel, peintre ordinaire du Roi.

Marguerite Boullé : Sœur aînée d'Hélène Boullé.

Charles Deslandes : Époux de Marguerite Boullé, secrétaire du prince de Condé.

Eustache Boullé : Frère cadet d'Hélène Boullé.

Simon Alix : Frère de Marguerite Alix, oncle d'Hélène Boullé, receveur de tailles à Amiens.

Geneviève Lesage : Épouse de Simon Alix, tante d'Hélène Boullé, elle est sage-femme.

Pierre Du Gua de Monts : Gouverneur de Pons en Saintonge et explorateur en Nouvelle-France.

Ysabel Tessier : Servante engagée par Champlain le 22 juillet 1617.

Marie Camaret : Cousine germaine de Champlain, épouse de Jacques Hersant.

Louise Boursier : Sage-femme de Marie de Médicis.

Sieur de Hoüel : Contrôleur général des salines de Brouage.

Étienne Brûlé : Truchement en Nouvelle-France.

François Gravé du Pont : Capitaine de navire impliqué dans l'exploration du Nouveau Monde avec Du Gua de Monts et Champlain.

Louis XIII : Fils d'Henri IV et de Marie de Médicis né à Fontainebleau en 1601. Il sera Roi de France de 1610 à 1643.

Prince de Condé: Cousin de Louis XIII nommé gouverneur du Berry en 1613.

Charlotte de la Trémouille «La perroquette»: Épouse du prince de Condé.

Marguerite Le Roy: Mère de Samuel de Champlain.

Savignon: Jeune huron amené en France par Champlain en 1610.

Il est fait mention de...

Christine de Pisan: Figure de la littérature française du Moyen Âge dont les écrits défendent la cause des femmes.

Guillaume Hellaine: Capitaine dans les armées espagnoles, oncle de Champlain.

Louis Hébert: Apothicaire et premier colon en Nouvelle-France.

Henri IV: Roi de France de 1589 à 1610.

Marie de Médicis: Née à Florence en 1573, elle épouse Henri IV en 1600 et fut régente de son fils, Louis XIII, de 1610 à 1617.

Concini: Maréchal de France, conseiller de Marie de Médicis.

Léonora Galigaï: Épouse de Concini, sœur de lait de Marie de Médicis.

Vitry: Capitaine des gardes de Louis XIII, assassin de Concini.

Luynes: Favori de Louis XIII, grand fauconnier et maître de chasse qui poussa le Roi à se défaire de Concini.

Louis X, le Hutin: Roi de France qui régna de 1314 à 1316.

Marguerite de Bourgogne: Reine de Navarre puis de France de par son mariage avec Louis X en 1305.

Monsieur Héroard: Médecin personnel de Louis XIII.

Évêque de Luçon: Futur cardinal, duc de Richelieu.

Prologue

Sitôt la porte de mon alcôve refermée, je m'y adosse avec soulagement. Le jeûne et les offices de la passion ébranlent ma résistance plus que je ne l'aurais cru : je suis épuisée. Deux pas de plus, allons un dernier effort !

Je dépose mon bougeoir sur la table de chevet, resserre mon écharpe de laine autour de mes épaules et m'étends sur ma paillasse fraîchement regarnie. Une odeur de foin coupé emplit la pièce. Le repos enfin ! soupirai-je longuement.

Un vent fort couvre le profond silence de l'abbaye. Je pose les mains sur mon ventre espérant que leurs chaleurs apaisent les tiraillements. Mon ventre... la vie l'a quitté pour de bon. Il aura été le berceau de mon plus grand bonheur et celui de ma plus cruelle affliction. « Prenez garde, Mademoiselle Hélène, votre témérité vous jouera de vilains tours. Une fille naît pour obéir, c'est ainsi ! » m'avait maintes fois répété Noémie.

Très chère nourrice, votre raison aura finalement eut gain de cause. Voilà que l'exigeante soumission me rattrape de plein fouet : il me faut courber l'échine. Mon passé est révolu, mon présent m'indiffère et mon avenir m'apparaît aussi sombre que l'encre de cette froide nuit sans lune. Tout est conclu. Ne reste plus que le vide, le morne et triste vide.

La course délicate d'une souris sur les dalles du couloir me tire de mon assoupissement. Une souris, la souris des champs ! murmurai-je.

Ce souvenir m'échauffe les joues. Je me surprends à rire : ma première légèreté depuis le début de ma réclusion. Elle s'arrête derrière ma porte. Je me soulève. Elle ne va tout de même pas... ? Non, elle déguerpit. Une souris, une souris... répétai-je en me laissant retomber d'un coup sur mon oreiller.

La brusquerie de mon geste agite la flamme de la bougie et les vacillements de sa lueur dorée animent les murs dépouillés d'ombres mouvantes. Les ombres de mon passé... Ludovic, mon bien-aimé, notre histoire n'aura-t-elle été que vaine fantaisie de mon cœur? Notre merveilleuse histoire...

Elle débuta en juin 1610. Le quatorze de mai, Henri IV, notre Roi, avait été assassiné par Ravaillac, rue de la Ferronnerie. Redoutant un soulèvement, mon père crut bon de disperser notre famille hors de Paris. Je me souviens, ce jour-là, la chaleur était suffocante...

PREMIÈRE PARTIE

AU CHAMP DE L'ALOUETTE

1

La poule

Paul sonna les grelots et claqua son fouet. Le carrosse, chargé de bannes et de coffres, s'ébranla dans la cour intérieure de notre maison. Les martèlements des sabots de nos chevaux résonnèrent dans l'enceinte de ses murs de pierres grises. Seuls les rideaux écarlates des deux fenêtres du grand salon égayaient l'austérité des lieux. Mère adorait le rouge flamboyant, elle disait que c'était la couleur des rois. Mon père n'était pas roi, mais ma mère aurait bien aimé qu'il le fût.

Je quittais Paris et ma famille pour l'été. Je m'en réjouissais. Je n'allais regretter que mes sorties des dimanches après-midi. Lorsque le temps était au beau, Paul menait notre joyeuse bande dans les boisés de Paris où nous imaginions de palpitantes aventures. Envoûtés par les sortilèges de la forêt, nous larguions les amarres, combattions l'ennemi et pourchassions lièvres et perdrix, monstres perfides de nos chimères. Aux dires de notre cocher, Eustache, François, Marie-Jeanne et moi, étions les plus valeureux mousquetaires qui soient. Mes compagnons de jeux allaient me manquer.

Notre équipage traversa le pont Saint-Michel et la puanteur de l'air s'accrut au point de me soulever le cœur. Je me pinçai le nez en me tournant vers Noémie. Ma nourrice agitait nerveusement son éventail devant ses joues bouffies, rougies par la chaleur. Dans la lumière dorée de cette fin d'après-midi, les gouttes d'eau de son front luisaient tels de petits diamants.

— Ça pue, Noémie !

Elle accéléra le battement de son éventail, sans plus. Le tapage de la rue était si assourdissant que je crus qu'elle n'avait pas entendu. Installés de chaque côté de la rue, les marchands hurlaient le prix des légumes, des armes et des tonneaux de bois à travers le roulis des charrettes, les piétinements des chevaux et les bêlements des moutons. Tout ce bredi breda devait bourdonner dans les oreilles de ma nourrice. Je savais qu'elle ne les appréciait guère : « Ah ces grandes oreilles ! » se plaignait-elle souvent. Chaque matin, elle s'appliquait à les recouvrir d'une épaisse torsade de cheveux qu'elle attachait en chignon sur sa nuque. Comme toujours, quelques mèches rebelles folâtraient sur ses joues. Quand elle était agacée, elle faisait rebondir ces fils d'or en soupirant fortement. C'était signe qu'il valait mieux ne pas discuter, ne pas la contrarier. Je me penchai vers elle et effleurai sa main potelée du bout de mes doigts. Mon geste la fit sursauter.

— Noémie, j'ai chaud et ça pue !

— Mademoiselle Hélène, cette puantise me répugne tout autant qu'à vous mais nous devrons prendre notre mal en patience. Mon Paul fait ce qu'il peut pour nous sortir de Paris sans malencontre. Il est finaud cocher, seulement, comprenez qu'il est malaisé de déjouer les vendeurs, les cavaliers et les bêtes. Nous aurons bien de la chance si nous parvenons à la porte de Saint-Cloud sans heurter un porteur de chaise, renverser un étal ou navrer un gueux !

Noémie soupira fortement et son souffle fit rebondir ses mèches rebelles. Je repris ma place l'observant du coin de l'œil. Elle souriait comme à chaque fois qu'elle parlait de Paul.

— Vous aimez Paul, Noémie ?

— Si je l'aime ! Quelle question ! Je suis sa femme, nous sommes des époux.

— Ah ! Et tous les époux s'aiment ?

Elle croisa ses chevilles que découvrait sa trop courte jupe bleu d'azur.

— Que voilà de curieuses questions pour une petite fille !

Sa réplique piqua mon orgueil. Je redressai le torse.

— Je ne suis plus une petite fille ! J'ai presque douze ans et je ne suis plus une enfant. Je suis presque une dame, là !

Elle éclata de rire et comme toujours, son entrain déjoua ma saute d'humeur. Je me contentai de détourner la tête vers le dehors en tortillant fortement mon mouchoir bordé de dentelle. Marguerite, ma sœur, venait d'avoir quinze ans et je me languissais d'atteindre son âge. Mère se plaisait à dire qu'elle était assurément une des plus charmantes jeunes filles de Paris. Elle allait se fiancer en juillet prochain. Je l'enviais.

— Je vous en prie, Noémie, répondez-moi. Est-ce que tous les époux s'aiment ?

Elle décroisa les chevilles, se souleva quelque peu, et se positionna afin de me regarder. Puis, elle inspira fortement avant de me répondre.

— Non, hélas! Il vous faut savoir, Mademoiselle, que bien peu de gens s'unissent par amour.

— Ah! Et pourquoi se marier alors?

— Le mariage est une alliance conclue entre deux familles qui y trouvent leur compte. Quelquefois elle permet de s'élever dans la société, de s'anoblir, de s'enrichir et de se rapprocher des grands de la cour. Quand on parle des rois et des princes, alors là, c'est affaire de politique… articula-t-elle en levant le nez.

— Ah… politique…

— Oui, des affaires d'État impliquant très sérieusement les pays en cause. Et si d'aventure il se glisse un peu d'amour dans les accommodements de ces seigneuries, soyez assurée que c'est une pure coïncidence!

Je la fixai, les yeux écarquillés, la bouche grande ouverte.

— Mais ce n'est pas impossible, se ravisa-t-elle vivement. Tenez, votre tante Geneviève adore votre oncle Simon…

— Ah! répétai-je, éberluée par ses révélations.

Nous avancions tant bien que mal malgré la cohue. Je portai mon attention sur les multiples enseignes suspendues aux boutiques et aux logis : un mouton blanc sautillait dans un pré, une biche broutait dans l'herbe et une épée éperonnait un cochon dodu. Dans une montre, juste sous l'enseigne «*Aux deux loutres*», une peau d'ours noir pendait, cul par-dessus tête.

— Noémie, regardez, regardez, un ours! C'est affreux, il ne lui reste qu'une tête vide. Plus de corps, plus de cœur, seulement une fourrure!

— Ça peut paraître barbare, j'en conviens. Comprenez qu'il fut sacrifié pour assurer la chaleur aux bonnes gens. Nos capes fourrées, nos chapeaux de castor et nos manchons ne sont pas des cadeaux de la divine Providence!

— On a tué cet ours pour des vêtements! Mais ce n'est pas juste! Et si c'était une maman ourse, qu'ont fait ses oursons?

— C'était peut-être bien le cas. Néanmoins, comme le chasseur qui l'a piégé était probablement un Sauvage des colonies, la réponse à votre question restera un mystère.

— Un mystère! Qu'est-ce qu'un mystère?

Noémie regarda droit devant en fronçant les sourcils.

— Un mystère, un mystère c'est, c'est… comment vous dire ? Un mystère est plus grand que nous, oui, plus grand que nous. Il nous dépasse au point qu'il est impossible d'en saisir le sens, d'en entrevoir le commencement et la fin. Il outrepasse les capacités de notre entendement. Vous comprenez ? Non, par définition un mystère est impossible à comprendre. C'est comme s'il appartenait à un infini, un ailleurs inaccessible. Il est là et c'est ainsi !

— Ah ! Il y a beaucoup de mystères ?

Elle égrena un éclat de rire.

— Oui, des tas ! Je dirais que la naissance et la mort sont de grands mystères. Certains naissent dans des palais et d'autres dans de pauvres chaumières. Pourquoi ? Des femmes innocentes sont menées au bûcher et les hommes n'en finissent plus d'inventer des guerres ? La noblesse se goinfre tandis que les paysans meurent de faim. Allez donc y comprendre quelque chose ! La vie est pleine de mystères, Mademoiselle Hélène.

— Ah ! Et le mariage, Noémie, le mariage est-il un mystère ?

Elle immobilisa son éventail, le ferma et prit le temps de s'appuyer confortablement dans le coin de la banquette avant de poursuivre.

— C'est que vous êtes curieuse aujourd'hui, grande Demoiselle ! Le mariage est-il un mystère ? Bien, bien… Comme je vous l'ai expliqué, un mariage est une alliance. Les parents des fiancés concluent une affaire et les affaires s'expliquent. Non, le mariage n'est pas un mystère. Si on parlait d'amour, alors là, ce serait plus mystérieux. Mais comme ce ne peut être le cas…

— Ainsi donc les fiancés sont obligés de se marier sans s'aimer ?

Noémie réactiva lentement son éventail.

— Hélas !

— Mais c'est horrible ! Autant dire que les époux deviennent des peaux d'ours vides !

— Vu d'un certain angle, on peut dire ça, oui. L'amour ne pèse pas lourd dans la balance des nobles et des bourgeois. Dans votre monde, Mademoiselle, il n'y a pas que les peaux de bêtes qui se marchandent.

— Nous ne sommes pas du même monde, vous et moi ?

— Oui et non. Vous appartenez à celui de la bourgeoisie et moi, à celui des valets. Votre père est secrétaire du Roi et moi je suis au service de votre père. Cet état de choses fait toute la différence.

Tous les pères peuvent forcer un mariage non désiré, mais les enjeux en imposent davantage dans votre monde.

— Mais… mais…

— Que cela vous plaise ou non, c'est ainsi !

Les « c'est ainsi ! » de Noémie étaient irréfutables. Ils marquaient un fait établi, une loi immuable, la fin de la discussion. C'était ainsi ! Je portai mon attention sur les hommes et les femmes marchant et courant entre les étalages, les chariots et les bêtes. Lesquels étaient condamnés à vivre sans amour, sans le mystère ?

— Et si je n'y arrivais pas, Noémie ? Si j'en étais incapable ?

— Incapable de faire quoi, grande Demoiselle ?

— De me marier sans amour, pardi ! Et si je n'y arrive pas ? répétai-je désemparée.

Elle prit mon visage entre ses deux mains et posa un baiser sur mon front.

— Moi, je veux faire comme vous, je veux me marier par amour. Je veux le mystère ! affirmai-je fougueusement.

Elle caressa doucement mes cheveux, souleva ma lourde tresse et la glissa sur le devant de mon épaule avec tendresse.

— Tout doux, tout doux, ne vous emballez pas ! Si vous mettez autant de ferveur à rechercher l'amour qu'à manier l'épée, je peux vous assurer que vous aurez l'amour.

— Vous croyez vraiment ?

— J'en suis persuadée !

Je lui souris, baisai sa joue et repris ma place, persuadée que je ne saurais vivre sans elle. Elle agita son éventail. Je me remis à tortiller mon mouchoir de dentelle. Un léger doute émoussa la rassurante certitude de ma nourrice. Et si elle se trompait ?

— Que voilà de sérieux propos ! Ce sont les fiançailles de votre sœur Marguerite que nous allons préparer au Champ de l'Alouette, pas les vôtres ! Bien que vous soyez maintenant une grande jeune fille, ajouta-t-elle en me reluquant du coin de l'œil, je doute que le souci du mariage ne vous accable avant un bon bout de temps !

Notre carrosse s'arrêta brusquement au carrefour Saint-Michel. Intriguée, je m'approchai de la fenêtre pour mieux me braquer en direction d'une cohorte de chevaux avançant boulevard Saint-Germain. Droits et fiers, les cavaliers vêtus de casaques bleues menaient hardiment leurs palefrois. Les plumes blanches de leurs chapeaux à larges bords frémissaient au rythme des montures qui trottaient têtes et queues dressées.

— Les mousquetaires, les mousquetaires du Roi! Est-ce que le Roi les accompagne? On dit qu'il aime chevaucher.

— Notre dauphin Louis n'a que neuf ans, on ne peut être Roi à neuf ans. Par contre sa mère, la régente…

— Aaaaah! m'exclamai-je épouvantée.

Une poule rousse frétillait devant mon visage. Je reculai précipitamment. Ma tête heurta le rebord de la fenêtre.

— Aïe! aïe!

J'écrasai l'arrière de ma coiffe de toile afin d'atténuer la douleur.

— Désolé, Mademoiselle! Mesdames, puis-je me joindre à vous? demanda un jeune homme en ouvrant la portière.

Suspendue au bout de son bras, la malheureuse poule battait des ailes et gigotait des pattes. Le temps que je me tapisse au fond de la banquette en étouffant un cri d'effroi dans mon mouchoir et le propriétaire de la poule était déjà bien assis devant moi.

— Holà, jeune chenapan! Que voilà de vilaines manières! s'exclama Noémie en lui tapotant les genoux de son éventail. Hors d'ici! Non mais, qu'est-ce que c'est que ce pays de barbares! On assassine les rois au coin des rues et les mécréants n'en finissent plus d'arnaquer les braves gens en plein jour! Hors d'ici vous dis-je ou je hurle! Ne bougez surtout pas, Mademoiselle Hélène!

Les cahotements de notre carrosse accentuèrent le désarroi de la pauvre poule qui frétillait en caquetant.

— Je vous demande grâce, Madame. Je suis vraiment, vraiment désolé, mais l'heure n'est pas à la courtoisie. Sachez que je suis poursuivi par un redoutable marchand qui n'a guère apprécié que je sauve sa poule des roues d'une charrette. Je suis de bonne foi, vous avez ma parole! J'ai sauvé la vie de cette poule et ce faisant, j'ai servi une noble cause.

— Une noble cause! se scandalisa Noémie en soulevant fortement ses mèches.

— Oui, une noble cause! Notre bon Roi Henri, Dieu ait son âme, dit-il en se signant de sa main libre, n'a-t-il pas souhaité que chaque habitant ait sa poule au pot tous les dimanches? Je suis assuré que notre défunte Majesté aurait approuvé mon geste. Je viens de sauver une poule du Royaume de France, noble Dame, et je vous serais très reconnaissant de m'ouvrir les portes de votre cœur tout autant que celles de votre carrosse. Je serai doux comme un agneau, vous avez ma parole, implora le filou en souriant.

Noémie le fixa en fronçant les sourcils. Noémie était bonne, même trop bonne, au dire de ma mère.

— N'en faites pas trop, jeune gaillard. Je ne suis pas une noble dame et vous le savez pertinemment. Je suis la nourrice de mademoiselle Boullé.

— Noble de rang, peut-être pas, mais noble de cœur, alors là !

— Soit, soit, je veux bien supporter votre larcin. Mais prenez garde. Un geste d'arrogance et je vous fais arrêter sur-le-champ. Vous savez le sort qui attend les voleurs ? menaça-t-elle en agitant son doigt sous le nez du garçon.

— Soyez rassurée, je ne vous ferai aucun mal, foi de chevalier ! J'ai seulement besoin de sortir de Paris sans la garde des gendarmes. Si vous m'accordiez votre complaisance, aimable Dame…

Si le voleur était confortablement installé, la poule, elle, était loin d'être à son aise. Maintenue par le cou, elle agitait désespérément les pattes et les ailes en caquetant à fendre l'air. De plus en plus effrayée par les galipettes de la volaille, je m'accroupis sur la banquette.

— N'ayez crainte, Mademoiselle. Elle se démène en toute innocence. Il faut me croire. Elle ne vous fera aucun mal, je vous assure.

Bien que je fusse plutôt portée à prêter l'oreille à ses rassurantes paroles, ma nature de citadine s'entêta à demeurer juchée dans le coin du carrosse, une main agrippée à l'épaule de Noémie et l'autre au rebord de la fenêtre. Il ne bougeait pas, se contentant de me dévorer des yeux en affichant un visage contrit. Décidément, si c'était un voyou, c'était un gentil voyou ! Les plumes de sa poule emplissaient notre habitacle. Si je n'avais été stigmatisée par la peur, j'aurais apprécié cette fantaisie.

— Mais, mais, votre poule… implorai-je.

— Rassurez-vous, Mademoiselle, vous n'aurez à supporter que la contrariété de son gigotement. J'ai la poigne solide et m'y connais en volaille. Je vis à la ferme de mon oncle, j'ai l'habitude des bêtes.

Une violente secousse me propulsa tête première sur le torse de notre intrus qui eut tout juste le temps de repousser sa poule afin d'éviter que je la percute. Nous étions deux, la poule et moi, à nous débattre cherchant à retrouver posture et contenance. Je me redressai tout en replaçant vivement mes jupes. Les plumes tourbillonnèrent de plus belle. Il neigeait des plumes.

— Excus… excusez-moi. Je suis désolée, excusez, bredouillai-je en mordillant ma lèvre.

Noémie saisit fermement mon coude et me rassit près d'elle. Le jeune homme, quant à lui, s'efforçait de replacer la poule sur ses genoux.

— Il n'y a vraiment pas de faute ! Vous êtes blessée ? s'inquiéta-t-il mi-sérieux, mi-taquin, me captivant du regard.

— Non, non, je suis juste un peu secouée et…

Noémie éloigna de son éventail les plumes valsant autour de sa tête et fit rebondir sa mèche.

— En voilà assez ! Peut-on connaître votre nom, Monsieur le sauveur de poules ?

La question de Noémie me sortit de mon hébétude. Le voleur de poule qui n'avait cessé de me regarder se tourna vers elle. Je fus soulagée.

— Pardonnez ma négligence, Madame la nourrice, je me présente : Ludovic, pour vous servir ! dit-il en saluant de la tête.

— Ludovic, c'est un bien joli prénom, mais ce n'est qu'un prénom ! renchérit-elle en sourcillant.

— Je ne voudrais en aucun cas entacher la réputation de ma famille. L'acquisition de cette poule est un geste audacieux et j'en assume l'entière responsabilité. Aussi, si vous m'en laissez le choix, je résisterai à l'envie de vous en dévoiler davantage. N'y voyez pas d'offense…

Noémie le reluqua, pinça les lèvres et croisa les bras.

— Jeune galopin, sauriez-vous manier les esprits tout autant que les poules ?

— Il m'en coûterait de jouer de finesse avec vous, Madame la nourrice. Je crois simplement que mes gens ne sont aucunement liés à la bonne fortune de cette poule.

— Votre retenue vous honore. Néanmoins, je doute qu'on apprécie le fait que vous risquiez la prison ou pire encore pour une simple poule ! Sachez que des garnements se sont balancés au bout d'une corde pour moins que ça ! insista Noémie en pointant la poule du doigt.

— N'ayez crainte, bonne nourrice ! Le sort de cette pauvre poule a forcé mon geste. Je lui ai épargné la roue d'une charrette afin de lui offrir un été à la campagne.

Noémie ricana.

— Vous lui offrez un royaume, noble chevalier.

Je souris timidement.

Nous traversions la porte de Saint-Cloud. Le noble chevalier s'efforçait de maintenir la poule sur ses cuisses. Après un bref instant d'accalmie, elle se remit à gigoter de plus belle soulevant les plumes qui achevaient de se déposer. Ludovic fixa mes mains et me demanda :

— Mademoiselle, si je peux me permettre, votre mouchoir saurait calmer ma poule. Si vous consentiez à me...

Vitement je lui remis mon mouchoir. Il le déposa sur la tête de la volaille dont l'agitation déclina jusqu'à l'apaisement quasi total.

— Voilà, c'est fini, dit-il en caressant le dos de la volaille. Elle sera bientôt si paisible que je ne serais pas surpris qu'elle nous ponde un œuf.

Sa main glissait sur les plumes rousses avec une délicate assurance.

— Je vous remercie de me supporter, dit-il en souriant à ma nourrice.

Elle se pencha vers lui un sourire en coin.

— Mais vous avez sauvé la vie d'une poule, jeune homme !

— Oui et j'en ferai bon usage, c'est une promesse ! répliqua-t-il sérieusement. Elle sera engraissée pour fournir redevance au seigneur du Rocher, propriétaire de notre terre, ou encore, garnira la table de notre pasteur, foi de Ludovic. À moins qu'une cause plus élevée...

— Plus élevée que celle de nourrir un pasteur ? Allons donc !

— Si, si ! Tante Anne attend un enfant. Alors, vous savez, le don...

— Alors là, vous m'impressionnez, mon garçon ! Je partage votre avis, une naissance est bien la plus noble cause qui soit !

Il parlait en me reluquant. Son regard était franc et intense et je le supportais sans baisser les yeux.

— Puis-je connaître votre destination, Mademoiselle Hélène ?

Surprise et flattée qu'il ait retenu mon prénom, je relevai fièrement le menton avant de répondre.

— Nous allons au Champ de l'Alouette. C'est la maison de campagne de mes parents.

— Le Champ de l'Alouette, oui, je connais. Votre maison est près du hameau de Saint-Cloud ?

— Oui, près du hameau de Saint-Cloud.

— Fort bien! Puis-je solliciter le privilège de vous accompagner jusqu'au Champ de l'Alouette, Mesdames? Ça me serait fort agréable. Il se trouve que je me rends dans les environs.

— Nous n'y voyons aucune offense, n'est-ce pas Noémie? m'empressai-je de répondre.

Noémie agita son éventail et s'étira le cou en prenant un air de grande dame.

— Devant une noble cause, on ne peut que s'incliner. D'autant que nous avons droit à une envolée de plumes de surcroît!

Je lui souris, il me sourit.

— Merci mille fois, Madame la nourrice.

La poule avait cessé de piailler et de remuer. Les plumes s'étaient posées ici et là et notre équipage avançait rapidement en cahotant. L'air était plus frais et une odeur de foin fraîchement coupé émanait des champs bordant la route. Les mèches dorées de ses cheveux châtains et son teint hâlé parlaient d'eux-mêmes: Ludovic vivait au-dehors. Curieusement, sa présence me réconfortait. Quelque peu embarrassée par l'insistance de ses regards furtifs, je concentrai mon attention sur les paysages. Les couleurs éclatantes de la nature m'émerveillaient. Le soleil jouait sur les verts feuillages des arbres et dorait les coteaux, ondoyante tapisserie piquée de rouges coquelicots et de verges d'or. Au loin, entre les silhouettes des moulins, des rangs de plants de vignes dévalaient les pentes jusqu'à la rivière. Dans certains pâturages, des vaches broutaient paisiblement. Ces images, bien que fort belles, me distrayaient à peine du trouble délicieux qui m'engourdissait le corps et l'esprit. Quand j'osai reporter mes yeux sur lui, je compris que j'avais été l'objet de son intense concentration.

La poule semblait assoupie. Soudain, elle frétilla de la queue, caqueta haut et fort et pondit un œuf qu'il saisit d'un geste vif. L'étonnement précéda les pouffements qui devancèrent nos éclats de rire. La poule terrorisée s'excita de plus belle. Noémie activa son éventail tandis que les plumes virevoltaient autour de nos mines réjouies. Ce fut assurément la plus joyeuse ponte de sa vie de poule.

Au moment de nous quitter à la croisée des chemins, Ludovic salua et remercia Noémie avant de plonger ses yeux dans les miens.

— Vous pourriez m'offrir votre main, Mademoiselle Hélène.

Je tendis timidement ma main.

— Puis-je voir votre paume ?

Et d'un geste aussi gracieux que le vol d'une plume, il y déposa l'œuf.

— Merci pour tout, Princesse !

— Merci à vous, noble chevalier !

Je me penchai dans l'ouverture de la porte le suivant du regard. Je flottais telle une plume au milieu d'un rêve merveilleux. Mon chevalier s'éloignait en courant, la poule rousse sous son bras. Quand il s'arrêta au détour de la route pour me saluer, l'enchantement fut à son comble. Pour un peu, je tombais du carrosse. L'œuf s'écrasa au sol.

2

Le marché

Le coq claironna le lever du soleil et les cloches des églises de Saint-Cloud tintèrent en écho. Comme à chaque matin, je m'étirai longuement goûtant mon réveil. Les yeux clos et l'oreille tendue, je profitai des gazouillis et des trilles du jardin. J'aimais imaginer les alouettes survolant le pré aux moutons en quête de quelques insectes ou transportant dans leurs becs brindilles et duvet vers le lieu secret de leurs nids. Quand j'ouvris les paupières, les filets de lumière rosée s'infiltrant par les fissures des volets de ma fenêtre striaient joliment la pénombre de ma chambre. C'était là le rituel de mon lever depuis un mois, alors que nous nous étions installés à la campagne. J'étais heureuse. Je me sentais chez moi.

Notre domaine du Champ de l'Alouette comprenait deux maisons principales : celle de mon père et celle d'oncle Simon, l'époux de tante Geneviève. Moins grandes que notre demeure de Saint-Germain-l'Auxerrois, elles étaient néanmoins plus spacieuses que la plupart des habitations des alentours. Au-dehors, leurs murs de crépi blanc chapeautés de longues pierres d'ardoise, apparaissaient et disparaissaient entre les volets bleus des fenêtres. Au-dedans, une grande salle commune et une cuisine se partageaient l'espace du rez-de-chaussée et à l'étage, quatre chambres attendaient les visiteurs. Tout en haut, un grenier servait de dortoir aux engagés. Noémie et Paul y logeaient pour l'été.

Les deux maisons se distinguaient surtout par la tenue de leurs jardins. Des alignements de poiriers, de pruniers et de pommiers entouraient celle de mes parents tandis que chez tante Geneviève, des fleurs de toutes sortes s'ajoutaient à son impressionnante collection de rosiers. Tante Geneviève cultivait les roses pour leur beauté et leurs vertus médicinales : les rouges et les jaunes jaillissaient du tapis des campanules bleues le long des allées, les pourpres grimpaient aux murs de la maison et les rose pâle cascadaient sur le muret de pierre autour de la propriété. Autant dire qu'il y en avait partout! Tante Geneviève en prenait grand soin. Tôt le matin, elle les passait en revue, s'attardant à chaque plant, coupant et arrosant au besoin. Leur beauté, leur existence même relève du mystère, disait-elle. Tante Geneviève frayait avec les mystères. La vie, la mort, les naissances, elle connaissait. Tante Geneviève était sage-femme.

Je m'étirai une dernière fois. Noémie avait déposé ma robe couleur isabelle sur ma chaise près de la cheminée. Je me levai d'un bond et m'habillai avec empressement. J'ouvris tout grand les battants de ma fenêtre qui donnait vers l'est. Le soleil d'un rose scintillant se levait derrière une fine mousseline de nuages. J'inspirai profondément. Il ferait beau aujourd'hui. L'air s'embaumait d'une odeur citronnée. À la gauche des poiriers, j'apercevais la grange devant laquelle Paul terminait d'atteler notre jument à la charrette en compagnie de Minette, notre chatte jaune, qui se trémoussait entre ses bottes de cuir noir.

— Bonjour, Paul!

— Bon matin, Mademoiselle! dit-il en soulevant son chapeau de paille à mon intention. Vous êtes partante pour notre visite au marché de Saint-Cloud?

— Je suis prête!

Il rit de son rire grave qui amplifia ma bonne humeur.

— Y faudrait quand même pas négliger de vous sustenter. Votre petit-déjeuner…

— Ne craignez rien, j'ai bon appétit le matin. Ah! Noémie vient. À tout à l'heure, Paul.

— Mademoiselle Hélène, je peux entrer? chantonna Noémie en ouvrant la porte.

— Noémie! Venez, voyez comme il fait beau! Et comme ça sent bon!

— Rien de tel que l'air frais de la campagne pour nous ragaillardir! s'exclama-t-elle en pointant son nez vers le dehors.

Noémie était native d'un village près de Rouen, en Normandie. Elle aimait me répéter que sa jeunesse à la campagne avait forgé son gros bon sens.

— Vous avez bien dormi?

— Oui, merci! Et vous? Il ne fait pas trop chaud au grenier?

— Pas trop quand même, répondit-elle en tapotant ma paillasse. Il faut savoir qu'un air frais et pur y circule continuellement, ce qui est loin d'être le cas à Paris. Les nuits à la campagne sont vraiment plus agréables.

Elle se promena autour du lit replaçant soigneusement draps et couvertures.

— Et c'est sans compter les plaisirs que le jour nous apporte. Voilà, le lit est refait. Voyons ces magnifiques cheveux cuivrés. Comment les coiffe-t-on ce matin ? dit-elle en soulevant ma lourde tignasse.

Je m'assis sur le tabouret devant ma table de coiffure sur laquelle elle avait déposé brosses, peignes, boîtes de rubans et cordelettes, autant de babioles inutiles servant à la beauté des dames. Je détestais le temps perdu à ces frivolités.

— Faites vite, Noémie ! Paul a terminé d'atteler la charrette.

— Tout de même, il faut vous coiffer un peu ! Vous ne pouvez vous rendre au marché de Saint-Cloud les cheveux en broussaille.

— J'ai mon chapeau de paille…

Je regardais mon reflet dans le miroir me disant que tout cela était bien inutile. Mes taches de son m'agaçaient, mon nez était trop petit et ma bouche trop grande. Seule la couleur de mes yeux me plaisait. J'aimais le vert.

— Là ! Quelle ravissante jeune fille !

— Ne vous moquez pas.

— Mais je ne me moque pas ! Ce jaune paille rehausse à merveille le reflet cuivré de vos cheveux.

— Voyez toutes mes taches de son, Noémie ? C'est désolant ! Elles n'en finissent plus de se multiplier !

Elle se mit à rire, ce qui ne manqua pas de me les faire haïr davantage.

— C'est le soleil de l'été qui les attire. Elles aiment le soleil. Vous savez bien, quand vient l'hiver, elles se cachent.

— Si ça continue, c'est moi qui devrai me cacher.

— Allons donc ! Qui a dit que les taches de son ne sont pas jolies à regarder ? Ce serait plutôt le contraire. Si on y ajoute le fait qu'elles sont signes de tempérament, alors, avoir des taches de son est un avantage certain ! Croyez-moi, pour affronter ce monde tordu, mieux vaut avoir trop de tempérament que pas assez.

— Un monde tordu, que laissez-vous entendre ?

— La vie vous l'apprendra bien assez vite, jeune fille ! Allez, laissez-moi attacher les cordons de cette robe.

— Je déteste que vous ne répondiez pas à mes questions,

m'énervai-je. Je ne suis plus une petite fille, vos explications n'outrepassent pas mon entendement!

— Du calme, cessez de bouger ou je n'arriverai pas à faire ce nœud, riposta-t-elle en tirant sur les bouts des cordons. Si je me fie à l'étroitesse de votre corselet, vous n'êtes plus une petite fille, ça ne fait aucun doute!

— C'est vrai, ma poitrine prend de plus en plus de place.

Je rougis, la croissance de mes seins m'étant à la fois source de fierté et de malaise.

Les paysans des bourgades avoisinantes fréquentaient assidûment le marché du hameau de Saint-Cloud. Deux fois la semaine, les étalages des commerçants occupaient la grande place comprise entre les deux églises : celle des Protestants et celle des Catholiques. Deux églises et deux religions pour un seul Dieu. C'était beaucoup! J'observais les clochers montant droit vers le ciel bleu, un ciel sans nuage. Lequel Lui plaisait davantage? Quelle religion avait Sa préférence? La famille de ma mère était catholique et celle de mon père protestante. Durant les guerres de Religion, sous quel étendard Dieu avait-Il combattu?

— Par ici, bonnes gens. Voyez mes pois verts, claironnait une corpulente paysanne à la coiffe aussi verte que ses pois.

— Humez-moi ces fraises cueillies du matin! criait un grand-père à la barbe blanche. La table du roi n'en a pas de meilleures! Approchez, approchez bonnes gens!

Les fermières et fermiers discutaient jovialement, s'arrêtaient devant les étals, marchandaient les prix des produits convoités et emplissaient leurs paniers. Des tonneaux supportaient des planches sur lesquelles s'entassaient saucissons, pâtés, pains et tartes entre carottes, fèves et poireaux. Des senteurs de rose et de lilas se mêlaient agréablement aux odeurs des bottes de thym, de persil et de lavande ficelées aux ridelles des chariots.

La taille menue de tante Geneviève favorisait sa vivacité. Elle se faufilait partout. Noémie et moi avions du mal à la suivre. Elle souriait, saluait, parlait un bref instant et repartait pour s'arrêter à nouveau, entreprenant une discussion, tâtant fruits et légumes, soupesant un sac de grains ou humant une tige d'épices. Une joyeuse familiarité s'installait aussitôt entre elle et les gens rencontrés.

— Bien le bonjour, père Genais! Comment va votre femme? Et vos petits bessons, ils se portent bien? demanda ma tante en soulevant deux poireaux.

— Tout va pour le mieux et c'est ben grâce à vos bons soins, Madame Alix !

— Allons bon ! Ne diminuez pas le mérite d'Alphonsine. C'est elle qui a accouché de jumeaux ! Je n'ai fait que l'assister. Elle a été forte et courageuse !

Elle déposa quatre sols dans la large main crasseuse que lui tendait le père Genais. Il les fit glisser dans la pochette de son tablier de cuir qui couvrait presque entièrement son ventre rond.

— Je ne manquerai pas de lui rapporter vos bons mots.

— Dites donc, père Genais, il me vient une idée.

— Madame ?

— Les fiançailles de ma nièce Marguerite se tiendront au Champ de l'Alouette à la mi-juillet. Nous aurons besoin d'engagés pour seconder le maître d'hôtel qui viendra de Paris pour l'occasion. Pourriez-vous lui prêter main-forte ?

Marguerite était ma sœur aînée. On avait annoncé ses fiançailles avec le gentilhomme Charles Deslandes. Jusqu'à ce jour, ils ne s'étaient jamais rencontrés. Leur premier rendez-vous devait avoir lieu ici, deux jours avant leurs promesses. On disait de son futur époux qu'il était écuyer et secrétaire du prince de Condé. Le fait que le prince de Condé soit un cousin de notre dauphin Louis faisait du futur fiancé un homme important à la Cour. Les arrangements proposés pour leurs fiançailles satisfaisaient Marguerite et tout cela plaisait beaucoup à mes parents. Noémie disait que c'était là une bonne alliance.

La voix grave du père Genais me tira de ma réflexion.

— C'est trop de bonté, Madame ! J'accepte pour sûr ! Les pécules sont les bienvenus quand on a des bessons à nourrir.

— Alors je compte sur vous. À tout hasard, il n'y aurait pas parmi vos connaissances quelqu'un pouvant partager vos tâches ?

— Pour aider aux préparatifs… voyons voir. Ce n'est pas facile. Si ça se trouve, on s'ra en pleine saison des récoltes. Ouais, ouais, eh ben, à moins que le jeune Ludovic… Je me suis laissé dire qu'y doit partir pour Rouen à l'automne, mais pour ce qui est de juillet et d'août… Ouais, Ludovic, peut-être ben. Y faut lui demander, on ne sait jamais ! C'est un brave gars qui n'a pas peur de se r'lever les manches. Y besogne à la ferme de son oncle pour le temps que celui-là est en voyage.

— Ludovic ? Vous parlez de Ludovic Ferras ? s'étonna ma tante.

— Tout juste, vous le connaissez ?

— Pour sûr ! Sa tante doit accoucher d'ici la prochaine lune. Je l'ai visitée mardi dernier.

Je ne pus contenir ma curiosité.

— Pardonnez mon impolitesse, mais ce Ludovic aurait-il les cheveux châtain clair avec des mèches blondes et…

Le père Genais gloussa.

— Ma p'tite demoiselle ! Sans vouloir vous offenser, ce n'est pas dans mes habitudes de remarquer les cheveux des jeunots du voisinage ! Mais, à ce que j'sais, y a qu'un Ludovic à plusieurs lieues à la ronde. Vous semblez l'avoir lorgné plus longtemps que moi, termina-t-il un sourire en coin.

Je me sentis rougir. Tante Geneviève m'interrogea de l'œil tandis que Noémie se dandinait nerveusement en faisant rebondir vigoureusement sa mèche blonde. Je mis deux secondes pour réaliser que mon indiscrétion pouvait lui attirer quelques embarras et deux autres pour me convaincre qu'un léger mensonge valait mieux qu'une grosse bêtise.

— C'est, c'est que nous avons déjà croisé un certain Ludovic près des Halles à Paris, n'est-ce pas Noémie ? Souvenez-vous, il vendait des poules ?

Noémie leva les yeux au ciel, soupira et poursuivit en ricanant.

— Oui, oui, je me souviens. Oui, un certain Ludovic, vendeur de poules.

— Ça se pourrait ben ! Notre Ludovic se rend qu'quefois à Paris chez son oncle pelletier, reprit le père Genais. C'est p't-être lui ! Mais vous pouvez vérifier par vous-mêmes. Tenez juste là-bas… l'étalage des Ferras est par là, insista-t-il en pointant du doigt en direction du parvis de l'église des Protestants.

Je suivis son doigt et l'aperçus entre deux lapins suspendus au portail.

— Je vous remercie grandement pour votre information, père Genais. N'oubliez pas de saluer Alphonsine pour moi ! Bien le bonjour. Je compte sur vous pour la mi-juillet.

— Assuré, Madame. Je serai à votre disposition, lança ce dernier en soulevant son chapeau de paille troué.

Tante Geneviève me tira par la manche.

— Viens, je dois absolument parler à Ludovic.

Je ne sais pourquoi, mais l'idée de le revoir me troublait et m'inquiétait. Étais-je réellement jolie comme le disait Noémie ? J'avais presque la taille d'une petite fille ! Deux années de plus, il m'aurait fallu deux années de plus. Ludovic devait avoir près de quinze ans. Nous allions d'un bon pas. J'étais si absorbée dans mes pensées que je percutai violemment le dos de tante Geneviève lorsqu'elle s'arrêta. Les paniers que je tenais à bout de bras prirent leur envolée et tout leur contenu se retrouva sur les dalles.

— Ah non, quelle sotte je fais !

Noémie et tante Geneviève se retournèrent d'un coup, observèrent le gâchis, échangèrent un regard complice et émirent un même éclat de rire.

— Ce n'est rien, ce n'est rien, Mademoiselle, me réconforta Noémie.

— Tout retournera à sa place en un tour de main, ne t'en fais pas. Ce sont des choses qui arrivent, renchérit ma tante.

Énervée et humiliée, je m'accroupis près de tante Geneviève tout en regrettant que le rebord de mon chapeau ne fût pas assez large pour me couvrir tout entière. Je m'empressai de remettre les légumes le plus rapidement possible dans mes paniers. S'il fallait que Ludovic ait remarqué ma maladresse ! Je récupérai mes carottes et fus distraite par des roucoulements de pigeons.

— Vous permettez que je vous aide, Mesdames ? demanda la voix de celui qui était la source de tous mes émois.

Je fixais le sol sans répondre.

— Je peux vous aider ? répéta-t-il s'accroupissant à mon côté.

— Mais c'est Ludovic ! Comment vas-tu, mon garçon ? s'exclama tante Geneviève en se relevant.

— Je vais très bien, Madame Alix ! Là, tout est à sa place ! dit-il en déposant les dernières carottes dans le panier. Tout est réparé, Princesse ! continua-t-il en prenant ma main afin de m'aider à me relever.

Tout était loin d'être réparé ! Je me sentais stupide, gauche, laide, et j'aurais souhaité disparaître, m'enfoncer dans le sol, au moins à six pieds dans le sol !

— Et votre tante, le temps de la délivrance approche ? continua tante Geneviève.

— Hum ! Ah, oui, ma tante ! Oui, elle dit que le bébé naîtra avant la fin du mois. Elle a beaucoup de besogne et la chaleur l'incommode grandement. Je m'efforce de la convaincre de s'en tenir aux travaux de la maison mais c'est peine perdue. Elle s'esquinte aux champs et se fait reproche de ne pouvoir tout faire vu qu'oncle Clément n'est pas revenu de la foire des fourrures de Reims.

— Votre tante est trop vaillante ! Vous avez raison de tenter de contenir ses ardeurs, mais la connaissant, je crains fort qu'elle ne s'arrête que le temps de donner naissance et encore ! Il aura avantage à n'être pas trop pressé le petit, sinon il risque de voir le jour au milieu du potager.

Il rit avec elle ne s'arrêtant qu'au moment où son regard croisa le mien.

— Ludovic, mon garçon, j'aurais besoin d'aide au Champ de l'Alouette à la mi-juillet. Nous organisons les fiançailles de ma nièce et je me demandais si...

Il perdit son sourire.

— Ah, votre nièce ! dit-il faiblement en baissant la tête.

— Non, non ! Enfin oui, cette jeune personne est ma nièce, ma nièce Hélène, Hélène Boullé. Vous connaissez Hélène ?

Noémie toussota. Il lui jeta un œil.

— Non, je n'avais pas cet honneur. Mes hommages, Mademoiselle Hélène !

— Bien, je parlais donc des fiançailles de ma nièce Marguerite, la sœur aînée d'Hélène.

— Ah bien ! Je veux dire que c'est bien... bien des... des fiançailles, bredouilla-t-il le visage heureux.

— Vous auriez quelques disponibilités à cette période ? J'aurai besoin d'engagés. Vous seriez intéressé ?

— Vous aider, oui, je veux bien. Tout dépendra du déroulement des travaux à la ferme. Mais puisqu'il s'agit de la mi-juillet... une grande partie du fourrage sera engrangé et la moisson ne saurait être prête pour la faucille. Si oncle Clément est de retour et que les poules se tiennent tranquilles, soyez certaine que je serai honoré de vous rendre ce service.

Il me sourit, je lui souris.

— Les poules ? reprit tante Geneviève, intriguée.

Noémie gloussa.

— C'est que nous avons eu une certaine agitation dans le poulailler ces derniers temps. Une fouine sans doute.

— Fort bien, mon garçon ! Souhaitons que la fouine ait définitivement délaissé vos poules et que le temps des récoltes ne soit pas trop hâtif. Nous aurons très certainement l'occasion de reparler de tout ça. N'hésitez pas à venir me prévenir quand votre tante entrera en gésine.

— Je n'y manquerai pas, Madame. Soyez assurée que je n'y manquerai pas, conclut-il en me saluant.

Il recula de quelques pas et heurta son étalage. Une cage dégringola sur la première marche du parvis et des pigeons affolés s'envolèrent dans tous les sens. Je relevai les bras pour me protéger, ce qui eut l'inévitable effet d'éparpiller à nouveau tout le contenu de mes paniers. Ce fut l'hilarité générale, sauf pour moi. Ludovic riait tout en bafouillant des paroles rassurantes, tandis que je restai figée, là, debout au milieu des joyeux lurons, confuse et au bord des larmes. Je mordis fortement ma lèvre pour éviter que les picotements de mes paupières ne se transforment en pleurs de honte.

— Mais… mais vos pigeons, vos pigeons, vous les avez perdus ?

— Non, les pigeons retournent toujours à leurs pigeonniers.

Voilà que l'ignorance s'additionnait à ma gaucherie. J'étais maladroite et bête. Pour un peu, je me détestais totalement. Nous achevions de réparer mon dégât lorsqu'une jeune fille vint vers nous. Les boucles de ses cheveux noirs bondissaient sur ses seins à demi découverts. De toute évidence, elle était plus âgée que moi. Peut-être avait-elle le même âge que Ludovic ? Elle s'arrêta devant nous, lécha ses lèvres tandis que ses yeux noirs me reluquaient avec arrogance.

— Une jeune Parisienne, Ludovic ? ironisa-t-elle en me pointant du menton. Elle en a les gestes et les paroles, à ce qu'on dirait.

— Tu as vu juste, Charlotte, mademoiselle Hélène est parisienne, rétorqua Ludovic, quelque peu embarrassé. Elle est la nièce de madame Alix que nous connaissons bien. Vous vous rappelez Charlotte Genais, Madame ? La ferme de ses parents est voisine de la nôtre.

— Bien sûr que je la reconnais ! C'est un plaisir de vous rencontrer, Charlotte.

Elle nous fit une courbette et posa sa main robuste sur l'avant-bras de Ludovic. Je me raidis. Le mépris qu'elle me manifestait me vexa, mais la familiarité qu'elle afficha envers Ludovic m'irrita bien davantage. Ses doigts s'incrustaient dans sa peau. Le soleil était à son zénith, j'avais chaud et j'étais désemparée. Cette

Charlotte de malheur avait raison : je n'étais qu'une stupide petite Parisienne !

Au moment de grimper dans notre charrette, je risquai un dernier coup d'œil vers l'étalage de mon chevalier perdu. Il regardait dans notre direction. Une jeune fille aux cheveux plus blonds que les blés se tenait près de lui. Elle passa nonchalamment son bras sous le sien. Je baissai la tête en mordillant ma lèvre. Il ne fallait surtout pas que je pleure ! Je devais à tout prix préserver le peu de fierté qui me restait. Tante Geneviève qui m'observait du coin de l'œil se pencha vers moi en souriant.

— C'est sa jeune sœur, Antoinette.

Je la regardai, étonnée. Décidément, tante Geneviève avait un don !

— Mais comment vous avez fait pour deviner ?

— C'est mon métier, mon métier de sage-femme. Il m'a appris à lire sur les visages.

— Ah ! Sa jeune sœur...

— Hum, hum, Antoinette, sa jeune sœur.

— Elle... elle est très jolie.

— Jolie et gentille. C'est une brave fille !

Ce fut plus fort que moi. Je ne pus résister à l'envie d'examiner la gentille et jolie jeune sœur. J'eus l'impression que Ludovic m'observait.

— Jolie jeune sœur.

— Et joli frère ! conclut tante Geneviève en riant.

3

Le pigeonnier

La honte ressentie lors de ma visite au marché avait stimulé mon fervent désir de transformer la Parisienne empotée que j'étais en campagnarde aguerrie. Tante Geneviève serait mon guide et mon modèle. Je devins sa fidèle compagne et la suivis partout.

— Je ne te gêne pas, tante Geneviève ? m'inquiétai-je de temps à autre.

— Mais non, quelle idée ! Au contraire, ta compagnie me réjouit !

J'appris à distinguer la camomille du chrysanthème, la tanaisie de la bourrache, la livèche de la mélisse et à prendre soin des roses. Je cherchais l'eau au puits, cueillais les prunes et aidais au potager. C'était là une bien agréable campagne.

Nous étions, tante Geneviève, Noémie et moi, à terminer d'empoter la confiture de fraises, quand le galop d'un cheval retentit dans la cour.

— Anne ! Ce doit être pour Anne, son temps est venu ! s'exclama tante Geneviève en se précipitant vers la porte.

Elle n'avait pas sitôt ouvert qu'Antoinette entrait tout affolée.

— Madame Alix, c'est… Tante Anne est en gésine ! Elle ac… aux champs. Tante Anne accouche aux champs ! Elle vous réclame, il faut faire vite !

— Noémie, demandez à Paul d'atteler la charrette ! Préparez les chiffons, le vin, le miel et l'huile de rosat. Vous m'accompagnez chez Anne. Nous aurons besoin de vous !

Tante Geneviève s'élança vers sa chambre d'où elle ressortit avec sa trousse de sage-femme. Je suivis ses pas.

— Je peux venir avec vous, tante Geneviève ?

— Non, tu es trop jeune !

— Tante Geneviève, je vous en prie !

— Non ! Tu verras tout ça bien assez tôt !

Je m'approchai d'Antoinette.

— Mais Antoinette, je pourrais peut-être l'aider ?

Antoinette s'immobilisa, visiblement étonnée par ma demande. Je suppliai du regard. Elle se détendit brièvement et me sourit faiblement.

— Si je peux me permettre, Madame Alix, j'aurai besoin d'aide pour surveiller les enfants.

— Soit, soit, mais uniquement pour t'occuper des enfants ! Allez, presse-toi !

Antoinette chevauchait avec tant de naturel et d'aisance qu'il était difficile de discerner qui, du cavalier ou du cheval, guidait l'autre. J'admirais son savoir-faire. Elle avait presque mon âge, mais était visiblement plus dégourdie que moi. Au fond, en secret, je la remerciais de tout cœur : grâce à son intervention, j'allais peut-être revoir Ludovic.

— Noémie, dès que nous serons arrivées, veuillez chauffer l'eau si ce n'est déjà fait et préparer les bandages pour la mère !

— Entendu, Madame.

— Hélène, tu suis Antoinette. Éloignez les enfants de la maison le temps que je nettoie la mère et le bébé et qu'on brûle les dégâts. Il faut éviter de les bouleverser inutilement.

— Bien, ma tante.

J'étais excitée. Aider une accouchée était un privilège sacré réservé aux femmes adultes. Je n'étais ni femme ni adulte, mais de pouvoir partager ce rituel avivait ma fierté. J'avais si hâte de vieillir !

Antoinette galopait devant nous. Suivre son rythme impliquait que tante Geneviève taquine du fouet la croupe de notre cheval. Le manque de pluie des dernières semaines avait asséché les ruisseaux et les sols, de sorte que les galops de nos bêtes soulevaient un volumineux nuage de poussière qui nous collait à la peau. Lorsque notre attelage s'engagea dans la cavée menant à la ferme Ferras, nous étions couvertes d'une poudre grise de la tête aux pieds. Notre arrivée épouvanta les poules qui picoraient devant la maison. Je crus reconnaître la poule de Paris. Je souris.

En bordure de l'enclos près de la grange, des femmes s'agitaient autour d'un chariot d'où s'échappaient les vagissements d'un nouveau-né. Nous n'étions pas sitôt arrêtées qu'Antoinette et Noémie se précipitaient dans la maison.

—Ah! Enfin, Madame Alix! s'exclamèrent les femmes en lui faisant signe d'approcher. Venez, venez vite, le cordon, il faut couper le cordon!

—Hélène, apporte les chiffons blancs.

Je saisis les linges et la suivis.

Une femme étendue sur du foin au fond de la charrette observait le bébé à la peau grisâtre gigotant sur ses jupes. La paille était souillée de sang. Je frémis. Je frémissais toujours à la vue du sang. Je reculai jusqu'à la clôture de perche m'y accrochant solidement. Tante Geneviève s'approcha lentement de l'accouchée.

—Bonjour Anne, vous avez fait vite à ce que je vois! C'est qu'il est bien en vie le petit! dit-elle en dégageant délicatement les cheveux mouillés collés à son visage.

—J'ai bien tenté de le retenir mais…

—Oui, je sais. Quand ils sont prêts, ils sont prêts, on n'y peut rien! Ne vous fatiguez pas à parler. Vous avez suffisamment travaillé pour aujourd'hui, vaillante Anne! Je termine ce que vous avez si bien commencé et vous aurez droit à un repos mérité.

L'arrivée de tante Geneviève fut le point de départ d'une activité digne d'un rucher. Toutes les femmes s'activaient sans un mot. On apporta l'eau bouillie, prépara des chiffons tandis qu'une d'entre elles emplissait sa pelle des souillures afin de les transporter sur un tas de paille non loin de la charrette. On fit boire la mère et ma tante ramena le bébé entre ses cuisses. D'un geste assuré, elle fit quelques points de suture sur le cordon pour ensuite le couper d'un coup de ciseaux. Puis, elle déposa un carré de chiffon imbibé d'huile de rosat sur le nombril du bébé.

—Alphonsine, vous pouvez emporter le petit pour son premier nettoyage.

Elle déposa le bébé hurlant à pleins poumons dans les bras d'une dame grassouillette au visage tout semblable à celui de la Charlotte du marché.

—Pour sûr, Madame Alix.

—Vous n'avez qu'à demander à Noémie, j'ai apporté le vin et le miel. Il suffit d'y ajouter un peu d'eau pour débarrasser l'enfant de ses gras. Mais vous savez déjà tout ça. Ah, dites à Noémie de remettre de l'eau sur le feu.

Elle eut à peine le temps de terminer que la dame disparaissait.

—Bien, tout se déroule très bien, Anne. Un dernier effort et on vous conduit à votre lit.

Tante Geneviève s'activa encore un moment entre les cuisses de la mère et en extirpa une masse visqueuse. Anne gémit à peine.

— Brûlez le délivre au plus tôt, dit tante Geneviève en déposant le déchet dans la pelle. Voilà, tout est fini, vous ne risquez pas d'hémorragie.

Anne sourit.

— Et le petit, il est bien ? dit-elle faiblement.

— Il est parfait ! Le temps de vous refaire une beauté et il sera tout fin prêt pour sa première tétée.

Ma tante lava et essuya minutieusement le bas du corps de l'accouchée avant de le sangler fermement. Elle terminait à peine d'attacher les bandelettes, qu'on déposait le bébé dans ses bras. Une minuscule frimousse rosée émergeait du saucisson couvert de langes.

— Qu'il est mignon ! s'exclama Anne en bécotant ses joues. Mon trésor ! Quel joli poupon tu fais !

Anne entrouvrit sa chemise humide, souleva son sein alourdi et effleura les lèvres du petit de son mamelon rougi. Il ouvrit la bouche, le recouvrit de ses lèvres et téta. Pour la mère, rien n'exista plus que son bébé. Ils semblaient soudés l'un à l'autre. Je regardais cette femme et son enfant couchés sur la paille, fascinée par le miracle. Comment cela pouvait-il être ? Un enfant surgit d'un ventre, tout prêt à vivre. Un mystère, avait dit Noémie. Je posai les mains sur mon ventre, le nid de mes mystères.

La mère fut reconduite à son lit où lui fut servi un bouilli consistant. Elle devait recouvrer ses forces au plus tôt. Elle mangea avec appétit, son enfant blotti près d'elle. Je quittai la chambre et les dames et sortis au-dehors. J'avais besoin de prendre l'air. L'excitation m'avait vidée de toute énergie. Je me rendis à l'ombre du chêne, près du chariot où les cendres fumaient encore et m'appuyai sur la clôture.

— Telle est la ferme des Ferras, murmurai-je.

Devant moi, la maison de pierre rosée de dimensions modestes était solidement ancrée derrière les deux pommiers montant la garde de chaque côté de sa porte verte. Sur sa gauche, un potager s'étendait jusqu'à la grange jouxtant l'écurie. Tout au fond, derrière le potager, un écran de saules et de trembles laissait deviner les rives de la Seine. À droite de la maison, sur le haut du coteau, se dressait un petit bâtiment de crépi blanc. Quelques pigeons sagement alignés roucoulaient sur la crête de son toit de chaume.

— Une belle ferme, soupirai-je. Dommage que Ludovic soit absent ! C'était prévisible, les accouchements sont affaire de femmes.

Antoinette apparut au coin de la maison, un panier débordant de légumes sous le bras et deux bambins accrochés à ses jupes. Du coup, la recommandation de tante Geneviève me revint en mémoire. Quelle sotte j'étais ! Antoinette comptait sur moi pour l'aider auprès des enfants et j'étais restée là, tout ce temps, à ne rien faire.

— Bonjour Hélène !

— Bonjour ! Je suis désolée, Antoinette ! Je devais vous aider, mais... enfin, je crois bien que je viens de rater une bonne occasion de me rendre utile.

— Comment avez-vous appris mon nom ? demanda-t-elle en déposant son panier à ses pieds.

— Tante Geneviève... au marché. Et vous, comment savez-vous le mien ?

— Ludovic m'a parlé de vous.

— Ludo... Ludovic vous a parlé de moi !

— Oui, il m'a parlé d'Hélène, la petite Parisienne.

— Ah ! La petite Parisienne.

— Il dit que vous êtes mignonne et d'une grande gentillesse ! s'empressa-t-elle d'ajouter.

— Vraiment ?

— Vraiment !

— Je sais bien que je ne suis qu'une Parisienne, mais sachez que je m'efforce de devenir la plus campagnarde des Parisiennes !

— Campagnarde ou pas, peu importe. Le fait est que Ludovic semble apprécier votre compagnie, conclut-elle avec un sourire.

Les deux enfants bien assis autour du panier s'amusaient à étaler les légumes sur le sol.

— Mathurin ! s'exclama Antoinette, non, mais que fais-tu ? Ces légumes doivent retourner immédiatement dans le panier ! Tu n'es pas raisonnable !

— Toinette, tu parles trop longtemps avec la dame. Je veux aller voir maman et le nouveau bébé.

— Nous y allons. Tu replaces les légumes dans le panier et nous y allons.

Il replaça quelques navets et se leva brusquement pour s'élancer vers la grange.

— Ludovic !

— Mathurin, les légumes !

— Je reviens, Toinette.

Voilà que mon chevalier venait vers nous, cheveux au vent et sabots aux pieds. Il prit la main que lui tendit Mathurin et s'approcha lentement. Mon pouls s'accéléra et la chaleur monta à mes joues.

— Comment va tante Anne ? demanda-t-il à Antoinette.

Faisant fi de toute politesse, je m'empressai de répondre.

— Elle a mangé et son enfant dort à ses côtés.

— Ah, c'est bien ! murmura-t-il en baissant la tête vers les légumes.

— Tu remets ces légumes dans le panier, Mathurin ?

— Sûr, Ludovic.

Et, sans rien ajouter, il laissa la main de Mathurin et nous quitta. Je restai debout, sans bouger, le regardant se diriger vers le pigeonnier d'un pas assuré.

— Ne faites pas attention à son humeur, Hélène. Ludovic n'est pas dans son état normal aujourd'hui.

— C'est moi, c'est à cause de moi. J'ai été...

— Mais non, pensez-vous ! Simplement, Ludovic supporte difficilement les naissances.

— Ah bon ! Ce sont pourtant des événements heureux !

Elle baissa la tête et poursuivit tristement.

— La plupart le sont. Notre... notre mère est morte en couche. Ludovic n'avait que quatre ans et...

— Oh, je suis navrée !

— Chaque fois qu'un enfant vient au monde, il y repense. Dans ces moments-là, il préfère être seul. Quelques jours et ça lui passera.

Mathurin acheva de remplir le panier et le souleva à bout de bras.

— C'est fait, lança-t-il fièrement en levant les yeux vers Antoinette. Tous les légumes sont retournés au panier. Il vaudrait mieux partir avant qu'Isabeau ne remette ça.

— Tu as raison ! Et si nous allions voir votre petit frère, Isabeau ? dit-elle en prenant la petite fille dans ses bras.

— Alors tu t'appelles Isabeau, jeune fille ? dis-je en chatouillant son menton.

— Vi, Zabeau, pelle Zabeau !

—Zabeau! Bien, fis-je amusée en agrippant le panier que Mathurin transportait avec peine. Je me souviendrai de ton nom, Zabeau!

— Et le mien, vous vous souviendrez du mien?

— Bien entendu, je me souviendrai du grand Mathurin.

Une lueur de fierté traversa le bleu clair de ses yeux.

Sur le seuil de la maison, Antoinette m'invita à entrer.

— Non, non, je vous remercie. J'aimerais… j'aimerais attendre dehors. Tante Geneviève ne devrait pas tarder.

À la vérité, je n'espérais qu'une chose, rejoindre Ludovic dans le pigeonnier. J'entrepris de monter le sentier de pierres et m'approchai discrètement de la porte entrouverte. Un pigeon s'engouffra dans un des petits orifices qui couvraient entièrement le mur du fond. Leurs faisceaux de lumière striaient la pénombre. Ludovic cajolait la tête du pigeon qu'il tenait à la main.

— Ludovic?

Il se tourna lentement vers moi.

— Je peux entrer?

— Comme il vous plaira.

Son flegme m'intimida. Il flattait toujours le pigeon. Je m'approchais hésitante. De ma vie, je n'avais jamais vu autant d'oiseaux si près de ma tête. Je mordis ma lèvre en tordant mes doigts.

— N'ayez crainte, dit-il en souriant faiblement, ils ne vous feront aucun mal. Voyez celui-là, si vous le flattez lentement, il se laissera faire. Juste là.

Je tendis une main réticente vers l'oiseau qu'il me présentait et glissai timidement un doigt sur son cou. Quand, suffisamment rassurée, je reportai mon attention sur Ludovic, l'intensité de son regard m'embarrassa.

— Je peux le… le prendre?

Sans un mot, il le déposa dans ma main. Le pincement des griffes me surprit et les multiples reflets irisés de ses plumes m'étonnèrent.

— Ils sont revenus du marché?

— Du marché? Ah oui, oui, ils sont tous revenus. Les pigeons sont attachés à leur pigeonnier. Là où ils naissent, là ils passent leur vie.

— Ah!

— Là où ils sont nourris, là ils reviennent… pour toujours, termina-t-il faiblement.

Une douce mélancolie emplissait les yeux qui me dévisageaient.

— Antoinette m'a dit pour votre mère.

Il fronça les sourcils et détourna son attention vers deux pigeons qui s'ébrouaient dans une bassine d'eau.

— Antoinette parle trop ! coupa-t-il sèchement en saisissant en plein vol l'oiseau qui frôla le dessus de sa tête.

— Excusez-moi, je ne voulais pas être indiscrète.

Le malaise qui planait entre nous s'intensifia. Je regrettais mes paroles et ne savais trop que faire du pigeon qui s'était confortablement accroupi dans le creux de ma main. Pendant un moment, je n'entendis plus que des roucoulements. Ludovic déposa son pigeon sur le treillis, essuya ses mains sur sa culotte et s'approcha.

— Non, vous n'êtes pas trop indiscrète. C'est moi qui… Enfin, je peux difficilement me rappeler.

Il soupira profondément.

— Elle vous manque ?

Il croisa les bras et baissa les yeux.

— Oui, elle me manque.

— Je regrette pour vous. Toute cette peine…

— Vous n'avez rien à regretter, Princesse, tiqua-t-il avec un pâle sourire. Ma vie ne regarde que moi !

— Soit, je m'excuse. Je voulais simplement… je suis désolée.

Portée par une confusion extrême, je me hissai sur la pointe des pieds afin de baiser furtivement son front. Il resta impassible. Derrière lui, au-dehors, Noémie, montait péniblement vers le pigeonnier.

— Mademoiselle Hélène, haletait-elle, venez Mademoiselle, votre tante nous attend. Venez, Mademoiselle.

Ludovic empoigna le pigeon que je portais.

— Votre mère, elle devait vous aimer beaucoup ?

Il acquiesça de la tête, replaça l'oiseau sur un perchoir, reprit ma main et baisa les traces rouges laissées par les griffes.

— Oui, elle m'aimait. Elle m'aimait et moi je l'adorais !

Ses yeux luisaient de larmes. Je n'avais aucune envie de quitter le pigeonnier. Je dus m'y résoudre.

4

Le don

Tante Geneviève revint à la ferme des Ferras pour aider aux relevailles d'Anne. Elle veillait à la bonne santé de la mère tout autant qu'à celle du nouveau-né. La récolte des plantes fourragères n'étant pas terminée, Anne résistait difficilement à l'envie de retourner aux champs le couffin du bébé à bout de bras. Pendant ces trop courtes visites, Noémie partageait les corvées du jardinage et des repas avec Alphonsine, ce qui permettait à Antoinette de divertir les jeunots que le remue-ménage des derniers jours avait surexcités. Je me joignis à elle. Nos jeux de cache-cache, nos farandoles et nos courses éveillaient à la fois mon plaisir et ma nostalgie. Mon jeune âge me quittait et je n'étais pas encore une femme. J'errais dans un présent indéfini. Je ne m'appartenais pas, l'hier et le demain se disputant l'espace vide de mon être. Aussi mon esprit se complaisait-il à imaginer l'inimaginable. C'est ainsi que Ludovic me poursuivait au jeu du colin-maillard, me débusquait à la cachette, me tenait la main dans la farandole et me souriait à travers les sourires des enfants. Je rêvais car la réalité était tout autre. En fait, Ludovic fut absent à chacune de nos visites. Les paysans des fermages du sieur du Rocher faisaient corvée chez leur seigneur avant de besogner sur leurs terres. L'entraide était coutume dans les campagnes de France. On trimait tantôt chez l'un, tantôt chez l'autre, pour tout le temps des récoltes. Par la suite, les produits servaient de monnaie d'échange : le fourrage des Ferras allait nourrir les vaches des Genais qui paieraient de boucherie et de lait en retour. La solidarité parvenait à contrer la pauvreté et à prévenir les famines, m'avait appris tante Geneviève.

Ce jeudi, tous les fermiers des environs devaient peiner à la ferme Ferras. Le soleil rouge perçant la brume tiède laissait augurer une chaude journée. À notre arrivée vers les six heures, de nombreux équipages occupaient déjà les espaces autour des bâtiments. Les enfants vinrent à notre rencontre.

— Bonjour Mathurin ! Hé, dis donc, il y a beaucoup de monde chez vous aujourd'hui !

— Ouais, Mamizelle Hélène, beaucoup de monde et tous aux champs. Même Toinette...

— Antoinette travaille à couper le foin ?

— Que oui ! Tout le monde est aux champs, sauf moi ! Je suis trop jeune à ce qu'il paraît ! Je ne suis bon qu'à désherber le jardin, c'est tout ! maugréa-t-il en propulsant une roche du bout de son sabot.

Sa déception me fit sourire. Apparemment lui aussi en avait après son âge.

— Et maman Anne, elle est à la maison ?

— Ouais, m'man donne la tétée à Louis. Il a toujours faim celui-là !

— Bien, bien ! Et si on allait la voir ? Qui sait, peut-être aurait-elle quelques travaux à nous confier ?

Il sourit.

— Vraiment je pourrais m'occuper à autre chose qu'au désherbage du jardin ?

— Peut-être bien ! Je suis assurée que du travail il y en aura plus qu'on pourra en faire ! dis-je joyeusement en lui offrant la main.

Sur la longue table, tante Geneviève vérifiait attentivement la védille du nourrisson tandis qu'Anne et Noémie pelaient des légumes.

— Bien le bonjour, Mademoiselle Hélène ! me lança Anne en déposant sa carotte dans un bol rempli à ras bord.

— Bonjour Anne ! Mathurin et moi avons quatre bras à vous offrir. En aurez-vous besoin ?

— J'ai idée qu'on sera pas de trop pour préparer la mangeaille du déjeuner. Dix personnes qui fauchent depuis l'aube sont de gros appétits à satisfaire. À l'heure qu'il est, la faim et la soif les tenaillent déjà. Bon, alors voilà ! Les pains, les fromages et les pâtés devront être placés dans ce panier. Il reste à couper les carottes, préparer les bouteilles de vin, et puis... Ah oui, chercher les pots de confitures dans le caveau.

— Mathurin, t'as entendu, c'est pas le travail qui manque ! Ça te convient ?

— Mamizelle Hélène, j'ai plus de six années, je suis grand maintenant !

— Ah ça, c'est certain! Allons, aux paniers, jeune homme!

— Je cours au caveau. Les confitures de fraises et de framboises…

— Un pot de chacune, s'il te plaît, conclut Anne.

Isabeau, assise sur une marche de l'escalier, glissa ses fesses jusqu'au plancher et s'approcha en trottinant. Elle leva ses yeux rieurs vers moi en tirant sur ma jupe.

— Zabeau vailler, Zabeau vailler, Lène!

Sa demande me fit sourire. Décidément, les Ferras ne boudaient pas le travail. Je me penchai vers elle et la pris dans mes bras.

— Alors, Isabeau veut aider?

— Vi, vi, Zabeau veut vailler!

— Tiens, voici une carotte. Tu sais couper les queues de carotte?

— Vi, Zabeau, pable.

Je pris le temps de bien l'installer sur une chaise et de placer le couteau dans sa petite main.

— Là, ça va?

Elle acquiesça de la tête, les yeux rivés sur le couteau.

— Lène te donne une carotte et tu coupes les queues, comme ça. Nous le ferons ensemble.

Je posai ma main sur la sienne en amorçant le geste qui coupa la verdure. Elle se mit à rire, surprise de l'effet obtenu. Après la troisième queue, elle coupa d'elle-même.

— Là, tu comprends comment on fait?

— Vi, vi Lène, Zabeau capable, s'exclama-t-elle la mine réjouie.

Et elle entreprit de couper chacune des tiges du feuillage des carottes avec une étonnante concentration.

— Eh bien, il semble que tu aies la main avec les enfants, badina tante Geneviève en terminant d'emmailloter bébé Louis.

Elle me sourit avec complaisance avant de le déposer dans le couffin de paille posé sur le buffet de bois blond.

— À ce qu'il paraît, jeune Louis, continua-t-elle, vous voilà entré pour de bon dans la vie!

Elle s'essuya les mains avec son tablier de toile bleu, replaça quelques frisettes brunes sous son bavolet et s'approcha des cuisinières.

— Le nombril est complètement guéri. Ce petit moussaillon grossit à vue d'œil! Vous avez remarqué comme il est fort? Pensez donc, à peine un mois et il lève déjà la tête, le gaillard!

— Et moi alors, je ne suis pas un gaillard? se vexa Mathurin.

Tante Geneviève rit avant de poser les mains sur ses épaules.

— Toi et ton frère Louis êtes la plus vaillante paire de gaillards de toute la région !

— C'est vrai, maman ? Tu crois que je suis un vrai gaillard ?

— C'est certain ! Vous êtes les deux plus merveilleux gaillards que je connaisse… après papa, bien entendu.

Mathurin se tourna vers sa mère, passa ses bras autour de sa taille et posa sa tête sur son ventre.

— T'en fais pas, je suis là pour te protéger et t'aider quand papa est parti.

Anne se mit à rire, délaissa ses carottes et s'appliqua à caresser la blonde crinière de son fils.

— Tu veux bien être mon chevalier ?

— Oui, ton chevalier, ton chevalier servant.

— Alors, mon chevalier servant pourra-t-il m'accompagner au jardin cet après-midi ?

— Et les champs alors !

— L'an prochain peut-être… conclut-elle en lui baisant le bout du nez.

Tante Geneviève se rendit à la fenêtre avant de poursuivre.

— Vous en avez de la chance, Anne. Simon et moi aurions tant aimé connaître la joie d'être parents, soupira-t-elle.

Elle retourna près du couffin et observa l'enfant avec tendresse.

— Enfin, heureusement que j'ai mon métier. Assister le premier souffle d'un enfant est en quelque sorte ma revanche sur la vie.

— Oh ! Je peux comprendre le regret qui vous habite, n'en doutez pas ! Après notre mariage, mon homme et moi avons patienté cinq longues années avant que je ne devienne grosse. J'avais beau faire tous les pèlerinages de fertilité, invoquer tous les saints du ciel, boire des potions de mandragore et me râper le cul aux rochers des sortilèges, rien n'y faisait ! Puis un beau jour, les saignées ont cessé. Pas besoin de vous dire que c't enfant-là réjouira le cœur de son père autant que les deux premiers !

— Son retour est pour bientôt à ce qu'on dit.

— Y devrait. Il a dû accompagner son frère, le pelletier Mathieu Ferras, à la foire des fourrures de Reims, son facteur ne pouvait faire le voyage à cause d'une vilaine blessure à la jambe. Comme ces ravitaillements en fourrure sont essentiels pour la bonne marche de son commerce, il a demandé à mon Clément de lui porter secours. Ce n'est pas dans ses habitudes d'abandonner la ferme dans le plus fort de l'ouvrage, surtout que moi, grosse de huit mois... Peu importe, comme sa présence était indispensable et que ses gages ne seront pas de trop pour payer les impôts qui ne cessent de gonfler. Et puis Ludovic est là. Il fait tout aussi bien que mon Clément. Les Ferras sont d'habiles travailleurs.

— Les Ferras sont d'habiles travailleurs, répétai-je tout bas.

Et c'est avec Isabeau sur les genoux que je finis de prêter main-forte à la préparation du déjeuner. Comme il y avait quatre paniers bien remplis, j'insistai pour accompagner Noémie chargée de porter les vivres aux champs. D'abord, on s'opposa.

— Ce n'est pas votre place, Mademoiselle, objecta Noémie.

— Ces paniers sont trop lourds pour vous, renchérit Anne.

J'opposai à chacun de leurs arguments des répliques irréfutables. Les paniers étaient lourds, certes, mais j'avais les bras solides. Ce n'était peut-être pas ma place, mais je devais m'ouvrir l'esprit. Et puis Antoinette, que faisait-elle aux champs, à son âge, les bras plus délicats que les miens ? Tante Geneviève sourit à l'ardeur que je mis à défendre mon droit au transport des victuailles et, à son sourire, je sus qu'elle comprenait. Je n'avais qu'un seul véritable désir et il pesait plus lourd que le poids des paniers.

Plus nous approchions des travailleurs et plus mes sabots s'allégeaient. Il vint à notre rencontre un sourire espiègle à la bouche et les yeux taquins. Sa chemise de toile grise collait à sa peau moite et son visage suintait. Des stries rougeâtres couvraient ses avant-bras.

— Que voilà une agréable visite !

Son exclamation fut suivie d'une révérence qui me gêna. Je pris le parti d'attribuer son débordement d'enthousiasme au contenu de nos paniers plutôt qu'à ma présence. Et pourtant, une certaine lueur dans l'œil...

— Voilà plein de bonnes choses qui sauront redonner des forces à vos gens, jeune Ludovic, continua Noémie. Où puis-je déposer tous ces trésors ?

— Donnez, je vous conduis, Madame la nourrice.

Les travailleurs s'étaient regroupés à l'ombre d'un grand chêne. Je ne reconnus que le père Genais. L'appétit bien aiguisé des besogneux prit le pas sur la politesse. On passa outre aux présentations. Les pains, saucissons, légumes et fromages disparurent en moins de temps qu'il ne faut pour le dire. On se désaltéra d'eau, se ravigota de vin et s'amusa des drôleries de tous et chacun. Ce fut une pause vivifiante pour tous, sauf pour moi ! Je m'y sentais autant à ma place qu'un âne dans le salon du Roi. Le tourment qui m'habitait aurait pu être supportable s'il n'avait été exacerbé par la gorge de Charlotte. Il me sembla que la chaleur ne suffisait pas à justifier l'audacieux dénuement qu'elle affichait. Lorsqu'elle déposa un croûton de pain dans la bouche de Ludovic, le décolleté de sa blouse blanche découvrit l'auréole rosée de ses mamelons. Les dents de mon prince mordirent dans le croûton tandis que ses yeux reluquèrent les seins qui s'offraient. Je baissai la tête, ce qui amplifia ma désolation. Aucun attribut féminin n'obstruait la vue du quignon de pain que mes mains tordaient de rage dans le creux de ma jupe.

— Tu veux un peu de saucisson ? demanda Antoinette assise sur la grosse pierre où je m'étais appuyée.

— Non, je te remercie. Je n'ai plus faim.

— C'est vrai qu'avec une telle chaleur…

— Oui, avec une telle chaleur, répétai-je en jetant un œil au-dessus de son épaule afin de vérifier l'appétit de Ludovic. Il termina son vin, croisa mon regard et me sourit. Charlotte qui avait repris sa place le dévisageait. J'étais confuse et ne comprenais pas le tourment qui me chavirait. J'aurais voulu être à mille lieues d'ici, disparaître, ne plus être là, ne plus avoir à regarder cette fille que je ne parvenais pas à ne pas haïr. J'aurais aimé m'enfuir avec lui, être seule avec lui, loin de ces gens et surtout loin de cette satanée Charlotte ! J'étouffais tout en suppliant le ciel que mon embarras ne se lise pas sur mon visage. Il ne pouvait y avoir de pire moment, pensai-je.

Noémie avait regagné la maison et chacun s'était remis à l'ouvrage. Ludovic et deux compagnons fauchaient vigoureusement le foin tandis que trois autres entassaient dans la charrette les boisseaux créés par Antoinette et Charlotte. J'avais poussé l'audace jusqu'à affirmer que je saurais me rendre utile.

— M'zelle la Parisienne veut jouer à la campagnarde ? avait lancé Charlotte.

— Ça ira, je lui indiquerai comment manier la fourche, avait répliqué Antoinette.

Quelques conseils et je me sentis prête. J'en étais à mon quatrième boisseau, mes mains étaient en feu et je dégoulinais de partout. Les rayons du soleil traversaient le tressage de mon chapeau de paille : demain, j'aurais la peau entièrement couverte de taches de son! C'était ainsi! Mais de pouvoir observer Ludovic manipuler sa faucille avec une vivacité déconcertante compensait amplement ces désagréables inconvénients. Je piquai distraitement ma fourche dans une nouvelle motte quand une souris s'en extirpa pour trouver refuge sous mes jupes. Je sursautai en criant de toutes mes forces. Je haussai les bras en propulsant ma fourche qui tourbillonna quelques instants dans les airs avant de retomber sur le garrot du cheval attelé à la charrette. Il hennit fortement et se braqua avant de s'élancer au galop. À la traversée d'une rigole, le chargement de boisseaux se déversa au sol. Le cheval s'immobilisa. Le travail, les sueurs et les efforts de tout un avant-midi anéanti, perdu, envolé! Je crois bien que le temps s'arrêta. Chacun se tenait droit, figé, les bras ballants le long du corps, silencieux. L'hébétude nous posséda tous complètement.

— Tu étais dans l'erreur, sotte Parisienne! rageai-je. Voilà le pire moment!

Ludovic accourut vers moi.

— Qu'est-ce que c'est, Hélène, mais qu'est-ce qu'il y a, bon Dieu? s'exclama-t-il le visage plus rouge d'émotion que de chaleur.

Je le regardai, inerte, mordant ma lèvre, incapable de dire quoi que ce soit. Il soupira fortement avant de retourner en courant vers la charrette. Antoinette s'approcha de moi me secouant légèrement.

— Hélène, que t'arrive-t-il? Tu es blessée?

Jamais de ma vie, je ne m'étais sentie aussi affreusement idiote. J'aurais aimé pouvoir disparaître, ne plus exister. Deux larmes roulèrent sur mes joues. Antoinette me prit dans ses bras.

— Allons, allons, dis-moi un peu ce qui t'est arrivé.

— Je... j'ai... je crois que j'ai vu... j'ai vu une souris, bafouillai-je en larmoyant de plus belle.

Charlotte qui nous avait rejointes éclata d'un rire sonore qui dut s'entendre jusqu'à Saint-Cloud. Et plus elle riait et plus je pleurais.

— Une souris! Mademoiselle la p'tite Parisienne a vu une souris! clamait-elle bien haut.

Son hilarité m'écrasa et ses paroles finirent de me briser. Je tombai à genoux, la tête entre les mains, me confondant en excuses.

— Je suis désolée, vraiment tout à fait... désolée. Pardonnez-moi, je...

Antoinette saisit mes bras, me forçant à me relever.

— Le mal est réparable et personne n'a été blessé, c'est l'essentiel. La vie à la campagne a de ces surprises ! conclut-elle aimablement.

Je souris timidement essuyant mes larmes du revers de mes mains. Tout son réconfort était bien inutile.

— Merci Antoinette, tu es trop bonne pour moi, je ne le mérite pas. Je vais retourner à la maison. Je crois que je serai plus utile auprès des enfants.

Les hommes remettaient le foin dans la charrette. J'avais été gourde, j'avais causé du tort, je ne me le pardonnais pas. Charlotte avait raison : je n'étais qu'une prétentieuse Parisienne, une Parisienne sotte, maladroite et humiliée.

Ludovic se présenta chez tante Geneviève le surlendemain. Nous étions à couper quelques roses lorsque sa monture gagna la cour. Je résistai à l'envie de me lancer tête première dans les buissons. Il avança vers nous, l'air triomphant, une poule rousse sous le bras.

— Bien le bonjour, Mesdames, s'exclama-t-il en bondissant sur le sol.

Il me jeta un coup d'œil furtif, se racla la gorge et releva fièrement la tête.

— En l'absence d'oncle Clément, j'ai été mandaté par tante Anne pour vous porter le don. Elle dit que ce n'est pas grand-chose comparé à tous les services que vous lui avez rendus, mais elle serait très heureuse si vous l'acceptiez. Voilà, je l'ai engraissée moi-même. C'est qu'elle était quelque peu chétive quand je l'ai trouvée. Une vraie poule parisienne !

Il présenta la poule. Tante Geneviève l'installa habilement sous son bras gauche. Il me fit un clin d'œil. À cet instant précis, une inspiration irrésistible me traversa l'esprit. Ce don de poule rousse m'apparut l'occasion inespérée pour racheter les torts de mon étourderie.

— Tante Geneviève, ne croyez-vous pas que ces bonnes gens ont davantage besoin de cette poule que nous ? Il serait…

Elle me foudroya du regard. Ludovic perdit tout sourire et se raidit de tout son être.

— J'accepte ce don avec le plus grand plaisir, Ludovic. Veuillez excuser ma nièce, elle n'est pas au fait des coutumes des…

— Des pauvres campagnards ! railla-t-il.

— Non, des accouchements, des coutumes liées aux accouchements. Soyez assuré que votre don me touche profondément. Cette

poule fera honneur à notre table le moment venu, croyez-moi !
Remerciez bien votre tante pour moi. Nous apprécions votre don.

— Je n'y manquerai pas.

Il me fixa froidement.

— Sachez que les paysans sont des gens d'honneur, Princesse !

Il claqua ses bottes de cuir à peine couvertes d'une mince couche de poussière, tira d'un coup sec sur les pans de sa chemise de
toile grège, nous fit la révérence, enfourcha son cheval et repartit
au petit galop.

J'étais anéantie. Le nuage de poussière eut le temps de retomber avant que je ne réagisse aux tapotements de tante Geneviève
sur mon épaule.

— Mais... mais qu'ai-je dit, qu'ai-je fait ?

— Rien de mal, Hélène, rien de mal. Ta grande générosité n'est
pas un mal en soi. Je crois cependant que dans ce cas-ci, elle ne
convenait tout simplement pas. Les accouchées ont coutume de
faire un don à la sage-femme. C'est un geste de fierté, tout autant
qu'un paiement pour service rendu. Le repousser est... comment
dire... offensant, méprisant.

— Ah ! Je... mais j'ignorais tout ça ! Je ne voulais que réparer
ma bourde, je... oh, tante Geneviève, je suis tellement stupide !

— Mais non, tu es loin d'être stupide ! Tu as beaucoup à
apprendre, c'est tout ! Tout est tellement différent de la ville, ici.
Calme-toi, tu apprendras, allez. Donne-toi un peu de temps.

Elle passa son bras libre autour de ma taille. La vue de la poule
amplifia ma douleur.

— Ludovic, je l'ai froissé, il doit me détester.

— Ça me surprendrait ! Tu l'as blessé dans sa fierté certes,
mais...

— Je n'avais aucune intention de le blesser, au contraire ! Je...
je voulais...

— Au contraire tu voulais lui plaire, je sais. Viens, allons. Cette
poule a vraiment un p'tit air parisien, ne trouves-tu pas ?

Je souris malgré moi à la docile poule rousse qui n'émit qu'un
faible caquetage lorsqu'on la déposa dans l'enclos des volailles.
Décidément, la campagne lui convenait ! Ma tante m'avait entraînée sous le pavillon des vignes derrière notre maison afin de
discuter. Je flattais nonchalamment Minette qui ronronnait sur
mes genoux.

— On ne peut renier ce qu'on est, Hélène. Tu es la fille du noble homme Nicolas Boullé, bourgeois de Paris et secrétaire du Roi. Tu n'es pas et ne seras jamais une paysanne malgré tous les efforts que tu déploieras pour tenter de le devenir. Chacun a sa place en ce monde, les nobles comme les paysans. Quelquefois, notre place ne nous convient pas totalement. Elle contrarie notre nature, nous coince, nous empêche d'être ce qu'on est vraiment. C'est trop souvent le lot des femmes, hélas !

Elle passa son bras autour de mes épaules.

— Mais, tu es dotée d'un tempérament suffisamment vigoureux pour trouver celle qui te conviendra. Tu trouveras, je sais que tu trouveras.

— C'est à cause des taches de son.

— À cause des taches de son ?

— Oui, Noémie dit que les taches de son donnent du tempérament.

Tante Geneviève rit en me pressant contre elle.

— Et Ludovic, tante Geneviève, Ludovic, comment pourrais-je lui faire comprendre que…

— Ludovic, oui, Ludovic… si je me fie à ce que je connais de lui, il ne t'en tiendra pas rigueur. Les hommes Ferras sont fiers certes, mais ils sont aussi intelligents et généreux.

— Il doit me haïr !

— Ça m'étonnerait !

— Ah ! comment le savez-vous ? Vous êtes voyante ?

Elle rit.

— Non, il suffit d'observer comme il te regarde.

— Comme il me regarde ?

— Oui, avec un brin d'admiration.

— Vous croyez !

Elle rit à nouveau et se leva en défroissant ses jupes. Puis, elle ajusta son tablier couleur lavande.

— Tu n'as pas à t'en faire. Sur le moment, ta maladresse l'aura vexé, mais au bout du compte, je suis persuadée qu'il comprendra ta bonne volonté. Il s'agit d'être patiente. Et si on retournait à nos roses, jeune fille ?

— Si seulement vous pouviez dire vrai.

— Croix de bois, croix de fer, termina-t-elle en se signant.

5

Le cheval de bois

— Allez ouste, Mademoiselle, hors du lit ! C'est la Saint-Jean aujourd'hui, une Saint-Jean qui s'annonce chaude et humide ! clama Noémie sitôt passé la porte de ma chambre.

Les souvenirs de la veille me pesaient. Je n'avais pas le cœur à la réjouissance.

— Quelle splendide journée nous attend ! Imaginez un peu les kiosques de la foire, les jongleurs, les musiciens, tout ça sur la place du marché !

Je restai sans bouger, distraite par ses bras qu'elle agitait dans tous les sens.

— Dieu du ciel, Mademoiselle, quelle mouche vous pique, vous en faites une tête ! Vous n'êtes pas malade au moins ?

— Non, non, ne vous inquiétez pas, je n'ai rien, juste un peu de…

J'eus beau essayer de retenir mes larmes, rien n'y fit. Elles se mirent à couler.

— Mademoiselle Hélène, sitôt éveillée et vous voilà en larmes ! Quelle est la cause de ce déplaisir ?

— Rien du tout, rien Noémie, je suis peut-être juste un peu fatiguée.

Elle s'approcha de mon lit me jaugeant avec attention.

— Je vois, je vois… Il n'y aurait pas un peu de Ferras sous cette peine à tout hasard ?

Je détournai la tête vers ma fenêtre sans répondre.

— Hélène, ma petite, il vous faudra apprendre à protéger votre cœur un peu plus que ça !

— Combien de fois faudra-t-il vous répéter que je ne suis plus une petite ?

Noémie souleva sa mèche en posant les poings sur ses hanches.

— Tout doux, jeune fille ! Votre chagrin éveille votre impertinence.

— Pardonnez, pardonnez-moi Noémie, je ne fais que bévues par-dessus bévues ces temps-ci. Aux champs, j'ai...

— Ah, nous y voilà ! C'est votre lourderie aux champs des Ferras qui vous turlupine ?

Elle s'assit lentement au bord de mon lit et passa sa main potelée dans mes cheveux.

— Eh bien ! Je conviendrai avec vous que la récolte du foin n'est pas votre plus grande habileté. D'un autre côté, si on parle d'enfants...

— Quoi d'enfants ?

— En ce qui concerne l'attention que vous portez aux enfants, je peux vous assurer qu'on ne tarit pas d'éloges à votre égard.

— Ah ! Vous en êtes bien certaine ? dis-je en m'essuyant les joues avec le coin du drap.

— Certaine ! Même que les jeunots vous réclament souvent. Ils demandent Lène par-ci, Lène par-là. Quand est-ce que Lène revient ? Lène n'est pas là aujourd'hui ?

— Et Anne le dit aussi ? Elle dit aussi que j'ai la main avec les enfants ?

— Assurément, tout autant qu'Antoinette !

— Et... Ludovic, que dit Ludovic ?

— Ludovic est un garçon, et vous savez les garçons... Par contre...

— Par contre quoi, Noémie ?

— Par contre, je dirais qu'à la façon dont il vous regarde, il est probable qu'il apprécie certains aspects de votre personne.

— Vraiment Noémie, vous croyez vraiment ?

— Oui, vraiment ! répéta-t-elle avec une solide conviction.

Noémie aviva suffisamment mon courage pour que le désir de revoir les Ferras défie toutes mes hontes. J'enfilai ma robe couleur isabelle, celle dont le jaune rehaussait le cuivré de mes cheveux. Elle était encore plus ajustée qu'en début d'été. Mes seins prenaient de plus en plus de place et cela me ravissait. Noémie coiffa ma lourde crinière en deux tresses qu'elle enroula joliment autour de ma tête. Puis, elle y piqua des marguerites et de la camomille et fit si bien que je souris de satisfaction devant le reflet de mon miroir.

— Voilà, je suis prête pour reconquérir l'estime de Ludovic, Parisienne ou pas ! affirmai-je énergiquement.

Je descendis à la cuisine et pris part aux préparatifs du dîner champêtre avec enthousiasme.

Vu de loin, le hameau de Saint-Cloud avait l'aspect d'un entassement de cubes rosâtres surmontés de triangles bleutés au travers desquels surgissaient les clochers des deux églises. L'ensemble se détachait sur un fond de verdure, la forêt de Saint-Cloud. Entre l'entassement de cubes et la forêt coulait la Seine.

Paul menait fièrement notre attelage. Le blanc de sa chemise de lin contrastait avec son pourpoint azuré. Ses vêtements des beaux jours soulignaient la minceur que lui enviait Noémie. Elle disait qu'il n'y avait pas de justice. Lui conservait une taille svelte en s'empiffrant sans vergogne, tandis qu'elle s'arrondissait simplement à reluquer un plat. Paul avait trois passions : Noémie, les chevaux et l'escrime. Je les partageais toutes : je ne pouvais me passer de Noémie, dessiner les chevaux me fascinait et l'escrime était notre secret.

— Hé, hé, mes p'tites dames, nous y voilà presque ! Quel homme heureux je fais ! Pensez donc, trois jolies dames m'accompagnent à la fête de la Saint-Jean-Baptiste !

Sa remarque fit rire Noémie tout autant que tante Geneviève.

— C'est un plaisir partagé, mon Paul ! répliqua Noémie.

— Et vous avez raison de vous réjouir Noémie ! Moi, je me languis de Simon. Deux mois déjà que je suis installée au Champ de l'Alouette et je n'ai eu droit qu'à une seule visite. Sa fonction de receveur des tailles à Amiens lui laisse si peu de liberté, surtout en cette saison. Si on y ajoute la piètre condition des routes…

— Chassez ces sombres pensées, Madame Alix, dit Paul. Le cœur se doit d'être à la fête aujourd'hui. Tenez, pour un peu je vous promets une danse.

Tante Geneviève pouffa, Noémie sourcilla.

— Votre bon cœur vous honore, mais je connais votre peu d'inclination pour la danse. Je n'ai aucune envie de me transformer en bourreau. C'est une journée de fête comme vous dites. Congé de danse, pour vous. Voilà, je vous libère de toute obligation !

Nous riions encore quand Paul s'arrêta dans la rue du Carrefour menant directement à la place du marché. Je portais attention aux gens chargés de paniers se rendant à la foire.

— Tante Geneviève, vous pensez que les Ferras y seront ?

Elle eut un sourire complice.

— Les relevailles d'Anne la retiennent à la maison, il est vrai, mais je souhaite qu'Antoinette et Ludovic puissent se libérer. Ils ont bien mérité de s'amuser un peu.

— Je le souhaite aussi.

Au centre de la place s'élevait un gigantesque tas de branches autour duquel grouillait une foule presque aussi dense qu'aux Halles de Paris. Les violons des ménestrels se joignaient aux sons des pipeaux et des vielles. Des serpentins s'agitaient au-dessus des jupons colorés virevoltant au rythme de la musique.

— Tante Geneviève, regardez là-bas, des quilles sautillent devant la boulangerie. J'aimerais y voir de plus près.

— Tu n'as pas envie de te joindre à cette joyeuse farandole? C'est si entraînant, si seulement j'avais…

— Madame Geneviève, comme je vous comprends! Je suis prise de la même envie, si seulement mon Paul daignait m'inviter!

Paul fronça ses épais sourcils noirs, hérités, disait-il, de son ancêtre le pirate, et tiqua en plongeant ses minuscules yeux bleus dans ceux de Noémie.

— Désolé ma biquette! J'ai été libéré de cette torture par madame Alix elle-même. Vous savez que j'ferais tout pour vot' bon plaisir, tout sauf danser! Je suis plus rigide qu'un poteau, les courbettes et sautillements me sont un tel supplice! Vous me voyez peiné de ne pouvoir vous satisfaire. Ce sera, j'en ai bien peur, l'épreuve de votre journée, s'empressa-t-il de conclure mi-sérieux, mi-taquin en lui baisant la main.

— Nenni! Sachez que je n'abandonne pas si vite la partie.

Ce disant, elle fit une courbette devant tante Geneviève qui les observait en riant.

— M'accorderez-vous cette danse, noble Dame?

Et elles entrèrent dans la danse la mine réjouie.

— Par cette chaleur, il faut être un peu folasse pour sautiller de la sorte, ne trouvez-vous pas, charmante Demoiselle? me dit Paul avec un clin d'œil. Soyons plus sages. Si on allait plutôt regarder ces quilles volantes?

— Avec le plus grand des plaisirs, maître Paul.

Devant la boulangerie, l'attroupement était tel que je parvenais difficilement à entrevoir les soubresauts des trois quilles rouges d'un jongleur. Derrière son chariot s'élevaient les cris stridents d'un oiseau.

— « Croac, croac, Coco dodo, Coco dodo ».

— Vous entendez Mademoiselle, c'est un oiseau des colonies, un perroquet !

— Un oiseau qui parle ! m'étonnai-je.

Il se souleva sur la pointe des pieds afin de scruter en direction des cris.

— Il est plus gros qu'un pigeon et ses plumes… ! Il faut voir, du rouge, du jaune, du vert, décrivit-il en modelant de ses grandes mains la forme de la bête.

Puis, il pivota sur lui-même et se figea.

— Mademoiselle Hélène, vous n'en croirez pas vos yeux ! s'exclama-t-il.

— Quoi, qu'y a-t-il Paul ?

— Regardez, là tout au fond, devant l'église catholique !

Du coup, l'oiseau perdit tout intérêt.

— Allons-y vite !

Il m'agrippa par le bras, me tirant presque vers le chapiteau de l'autre côté de la place : un chapiteau d'escrime ! Sous l'auvent, des sabres et des épées attiraient les curieux tandis qu'un homme racolait des participants.

— Oyez, oyez, zeunes zens ! Lequel d'entre vous osera se mesurer à notre champion ? Trois sols, pour trois sols zeulement, vous croiserez le fer avec l'escrimeur ici présent. Si vous l'emportez, ce magnifique cheval de bois sera pour vous. Pour trois sols, trois sols seulement ! Choisissez votre arme, l'épée, le fleuret ou le sabre, clamait-il en désignant le râtelier derrière lui.

C'était un homme trapu. Ses cheveux noirs, son teint verdâtre et son zézaiement laissaient deviner des origines espagnoles ou gitanes. À ses côtés, un garçon portant chapeau à plume et bottes à rebord, saluait de son arme. Paul s'approcha.

— Dites-moi, armurier, ce fleuret, puis-je y regarder de plus près ?

— Si, si, Monseigneur. Voyez, plus lézère que l'épée et moins violente, si vous voyez ce que ze veux dire, elle porte mouche.

— Oui, oui, un bouchon au bout de la lame.

— C'est exact. Bonne protection, plus de chatouilles que de morts. Vous connaissez le fleuret ?

— Non… si, enfin j'en avais entendu parler mais n'en ai jamais usé.

— Monseigneur s'y connaît en armes ?

— J'ai été au service d'un mousquetaire, autrefois.

— Un mousquetaire! Alors, monseigneur a le poignet agile.

— Paul est mon maître, dis-je fièrement.

— Alors, la p'tite demoiselle pourrait peut-être se laisser tenter par un assaut?

Paul me regarda, amusé par la proposition.

— Mais non Paul, pas ici! Et puis, je ne connais pas son coup d'épée, je ne l'ai pas vu en combat.

— Lène, Lène, criait-on derrière moi.

C'était Mathurin. Je me retournai vivement et vis qu'Antoinette escortée de Mathurin et d'Isabeau tentait de nous rejoindre. J'allai à leur rencontre soulevant Isabeau au bout de mes bras. Elle portait une jolie robe verte finement rayée de blanc.

— Bonjour, Isabeau, comment vas-tu?

Pour un peu, je bécotais son visage poupin.

— Zour, Lène. Zabeau t'a trouvée!

— Tu t'amuses bien à la foire, tu vois de belles choses?

— Oui, oui, Zabeau vu Coco l'oiseau qui parle, « Coco, dodo, Coco, dodo » dit-elle en riant.

— Ah, mais tu en as de la chance! Tu sais qu'il vient de très loin cet oiseau.

— Coco dodo, Coco dodo! répéta-t-elle joyeusement en passant ses bras autour de mon cou.

Sa gaieté débordante me gagna tant et si bien que je me laissai aller à l'irrésistible envie de goûter sa joue avant de la déposer au sol.

— Bonjour Antoinette. Quelle chance de vous rencontrer!

Je cherchai Ludovic mais ne le vis pas.

— Je le suis aussi. Tu t'amuses bien?

— Oui, il y a tant à voir. Je m'attardais à l'escrime avec Paul. Noémie et tante Geneviève dansent le cotillon.

— Tu t'intéresses à l'escrime?

— Oui, enfin je trouve ça agréable de regarder. On rejoint Paul?

Un assaut à l'épée s'était engagé. Paul observait les moindres mouvements des adversaires. Je m'appliquai à comprendre le jeu du champion à battre. Il avait le doigté agile et son coup droit gardait l'adversaire sur la défensive. Puis, ce fut l'invite de seconde et parade de tierce. Il riposta par froissement et le désarma. Courtoisement, il ramassa l'arme du perdant et la lui remit. Ses feintes étaient rapides et ses croisements de fer démontraient une force non négligeable. Quand le touché fut prononcé, j'eus l'assurance que je saurais y faire. Je me tournai vers Paul et je compris qu'il était du même avis. Avec de la concentration, j'arriverais à le battre. Les gens applaudirent les efforts des adversaires et la clameur recommença de plus belle.

— Oyez, oyez, zeunes zens! Voyez ce magnifique cheval de bois. Il sera à vous si vous réussissez à toucher notre vainqueur. Pour trois sols seulement... Y est t'y pas adorable ce cheval?

— Antoinette, tu as vu le cheval? s'exclama Mathurin. Qu'est-ce que j'aimerais pouvoir l'offrir à maman. Regarde, il piaffe!

— Je suis de ton avis, il est très beau et je reconnais là ton grand cœur. Malheureusement, je n'ai pas le moindre sol sur moi! Et puis, je n'ai jamais tenu une épée, tu sais.

Paul me dévisagea. Il comprit ma tentation.

— Les dames sont toujours au cotillon et j'ai bien trois sols en poche, alors si... chuchota-t-il à mon oreille.

Je lui souris.

— Ne t'en fais pas, Mathurin, tu l'auras ton cheval de bois.

Je fis un clin d'œil à Antoinette et m'avançai vers le jeune escrimeur hébété. Paul tendait les trois sols au crieur.

— Si vous le permettez, je croiserais bien le fer avec vous.

— Mais, père, c'est une fille! s'énerva le champion. Ze ne peux pas!

Le père, quelque peu déconcerté par le caractère inusité de la situation, souleva les épaules sans répondre. Paul s'avança devant le jeune homme et lui tapota le dos.

— N'ayez crainte, mon garçon, cette jeune demoiselle saura repousser vos attaques. Je suis son maître. Je sais ce dont elle est capable, dit-il pour rassurer celui que ma féminité rebutait.

— Ouais, ben si m'sieur insiste, conclut le père. On peut y laisser sa chance à la p'tite dame. Avec ces Françaises, on ne sait zamais!

Prestement, je relevai ma jupe et l'accrochai à ma taille, un jupon serait bien suffisant pour cacher mes jambes et encombrer mes pas. Puis, j'enfilai la cuirasse, saluai Paul, mon adversaire, la foule et pris la position de garde.

— Prête!

— Prêt! se résigna l'adversaire la mine déconfite.

Ses retraites trahissaient son appréhension. J'étais une fille et gauchère de surcroît! J'engageai par une prise de fer. Je bloquai ses attaques par parade de quinte, parade de quarte et déjouai ses feintes. Je n'hésitai pas à tournoyer sur moi-même pour le désta-biliser. Son froissement ne réussit pas à me désarmer. Je répliquai par une recherche du fer, me dérobai, me fendis et touchai sa cuisse.

— Touché, annonça-t-il visiblement soulagé.

Je m'arrêtai afin de retrouver mon souffle tout en reprenant peu à peu conscience des gens qui applaudissaient.

— Comment, une fille ! s'exclamaient les observateurs stupéfaits.

Un sourire de conquérant illuminait le visage de Paul. Je repla-çai ma jupe et me précipitai dans ses bras. Porté par l'enthousiasme, il me souleva par-dessus son épaule. À cet instant précis, je l'aper-çus. Ludovic se tenait là, derrière Paul. Il me salua en soulevant son chapeau de paille. Lorsque je remis les pieds au sol, Paul reçut le cheval de bois des mains du crieur.

— Une demoizelle qui sait si ben se défendre, c'est plutôt rare ! Gare à ceux qui se mettront en travers de vot' chemin, ma p'tite Dame !

— Tenez, Hélène, vous l'avez bien mérité, continua Paul en me remettant le prix.

Je me retournai vers Mathurin.

— Le cadeau pour ta mère, dis-je en lui tendant le cheval.

— Mais Lène, tu… tu as gagné ! Antoinette, Lène a gagné… Merci, Lène, merci beaucoup ! C'est maman qui sera contente ! s'émerveilla-t-il en levant le précieux cheval vers Antoinette.

Sa joie me remplit d'aise. Elle mettait un baume sur les désa-gréables sentiments qu'avaient exacerbés mes bévues des derniers jours.

— Ce fut un plaisir de combattre pour vous, Monsieur Mathurin.

Ludovic s'approcha en souriant.

— À vous regarder croiser le fer, Princesse, nul ne pourrait vous imaginer craignant une souris.

Sa remarque entraîna un rire généralisé. La lueur d'admiration de ses yeux me valut plus que mille chevaux de bois.

— C'est formidable ! s'exclama Antoinette. Je ne croyais pas qu'une fille pouvait…

— C'est Paul qui m'apprend en secret. Au début, ses leçons étaient réservées à mon frère Eustache, mais j'ai tant insisté…

— Hélène, c'est fantastique, toi, une fille, croiser le fer et gagner !

— Tout le mérite revient à Paul. Il a la patience de supporter les maladresses de mes assauts. Antoinette pourrait se joindre à nous, Paul ?

— Bien entendu, tous les intéressés sont les bienvenus. L'arrière de la grange nous tient lieu de salle d'armes. Nous nous y rendons avant le lever du jour. Mais c'est un secret entre mademoiselle et moi. Nous tenons au plus grand secret.

Le dîner champêtre eut lieu sur le versant derrière l'église catholique. Nous nous joignîmes aux Ferras. Notre repas fut animé par les récits et les mimiques de Paul qui prit plaisir à évoquer les aventures des mousquetaires du Roi. Il effectua pirouettes, attaques, parades avec une vivacité juvénile tout en insistant sur les détails de ses plus redoutables estocades. Il étonna, émerveilla, épouvanta et horrifia. Quand il décrivit la terrible rixe au cours de laquelle son patron mousquetaire subit une telle blessure au genou qu'il dut abandonner sa charge, la désolation nous submergea. Les souvenirs l'avaient enflammé et la démonstration le rendit essoufflé. Pour en finir, il s'inclina devant Noémie.

— Dorénavant, mes bras et mon honneur sont au service de Madame !

Après un salut royal, il lui baisa galamment la main. Noémie devint cramoisie. Nos rires se perdirent dans les envolées des violons et pipeaux. Les émotions soulevées par Paul s'étaient combinées au subtil émoi qui me troublait à chaque fois que le regard de Ludovic s'accrochait au mien. Je ne le quittais jamais la première.

Le repas terminé, les enfants se regroupèrent en sautillant et les dames, ombrelles à la main, firent promenade. La chaleur humide et lourde laissait présager un orage bien que le ciel fût presque complètement dégagé. Paul, Ludovic et Mathurin avaient rejoint les paysans que le manque de pluie des dernières semaines commençait à inquiéter sérieusement. Antoinette et moi, bien installées sur le haut de la pente de verdure menant à la Seine, observions en silence le spectacle qu'offrait le coucher du soleil. L'astre du jour éclatait de jaune et d'orangé tout en colorant de rose, de pourpre et de violet les filets de nuages qui accompagnaient sa descente. Ce grand seigneur dorait l'atmosphère avant d'entraîner à sa suite toutes les couleurs du jour. Où se rendait ce magicien ? Touchait-il les côtes de ce Nouveau Monde qui préoccupait tant mon père ? Et par quel heureux miracle nous revenait-il à l'autre bout de la nuit ?

— Dis Antoinette, tu sais où va le soleil lorsqu'il nous quitte ?

— Nous quitte-t-il vraiment ? Il n'est plus visible, tout devient sombre certes, mais ce n'est peut-être qu'une illusion, qui sait ?

Je regardai Ludovic. Il était presque aussi grand que Paul et Paul était grand. De temps à autre, il nous observait, brièvement.

— Hélène, tu aperçois Isabeau ? s'inquiéta soudain Antoinette.

Je me levai aussitôt scrutant les groupes éparpillés sur le vaste terrain.

— Elle n'est pas avec Paul. Peut-être a-t-elle accompagné tante Geneviève et Noémie à l'orée de la forêt ?

Nous allâmes d'un groupe à l'autre avant de réaliser que personne n'avait vu notre Isabeau. Au bout d'un moment, l'évidence nous stupéfia ; Isabeau avait disparu ! Une fouille systématique s'organisa : Paul et Noémie durent inspecter l'orée du bois ; tante Geneviève, Antoinette et Mathurin, chaque buisson du pré ; Ludovic et moi, les berges de la Seine. Et c'est le cœur battant que j'entrepris notre exploration, mon inquiétude frayant avec un enchantement indescriptible. J'étais enfin seule avec Ludovic ! Je fus intimidée lorsqu'il prit ma main pour m'aider à prendre pied sur un rocher, envoûtée lorsqu'il m'agrippa par la taille afin de sursauter au-dessus d'une mare de boue et troublée, lorsque, délicatement, il dégagea du bout de ses doigts une branche de framboisier agrippée à mes cheveux. Nous ne parlions pas. Je me contentais de suivre son pas assuré, l'aidant à soulever les broussailles ou écarter les ronces. De temps à autre, nous appelions Isabeau. À quelques reprises, l'espace d'un instant, il délaissa son air soucieux et me sourit. Bien égoïstement, je me surpris à souhaiter que cette fouille n'en finisse jamais.

Aux dernières lueurs du jour, une violente bourrasque de vent agita les arbres, décoiffa hommes et dames et ébouriffa les cheveux. Nous avions la mine aussi sombre que les lourds nuages qui montaient. Isabeau restait introuvable et Antoinette pleurait.

— Et si elle s'était noyée... et si elle s'était aventurée dans le bois... et... la nuit qui vient, s'affolait-elle.

Noémie la prit dans ses bras.

— Allons, allons ma fille, ne vous laissez pas abattre ! Isabeau se sera réfugiée dans un quelconque abri pour nous jouer un vilain tour. Allez donc savoir ce que peuvent imaginer ces enfants ? Ne vous inquiétez pas, nous la trouverons. Elle doit bien être quelque part...

Antoinette se ressaisit quelque peu.

— Tout est de ma faute ! Vous comprenez, c'est moi qui ai insisté auprès de tante Anne pour l'amener ici. Je voulais tant lui faire plaisir !

— Par tous les diables ! Il ne sera pas dit qu'un cocher de mousquetaire soit incapable de retrouver un enfant perdu dans une foire de paysans ! Cette petite ne s'est tout de même pas envolée en fumée ! À vos armes, chevalier Mathurin, allons défiler autour de ce bûcher avant qu'on y mette le feu, s'exclama Paul en faisant claquer son chapeau sur les fesses de Noémie.

Sa vigueur nous rassura et son geste gaillard allégea quelque peu nos émois. Mathurin fila avec Paul qui transformait notre infortune en croisade chevaleresque.

Malgré la menace de l'orage, les festivités suivaient leur cours. L'échevin de Saint-Cloud s'adressa à la foule, remercia chacun de sa participation et souhaita une bonne fin de soirée à tous. Puis, accompagnée par le roulement d'un tambour, sa torche embrasa le feu de joie. En un rien de temps, la lumière et les crépitements de la flamme envahirent la place. De partout surgissaient les applaudissements et les exclamations de réjouissance. Au loin, sans doute excité par tout ce brouhaha, le perroquet criait à tue-tête : « Croac, croac, Coco, dodo, Coco, dodo ».

— Le perroquet des jongleurs ! L'oiseau qui parle ! Et si Isabeau était retournée voir l'oiseau des colonies ? m'exclamai-je en m'élançant vers le chariot.

— L'oiseau, mais oui, l'oiseau ! reprirent tour à tour tante Geneviève, Noémie et Ludovic en suivant mon pas de course.

Dans le chariot des jongleurs, au fond de l'énorme cage de rotin, le perroquet se dandinait de long en large : « Croac, croac, Coco, dodo, Coco, dodo ».

— Regardez, regardez, elle est là derrière le chariot !

Près d'une roue, une poche bourrée de paille lui servait de lit. Elle dormait paisiblement en suçant son pouce. Ludovic me sourit en soupirant d'aise. Il s'approcha de moi et dans un élan de reconnaissance effleura ma joue de ses lèvres. J'y portai la main, éblouie par sa hardiesse.

— Merci, Hélène !

Un éclair jaillit dans le noir et un claquement sourd percuta l'air. Isabeau se réveilla en sursaut, apeurée. Ludovic se pencha vers elle.

— N'aie pas peur Isabeau, nous sommes là, dit-il en caressant ses cheveux blonds.

Il la prit dans ses bras.

— Que fais-tu ici, si loin d'Antoinette, petite vilaine ?

— Zabeau fait dodo avec Coco, avec oiseau Coco.

Nos rires dissipèrent définitivement les désagréables tensions de sa dérobade.

L'averse qui s'abattit sur la place du marché fut accueillie par des cris de soulagement. Elle étouffait les flammes de la fête tout autant que les craintes des paysans. La sécheresse redoutée serait évitée et les puits ne seraient pas taris. Nous étions trempés, soulagés et heureux.

Avant de nous laisser, Isabeau qui n'avait plus quitté les bras de Ludovic, insista pour me faire un câlin. Quand elle se pencha vers moi Ludovic eut un sourire espiègle.

— Parisienne peut-être, mais Parisienne dégourdie ! Vous m'épatez, Princesse !

Je n'étais pas une princesse. Pourtant, quand Ludovic posait les yeux sur moi, il me semblait que c'était le cas.

6

L'ami

Une brise chaude entrait par la fenêtre de ma chambre déjà pleine de la lumière rosée du petit matin. Je m'étirai longuement au son du tintamarre des oiseaux. Si je me levais maintenant, je pourrais goûter à la fraîcheur de l'aube des mouches. Pieds nus dans l'herbe humide, je me rendis sous le pavillon. Des rayons de soleil perçaient les vignes suspendues aux treillis. Des gouttes d'eau scintillaient sur les larges feuilles lustrées qui dissimulaient de minuscules grappes de perles blanches. Sur le banc, je me recroquevillai dans une flaque de lumière. Une douce chaleur m'enveloppait. Je fermai les yeux. Minette ronronnait sous mon banc, le gazouillis des tourterelles répondait au coucou et la flûte du merle entrecoupait les jacassements de la pie. Toutes ces mélodies se mêlaient au délicat bruissement des trembles qui bordaient la Seine, au fond du jardin. Je tentai de discerner le tire-lire de l'alouette, mais ce fut en vain. Le caquetage des poules me fit sourire. Je songeai à Ludovic. Que faisait-il de si bon matin ?

Perdue dans ma rêverie, il me sembla l'entendre dire : « Bonjour, Mademoiselle Hélène ! »

— Bonjour, Mademoiselle Hélène ! reprit-il.

J'ouvris les yeux en sursautant. Minette déguerpit entre ses pieds tandis qu'il se pliait en deux me saluant généreusement.

— Ludovic, mais… mais que faites-vous là ? Enfin, il est si tôt et… et moi, en chemise de nuit et…

Son sourire se fit taquin.

— Pour la chemise de nuit il n'y a vraiment pas de faute, vraiment pas ! Quant à l'émoi que je vous cause, je ne sais trop si je dois m'en réjouir ou m'en désoler.

— Non, pas désolé. Je veux dire j'ai plaisir à vous voir, croyez-moi, c'est… c'est la surprise qui me…

— Qui vous trouble ?

— Oui. Je ne m'attendais pas à vous rencontrer ici et de si bonne heure !

— Je me rends à la grange. Je vous ai aperçue derrière l'écran de vignes et je n'ai pu résister à l'envie de vous saluer. Je suis impardonnable ! Veuillez m'excuser, murmura-t-il doucement.

— Je n'ai pas à pardonner votre gentillesse. Quand vous êtes arrivé, je pensais justement...

— Vous pensiez justement ?

Je mordis ma lèvre. Et s'il était inconvenant de révéler à un jeune homme qu'on rêvait de lui, là, sous les vignes, en chemise de nuit ?

— Vous pensiez justement ? répéta-t-il en inclinant la tête.

— Eh bien, je pensais à vous, avouai-je en fixant la grappe de raisin suspendue au-dessus de sa tête. Je me demandais si... enfin, si vous étiez levé.

Je me sentis rougir et le poids de mon audace m'accabla au point que je me laissai tomber sur le banc.

— Vraiment, vous pensiez à moi ? s'étonna-t-il en s'asseyant à mes côtés.

— Oui, je pensais à vous.

Pour un instant, un merveilleux instant, nos regards se perdirent l'un dans l'autre. Sa main accrocha la garde de son épée qui frotta sur la pierre en brisant du coup la savoureuse magie qui nous liait. Il se ressaisit.

— Eh bien, oui, je me lève aux aurores tous les matins. Habituellement, après le déjeuner, je me rends à l'étable ou à la grange afin de préparer les outils et les bêtes pour la besogne de la journée.

— Ah ! Vous... vous levez aux aurores tous les matins.

— Hum, hum ! fit-il en parcourant des yeux ma lourde tresse étalée sur mon épaule. Tous les matins, sauf ce matin qui est un matin particulier.

— Particulier, ah ! Et en quoi est-il particulier ?

— Ce matin, continua-t-il en braquant ses yeux dans les miens, j'espérais vous rencontrer. Et cela fait de ce matin, un matin très particulier.

— Vraiment, je... je suis flattée.

Je clignai des yeux, éblouie davantage par ses paroles que par l'éclat du soleil. Son épée scintilla et ma curiosité prit le dessus.

— Et l'épée, j'ignorais que vous aviez le privilège de porter l'épée ?

— Ah oui, l'épée… poursuivit-il en posant la main sur sa garde, l'épée est une autre particularité de la matinée. J'ai rendez-vous avec Paul. Il me fait l'obligeance de quelques assauts. Je compte bien me montrer digne de la famille de ma mère de qui je tiens cette épée en héritage. Mon grand-père Chenet possédait un fief en Bretagne.

— Propriétaire terrien ?

— Presque. Son fief, un domaine de plus de cent acres, lui fut concédé par le Seigneur Luvak en échange d'une charge de capitaine dans son armée. Sachez que cette épée a vaillamment combattu, Mademoiselle !

Il sortit fièrement l'arme de son baudrier de cuir noir. Sur la garde d'argent, un C d'or était finement incrusté.

— Et vous pratiquez l'escrime depuis longtemps ?

Il s'apprêtait à répondre quand Paul apparut devant nous, son épée à la main.

— Hé, hé, je vous trouve enfin, jeune homme ! s'écria-t-il en apercevant Ludovic qui se levait.

Il me jeta un bref coup d'œil, se tourna vers Ludovic et reporta son attention sur moi.

— Mademoiselle Hélène ! Que faites-vous dans une telle tenue en présence de ce jeune homme ?

Ludovic s'empressa de répondre.

— Tout est de ma faute. J'eus l'impertinence de venir importuner mademoiselle. Elle profitait du soleil et j'ai osé l'aborder. S'il y a un blâme à formuler, c'est à moi qu'il doit s'adresser. J'étais en avance pour notre rendez-vous alors… Je suis inexcusable, conclut-il en saluant de la tête, un bras croisé sur son torse.

Je lui fus reconnaissante d'assumer la singularité de la situation. Paul plissa le front, tortilla ses longs sourcils et reluqua Ludovic.

— Allons, allons, la faute est bien légère, mon jeune ami ! Je peux facilement comprendre, notre Hélène est une si charmante petite fille !

— Paul, je ne suis plus une petite fille !

Il écarquilla les yeux, passa le revers de sa main sous son nez, souleva son chapeau de paille, le plaça sur son cœur et poursuivit avec un air de grand seigneur.

— Mademoiselle Hélène, veuillez pardonner ma maladresse. Vous me connaissez, c'est à cause de l'excitation. Je suis toujours agité quand il s'agit de tirer l'épée avec un nouveau partenaire, supplia-t-il en fléchissant un genou. Vous me pardonnez?

Je ris avant de poursuivre pompeusement.

— Soit, je veux bien vous pardonner. Mais il y a une condition, mousquetaire.

Il se releva et, arquant exagérément les sourcils, s'enquit:

— Ah! Une condition?

— Je veux assister aux assauts, à tous les assauts que vous tiendrez avec Ludovic.

Il lorgna Ludovic qui haussait les épaules.

— Si Ludovic y consent, je ne vois pas…

— Je n'y vois vraiment aucun, aucun mal, enchaîna Ludovic avec empressement. La présence de mademoiselle agrémentera nos rencontres.

Paul retint difficilement son éclat de rire.

— Alors, Mademoiselle Hélène, vous n'aurez qu'à nous rejoindre dans notre salle d'escrime, après vous être vêtue plus… enfin plus convenablement. Si je peux me permettre un conseil, évitez de croiser Noémie. Je doute qu'elle apprécie vos sorties matinales en chemise de nuit.

Je me retins pour ne pas lui sauter au cou. Merveilleux Paul, mon complice, mon maître!

— Prêt pour l'assaut, jeune homme?

— Tout fin prêt! Je vous suis de ce pas!

Le maître sortit du pavillon et se dirigea prestement vers la grange, suivi de l'élève. L'enchantement me figea sur place.

— Cette chemise de nuit vous habille à merveille, avait-il chuchoté à mon oreille en me quittant.

Notre grange au toit de chaume était de dimension moyenne. Nos deux chevaux semi-arabes qui faisaient la fierté de Paul occupaient deux de ses huit stalles depuis le début de l'été. Tout au fond, l'espace de rangement surplombé du palier à fourrage nous tenait lieu de salle d'armes. Quand je les rejoignis, les adversaires étaient tout à leur assaut. Paul attaquait, faisait marche arrière, reprenait le fer et enchaînait des attaques auxquelles Ludovic ripostait avec force et agilité. Il bondissait, se fendait, changeait de garde et imposait ses contre-ripostes. Au bout du compte, l'expérience de Paul eut raison de la jeunesse de Ludovic. Le vainqueur, rouge et essoufflé, salua avec satisfaction devant le vaincu qui haletait à peine.

— Ce fut un honneur, maître Paul.

— Votre adresse me surprend, jeune homme ! Quel est donc ce maître qui vous a si bien transmis son savoir ?

— J'ai appris chez les Jésuites avec le père Valaubrin.

— Chez les Jésuites !

— Oui. Le père Valaubrin était mousquetaire avant d'entrer dans la Compagnie de Jésus. Ce maître est une fine lame.

— Valaubrin de Reims ! Par tous les diables, feriez-vous allusion à ce bon vieux Lucas ?

— Le père Lucas Valaubrin, vous le connaissez ?

— Si je le connais, si je connais Lucas Valaubrin de Reims ! Eh bien, mon garçon, sachez que je fus autrefois son cocher ! claironna-t-il fièrement.

Un geste du poignet suffit à faire virevolter son épée qui fendit l'air. Abasourdi, Ludovic resta sans voix.

— Paul habitait Reims au temps de sa jeunesse, expliquai-je à Ludovic.

Il secoua sa tête et lissa ses cheveux derrière ses oreilles.

— Vous… vous saviez que Paul, que votre co… cocher est une légende ?

— Une légende ?

— Une vraie légende, oui ! À Reims, on raconte que le cocher du père Valaubrin lui sauva plus d'une fois la vie du temps où il était mousquetaire.

Paul éclata de rire.

— Mais non, mais non, la rumeur exagère, mon garçon ! J'ai bien taquiné quelques-uns de ses assaillants lors d'escarmouches, mais les coups d'épée de Valaubrin suffisaient amplement à faire prendre la poudre d'escampette aux plus féroces agresseurs. Ah, nous avions alors force et vivacité ! Quelle époque tout de même !

— Pour le coup, je l'ai échappé belle ! Quelques années en moins et j'étais sans vie !

Le rire de Paul redoubla. Visiblement excités, les chevaux s'ébrouèrent.

— Cessez ces viles flatteries, mon jeune ami. Sachez que vous avez vous aussi un talent substantiel. Encore un peu et vos touches feront de vous une fine lame du royaume. Vous égalerez les poignets des mousquetaires, foi de chevalier !

Cette fois, c'est Ludovic qui éclata de rire.

— À mon tour de ralentir vos emportements !

— Par tous les diables, que non, que non! J'ai un flair sûr! Votre talent ne fait aucun doute. Il suffit d'un peu de pratique. Concernant cet aspect des choses, si le cœur vous en dit, vous pourriez peut-être vous mesurer à mon élève préférée, si elle y consent, bien entendu, dit-il en me pointant du bout de son épée.

Voilà que Paul se faisait devin! Je connaissais ses talents d'escrimeur, de cocher, d'écuyer et je le savais très amoureux de Noémie, mais j'ignorais jusqu'alors qu'il avait le don de lire dans mes pensées. Un élan d'allégresse me transporta et je dis pour la forme, mais alors là, pour la forme seulement:

— Vous croyez vraiment que je suis de taille, Paul?

— Assurément que vous êtes de taille! Ne suis-je pas votre maître, par tous les diables!

— Je ne voulais pas vous froisser. J'ai simplement observé que… enfin si vous y voyez un certain intérêt Ludovic, je veux bien essayer.

Ludovic eut un éblouissant sourire.

— Ce serait un honneur, Princesse! dit-il me saluant de son épée.

Dans les jours qui suivirent, les préparatifs des fiançailles de Marguerite plongèrent le Champ de l'Alouette dans un fulgurant tourbillon d'effervescence. Le maître d'hôtel Ponard s'y installa avec trois servantes, deux cuisinières et le jardinier Le Nôtre dont la renommée, disait-on, gagnait les couloirs du Louvre. Maître Ponard orchestra le grand branle-bas. Il distribua les tâches, observa les travaux, réajusta les consignes et chahuta haut et fort quand le mécontentement lui venait.

Toutes les chambres des deux maisons furent astiquées et aménagées afin d'accueillir convenablement les familles Boullé et Deslandes. Les cuisines subirent de fréquents lavages, dégraissages et polissages et tous les bâtiments furent décrottés. On prépara les stalles pour les chevaux des visiteurs et installa des paillasses de paille fraîche sur le palier au fond de la grange afin d'accommoder les valets. Maître Le Nôtre, quant à lui, passa scrupuleusement en revue les moindres recoins du jardin. Il fit extirper les mauvaises herbes, couper les branches disgracieuses des pommiers, des poiriers et des pruniers, délimiter les massifs des mufliers, chrysanthèmes, digitales, pivoines et tailler les rosiers sous l'œil vigilant de tante Geneviève que cette opération inquiéta au plus haut point. Satisfait de l'ensemble, il insista pour que soient installés,

71

en bordure des maisons, dix énormes pots de grès débordants de géraniums rouges, la couleur préférée de ma mère. Quand les lieux furent tout à fait prêts, les cuisinières transformèrent le rez-de-chaussée en véritable kermesse. Le père Genais, qui secondait le maître d'hôtel, gérait les approvisionnements chez les paysans des environs : saucissons, pâtés et fromages s'entassèrent sur les crochets et les vins dans le caveau. Les ustensiles n'attendaient plus que les légumes qui seraient cueillis la veille pour assurer fraîcheur et qualité. Dindons, perdrix et lièvres allaient mijoter selon des recettes princières. Les nappes éclataient de blancheur et les chaudrons de cuivre et d'étain ne pouvaient briller davantage.

Au dire de Noémie, les journées n'étaient pas assez longues. Heureusement pour moi, elle était débordée. Je n'eus aucune peine à la convaincre de ne plus se préoccuper de mon réveil. Ainsi, à la barre du jour, je pouvais discrètement me rendre à la grange où m'attendaient Paul et Ludovic. Ces moments me transportaient de bonheur. J'étais avec Ludovic et je pratiquais l'escrime. Nos premières rencontres lui allouèrent la victoire, sa force physique surpassant nettement la mienne. Mais j'appris à connaître son jeu, ses forces et ses faiblesses. Au bout d'un temps, je sus quand il perdait patience et quand il se sentait prêt à attaquer. Sous les conseils de Paul, je m'appliquais à déceler ses intentions et à déjouer sa vigueur par mon agilité. Lors de nos rencontres, nous nous apprivoisions l'un l'autre et cela me plaisait. Quel que soit le gagnant — car, à ma grande surprise, je gagnai quelquefois —, nos saluts étaient empreints d'un plaisir partagé.

Lorsqu'il eut plus de temps à consacrer à ma tante, Ludovic devint le commissionnaire de notre maître d'hôtel. Il arrivait tôt le matin et ne repartait qu'en fin de soirée. J'adorais le voir aller et venir aux alentours. Un sourire de lui et je m'envolais au pays du bonheur, un geste de la main et j'étais au paradis. Je consacrais une partie de mes journées à la cueillette des petits fruits en compagnie de Noémie. Nous nous rendions dans tous les buissons du voisinage ne revenant qu'une fois nos paniers débordant de framboises, groseilles et myrtilles. Les confitures devaient être aussi variées que savoureuses.

Un après-midi, je sortis ramasser des prunes derrière la maison. Je recherchais les fruits pourprés dissimulés dans la verdure telles des améthystes dans leur écrin. J'observais attentivement leurs coloris, les pressais délicatement ne cueillant que les plus mûres.

J'avais atteint le dernier rang et mon panier était presque plein. Je résolus de m'asseoir un moment pour me chauffer au soleil. J'étais à rêvasser, bien appuyée sur les pierres de la petite remise servant de dépôt pour des contenants de toutes sortes quand de légers miaulements m'intriguèrent. Et si c'était Minette disparue depuis deux jours ? Je rampai jusqu'à la porte basse et l'entrouvris délicatement. Minette était là, étendue dans un couvercle de bois, haletante, les yeux mi-clos. Une minuscule boule rose s'éjecta du dessous de sa queue et tomba sur le chaton gigotant sur la terre battue. Minette accouchait ! Je restai là sans bouger, béate d'admiration devant ma chatte qui donnait vie jusqu'à ce que Ludovic m'interpelle.

— Mademoiselle Hélène, Mademoiselle Hélène !

Je reculai les fesses par-devant et lui fit signe de se taire. Il s'accroupit près de moi. Je pris sa main l'attirant vers la porte basse.

— Regardez Ludovic, c'est Minette ! chuchotai-je.

Il avança à quatre pattes dans l'étroite ouverture. Un mince filet de lumière me permit d'observer son visage. Il fallut quelques instants pour que son humeur s'assombrisse et qu'une larme coule sur sa joue. Il l'essuya aussitôt du revers de la main. Je reportai les yeux sur Minette : six chatons étaient pelotonnés sous son ventre. Ludovic ressortit de la remise, blême et visiblement troublé. Je pris sa main dans la mienne.

— Venez.

Je m'adossai près de lui au mur de la remise. Il appuya son front sur ses genoux.

— C'est le souvenir de votre mère qui vous bouleverse ainsi ?

Il ne répondit pas. Je regrettai aussitôt mon indélicatesse.

— Pardonnez-moi, je ne voulais pas vous offenser. C'est que je m'attriste pour vous.

Il renifla en relevant la tête.

— Il ne faut pas vous peiner, Hélène. C'est moi…

Il serra les mâchoires avant de secouer la tête comme pour éloigner les mauvais souvenirs. Puis, il soupira longuement.

— Vous savez que maman… à la naissance d'Antoinette. Mon père perdit la vie à Brest, quelques mois avant, lors de la dernière bataille de cette idiote guerre de Religion. Je vivais seul avec ma mère. Elle me parlait bien de l'enfant qu'elle portait, de l'enfant qui viendrait, mais je n'y comprenais rien. Je devais avoir dans les quatre ans. Quand elle se mit à crier de douleur, je fus si affolé que je courus me réfugier dans le bouge, me bouchant les oreilles pour ne plus l'entendre. Je ne pouvais rien faire pour elle ! Elle criait et hurlait de plus en plus fort et…

L'émotion étouffa ses mots. Son visage se crispa et son souffle s'accéléra. Il regarda vers la rivière et se perdit dans ses pensées. J'appuyai ma tête sur son épaule. J'aurais aimé le rejoindre dans la profondeur de son désarroi, le libérer de sa peine.

— Elle avait mis de l'eau à bouillir et installé une chaise renversée et de la paille devant la cheminée. La nuit était avancée quand elle me demanda de courir chercher la voisine à plus d'une demi-lieue. J'avais si peur dans le noir, la nuit, les bruits… À mon retour, maman ne criait plus. Un bébé pleurait entre ses jambes, Antoinette pleurait.

Puis, il se tut.

— Vous avez été brave, Ludovic.

Il pleura lentement, calmement et longtemps. Je me surpris à lui répéter les paroles de Paul.

— Pleurez, Ludovic, les pleurs nettoient les peines.

Il se moucha avant de me sourire faiblement.

— Et voilà le mousquetaire qui sera un jour une fine lame de France !

— La fine lame de France fut un jour un enfant. Vous n'étiez qu'un enfant, Ludovic, vous ne pouviez rien y faire. Vous imaginez Isabeau dans une telle situation ?

— Je sais, mais c'est plus fort que moi. Je me dis que si j'étais allé chercher la voisine plus tôt, que si j'avais…

— Vous étiez un enfant désemparé et cet enfant eut le courage de courir chez la voisine, en pleine nuit, seul dans le noir. Cet enfant-là est admirable, Ludovic. Vous pouviez à peine comprendre de quoi il retournait.

Il s'approcha, posa un baiser sur mon front et s'adossa au mur de pierres.

— Il m'aura fallu deux mois pour devenir orphelin de père et de mère. Les Lalement de Reims étaient les amis de nos parents. Comme la mère venait d'accoucher d'Augustin, elle prit Antoinette et devint sa nourrice. Ils eurent la complaisance de m'adopter avec elle. Plus tard, quand nous fûmes d'âge à aider, tante Anne et oncle Clément nous invitèrent à passer nos étés à Saint-Cloud.

Il saisit une poignée de cailloux et les fit rebondir un à un sur le tronc d'un prunier.

— On dit qu'elle était d'une grande beauté. J'en ai une vague souvenance. Ses cheveux avaient la couleur du miel et sa peau était couverte de taches de son.

Il me fit un pâle sourire en soupirant. J'eus alors la certitude que sa peine s'était allégée.

— Des taches de son !

— Hum, hum ! Des taches de son.

— Ah ! voilà donc la cause de vos regards insistants, mes taches de son !

Il rit avant de poser ses yeux dans les miens.

— Vos taches de son et… vos yeux émeraude. J'aime scruter leurs miroitements. Ils parlent, le saviez-vous ?

— Vous prétendez pouvoir lire dans mes yeux !

— À certains moments, oui.

— Ah bon ! Et que pouvez-vous y lire en cet instant ?

— Voyons cela de plus près.

Il approcha son visage du mien, fixa mes yeux, s'approcha encore et effleura mes lèvres de sa bouche. Puis, il s'éloigna lentement quelque peu mal à l'aise.

— Vous désirez être mon amie.

Son baiser m'avait troublé au point que je ne sus que dire. Il me regardait avec insistance.

— Est-ce juste, Hélène ?

— Et si je vous disais que je lis la même chose dans les vôtres.

Il sourit, posa à nouveau ses lèvres sur les miennes. Une mouche volait autour de nos têtes.

— Je suis votre amie, Ludovic, chuchotai-je tout près de sa joue.

— Une merveilleuse amie, dit-il avant de se relever en me tendant la main. Lorsque je fus debout, il la retint dans la sienne.

— Merci à mon amie Hélène. C'est la première fois que je parle de la mort de ma mère. Vous m'en voyez reconnaissant.

— Votre confiance m'honore, Ludovic.

Une alouette s'envola d'un prunier en émettant un joyeux grisollement. La main de Ludovic serrait la mienne et chacun de nos pas célébrait notre amitié. Le bonheur me portait. À l'approche de la grange, il déposa mon panier de prunes à mes pieds. Il semblait embarrassé.

— Hélène, je ne pourrai plus venir pour l'escrime. Sachez que je le regrette. Oncle Clément arrive à peine de Reims que nous devons faire la corvée des récoltes chez le sieur du Rocher. Nos rencontres vont me manquer.

— Vous ne reviendrez plus au Champ de l'Alouette ?

Le désenchantement dut se lire dans mes yeux. Il reprit ma main, la baisa et murmura.

— Ne soyez pas triste. Je reviendrai pour aider au jour des fiançailles, j'ai promis à votre tante. Vous comprenez, les récoltes ne peuvent attendre et je dois seconder oncle Clément autant que faire se peut avant de repartir pour Reims à la mi-août. Je serai là au jour des fiançailles, c'est promis !

Je voulus reprendre mon panier. Il retint ma main dans la sienne.

— Je penserai à vous tous les matins.

— Ah ! Seulement le matin ?

Il rit et je ris avec lui.

— Le matin, le midi et le soir, c'est promis !

— J'y compte bien. Je suis votre amie après tout !

— Oui, mon adorable amie, mon amie aux taches de son.

Il baisa longuement ma main et courut vers la grange.

7

Le miroir

Ma famille s'installa au Champ de l'Alouette trois jours avant la date prévue pour les fiançailles. Une fois les nombreuses malles transportées dans les chambres, j'insistai pour faire découvrir les lieux à Eustache, mon jeune frère. Je l'amenai dans le pré aux moutons, sur les rives de la Seine, dans les boisés garnis de buissons. Je m'attardai particulièrement dans notre salle d'armes improvisée. Il porta un vif intérêt aux descriptions enthousiastes de mes assauts et s'enorgueillit de mes victoires. J'insistai sur l'adresse, la force et les stratégies de Ludovic.

— Hé, hé, grande sœur, quel emballement pour un paysan ! À vous entendre, on le croirait mousquetaire du Roi !

Je mordis ma lèvre. La retenue me faisait défaut. Je devrais apprendre. La retenue et la discrétion sont des armes indispensables dans le monde des grands, insistait Noémie.

Marguerite, la promise, faisait la fierté de ma mère. Ses charmes n'avaient de cesse d'attirer les remarques courtoises : de multiples bouclettes noir de jais encadraient joliment l'ovale parfait de son délicat visage, aucune tache de son ne brouillait son teint clair et de longs cils sombres rehaussaient le bleu vif de ses yeux. Sa taille, d'une finesse peu commune, ajoutait à l'élégance de sa silhouette. Elle était de nature docile et ses goûts convenaient en tout point aux activités réservées aux dames. La broderie et la tapisserie occupaient ses temps libres et rien ne l'excitait davantage que la fréquentation des salons mondains. Nous étions si différentes l'une de l'autre ! On me disait rebelle et totalement dépourvue de coquetterie. Je n'avais d'autre intérêt que l'escrime et le dessin. Le bavardage des dames m'ennuyait.

Mère disait s'être surpassée dans la sélection des parures de fiançailles de sa fille aînée. Elle assurait qu'elles ne manqueraient pas de susciter l'envie des dames et l'admiration des messieurs. Tout avait été mis en œuvre pour attiser les ferveurs du promis.

— Une vraie dame de la Cour! s'exclama ma mère en jaugeant le fruit des minutieuses recherches vestimentaires effectuées pour l'occasion.

Marguerite avait été introduite à la Cour en janvier dernier, lors du bal de la Saint-Sylvestre. La liste impressionnante de propositions de mariage avait à la fois flatté et embarrassé mon père. Il dut s'astreindre à une complexe sélection: sa principale préoccupation étant de ne froisser aucun des nombreux prétendants. Son choix s'arrêta sur monsieur Charles Deslandes, secrétaire du prince de Condé. Le prestige de ses charges justifiait les exigences de perfection qui hantaient ma mère. Au Champ de l'Alouette, tout fut scrupuleusement inspecté, absolument tout: du grenier de la maison aux prés des moutons, de l'étable au poulailler, de la grange aux jardins. Ma mère n'en finissait plus de refaire ses laborieuses tournées. Elle avançait altière en compagnie du maître d'hôtel qui veillait à satisfaire la moindre de ses exigences: redresser un poteau, enlever une roche, tendre un rideau, déplacer une chaise ou frotter une casserole. Elle passa en revue les menus, les tâches des engagés, la liste des commandes et le déroulement des activités prévues à l'horaire de la fête. Elle s'enquit de la renommée des musiciens invités et relut les poèmes créés à l'intention des fiancés. Rien ne devait être laissé au hasard pour honorer le rang de notre famille et apporter contentement à celle du secrétaire du Prince. Tout devait le réconforter dans sa volonté de mariage avec Marguerite Boullé, fille de Nicolas Boullé, secrétaire du Roi de France.

Oncle Simon arriva le lendemain. Il nous fit visite au bras de tante Geneviève qui débordait de joie. Au dîner, elle parla peu, se contentant d'écouter d'une béate admiration les propos de son époux. Il avait le verbe facile, parlait avec assurance et savait captiver ceux qui lui prêtaient l'oreille. Il discuta longuement avec père de l'intérêt que portait le prince de Condé aux affaires des colonies et du sieur Du Gua de Monts dont le monopole de la traite des fourrures au Nouveau Monde venait d'être révoqué. Selon ses dires, cet homme admirable ne manquait pas une occasion de stimuler l'intérêt des princes et des seigneurs pour cette colonie en Canada. Il n'avait de cesse d'énumérer les possibles profits et bénéfices à soutirer de ses innombrables richesses: ses pêcheries, ses fourrures, ses mines et ses forêts. Père écoutait attentivement les sérieuses informations tandis que mère s'étirait

le cou avec curiosité. Elle ne prit que deux dédaigneuses bouchées de sa fricassée de poulet.

Je m'étais retirée sous le pavillon et rêvassais en admirant les
points de lumière sur les grappes de raisin. Le coassement des
grenouilles scandait la sérénade des grillons. Je tentais d'imaginer
l'attente de Marguerite. Quelle délectable fébrilité ! Quelle délicieuse impatience ! L'époux, le compagnon de sa vie venait à sa
rencontre. Je fermai les yeux songeant à Ludovic. J'étais si bien
camouflée derrière les vignes que je ne fus aperçue ni de mon
père ni d'oncle Simon lorsqu'ils s'adossèrent au puits. Mon père
était un homme impressionnant : sa forte carrure, son maintien
auguste et sa voix profonde en imposaient.

— Dites-moi, beau-frère, comment réagit Amiens à l'assassinat
du Roi ?

— Par l'inquiétude, l'inquiétude et encore l'inquiétude ! Les
paysans craignent une reprise des violences et le retour des famines
qui prévalaient avant l'édit de Nantes. Ces douze années de paix
relative ont amoindri leurs misères, mais leur situation demeure
précaire. Ils redoutent de nouveaux soulèvements entre Huguenots
et Catholiques et, ma foi, leurs craintes ne sont pas totalement
injustifiées. Avec Marie de Médicis à la régence, il est permis de
craindre le pire ! Condé n'est pas le seul membre du conseil qui
appréhende ses politiques. Si on se fie à la rumeur, elle n'aurait ni
la perspicacité ni la vigueur nécessaire pour contenir les intrigants
et réprimer les ambitions douteuses. Il nous faudra garder l'œil.
Qu'en est-il à Paris ?

— Paris est en émoi, mon cher ! C'est la débandade ! Plusieurs
bourgeois de la chambre du Roi sont incertains de leur avenir et
je suis de ceux-là ! Qui sait ce qu'il adviendra de la place que j'ai si
péniblement acquise à la Cour. La volonté d'une femme est,
comme chacun le sait, irraisonnée et imprévisible. Or, la couronne
d'une reine n'est toujours supportée que par la tête d'une femme !
Qui sait comment elle distribuera ses cartes en affaires comme en
politique. Où iront ses privilèges et sous quelles influences ? Je ne
serais pas surpris d'y perdre quelques plumes. Concini, ce vorace
Italien, ne la quitte plus d'une semelle. Il se garde bien de dévoiler
son jeu. Il me répugne de penser que mon sort est entre les mains
de cet opportuniste. Je ne vous cacherai pas que le mariage de ma
fille Marguerite avec un des secrétaires de Condé arrive à point :
il aura l'avantage de protéger mes arrières. Condé a de solides

alliés au conseil. Avoir un familier à la Cour ne peut que bien me servir. Quant à ma fille Marguerite, elle aura la satisfaction de partager la couche d'un jeune homme vigoureux qui s'est taillé une réputation de gentilhomme. On m'assure qu'il est plutôt réservé avec les courtisanes. Si Marguerite sait y faire, nous bénéficierons d'un allié de premier ordre.

Des froufroutements de jupons se rapprochèrent.

— Simon, dit tante Geneviève, j'ai si peu souvent le plaisir de votre compagnie! Que me délaissez-vous si longtemps?

— Ne vous désolez pas, Madame. Je promets de profiter de ces quelques jours de congé pour vous satisfaire en tout point.

Les hommes ricanèrent et les femmes toussotèrent. Suivit un lourd silence feutré.

— Quelle chaleur insupportable! s'exclama mère. Je ne comprends vraiment pas votre volonté d'habiter ce coin perdu, Geneviève. La seule vue des bêtes me rebute et je passe ces odeurs dégoûtantes qui nous collent à la peau. Rien que d'y penser, la nausée me vient. Si on ajoute à ces épreuves l'éloignement des mondanités de Paris…

— Les raisons de votre incompréhension sont évidentes, nous n'avons pas les mêmes intérêts. Ici, je pratique mon métier de sage-femme tout en profitant de la vie au grand air. Elle m'est indispensable. Mes parents étaient terriens, ne l'oubliez pas!

— Ah ça, c'est un aspect qu'il m'est difficile d'oublier, croyez-moi! Enfin, heureusement que mon frère est là pour, disons, compenser. Cette promiscuité avec les paysans, tout de même, c'est presque indécent!

— Morbleu, ma sœur, comme vous y allez! Sachez que nos campagnes de France ont besoin de sages-femmes compétentes. Dans ce domaine, la réputation de Geneviève n'est plus à faire. Ses connaissances et ses agissements rachètent largement le manque de raffinement que vous lui reprochez.

Mon père soupira fortement. Il désapprouvait. Mais que désapprouvait-il? Les propos d'oncle Simon ou ceux de mère?

— Soit, soit, je me suis laissé emporter. Pardonnez mon impertinence, ma chère. Quelle chaleur suffocante! Venez, venez, entrons. Nous serons plus au frais à l'intérieur.

J'étais stupéfiée. Ce que je venais d'entendre me confrontait à l'étendue de mon ignorance. Je ne connaissais rien aux affaires du Royaume de France, rien à celles de mon père et surtout rien à l'emprise des hommes sur la vie des femmes. Les paroles de mon père s'entrechoquaient dans mon esprit. «La pensée des femmes ne peut être qu'irraisonnée... ce mariage servira mes arrières... un membre de la famille à la Cour...» Je frissonnais.

Le jour des fiançailles arriva enfin! Sans que personne d'autre s'en doute, je partageais la douce excitation de ma sœur Marguerite. Elle attendait l'arrivée de son fiancé et moi, celle de Ludovic. Je m'étais installée à ma fenêtre avant la barre du jour. Le coq claironnait lorsqu'il dirigea sa monture dans la grange où l'attendait le père Genais. Je résistai à l'envie de le saluer. Je savais qu'il devait terminer l'arrangement des installations prévues pour les équipages des visiteurs. J'espérais seulement qu'il saurait trouver un moment pour me rencontrer. De le savoir là, tout près, me réjouissait et me réconfortait.

Noémie, secondée par une femme de chambre et deux servantes, s'activa à l'accommodage de la fiancée. Elles mirent trois longues heures à laver, habiller, coiffer, poudrer et parfumer celle qui devait plaire au secrétaire du Prince. Lorsque Marguerite descendit au jardin, elle m'apparut d'une beauté irrésistible; une vraie princesse! Sa robe de soie couleur lavande, entièrement brodée de délicats bouquets de violettes, ajustait sa taille fine tout en dégageant ses rondes épaules. Des manchettes de fine mousseline blanche voilaient ses avant-bras et une dentelle d'Italie courait le long de son généreux décolleté. Une énorme perle en forme de goutte d'eau aboutissait entre ses seins rebondis. Mère avait raison, je l'enviais. J'enviais sa beauté, j'enviais son élégance, j'enviais son âge. J'aurais aimé me substituer à elle. J'aurais aimé lui ressembler pour plaire à Ludovic. Or, je n'avais ni teint clair, ni seins rebondis, ni élégance. Comble de malheur, j'allais sur mes douze ans.

Peu après le déjeuner, toute la famille descendit au jardin devant les poiriers pour attendre l'arrivée des Deslandes. Ne manquait que Nicolas, l'aîné, qui était retenu à l'atelier de son maître de peinture à la cour du Roi. Il nous fallut patienter une heure avant que le cortège des cinq carrosses ne s'engage dans l'allée principale du Champ de l'Alouette. Chacun de nous regagna la place qui lui avait été assignée. Mon père accueillit d'une pompeuse révérence les deux dames qui émergèrent du premier carrosse, ombrelle à la main et plumes au chignon. Suivit un honorable sieur dont la canne à pommeau d'or servait davantage à la parure qu'à l'appui de ses pas.

— Mesdames, Monseigneur! C'est un honneur de vous recevoir dans nos jardins d'été! proclama fièrement mon père.

Il n'en avait pas fini avec ses baisemains que monsieur Charles Deslandes, le fiancé, descendait du dernier carrosse. Grand et mince, il arborait un somptueux costume violacé qui accentuait le raffinement qui se dégageait de lui. Je pensai bêtement que la couleur de son pourpoint et de ses hauts-de-chausses s'agençait agréablement à la robe de Marguerite. Il prit le temps d'observer tous et chacun avant de s'avancer vers mon père d'un pas assuré. Après une chaleureuse accolade, les deux hommes se dirigèrent vers la promise. Plus il s'en approchait et plus le sourire de Marguerite s'épanouissait.

— Mes hommages, Mademoiselle Marguerite Boullé, déclara-t-il visiblement ravi.

Il balaya l'herbe verte de la plume de son chapeau avant de lui baiser cérémonieusement la main. Elle fit une courte révérence. Il n'avait pas hésité, elle n'avait pas rougi. Leur aisance me surprit.

Il n'y eut pas de désagréments modifiant les prévisions de la journée. La musique des violons et des luths accompagna les invités et les copieux repas rassasièrent agréablement tous les convives. Les fiançailles eurent lieu sous le pavillon des vignes. Le notaire lut les contrats officiels. Marguerite Boullé et Charles Deslandes écoutèrent, comprirent, acceptèrent et signèrent. Ils étaient dorénavant liés par une obligation de mariage. Ils eurent droit à un premier baiser, à une effusion de souhaits et de félicitations et à un deuxième baiser. Je n'enviais que les baisers.

Les réjouissances de fin de journée eurent lieu dans les jardins où les rosiers suscitèrent engouement et pâmoison. Tante Geneviève, quant à elle, n'en avait que pour oncle Simon. Elle le suivait comme son ombre. Lorsque les musiciens entamèrent les airs de danse, ils s'abandonnèrent aux virevoltes, sautillements et courbettes. Tante Geneviève resplendissait de bonheur au bras de son époux et Marguerite de fierté à celui de son fiancé. Ludovic me manquait.

La danse ne m'attirait pas et les discussions des adultes, quand elles ne m'effrayaient pas, m'indifféraient. Je résolus de me rendre à notre salle d'escrime. Elle était déserte. Je fus attirée par la Seine. Le muret de pierres ceinturant nos terrains était percé d'une porte grillagée donnant accès au rivage. Elle grinça lorsque je l'ouvris. Je me rendis sous un vieux saule dont les branches effleuraient

gracieusement le courant et m'étendis sur une large roche avançant au-dessus du courant. L'eau glissait calmement autour des pierres rondes émergeant çà et là. C'était soir de pleine lune. Sur la surface de la rivière, le léger frémissement des vagues déformait sa rondeur. Je m'étirai jusqu'à ce que le reflet de mon visage touche celui de l'astre et ressentis alors l'étrange sensation de ne pas m'appartenir. Qui étais-je? Il me sembla que la lune était plus réelle, plus présente que mon image diffuse, mon visage déformé. Qui es-tu, Hélène Boullé?

— Dites-moi, Lune, dites-moi, qui fiancera mon cœur? murmurai-je.

Charmée par le ruissellement de l'eau, je fermai les yeux. Le hululement d'une chouette m'effraya. Lorsque j'ouvris les paupières, le visage de Ludovic flottait près du mien. Il souriait.

Je frémis sans broncher, me contentant de répondre à son sourire. Il parla tout bas.

La Lune pleine au miroir de l'onde,
Emporte à jamais dans sa folle ronde,
L'âme des visages qui dans l'eau profonde,
Auprès d'elle s'y seront noyés.

J'écoutai, captivée tout autant par ses mots que par les reflets de nos visages. Je ne bougeais pas de peur que l'enchantement ne s'envole. Il continua.

Séléné, Séléné, des profondeurs de l'onde,
Se languit de toi mon âme vagabonde,
Séléné, Séléné, du fond des eaux profondes,
Je t'attendrai de toute éternité.

Je fus envoûtée autant par ses paroles que par son sourire. La lune nous liait. Nous restions là, allongés l'un contre l'autre, unis par les mystères de l'onde. Il se tourna vers moi, prit ma main, la baisa et m'aida à me relever. D'un geste doux, il repoussa une mèche de cheveux qui tombait sur ma joue.

— Vous connaissez la déesse Séléné? murmura-t-il en plongeant ses yeux dans les miens.

L'étendue de mon inculture s'accentuait. Je fus embarrassée.

— Non, qui est-ce?

— La déesse Séléné est l'incarnation divine de la lune dans la mythologie grecque. On dit qu'elle aima le beau et jeune berger Endymion à qui Zeus accorda un sommeil éternel.

— C'est à la fois beau et triste, ne trouvez-vous pas?

— L'amour d'une déesse vaut bien quelques petits embarras, conclut-il d'un air taquin.

— L'amour d'une déesse…

Ses yeux possédaient les miens. Je dis bêtement:

— Votre travail à la grange… Que faites-vous ici?

— Je vous ai suivie, jeune Demoiselle. J'avais un moment de répit et je tenais à vous saluer avant la fin de la soirée. Vous semblez apprécier le clair de lune?

— J'observais les scintillements de l'eau et…

— Les scintillements de la lune… ils fascinent, n'est-ce pas?

— Oui, ils me fascinent et m'apaisent.

— Vos yeux me fascinent et m'apaisent.

Il s'approcha de moi, prit mes mains entre les siennes et les porta à ses lèvres.

— Hélène, c'est, je le crains, l'occasion de notre dernière rencontre. Le travail aux champs occupera tout mon temps avant notre départ pour Reims.

Une subite tristesse m'étouffa. Je ne sus que dire. Il reprit.

— Votre retour à Paris est prévu pour bientôt?

— Oui, nous quitterons le Champ de l'Alouette à la mi-août. Vous séjournerez longtemps à Reims?

— J'y suis apprenti pelletier chez maître Lalemant depuis deux ans déjà. Deux années de formation de plus et, avec un peu de chance, je serai reçu compagnon ouvrier. On me dit habile et travaillant. Je sais que je pourrai atteindre mon but. Une fois mon apprentissage terminé, une place m'attend à la boutique d'oncle Ferras à Paris.

Deux années, autant dire une éternité! Les picotements sous mes paupières annonçaient la venue de larmes. Je mordis ma lèvre pour les contenir.

— Vous viendrez travailler à Paris, Ludovic?

— Oui, c'est assuré, d'autant que j'y ai maintenant une attirance de plus.

— Ah! Puis-je connaître l'objet de cette attirance?

Il eut un sourire taquin. Je sentais la chaleur de sa main posée sur mon épaule.

— N'avons-nous pas noyé nos visages dans les profondeurs de l'onde près de la déesse Séléné, gentille Demoiselle ?

Je souris à mon tour. Il se rembrunit.

— Hélène, je connais votre rang et je sais le mien. À ce jour, je fais serment de m'appliquer sans relâche afin de m'approcher du vôtre. Je deviendrai maître pelletier de Paris, obtiendrai mes lettres de bourgeoisie et me hisserai jusque dans l'antichambre du Roi, s'il le faut. Je déploierai tous mes talents et tous mes efforts dans l'espoir fou de mériter le cœur de l'éblouissante jeune femme que vous serez alors devenue. Je me battrai en duel, je…

Je posai mes doigts sur ses lèvres. Il me regarda perplexe.

— Taisez-vous, Ludovic. Ne croyez-vous pas audacieux de tenir de tels propos ? Qui sait ce que je deviendrai ? Les filles ne possèdent pas les clés de leur destin, vous le savez autant que moi. Vous en croiserez beaucoup d'autres sur votre route, d'autres qui sauront toucher votre cœur. Je vous en prie, ne me créez pas de futiles espérances.

Je mordis ma lèvre ne sachant trop quoi faire de mes dix doigts. Il reprit mes mains et les serra fortement.

— Il faut pourtant me croire, Hélène. Je sais votre jeunesse et je connais mon âme. Elle s'est attachée à vous dans un élan si impétueux que ma volonté même lui est étrangère !

Sa révélation m'exalta et m'effraya. Il sortit de sa poche un mouchoir bordé de dentelle, mon mouchoir ! Il prit ma main et en baisa la paume avant d'y déposer délicatement le carré de fins tissus sur lequel mes initiales étaient joliment brodées.

— Votre mouchoir, il m'a accompagné depuis le jour de notre première rencontre.

— Depuis le jour de la poule !

— Oui, depuis la poule. Au fait, comment était-elle ?

— Tendre à souhait ! Étonnant pour une poule parisienne, non ?

Nos rires se perdirent dans les clapotis cristallins de la Seine. J'hésitais à rompre le silence qui nous unissait. Je baissai la tête osant timidement :

— Ludovic, aujourd'hui j'ai rêvé de vous. J'ai rêvé que je vous attendais, que j'attendais mon fiancé et cette pensée me ravissait.

Il s'approcha et effleura mon front du bout de ses doigts. Puis, il caressa mes joues et mes lèvres avant d'y poser les siennes. Sa bouche était si douce que j'eus regret de son éloignement. J'ouvris les yeux, il souriait. Je lui tendis mon mouchoir.

—Je ne désire pas le reprendre. S'il vous plaît, gardez-le en souvenir de moi.

Il ne parut pas m'entendre.

—Mon mouchoir, insistai-je, gardez-le en souvenir. Qui sait, peut-être y aura-t-il d'autres poules ?

Il rit vitement et redevint sérieux. À chaque fois, je m'étonnais de la vivacité de ce passage.

—Il n'y aura pas d'autres poules, Hélène, croyez-moi. Il n'y aura pas d'autres poules, tout comme il n'y aura pas d'autre Hélène. Toutefois, je l'accepte avec le plus grand des plaisirs. J'avoue qu'il m'aurait manqué. En échange, j'aimerais vous offrir ceci.

Il tira de sa poche un petit miroir ayant la forme d'une goutte d'eau. Le pourtour de son revers argenté était serti d'un mince filet d'or et un croissant de lune était gravé en son centre.

—Il appartenait à ma mère. Je serais heureux que vous l'acceptiez.

—Mais Ludovic, c'est beaucoup trop précieux, je ne peux pas !

—Je vous en prie. Ce serait pour moi un honneur et une joie de le savoir près de vous.

J'hésitai, confuse.

—Votre générosité me touche. Je veux bien l'accepter en gage de notre amitié. Sachez que je le porterai sur moi. Il ne me quittera jamais, je le promets.

—Pourriez-vous ajouter encore un peu à votre promesse, belle Demoiselle ?

—Oui... enfin peut-être. Demandez toujours, Monsieur !

—Je souhaiterais, enfin, j'aimerais vous retrouver ici, l'été prochain. C'est que, voyez-vous, j'aurai besoin d'une partenaire particulièrement douée pour exercer mes touches d'escrimeur. J'ai bien l'intention de me perfectionner, n'en doutez pas !

—Il vaudrait mieux pour vous ! Sachez que Paul tient à ses leçons.

—Nos futurs assauts promettent d'être corsés ?

—À n'en pas douter, mousquetaire ! rigolai-je en simulant un salut.

Il fit une pause.

—Y reviendrez-vous ?

—S'il n'en tient qu'à moi, j'y reviendrai. Néanmoins, mon jeune âge me soumet entièrement à la volonté de mes parents. S'il arrivait que leurs desseins m'éloignent du Champ de l'Alouette, sachez que j'en éprouverai un réel chagrin. Et, si par malheur c'était le cas, soyez assuré que ma pensée vous y accompagnera jour et nuit. Je regretterai de ne pas vous y retrouver. N'avons-nous pas noyé nos visages près de Séléné? Mais dites-moi, où donc avez-vous appris un si beau poème?

Il me fit une élégante courbette.

— Sachez que j'ai fait école chez les Jésuites, noble Demoiselle. J'y fus envoyé avec mon ami Augustin, le fils de maître Lalemant. J'étais cependant un cas d'exception.

— Un cas d'exception, vraiment!

— Oui, parfaitement! J'y étais un cas d'exception du fait de ma religion. Les Jésuites sont catholiques et instruisent les garçons catholiques. Or, je suis protestant, comme vous, je crois. Maître Lalemant demanda l'intervention de tous les saints afin qu'ils acceptent de m'introduire dans leur couvent, dit-il en riant. C'est probablement la certitude de convertir mon âme qui les fit consentir à sa demande.

— Et cette conversion?

— Elle n'est jamais venue! répliqua-t-il promptement. Mon père est mort pour défendre ses convictions religieuses et ma mère est morte parce que mon père n'était plus auprès d'elle. Je suis né protestant et mourrai protestant! D'autant que maintenant je vous sais protestante et que…

Il s'approcha de moi entourant mes épaules de ses bras.

— Nos assauts du petit matin me manqueront.

— Vous me manquez déjà, Ludovic.

Son étreinte était tendre et sage. J'étais si près de son corps que je sentais son souffle dans mon cou. Lorsque hésitant il approcha son visage du mien, je posai timidement mes lèvres sur les sien-nes. Nous restions soudés, immobiles. Un trouble délicieux me posséda. Séléné fut notre seul témoin.

Le blanc tablier de Noémie éclatait dans la nuit lorsqu'elle accourut vers moi en longeant la grange. Les musiciens s'étaient tus.

— Mademoiselle Hélène, quelle inquiétude vous me causez! Mais où étiez-vous donc passée? Je vous ai cherchée partout! clama-t-elle en faisant rebondir la mèche de cheveux émergeant de sa coiffe empesée.

J'étais si heureuse que je dus fournir un effort pour résister à l'envie de me jeter à son cou.

— Pardonne-moi, Noémie, je ne voulais pas vous inquiéter.

— Mais que faisiez-vous donc à cette heure tardive, seule dans le noir ?

— Je n'étais pas seule, Noémie, j'étais avec Séléné.

— Avec Séléné ! Qui est Séléné ?

— L'incarnation divine de la lune chez les Grecs.

— Chez les Grecs ! Mais quelle insensée vous faites !

— Je ne suis pas insensée, Noémie. J'observais la beauté de la lune et j'ai fait un pacte avec elle.

— Un pacte avec la lune ! Sainte Madone, les fiançailles de votre sœur vous chamboulent les sens ! Un pacte avec la lune, tiens donc !

Sa stupéfaction me fit sourire.

— Parce que vous comptez à ce point pour moi, je vais vous confier la nature de ce pacte. J'ai promis à la lune de revenir ici, au Champ de l'Alouette, l'été prochain. J'ai promis d'y revenir pour aimer.

— Aimer au Champ de l'Alouette, quelle idée saugrenue ! Attendez, attendez, n'y aurait-il pas du Ludovic là-dessous ?

Je sentis le rouge monter à mes joues. Je ne pus qu'apprécier la complicité de la nuit.

— Prenez garde, mon enfant, vos rêveries finiront par vous jouer de mauvais tours.

— Je ne suis plus une enfant, Noémie. Il faut me croire, maintenant, je ne suis plus une enfant, répliquai-je calmement en serrant fortement le miroir de Ludovic dans le creux de ma main.

Ce soir-là, je mis du temps à m'endormir. La lune folâtrait à ma fenêtre. Blottie dans mon lit, je me laissai séduire par la précision de son contour, ses nuances de gris nacré et bleuté et son halo diffus. J'étais persuadée que Noémie avait tort, mes rêveries ne pourraient me jouer de mauvais tours : je savais les promesses de Ludovic. Je fermai les yeux en portant son miroir à mes lèvres et m'endormis en le pressant contre mon cœur. Séléné berça mon sommeil…

DEUXIÈME PARTIE

L'ÉVEIL

8

L'alliance

Marguerite jubilait. Depuis notre retour à Paris, son fiancé n'avait cessé de lui prodiguer attentions et délicatesses tout en l'introduisant dans les cercles influents de la cour de France. Quand il la présenta au prince de Condé, à l'occasion d'une fête royale tenue au château de ce dernier, elle fut au comble du bonheur ! Marguerite aimait les mondanités, surtout les nobles mondanités.

— Si tu savais comme il me tarde de devenir madame Charles Deslandes. Quelle veine ! Tu y penses, petite sœur, être la femme du secrétaire d'un prince ! Et Charles est d'une telle courtoisie ! Ma vie auprès de lui sera des plus exaltantes ! s'extasiait-elle en exhibant ses nouvelles toilettes.

Marguerite rêvait de vivre auprès de monsieur Deslandes et moi, en secret, je rêvais de vivre avec Ludovic.

Monsieur mon père avait beaucoup d'amis. Certains, comme lui, servaient à la cour, tandis que d'autres étaient armateurs et capitaines de navires. Il s'était lié d'amitié avec ces gens de la mer lors de son séjour en Bretagne, quelque temps avant ma naissance. À cette époque, Paris était à ce point hostile aux Protestants que ma famille dut s'en éloigner. Cette retraite obligée avait permis à mes parents de faire la connaissance du sieur de Champlain, personnage prestigieux qu'ils tenaient en haute estime. Aux dires de mon père, cet homme était un grand explorateur du Royaume de France. Chaque fois que l'occasion lui en était donnée, il nous relatait un de ses exploits avec respect et enthousiasme. Cet homme, disait-il, avait voué une fidélité irréprochable à notre défunt Roi Henri IV et n'avait jamais hésité à servir son pays au péril de sa vie même. Je ne l'avais jamais rencontré. Néanmoins, je connaissais monsieur Du Gua de Monts qui l'avait engagé pour quelques voyages en Nouvelle-France. Mes parents appréciaient chacune de ses visites et se divertissaient du récit de ses aventures.

Mère disait que c'était une élégante manière de s'ouvrir l'esprit à de nouveaux horizons. Quant à moi, je parvenais difficilement à m'intéresser à ces contrées lointaines peuplées de Sauvages vivant de chasse et de pêche, faisant la guerre avec des casse-tête et défiant les rigoureuses froidures de l'hiver habillés de peaux de bêtes. L'inconnu ne m'attirait pas.

En ce dernier samedi de septembre, la nervosité de mes parents allait s'accroissant depuis le matin : ils recevaient à souper monsieur Du Gua de Monts et son ami, le sieur de Champlain. C'était là préoccupation d'adulte. Les miennes étaient d'un autre ordre. J'étais à observer les fruits d'un des trois pommiers de notre jardin et m'efforçais de les reproduire au fusain avec l'aide de Nicolas, mon frère aîné. Il besognait aux ateliers de peinture de maître Jacob Bunel, peintre aux ateliers du Roi, depuis bientôt six ans. Je partageais son émerveillement pour les beautés de la nature et son goût pour le dessin. Lorsqu'il nous rendait visite, il se plaisait à me transmettre un peu de son savoir. J'appréciais ces moments presque autant que mes pratiques d'escrime.

À première vue, une pomme me paraissait d'une grande simplicité. Cette vision compliquait ma tâche. De vouloir la dessiner obligeait à la recherche de sa complexité. Persister à n'y voir qu'une forme ronde et rouge était simplet. Patiemment, Nicolas m'apprenait le regard et le geste.

— Voyez comment la courbe mène au pédoncule. Observez comment l'ombre se fond à la lumière, m'expliquait-il en faisant tournoyer le fruit dans le creux de sa main.

J'aimais mon frère. Je ne le voyais que très rarement, je n'avais pas partagé son enfance et pourtant, il y avait entre nous une fidèle complicité. D'un naturel calme et réservé, il ne lui fallait souvent que quelques mots pour me rassurer. Lorsqu'il se penchait sur mon cahier à dessin, ses cheveux noirs légèrement ondulés retombaient de chaque côté de son visage, ne laissant paraître que le bout de son nez. Nicolas n'aimait pas son nez. Il le disait trop long. Moi, je lui trouvais du caractère.

Nous étions tous deux concentrés au-dessus de mes ébauches quand notre père s'engagea dans l'allée, au fond du jardin, escorté de deux hommes noblement vêtus. Ils avançaient promptement vers nous. Mon père, le plus grand des trois, monsieur Du Gua de Monts, large d'épaules et d'allure altière, et un troisième, petit et trapu, qui m'était inconnu. Surprise, je me levai en enroulant nerveusement mon cahier à dessin dans mes mains. Il était rare que les invités de nos parents se préoccupent des jeunots de la maison. Mon frère salua bien bas et je fis une courte révérence.

— Sieur de Champlain, dit mon père, c'est avec le plus grand des plaisirs que je vous présente ma fille, Hélène, au sujet de laquelle nous avons si longuement discuté.

Le personnage leva son chapeau noir à large bord et le balança cérémonieusement jusqu'au sol.

— Mademoiselle Boullé, c'est un honneur pour moi de vous rencontrer, nasilla-t-il.

Je fus si chavirée que mon carnet à dessin tomba au sol. L'intérêt que cet homme me démontrait me sembla d'une incompréhensible exagération. Je ne fis aucun geste et n'émis aucune parole. Au bout d'un moment, monsieur Du Gua de Monts claqua ses gants de cuir sur son avant-bras. Je sursautai.

— Allons ma fille, vous oubliez les convenances, un peu de politesse ! s'impatienta mon père. Vous avez devant vous le célèbre sieur de Champlain, réagissez, morbleu !

Je regardai désespérément mon frère qui reprit posément.

— Sieur de Champlain, veuillez, je vous prie, excuser ma jeune sœur. Elle est peu familière avec la courtoisie due aux gentilshommes de votre qualité. N'y voyez pas d'offense mais plutôt maladresse d'enfant.

Je réagis prestement.

— Je ne suis plus une enfant, Nicolas !

— Voilà qui me plaît, rétorqua le sieur en saisissant sa barbiche grisonnante de sa main gantée. Cette enfant a du tempérament !

— Sachez, Sieur de Champlain, que je ne suis plus une enfant ! répétai-je au bord des larmes.

— Une petite fougueuse, tiens donc ! Vous devrez user de patience, mon cher ! ironisa monsieur Du Gua de Monts entre deux ricanements.

Tout devint confus. Je regardai mon frère dont la soucieuse perplexité se confondait à la mienne. J'avais l'étrange sensation d'être l'objet de propos dont le sens m'échappait. Le sieur de Champlain ramassa mon cahier à dessin et me le tendit d'un geste hésitant.

— Vous dessinez, c'est intéressant. J'ai un talent dans ce domaine, il me sert à chacun de mes voyages, marmonna-t-il devant mon visage.

Sa bouche dégageait une odeur âcre et ses dents étaient jaunies.

— Mon frère dessine, moi, j'essaie! affirmai-je froidement.

— Intelligente pour comble! Décidément, c'est de plus en plus intéressant! renchérit monsieur Du Gua de Monts qui n'en finissait plus de nourrir la profonde confusion qui embrouillait mes esprits.

Mon père toussota d'impatience.

— Alors, les présentations étant faites, si nous retournions auprès de mon épouse pour parachever les ententes? Après vous, Messieurs.

— Nous vous suivons, répondit monsieur Du Gua de Monts.

Les deux invités m'examinèrent une dernière fois, puis monsieur Du Gua de Monts passa son bras autour des épaules du sieur de Champlain et l'entraîna à la suite de mon père. Je sentis la main de Nicolas toucher mon bras. Il mit un certain temps avant de murmurer.

— Hélène, si nous retournions à nos dessins?

Je ne me souviens pas lui avoir répondu. J'eus chaud, terriblement chaud. Des lumières blanches scintillèrent devant mes yeux, tout tourna autour de moi et je m'affalai sur mes croquis de pommes.

— Hélène, mais qu'est-ce qui vous arrive? s'exclama Nicolas. Ne bougez surtout pas. Je cours chercher Noémie. Ne bougez pas!

J'opinai de la tête en fixant le bleu du ciel qui apparaissait et disparaissait entre les feuilles tremblotantes du pommier. Comme moi, elles frémissaient. J'admirais la souplesse de leur abandon et la force de leur résistance. Le vent se jouait d'elles, les soumettait à ses caprices et pourtant, elles restaient aux branches. Elles s'accrochaient encore et encore... Le visage de Ludovic disparut derrière un nuage gris.

Séléné, Séléné, du fond des eaux profondes...

Nicolas revenait en soutenant Noémie qui clopinait.

— Mademoiselle Hélène, que vous arrive-t-il, Mademoiselle? Elle saisit mes mains et je me relevai sans peine.

— Sainte Madone, que vous arrive-t-il?

— Voilà bien ce qui me trouble, j'ignore ce qui m'arrive! Ces hommes, les invités de mon père, ils ont tenu des propos étranges.

Ils ont parlé de moi si curieusement! Vous, y comprenez-vous quelque chose, dites-moi, Noémie?

Mon excitation ne lui permit pas de répondre.

— Vous avez vu comme ils me reluquaient effrontément, Nicolas! N'est-ce pas, Nicolas?

— Il est vrai qu'ils vous ont manifesté bien peu de courtoisie. Ce qui me chicote, c'est qu'ils aient discuté de vous avec père. L'intérêt que vous portent ces messieurs me surprend, me surprend même beaucoup!

— Voilà la raison de mon étonnement! De quel intérêt s'agit-il?

Noémie m'attira à elle. Je posai ma tête sur son épaule. Habituellement, ce geste suffisait à calmer mes effrois. Cette fois, je n'y trouvai aucun soulagement.

— Ma pauvre enfant, ma pauvre petite! répétait-elle en caressant mon dos. Là, calmez-vous, calmez-vous un peu. Il ne fait aucun doute que votre inquiétude est exagérée. Ces invités discutent avec vos parents depuis leur arrivée comme il est d'usage en pareilles circonstances. Il est inutile de vous chavirer les sens de la sorte.

Je me laissais bercer. Mon inquiétude n'était pas insensée. C'était impossible que tout aille de soi. Je pris les cahiers que Nicolas me tendit.

— Madame votre mère m'a demandé de vous vêtir de vos plus beaux atours. Toute la famille aura l'honneur de souper avec les invités. Monsieur Deslandes se joindra à nous. Vos parents prétendent que les derniers voyages du sieur de Champlain ont de quoi intéresser chacun d'entre vous.

Je regardai Nicolas. Il agitait nerveusement ses fusains entre ses doigts. Son pâle sourire ne présageait rien de réjouissant.

Notre maison de Saint-Germain-l'Auxerrois était spacieuse. Au rez-de-chaussée, le hall d'entrée donnait accès, sur la gauche, à la salle où nous prenions nos repas, au centre, à l'escalier conduisant aux chambres et à la bibliothèque et, à droite, à deux portes vitrées s'ouvrant sur le grand salon. Dans cette vaste pièce, cinq chaises de tapisserie, trois fauteuils de velours, une table et un buffet de noyer assuraient une confortable aisance. Le tapis de Turquie étalé sur le plancher de bois de chêne faisait la fierté de ma mère. Sur le mur du fond, juste à côté d'une porte donnant sur un petit salon réservé aux jeux de table, le foyer de briques rosées garni d'un manteau de bois d'ébène était agrémenté d'une imposante tapisserie des Flandres représentant une scène de chasse. Dans l'âtre, deux chenets de cuivre attendaient les flambées de la saison froide. Des tentures de velours écarlate égayaient les trois fenêtres donnant sur la cour et des peintures de Nicolas coloraient les murs de crépi blanc. À certains moments, je parvenais à m'y sentir bien. En cette fin d'après-midi d'automne, ce n'était pas le cas.

Nous étions tous réunis autour de monsieur Du Gua de Monts et du sieur de Champlain. On m'avait assigné une place habituellement réservée à un adulte d'importance. Or, je n'étais ni adulte ni importante. Étrangement, mes pulsions d'escrimeuse me tenaillaient. Tout en moi criait la mise en garde. J'étais propulsée dans un assaut dont je ne connaissais pas l'adversaire. Je mordillais ma lèvre les yeux rivés sur la tapisserie. Le cerf traqué par les chasseurs n'en finissait plus d'aviver ma profonde sympathie.

Lorsque Charles Deslandes, secrétaire du prince de Condé, nous rejoignit au salon, le sieur de Champlain, demeuré jusque-là fort réservé et peu loquace, fut piqué d'un débordement d'enthousiasme. Il étala minutieusement sur la table une précieuse carte du Nouveau Monde, la couvrant d'un regard de conquérant. Son discours s'appliqua à identifier tous les aspects du nouveau royaume. Il éveilla les curiosités et émoustilla les ardeurs. Chaque ligne, chaque courbe devint prétexte aux questionnements qui nourrissaient son exaltation. Eustache écarquillait les yeux, père fronçait les sourcils et mère gloussait d'éblouissement. Il pointait une étendue d'eau par ici, une forêt à l'infini par là, de possibles passages vers la Chine, des mines d'or et d'argent, des lacs et des rivières, routes navigables à découvrir. Il parla aussi des Sauvages alliés avec lesquels il avait combattu les Iroquois. Il s'étendit longuement sur la traite des fourrures qui emplissait les coffres des investisseurs. Ma mère se trémoussait dans son fauteuil, son éventail battant le rythme de son excitation, tandis que père se gonflait de pompeuses inspirations. Monsieur Deslandes opinait de la tête et Marguerite s'extasiait. Le sieur de Champlain s'étendit longuement sur la nécessité absolue des contributions financières, tout en insistant sur les évidentes retombées de reconnaissance et de gloire qui ne manqueraient pas de combler les audacieux prêts à s'aventurer dans le développement des colonies du Royaume de France. Ma mère agita son éventail au point de s'en briser le poignet. Le regard furtif qu'elle lança à mon père alla de monsieur Du Gua de Monts au sieur de Champlain avant de rebondir sur moi. Je tâtais nerveusement le miroir de Ludovic dans les replis de ma jupe. Affolée, je me retournai vers Nicolas : j'avais un urgent besoin d'être rassurée. L'impassibilité qui figeait son visage ne me rassura pas.

Dans les semaines qui suivirent cette intrigante visite, aucun indice ne vint apaiser mon inquiétude. Lors de mes assauts d'escrime, ma capacité de concentration s'étiola. Paul s'impatienta.

— Par tous les diables, je perds mon mousquetaire ! Le jeune Ferras aura peu à faire pour vous rosser l'été prochain si l'ardeur ne vous revient pas. Que faites-vous de ma réputation de maître d'armes ?

Curieusement, l'évocation du nom de Ludovic amplifia mon désarroi : ma volonté de faire honneur au talent de mon maître d'escrime ne cessa de se détériorer.

Je dépérissais tout autant que Marguerite s'épanouissait. Son fiancé l'invita au concert des musiciens de Sa Majesté et la fit danser au bal donné au Louvre pour la fête des récoltes. La fréquentation de monsieur Deslandes comblait ses désirs et le plaisir contenu qu'il manifestait lors de leurs rencontres laissait supposer qu'il partageait son contentement.

Tante Geneviève avait fermé nos maisons du Champ de l'Alouette avant de regagner son logement de Paris, rue du Feurre, paroisse Saint-Eustache. Elle disait que ces changements de logis lui permettaient de profiter des avantages des deux mondes. Pour suppléer aux nombreuses absences d'oncle Simon, elle bénéficiait du grand air de la campagne en été et de la bonne société de Paris en hiver.

— Paris est la ville des sciences et des découvertes, disait-elle. Les rencontres avec les chirurgiens-barbiers et les sages-femmes favorisent l'avancement de mes connaissances.

L'annonce de sa présence au souper de ce dimanche de fin octobre apaisa quelque peu la peur sourde qui me hantait. Je souhaitais trouver une occasion propice pour lui confier mon désarroi tout en espérant des nouvelles des Ferras. Ils arrivèrent trop tard pour que je puisse lui parler avant le repas. À table, je parvenais difficilement à contenir ma nervosité. J'échappai maladroitement ma cuillère dans le potage, renversai du vin sur la nappe damassée et grignotai à peine dans mon confit de poulet. De temps à autre, tante Geneviève, délaissant les discussions des adultes, posait sur moi un regard soucieux. La conversation d'hommes d'affaires entre père et oncle Simon dévia bientôt sur les exploits du sieur de Champlain.

— Il ne fait aucun doute que les colonies sont une voie à exploiter pour sortir la France de son bourbier financier et politique. Il est tout à fait regrettable que la compagnie de traite de Du Gua de Monts ait été dissoute : les richesses tirées du marchandage des fourrures rempliront les goussets des marchands anglais et hollandais au détriment du trésor de la couronne. Il y va de notre devoir d'allégeance de réagir. Promouvoir l'exploration et le développement des colonies en utilisant des redevances de traite, telle est la noble ambition du sieur de Champlain. Comme servir les intérêts du Roi n'exclut pas d'y trouver notre compte, il n'y a pas à hésiter. Investir dans une nouvelle compagnie est la voie à suivre.

Ma mère porta son mouchoir de table à sa bouche et m'observa du coin de l'œil. Bien que je ne comprisse rien aux paroles de mon père, j'eus la troublante intuition qu'elles étaient en rapport avec l'énigme qui m'accaparait.

— Ne craignez-vous pas que la lourdeur de ces propos n'affecte notre repas de famille, mon cher ? s'inquiéta soudainement ma mère.

Mon père hocha la tête en me regardant.

— Soit, soit, j'en conviens. Nous reparlerons de ces projets plus tard mon ami, lança-t-il à oncle Simon en lui tapotant le dos de la main.

La présence de Nicolas me manqua. La conversation dévia sur les activités de Marguerite. Je me résignai à réentendre le récit de sa nouvelle vie de fiancée. Il convenait à tous que la date du mariage soit fixée en juin prochain. Eustache installé face à moi gigotait en grimaçant. Je retins mon rire mais ne pus contenir la plainte que provoqua le coup de pied qu'il m'infligea sous la table.

— Aïe !

Mon exclamation suspendit les conversations.

— Quoi, ma fille, vous êtes souffrante ? s'irrita mon père.

— Pardonnez-moi, père ! Si vous le permettiez, Eustache et moi aimerions nous retirer de table. Nous avions projeté de terminer la soirée au jardin.

Mon père regarda ma mère qui acquiesça de la tête.

— Soit, mais sachez que votre impatience vous privera d'un succulent massepain, ricana-t-il.

Eustache me gratifia d'un sourire qui en dit long sur son sacrifice du massepain.

— Tu te souviens du jour où François t'a attachée au tronc d'un saule, se rappela Eustache en riant, tu criais tellement que Paul était accouru à toutes jambes armé de son fouet.

— Et ta descente au puits. Alors là, pour un peu et on échappait la corde nouée à ta taille.

Malgré la drôlerie des souvenirs, je ne parvenais pas à en rire.

— Qu'est devenu François de Thélis, notre vaillant compagnon d'aventure ? demandai-je en ajustant la cape que j'avais nonchalamment jetée sur mes épaules.

— Oui, il est en étude chez les Jésuites. Il ambitionne de devenir notaire comme son père. Il me parle de toi de temps à autre. Nos jeux d'autrefois sont bien présents à sa mémoire. Et si on allait observer les étoiles, grande sœur ?

Nous étions bien adossés au mur de pierres bordant le jardin. C'était soir de pleine lune et pendant qu'Eustache s'appliquait à observer les constellations, je songeais à Ludovic. Je fermai les yeux cherchant à recréer son visage : ses mèches blondes, ses yeux d'ambre pétillants de points d'or, son sourire taquin. Je me rappelais la douceur de ses lèvres et le son de sa voix.

> *La Lune pleine au miroir de l'onde,*
> *Emporte à jamais dans sa folle ronde,*
> *L'âme des visages qui dans l'eau profonde,*
> *Auprès d'elle s'y seront noyés.*

J'enviais la lune. Peut-être était-elle vue de lui ? Peut-être pensait-il à moi à cet instant ? Je me retins de partager mes réflexions avec Eustache, il se serait moqué. Eustache n'était pas de nature rêveuse, il préférait l'action.

L'air frais nous avait ramenés dans la maison et le souvenir de Ludovic avait amplifié mon désir de parler à tante Geneviève. Je m'apprêtais à la rejoindre au salon quand j'entendis sa voix dans la bibliothèque. Je m'approchai silencieusement et tendis l'oreille. Elle discutait avec mère.

— Marguerite, je sais que ce sujet ne me concerne pas, Hélène n'étant pas ma fille. Néanmoins, je la connais suffisamment pour savoir qu'elle n'aspire aucunement à la vie que vous lui préparez. C'est une nature généreuse et fière. Elle est indépendante et menée par les seuls élans de son cœur. Rien ne l'attire davantage que de s'impliquer dans le concret des choses. J'ai bien vu cet été l'intérêt qu'elle portait à mon travail. De plus, elle est si jeune et lui si…

— Vous ne pensiez tout de même pas que nous allions ambitionner pour elle une vie semblable à la vôtre ! Son père est secrétaire du Roi ! Nous voyons dans cette opportunité la prédiction d'un avenir glorieux. La complaisance du sieur de Champlain envers notre famille ne saurait être négligée pour aucune considération ! Ce serait faire offense à un homme de savoir et de prestige dont la renommée n'est plus à faire dans l'antichambre du Roi. Notre décision est belle et bien prise, ma très chère Geneviève, ne vous en déplaise ! Hélène épousera le sieur de Champlain !

Une forte nausée me saisit subitement. Autour de moi, tout devint flou. La lueur des chandeliers accrochés aux murs s'estompa. Je fermai les yeux en m'appuyant sur l'encadrement de la porte. Mes oreilles sifflaient, mes jambes flageolaient. Je devins molle et le noir m'emporta.

Un tissu doux rafraîchissait mon visage. Mes paupières étaient lourdes, si lourdes ! Au loin, j'entendais les voix de Noémie et tante Geneviève.

— Enfant… pas raisonnable… pose doucement… choc terrible.

Une forte odeur de vinaigre me fit tressaillir. J'ouvris les yeux. Tante Geneviève me souriait. Elle souleva ma tête.

— Apportez de l'eau, Noémie.

Elle me présenta un gobelet et j'y trempai les lèvres.

— Il faut boire un peu, Hélène.

Je m'efforçai de boire. Tout tourna et je retombai telle une roche sur mon oreiller.

— Ne bouge plus, repose-toi. Noémie et moi restons près de toi. Ne t'inquiète pas.

Je refermai les yeux et m'endormis.

Je fus officiellement convoquée au grand salon dès le lendemain matin. Mon père et ma mère m'y attendaient. Nous étions seuls. Ils m'invitèrent à m'asseoir en face d'eux. J'étais confuse et espérais de toutes mes forces que notre entretien dissipe mes craintes, éloigne mes doutes et ajuste ma compréhension. Tout cela ne pouvait être qu'un affreux cauchemar. J'attendis. Mon père se racla la gorge, ce qui présageait à coup sûr des propos ardus à tenir. Je mordis ma lèvre et tordis mes doigts. Le malaise qui l'habitait rougit ses joues.

— Ma chère, lança-t-il enfin, ma très chère Hélène. Vous connaissez l'attachement profond que votre mère et moi éprouvons à votre égard. Vous êtes avisée des espérances que nous entretenons quant à l'avenir dans nos enfants.

Il s'interrompit, regarda ma mère qui acquiesça de la tête. Puis, se rapprochant de ma chaise, il continua.

— Nous envisageons pour chacun de vous une vie digne de notre rang et de nos ambitions. Aussi, quand un gentilhomme de qualité nous fait la proposition de s'unir à l'une de nos filles, nous nous en réjouissons.

Il s'interrompit, tira sur la pointe de son pourpoint incarnat, se pencha vers moi et me dévisagea.

— Vous comprenez ? me dit-il en fronçant les sourcils.

— Non, père, articulai-je faiblement.

— Bon, laissez-moi continuer. Quelquefois le destin nous oblige à sacrifier certains aspects de nos volontés afin de nous lier à une cause dont nous ne pouvons mesurer tous les bienfaits dans l'immédiat. Vous me suivez toujours ?

— Non, non, père, je ne vous comprends pas.

Je répondis si faiblement que je fus étonnée qu'il m'ait comprise.

— J'ai toujours admiré votre franchise, mon enfant…

Mère toussota légèrement.

— Ma fille, ma fille, reprit-il. Je disais donc que… pour simplifier, disons que votre mère et moi… coupa-t-il en se tournant nerveusement vers elle.

Je remarquai qu'il appuya sur le « mère ».

— Je disais que votre mère et moi avons reçu une demande des plus intéressantes en ce qui vous concerne… en ce qui concerne votre avenir. Le sieur de Champlain, ce personnage remarquable et admirable entre tous, le sieur de Champlain dis-je, aspire à s'unir à vous par les liens sacrés du mariage.

Je fixai la bête traquée par les chasseurs et compris son abominable impuissance.

— Vous avez saisi la portée de mes dires, ma fille ?

Je dus blêmir. Mère se leva si brusquement qu'elle renversa sa chaise.

— Noémie, Noémie ! cria-t-elle. Venez vite, Noémie ! Mademoiselle Hélène ne se sent pas bien !

Noémie arriva en clopinant. Elle haletait.

— Oui, Madame ?

— Tenez-vous près d'Hélène. Apportez-lui assistance, je vous prie. Les émois d'un deuxième évanouissement me seraient insupportables. Cette petite a de ces réactions imprévisibles !

Je m'effondrai à nouveau. Cette fois, je gardai le lit plus d'une semaine. Les potages, bouillons et gelées ne parvenaient pas à me stimuler. Une fatigue extrême me terrassait. Les rêves et les cauchemars ne cessaient de perturber mon sommeil. Ou Ludovic me souriait dans une eau limpide et claire et je me réveillais en pleurant, ou un vieillard à barbe blanche riait aux éclats en dévoilant de longues dents brunâtres et je m'éveillais en tremblant d'effroi. Certaines nuits, la désagréable impression d'avoir perdu à tout jamais un trésor unique me forçait à plonger au fond des eaux profondes où je coulais, seule et abandonnée. Un matin enfin, je me réveillai et ne ressentis plus rien. J'étais vide de tout, vide de peurs, de peines et d'espérances, vide de moi. Ce matin-là, l'image de l'ours suspendu par les pattes sous l'enseigne *Aux deux loutres* s'imposa à mon esprit. Comme lui, il ne me restait que l'apparat. Ce fut le matin le plus cruel.

Le 29 décembre 1610, mère commanda qu'on me pare de satin. Je devais bien paraître, c'était le jour de mes fiançailles. On m'escorta dans la bibliothèque de notre maison. Le sieur de Champlain, debout à mes côtés, écouta attentivement le notaire qui nous fit la lecture des contrats officiels de nos engagements respectifs. On exigea que je signe au bas des documents, je signai. Le lendemain, on me revêtit d'une capeline de velours blanc et me conduisit à l'église catholique de Saint-Germain-l'Auxerrois, l'église des rois de France. Mon père me guida jusqu'au pied de l'autel où un célébrant catholique m'unit à l'illustre explorateur, le sieur Samuel de Champlain, noble homme de Brouage. On me pressa de dire oui, je dis oui. On m'avait assuré que ce mariage allait graver le nom des Boullé sur une page de la très glorieuse histoire de France. J'en conclus que je servais de monnaie d'échange pour une page d'histoire.

Quand je sortis sur le parvis de l'église au côté du vieil étranger dont on venait de faire mon époux, il neigeait abondamment. De gros flocons tombaient du ciel telles des milliers de plumes blanches. Tout était couvert de blanc, d'une pureté absolue. Il me sembla que j'étais déshonorée à tout jamais : je venais de trahir Ludovic.

Séléné, Séléné, du fond des eaux profondes,
Je t'attendrai de toute éternité.

9

Séléné

Les gouttes de pluie frappaient la vitre de ma fenêtre et glissaient langoureusement vers la dalle. Des heures durant, assise à
ma fenêtre, je me plaisais à observer les lents mouvements de l'eau
sur les reflets troubles de mon visage. Au-dehors, les squelettes des
pommiers perçaient les brouillards de l'hiver. Ces temps mornes
me convenaient, le soleil eût été insolent.

Les visites de Noémie m'indifféraient et ses paroles m'agaçaient. Je n'existais que dans ma torpeur et c'était bien ainsi. Je
mangeais peu et sans appétit.

— Ma pauvre enfant, ma pauvre enfant ! se lamentait-elle en se
frappant dans les mains.

— Cessez Noémie, vous dites des sottises, madame de Champlain ne peut être une enfant !

Elle me regardait tristement, hochait la tête et poursuivait.

— Mademoiselle Hélène, il faut vous nourrir, vous n'êtes pas
raisonnable. La maladie vous guette.

— Vous vous inquiétez pour rien, Noémie, je me porte au mieux,
croyez-moi.

Et je retournais à ma contemplation. Je crois qu'à certains
moments, je l'entendis pleurer. Au cours de ses rares visites, mère
en profitait pour m'énumérer les disgrâces que ma conduite
désobligeante risquait d'attirer à notre distinguée famille, tout en
insistant sur l'obligation absolue de soumission à la volonté de
mon père.

— Une fille honorable doit servir les intérêts de sa famille ! me
tançait-elle.

Je serrais les mâchoires fixant intensément les jeux de l'eau.

Un matin, tante Geneviève accompagna Noémie qui manifestait, semble-t-il, suffisamment de crainte pour justifier la vérification de mon état de santé. Elle demanda mon consentement.
J'appréciai sa délicatesse. Elle vérifia ma respiration et la chaleur

de ma peau, observa longuement sous mes paupières et au plus profond de ma gorge, tâta mon front, mes poignets et mon abdomen. Apparemment mon corps se portait bien. Il grandissait un peu vite, mais se portait bien. Noémie soupira de soulagement et se retira. Tante Geneviève s'assit sur le rebord de mon lit, prit ma main et se pencha devant moi afin de bien voir mon visage. Elle parla doucement.

— Hélène, je sais le désarroi qui t'accable et, tu peux me croire, j'aurais tout fait pour empêcher qu'une telle chose n'arrive. Si seulement j'avais eu quelque pouvoir! Je sais tout le courage qu'il te faudra pour traverser ce cauchemar, car c'est bien d'un cauchemar qu'il s'agit, n'est-ce pas?

Je fermai les yeux, détournant la tête. Les larmes se mirent à couler lentement avant que les sanglots ne me secouent. Elle m'attira dans ses bras.

— Pleure, pleure ma grande, pleure…

Je m'abandonnai à mon débordement dans le creux de son épaule. Quand mes sanglots cessèrent, j'eus pour la première fois, depuis le jour de cette brutale alliance, l'envie de me confier.

— Vous savez la cause de mon chagrin, ma tante?

— Ton mariage avec le sieur de Champlain.

— Je ne suis pas mariée, tante Geneviève, je ne suis pas mariée! Mes parents ont contracté cette union, pas moi! Ni mon cœur ni mon âme n'auraient pu honnêtement y consentir, parce que…

Je fis une pause et inspirai fortement.

— Parce que?

— Parce que Ludovic et moi avions convenu d'une promesse. J'ai trahi Ludovic! sanglotai-je. Ils n'avaient pas le droit! Je ne suis pas encore une femme. Je n'ai presque… presque pas de seins et… et je n'ai pas ces mois, ces menstrues dont vous m'avez parlé. Ils n'avaient pas le droit!

— Si, ils avaient le droit. C'est brutal, injuste et cruel, mais ils avaient le droit. Ce sont nos coutumes, Hélène. Tu n'es pas la seule à en souffrir. Il y a pire, crois-moi: certaines jouvencelles sont mariées à des barbons.

— Mais cet homme est un barbon! Tous, je les hais tous, vous m'entendez et je renie toutes ces convenances! hurlai-je désespérément.

— Allons, calme-toi! Ce monsieur de Champlain est dans la vigueur de l'âge. Il faut savoir raison garder.

— Je n'ai aucune envie de me calmer. Tous ces gens m'ont utilisée comme si j'avais été une peau d'ours sans âme. Je ne suis pas une peau d'ours vide, tante Geneviève. J'avais promis à Ludovic !

Je tirai désespérément sur mon mouchoir qui ne résista pas. Il se déchira.

— Cet engagement s'est fait contre ta volonté. Tu ne peux te rendre responsable de la décision de tes parents. Je connais Ludovic, c'est un garçon sensé doué d'une bonne intelligence. Je suis persuadée qu'il saura comprendre ce qui t'arrive. Ne t'inquiète pas. Ludovic est un garçon de bonne foi.

Je reniflai un bon coup avant de reprendre plus calmement.

— Il comprendra, je sais qu'il comprendra, mais il en souffrira. Et cela, je ne peux le supporter.

Tante Geneviève prit ma tête entre ses mains et embrassa mon front.

— Mais tu es si jeune, Hélène ! Je ne peux croire que tu connaisses un chagrin de cœur !

La révélation de tante Geneviève me fit l'effet d'une savoureuse liqueur empoisonnée. Car c'était bien ce dont il s'agissait : Ludovic était mon ami de cœur et notre merveilleux rêve d'avenir m'était devenu inaccessible à tout jamais.

— Si tu as rêvé d'amour, sache que la réalité de notre société est, disons, beaucoup plus rationnelle. L'amour ne tient aucune place dans les contrats de mariage. Il est caprice et luxe dans nos vies de femmes.

— Mais vous, tante Geneviève, vous aimez oncle Simon et il vous aime.

L'espace d'un instant, son visage s'assombrit. Elle soupira.

— Oui, il est vrai ! J'ai eu cette chance rare d'unir à la fois mon cœur et ma raison. Mais c'est là un fait singulier. Je te le répète, la soumission est le lot des femmes. Vois ta sœur Marguerite…

— Marguerite s'accommode parfaitement du choix de notre père ! Monsieur Deslandes a des charges qui la réjouissent et il n'a pas encore atteint les trente ans ! Il est jeune, beaucoup plus jeune que notre père et…

Je pleurai de plus belle. Elle attendit tout en repoussant délicatement mes cheveux derrière mes épaules.

— Hélène, je comprends ta peine. Comme j'aimerais être une bonne fée pour faire disparaître bien vite tout ce malheur d'un coup de baguette !

Elle soupira et se leva en retenant mes mains dans les siennes.

— Hélas, je ne suis pas une fée et je n'ai aucune baguette. Il te faudra chercher en toi et en toi seule les clés de ta libération. Personne d'autre que toi ne peut y arriver.

— Je n'ai aucune envie de m'en libérer, je veux garder cette peine ! C'est tout ce qui me reste de Ludovic : la peine que j'éprouve pour lui.

— Tu souffres maintenant et ton chagrin te semble insurmontable. Il faut t'en remettre à la sainte Providence. Elle arrange souvent bien des choses. Tout passe. Ta vie ne fait que commencer.

— Je ne veux pas de cette vie qu'on m'impose, ce n'est pas la mienne ! Moi, c'est avec Ludovic que je veux vivre !

— Hélène, j'ai bien peur que tu doives renoncer à cette utopie. Ce n'est qu'un miroir aux alouettes.

— Ce n'est pas un miroir aux alouettes comme tu dis. Ludovic n'est pas un piège. Il est attaché à moi, il m'en a fait serment. Jamais je ne renoncerai à lui !

— C'est donc là la nature de votre promesse.

— Oui. Jamais je ne renoncerai à lui. Jamais je ne serai cette madame de Champlain !

— Tu sais, il y a bien des façons d'être cette madame de Champlain comme tu dis. Je suis persuadée que tu sauras trouver la manière qui te conviendra et, qui sait, peut-être y aura-t-il une petite place pour Ludovic.

— Tu crois ?

— Il ne fait aucun doute, tu trouveras. Après tout, il y a ces taches de son...

— Oui, les taches de son. La mère de Ludovic avait des taches de son. Ce devait être une brave femme... Ludovic aime bien mes taches de son.

— Ah, si Ludovic aime...

J'embrassai fortement les joues de tante Geneviève. Ses propos jetaient une mince lueur d'espoir dans ma désolation. Je lui souris faiblement.

— Voilà qui est mieux ! Sache que je serai toujours là pour partager tes peines, tu m'entends, toujours...

J'acquiesçai en me mouchant.

— Il me faut te quitter. Une dame doit accoucher sous peu. Je repasse te saluer la semaine prochaine.

Dans les jours qui suivirent, je dormis mieux et fis l'effort de manger davantage. Ces changements apaisèrent quelque peu les tourments de Noémie et atténuèrent les émois de ma mère.

Il avait été convenu que je n'aurais pas à cohabiter avec le sieur de Champlain avant d'avoir passé les quatorze ans. Mon désir de vieillir me quitta totalement. Je me surpris à souhaiter que le temps s'arrête. Cet homme bénéficiait néanmoins d'un droit de visite dans notre maison. Vers la fin janvier, on m'annonça que mon soi-disant époux exigeait une rencontre officielle avant de repartir pour Honfleur d'où il devait prendre son prochain départ vers la Nouvelle-France. Je devais absolument paraître devant lui. Cet usurpateur m'était étranger et j'étais bien décidée à ce qu'il le reste.

Le matin de sa visite, Noémie prépara un habillement réservé pour les occasions exceptionnelles : une jupe de velours gris, un corselet de satin orné de cordelettes argentées et une chemise grège bordée de dentelle fine. Noémie dut s'y reprendre à deux fois pour ajuster la taille de ma jupe et laça avec vigueur les cordelettes de mon corselet devenu trop court du fait de ma croissance. Quand elle s'éloigna pour observer le résultat de son application, elle souleva les bras en s'exclamant.

— Sainte Madone, cette jupe ne vous convient plus, elle laisse voir vos chevilles ! Et pardonnez-moi, mais votre corselet, votre corselet...

Elle s'agitait, les bras en croix, la coiffe de travers et les joues rougies, tandis que j'étouffais, ficelée comme un saucisson. Puis, elle se mit à tourner autour de moi, tirant sur la jupe, tordant les cordelettes tout en faisant bondir et rebondir ses mèches blondes, plus abondantes qu'à l'accoutumée. Ce spectacle me fit sourire jusqu'à ce que le rire ne prenne le dessus. Je fus assaillie par un rire hystérique, incontrôlable. Je riais à en perdre le souffle, je riais à en pleurer, je riais de désespérance au point que je dus me laisser choir en travers de mon lit.

— Quand... quand je vous dis Noémie que je ne suis plus... plus une... tentai-je d'exprimer entre mes ricanements. Je ne suis plus une... une pe...

Je fus incapable d'en dire plus : je ne me possédais plus. L'accalmie me vint après un long moment. Noémie qui avait pris parti de s'installer confortablement sur la chaise près de ma fenêtre, n'avait cessé de me dévisager.

— Si vous saviez comme c'est bon de vous entendre rire, Mademoiselle Hélène !

J'arrêtai de bouger. Sa sympathie me toucha en plein cœur. Pour un peu, les larmes revenaient. Je m'approchai d'elle, redressai sa coiffe, repoussai sa mèche et baisai son front.

— Jurez de ne jamais me quitter, Noémie ! Jurez-le-moi, je vous en prie.

Elle effleura ma joue du bout de ses doigts.

— Ma petite, ma petite fille ! Je peux vous assurer que je n'ai aucune envie de vous quitter. S'il n'en tient qu'à moi, la mort seule nous séparera.

Je m'agenouillai devant elle.

— Il le faut, Noémie. Si vous saviez comme j'ai besoin de vous !

Elle me sourit tendrement et je lui rendis son sourire. Je posai ma tête sur ses genoux, elle caressa mes cheveux. Je profitai de ses douceurs jusqu'à ce que la compression de ma poitrine devienne insupportable. Je respirais avec peine.

— Noémie, ce corselet, il m'étouffe ! S'il fallait que je m'évanouisse devant ce tendre époux, vous y pensez ! Il vaudrait peut-être mieux essayer une autre toilette ? proposai-je en me levant.

Nicolas et Eustache, conviés à la rencontre officielle, arrivèrent tôt en après-midi. Ils arboraient un air de conspirateurs en m'invitant à les suivre dans la bibliothèque qui était aussi le bureau de travail de mon père. Je m'y réfugiais souvent quand il s'absentait de la maison. Ses tablettes, qui couvraient trois murs de la pièce, débordaient de livres. Je saisis les *Œuvres* de Grenade, oubliées la veille sur le guéridon, et pris le temps d'odorer leur couverture de veau rouge avant de les remettre à leur place entre *Les Chroniques et instructions* et *L'Histoire des martyrs du Japon*. Mes frères me présentèrent une chaise avec une politesse exagérée.

— Tout doit se passer dans le plus grand secret. Tu permets ? dit Nicolas en posant ses mains devant mes yeux.

— Pirate à bord, tourne à tribord ! s'écria Eustache.

Cette formule magique, tirée des jeux de notre enfance, précédait habituellement une surprenante apparition. On déposa un objet chaud et grouillant sur mes genoux. Quand la chose se mit à gigoter, je me relevai brusquement en criant d'effroi. Nicolas et Eustache éclatèrent de rire. Un miaulement plaintif s'éleva du rebord de mes jupes où une minuscule boule de poils gris gigotait toutes pattes levées.

— Un chaton, c'est un chaton !

— Oui, charmante sœur, une minuscule petite chatte, une toute petite chatte, pas une lionne !

Leurs rires reprirent de plus belle. J'hésitai entre la vexation et la complicité. La complicité l'emporta. Je saisis la minette et frottai mon nez à son museau froid avant de la lever au bout de mes bras. Mes frères me faisaient cadeau de leur tendresse. Ma vue se brouilla. Pour un peu, je pleurais. Quelque peu déroutés par mon émoi, ils se trémoussèrent nerveusement.

— Merci, dis-je en les embrassant. Merci à tous les deux.

J'examinai attentivement ma nouvelle amie.

— Ses yeux, vous avez vu ? m'étonnai-je en la rapprochant de leurs visages.

— Voyez, elle a un œil vert et l'autre est ambré. Comme c'est étrange ! C'est la première fois que je... un vert et un ambré... comme ceux de...

— Elle est unique, comme toi, Hélène, dit Nicolas.

Nicolas, mon frère, devin de mon âme, tu n'aurais pu trouver mieux pour me réconforter. Je souris en pressant mon nouveau trésor sur mon cœur.

— Elle est si douce et ce gris, on dirait un reflet de lune ! Oui, la lune Séléné. Séléné sera ton nom, petite chatte.

— Miaou, miaou ! gémit-elle en agrippant ma chemise.

— Séléné ! s'étonnèrent-ils en même temps.

— Oui Séléné, vous connaissez la déesse Séléné, l'incarnation divine de la lune ?

— Oh, oh ! L'incarnation divine de la lune, ironisa Eustache en appuyant sur le divine.

— Oui, chez les Grecs.

— Chez les Grecs, reprirent-ils en chœur.

— Et peut-on savoir d'où te vient pareil savoir, jeune sœur ? questionna Nicolas.

— La lune elle-même me l'a appris.

J'eus un pincement au cœur.

— Alors va pour la mystérieuse Séléné, conclurent-ils en exécutant une extravagante courbette.

Je pressai Séléné contre mon cœur : elle serait mon bouclier de défense. Nous franchîmes la porte du grand salon d'un même pas. Ce qu'on y vit nous figea net. Mère, la tête légèrement inclinée vers l'arrière, se tenait debout au centre d'un groupe composé du sieur de Champlain, de mon père et d'un étrange personnage plus grand qu'eux tous. Son visage était bariolé! Deux longs traits, un noir et un rouge, couraient d'une oreille à l'autre sur son teint bruni. Et quelles oreilles! À chacun de ses lobes exagérément troués pendaient des touffes de poil et des billes. Ses cheveux noirs, raides et lustrés couvraient ses épaules. Sur le dessus de sa tête, une houppette était piquée de plumes et un collier d'énormes griffes ornait le haut d'une camisole de peau de bête. Personne ne bougeait. Au bout d'un moment, le regard de mère s'attarda sur la boule de poil gris que je tenais dans mes bras. Mère n'appréciait pas les animaux, on pouvait même dire qu'elle s'en effrayait.

— Qu'est-ce que cette chose, Mademoiselle ma fille? risqua-t-elle en pointant fébrilement son éventail en direction de l'objet de sa suspicion.

— C'est une chatte, mère, ma chatte Séléné!

— Quoi, une chatte dans ma maison! Mais dites quelque chose, mon mari. Et devant nos invités! Quelle insulte, ma fille! s'énervait-elle, dédaigneuse.

— Si je peux me permettre, mère, interrompit posément Nicolas, cette chatte est issue des élevages du palais. Elle m'a été remise par notre dauphin Louis lors de sa dernière visite aux ateliers de maître Bunel. C'est, pour ainsi dire, une chatte royale!

Je me réjouis de l'habileté de Nicolas et ne pus contenir un discret sourire.

— Une chatte ro… royale! bredouilla mère en relevant le menton. Il est vrai que si c'est là un cadeau de notre Dauphin.

— Parfaitement, continua Nicolas, refuser un présent du futur Roi de France serait outrageant, mère.

— Soit, si c'est un cadeau royal. Qu'en pensez-vous, mon mari?

Mon père qui avait suivi la scène passivement, souleva les sourcils en se tournant vers le sieur de Champlain.

— Je vous demande d'excuser cette incursion pour le moins…

— Surprenante! s'exclama fortement le sieur de Champlain en me lançant un regard embarrassé. Il aurait été plus convenable d'informer votre dame avant d'introduire cette bête chez vous. Il manque, disons, un peu de fini à l'éducation de ma jeune épouse. Il y a là un excès de liberté à dompter. Je verrai personnellement à remédier à cette lacune.

Éducation et liberté. Ces deux mots éblouirent mon esprit tels des phares en pleine tempête. Éducation et liberté, éducation et liberté… Plus je me les répétais et plus l'évidence de leur lien se clarifiait : l'un n'allait pas sans l'autre. Il fallait que je m'éduque, oui, il fallait absolument que je m'éduque : ma liberté passait par mon éducation ! Le rude apprentissage de la vie est bel et bien commencé, conclus-je. Il est grandement temps que tu apprennes à faire face !

Le personnage étrange me dévisageait. Il toucha le bras du sieur de Champlain en hochant la tête dans ma direction.

— Et si nous passions aux présentations. Avec votre permission, très chère Madame Boullé, dit-il en s'inclinant bien bas devant les jupes de ma mère.

— Comme bon vous semble, Sieur de Champlain.

— Nous avons la chance unique d'avoir ici présent le Sauvage Savignon, fils d'un chef de la nation huronne de nos colonies en Canada.

Il coudoya Savignon, le tirant de l'intense scrutation de ses yeux bridés sur mes cheveux. Le Sauvage rasa le tapis de Turquie des plumes de sa houppette.

— Mes hommages, Mesdames ! prononça-t-il avec un accent guttural.

Sa solennité égalait presque celle de mère.

Savignon suscita curiosité et emballement. Le débordement de l'intérêt que chacun lui porta permit que je m'écarte discrètement du centre de la pièce. Assise près de la cheminée, je pus les observer en caressant Séléné. Le sieur de Champlain avait le geste rare et saccadé. Son front haut, son nez arqué et sa bouche mince confortaient le sérieux de ses propos. Sa peau avait été cuivrée par les vents du large. On m'avait rapporté qu'il avait traversé près d'une quinzaine de fois les eaux de l'Atlantique, exploré les Indes occidentales, longé les côtes du nouveau continent vers le sud et fraternisé avec des nations indigènes croisées en route. On m'avait dit encore qu'il avait défié d'abominables froidures au cours de deux hivers passés à Port-Royal en Acadie. Il fit tout cela, après une brillante carrière militaire dans les armées françaises à la fin des guerres de Religion. Je l'imaginai officier d'armée en Bretagne portant oriflamme et mousquet puis capitaine de navires, astrolabe et cartes à la main, et plus j'imaginais, moins je comprenais. Comment un homme au passé si exceptionnel en était-il venu à conclure ce marché avec mon père ? Comment avait-il pu concevoir de me voler ma vie en foulant de ses bottes d'explorateur toutes mes espérances et cela sans même me connaître ?

De temps à autre, d'un geste de la main, il repoussait ses cheveux grisonnants derrière ses épaules. Une fois, il me regarda. Je soutins froidement son regard. Il retourna à la discussion.

Nous appartenions à deux univers incompatibles, à deux mondes étrangers. Aucun avenir n'était possible entre nous. Pourquoi ? Autant sa motivation m'était énigmatique, autant ma pensée était nette, précise et déterminée. Jamais je n'aimerais ce personnage, aussi illustre fût-il ! Jamais je ne serais son épouse.

Séléné serait la compagne de ma résistance secrète. Ma chatte aux couleurs du rêve perdu, le vert et l'ambre, l'ambre et le vert... Sa chaleur réchauffait ma joue et réconfortait mon cœur.

— Ludovic, chuchotai-je faiblement dans le fin duvet couleur de lune.

— Miaou ! fit-elle en léchant le bout de mon nez.

10

Sœur Bénédicte

— Nous venons pour les cours de catéchisme de madame de Champlain, dit tante Geneviève.

— Bienvenue dans la maison de Dieu, répondit la religieuse les yeux baissés.

Je franchis la grille du couvent des Ursulines en frissonnant. De hauts murs de pierres nacrées bordaient la cour intérieure. Au fond, sous les arcades, d'étroits couloirs sombres longeaient l'imposante bâtisse. Seul l'écho de la rue troublait le profond silence. Nous attendions debout que la sœur portière termine de verrouiller la grille. Le bruit sec de sa clé résonna comme au fond d'une cave vide.

— Une prison, pensai-je.

Je pressai la main de tante Geneviève.

Elle marchait devant nous sans parler. Le cliquetis du rosaire qu'elle portait à la ceinture marquait chacun de ses pas. Son voile et ses jupes bougeaient si gracieusement qu'on eût dit qu'elle glissait sur les carreaux rougeâtres. Nous la suivîmes dans le couloir sous les arcades jusqu'à la porte centrale qui nous introduisait dans un étroit corridor aux luisants planchers d'ardoise bleutée. De chaque côté, de multiples portes de bois foncées se détachaient des murs de crépi blanc.

— Les cellules de mes sœurs. Nous passerons par la chapelle.

À peine deux fois plus grande que le salon de notre demeure, elle était meublée de quelques rangs de chaises face à l'autel sur laquelle deux religieuses étaient à installer une nappe de dentelle blanche. Les vitraux représentant des scènes de la Bible emplissaient l'espace d'une subtile mosaïque de tendres coloris. Une odeur de cire d'abeille délecta mes narines.

Ma conversion au catholicisme avait été confiée à sœur Bénédicte. Le fait qu'elle fût l'amie de jeunesse de tante Geneviève avait allégé ma réticence. La religion de mes parents me satisfaisait

pleinement : Ludovic était protestant. Le discours de cette religieuse n'allait pas m'impressionner. Ma chatte Séléné ronronnait
dans le sac que je portais à l'épaule et mon miroir était solidement attaché à ma ceinture. J'étais prête à la garde. Jamais je
n'allais abjurer la religion qui était celle de mes parents et celle de
Ludovic ! Protestante j'étais, protestante je resterais, n'en déplaise
au sieur de Champlain !

Notre marche silencieuse aboutit dans une petite pièce meublée
d'une table de bois blond, de trois chaises et de la statue de Marie
portant son enfant. Au pied de la mère de Jésus, sur l'agenouilloir,
une religieuse priait le front appuyé sur ses mains jointes.

— Votre élève, sœur Bénédicte, furent les seuls mots de présentation de la sœur portière.

Sœur Bénédicte se signa, souleva le voile couvrant son visage,
et se leva. L'étonnante pâleur de ses mains effilées contrastait avec
le noir de ses habits. Sa cornette blanche coinçait ses joues et son
menton dans un étau de toile empesée. Seuls ses yeux violacés
bénéficiaient d'une totale liberté de mouvement. Elle dépassait
tante Geneviève d'une tête et paraissait bien mince malgré les
couches de ses vêtements qu'on devinait nombreuses. Nous attendions devant la porte qu'avait refermée la sœur portière en nous
quittant. Sœur Bénédicte s'avança lentement.

— Geneviève mon amie, dit-elle en fermant les paupières afin
de bien marquer sa joie contenue.

— Sœur Bénédicte, je suis heureuse de vous revoir ! Il y a si
longtemps ! Cette vie de cloître…

— Difficile à comprendre, n'est-ce pas ? Un mystère pour qui
n'est pas appelé, une joie sans fin pour qui l'est. Remercions
ensemble la divine Providence qui nous fait cadeau de cette rencontre.

— La vie prend de si surprenants détours.

— Surprenants ! Dieu est un fin renard, louable en toute chose.

Elle marqua une pause et se tourna lentement vers moi. Tante
Geneviève laissa ma main.

— Voici ma nièce Hélène, madame de Champlain.

— Bienvenue dans la maison de Dieu, Hélène, dit-elle aimablement avec un léger sourire.

L'assurance confiante de sœur Bénédicte m'intimida. L'adversaire de mon duel intérieur s'annonçait plus aguerrie que je ne
l'aurais souhaité. L'espace d'un instant, je doutai de mes capacités

de résistance face à l'ennemi. J'avais un maître émérite. Les leçons de Paul m'avaient bien préparée à tous les types d'assauts, même aux plus cordiaux. Je repris courage et lui rendis son sourire.

— Je vous attendais. Prenez place, poursuivit-elle en nous indiquant les chaises.

Sa voix, bien que douce, vibrait dans la pièce. Je déposai mon sac à mes pieds et croisai les bras.

— Le sieur de Champlain a formulé une requête à votre communauté concernant l'éducation religieuse de ma nièce.

— En effet. Le sieur de Champlain a confié à notre supérieure la mission de convertir son épouse au catholicisme afin qu'elle puisse être baptisée. Est-ce bien ce projet dont vous désirez que l'on discute ici, Hélène ?

Sa question me surprit et me flatta. Les adultes avaient l'habitude de discuter de mon avenir sans l'embarras de mon avis.

— C'est bien le projet que l'on m'impose !

— Qu'on vous impose ?

— Oui, qu'on m'impose ! Mes parents sont protestants et cette religion me convient parfaitement !

— Cependant, votre époux, le sieur de Champlain est catholique. Ne voyez-vous pas une incohérence dans cette situation ?

— Ce serait le cas si j'avais épousé le sieur de Champlain.

— Vous avez pourtant contracté mariage avec lui.

— Je fus contrainte à ce mariage catholique. Moi, je n'ai eu ni la volonté ni le désir de m'unir à cet homme.

Je heurtai maladroitement mon sac d'un coup de soulier. Un miaulement précéda la vive sortie de Séléné. Elle avança sous la table. Sœur Bénédicte se pencha en s'extasiant.

— Mais c'est un petit chaton ! Qu'il est mignon !

— Ce n'est pas un chaton, c'est une chatte ! rétorquai-je en m'étirant pour la ramasser. Sœur Bénédicte qui l'avait déjà saisie sous l'abdomen se releva et la déposa sur la table.

— Ah, une chatte ! Mais, ses yeux... un vert et un ambré. C'est bien la première fois que je vois une chose pareille ! Les créatures de Dieu sont étonnantes ! De temps à autre, un spécimen se démarque des autres sans qu'on puisse y trouver la moindre explication. Mystérieux !

Son propos me laissa perplexe. Séléné s'étira langoureusement avant d'avancer lentement sur la table.

— Et elle a un nom, cette chatte ?

— Elle s'appelle Séléné.

— Ah, Séléné, l'incarnation divine de la lune ! Ce nom lui convient parfaitement. Ce gris bleuté…

— Vous connaissez l'histoire des Grecs !

— Bien entendu ! J'ai étudié la mythologie grecque, enfin un peu.

— Ah, je croyais que les religieuses…

— Vous croyez que les religieuses ne s'intéressent qu'à la religion.

— Oui, c'est en effet ce que je crois.

— Eh bien, c'est tant mieux ! Ainsi, vous aurez beaucoup à découvrir.

Séléné fit quelques pas, gratta la table d'une patte, s'accroupit et pissa. Je retins mon souffle, en fixant tante Geneviève. Sœur Bénédicte étouffa une brève exclamation dans le creux de sa main. Tante Geneviève sourit, je souris.

— Les créatures de Dieu sont décidément imprévisibles, conclut sœur Bénédicte, en sortant un mouchoir de sa poche.

Elle éponge a la souillure. Je sentis ma garde faiblir, l'ennemi n'était peut-être pas si redoutable après tout !

Deux après-midi par semaine, les mardis et jeudis, Paul et Noémie me conduisaient au faubourg Saint-Jacques et me laissaient devant les grilles du couvent, avant de se rendre au marché. Étonnement, sœur Bénédicte évita de me parler de religion. Elle me présenta sœur Constance, la jardinière, et sœur Clémence, la soignante. Sœur Bénédicte, quant à elle, était du groupe des religieuses enseignantes. Elle m'expliqua la routine de la vie de la communauté, m'introduisit à la connaissance des saints offices, aux moments de prière et aux travaux domestiques auxquels toutes devaient participer. De temps à autre, nous nous rendions dans l'aile réservée aux jeunes couventines et j'assistai aux leçons d'écriture qu'elle leur prodiguait. Ces filles de la noblesse et de la bourgeoisie résidaient au couvent afin d'y recevoir une éducation qui allait faire d'elles de bonnes épouses catholiques. Elles y apprenaient à lire, écrire, prier et quelquefois, quand les parents le demandaient, à compter. La pratique de la broderie et de la tapisserie complétait leur formation.

Je m'émerveillais du talent avec lequel sœur Bénédicte transmettait ses enseignements. Elle intéressait, motivait, captivait et stimulait ses élèves avec un naturel déconcertant. Au cours de cet hiver, j'en vins à admirer cette femme et à apprécier mes après-midi d'éducation. Séléné devint la chatte du couvent.

L'arrivée du printemps me surprit. Les fleurs blanches et rosées des pommiers du jardin de mon père parfumaient l'air. Ces odeurs fleuries étaient le présage de la saison qui allait me ramener au Champ de l'Alouette et, qui sait, peut-être à Ludovic. J'avais beau forcer ma raison, me convaincre qu'il fallait oublier nos promesses, effacer mes rêves, rien n'y faisait : mon cœur résistait à la raison. Je devais revoir Ludovic, il le fallait.

Mon père et ma mère étaient du même avis. La présence du sieur de Champlain s'avérait essentielle à la célébration du mariage de Marguerite et de Charles. Il fut donc convenu d'attendre le retour du grand aventurier. Cette décision reporta l'heureux événement à l'automne. Ma sœur fut contrariée.

— Tu ne peux imaginer l'atroce sacrifice qui m'est imposé. Comment pourrais-tu comprendre ? Tous ces tracas t'échappent. Ah, la douleur de se languir de l'être aimé, de désirer sa présence, de n'aspirer qu'à partager sa vie ! N'eût été de ton mari, je serais bientôt sa femme, me reprochait-elle à chaque fois que l'occasion s'y prêtait.

La distance installée entre nous s'amplifia. Ses paroles me blessaient mais je m'efforçais de contenir mes états d'âme. Je me gardais bien de lui avouer que je me languissais tout autant qu'elle, bien qu'il ne me soit plus permis d'espérer. Et pourtant, malgré les contraintes et les obligations de ma condition d'épouse, plus le printemps approchait et plus le souvenir des rosiers de tante Geneviève me tenaillait.

Au couvent des Ursulines, les tâches s'ajustaient à la venue de la nouvelle saison. J'aidais sœur Constance au potager en semant, bêchant et arrosant. Je participais ainsi au mystérieux cycle de la nature et cela me stimulait. Peu à peu, le goût de vivre me revenait. Au jardin de simples, les repousses des plantes médicinales rassuraient sœur Clémence : la réserve des remèdes était presque vide. La sainte Providence devait se montrer généreuse, c'était crucial !

J'allais à la chapelle dès qu'on me le permettait. Je n'y priais guère. Je contemplais les jeux colorés de la lumière et écoutais le silence feutré. Il me remplissait d'une bienveillante quiétude.

Le temps de mon dernier après-midi d'éducation arriva. Les religieuses allaient me manquer, sœur Bénédicte plus que les autres. Le temps était doux, aussi me proposa-t-elle une marche dans l'allée des tilleuls. Je portais Séléné et suivais son pas sans parler. En après-midi, les oiseaux se taisent. L'absence de leurs chants augmenta ma nostalgie. Cette religieuse avait su dissiper mon désarroi et réanimer ma vie. Elle ne m'avait jamais plus reparlé du sieur de Champlain et je lui en étais reconnaissante. Tout au fond de l'allée, je m'arrêtai devant un bosquet dont les délicates fleurs de jasmin exhalaient un parfum exquis.

— Quelle merveilleuse odeur, sœur Bénédicte !

Elle huma profondément les yeux fermés.

— Odeur divine ! dit-elle dans un rire.

Délaissant ses larges manches, ses mains effleurèrent furtivement les odorantes corolles blanches et regagnèrent leur cachette. Puis, elle se dirigea vers la cour intérieure où devait m'attendre Noémie. J'hésitai à lui poser la question qui me chicotait.

— Le temps de nous quitter approche, Hélène.

Elle arrêta sa marche. Le violet de ses yeux luisait de tendresse.

— Sœur Bénédicte ?

— Oui.

— Cette religion que vous deviez m'apprendre, vous ne m'en avez jamais parlé…

— Si, je vous en ai parlé tous les jours, Hélène : en caressant Séléné, en vous liant à la passion de sœur Clémence pour ses simples et à celle de sœur Constance pour son potager, en vous introduisant au cours de lecture et d'écriture de nos couventines. Si, tous les jours, Hélène.

J'étais hébétée. Elle avança d'un pas lent.

— Vous avez aimé mes sœurs et nos jeunes filles, vous avez admiré les beautés de la nature et prié dans notre chapelle. Dieu n'est pas une abstraction de l'esprit. Dieu vit en chacun de nous. Vous êtes une personne de bien, Hélène, vous êtes habitée de Dieu.

— Mais je n'ai jamais prié à la chapelle !

— Si, chaque fois que vous y mettiez les pieds. Vous vous êtes abandonnée au silence de Dieu et cela est une bien douce prière.

— Mais toutes ces choses que je devais apprendre pour ma conversion ?

— Nous y viendrons, n'ayez crainte ! Le sieur de Champlain a prévu deux années de formation, n'est-ce pas ?

— Oui.

— Eh bien, nous aurons une année entière pour nous soumettre à ses volontés. Une année, c'est plus que suffisant pour assurer votre conversion. Nous pouvons apprendre beaucoup en douze mois, vous verrez !

J'acquiesçai de la tête et repris mon sac. Je m'apprêtais à y déposer Séléné qui somnolait dans mes bras quand une idée me traversa l'esprit.

— Sœur Bénédicte, je pourrais vous confier Séléné pour l'été ? Là où je vais, je n'aurai pas besoin de sa protection, enfin de sa présence. Je crois qu'elle se plaît bien ici avec vous.

— Excellente idée ! J'en prendrai grand soin, comptez sur moi.

Je plaçai Séléné dans le creux des mains qu'elle me tendait. Elle miaula avant de s'agripper à son voile. Je flattai son poil gris, elle se calma.

— Sœur Bénédicte, je voudrais vous remercier. Vous n'avez pas idée du bien que vous m'avez fait.

— Oh, j'en ai bien une toute petite idée. J'ai bien vu comment Dieu a su vous redonner le goût de vivre.

— Dieu inspiré par sœur Bénédicte.

Elle sourit des yeux plus que de la bouche.

— Telle était Sa volonté.

Avant de me quitter, sœur Bénédicte serra mes mains dans les siennes.

— Dieu vous garde, Hélène.

Je souris : être placée sous la garde de Dieu me plaisait assez. Tout me portait à croire qu'il était habile escrimeur.

— Vous pratiquez l'escrime, sœur Bénédicte ?

— L'escrime, non, quelle question ! Je ne suis qu'une femme et qui plus est, une religieuse !

— Alors, sœur Bénédicte, vous avez tout ce qu'il faut ! Ne vous manque que l'épée. L'an prochain, je vous apprendrai. Je vous le promets, vous deviendrez une habile escrimeuse.

Un joyeux scepticisme se lisait encore sur son visage lorsque Noémie, scandalisée par ma proposition, referma la grille du couvent.

11

Passages

— Flexibilité, flexibilité des jambes, mobilité, Mademoiselle !
Allez riposte, riposte, on bouge, on bouge, dictait Paul en donnant le rythme du combat.

— Avec tous ces jupons entortillés à mes jambes...

— Il faut surmonter ce handicap, l'escrime ne fait pas de compromis. Attention une feinte, attaque dedans.

— Parade prime, touche dessous.

— Touché ! cria Paul.

Chacun de nous salua et je me laissai tomber au sol.

— Par tous les diables ! Heureusement qu'il y a ces chiffons qui
vous ralentissent ! L'élève dépassera le maître avant longtemps !

Il parlait sans le moindre essoufflement comme s'il poursuivait
une discussion tranquille. J'avais du mal à retrouver une respiration
normale, mes cheveux collaient à mon visage et mes vêtements à
ma peau.

— Comment faites-vous pour tenir votre calme ? J'ai l'impression d'être une abeille qui s'esquinte autour d'un pot de miel !

— L'expérience mon enfant, l'expérience ! Elle nous apprend à
ménager nos énergies. Ça s'apprend, vous verrez, dit-il en riant.
Pour ce qui est des jupons, une petite idée me trotte dans la tête
mais il faut d'abord que j'en parle à Noémie. Il y a peut-être une
solution. Allons, bonne journée, partenaire ! Avant la fin de l'été,
vous serez un adversaire qui me donnera chaud, il n'y a pas à en
douter. Les chevaux m'attendent, nous devons nous rendre au
marché aujourd'hui.

J'étais revenue au Champ de l'Alouette depuis une semaine.
Paul et moi avions repris notre habitude de rencontre d'escrime
au lever du jour. Noémie ayant été mise au courant de notre
secret, je n'avais plus à regagner vitement ma chambre sitôt l'assaut terminé. Il faisait beau, le ciel était particulièrement bleu et
la délectable odeur des fleurs d'oranger se mêlait à celle du foin

fraîchement coupé. Je n'avais aucune envie d'entrer, le déjeuner pouvait attendre. Ce matin, je me sentis assez de courage pour retourner au lieu de ma dernière rencontre avec Ludovic. Le vieux saule taquinait toujours la Seine du bout de ses branches. Je m'allongeai sur la roche pour regarder mon visage flotter sur les plis de l'eau. Cette fois, celui de Ludovic ne viendrait pas s'y poser. Il passait l'été à Reims, tante Geneviève me l'avait annoncé hier. Avait-il appris pour cet odieux mariage, je ne savais pas. Je laissais traîner mes bras dans la fraîcheur de l'eau concentrant mon attention sur les tourbillons qui se formaient autour des roches saillantes. Tout au fond, un banc de minuscules poissons se faufilaient entre les algues. Je leur enviais cette liberté d'être. J'observais les reflets de lumière sautillant sur l'eau. Si Ludovic avait été là tout près… ses cheveux dorés par le soleil, ses yeux francs, son sourire taquin. Avais-je à ses yeux trahi ma promesse ? Le goût de ses lèvres s'était estompé. Des larmes brouillèrent ma vue.

Quand Noémie vint me chercher, le chagrin était passé. J'avais résolu de ne plus gémir sur mon sort. Pleurer ne changeait en rien le cours de mon piètre destin. Seule la volonté d'Hélène y pouvait encore quelque chose. Encore… ? Notre société était implacable : « Les filles sont nées pour obéir », me répétait Noémie. Mais il y avait en moi une force qui rebutait tous ces assujettissements. Elle poussait tout mon être à la résistance. Ce trait de caractère m'effrayait et m'emballait tout à la fois. Madame de Champlain avait peut-être éclipsé Hélène, mais elle n'allait pas étouffer son âme. Jamais au grand jamais ! Je me fis l'audacieuse promesse de me battre pour Hélène. Il le fallait à tout prix, il fallait que j'apprivoise cette madame de Champlain. Elle n'allait pas m'anéantir : Hélène devait survivre. Comment ? Je l'ignorais, mais j'étais prête à tous les combats.

Après le déjeuner, j'accompagnais tante Geneviève au jardin. J'aidais à tailler les rosiers, à retourner la terre du potager, à semer les légumes et à repiquer les simples. J'utilisais mes nouveaux apprentissages et j'en étais fière. J'aimais plonger les mains dans la terre chaude, sentir son odeur, y déposer les graines. Il ne suffirait que d'un peu d'eau et de lumière pour qu'elles émergent du sol, transformées : des magiciennes.

Tante Geneviève m'initia aux recettes de quelques potions médicinales. Je produisis des huiles de rose et de géranium utilisées pour la cicatrisation des plaies et de la belladone recommandée pour soulager les douleurs des femmes en gésine. Elle m'apprit à transformer l'aubépine et la plantagine en onguents. Je voulais tout connaître, tout apprendre.

Un jour, nous étions à cueillir les roses jaunes et Minette s'étirait nonchalamment à nos pieds.

— Tu vois, il faut couper ici, juste sous la feuille. La taille doit être ferme et nette, sinon il y a des risques de maladies.

Je souris.

— Votre métier ne vous quitte donc jamais, ma tante ? Vous voilà préoccupée par les maladies des rosiers !

Elle rit.

— On peut le voir comme ça après tout. Il est vrai que j'aime soigner, soulager, peu importe le type de douleur. Rien ne me bouleverse davantage que l'impuissance ressentie devant la souffrance des autres.

Elle laissa tomber sa rose dans son panier et posa sa main sur mon épaule.

— Je me suis fait beaucoup de soucis pour toi.

J'arrêtai ma taille et déposai mon panier à mes pieds.

— Je regrette, je n'ai pas voulu vous inquiéter, je n'y pouvais rien. Vous avez su m'aider, tante Geneviève. Je vous en remercie.

Elle fronça les sourcils, brossa son tablier du revers de la main et se redressa.

— Je craignais que ton retour ici ne ravive ta peine. Si près des Ferras… Je constate avec bonheur que ton esprit croît aussi rapidement que ton corps. Tu vieillis, tu deviens plus raisonnable.

— Il est vrai ! J'ai pensé qu'il me serait plus profitable d'apprendre la vie que de gémir sur mon sort. Cependant, je dois avouer que les élans de mon cœur résistent à ma raison. Madame de Champlain ne prendra pas toute la place, tante Geneviève, j'ai bien l'intention de défendre Hélène.

— Défendre Hélène ?

— Je veux être moi et non celle qu'on m'impose d'être. Je refuse de n'être qu'une peau d'ours vidée de son âme. Je veux défendre la part de vie qui revient à Hélène.

— Je ne te savais pas si combative !

— Je ne l'étais pas ! Madame de Champlain m'a transformée.

— Chacun de nous a son lot d'épreuves. Je te vois capable de les surmonter sans y perdre la bonté du cœur et l'espérance de l'âme. C'est le fait d'une force de caractère peu commune.

— C'est à cause des taches de son.

— Des taches de son, bien entendu. Tu sais que tu es devenue une bien jolie jeune fille? Et je ne parle pas seulement de la beauté de ta silhouette.

— Il n'y a qu'à Ludovic qu'il m'importait de plaire.

Comme je sentais les larmes venir, je mordis ma lèvre et repris mon panier de roses.

— Il faudrait en finir avec les roses, j'ai promis à Noémie de l'aider pour la cueillette des fraises sauvages. Comme les confitures ne peuvent attendre…

— Oui, c'est juste, d'autant que j'ai à faire moi aussi. Je dois remettre de l'ordre dans ma trousse de sage-femme. Une fille des environs est sur le point d'accoucher.

— Ah! Je la connais?

— Oui, il s'agit de Charlotte Genais.

— Charlotte Genais! Mais elle est à peine plus âgée que moi! Elle est mariée?

— Non hélas! Et l'indigence de sa famille est loin de faciliter les choses. Une bouche de plus à nourrir n'est pas la bienvenue! Elle a vécu sa grossesse en cachette. Si son père l'avait appris, il l'aurait répudiée. À moins que sa femme l'ait convaincu de jouer la carte de l'ignorance. Ce ne serait pas le premier père à fermer les yeux pour sauvegarder son honneur.

— Où pouvez-vous la joindre?

— Chez les Ferras, dans la grange des Ferras. C'est l'endroit prévu pour son accouchement. Ils ont consenti à la soutenir dans son épreuve. L'entraide des paysans n'a pas de limite.

— Je pourrais venir avec vous, j'aimerais beaucoup.

— Si tu le désires, tu es en âge maintenant.

Antoinette vint nous chercher à la hâte le surlendemain. Sa taille s'était affinée et ses courbes attestaient qu'elle n'était plus une fillette. Ses cheveux, toujours de la blondeur des épis de blé, tombaient gracieusement sur ses épaules. L'urgence de la situation supplanta la joie de nos retrouvailles.

— Il faut venir vite, Charlotte est entrée en gésine!

Ironiquement, l'accouchement de l'arrogante Charlotte me ramenait à la ferme des Ferras. Je la revoyais aux champs, la gorge découverte, minaudant autour de Ludovic. Et s'il avait été le seul garçon convoité ? Non, ce n'était pas possible ! Je n'étais qu'une idiote, une idiote jalouse d'un rêve.

La vue de l'accouchée me chavira. Ses cheveux mouillés couvraient presque entièrement son visage. Elle se tordait de douleur, allant et venant entre les stalles, contournait péniblement les tas de foin et des attirails de labour. De temps à autre, elle s'arrêtait, s'accroupissait et criait. Quand elle aperçut tante Geneviève, elle fondit en larmes.

— Je ne pourrai jamais accoucher ! J'en suis incapable ! J'ai mal, je meurs !

Livide, elle tira violemment sur sa chemise qui se déchira. Ses seins alourdis s'appuyaient sur l'énorme ventre qui la déséquilibrait à chaque pas. Tante Geneviève s'approcha d'elle et lui épongea le front.

— Il n'est pas question de mort ici, Charlotte. Je suis là pour t'aider. Ne crains rien, tout se passera bien. Noémie, tu me donnes un chiffon. Tiens Charlotte, quand une contraction te vient, tu y mords, tu m'entends ?

Elle acquiesça de la tête.

— Hélène, cours à la maison et mets l'eau à bouillir.

— Quoi ? Qu'est-ce que cette Parisienne de mes fesses fait ici ? Sortez-la tout de suite ! Cette bourgeoise va attirer les mauvais esprits, haaaaaa !

— Calme-toi, calme-toi ! dit ma tante en la soutenant par la taille.

J'étais encore sous le choc de ses paroles quand tante Geneviève me répéta énergiquement.

— Hélène, cours chercher l'eau. Presse-toi et referme bien les portes de la grange. Il vaut mieux prendre toutes les précautions pour éloigner les sorcières malveillantes. Restons entre nous, bien au chaud !

Noémie, Anne et Antoinette savaient les gestes pour aider et soulager l'accouchée : éponger son visage, lui donner à boire, lui masser le bas du dos, l'aider dans ses pénibles déplacements. Quant à moi, je gardais mes distances. Il n'était pas question de contrarier la souffrante. Elle avait suffisamment à supporter.

— J'ai si mal ! Je vais mourir ! s'égosilla-t-elle complètement paniquée.

— Je te promets que tu t'en tireras, ne crains rien. Crie, crie, laisse-toi aller, tes cris éloigneront tes peurs.

Et Charlotte hurlait de plus belle tandis que je frissonnais camouflée dans la pénombre.

— Tante Geneviève, ne peut-on l'aider davantage ? suppliai-je quand elle vint chercher de l'eau bouillie dans sa gamelle.

— Si, prier pour que ses douleurs ne s'éternisent pas !

De temps à autre, Charlotte s'allongeait sur la paillasse installée par Noémie dans le coin d'une stalle et tante Geneviève relevait son jupon, graissait ses mains et ses avant-bras de beurre doux avant d'examiner la position du bébé.

— Bien, il est prêt pour la sortie, ce n'est qu'une question de temps, conclut-elle en se lavant.

Et la pénible marche de Charlotte reprit. Elle clopinait soutenant son ventre de ses deux bras, ne s'arrêtant que pour haleter à chaque nouvelle contraction. Anne prévoyait chacun de ses mouvements, se tenant prête à la soutenir. La nuit avançait et le travail n'en finissait plus de s'étirer. Vint un moment où je dus poser les mains sur mes oreilles pour ne plus entendre les plaintes atroces de Charlotte. Je me souvins alors des paroles de tante Geneviève : « Supporter la souffrance des autres sans pouvoir la soulager rend fou ! » Quelle terrible épreuve pour Ludovic ! Quel horrible cauchemar d'enfant ! Assister à l'accouchement de sa mère, seul et impuissant !

— Assez, assez, Seigneur, arrêtez sa douleur. Tante Geneviève, je vous en prie !

Plus Charlotte se débattait et plus je désespérais qu'elle n'en finisse. Il s'écoula plusieurs heures de véritables tortures avant que tante Geneviève n'annonce que le temps était enfin venu.

— Il faudra rester allongée maintenant, l'enfant arrive. Noémie, placez la pierre d'aigle sur le haut de son abdomen. Pour un premier accouchement, mieux vaut mettre toutes les chances de notre côté. C'est un gros bébé. Installez-vous derrière elle et soutenez son torse vigoureusement aux prochaines contractions. Les dernières sont les plus douloureuses. Hélène, apporte-moi la belladone, elle ne saurait en supporter davantage. Ça la soulagera quelque peu. Charlotte, à la prochaine contraction, soulève-toi et pousse de toutes tes forces. Allez, vas-y, allez ! C'est très bien ! Encore une autre et nous verrons sa tête. Pousse, pousse, pousse ! Voilà ! Une dernière et ce sera fini, ma grande.

Charlotte se laissa retomber à demi consciente dans les bras de Noémie : l'extrême fatigue et la belladone l'avaient complètement abasourdie.

— C'est le moment, pousse, encore, encore. Et voilà !

Un petit garçon vagissait, suspendu par les pieds. Tante Geneviève le déposa sur le ventre de sa mère, cousit le cordon de fil de lin et le coupa.

— Elle saigne beaucoup. Noémie, apporte-moi des linges imbibés de vinaigre. Hélène, redonne un peu de belladone.

Anne nettoya le bébé dans la bassine remplie d'eau et de vin tièdes, puis l'emmaillota complètement, ne laissant à découvert que sa frimousse chiffonnée. Il vagissait à fendre l'air.

— Tout doux mon petit, tout doux, ta nourrice t'attend les seins gonflés de lait, tout doux. Je vous laisse Geneviève, Clément est prêt pour porter le précieux colis à ma cousine. Si vous avez besoin de quelque chose, n'hésitez pas, je suis dans la maison.

Tante Geneviève hocha la tête, jeta un œil furtif vers Charlotte qui gémissait faiblement. Elle se leva, s'approcha du bébé et lui baisa le front.

— Bonne chance, petit bonhomme. Que ta vie soit belle !

Je tombai à genoux, estomaquée et incrédule.

— Mais, le bébé… Charlotte… son bébé !

Tante Geneviève me présenta un visage empreint d'une profonde désolation.

— Charlotte a consenti à donner son bébé. Il n'était pas question pour elle de le garder. Sa famille n'a pas ces moyens. La cousine d'Anne vient de perdre son enfant il y a deux jours à peine. Elle sera la nourrice du petit. Il a de la chance.

— Mais, mais toute cette souffrance pour… pour rien !

— Pas pour rien. Pour la vie !

J'apprenais au-delà de toutes attentes et l'apprentissage me bouleversait plus que je ne l'aurais imaginé. Je regardais Charlotte étendue sur la paille à demi consciente, consternée. Tante Geneviève s'accroupit près d'elle.

— Elle perd beaucoup de sang, je me dois d'être très vigilante. Vous pouvez aller vous reposer, je saurai me débrouiller.

— Je reste avec vous. Je veux veiller Charlotte avec vous.

— Soit, comme tu veux.

Les hululements d'une chouette et les cris stridents des grillons accompagnaient mon insomnie. Étendue non loin de tante Geneviève, j'observais les faisceaux de lune qui se faufilaient entre les planches des stalles. La déesse Séléné régnait manifestement sur un singulier royaume! Comment une femme pouvait-elle porter un enfant, lui donner vie, pour ensuite l'abandonner à une autre? Une mère n'était-elle pas irremplaçable? L'âme d'un enfant n'était-elle pas soudée à jamais à celle qui lui donnait le jour? Pourquoi me fallait-il accepter sans condition les mœurs dénaturées de mon époque qui faisait si peu de cas de ses enfants? Elles étaient si éloignées des lois du cœur! Les enfants méritaient davantage de considération, j'en étais profondément convaincue.

Tante Geneviève ne dormait pas. De temps à autre, elle plaçait son oreille près de la bouche de Charlotte, vérifiant sa respiration, tâtait son poignet et changeait le bouchon vinaigré qui ralentissait ses pertes de sang.

— On dirait que la saignée diminue, c'est bon signe, soupira-t-elle avec soulagement au petit matin.

Charlotte dormait d'un sommeil agité. Je ne connaissais presque rien à sa vie et nous n'éprouvions manifestement aucune sympathie l'une pour l'autre et pourtant, une réalité nous unissait, une réalité brute : ni l'une ni l'autre n'étions maîtresses de nos destinées. La chouette s'était tue.

— Tante Geneviève, comment une mère peut-elle consentir à donner son enfant? Enfin donner son enfant, ce n'est pas naturel...

— Troublant, n'est-ce pas? Je doute qu'elles y consentent vraiment. Je dirais plutôt qu'elles s'y résignent. Elles s'y résignent parce qu'elles n'ont pas le choix. La pauvreté, la faim, les lois stupides qui lient les femmes contre leur gré à ceux qu'elles n'aiment pas... Nous vivons une époque de grande misère, Hélène! La pauvreté apporte un lot de tourments insoupçonnés. Combien d'enfants nouveau-nés sont abandonnés sur le portail des églises ou sur les marches des couvents? L'an dernier, on en a recensé plus de deux cents à Paris. Deux cents à Paris seulement, tu imagines?

— C'est cruel!

— C'est cruel, oui. Cruel et absurde, moi qui aurais tant aimé...

— Vous n'avez jamais eu envie d'en prendre un avec vous, de l'adopter?

Elle me tourna le dos sans répondre, se contentant d'observer Charlotte. Au bout d'un moment, ses épaules s'affaissèrent. Elle soupira longuement et reprit sa place à mes côtés.

—Je ne peux concevoir, Hélène. Au début de notre union, Simon et moi désirions tellement un enfant! Je crois bien que j'ai expérimenté tout ce qui était possible pour stimuler ma fertilité; la mandragore, les pèlerinages, les huiles, les sortilèges, toutes les magies possibles et inimaginables. Après trois ans de vie commune, il fallut nous rendre à l'évidence : je ne pouvais enfanter! Ce qui devait arriver arriva. Simon se rendait souvent à Amiens pour son travail de percepteur des tailles. Il y trouva une maîtresse qui fit de lui un père.

—Un père!

—Oui, Simon a un fils depuis l'été dernier. Je l'ai appris peu avant ton mariage.

Elle essuya furtivement une larme sur sa joue, observa Charlotte un instant, et reprit.

—Simon est heureux, c'est tout ce qui m'importe. Mon métier me console.

—Qu'est-ce qu'une maîtresse?

Elle renifla, tortilla son tablier taché de sang et regarda Charlotte un moment avant de me répondre.

—Une maîtresse, c'est… c'est une femme qui fait partie du côté ombreux de la vie d'un homme.

—Le côté ombreux?

—Oui, nous avons tous un côté ombreux et un côté lumineux. Le côté lumineux est celui qui est vu et connu de tous, l'autre existe secrètement. Côté lumière, Simon est mon époux, côté ombre, il aime une autre femme qui est la mère de son fils. Leurs existences font partie de mon côté ombreux.

—Ah! Et comment avez-vous appris pour cette maîtresse et ce fils?

—La complicité des sages-femmes: une amie l'a assistée pour son accouchement.

—Je suis désolée, ma tante, je suis vraiment désolée.

Elle releva la tête et soupira en caressant ma joue.

—Il ne faut pas. Le bonheur de Simon fait le mien. Je suis heureuse qu'il puisse enfin goûter aux joies de la paternité. Je l'envie, mais cette envie ne diminue en rien l'amour que je lui porte.

—Mais il aime une autre femme! Comment pouvez-vous…?

Charlotte gémit. Tante Geneviève retourna vers elle, toucha son front et humecta ses lèvres.

— Elle n'est pas fiévreuse et récupère assez bien. Ce fut très pénible pour elle. Ne conclus surtout pas que tous les accouchements sont aussi ardus.

— Ne vous souciez pas de moi. J'apprends et c'est bien ainsi.

Charlotte délirait. Lorsqu'elle prononça le nom de Ludovic, je sursautai. Instantanément je revis les yeux de Ludovic reluquant les seins de Charlotte et ce souvenir me bouleversa.

— Tante Geneviève, le père de l'enfant?

— Oui, le père de l'enfant…

— Eh bien, on le connaît?

Elle eut un sourire entendu.

— Ce n'est pas Ludovic.

Le nœud qui m'étouffait se dénoua.

— J'ai souvent soupçonné que vous aviez un don. Comment avez-vous deviné ma crainte?

— Je te connais, voilà tout! N'as-tu pas un jour donné ton cœur à ce Ludovic?

— Il y a de cela une éternité, soupirai-je.

— C'était l'été dernier! Et puis tu m'as parlé de votre promesse.

Charlotte insistait. Elle n'en finissait plus d'appeler Ludovic et d'exciter mes doutes.

— Mais Ludovic…?

— Ma profession m'oblige au secret, mais je peux t'assurer que ce n'est pas lui. Charlotte connaît Ludovic depuis toujours. Son père sert le sieur Durocher tout comme les Ferras.

Je mis du temps à m'endormir. Je fis l'inventaire de la face cachée de madame de Champlain: elle était pleine de Ludovic.

Antoinette qui nous rejoignit à la barre du jour apportait un léger bouillon pour Charlotte et nous invita à partager le déjeuner dans la maison. J'allais revoir les Ferras. Le chant du coq accompagna notre sortie de la grange. Au bout des champs, le ciel éclatait de rose.

— Je suis si heureuse de te revoir, Antoinette! Il y a longtemps que tu es de retour à Saint-Cloud?

— Je suis heureuse aussi, Hé… pardon, Madame de Champlain.

— Hélène, je t'en prie, Hélène.

Un voile de tristesse passa dans ses yeux.

— Va pour Hélène ! Quelle idiote je fais ! Madame de Champlain n'aurait jamais consenti à passer une nuit couchée sur un tas de paille !

J'arrêtai ma marche et lui souris.

— Je te remercie. J'aimerais que cette madame de Champlain n'ait jamais existé, crois-moi. Ce qui advient est contre ma volonté. Je souhaite que cette alliance ne change rien à notre amitié.

— Rien n'a changé pour moi. Je suis toujours ton amie.

— Merci, Antoinette. Et Ludovic ?

— Viens, oncle Clément nous attend. Si tu veux bien, nous reparlerons de Ludovic plus tard.

— Il attend Hélène ou madame de Champlain ?

— Oncle Clément attend la jeune fille qui est mon amie.

— Alors, je serai heureuse de partager son déjeuner.

Un doux clair-obscur emplissait la grande pièce du rez-de-chaussée. À notre arrivée, l'homme assis à la table se leva et attendit. Je pus difficilement distinguer ses traits avant d'être près de lui. Lorsque ce fut possible, je me surpris à lui trouver des ressemblances avec Antoinette. Certes, ses cheveux étaient d'un châtain plus foncé, son nez plus large et ses lèvres plus minces, mais il s'en dégageait une même gentillesse, le regard direct et franc, un je-ne-sais-quoi de familier, une force tranquille. Oui, une force tranquille toute pareille à celle d'Antoinette.

— Oncle Clément, je vous présente Hélène, mon amie Hélène.

— Soyez la bienvenue dans ma maison, Madame.

Sa voix était calme et profonde ; en cela, il ressemblait à Ludovic.

— Je suis honorée, oncle Clément.

— Tout l'honneur est pour nous.

Anne qui descendait du grenier me parut étonnamment énergique en dépit de son manque de sommeil.

— Quel plaisir, approchez de la table, je vous sers. La nuit fut pénible, n'est-ce pas, jeune fille, pardon, Madame ?

— Jeune fille me convient parfaitement, Anne. Vous avez raison, ce fut la nuit la plus atroce et la plus longue de ma vie. Mais c'est Charlotte…

— Y faut pas trop vous chagriner pour elle. Les femmes de la campagne sont de forte constitution.

— Oui, de forte constitution, répétai-je incrédule.

Les petits pas gigotant au-dessus de nos têtes m'intriguèrent.

— Comment vont Isabeau et Mathurin ? Et bébé Louis ?

— Écoutez-les courir au grenier. Sitôt réveillés, ils débordent d'entrain. Ils se portent au mieux, croyez-moi.

Le jour était levé. La lumière entrait abondamment par les deux fenêtres de la pièce. Elle posa la main sur l'épaule de son mari et il lui sourit tendrement. De toute évidence, l'amour les liait.

Le déjeuner fut des plus animés. Je ne parvenais pas à répondre à toutes les questions des enfants.

— Et tu gagnes toujours tes combats d'escrime ? demanda Mathurin.

Je remarquai que le cheval de bois acquis à la fête de la Saint-Jean-Baptiste piaffait toujours sur le manteau de la cheminée.

— Je gagne quelquefois. Paul est beaucoup plus habile que moi, tu sais.

— Laissez-lui le temps de déjeuner ! Hélène ne s'envolera pas ! taquina Anne.

Je sautai sur l'occasion pour me libérer du malaise que j'éprouvais. Je n'appréciais pas d'être le centre d'intérêt.

— Vos crêpes sont délicieuses, Anne !

— Je vous remercie, c'est le déjeuner préféré de votre tante. Elle doit être affamée après une telle nuit ! Antoinette, si tu pouvais t'occuper de la fin du repas, j'irais la remplacer auprès de Charlotte. La pauvre a eu une chance inouïe de l'avoir auprès d'elle. Accoucher d'un premier enfant n'est jamais chose facile. Mais dans son cas, ce fut particulièrement pénible. Pauvre fille, elle n'est pas au bout de ses peines !

— Vous pouvez y aller, je m'occupe de tout, répondit Antoinette en me souriant.

Anne posa un baiser sur le dessus de la tête d'oncle Clément qui n'avait rien dit de tout le repas. Il s'était contenté de me lorgner de temps à autre.

— Clément, j'ai demandé à Geneviève pour la lettre de Ludovic. Elle a accepté d'en faire la lecture. Je vous l'envoie.

Je faillis m'étouffer. Oncle Clément se raidit quelque peu et Antoinette se tourna vivement dans ma direction me tapotant le dos.

— Nous avons reçu une lettre de Reims, une lettre de Ludovic. Nous l'avons depuis deux jours. Ta tante est notre lectrice, le savais-tu ?

Je fis signe que non en toussotant. Une lettre de Ludovic! Oncle Clément me scrutait, perplexe. Je mordis ma lèvre.

— Une lettre de Ludovic? articulai-je la voix étouffée.

La chaleur monta à mes joues. Je devais être cramoisie. Oncle Clément me dévisageait toujours. Tout devint confus, je ressentais tout aussi intensément le désir de disparaître que celui de m'envoler au-dessus des nuages. J'étais gênée, triste et gaie. Une lettre de Ludovic! Des mots qui portaient sa pensée.

— Savons pas lire… écrire… école pour bourgeois, nobles, religieux.

Antoinette me parlait, je devais me ressaisir. Je compris vaguement son message et lançai une réplique à tout hasard.

— Je sais comment enseigner la lecture et l'écriture. Si tu veux, je pourrai t'apprendre.

— Tu pourras m'apprendre la lecture, vraiment!

Sa joie me ramena quelque peu à la réalité.

— Bien sûr que je pourrai, à toi et aux enfants s'ils le désirent.

Mathurin grimaça.

— Pouf, lire c'est affaire de filles! Moi, c'est l'escrime qui…

— Mathurin, tu sais que Ludovic a appris à lire et à écrire? informa oncle Clément.

— Ah! Ludovic a appris à lire et à écrire?

— Parfaitement! Tu en as la preuve, il nous écrit cette lettre. Tu aimes recevoir de ses nouvelles? Ludovic a appris chez les Jésuites. Il a appris le maniement des mots avant celui de l'épée. Je crois qu'il a été sage, mon fils!

La connivence entre le père et le fils était palpable. Il n'y avait pas de doute, Mathurin admirait Ludovic et vénérait son père.

— Je l'ignorais, père. Alors, je ferai comme Ludovic!

Tout le monde rit de bon cœur. Je fis un clin d'œil à Mathurin.

— L'an prochain, tu pourras lire ses lettres.

Il écarquilla les yeux.

— Je pourrai lire ses lettres!

— Bien sûr, et tu pourras même lui en écrire.

— Aaaaaah oui! s'émerveilla-t-il la bouche grande ouverte.

Tante Geneviève entra et le soleil s'éclata sur le buffet de bois clair qui couvrait presque tout le mur au fond de la pièce. Sur le buffet entre deux chandeliers et une aiguière d'étain, les rouges et les jaunes d'un bouquet de fleurs des champs vibraient dans la lumière. Tante Geneviève, visiblement exténuée, salua d'un faible sourire en prenant place sur la chaise que lui présentait oncle Clément. Antoinette la servit.

Quand elle commença la lecture de la lettre de Ludovic, seul le bourdonnement d'une mouche troublait l'impatiente tranquillité qui nous habitait.

— *Reims, mai 1611, Cher oncle Clément, chère tante Anne ! Je vous salue. Quand vous lirez ces lignes, je serai déjà en mer, en route pour le Nouveau Monde. Le monopole de la traite des fourrures étant levé depuis deux ans déjà, maître Lalemant et quelques pelletiers de Reims se sont associés aux marchands de Rouen pour avitailler le* Lys de France, *navire en partance pour Gaspé et « l'île Percée » en la grande rivière du Canada. Ils comptent ainsi doubler leurs bénéfices et tirer parti de cette liberté de commerce. Augustin et moi avons été engagés pour la grande aventure afin d'assurer l'achat des fourrures aux postes de traite de Gaspé et Tadoussac. Nous descendrons peut-être jusqu'à Kébec tandis que les pêcheurs s'emploieront à remplir les cales de morues. Si tout se passe comme prévu, le navire gagnera le port de Honfleur en octobre prochain. Cette expédition nous permettra de découvrir une partie du...*

Tante Geneviève ralentit avant de s'arrêter. Elle me jeta un coup d'œil rapide par-dessus la lettre, se racla la gorge, et reprit.

— *Cette expédition me permettra de découvrir une partie du Nouveau Monde dont parle avec tant d'émerveillement le sieur de Champlain dans son récit de voyage. Mon expérience sera mise à profit dans mon travail d'apprenti pelletier. Je vous promets la plus grande prudence et vous salue tous, tout spécialement le grand Mathurin. Je pense à vous. Votre neveu bien-aimé, Ludovic Ferras.*

Suivit un lourd silence. Seule la mouche semblait à son aise. Personne ne parlait. J'avais baissé les yeux. Les mots « sieur de Champlain » engourdissaient mon esprit. Ludovic savait et Ludovic survivait. Je n'osais les regarder de peur que mon désarroi ne se devine.

— Ludovic est sur un grand bateau ? questionna Isabeau. Il viendra plus avec nous ?

— Si, il reviendra l'an prochain. Il est parti très loin, pour cet été, cet été seulement. répondit calmement oncle Clément.

— Et Augustin est parti avec lui, soupira Antoinette.

Elle était aussi blanche que je devais être rouge. Antoinette et Augustin ! Je n'étais peut-être pas la seule à souffrir de l'absence d'un ami.

— Y a-t-il quelques dangers, oncle Clément ?

— Les dangers sont toujours présents, mais on peut compter sur l'expérience des capitaines et sur la bonne Providence. Malheureusement, nul ne peut prévoir les tempêtes, les maladies et l'humeur des Sauvages. Cependant, il faut savoir que depuis une vingtaine d'années, les nombreux navires de pêche et de traite appareillés à destination du Canada ont pour la plupart résisté aux périls et aux obstacles.

Antoinette appuya ses coudes sur la table et le menton sur ses mains jointes.

— Cette liberté de commerce, n'est-ce pas la conséquence directe de la fin du monopole qui avait été accordé à Pierre Du Gua de Monts ? questionna tante Geneviève.

— Eh bien, tout cela est assez compliqué. Ce Du Gua de Monts avait en effet obtenu un monopole de traite des fourrures en 1603, sous le règne du Roi Henri IV. Des problèmes de toutes sortes mirent fin à ses privilèges en 1609.

— Quels types de problèmes ?

— Selon les dires des marchands pelletiers, il semblerait qu'il fut incapable de faire respecter les droits du monopole sur les côtes de cet immense fleuve qu'est le Saint-Laurent. Beaucoup de navires anglais, hollandais et français trafiquaient les produits de traite dans l'illégalité, privant ainsi la couronne de France d'une large part de ses revenus de taxation. Pierre Du Gua de Monts n'est pas le premier à s'y être cassé les dents. Un certain Pierre Chauvin avait tenté de relever le défi avant lui. Ce qui fait que depuis 1609, la traite est totalement libre et que les fourrures appartiennent à qui a les moyens d'aller les chercher là où elles se trouvent. Maître Lalemant a pris une sage décision ! Quant à Ludovic, je suis assuré qu'un changement d'air lui sera profitable.

Il termina sa phrase en me fixant. Le chagrin qui m'affligea me laissa déconfite. Je ne pus réagir. Oncle Clément ébroua les cheveux d'Isabeau avant de se lever.

— Ces propos sont quelque peu arides pour des dames qui ont besogné toute la nuit.

— Arides, mais intéressants ! Nous en reparlerons si vous le voulez bien, s'empressa d'ajouter tante Geneviève.

— Si le sujet vous intéresse, pourquoi pas ? Veuillez m'excuser, Mesdames, dit-il en saluant. Venez les enfants, allons transmettre ces bonnes nouvelles à votre mère.

Il prit Isabeau dans ses bras et sortit. Cet homme avait une sympathie peu commune pour ses enfants. Je n'avais jamais été prise par mon père. Je pensai aux caresses du passé qui m'avaient échappé et à celles du futur que je ne recevrais jamais. Madame de Champlain se sentit soudainement très seule. Tante Geneviève se leva.

— Je dois aller rejoindre Charlotte. Prenez tout votre temps, je ne retournerai pas au Champ de l'Alouette avant la fin de la journée.

Une nuit sans dormir, les côtés sombres de la vie, une lettre de Ludovic, c'était beaucoup, beaucoup trop ! J'étais fatiguée et ressentais de légers tiraillements dans mon bas-ventre. Trop d'émotions en si peu de temps ! pensai-je. Antoinette se leva.

— Tu veux encore un peu d'eau, de vin, Hélène ?

— Non, merci.

Je fixai la porte. Et si le temps s'était arrêté et si Ludovic entrait, là, maintenant, pour nous saluer. Je divaguais. Je dus me contenter d'aider Antoinette à laver la vaisselle. Quand tout fut remis en place, je m'approchai de mon amie qui s'attardait près de la pierre à laver.

— Comme tu as changé, Antoinette, quelle belle jeune femme tu es devenue !

— J'allais justement te faire la même remarque.

Son sourire dévoilait des dents aussi blanches que le lait.

— C'est dommage que…

— C'est dommage que… ? Que je sois mariée ou que je sois une belle jeune femme ?

— Hélène ! J'avais souhaité que Ludovic et toi…

— Je l'ai souhaité aussi, crois-moi, je l'ai souhaité. Je peux même te jurer que jamais je n'ai cessé de le souhaiter ! Les choses se sont déroulées si vite, si vite ! On a violé ma vie, Antoinette. Ce sieur de Champlain est un inconnu, il a l'âge de mon père, il est vieux et…

Plus je parlais et plus la colère me montait au nez. J'inspirai profondément et déposai lentement mon torchon sur la pile d'assiettes propres avant de poursuivre.

— J'ai pensé, j'ai pensé que Ludovic aurait pu en souffrir. Je me trompe, Antoinette ? Dis-moi que je me trompe, implorai-je.

— Ludovic s'était attaché à toi. Quand nous avons appris pour ton mariage en mars dernier, il disparut plusieurs jours. À son retour, il n'a plus jamais mentionné ton nom.

—Je regrette toute la peine que j'ai pu lui causer. Tu sais, ici, près de toi, il me semble que ce qui est arrivé n'est qu'un vilain cauchemar. Je t'envie, j'envie ta liberté.

—Ne m'envie pas trop vite. Moi, c'est Augustin qui trouble mon cœur.

—Il y a des inconvénients à cette attirance?

—Je vis chez ses parents depuis ma naissance. Il m'aime bien. Le problème c'est que j'ai une rivale de taille: Augustin est tenté par la vocation religieuse. Son éducation chez les Jésuites l'a beaucoup marqué. Je souhaite que ce voyage précise ses réflexions. Je peux difficilement imaginer la vie sans lui, Hélène.

—Pour toi, tout est encore possible. Il faut espérer Antoinette.

Mes douleurs au ventre s'intensifièrent. Je me rendis aux latrines. Ce que j'y découvris finit de chavirer mes humeurs. Lorsque je revins près d'Antoinette, elle me dévisagea avec inquiétude.

—Hélène, qu'est-ce que tu as? Tu es malade, tu es si pâle! Je vais prévenir ta tante.

Je m'assis, gênée et confuse. Des crampes intenses assaillaient mon ventre.

—Non, ce n'est pas la peine. Je crois que mon indisposition vient de mes... Antoinette, j'ai mes premières fleurs rouges du mois!

—Tes fleurs rouges du mois, mais c'est fantastique, c'est merveilleux!

—Ah! Vraiment?

—Les miennes sont apparues l'automne dernier.

—C'est que j'ai atrocement mal!

Je me pliai en deux pour atténuer la douleur. La nausée me vint.

—Viens t'étendre un peu, je t'apporte une bouillotte bien chaude. Habituellement, il suffit d'une heure ou deux pour que tout revienne à la normale.

Il me fallut deux heures de crampes, un vomissement et trois visites aux latrines pour que la douleur passe. Les chiffons qui n'avaient pas servi à l'accouchement de Charlotte recueillirent mes premières fleurs. Quand je pus me remettre debout sans chanceler, Antoinette me salua bien bas.

—Bienvenue dans le monde des femmes, Mademoiselle Hélène Boullé!

12

La mélodie du grillon

Le prince de Condé avait insisté ; la cérémonie des noces de son secrétaire ferait l'honneur de sa salle de bal. C'était là un cadeau princier ! Aux jours précédant la cérémonie, la jubilation débordante de mère égala de peu la fébrilité de Marguerite.

Nous cahotions vers le château du prince de Condé situé en Brie. Les plumes des chapeaux de mon père et du sieur de Champlain frémissaient sous les secousses de notre carrosse. Des poils de loutre contrastaient agréablement avec le velours incarnat de la cape de mon père tandis que le brun soutenu d'une peau de castor rehaussait le vert profond de celle du sieur de Champlain. Ces fourrures faisaient sa fierté. Elles avaient été importées du Nouveau Monde. Ces messieurs discutaient, les mains bien appuyées sur le pommeau de leurs cannes tandis que mère, le cou émergeant d'une impressionnante fraise de dentelle, s'appliquait à maintenir une respiration normale en toute élégance. Des rangs de perles entrelaçaient les nombreuses torsades de sa chevelure poudrée et des bagues de pierres précieuses garnissaient ses mains gantées de soie. Notre attelage effaroucha une biche broutant à l'orée du bois. Elle s'y engouffra en courant. J'aurais aimé la suivre.

Les froids hâtifs de cet automne 1611 avaient dépouillé les arbres : un tapis de feuilles desséchées couvrait entièrement le sol. Un autre hiver s'annonçait, le second pour madame de Champlain. J'avais treize ans.

Mon père fronçait les sourcils et claquait de la langue au gré des informations sur les influences princières formulées par le sieur de Champlain. L'appui du prince de Condé s'avérait indispensable pour l'avancement de ses projets, affirmait-il avec insistance.

— Il me faut absolument l'impressionner et le convaincre, il est l'homme de tous les saluts ! décréta-t-il en marquant ses dires d'un coup de canne.

— J'appuie votre démarche sans réserve aucune, renchérit bien haut mon père. Toute ma famille s'efforcera de servir votre cause. Aucune de nos actions ne saura vous attirer les disgrâces du Prince. J'en fais un point d'honneur !

L'intensité de son regard me vouait à la cause sans équivoque. Le sieur de Champlain opina de la tête en me toisant sans trop de conviction. Je cherchai quelques distractions au-dehors. De vastes champs d'herbes séchées alternaient avec les boisés. Aucune ferme, pensai-je tristement. Les Ferras n'avaient plus reçu de nouvelles de Ludovic. Avait-il été victime de quelque embuscade, de quelque tempête ou de quelque Sauvage ? Combien de mois ou d'années allait durer son voyage ? Reviendrait-il aux pays de nos promesses ? Je serrai son miroir sous ma capeline en songeant à mon grillon.

— Cette première sortie officielle en compagnie de votre époux vous comblera, ma fille, pérora ma mère. Il est peu commun qu'un prince nous honore d'une si généreuse invitation !

— Il n'y a pas à en douter, mère. Ce sera assurément un souvenir mémorable pour Marguerite.

Il y avait des mariages fastes de forme et de sens et des mariages vides de tout. Marguerite avait droit au faste et moi au vide : je partageais le dénuement des arbres. Profitant du silence de messieurs nos maris, mère risqua :

— Votre épouse s'est initiée au menuet et au quadrille. Elle vous fera honneur, Monsieur mon gendre.

Il releva le nez.

— La dame du sieur de Champlain se doit d'être impeccable en tout point, Madame. La perfection, rien de moins que la perfection est exigée ici ! Aucune faiblesse de quelque nature que ce soit ne sera tolérée. L'engagement du Prince envers notre compagnie est capital. Nous sommes tenus d'être à la hauteur de nos ambitions.

Il parla d'un ton d'autorité vers ma mère. Puis il se tut, pinça les lèvres, me lorgna furtivement du coin de l'œil avant de reporter son attention vers la forêt. Mère avait redressé l'échine tandis que père se tapotait le front de son mouchoir. Impeccable ! avait-il dit. La perfection est exigée. Le sieur de Champlain était un homme rigoureux, il ne faisait aucun doute. Ce trait de tempérament glissait jusque dans les pointes de sa moustache qu'il effilait finement. Une barbiche au menton complétait le visage austère qu'il me fallait satisfaire.

À notre arrivée, la salle de réception fourmillait d'invités. Mère disait qu'il était avisé pour les grands de la noblesse de se faire désirer. L'obligation au strict respect des horaires était l'affaire du bas peuple. En cela, mère était plus que noble !

Au début du corridor humain aboutissant directement au fauteuil princier, un officier droit et impassible clama en direction de notre hôte :

— Le sieur Samuel de Champlain, officier, capitaine en la marine du Roi.

Une forte tension me serra la tête et l'image de la biche effarouchée traversa mon esprit. J'avançais imperturbablement au côté du sieur de Champlain, la curiosité des invités accompagnant notre pompeuse remontée vers le Prince. Les souliers à talons hauts qu'on m'avait imposés amplifiaient ma grandeur. De temps à autre, mes yeux se posaient sur le dessus du chapeau de mon partenaire ; le sieur de Champlain était indéniablement un grand homme de petite taille. Ma distraction me fit manquer un pas que la patine du plancher de marbre rose ne me pardonna pas. Je perdis pied. Un de mes talons s'accrocha dans mes jupons et j'entamai une bascule qui m'eût entraînée directement aux pieds du Prince, n'eût été la vivacité de la poigne du sieur de Champlain. Je retrouvai mon équilibre. Il me dévisagea froidement. Je lui fis un pâle sourire remerciant du bout des lèvres. Il soupira en serrant les lèvres et me salua brièvement de la tête. Ce fut notre premier contact physique. Je me promis que ce serait le dernier.

— Monseigneur, prince de Condé ! nasilla le sieur de Champlain en effleurant le marchepied du Prince de la plume de son chapeau.

Je fis une longue révérence. Quand je me relevai, Sa Royauté m'examinait avec concupiscence.

— Que voilà une splendide jeune femme, sieur de Champlain ! Sa beauté vous flatte, mon cher ! Vous aurez à prendre garde, la fraîcheur d'une jouvencelle est une substance volatile. Madame, Monsieur, soyez les bienvenus dans mon château.

— C'est un honneur que d'y être invités, Prince !

Puis, un valet nous escorta jusqu'aux mariés. Marguerite resplendissait dans son élégante robe de velours et de satin nacré. Elle souriait et remerciait avec grâce. Une vraie princesse ! Charles admirait béatement son épouse dont la radiance attirait toutes les admirations. Marguerite avait une nature heureuse que la vie ne trahissait pas.

Le sieur de Champlain s'était joint à un groupe de personnages importants. J'en profitai pour rechercher mon frère Nicolas. Quand il m'aperçut au centre de la salle, il se fraya un passage entre les groupes d'invités et vint à ma rencontre. Je le trouvai beau, d'une beauté discrète et raffinée. Ses cheveux d'ébène étaient rehaussés par l'ocre d'un pourpoint orné d'un simple col de toile gris d'été.

— Seule, petite sœur? demanda-t-il en me saluant.

— Loin de vous, je suis toujours seule.

Il me sourit généreusement.

— Et vous, mon frère, auriez-vous enfin trouvé une jeune fille digne de vous? le taquinai-je.

La question le fit tiquer. Il immobilisa la coupe de vin qu'il s'apprêtait de porter à ses lèvres.

— Non, enfin, on pourrait présenter les choses ainsi.

— Que de mystères!

Il vida sa coupe, me dévisagea un court instant et me sourit. Puis, il pressa mon coude.

— Venez, je vous présente.

Il arrêta notre marche derrière un homme aux boucles blondes. Le nœud de satin bleu céleste qui retenait sa couette contrastait agréablement avec le damassé indigo de son pourpoint. Sentant notre présence, il se retourna calmement. La vue de Nicolas éclaira son visage.

— Hélène, laissez-moi vous présenter Philippe de Mans.

— Philippe, madame de Champlain, ma sœur.

J'étais confuse. Je lui avais parlé d'une jeune fille et voilà qu'il me présentait un homme.

— Pour répondre à votre question, non, je ne suis pas seul. Philippe m'accompagne à titre d'ami.

Les yeux gris vert de Philippe s'attardèrent dans ceux de Nicolas. L'aimable bonté qui se dégageait de lui gagna aussitôt ma sympathie. Je lui fis une courte révérence. Il baisa ma main.

— Nicolas m'a longuement parlé de vous. Je suis heureux de vous rencontrer enfin, Madame.

— Philippe est, tout comme moi, artiste peintre aux ateliers du Roi. Nous nous connaissons depuis deux ans maintenant. Nous sommes, disons, très familiers.

Il parut embarrassé. Le mot familier avait été prononcé avec une insistance qui laissait peu de place à l'ambiguïté. Nicolas partageait la vie de Philippe : il aimait Philippe et était aimé de lui. Voilà que Nicolas me dévoilait son côté ombreux. Décidément, la vie n'avait rien de simple !

— Monsieur de Mans, l'amitié que vous portez à mon frère fait de vous mon ami.

Nicolas soupira d'aise en souriant. Ses yeux brillaient de plaisir. Il effleura ma joue de ses lèvres.

— Merci, petite sœur.

— Seul votre bonheur m'importe, mon frère. Je suis ravie de constater qu'un artiste s'applique à le tisser.

Eustache, quant à lui, s'accrochait aux basques du sieur de Champlain. La vénération qu'il lui portait s'était commuée en véritable culte. Aucun de ses exploits ne lui était inconnu. Les alliances qu'il avait conclues avec les Algonquins et les Hurons l'impressionnaient plus que tout. Par ces alliances, les Français s'engageaient à soutenir les alliés dans leurs guerres contre les Iroquois. En retour, ces peuples les guidaient dans l'exploration de leurs territoires. Eustache gardait en mémoire les récits des batailles où son héros fut blessé à la main et où la flèche d'un chef iroquois le marqua au cou avant de lui écorcher l'oreille. Il savait l'histoire des lieux importants inscrits sur les esquisses de l'Acadie, de Tadoussac et de Kébec et les noms des animaux, des oiseaux, des poissons, des plantes et des arbres qui avaient été répertoriés, dessinés et décrits par le grand voyageur dans son récit de voyage. Je n'avais de disposition ni pour le héros, ni pour les voyages, ni pour les combats. Je m'ennuyais.

L'orchestre offrait pourtant des musiques entraînantes et tout autour de moi faisait l'éloge de la beauté. Le scintillement des somptueux candélabres se reflétait sur les tapisseries des Flandres, les nombreux miroirs d'Italie et les moulures dorées, fines arabesques ornant murs et plafond. L'or des cheveux de Ludovic, soupirai-je.

— Ah, Hélène, enfin, je te trouve !

— Tante Geneviève, je désespérais presque de vous rencontrer. Si vous saviez comme je m'ennuie !

—Ce serait aussi mon cas, si je n'avais rencontré ma bonne amie. Viens, je t'introduis à son cercle.

Elle se faufila si allègrement entre les invités que j'eus peine à la suivre. Elle nous mena près de deux dames dont les extravagances vestimentaires étonnaient. La première, de forte carrure, arborait une volumineuse tignasse couleur de feu savamment maintenue en torsade par trois peignes sertis de diamants. La profondeur de son décolleté dénonçait son audace et le rubis qui s'y logeait, sa richesse. La deuxième aurait pu crouler sous le poids des innombrables bijoux accrochés à son cou et à ses bras. Une poudre blanche couvrait ses cheveux et son visage.

—Hélène, voici Christine Valerand, dit tante Geneviève en désignant la première. Christine, voici Hélène. Madame de Berthelot, continua-t-elle en désignant la deuxième.

Je saluai courtoisement l'une et l'autre, étonnée que des dames accoutrées de la sorte fussent des amies de ma tante. Leurs liens m'intriguèrent.

—Je suis enchantée de vous rencontrer enfin! Geneviève m'a tellement parlé de vous! enchaîna d'une voix grave madame Valerand.

Décidément j'étais source de potins! Je fis la révérence.

—Cessez ces courbettes, Madame de Champlain.

Son intonation me laissa pantoise. Elle laissait deviner qu'elle connaissait tout de l'histoire de madame de Champlain. Je me tournai vivement vers tante Geneviève.

—Madame Valerand est une précieuse collaboratrice. Elle tient salon, un salon particulier : il est réservé aux femmes.

—Et les femmes qui y viennent ont une préoccupation commune, précisa cette dernière avec un large sourire.

Madame Berthelot agita son éventail.

—Ah! Et en quoi consiste cette préoccupation? demandai-je hardiment.

—Les femmes, Madame, la destinée des femmes!

—La destinée des femmes?

—Plus précisément le sort que les hommes de notre société réservent aux femmes. Nous suscitons des changements dans les rapports sociaux entre les sexes. En cela nous poursuivons la longue marche débutée il y a près de trois siècles par notre modèle et inspiratrice, Christine de Pisan! Une des rares figures féminines de la littérature du Moyen Âge. Vous connaissez?

J'eus à peine le temps d'ouvrir la bouche que son emportement reprit de plus belle.

— Non, votre jeunesse… Sachez que son œuvre initie l'histoire de la lutte des femmes. Elle fut la première à défendre notre dignité, et cela, à une époque totalement dominée par la grossière misogynie des hommes ! Un courage à imiter, une ardeur à propager ! Nos droits croupissent encore sous le despotisme des mâles, mesdames, insista-t-elle en brandissant son éventail à bout de bras.

Le discours m'éblouit bien qu'il me parût on ne peut plus nébuleux. La contradiction fut notée : tante Geneviève avait un don, je le savais depuis longtemps. Elle rit en pressant mon bras.

— Intrigant, n'est-ce pas ? Je t'en reparlerai plus longuement et si tu y portes intérêt, tu pourras m'y accompagner.

Le grand respect qu'elle manifestait pour la volonté des autres me surprenait toujours. Il était rare. Eustache avait son héros et j'avais ma bonne fée. Avant de me diriger à la table d'honneur où les membres des familles Deslandes et Boullé avaient été assignés, je lui demandai.

— Cette madame Valerand est mariée ?

— Oui, mariée et malheureuse. Étant femme de ce siècle, elle dut comme nous toutes se soumettre au choix qui lui fut imposé. Elle a épousé un juriste de la chambre du Roi. Ce mariage d'intérêt servit sa famille. Son époux a le double de son âge. Cette alliance stimule sa rébellion.

— Rébellion ?

— Oui, elle tente de provoquer des changements de lois et de mentalités. Nous revendiquons la liberté des femmes afin qu'un jour elles obtiennent le droit de choisir leurs époux et qu'elles puissent avoir leurs mots à dire en ce qui concerne les maternités. J'appuie son combat. Nos législations apportent un tel lot de souffrances inutiles à notre société !

Son ardeur me surprit.

— Et madame Berthelot, elle est mariée ?

— Oui et non. Elle n'est pas mariée, mais elle est obligée à un homme. Madame Berthelot est une courtisane du prince de Condé et lui est redevable en tout. Sa liberté lui échappe totalement. Je l'ai connue au salon de Christine.

— Une courtisane ! Et en quoi la liberté d'une courtisane est-elle limitée ?

— Une courtisane est une dame de la cour d'un prince ou d'un roi, enfin d'un homme de prestige. Elle vit dans un de ses châteaux avec d'autres courtisanes et doit se tenir à la disposition du prince lorsque celui-ci requiert ses faveurs, si tu vois ce que je veux dire.

— Je vois.

À la vérité, je n'y voyais qu'à moitié, enfin, je croyais y voir. Ce monde avait de ces complexités !

Le repas de noces fut servi dans une pièce attenante à la salle de bal. Coincée et ignorée entre le sieur de Champlain et mon père, je suivais distraitement leurs discussions sur les prix de l'avitaillement des bateaux. Être assise à la table d'honneur ne représentait qu'un seul avantage : je pouvais observer tous les autres convives. Ainsi, entre le potage et le hachis de chapon, je concentrai mon attention sur oncle Simon et tante Geneviève. Les délicatesses qu'ils se portaient ne pouvaient être que l'expression d'un amour véritable et pourtant il y avait cette autre femme, cette maîtresse et son enfant. Le fait qu'oncle Simon soit le père d'un fils dont tante Geneviève n'était pas la mère échappait à tous. En dégustant le bœuf aux girofles, j'observai Nicolas, mon frère, artiste peintre à l'atelier du Roi. De temps à autre, son regard déviait vers Philippe de Mans, un regard désinvolte, du moins en apparence. Madame Berthelot répondait aux sourires du Prince avec une grâce énigmatique et fréquentait un salon pour femmes rebelles. Je ne fis que grignoter les poires confites mais ne pus résister à la tarte chantilly. À la fin du repas, mon estomac était aussi chamboulé que mon esprit. Nourrir mon grillon, me répétai-je entre les rots du sieur de Champlain et ceux de mon père. Je ne devais absolument pas oublier de nourrir mon grillon avant d'aller au lit.

La sarabande libéra quelque peu mon estomac et la branle égaya mon humeur. Pendant que je dansais, le sieur de Champlain, debout près des portes-fenêtres menant aux serres d'hiver, s'entretenait sérieusement avec le Prince de tous les saluts. J'accompagnais les sautillements de Nicolas, monsieur de Mans tournoyait au bras de madame Valerand et oncle Simon saluait chaleureusement tante Geneviève. L'aisance avec laquelle ils assumaient leurs côtés ombreux m'étonna.

La lune accompagna notre retour à Saint-Germain-l'Auxerrois. Avant de me dévêtir, je sortis le message de Ludovic de mon coffre aux trésors. J'avais tenu la main de Mathurin pour en faciliter l'écriture, l'été dernier, à la veille de mon départ du Champ de l'Alouette. Nous étions seuls dans le pigeonnier. Il avait tiré sur ma jupe quelque peu intimidé.

— Ludovic m'a demandé de te remettre ça, avait-il dit en me tendant une maisonnette de bois blond d'où émergeait le cri strident d'un grillon.

— Qu'est-ce, Mathurin ?

— Ben, c'est un grillon. Ça s'entend, non ?

— Le grillon est dans cette boîte ?

— Mais oui, c'est sa maison ! Il vit longtemps s'il est bien nourri. Il mange des feuilles de trèfle et de chou.

— Ah ! Et comment Ludovic a-t-il pu te remettre cette maison de grillon, tu ne l'as pas revu depuis l'été dernier ?

— Ben, il m'a remis la maisonnette avant de partir. Il m'a dit : « Si je ne revois pas Hélène l'été prochain, mets un grillon dans cette boîte et donne-la-lui. » Tu peux regarder, elle est vraiment à toi. Il y a un H inscrit en dessous. Je le sais, tu m'as appris à reconnaître les lettres.

Dessous la maisonnette, entre deux cœurs, un H était joliment gravé. Cette Hélène n'existait plus. J'avais pressé la maisonnette sur mon cœur.

— Et... Ludovic, il t'a dit autre chose ?

Il tortillait le bas de sa chemise en se trémoussant.

— Ben oui, mais le reste, c'est un secret.

— Un secret !

— Oui, un secret entre hommes. J'ne peux pas le répéter.

— Si c'est un secret, mieux vaut que tu n'en parles pas, me résignai-je.

J'avais dû afficher suffisamment de désolation pour l'émouvoir. Mathurin s'étira sur la pointe des pieds me faisant signe d'approcher.

— Je ne peux en parler, mais si tu veux m'aider, je peux peut-être l'écrire. Ludovic ne m'a pas interdit de l'écrire, chuchota-t-il à mon oreille.

Nous avions ri.

— Soit, allons-y pour l'écriture !

Ce soir, comme à chaque soir avant d'aller au lit, je relus lentement le précieux message.

Puisse la mélodie du grillon me garder à son souvenir.

Ces mots résonnaient d'espérance. Je pressai le feuillet sur mon cœur et me rendis à l'écurie avec un morceau de feuille de chou. Le grillon chantait, il était toujours vivant. Je me glissai silencieusement dans la stalle où je cachais ma maisonnette et entendis des bruits venant du palier de notre salle d'arme improvisée. Je portai attention.

— Paul, hoooo, mon Paul, chuchotait Noémie.

— Succulente Noémie ! Laisse-moi te dévorer. Hum, hum !

Les ricanements de Noémie s'évanouirent dans de langoureux gémissements. Je nourris fébrilement mon grillon en retenant mon souffle mais ne pus saisir à temps le toit de la maisonnette qui me glissa des mains. Le grillon se tut.

— Paul, arrête, tu as entendu ce bruit ? Paul, arrête, je te dis !

— Hum ? Une souris, ma biquette, une toute petite souris de rien du tout. Ne crains rien. Hum, hum !

Noémie ricana à nouveau.

— Paul, arrête, tu me chatouilles !

— Je te chatouille pour mieux te dévorer, ma biquette.

Et tandis que je replaçais en sourdine la maisonnette porteuse des secrets de mon cœur dans sa cachette au fond de la stalle, les roucoulements de Noémie se muèrent en bourdonnement d'abeille et les cajoleries de Paul en grognements joyeux. Je restais là, mi-troublée, mi-intriguée par l'étrange appétit de Paul. Lorsque je sortis de la grange, ils haletaient. Je courus vers ma chambre en repensant aux faveurs que madame Berthelot devait accorder au prince de Condé. Je portai le message de Ludovic à mes lèvres et souris à la lune en murmurant les mots qui chatouillaient mon cœur.

Puisse la mélodie du grillon me garder à son souvenir.

13

Droits et volontés

Marguerite avait quitté notre maison de Saint-Germain-l'Auxerrois pour s'installer chez son époux, rue de la Callendre, paroisse Saint-Germain-le-Vieil. Paris lui était indispensable. Sa vie mondaine compensait agréablement les fréquentes absences de Charles dont la charge impliquait une disponibilité en tout temps et en tous lieux.

Mes parents offrirent au sieur de Champlain de disposer des appartements de ma sœur. Comme ses activités exigeaient un pied-à-terre à Paris, il accepta. Les contacts privilégiés avec un secrétaire de la chambre du Roi avantageaient la promotion de son monopole. Instituer une nouvelle compagnie de traite commandait des fonds dépassant largement la dot reçue des Boullé. Il lui incombait de recruter des actionnaires fiables au sein des corporations des marchands pelletiers, fourreurs et chapeliers, et ce, tant à La Rochelle, Saint-Malo qu'à Brouage. Je me réjouissais de ses absences. Les moments où madame de Champlain devait paraître en compagnie de son époux m'irritaient. Les circonstances ne favorisaient pas nos rencontres et c'était bien ainsi.

La poursuite de mon éducation m'obsédait au point que même mes pratiques d'escrime devinrent prétextes à l'acquisition de savoirs. Ainsi, entre nos coups d'épée, sœur Bénédicte m'enseignait les préceptes de la religion catholique et Paul m'introduisait aux épopées de la glorieuse histoire de France dont il avait été instruit par son ancien maître mousquetaire.

Il avait persuadé Noémie que le port d'un long haut-de-chausse de cuir était indispensable à mes leçons d'escrime : il faciliterait ma mobilité, favoriserait le développement de mes habiletés m'évitant peut-être d'abominables blessures. De fait, l'agilité que me permettait ce pantalon compensait largement son audacieuse extravagance. On avait dû le renouveler à tous les six mois, la rapidité de ma croissance l'ayant exigé. J'espérais que celui-ci serait le dernier. Ma taille me convenait.

Ce matin-là, le froid hivernal m'imposa le port de ma casaque et de mon chapeau de mousquetaire.

— Il est temps de vous honorer d'un costume digne de vos coups d'épée, avait proclamé Paul en me les offrant.

J'avais à peine résisté, comprenant que le présent soulignait davantage notre affection que mes exploits. Qu'en était-il de ceux de Ludovic ? Si tout se passait comme convenu, il en était à sa dernière année d'apprenti chez maître Lalemant de Reims. Et s'il avait renoncé à son désir de devenir apprenti ouvrier à l'atelier de son oncle Ferras de Paris ? Son voyage au Nouveau Monde avait peut-être modifié ses projets ? En était-il seulement revenu ? Et si nos promesses avaient sombré dans la tourmente des mers ? Quand le doute m'assaillait, je me répétais ce mot d'espoir telle une incantation.

Puisse la mélodie du grillon me garder à son souvenir.

— Voici notre jeune mousquetaire ! s'exclama Paul dès que je franchis la porte de la grange.

Il déposa sa brosse sur le tabouret, passa le licou à notre jument et la mena dans sa stalle pendant que les cris de mon grillon me réchauffaient le cœur. Il se frotta vigoureusement les mains en se dirigeant vers notre salle d'armes, stimulé tout autant par sa tâche d'historien que par celle de maître d'escrime. Il s'approcha de la poutre derrière laquelle étaient dissimulées ses épées, gages clandestins de son ancien maître, me remit la mienne et s'installa en garde. Nos lames se croisaient à peine qu'il attaquait déjà mon esprit.

— Et l'édit de Nantes, Mademoiselle, parlez-moi de l'édit de Nantes...

— Proclamé en 1598 par le Roi Henri IV, il mit un terme aux guerres de Religion qui déchiraient la France depuis plus de trente ans. Paul, ce Roi avait-il des courtisanes ?

Ma question le déstabilisa. Je contre-attaquai, exécutant une feinte qu'il para. Il chercha mon fer, je me dérobai.

— Alors Paul ?

— Henri IV a plus d'une réalisation à son bénéfice, Mademoiselle. Il a participé au siège de La Rochelle en 1570, pacifié la

France, résisté à la Ligue des seigneurs catholiques qui s'opposaient à sa montée sur le trône et s'est converti au catholicisme afin de servir son pays : « Paris vaut bien une messe ! » déclara-t-il un jour. Votre sixte, Mademoiselle, prenez garde ! Il a de plus réorganisé les finances du gouvernement, favorisé le développement des industries, des soieries de Dourdan… Parade, parade, attention à la feinte, riposte, bougez… des dentelles de Senlis, des draperies de Reims… attaque par croisé. Il a aménagé la place Dauphine et la place Royale, construit le Pont-Neuf, le pont Marchand et l'hôpital Saint-Louis, loti les abords de la Seine, tout en appuyant le développement colonial dont celui du Nouveau Monde et vous me demandez si ce roi… touché ! Vous me demandez si ce roi eut des courtisanes !

— Oui, effectivement, je vous demande si ce roi a eu des courtisanes, rétorquai-je en saluant.

Il tira brusquement un mouchoir de sa poche et s'essuya le visage. Ce n'était pas dans ses habitudes.

— Et d'abord, que savez-vous des courtisanes, jeune Demoiselle ?

— J'en sais qu'elles sont au service des rois et des princes pour offrir leurs faveurs.

— Leurs faveurs ?

— Oui, leurs faveurs.

— Ah, fort bien, puisque vous êtes au fait du sujet. Alors, oui, on rapporte qu'Henri IV aurait reçu les faveurs de… enfin de quelques dames.

— Alors, ce bon roi aurait eu quelques courtisanes. Et combien de courtisanes ?

— Par tous les diables, Mademoiselle, votre curiosité m'étonne ! Ne parlez surtout pas de notre conversation à Noémie. Je risque gros. Peut-être même y trouverait-elle prétexte pour me priver de ses faveurs. Or je tiens à ses faveurs ! dit-il en riant.

— J'en fais serment. Nul mot ne sortira de ma bouche à ce propos. Paul, combien de courtisanes ?

— Hum, oui… eh bien, les rumeurs lui en attribuèrent un certain nombre. Il fit cadeau d'un château à chacune de ses favorites, Henriette d'Entraygues et Gabrielle d'Estrées. Cette dernière lui donna trois enfants qui partagèrent leurs jeunesses avec les six héritiers légitimes issus de son mariage avec Marie de Médicis, notre régente. Si on ajoute à cette liste tous ses bâtards éparpillés aux quatre coins de la France, on peut conclure sans se tromper

que cet homme méritait à coup sûr son titre de Vert-Galant!
s'exclama-t-il en essuyant son nez du revers de la main.

— Vert galant?

Il repassa son mouchoir sur son visage.

— Oui, c'est… enfin c'est un sobriquet qui souligne une galanterie hors du commun, quoi!

— Ah, comme « chaude biquette »?

Cette fois, il s'étouffa dans son mouchoir.

— Il est plus que temps que je retourne m'occuper des chevaux! Bonne journée, Mademoiselle! articula-t-il en toussotant.

Il s'éloigna précipitamment fuyant ma maladresse dont je me
fis grand reproche.

Le lendemain, veille des festivités du Nouvel An, je la regrettais
toujours. Noémie tentait d'en finir avec les ajustements de ma
tenue. On avait ajouté des baleines à mon corselet et un vertugadin sous mes jupes. Cet atroce accoutrement, composé de deux
corbeilles d'osier maintenues de chaque côté de mes hanches par
un savant croisement de rubans, me parut ridicule et inutile. Je
n'avais aucune vertu à protéger de qui que ce soit, vertugadin ou
pas!

— Mademoiselle Hélène, cessez de bouger, si on veut en finir!

Elle arrêta son manège, m'examina en balançant la tête d'un
côté et de l'autre et soupira.

— Il me semble que la nature vous a suffisamment fait cadeau
de grandeur. Il serait maintenant souhaitable que l'autre dimension…

— L'autre dimension?

— Oui, un peu de chair sur vos os vous donnerait meilleure
mine. À vous regarder, on pourrait facilement imaginer que la
privation de nourriture est votre lot quotidien.

Du haut de mon tabouret, je plongeai furtivement mon regard
dans le généreux décolleté de Noémie. J'eus le même souhait.
J'avais apprivoisé les multiples transformations de mon corps,
mais enviais toujours les seins de Charlotte.

— Noémie, vous savez quelque chose à propos d'une « chaude
biquette »?

— Ouille, aïe!

Elle porta à sa bouche l'index qu'elle venait de piquer et se remit aussitôt à la tâche faisant la sourde oreille. Je modifiai mon approche.

— Noémie, vous avez déjà entendu parler des courtisanes ?

— Les courtisanes ?

— Oui, vous savez, ces femmes qui réservent leurs faveurs pour leurs seigneurs. Ces faveurs sont-elles agréables à offrir ?

Elle arrêta de bouger, gonfla ses joues et soupira profondément en relâchant les épaules. Puis, résignée, elle déposa son coffret d'épingles sur la table et se remit debout. Elle me fit signe de m'asseoir sur le rebord de mon lit. Je réussis tant bien que mal à y poser les fesses malgré l'attirail dont j'étais accoutrée. Une fois installée, la gêne me poussa à fixer intensément le bleu profond du tapis.

— Ainsi, c'était vous l'autre soir dans la grange ?

— Oui, c'était moi. Je nourrissais mon grillon.

— Votre grillon !

— Oui, le grillon de Ludovic.

— Sainte Madone, une histoire de grillon maintenant !

— Noémie, s'il vous plaît, j'aimerais vraiment savoir pour les faveurs, insistai-je en tortillant les cordelettes argentées de mon corsage.

— Et l'on reparle du grillon après ?

— Promis !

— Bien ! Alors, disons qu'il y a un homme et une femme et que...

— Ça je m'en doutais un peu !

Noémie fit rebondir sa mèche rebelle en sourcillant.

— Pardon, l'impatience m'emporte. Excusez-moi, je vous en prie. Vous êtes la seule personne avec qui il m'est possible de converser de ces choses, Noémie, s'il vous plaît !

Elle regarda intensément l'aiguière posée sur la table, observa le rideau de dentelle à ma fenêtre et prit ma main.

— Vous me demandez si c'est agréable ? Eh bien oui, ça peut l'être, tout dépend.

— Tout dépend de quoi ? Noémie, je ne suis vraiment plus une petite fille ! Il me semble que madame de Champlain a droit de savoir, non ?

— Certes oui, quoique je doute que le sieur de Champlain...

— Le sieur de Champlain n'aura jamais droit à mes faveurs. Il est l'ami de mon père ! Il n'est rien pour moi !

— Oui, je sais bien. Mais le fait est que vous êtes sa femme ! Que vous le vouliez ou non, un jour viendra où il sera autorisé à les exiger. Une fille se doit d'obéir…

— Un mari peut forcer les faveurs de son épouse ?

— Hélas oui ! Les lois sont ainsi faites. Les femmes n'ont d'autre choix que de se soumettre aux volontés de leurs pères et de leurs maris, je n'ai de cesse de vous le répéter ! Nos volontés n'ont aucune importance, c'est ainsi !

— Noémie, jamais je n'accorderai mes faveurs au sieur de Champlain !

— Ma pauvre enfant, il pourra les exiger, c'est son droit le plus légitime !

Je plongeai mon regard dans le sien.

— Noémie, j'accorderai mes faveurs au conquérant de mon cœur et à personne d'autre !

Elle souffla énergiquement sa mèche. Je réussis à me soulever du lit malgré l'encombrante armure de ma féminité et me rendis à la fenêtre. Mes humeurs rageuses se fondirent dans les orangés flamboyants qu'offrait le déclin du soleil d'hiver. Les silhouettes noires de nos pommiers m'agressèrent.

— Et quand cela arrivera, ce sera agréable ?

— Si vous partagez ce moment avec l'homme de votre cœur, il ne saurait en être autrement.

— Et comment je saurai, enfin, ce qu'il faut…

— Quand le moment viendra, l'amour vous guidera. Mais je ne vois pas comment vous pourriez…

Noémie s'approcha de moi et posa tendrement sa main sur mon épaule. Je ne pus appuyer ma tête sur sa poitrine comme je le faisais enfant. Je n'étais plus une enfant et ma nourrice dut se lever sur la pointe des pieds pour baiser ma joue.

— Vous êtes une très belle jeune femme, Mademoiselle. J'ai souhaité autant que vous ce mariage d'amour dont vous rêviez tant. Mais ce rêve n'était qu'un rêve. Il n'est plus que chimère insensée. Il vous faudra bien admettre que vous êtes désormais une femme mariée.

— Je n'ai pas fait un mariage d'amour, mais je connais l'amour, Noémie. Le grillon…

— Ah oui, le grillon ! Eh bien, qu'en est-il de ce grillon ?

Je lui parlai longuement du grillon de Ludovic, de notre promesse, de notre amitié. Noémie comprit mon bonheur tout
autant que ma désolation et partagea les deux.

— Ainsi, votre cœur est lié à ce jeune homme !

— Mon cœur s'est donné bien avant ce mariage ridicule qui a
tout détruit. Personne ne s'intéresse réellement à moi ! Ludovic
lui… Je crains que mes faveurs ne soient jamais requises.

— Allez donc, vous êtes si jeune et si belle ! Vous avez la vie
devant vous. Qui sait ce que l'avenir vous réserve ?

— L'avenir sans lui est dépourvu de tout attrait. Voilà près de
deux années que nous avons formulé cette promesse que j'ai reniée
contre mon gré. Comment pourrait-il ne pas avoir délaissé notre
amitié afin de se lier à une autre ? Vous savez comme il est beau !
Vous avez connu son courage, sa vaillance, sa gaieté. Je l'ai perdu
à jamais, Noémie, et mes faveurs ne pourraient rien y changer.

— Mais il y a le grillon ! Si j'ai bien compris, le message parle
de souvenir.

— Oui, c'est bien ce que je crains, le souvenir.

Les festivités du Nouvel An n'en finissaient plus. Le sieur de
Champlain paraissait partout où sa quête pouvait trouver appui.
Il se faisait un point d'honneur d'informer sur les fabuleuses
richesses du Nouveau Monde, ses territoires, sa faune, ses mines
et les alliances avec ces peuples, guides potentiels de l'exploration
des passages vers les Indes et la Chine. Sa tâche la plus délicate
fut de convaincre les ministres de légiférer pour restreindre
l'étendue du futur monopole de traite. Le soir de sa rencontre
avec les membres du Conseil Royal, il passa outre au dîner. Or
pour le sieur de Champlain, les repas étaient un rituel sacré. Bref,
la recherche de financement et d'appuis politiques était sa préoccupation absolue. En sa compagnie, je dus assister au bal du
Louvre, au spectacle d'hiver du Ballet royal et à la première
réception que donna ma sœur Marguerite, à titre d'épouse du
secrétaire du prince de Condé. Les informations qu'il y reçut
récompensèrent ses efforts. Charles confirma que le Prince avait eu
rumeur de ses plaidoiries et le conviait à paraître à son château.

J'observais la collection de plantes exotiques dans la serre d'hiver de l'Hôtel Gramont en compagnie de mère et de ma sœur. Nous distinguions à peine le sieur de Champlain qui discutait avec Charles et père derrière les treillis chargés d'orangers.

— Mais c'est que vous approchez du but, mon gendre! s'exclama mon père.

— J'ose l'espérer! L'appui de Condé est incontestablement l'atout politique le plus valable en cette période de régence. Notre dauphin Louis est à l'âge d'apprécier la ménagerie importée du Nouveau Monde par Du Gua de Monts et notre régente porte davantage intérêt aux bals et aux parades qu'à l'exploration des colonies.

— Les rumeurs rapportent un malaise profond dans les affaires de ce Du Gua de Monts. Vous en connaissez les causes? s'enquit Charles.

— Le malheureux ploie sous les exigences des procès intentés contre lui. Que d'infortunes pour un seul homme! De Monts s'acharna à promouvoir l'idée de l'exclusivité de son monopole auprès des maîtres pêcheurs pratiquant la traite tout en éprouvant des difficultés insurmontables pour le contrôler. Résultat: les plaintes des marchands exclus provoquèrent sa révocation. Sous mon conseil, il fit construire l'Habitation sur la pointe de Kébec, et dut s'en départir faute de ressources bien sonnantes, lorsque ses associés se retirèrent de sa compagnie. En France, il se débattit contre les attaques virulentes de ceux qui niaient ses pouvoirs et subit les malversations d'un de ses associés qui arma un navire à son insu! Pour finir, la venue de traiteurs hollandais à Tadoussac durant son mandat provoqua un malencontreux incident entre la France et la Hollande. Le mauvais sort s'acharne sur lui! Puisse l'histoire reconnaître son mérite! Son exemple me sert de phare. Il est impératif d'organiser une forte coalition entre les commerçants et les gouvernements.

— Où en êtes-vous exactement dans vos démarches? continua Charles.

— À ce jour, mes efforts ont rallié Normands et Rochelais. Les Normands sont unanimes et voient d'un bon œil le retour d'un monopole de traite devant s'étendre en amont de Kébec à l'intérieur des terres. Le territoire ainsi réduit permettra un contrôle plus adéquat.

— Et les Rochelais ?

— À La Rochelle, une résistance persiste. Certains marchands protestants craignent un complot catholique visant à les exclure des commerces du Nouveau Monde.

— Ce point de vue pourrait aisément menacer l'élaboration de vos projets s'il n'est contrecarré au plus tôt ! s'exclama mon père.

— Sans l'ombre d'un doute ! Les enjeux sont capitaux. Impossible de laisser aller sans réagir. Pour ce faire, je compte m'installer à mon vignoble de Real del Rey Nuestro Señor, aux portes de La Rochelle. De plus, je pourrai analyser les situations afin de planifier des interventions efficaces avec les commerçants et les navigateurs de la ville. Fort de l'appui de Condé, je compte rallier ces opposants protestants avant le printemps.

Charles certifia l'intérêt du Prince : une convocation parviendrait au sieur de Champlain dans les jours suivants, c'était assuré !

Le souper chez tante Geneviève devait conclure cette période de célébrations. Après le repas, les dames furent invitées au grand salon. Contrairement à son habitude, le sieur de Champlain ne se joignit pas immédiatement aux hommes qui se déplacèrent vers le petit salon pour une partie de dames. Appuyée à la cheminée, j'admirais dans l'âtre les flammes rougeâtres ondoyant au gré des bourrasques du vent. Son approche me contraria.

— Mes affaires m'obligeront à quitter Paris sous peu, commença-t-il en terminant son vin.

L'annonce de son prochain départ dissipa presque l'agacement de sa présence. Il posa les yeux sur le miroir de Ludovic à demi dissimulé dans les replis de ma jupe.

— Vous me paraissez très attachée à ce miroir.

Cette intrusion dans ma vie privée m'irrita. Ce miroir appartenait à mon côté ombreux et du côté ombreux il resterait.

— J'y suis attachée, il est vrai, dis-je évasive, obstinément concentrée sur le jeu des flammes.

— Il est peu courant qu'une jeune fille porte un miroir à sa taille surtout avec une telle régularité. Le motif de votre attachement m'échappe, nasilla-t-il en retroussant le menton.

Son propos me surprit. Comment cet homme dont l'indifférence m'accommodait tant pouvait-il prétendre connaître mes habitudes?

— Monsieur, votre présence m'est si peu coutumière que je questionne l'à-propos de votre curiosité. Quant à mes attachements, il me plaît de penser qu'ils ne vous concernent pas.

Il tordit sa barbiche me reluquant froidement de ses petits yeux réprobateurs.

— Soit, Madame, je me plie à vos désirs. Sachez cependant que d'ici la fin de la prochaine année nous aurons à partager le même toit. Dès lors, Madame, vos attachements me concerneront que cela vous plaise ou non! Vous êtes ma femme et mon obligée. Négliger cette évidence relève d'une impudente naïveté.

Il salua brièvement de la tête et claqua les talons de ses hautes bottes de cuir noir.

— Si madame de Champlain veut bien m'excuser, ironisa-t-il en sourcillant.

Il se rendit prestement dans le petit salon. Notre conversation avait accéléré les battements de mon cœur et mes jambes flageolaient.

— Je ne serai jamais l'obligée de personne, jamais! Sachez qu'Hélène Boullé sait se battre, Sieur de Champlain! rétorquai-je du tréfonds de mon âme.

Je mis un moment à retrouver mon calme. Dès que je le pus, je rejoignis tante Geneviève qui discutait avec des dames que je ne connaissais pas. Tante Geneviève me présenta à Louise Bourgeois, sage-femme attachée à la chambre de la Reine, et à sa fille, Françoise Boursier, qui avait presque mon âge. Elles parlaient d'une jeune violoniste dont le talent, affirmaient-elles, n'avait rien à envier aux musiciens de la Cour. Elle serait du prochain salon de Christine Valerand.

— Vous y viendrez, Madame? me demanda Françoise Boursier dont les yeux rieurs portaient l'insistance.

Les propos du sieur de Champlain bousculaient encore mon humeur. Il ne faisait aucun doute, ma défensive avait besoin d'affinement.

— Votre invitation me flatte, Madame. Soyez assurée que j'y viendrai!

Au début de janvier, j'accompagnai pour une première fois tante Geneviève au salon de Christine Valerand. Le valet nous introduisit dans une pièce, haute de plafond, éclairée d'un côté par trois fenêtres et complètement encombrée de trois longues tables couvertes de piles de livres, de feuillets et parchemins. Sur le mur du fond, entre deux bibliothèques, un oiseau de proie dormait sur un perchoir installé entre deux palmiers. Je reconnus Françoise Boursier assise devant une jeune fille jouant du violon. Madame Valerand vint vers nous.

— Geneviève, quel plaisir de vous revoir ! Et votre nièce… soyez la bienvenue parmi nous, jeune combattante. Venez que je vous présente.

Elle me conduisit vers Françoise.

— Vous connaissez Françoise.

— Oui, j'ai eu l'honneur…

Françoise me faisait déjà l'accolade.

— Voici Angélique Brunet, violoniste dont on vous aura assurément vanté les mérites.

La musicienne me sourit tristement en faisant révérence. Sans plus de préambules, madame Valerand nous assigna la tâche de classer des feuillets par numéro. Chacune retourna à son activité et Angélique anima son archet. Il suffit de quelques notes pour que mon attention lui fût entièrement acquise. Les élans de joie, de tristesse, de rage et de douceur qu'elle extirpa de son instrument m'envoûtèrent. Son archet savait être brusque et tendre, agile et langoureux. Sa musique fit valser mon âme et son histoire me fit pleurer. Cette musicienne, naturellement douée, avait développé son talent en fréquentant la fille du prévôt chez qui sa mère était chambrière. Quand la fille des bourgeois décéda d'une forte fièvre, ils lui firent cadeau de son violon.

Elle avait eu pour fiancé un milicien à la ville de Paris. Sa mort survenue lors d'une échauffourée contre des ligueurs catholiques avait anéanti leurs rêves d'épousailles. La condition modeste de sa famille contraignit son père à accepter la demande en mariage d'un ingénieur de la municipalité qui promit de favoriser le développement de son art. Cet homme d'âge avancé évalua que le talent de musicienne d'une juvénile beauté compensait largement la maigre dot de l'épousée. On les unit. La musique portait son courage.

Les minuscules bouclettes blondes de son épaisse chevelure retombaient abondamment sur ses frêles épaules. La force et la vitalité qui s'en dégageaient contrastaient avec la délicatesse de sa silhouette. J'aurais aimé que Ludovic puisse l'entendre, lui qui savait s'émouvoir des murmures du vent et du roucoulement des pigeons.

Angélique devint mon amie tout autant que Christine Valerand et Françoise Boursier. Quand tante Geneviève ne pouvait assister à nos rencontres, j'y venais seule. Soit je parcourais le livre des *Ballades* de Christine de Pisan ou encore une de ses *Épîtres*, ma préférée étant *Le Livre de la cité des dames*, soit je participais à la rédaction de lettres, feuillets ou manuscrits devant être présentés au Roi et à son Conseil. Je fus rapidement transportée d'enthousiasme pour la cause de cette remarquable pionnière, pour notre cause, pour la cause de toutes les femmes. Les lois devaient changer. Plus de soumission obligée aux volontés des pères et des maris. Nous revendiquions notre droit à la parole, la reconnaissance de nos volontés, mais surtout, surtout, notre liberté d'aimer. Plus j'écrivais et plus la futilité de ma vie se noyait dans l'encre de mes écrits. Les sons déchirants, ensorcelants et exaltants du violon d'Angélique inspiraient la ferveur de nos esprits tandis que le sieur de Champlain attisait les envolées de ma révolte. Angélique avait été épousée pour ses talents et sa beauté et moi, pour ma dot de six mille livres. Mon contrat de mariage en attestait clairement : six mille livres devaient être versées au sieur Samuel de Champlain dans les années suivant notre mariage. Six mille livres, le prix demandé par monsieur Pierre Du Gua de Monts pour l'Habitation de Kébec.

Quand le violon d'Angélique se faisait romantique, mes pensées volaient vers Ludovic, vers celui que ni ma mémoire ni mon cœur ne parvenait à oublier.

Séléné, Séléné, des profondeurs de l'onde,
Je t'attendrai de toute éternité.

Mes nouvelles amitiés se greffèrent à celle de sœur Bénédicte. Contre toute attente, ses leçons de catéchisme des mardis et jeudis éveillaient ma curiosité. La découverte du Dieu d'Amour, guide de toute vie, alimenta mes réflexions. La vertu de foi me rassura, l'espérance stimula mon imaginaire et la charité fortifia mon désir d'apporter aide et secours à mon prochain. Rien ne me rebuta dans l'apprentissage des préceptes de Dieu. Seul l'aspect de la soumission à Sa divine volonté me laissait perplexe. Comment discerner la volonté de Dieu de celle des hommes, de celles de nos pères et de nos maris ? Et qu'en était-il de nos volontés de femmes ?

Sœur Bénédicte était en quelque sorte au service du sieur de Champlain. Aussi résistai-je longtemps à l'envie de lui avouer mon attachement à Ludovic. Je cherchai la manière, attendant le prétexte qui ne venait pas. Maintes fois je questionnai la pertinence de la révélation. Et si elle ne comprenait pas, si elle me condamnait, si elle me trahissait ? Non, pas elle, pas une fiancée de Dieu, pas une femme de prière et de méditation. L'aveu s'embrouillait dans l'épanchement de mes craintes. Un matin, forte de ma fragile confiance, je résolus que le grillon de Ludovic se devait d'être introduit au catholicisme ; il serait la clé de mes confidences. Ses cris stridents dissipèrent les couventines qui arpentaient le corridor menant au jardin. Je pressai le pas afin de retrouver au plus vite sœur Bénédicte qui m'attendait, comme à son habitude, dans la salle de Marie. Le grillon la surprit et éveilla son intérêt. Je m'y attendais, sœur Bénédicte était curieuse de tout.

— Quel joli tintamarre ! Qu'est-ce que c'est ?

— Un grillon, c'est le grillon de Mathurin, dis-je en déposant la maisonnette sur sa table.

Elle me toisa d'un regard inquisiteur.

— Mathurin ?

— Le cousin de Ludovic.

— Ludovic ?

Voilà, ma confession était lancée.

— Ludovic est… enfin, était mon ami. Il m'a fait remettre ce grillon pour que je garde son souvenir avant que…

Je tournai la tête vers les portes vitrées d'où se voyait une partie du jardin. Tout était sec et gris. J'inspirai profondément.

— Avant que l'on me force à ce stupide mariage, Ludovic et moi avions conclu un pacte d'amitié. Nous avions fait promesse de nous retrouver et peut-être…

J'hésitai, en reparler ravivait ma peine plus que je ne l'aurais voulu.

— Peut-être ?

— Ludovic et moi étions liés d'amitié et j'avais espéré que ce sentiment nous conduise à un engagement plus sérieux. Je… je pense toujours à lui, sœur Bénédicte. Quand j'étais avec lui, il me semblait que j'avais tout, que rien ne me manquait, que…

L'émotion ralentit ma confidence. Sœur Bénédicte se contenta de me regarder, impassible.

— Sœur Bénédicte, peut-il advenir que la volonté de Dieu aille à l'encontre de la volonté des hommes ? Comment puis-je avoir la certitude que ce n'est pas Dieu qui a permis l'amitié que je porte à Ludovic ? Comment savoir si cette attirance n'est pas la volonté de Dieu ?

Sœur Bénédicte se leva, croisa ses doigts d'albâtre, les porta à ses lèvres tout en se déplaçant lentement en direction de la statue. Au bout d'un moment, elle sortit une petite croix de bois de sa poche et la baisa. Le silence du couvent que j'avais finalement apprivoisé me pesait. Au bout d'un moment, la méditation que j'avais suscitée m'inquiéta. Je regardai Marie et son enfant et me surpris à admirer cette femme qui avait su discerner la volonté de Dieu. Sœur Bénédicte se signa, regagna sa place derrière son bureau, glissa la petite croix dans sa poche et dissimula ses mains dans ses larges manches.

— La volonté de Dieu s'inscrit dans la loyauté d'un cœur pur et je sais votre cœur loyal et pur. Suivez votre cœur, Hélène. Les volontés d'un tel cœur ne sont jamais bien loin de la volonté de Dieu.

— Comment reconnaît-on les volontés de son cœur ?

— Il suffit d'écouter.

— Ah, écouter…

— Votre cœur vous parle. S'il est tourmenté, c'est signe que vous devez prendre garde. Quand il est paisible, en paix, c'est que vous êtes sur le bon chemin, le chemin de votre vie, le chemin de la volonté de Dieu.

— Mais comment savoir ?

Sœur Bénédicte ferma les yeux un moment, se leva et se rendit vers la porte vitrée.

— Venez près de moi, venez. Regardez, vous voyez près du banc au pied de la croix ?

— Oui, je vois.

— Eh bien précisément à cet endroit, dans quatre semaines environ, cinq magnifiques tulipes rouges se balanceront au gré du vent. Un généreux donateur nous a fait cadeau de bulbes l'automne dernier.

— Des bulbes?

— De petites masses rondes et brunâtres qui tiennent dans le creux de la main comme un oignon. Oui, ils ressemblent à un oignon. On pourrait les croire morts, sans vie, sans espérance. Pourtant, après une période de dormance dans la gelure d'un sol d'hiver, la chaleur du printemps le ramène à la vie et le miracle s'opère. Une magnifique fleur rouge s'épanouit telle une coupe. Nos vies traversent parfois des périodes de dormance et de gel comme c'est le cas pour cette tulipe. Le moment venu, la volonté de Dieu se manifeste et le miracle de la foi se produit. Ne l'oubliez jamais, Hélène, il faut garder confiance. Dieu veille. Il ne faut jamais perdre confiance. Dieu nous amène là où nous devons aller en temps opportun. Toutes nos vies ont un sens. Votre vie a un sens malgré tous les doutes qui vous habitent, malgré tous les renoncements qu'elle vous impose aujourd'hui. Dieu vous incite à vous plier aux volontés de votre époux.

— Et Ludovic, sœur Bénédicte?

— Dieu vous a uni au sieur de Champlain par la volonté de votre père et la fidélité est un précepte de notre sainte Église catholique.

— Mais mon cœur est à Ludovic! Se peut-il que la volonté de Dieu m'éloigne à ce point de la volonté de mon cœur?

— Fidélité à Dieu, fidélité à son Église, fidélité aux exigences de nos pères, fidélité à votre cœur. Voilà bien des voies à respecter, n'est-ce pas? Je ne peux décider de votre chemin, Hélène. Il est inscrit dans votre cœur et vous seule en avez le secret. Il vous faut prier et écouter. Priez et recherchez la fidélité en toute chose. Telle est l'exigeante voie de la volonté de Dieu.

J'avais déçu mes parents et Marguerite en préférant la chapelle du couvent des Ursulines à l'église royale de Saint-Germain-l'Auxerrois. Mon insistance avait contrarié et forcé leurs volontés. Le sieur de Champlain ne put assister à la cérémonie de mon baptême, ses affaires le retenant à La Rochelle. Tante Geneviève, oncle Simon, Noémie, Paul, Christine Valerand et Françoise Boursier furent mes invités privilégiés. Angélique accompagna de son archet le ruissellement de l'eau qui me fit enfant de Dieu et les effluves de l'encens purifièrent mon âme. Devant sœur Bénédicte, marraine de ma nouvelle vie, je promis de renoncer à Satan et à ses œuvres et jurai fidélité aux préceptes de Dieu. Forte des trois vertus fondamentales de Foi, d'Espérance et de Charité, j'adhérais aux dogmes de la très sainte Église catholique et romaine. Alors que le célébrant signait mon front, un éclat du soleil traversa les vitraux et teinta la chapelle d'une lumière rouge.

— Ludovic, murmurai-je faiblement.

— *In nomine Patris, et Filii, et Spiritus Sancti, Amen*, termina le célébrant.

— *Amen*, répétai-je en faisant le signe de la croix.

Mon passage à la religion catholique m'avait appris que la volonté de Dieu était inscrite dans la recherche de la fidélité à son âme. Je me fis la promesse solennelle de la rechercher en tout et à tout jamais.

— *Amen*, murmurai-je les mains jointes sur mon cœur.

14

Renoncements

Dès que j'aperçus nos maisons du Champ de l'Alouette, j'eus l'étrange impression que mes souvenirs s'amusaient de moi. Rien n'avait changé et pourtant rien n'était plus comme avant. Les espaces, les maisons et bâtiments m'apparurent plus trapus et plus restreints que dans ma souvenance. La beauté des roses me rappela les recettes d'onguents et de remèdes et les pruniers, celles des confitures, des gelées et des tartes. Dans la grange résonnaient des cris porteurs de vie et des minauderies galantes. Je soupirai d'aise : la campagne française était le lieu de ma vraie vie.

Je fus à la fois surprise et embarrassée d'apercevoir oncle Simon au côté de tante Geneviève sur le parvis de la porte. Le naturel de cet homme aimé de deux femmes me déconcertait. Je l'observai attentivement en cherchant la faille de sa courtoise assurance. Ses cheveux bruns, denses et frisés, accentuaient le gris bleu de ses yeux. Son affabilité flattait ceux à qui il portait attention. Il m'accueillit d'un élégant baisemain.

— Bienvenue chez vous, Madame de Champlain !

— Bonjour à vous, oncle Simon ! Je me réjouis de vous retrouver ici ! Bonjour, tante Geneviève, dis-je en baisant ses joues.

Paul avait déposé nos coffres et menait l'équipage à la grange.

— Bien le bonjour Monsieur, Madame ! salua Noémie un panier de voyage à chaque bras.

— Bienvenue au Champ de l'Alouette, Noémie, vos talents nous faisaient défaut.

— Vos dires me flattent, Madame Alix. J'avais grand hâte de me retrouver ici avec vous, d'autant que l'air pur et les mets campagnards favoriseront les rondeurs de mademoiselle Hélène. A-t-on idée d'être si grande et si maigrichonne !

— Il n'y a pas de doute, notre Hélène profitera de son été à la campagne ! D'ici l'automne, il y a fort à parier que notre demoiselle aura à modifier la taille de son corselet, ricana tante Geneviève en s'emparant d'un de ses paniers.

Il faisait bon l'entendre rire : le rire convenait à mon état d'âme. Au moment de franchir le pas de la porte, je me tournai vers oncle Simon.

— Oncle Simon ?

— Oui ?

— S'il vous plaît, ici au Champ de l'Alouette, je suis Hélène, simplement Hélène.

— Soit ! Ce sera comme le désire ma nièce. Bienvenue, Hélène !

Son clin d'œil me le confirma : le charme, voilà ce qui attirait chez lui, un charme mystérieux et irrésistible.

Je pris plaisir à faire une tournée des lieux, je revenais chez moi. J'installai des bouquets de fleurs fraîchement coupées dans la salle commune, étendis un tapis de lin sur la longue table de noyer et alignai les ustensiles de cuivre et d'étain sur les murs de crépi blanc de la cuisine, juste au-dessus de carreaux quadrillés de bleu. Ces décors empreints de simplicité chaleureuse me réconfortaient. Dès le lendemain, je me rendis chez tante Geneviève, bien décidée à redevenir sa compagne assidue. Elle m'avait parlé de son projet d'agrandir son jardin de simples afin d'augmenter sa production de médicaments. À cet effet, elle avait commandé à Paul et au père Genais la construction d'une remise derrière la maison. Ce nouvel espace permettrait l'entreposage des plantes à sécher et des médicaments. Quand le père Genais se présenta à sa porte, nous en étions à terminer nos bols de fraises arrosées de crème fraîche. Son ventre me parut plus rond et son crâne plus dégarni que l'été précédent.

— Mes saluts, Mesdames. Paul m'attend à ce qu'y paraît ?

— Oui, Paul s'affaire déjà dans la grange, il prépare les outils de menuiserie, répondit tante Geneviève.

Il s'empressa de tourner les talons.

— Père Genais, un instant je vous prie. Dites-moi, comment se porte Charlotte ?

— Bien, bien, Madame. Elle travaille chez le préfet du village à c't'heure. Elle se pavane plus souvent dans les parages, vu qu'elle a tout juste une journée de congé par mois. Une grosse chance pour elle ! C'est la cousine de la mère Ferras qui lui a trouvé ce gagne-pain. Une ben bonne dame à ce qu'on dit !

— Oui, il n'y a pas à en douter, les Ferras sont des gens d'honneur.

— Et Charlotte, a-t-elle un ami de cœur ? risquai-je timidement.

— Je n'en sais trop rien, ma p'tite dame. Elle s'rait toujours entichée du jeune Ferras que je n'en serais pas surpris ! Quand elle a quelque chose en tête not' Charlotte… Remarquez que j'ai rien contre ce garçon. J'me suis laissé dire qu'y aurait fini sa formation de pelletier à Reims et qu'y serait reparti pour les colonies en avril. Y en aura fait du chemin le jeunot ! On dit même qu'y aura un office à l'atelier de son oncle pelletier de Paris. Ce s'rait un peu trop beau pour ma Charlotte. Pensez donc, Charlotte à Paris !

Je ne savais trop comment réagir à ses propos : rire ou pleurer ? Je revoyais Charlotte appelant Ludovic dans son délire. Et si l'enfant de Charlotte était celui de Ludovic malgré ce qu'affirmait tante Geneviève ? Il me fallait à tout prix évacuer cette idée. Riposte, riposte !

— Et mis à part ce Ludovic Ferras, un autre garçon n'a-t-il jamais attiré votre fille, père Genais ?

— Attendez, p't-être ben que, si j'me rappelle. Ouais, un jeune freluquet du village lui a tourné autour mais ça fait un bout de temps. Le sentiment des filles, vous savez, ce n'est pas mon souci. Bon ben puisqu'il y a c'te remise à besogner, je r'joins Paul. Bonne journée, Mesdames.

— Je vous accompagne. J'ai besoin de préciser quelques avis avec Paul. Tu nous accompagnes, Hélène ?

— Non, non, je me rends au jardin de simples. Les digitales et les achillées doivent être arrosées ce matin.

J'avais surtout besoin d'un moment de solitude afin d'apaiser la mélancolie qui me tourmentait. Je trouvai refuge sous le pavillon de vignes m'abandonnant à la fraîche du matin.

— « *Votre robe de nuit vous habille à merveille !* » avait-il chuchoté.

C'était hier, c'était il y a une éternité. Les colonies, le Nouveau Monde, de si lointains pays !

— Ludovic, mon tendre ami, répétai-je tout haut. Y a-t-il encore un peu de place pour moi dans votre cœur. Ludovic…

J'aimais prononcer son nom, imaginer qu'il était là, tout près, comme si nous étions encore des amis, comme si je n'avais jamais trahi. Entre les feuilles lustrées des vignes, je vis tante Geneviève se rendre au jardin de simples. S'étonnant de ne pas m'y trouver, elle revint sur ses pas et me repéra.

— Je te retrouve enfin! se réjouit-elle en s'appuyant sur un treillis. Ces deux gaillards ne mettront pas plus d'une semaine à réaliser cette construction! Ils s'entendent comme larrons en foire!

J'avais l'esprit ailleurs, de l'autre côté d'un vaste océan. Mon manque d'enthousiasme se remarqua.

— Tu ne te sens pas bien? Quelle piètre mine tu fais!

Je fermai les yeux en soupirant.

— Ah, je vois, Charlotte!

Je ne pus qu'opiner de la tête.

— Hélène, je t'assure que Ludovic n'est pas le père de l'enfant de Charlotte. Tu promets de garder le secret si je te confie…

— Oui, je promets!

— Le fils du meunier du village a été vu en compagnie de Charlotte à plusieurs reprises et…

— Le fils du meunier. Ah, c'est tant mieux… je veux dire, c'est mieux ainsi pour…

— Tu penses encore à ce Ludovic!

— Je sais bien que c'est ridicule, je n'étais qu'une enfant! Mais je garde de lui un si beau souvenir! J'aimerais tant le revoir pour lui expliquer.

— Lui expliquer quoi, Hélène, qu'y a-t-il à expliquer?

— Je veux lui dire pourquoi je n'ai pas tenu ma promesse, pourquoi je ne l'ai pas attendu pour… pour…

— Hélène, tu es une femme mariée à un homme de prestige et tu fais partie de la noble bourgeoisie de la société française. Tu n'es plus libre! Ludovic, bien qu'il soit un garçon dont on ne peut dire que du bien, ne fait pas partie de notre monde.

— Il fait partie de ma vie. Il est mon ami et cela me suffit.

Tante Geneviève s'avança et posa ses mains sur mes épaules.

— Il te faut aussi penser à lui. Sa tante m'a plus d'une fois vanté ses talents d'apprenti pelletier. Il désire acquérir une maîtrise dans son domaine et ce n'est pas chose aisée. Il est un jeune homme plein de capacités, il est vrai, mais tu n'es plus libre et tout vous sépare. Ne crois-tu pas qu'il mérite une vie heureuse auprès d'une femme libre?

— Noooon! Non et non! hurlai-je de toutes mes forces en me levant. Non, c'est impossible, impossible! Ludovic m'aime, c'est impossible!

Pour la première fois de ma vie, le désarroi me posséda entièrement et sans mesure. Je ne pouvais empêcher le martèlement incessant de mes poings sur les épaules de tante Geneviève qui tentait vainement de maîtriser mon débordement d'émotions.

— Hélène, Hélène, calme-toi, allons, Hélène! Je ne t'apprends rien de neuf. Calme-toi un peu. Sois raisonnable!

Je ne pouvais m'arrêter. Je ne voulais pas être raisonnable! Je hurlais en me débattant jusqu'à ce que, à bout de souffle, je m'effondre au sol en sanglotant. Je pleurais et pleurais, moi qui m'étais juré de ne plus pleurer. Je détestais toutes ces larmes inutiles. Tante Geneviève me souleva et m'attira sur le banc. Elle me berça, silencieuse. Tout avait été dit.

Le soleil était haut et chaud quand les voix du père Genais et de Paul approchèrent du pavillon. Je devais présenter une bien minable figure.

— La chaleur tracasse Mademoiselle? demanda le père Genais en roulant les manches de sa chemise de toile grège sur ses gros bras velus.

— Il faut un temps pour s'habituer au grand air de la campagne quand on est parisienne, dit tante Geneviève. Mais on y viendra, n'ayez crainte, on y viendra. Et les travaux, ils avancent?

Paul, incrédule, ne cessa de me dévisager.

— À grands pas! Nous achevons de scier les planches et les poutres. Si nous tenons la cadence, nous aurons tout le matériel pour attaquer la construction demain matin, tu en conviens Gringoire?

— Y a pas de doute là-d'sus!

— Et si on passait à table? Je suis persuadée que notre cuisinière s'est surpassée. Noémie sait stimuler ses talents comme pas une!

Un mal de tête lancinant repoussait ma faim.

— Une tisane de valériane pour te soulager? m'offrit tante Geneviève.

— Non, je te remercie. Un peu de repos devrait suffire.

Je regagnai ma chambre et me dirigeai à ma fenêtre dans le but de fermer les volets. Au loin, la tête de notre vieux saule pointait au-dessus des pruniers du jardin. Les dernières paroles de Ludovic torturaient mon cœur.

— « *Je ferai tout pour mériter la belle jeune femme que vous serez alors devenue.* »

La belle jeune femme n'était plus. Tante Geneviève avait raison, il était temps de renoncer à lui pour son plus grand bien. Je dormis tout l'après-midi. Au coucher du soleil, je me rendis sous le saule et pleurai à nouveau. Jamais je n'aurais pu imaginer qu'un renoncement puisse exiger autant d'amour.

Je m'appliquai à rechercher mon contentement au fil du quotidien de mes jours. La cueillette des fruits et des légumes, les randonnées à cheval, les combats d'escrime, les fêtes de l'été, les préparations médicinales et l'assistance apportée à tante Geneviève arrivaient presque à éloigner mes chimères d'amour. Quand je fus persuadée d'avoir franchi le pas du renoncement, j'acceptai d'accompagner tante Geneviève chez les Ferras. Notre chariot était à peine immobilisé devant la maison qu'Antoinette accourait vers nous.

— Hélène, Hélène, quel plaisir de te revoir ! Mais comme tu as… changé !

— Oui, je pousse comme une mauvaise herbe à ce que dit Noémie.

Nos retrouvailles nous réjouissaient tout autant l'une que l'autre. Par-dessus son épaule, je reconnus Mathurin et Isabeau sautillant entre les poules et les canards éparpillés dans la cour.

— Lène, c'est moi, Zabeau.

Elle s'accrocha aux bras que je lui tendais, riant des bises que je déposai sur ses joues roses. Son sourire dévoila l'espace laissé par la perte de deux dents.

— Isabeau, que tu grandis vite ! Attends, tu as maintenant dans les six ans ou je me trompe ?

— Oui, j'ai eu six ans en mai.

— En mai ! J'inscris ce mois dans mon cœur.

— Dis Lène, tu veux bien m'apprendre à écrire comme à Mathurin ?

— Bien sûr que je vais t'apprendre à écrire, à écrire et à lire aussi. J'ai de beaux cahiers pour vous.

Mathurin qui se tenait à l'écart s'approcha intrigué.

— Et toi, Mathurin, quel fier garçon tu deviens !

Je déposai Isabeau qui s'agrippa à mes jupes.

— Bonjour Mademoiselle Hélène ! Je vous reconnais, mais en même temps, vous n'êtes plus celle de l'an passé. Vous êtes très… très belle, ouais, une belle dame !

Je ris en exagérant ma courbette.

— Je n'ai jamais eu de plus beau compliment de toute ma vie, Mathurin ! Viens que je t'embrasse.

Le baiser que je déposai sur son front le fit rougir.

— C'est que toi aussi tu changes ! Ça te fait quel âge maintenant ?

— J'ai huit ans, bientôt neuf. Mon anniversaire est en septembre.

— Vraiment ! En septembre comme moi ?

— En septembre, vous aussi !

— Quelle heureuse coïncidence ! Et si je te disais que notre dauphin Louis est aussi né en septembre.

— Le dauphin Louis, le futur Roi de France ?

— Oui précisément, Louis, le futur Roi de France.

— Ça alors ! Je cours l'annoncer à maman.

Quelques pas lui suffirent pour la rejoindre. Elle venait à notre rencontre, bébé Louis appuyé sur la nouvelle rondeur de son ventre.

— Quelle belle visite ! Bienvenue à vous deux. Vous me faites grand plaisir, la journée sera bonne ! Venez dans la maison mes amies, un bon vin vous attend !

Je revins chez les Ferras pour reprendre mes leçons de français là où je les avais laissées. Sœur Bénédicte avait insisté pour me remettre ardoises, craies, cahiers, plumes et encre.

— Vous devriez proposer des livres en lecture aux enfants. Leur curiosité forcera leur désir d'apprendre.

Mes nouveaux outils de travail eurent un effet stimulant. Mathurin et Isabeau apprirent à un rythme qui aurait fait l'orgueil du plus humble des maîtres.

Je venais les retrouver deux fois la semaine depuis un mois déjà et jamais je n'avais succombé à l'envie de m'enquérir de Ludovic auprès d'Antoinette. Cet après-midi-là, la chaleur suffocante incita les enfants à troquer les craies contre des cannes à pêche. Anne avait profité du sommeil de Louis pour rejoindre Antoinette au potager. Je rangeais les livres et cahiers dans le buffet au fond de la salle quand cette dernière entra en soupirant. Elle enleva sa coiffe, releva ses cheveux qu'elle enroula autour de sa main avant d'y introduire les deux peignes qu'elle tira de la poche de son tablier de serge bleu.

— Quelle chaleur ! dit-elle en s'écrasant sur la première chaise venue. Louis dort toujours ?

— Oui, les poings fermés. La fraîcheur de la pièce avantage son sommeil.

— Elle convient à tous ceux qui peuvent se permettre l'oisiveté.

Bien que je sache Antoinette incapable de méchanceté à mon égard, sa réplique me blessa.

— Tu aimerais un peu d'eau, de vin ? demandai-je en m'approchant d'elle.

— Vous n'êtes pas à mon service, Mademoiselle.

— Antoinette, que t'arrive-t-il ? Je t'ai blessée, je te contrarie ?

Ma question la surprit. Elle se leva et me tendit les mains.

— Pardonne-moi ! Je suis d'une indélicatesse impardonnable. Tu n'as rien à voir avec mon humeur, crois-moi, et nous te sommes tous reconnaissants pour les enseignements que tu prodigues aux enfants. Ce n'est pas toi, c'est la pensée d'Augustin qui me bouleverse les sens. Il s'est embarqué pour le Nouveau Monde avec Ludovic et durant ce voyage, il doit prendre une grave décision.

— Une grave décision qui te concerne ?

— Oui. La vie religieuse l'interpelle et je crains que son choix m'oblige à renoncer à lui. Lorsqu'il évoque la communauté des Jésuites, il le fait avec une telle ferveur ! Mes sentiments ne pourront le retenir, quoi qu'il en dise.

— Et qu'en dit-il ?

— Oh, il m'assure que s'il devait se marier un jour ce serait avec moi, qu'il ressent pour moi un amour véritable. Penses-tu, je suis la rivale de Dieu !

Elle mordilla nerveusement une mèche de ses cheveux blonds. Le bleu de ses yeux se mouilla. Elle se rendit à la fenêtre avec la gracieuse démarche qui lui était coutumière. Sa taille fine et ses membres graciles lui conféraient une allure de nymphe. Quand elle riait, son rire cristallin éclatait telle une fraîche ondée.

— Tu crois vraiment qu'Augustin trouvera le courage de s'écarter de toi ? Aucun garçon amoureux ne saurait te résister, Antoinette. Ne te résigne pas si vite. Tu n'es que charme, beauté et bonté.

— L'appel de Dieu sera plus fort que tous les attraits dont tu me pares, je le sais. Augustin est un homme de conviction, d'idéal et de générosité. Cette vie de prière et de don de soi répond en tout point à ses aspirations. Aussi invraisemblable que cela puisse paraître, ce sont précisément ces qualités que mon cœur admire. Idiot, n'est-ce pas ?

— Non pas idiot, regrettable, mais pas idiot.

Je la rejoignis à la fenêtre.

— Je comprends ton désarroi, Antoinette. J'ai moi aussi renoncé à mes rêves d'amour.

Elle essuya une larme du coin de son tablier et me sourit. Elle était si belle de corps et d'âme ! Il fallait que Dieu soit vraiment d'une force irrésistible !

— Ludovic a lui aussi renoncé au sien. Il ne m'en a jamais fait aveu mais je sais qu'il a été profondément troublé par ton mariage. Il allait et venait l'âme en peine et le cœur lourd. Il ne riait plus, mangeait à peine ne parlant que pour l'essentiel jusqu'au printemps dernier. Était-ce son départ éminent, son futur poste d'ouvrier chez oncle Mathieu à Paris ou simplement l'effet du temps qui passe, je ne saurais le dire, mais il me sembla qu'il avait retrouvé ses esprits. Il faisait plaisir à voir, c'était le Ludovic d'avant…

— D'avant ?

— Avant qu'il apprenne pour toi et le sieur de Champlain. L'été de votre amitié avait avivé sa joie de vivre. Il travaillait avec une telle ardeur ! Il en a mis du temps pour t'oublier.

Elle s'arrêta et prit mes mains entre les siennes.

— C'est difficile à entendre, n'est-ce pas ? Je suis désolée d'être aussi brutale, Hélène, mais c'est mieux pour vous deux, ne trouves-tu pas ? L'avenir n'a rien à vous offrir. J'aime beaucoup mon frère, Hélène. Il est ce que j'ai de plus précieux.

— Ne crains rien, Antoinette. Je te l'ai dit, moi aussi j'ai renoncé.

— Ton cœur est noble.

— Si tu savais comme il me manque ! Renoncer à lui c'est renoncer à une partie de moi, à la plus belle partie de moi.

— Augustin me manque aussi, je t'assure ! Ludovic à Paris,

Augustin chez les Jésuites, dis-moi un peu ce que je deviendrai seule à Reims ? Je ne veux plus m'imposer chez les Lalemant ! Le temps est venu de faire ma vie.

Je me rendis près de la cheminée et pris le cheval de bois gagné à la fête de la Saint-Jean. Il piaffait toujours, repoussant l'adversité. Je le remis en place après avoir instinctivement essuyé de mon mouchoir la poussière déposée sur le manteau de bois blond. C'est alors qu'une idée me traversa l'esprit.

— Antoinette, j'y pense. Tante Geneviève recherche une femme de chambre pour sa maison de Paris. Ça te dirait de lui proposer tes services ?

— Vraiment, Hélène ? Ce serait fantastique, j'ose à peine y croire. Cette proposition m'enchante ! Je pourrai te voir plus souvent et je serai près de…

Elle s'était arrêtée, confuse.

— Plus près de Ludovic. Il apprécierait qu'il en soit ainsi. J'en parlerai à tante Geneviève, je te promets. Te voir plus souvent me ferait tant plaisir !

Tante Geneviève avait agréé sans aucune réserve. Antoinette deviendrait sa femme de chambre dès notre retour à Paris. Dans les semaines qui suivirent, nous avions évité de reparler de nos amoureux perdus. Nos conversations portèrent sur les activités et les futurs projets d'Antoinette à Paris. Et c'était bien ainsi !

Juillet s'achevait. Chacun de ses jours avait patiné mon abandon amoureux. J'avais partagé mon temps entre les tâches champêtres, l'enseignement et les malades de tante Geneviève. Aucun accouchement n'avait perturbé notre routine quotidienne. On l'avait consultée pour une jambe brisée, des infections à la gorge, un abcès et trois intoxications alimentaires. Chacune de ces interventions avait été occasion d'apprentissage et je m'en réjouissais.

Deux rangs de tilleuls bordaient l'étroit chemin poussiéreux sur lequel tante Geneviève menait notre équipage. Leurs abondants feuillages formaient une longue tonnelle de verdure.

— Vois, les arbres s'embrassent, dit-elle en souriant.

Je souris en fermant les yeux. Le vent chaud effleura mon visage et caressa mes lèvres. Tel avait été le baiser de Ludovic, tel était le baiser que je devais oublier. Je frissonnai.

— Hue, hue, cria tante Geneviève.

Je regardai cette femme courageuse, les cheveux en broussaille et les jupes retroussées qui bravait vaillamment la vie par-delà les revers et les peines. Elle ne portait pas de bonnet. Cette provocante habitude indignait ma mère.

— Oncle Simon reviendra en août comme prévu ? demandai-je.

— Je crains bien que non !

— Ah ! Il renonce à son congé ?

— Il ne renonce pas à son congé, c'est moi qui dois renoncer à lui !

Elle claqua le fouet plus vigoureusement qu'il n'eût été nécessaire.

— Hue, hue !

Le cheval passa au petit galop. Au détour de la route, le coucher du soleil m'émerveilla. L'énorme cercle rouge glissait lentement derrière les champs de blé chatoyants.

— Sa maîtresse a donné naissance à une fille le mois dernier. Il passe l'été auprès d'elles.

— Hue, hue !

Cet aveu m'abrutit complètement. Je fus si décontenancée que je ne sus que dire.

— Ce qui m'effraie le plus, c'est que l'attachement qu'il porte à cette femme et à ses enfants l'incite à me quitter. Ça, Hélène, ça, je ne pourrai le supporter ! Jamais je ne pourrai renoncer à lui ! Simon m'est essentiel ! Je ne pourrai pas, je ne pourrai jamais renoncer à lui !

— Tante Geneviève, cela ne peut arriver. Oncle Simon est votre mari.

— Il est aussi amant et père, répliqua-t-elle en essuyant vivement ses joues du revers de sa main.

Nous étions à la fin août. Notre retour à Paris avait été fixé pour le lendemain. Je faisais ma dernière visite à la ferme des Ferras. Pour la fin des leçons de français, Antoinette et moi avions organisé un dîner près de la Seine. Chacun s'appliqua à retracer les joyeux souvenirs de l'été. Le rappel de la baignade forcée d'Isabeau en bordure de la rivière nous navra et la répétition des premiers mots de Louis nous fit sourire.

— « *Ouis, fiture, ouis, fiture* », répétions-nous en chœur pour le taquiner.

Quand Antoinette nous mima sa chute sur le tas de fumier, nos rires firent déguerpir les écureuils qui bondissaient sur les branches des bouleaux blancs. Juste avant les tartines de confitures de framboises, Mathurin s'assit à mes côtés.

— Isabeau et moi avons une surprise pour toi, chuchota-t-il à mon oreille en me tendant un bout de papier.

— Pour moi ?

Isabeau et lui acquiescèrent en même temps. Je dépliai le feuillet et lus tout haut.

Merci Hélène.
Merci pour tout. Pour les lettres de l'alphabet,
Pour les mots des pirates et des fées,
Merci pour les histoires de soldats et d'épée,
Et surtout, merci de nous aimer.

L'émotion avait ralenti la fin de ma lecture. Isabeau me sauta au cou.

— Tu sais quoi, j'ai lu deux mots de la lettre de Ludovic.

Je levai les yeux vers Antoinette.

— Nous avons reçu une lettre hier. Le retour de la colonie a eu lieu plus tôt que prévu. Ludovic nous a écrit de Reims. Il devrait s'arrêter à la ferme avant de gagner l'atelier de Paris. Il va bien.

— Il va bien, répétai-je médusée. Il va bien. C'est bien, c'est très bien.

Ludovic allait bien, voilà tout ce qui comptait. Je reportai mon attention sur Isabeau qui tripotait le feuillet de remerciement.

— Et que disaient ces deux mots, jeune Isabeau qui sait lire ?

— Baiser à Isabeau. Il est gentil Ludovic, hein ?

— Oui, il est très gentil et il t'affectionne assurément beaucoup pour penser à toi alors qu'il est si loin.

La mélancolie ne me quitta plus du reste de l'après-midi. Nous étions très attachés les uns aux autres et l'idée de devoir les quitter stimulait mon humeur sombre. Nous avions taquiné le poisson, sautillé sur les roches au bord de l'eau et cueilli les dernières myrtilles. J'aurai aimé que cet après-midi n'en finisse plus. L'approche du souper nous contraignit à reprendre le chemin du retour à travers champs. Cette ferme allait me manquer. Chacun de ses espaces portait de si merveilleux souvenirs. J'observai le pigeonnier et fus poussée par une irrésistible envie de m'y rendre.

— Tu permets que je te laisse mon panier, Antoinette ? J'aimerais entendre roucouler les pigeons une dernière fois avant l'arrivée de Paul.

— Je t'en prie. Je raccompagne les enfants. Tu reviens saluer tante Anne ?

— Je n'y manquerai pas !

J'avançai vers le refuge des pigeons et gravis lentement les marches en songeant aux paroles de Ludovic.

— *« Les pigeons reviennent toujours là où ils sont nourris. »*

La journée avait été très chaude. Des mèches de cheveux collaient à mon visage et des taches de boue couvraient le vert tendre de mes jupes. J'hésitai à renouer les cordelettes de ma chemise, il faisait encore si chaud ! Tante Geneviève avait vu juste, les mets campagnards m'avaient arrondie : je n'avais plus rien à envier à la poitrine de Charlotte. Deux pigeons juchés sur la corniche du pigeonnier battirent de l'aile.

— Tout doux, je ne fais que passer, dis-je faiblement.

Ils se pressèrent l'un contre l'autre en roucoulant. Je m'en réjouis, la constance de leurs murmures savait si bien m'apaiser ! Je poussai la porte le plus délicatement possible afin de ne pas effaroucher les occupants et fus saisi d'une étonnante vision. Dans la pénombre percée de faisceaux de lumière, un homme se tenait debout, dos à la porte. Ce ne pouvait être vrai ! Je rêvais éveillée ! Non, c'était bien lui ! Ludovic était là, devant moi ! Ses cheveux presque blonds étaient retenus sur sa nuque par des lanières de cuir… Ma respiration s'amplifia et mes tempes tambourinèrent le rythme effréné de mon cœur.

— Entrez, Madame, dit-il simplement.

Il déposa l'oiseau qu'il tenait à la main sur la poutre au-dessus de sa tête et se retourna lentement. Je finis d'ouvrir la porte. Il avança vers moi sans surprise comme si ma présence allait de soi et m'offrit sa main. J'y déposai la mienne. Il m'aida à gravir la marche du pas de porte en me dévisageant, puis retira sa main. J'étais paralysée. Plus rien d'autre n'exista que lui et moi ; plus de pigeons, plus de roucoulements, juste ses yeux ambre noyés dans les miens. Il était là, tout était là. Je ne sais combien de temps nous restâmes ainsi, l'un en face de l'autre, nous interrogeant du regard. Au fond du sien, se lisait une inquisition, une douleur, une détermination. Que lisait-il dans le mien?

— Madame de Champlain! dit-il en courbant la tête.

Je mordillai ma lèvre. Je retrouvais mon ami, mon ami d'hier, mon ami d'avant. Il baissa les yeux vers son miroir. Je n'avais qu'une envie, me jeter dans ses bras.

— Vous le portez toujours?

— Il ne me quitte jamais. Vous… enfin, je peux vous le remettre. Nos destins nous éloignent, je crois qu'il serait plus convenable que je vous le… que je vous…

Il s'approcha, effleurant ma main du bout des doigts avant de les glisser le long de mon poignet et de mon avant-bras. Je ne fis pas un geste. Il avança encore et caressa mes cheveux autant des yeux que de la main.

— Si vous saviez combien de fois j'ai tenté de recréer votre image! Dans chacun de mes rêves j'ai voulu me rappeler…

— Vous avez rêvé de moi, Ludovic?

— Au lever et au coucher du jour, sur les bateaux, dans les bois et …

Il posa un baiser hésitant sur mon front et frôla mes joues de ses lèvres avant qu'elles ne joignent les miennes. Tout bascula. Je passai mes bras autour de son cou m'abandonnant à celui qui avait gravé son nom sur les parois de mon cœur. Tandis que ses mains caressaient mon dos, mes épaules, mon visage, sa bouche n'en finissait pas de chercher la mienne. J'entendis confusément la voix d'Antoinette m'appelant du dehors et je dus bien malgré moi combattre le puissant élan qui me soudait à lui.

— Antoinette, les renoncements, pensai-je.

— Ludovic, Ludo… vic, je dois rejoindre Antoinette, chuchotai-je entre deux baisers.

Il s'immobilisa.

— Antoinette, oui, veuillez m'excuser, Madame, je…

Je posai ma main sur ses lèvres, il la baisa.

— Je vous en prie Ludovic, les excuses sont inutiles. Il n'y a pas eu de fautes, vraiment, pas de fautes, je vous assure!

Il me reprit dans ses bras et me chuchota à l'oreille.

— Je n'ai jamais cessé de penser à vous. J'ai vainement essayé de vous oublier, de vous effacer de ma vie, je le jure, j'ai essayé…

Je me pressai contre lui quand la voix d'Antoinette rebondit à la porte du pigeonnier me faisant sursauter.

— Ludovic, j'ai promis à Antoinette de renoncer à vous. Je n'aimerais pas qu'elle soit le témoin de mon évidente faiblesse.

Il accompagna son pas arrière d'un sourire taquin.

— Renoncer, vous avez dit renoncer ?

— Oui, renoncer, j'ai promis. Je ne suis plus libre et vous…

Je détournai la tête. Il me sembla alors que ces propos étaient totalement vides de sens.

— On… on m'a dit que vous devez vous rendre à Paris ? repris-je afin de retrouver quelque peu mon aplomb.

Il souriait toujours.

— Renoncer, avez-vous dit ?

— Ludovic, je suis sérieuse, je dois vous quitter et je…

— Et vous n'en avez aucune envie !

— Et je n'en ai aucune envie, mais il le faut pourtant ! répliquai-je le plus sérieusement du monde.

Je m'apprêtais à sortir du pigeonnier quand Antoinette entra.

— Ludovic ! s'exclama-t-elle en s'élançant vers lui. Quelle surprise ? Depuis quand es-tu là ? Tante Anne ne sait pas…

Il prit le temps de la serrer dans ses bras avant de lui répondre en baisant ses mains.

— Et bien, j'arrive à l'instant de Honfleur, très chère sœur.

— Tu arrives d'où ?

— Directement de Honfleur. Voilà maintenant deux semaines que notre bateau y a jeté l'ancre et je suis accouru vers toi dès que j'ai pu.

Portée par l'excitation, elle se tourna vers moi.

— Hélène ! Ludovic, tu as reconnu Hélène, je veux dire, madame de Champlain ?

— Oui, j'ai reconnu Hélène. Nous venons de refaire connaissance, dit-il les yeux pétillants de malice.

— Mais c'est que toi aussi tu as changé. L'air du large t'a vieilli, on dirait. Tu es plus… plus… plus homme.

Il éclata de rire, ce qui provoqua une levée de pigeons. Apeurée, je fis quelques pas en avant la tête tournée vers l'arrière et heurtai le torse de Ludovic.

— Oh, excusez-moi… je…

— Il n'y a vraiment pas de fautes, Princesse ! dit-il en baisant ma main beaucoup plus longtemps que ne l'exigeait la courtoisie. C'est bien la deuxième fois que des battements d'ailes me rapprochent de vous, Madame. Vous m'en voyez ravi.

— La deuxième fois ?

— Auriez-vous oublié la poule parisienne ?

— La poule parisienne ! Non, comment aurais-je pu oublier la poule parisienne ?

— J'étais venu te dire que Paul est arrivé.

— Paul est là ! s'exclama Ludovic. Si vous permettez belles dames, j'aimerais bien saluer mon maître d'escrime.

Et sans plus de préambule, il saisit nos coudes et nous entraîna vers Paul qui discutait avec Anne près de notre charrette. Je ne marchais pas, je flottais. Je flottais au côté du plus merveilleux des princes du monde, mon prince, Ludovic Ferras, mon ami retrouvé.

Son arrivée retarda notre départ. Il n'en finissait plus de susciter enthousiasme, curiosité et joie.

— Je me rends à Paris d'ici deux semaines, affirma-t-il en faisant un dernier baisemain à madame de Champlain.

— Vous me manquez déjà ! avaient répondu les yeux d'Hélène.

TROISIÈME PARTIE

LES RESSACS DU CŒUR

15

Le poison du doute

Notre retour à Paris fut retardé. Tante Geneviève préféra prolonger son séjour au Champ de l'Alouette. Anne éprouvait des malaises laissant présager un accouchement avant terme et elle insistait pour demeurer auprès d'elle. Antoinette devint du coup indispensable pour besogner à la ferme. J'aurais aimé l'assister, ce fut impossible. À Paris, de nombreux rendez-vous m'attendaient. Mère avait commandé une nouvelle garde-robe à mon intention : mes changements de taille l'obligeaient. Je devais me soumettre aux exigences de la vie de madame de Champlain. Je ne revis pas Ludovic avant mon départ, les circonstances ne l'ayant pas permis.

Je quittai le Champ de l'Alouette en compagnie de Paul et de Noémie par une belle matinée de septembre. L'air était frais et la lumière douce. Les vergers bordant les routes regorgeaient de pommes rouges. Quelques paysans s'activaient encore dans les champs et une odeur de fraîche moisson parfumait l'air. Je respirai profondément tant qu'il était encore agréable de le faire. Paris et ses puanteurs, Paris et madame de Champlain : tout cela me rebutait. Madame de Champlain vivrait mon côté lumière mais un vif élan me pressait à élaborer les stratégies de sauvegarde de mon côté ombreux empreint de Ludovic. J'étais prête à toutes les mutineries plutôt que de renoncer à lui. Mon égoïsme m'effraya. Il avait droit à toute la lumière du monde mais j'étais à ce point envoûtée par ses charmes ! Il m'apparut qu'une vie sans la profondeur de ses regards, la séduction de ses sourires et les caresses de ses mains me serait insupportable. La seule pensée du goût de ses lèvres me donnait tous les courages.

Les premiers jours de mon retour à Saint-Germain-l'Auxerrois furent occupés par le tourbillon incessant des présentations de tissus de soie, velours, taffetas et satin devant servir à la confection de mes jupes, corselets, robes et capelines. Rien ne devait être négligé pour la mise en valeur de la dame du sieur de Champlain, dont le retour, prévu pour la fin octobre, allait marquer le début de nos sorties mondaines. Mon élégance avait pour mission de servir les intérêts coloniaux tout autant que la renommée des Boullé. Les tailleurs, couturiers et chapeliers s'activèrent dans notre petit salon qui s'était transformé en atelier de couture pour l'occasion.

— Madame se laissera tenter par ce bleu céleste ? proposa le mercier.

— Et ce satin aux reflets d'or, voyez-en l'effet près de votre sublime chevelure. Une pure merveille ! s'exclama l'autre.

— La peau de Madame serait un écrin fabuleux pour ces perles d'Asie.

Après trois semaines d'essayages, d'ajustements, de consultations, de modifications et de vaines flatteries, mère parut satisfaite. Madame de Champlain était suffisamment pourvue pour ses sorties parisiennes. Les vertugadins feraient rebondir mes jupes et les corselets mes seins de femme. Je résistai aux poudres refusant obstinément d'en faire usage. Mes cheveux et mon visage resteraient tels qu'ils étaient. Ludovic aimait mes taches de son. Je choisis un parfum aux effluves de rose épicée. Il me rappelait le Champ de l'Alouette et la vie d'Hélène, ma vraie vie. Tout le reste m'était superflu.

Tante Geneviève tardait à revenir. Octobre avançait et je n'avais reçu aucune nouvelle des Ferras. Un matin, intriguée par la tournure des événements, je décidai d'accompagner Noémie et Marion, notre cuisinière, qui se rendaient tous les matins au marché des Halles. Ou elles s'y faisaient conduire en charrette par Paul, ou elles se risquaient à pied, bravant les écueils des rues encombrées. Il était certain qu'un détour à la boutique *Aux deux loutres*, rue Saint-Sévérin, allongeait notre marche d'une lieue mais mon audacieuse curiosité parvenait à étouffer les tenaillements de ma conscience. Et si jamais cet écart de convenance me permettait d'entrevoir Ludovic par la montre de la boutique, ou mieux encore, de le croiser sur le pas de la porte ? Ce fut peine perdue. J'eus beau passer et repasser devant l'atelier, je ne vis ni son ombre, ni son pas.

Cette nuit-là, je rêvai de lui. Il courait vers moi, m'appelant en m'ouvrant les bras. Je m'éveillai en sursaut rongé par l'insupportable incertitude. N'en pouvant plus, je rejoignis Noémie aux cuisines, insistant fortement pour qu'elle m'accompagne à l'atelier Ferras. Elle hésita en sourcillant.

— D'où vous vient cet attrait soudain pour les fourrures ? me taquina-t-elle.

— J'ai besoin d'une cape de fourrure.

— Une hongreline ?

— Oui, une hongreline, une cape doublée de fourrure… L'hiver approche et madame de Champlain se doit d'être vêtue convenablement. Il me faut faire honneur à mon rang.

— Faire honneur, hein ? rétorqua-t-elle sceptique.

— Oui ! Vous connaissez la vanité de ma mère ?

— Je connais surtout votre cœur qui reluque un peu trop du côté des pelletiers depuis notre retour du Champ de l'Alouette. La prudence est gage de bonne fortune, jeune Dame !

— Cessez donc, Noémie. Ce n'est toujours qu'une visite à l'atelier d'un pelletier, une simple visite, suppliai-je.

Je n'étais jamais entrée dans une boutique, aussi y pénétrai-je bien timidement. La rigueur de l'ordre qui y régnait m'impressionna. À droite, derrière le comptoir sur lequel étaient étalées deux peaux de renard roux, une dame entièrement vêtue de noir discutait avec un chaland. Sur la gauche, étalés sur toute la surface du mur, des rangs de cartons ronds se superposaient jusqu'au plafond. Au fond, trois robes et une capeline étaient suspendues aux crochets du rideau qui dissimulait vraisemblablement une arrière-boutique. Noémie resta près de la porte tandis que j'avançais vers la dame en noir. Plutôt rondelette, elle arborait une cornette dont les barbes couvraient presque entièrement ses cheveux grisonnants. Le client salua et gagna la porte.

— Soyez les bienvenues à l'atelier de maître Ferras, Mesdames ! Pardonnez-moi de vous faire patienter, je reviens dans la minute, dit-elle en saisissant un parchemin et les peaux de renard roux qu'elle porta dans l'arrière-boutique d'où elle ressortit presque aussitôt.

— Bien, je suis à votre entière disposition. En quoi puis-je vous être utile ?

— C'est que j'ai été informée du fait qu'un nouvel ouvrier allait se joindre à votre atelier et je me demandais si…

Elle inclina la tête intriguée.

— Vous vous demandiez si… ?

— Je me demandais s'il travaillait bien chez vous.

— Si je connaissais le nom de cette personne, je serais plus en mesure de satisfaire votre curiosité.

— Ludovic, Ludovic Ferras, le neveu de maître Ferras.

— Ah, notre Ludovic ! Je suis l'épouse de son oncle Mathieu, le propriétaire de la boutique. Puis-je savoir à qui ai-je l'honneur ?

— Madame de Champlain.

— Madame de Champlain, l'épouse du sieur de Champlain ?

— Oui. J'ai rencontré Ludovic, enfin votre neveu, à notre maison d'été près de Saint-Cloud. Il m'a parlé de votre boutique, alors, je me demandais s'il y était, si je pouvais lui dire un mot… ?

Elle m'observa avec attention et mit un moment avant de répondre. J'espérais ardemment qu'elle soit dépourvue de tout don de clairvoyance.

— Je crains fort que ce ne soit pas possible, Madame de Champlain. Ludovic a dû accompagner son oncle Clément à La Rochelle. Ils ne se sont arrêtés qu'une nuit à Paris.

— À La Rochelle !

— Parfaitement ! La corporation des pelletiers de Paris y a délégué quelques-uns de ses membres afin d'appuyer le sieur de Champlain, votre époux. Il a pour projet de rallier les commerçants de cette ville à son monopole de traite. Il est grandement temps que quelqu'un tente de mettre de l'ordre dans ce fouillis. Sans un monopole, nos commerces de pelletiers sont en péril.

— Ah, bien… bien ! bafouillai-je en prenant appui sur le comptoir.

— Je ne vous apprends rien, j'imagine ?

— Oui… enfin non. C'est-à-dire que je n'étais pas au fait de la participation des pelletiers de Paris. Je vous prie de m'excuser. Au revoir, au… au revoir.

Je tournai les talons, accrochai le bras de Noémie au passage et regagnai la rue, estomaquée et humiliée. Je marchai avec empressement entre les chariots, les bœufs, les barils, les moines et les paysans. Je fonçais tête baissée, courant presque, négligeant toute politesse. Noémie n'avait qu'à suivre ma cadence. Nous devions retrouver Marion près du pont de Change, devant le palais de justice. Ma tête bourdonnait au point de faire obstacle à l'organisation de mes pensées.

— Mademoiselle Hélène ! Pas la peine de vous mettre dans cet état ! Personne n'a été expédié aux champs de bataille à ce que je sache ! lança Noémie dans mon dos.

Je m'arrêtai près d'un entassement de barils abrités par des auvents et attendis qu'elle me rejoigne. Elle eut peine à reprendre son souffle.

— Taisez-vous, Noémie! Je ne veux rien entendre! Excusez-moi, mais je ne veux rien entendre! S'il vous plaît, ne me parlez pas!

— Quel emportement et en pleine rue! Allez, calmez-vous, vous n'êtes pas raisonnable!

— Raisonnable! Raisonnable! Je n'ai aucune envie d'être raisonnable! J'en ai assez d'être raisonnable! Toute ma vie, je n'ai été que raisonnable! Je n'en peux plus, Noémie! La raison me tue, vous m'entendez, la raison me tue!

— Sainte Madone, quelle mouche vous pique?

— Quelle mouche me pique! Quelle mouche me pique? Je revois, que dis-je, j'entrevois quelques instants ce Ludovic après de longues années, il me promet d'être à Paris à la mi-septembre, je me morfonds dans l'attente d'un signe de lui et voilà que j'apprends qu'il est à La Rochelle à prêter main-forte au sieur de Champlain! Et puis quoi encore! Qu'ils s'associent devrait peut-être me combler d'aise? Le vieillard qu'on m'a forcé à épouser s'acoquine avec celui qui me brûle le cœur et vous me demandez quelle mouche me pique! hurlai-je en piétinant dans l'eau poisseuse d'un caniveau.

— Hé, hé ma p'tite Dame, il faudrait prendre garde d'éclabousser mes sacs de cuir, grommela le vendeur en se plaçant devant le baril sur lequel s'empilaient les sacs menacés.

— Excusez-moi, excusez-moi, répétai-je soutenue par la solide poigne de ma nourrice au visage cramoisi.

— Ça suffit, Mademoiselle, c'en est assez! On vous croirait au pilori! trancha Noémie en me secouant. Votre conduite est indigne de votre qualité. Un peu de discrétion!

— Discrétion! Je le hais, Noémie! Il me trahit comme je l'ai trahi et…

La soudaine apparition de Marion à demi camouflée derrière un porteur de fagot coupa court à mon esclandre. Noémie qui tenait toujours mon bras secoua fortement sa mèche rebelle.

— Madame de Champlain, j'ai cru reconnaître votre voix dans le vacarme. Un filou vous a fait insulte, un laquais vous aura importunée? s'enquit nerveusement Marion en s'étirant le cou pour mieux scruter les alentours.

L'idée que ce spectacle puisse être rapporté à ma mère acheva net de me calmer.

— Non, non, laissez Marion. Je suis désolée, Noémie ! Je… nous avons été surprises par un voleur de poule, tenez, n'est-ce pas Noémie ? Un voleur de poule ! Mais ça va maintenant, ça va, il n'y a pas de quoi vous inquiéter. Venez entrons.

— Un voleur de poule ! s'indigna notre cuisinière.

— Oui, ce n'est rien, je vous expliquerai en cours de route. Rien de bien grave, vous verrez. Hâtons le pas, la préparation du dîner le commande, s'impatienta Noémie.

Généreuse Noémie ! Plus le calme me revenait et plus mes impolitesses me nouaient la gorge. Tout ce fatras ne faisait qu'ajouter au tourment qui m'accablait. Voilà que celui qui portait toutes mes espérances se liait avec le personnage qui les avait anéanties à tout jamais ! J'étais délaissée, abandonnée par le prince de ma vie. J'étais seule au monde, seule avec Noémie. La pensée qu'elle pourrait me quitter un jour augmenta mon désarroi. Cette pensée me venait toujours lorsque j'éprouvais un vif besoin d'elle.

— Dites-moi, Noémie, se peut-il que certaines personnes soient éternelles ?

Comprenant que mes émois s'étaient quelque peu modérés, elle risqua une réponse.

— Les personnes qu'on aime vivent éternellement dans nos cœurs, Mademoiselle.

— C'est bien, Noémie, alors, vous vivrez éternellement dans le mien, tout comme Marie-Paule.

Je passai mon bras sous le sien. Noémie effleura ma joue du bout des doigts.

— Un éclat de boue, dit-elle tristement. Vous êtes une gentille demoiselle, une fille de cœur.

Marie-Paule, sa fille, avait été ma sœur de lait et la compagne de mes jeunes années. Elle avait fait le bonheur de Paul et de Noémie, jusqu'à ce qu'une forte fièvre ne l'entraîne dans la mort. Nous fîmes le reste du trajet en silence. L'inquiétude ajouta à mes tourments. La connivence de Marion ne m'était pas acquise.

Il fallait absolument que je voie Nicolas afin de discuter avec lui des doutes qui m'empoisonnaient l'esprit et le cœur ! Mon frère pouvait difficilement se libérer de son atelier de peinture : les dernières commandes de scènes religieuses passées par notre régente avaient accusé du retard et les grands de ce monde ne toléraient pas les retards. Je n'eus d'autre choix que de supplier mon père de m'accorder le privilège de l'accompagner au Louvre où il officiait tous les matins. Ma requête le surprit et l'embarrassa. Il n'était pas de mise qu'une dame déambule seule dans les couloirs du palais. Mon insistance vint à bout de son scrupule.

— Soit, une fois dans l'antichambre du Roi, je vous ferai conduire aux ateliers de peinture par un valet. Soyez brève et discrète : les visiteurs ne sont pas les bienvenus aux ateliers du Roi. Nous demanderons à Paul de vous attendre du côté de la rue d'Autriche. Quand vous en aurez terminé, il vous raccompagnera.

Les carillons des cent églises de Paris sonnaient les sept heures lorsque nous franchîmes les ponts-levis donnant accès au palais. Nous passâmes sans encombre devant les gardes suisses dignement vêtus de casaques rouges et de culottes blanches. L'embarras nous vint lorsqu'il nous fallut traverser la bourdonnante foule entassée dans la cour intérieure du quadrilatère constitué par les bâtiments du Louvre. Valets, soldats et commis se hâtaient vers les régions de leur service, bousculant au passage les courtisans dont les extravagants panaches multicolores marquaient les soubresauts de leurs dandinements. Il nous fallut une première demi-heure pour atteindre un gigantesque escalier au centre de l'aile occidentale. La rumeur des gens s'y étant engouffrés était telle que je ne pus comprendre la remarque de mon père.

— Vous dites, père ? J'ai du mal à vous entendre.

— L'escalier d'Henri II, répéta-t-il se penchant vers moi. Nous devons nous y faufiler.

Des grappes de raisin sculptées dans le marbre couraient tout au long de la voûte richement ouvragée de parures dorées. Les raisins de notre pavillon du Champ de l'Alouette, pensai-je. Que devenait tante Geneviève, Anne et Antoinette ? Et Ludovic, se jouait-il de moi comme je répugnais à le croire ? Ces réflexions moroses m'accompagnèrent jusqu'à la porte d'impressionnante envergure devant laquelle quatre colonnes de marbre grège veiné de blanc montaient la garde.

— Nous voilà dans la Grande Salle, suivez-moi. Officier, interpella mon père, Nicolas Boullé, secrétaire à la chambre du Roi ! Vous nous escortez ?

Après vérification du parchemin estampillé du sceau royal, le garde nous introduisit dans un long corridor peint d'images de divinités, d'anges, d'astres et de planètes. Plus d'une vingtaine de lustres de cristal éclairaient les portraits de rois, reines, princes et princesses qui couvraient tous les murs. Le plancher de marbre fourmillait de ministres, fonctionnaires et conseillers. Ils discutaient, fébriles, autour de documents et de livres.

— Tout ce monde aspire à une audience avec un haut dignitaire. Ils étoffent leurs sollicitations et doléances, m'informa mon père.

J'étais intimidée par cette turbulente effervescence. Un homme portant toge noire et ladrines s'attarda un moment autour des deux gardes entre lesquels il se fraya un passage afin de nous rejoindre.

— Sieur Boullé, sieur Boullé! Je dois m'enquérir auprès de vous des contrats des tailles d'Amiens. On me dit que votre beau-frère en est le précepteur?

— Soit, notaire Bonnet. Le temps de confier ma fille au premier valet rencontré et je vous reviens.

— Vous en trouverez un sous le portrait d'Henri IV. Tenez, juste là, indiqua le notaire en pointant du bout de son parchemin.

Mon père tira mon bras et me présenta au valet dont la silhouette en échalas comblait le mince espacement entre Henri IV et Marie de Médicis. Son visage osseux fixait droit devant, ce qui lui évitait tout contact avec ses interlocuteurs.

— Ma fille a besoin d'un guide. Elle doit se rendre aux ateliers de peinture du palais. Vous saurez l'y conduire?

— Je suis au service de monsieur, répondit froidement le valet en courbant son maigre squelette devant mon père.

À sa suite, je redescendis l'escalier aux raisins et retraversai la cour extérieure où la foule agitée attendait toujours le possible passage du Roi et de sa Cour.

— Nous gagnerons les ateliers du côté des parterres du jardin de l'infante, m'informa le valet.

— Je vous suis: le palais ne m'est pas familier.

Les parterres regorgeaient d'arbres et de plantes exotiques. Des fleurs aux larges pétales rosés, cuivrés et pourpres foisonnaient entre les haies d'ifs savamment découpées. Au bout des allées ou au milieu de quelques arbustes taillés à la perfection surgissait de temps à autre une fontaine ou une statue.

— Voilà, Madame, les ateliers sont à votre droite. Vous n'avez qu'à vous présenter à cette porte du rez-de-chaussée, énonça froidement le valet en s'inclinant.

Je n'eus pas droit à la réplique. Le temps d'ouvrir la bouche et il était reparti dans l'allée centrale menant au pavillon du Roi.

Apparemment, les ateliers se trouvaient devant moi. Le mur de pierres grises de cette aile du palais était percé de deux rangs de fenêtres et d'une large porte de bois aux pentures cuivrées. Elle donnait sur une salle haute de plafond et profonde d'étendue. Le long de ses murs, des tableaux de dimensions variées s'empilaient sur des treillis de bois. Certains à demi peints étaient posées sur des chevalets de taille exceptionnelle. Deux hommes transportant une quelconque déesse à la couronne de lauriers venaient dans ma direction. L'un d'eux m'aborda.

— Madame est égarée ? s'inquiéta-t-il.

— Je cherche Nicolas Boullé, artiste peintre.

— Maître Nicolas ? Suivez-moi.

Une forte odeur de peinture emplissait l'air. Je m'efforçais de suivre mon guide dans le dédale d'amas de toiles, de coffres et de paravent : le chahut des ouvriers ne permettaient pas la discussion. Il s'arrêta dans l'encadrement d'une salle plus petite et plus calme.

— Voilà, vous y êtes. Nicolas doit être par là à cette heure. Comme il est trop tôt pour le déjeuner, vous devriez le trouver derrière un de ces paravents, peut-être le troisième à votre droite.

Je m'approchai le plus discrètement possible du lieu indiqué. Il était bien là. Profondément concentré, il effleurait la toile de son pinceau. Il peignait une madone et son enfant. Il s'approchait de la toile, s'en éloignait, la scrutait, se rapprochait à nouveau, agitait son pinceau sur sa spatule et retouchait l'œuvre. Il créait.

— Un moment de grâce, pensai-je.

Je m'en voulus de l'interrompre. Ma jupe frôla le coffre de noyer qui jouxtait la table sur laquelle étaient déposés les bocaux et les seaux de peinture. Il détourna la tête.

— Hélène ! En voilà une surprise ! Que n'êtes-vous arrivée plus tôt ! Quelle belle madone vous auriez faite !

Il déposa sa palette et son pinceau, s'approcha et me fit l'accolade.

— Quelle merveilleuse idée que cette visite ! Un vrai bonheur, petite sœur !

— J'ai besoin de votre conseil, Nicolas, un urgent besoin !

— Mais d'où vous vient cette pressante exigence ?

— Je… je dois vous expliquer.

— Venez, sortons au jardin. Nous y serons plus à l'aise pour discuter.

Il m'entraîna vers une sortie tout au fond de la salle. Cette porte donnait au centre d'un bosquet autour duquel étaient suspendues de gigantesques cages. Je fus intriguée.

— Des volières, m'informa Nicolas. Des oiseaux exotiques y passent l'été. Comme la fraîcheur des nuits d'automne ne leur convient plus, ils ont regagné leurs quartiers d'hiver à la ménagerie royale.

— Ah ! Des oiseaux exotiques ! Et ce bassin ? Nicolas, ces poissons, ils ont la couleur des oranges !

Il rit.

— Oui, jolis n'est-ce pas ? Ce sont des poissons d'Asie. Ils ont triplé de taille depuis leur arrivée, il y a près de quatre ans maintenant.

Il nous fit contourner le bassin et nous installa sur un banc enserré d'une luxuriante végétation.

— Voilà ! Et maintenant, racontez-moi ce qui bouleverse à ce point vos humeurs ?

Je ne savais par où commencer. Je ne lui avais jamais parlé de Ludovic. Son regard franc et doux encouragea mes confidences. Je l'introduisis donc à ma vie du Champ de l'Alouette et lui parlai longuement des Ferras avant de lui décrire le prince de ma vie. Je lui dis tout, enfin presque : je passai sous silence le plaisir insoutenable que j'éprouvai dans ses bras, la douceur de ses lèvres et l'ardeur de ses baisers. C'était mon trésor caché, mon jardin secret. Nicolas m'écouta sans mot dire jusqu'à la trahison. Je me tus. Il me sourit.

— Vous en avez de la chance !

— De la chance ? Une chance maléfique s'il en est une ! J'ai été mariée sans comprendre ce qui m'arrivait, je ne pourrai jamais partager la vie de celui que j'aime, enfin que j'aimais, puisqu'il m'a trahi avec mon pire ennemi et vous me parlez de chance !

— Oui, je vous parle de chance. Vous aimez, petite sœur ! Or, l'amour est la quintessence du cœur.

— J'aime pour mon plus grand malheur, Nicolas ! Et qui plus est, l'inaccessible amoureux s'allie à celui qui nous sépare ! Quintessence du diable, oui !

— Comme vous y allez ! Votre désarroi brouille vos esprits ! L'opportunisme du sieur de Champlain vous a piégée certes, mais

rien en cela n'est contraire à nos coutumes et nos lois. Notre père a consenti à ce mariage et vous devez soumission à notre père.

— Je veux bien en convenir, mais cela n'allège ni mon sort, ni ma douleur. Pourquoi faut-il que je sois si rebelle ? Pourquoi n'ai-je pas une nature toute semblable à celle des femmes de notre temps ? J'étouffe, Nicolas !

Il passa son bras autour de mes épaules.

— Votre âme est par trop singulière. Il vous faudra la civiliser, petite sœur, sinon elle n'aura de cesse de vous accabler. Et si on revenait à ce charmant Ludovic…

— Quoi, ce charmant Ludovic ? Que connaissez-vous de lui ? Rien alors…

— Vous m'en avez dévoilé l'essentiel, ma sœur. Et s'il n'avait rien eu à dire quant à sa participation aux activités que vous me décrivez ? Un bon ouvrier s'en remet entièrement à son maître. S'il advenait que je sois impliqué dans telle situation, il serait inacceptable que je refuse d'exécuter une commande passée à mon maître d'atelier sous prétexte que mon ami de cœur est en mauvais terme avec le demandeur. Ludovic est redevable à son maître. Hé, ma foi, après quatre années d'apprentissage, il a bien mérité la confiance qu'on lui confère. Est-il seulement en contact avec le sieur de Champlain ? S'il avait quelque sentiment pour vous, ce mariage l'aura bouleversé.

Nicolas était sage, je me réjouis de m'être ouverte à lui. Ses réponses m'apaisaient et me rassuraient. Je suivis des yeux les mouvements des poissons glissant gracieusement sous l'eau entre les algues et les pierres et perdis toute rancœur. Les scintillements du soleil s'amusant sur les replis du bassin me redonnèrent confiance.

— Vous croyez qu'il peut y avoir une place pour Ludovic dans la vie de madame de Champlain, Nicolas ?

— Tout dépend de vous… et de Ludovic.

— Je suis prête à tout pour que ce soit possible. Mais lui…

— Il vous arrive de vous regarder dans un miroir, ne serait-ce que dans ce minuscule miroir que vous portez continuellement à la ceinture ?

— De temps à autre, comme tout le monde !

— Mais vous n'êtes pas comme tout le monde ! Vous souvenez-vous de la pomme, de la pomme que je vous ai appris à regarder ?

— Oui, je me souviens de la pomme.

— Bien que la séduction me vienne des hommes, sachez que mon œil d'artiste capte toute forme de beauté. La vôtre transpire d'une force audacieuse et sensuelle. Vos lèvres gourmandes et vos yeux émeraude pourraient à eux seuls aliéner tous les amants du monde ! Et je ne vous parle pas du charme de votre peau de lait sur laquelle de subtiles taches se font et se défont au gré des saisons, de votre taille fine et de vos... enfin, de vos privilèges féminins qui sauraient troubler tous les saints du ciel ! Ne voyez-vous pas tout cela dans votre miroir, petite sœur ?

Il sourit à mes soupirs.

— Les saints du ciel m'indiffèrent, Nicolas.

— Croyez-moi, aucun homme ne peut rester insensible à vos charmes et surtout pas un Ludovic amoureux ! Si vous le désirez vraiment, vous ferez de lui le plus fervent chevalier de votre cour, Madame !

Mes desseins, bien que dépourvus d'envergure chevaleresque, appréciaient le regain d'espérance insufflé par Nicolas. Et si tout était encore possible ? Si Ludovic et moi...

— Je vous revois au bal masqué de la Toussaint ? demanda-t-il en me quittant.

— Madame de Champlain doit y paraître, autant dire que j'y serai à moitié !

— Et si Ludovic y venait ?

— Ludovic n'a pas d'entrée à la Cour et c'est bien ainsi. Je vous verrai au bal. Merci pour tout Nicolas ! dis-je en pressant ses mains dans les miennes. Merci.

— Je vous aime, petite sœur.

Mon maître d'escrime m'attendait à la porte du Louvre. L'envie de me battre m'était revenue.

16

La hongreline

Au début de novembre, le sieur de Champlain revint à Paris quelque peu courroucé par la tournure des événements. Malgré les appuis du prince de Condé, de Pierre Du Gua de Monts et des marchands parisiens, les Huguenots rochelais se rebiffaient toujours à l'idée d'un nouveau monopole, redoutant par-dessus tout une législation catholique susceptible de comploter contre leur allégeance religieuse. La corporation des pelletiers de Paris proposa de suppléer au désistement des Rochelais. Tout au long du rapport de ses activités présenté lors d'un souper à la table de mes parents, j'avais espéré un mot, une allusion sur la présence de Ludovic. Ce fut en vain.

— La corporation des pelletiers parisiens tient réunion à la maison de la confrérie, rue de la Cordonnerie, ce mercredi en soirée. Depuis le début de la traite libre, une proportion importante des transactions de fourrures leur échappe. Le prix des fourrures a considérablement chuté à cause de la forte concurrence et leurs bénéfices ont atteint des seuils inquiétants. J'ose espérer que nos discussions aboutiront à des ententes solides et équitables pour tous.

— Mettez l'appui de Condé en évidence ! Charles nous assure de sa loyauté en tant que Vice-Roi de la Nouvelle-France. Sa récente nomination au poste de gouverneur de Berry n'a diminué en rien l'inclination qu'il porte à votre cause.

— Surprenante nomination, ne trouvez-vous pas ?

— Habile stratégie pour l'écarter du Conseil. Elle serait l'aboutissement des intrigues de Concini que je n'en serais pas surpris : il le craint plus que la peste.

— Comme il est le favori de notre régente… Quoi qu'il en soit, son influence nous sera d'un précieux secours. Si nous parvenons à y greffer une association fiable entre les corporations des marchands de Paris, de Rouen et de Saint-Malo, nous aurons en main tous les atouts! Ne restera qu'à assurer un contrôle efficace de la traite sur le territoire du golfe du Saint-Laurent en aval de Gaspé pour que les revenus de douane et de taxation profitent à l'exploration et à la colonisation de la Nouvelle-France. Car c'est là le but ultime, mes amis, le but ultime! décréta le sieur de Champlain en levant vigoureusement le poing vers le candélabre.

L'autorité de ses propos entraîna un lourd silence. Il termina son vin et me toisa un moment avant de conclure:

— Je vous prie de m'excuser. J'ai plusieurs documents à étudier avant cette importante réunion.

Père se leva, souligna la vaillance du pionnier et lui réitéra la promesse de son indéniable soutien. Il allait refermer la porte, hésita un moment, se retourna et ajouta en relevant le menton dans ma direction:

— Madame, veuillez vous présenter à mon bureau avant de regagner votre chambre. J'ai un projet à vous soumettre.

J'acquiesçai, retenant mon étonnement et refoulant mon inquiétude. Cet homme m'impressionnait et me rebutait. Que cachait ce soudain besoin de tête-à-tête? Et s'il était advenu quelques fâcheux hasards compromettant Ludovic?

Alors que j'approchai de sa table de travail, il m'accueillit sans détacher les yeux de la loupe au-dessus de laquelle il scrutait les tracés d'une carte.

— Prenez place, lança-t-il distraitement.

Au bout d'un moment, il déposa son instrument, m'examina sans un mot, se contentant de tortiller nonchalamment sa barbiche.

— Vous êtes apparemment intéressée par la fourrure, Madame?

Sa question me fit l'effet d'un coup de poing à l'estomac. Je fixai mes mains croisées sur mes genoux et n'osai ni lever les yeux ni bouger les doigts de peur que le moindre de mes gestes ne trahisse mon émoi.

— J'ai un attrait pour la fourrure, oui. Pourquoi… pourquoi cette question, Monsieur?

— On m'a rapporté votre visite aux ateliers Ferras, Madame. Est-il nécessaire de vous informer qu'elle me surprend et me contrarie? À l'avenir, je vous saurai gré de me faire part de vos besoins vestimentaires. Je m'efforcerai de les satisfaire en tous points. Il est hors de question que vous fournissiez à qui que ce

soit l'occasion de me rapporter une deuxième visite dans une boutique de Paris. Suis-je suffisamment clair, Madame ?

— Oui, suffisamment. Je peux me retirer ?

— Et ce miroir à votre ceinture, vous l'avez reçu en cadeau ?

Je pris le temps de le recouvrir de ma main avant de répondre.

— Ce miroir est lié à ma vie privée, Monsieur.

— Je suis votre mari, Madame, l'auriez-vous oublié ? J'ose vous rappeler que ce fait me concède tous les droits sur tous les aspects de votre vie, nasilla-t-il plus qu'à son ordinaire en s'accoudant sur sa carte.

— Ce cadeau me vient d'un ami de jeunesse, un ami d'autrefois. Puis-je me retirer, Monsieur ?

— Si l'ami d'autrefois vous est aussi précieux que son miroir…

— Son souvenir m'est précieux, coupai-je alarmée par la perspicacité de son indiscrétion.

Et je me levai sans plus. Comme je passais la porte, il lança.

— Je vous ai commandé une hongreline à la boutique des pelletiers Ferras. Ces artisans méritent notre encouragement. Le maître passera demain pour un premier contact. Il viendra en après-midi… à moins que vous n'ayez d'autres engagements.

Je mis un moment à retrouver mon aplomb. J'inspirai profondément avant de me tourner lentement vers lui. Il avait relevé le menton et croisé les bras. Je craignis que le feu de son regard perce tous mes mystères.

— Je serai disponible en après-midi, Monsieur.

Je regagnai ma chambre, tremblante de peur et vibrante de joie. L'atelier Ferras avait été choisi par le sieur de Champlain pour me confectionner une hongreline et le maître viendrait demain ! J'avais bien compris l'intrigante proposition. Et si le maître ne venait pas seul, si Ludovic l'accompagnait ? Qu'était-il advenu entre le sieur de Champlain et cet ami d'autrefois si présent à mon cœur ? S'étaient-ils liés lors de leurs voyages à La Rochelle ? Et pourquoi cet insistance soudaine pour mon miroir ? Et si Ludovic avait poussé la trahison jusqu'à… Non, ce n'était pas possible ! Si, peut-être… pourquoi pas ? Je n'étais plus sûre de rien. Et si je n'étais plus qu'un encombrant souvenir pour Ludovic ? Et si le secret de notre attachement n'était plus un secret ?

J'eus une mauvaise nuit. Je dormis mal et me réveillai en sursaut au milieu d'un affreux cauchemar où j'évitais de justesse d'être capturée par un terrible chevalier noir qui me poursuivait sans relâche. Au petit matin, quand Noémie entra dans ma chambre, j'étais transie de froid.

— Vous n'êtes pas bien, Mademoiselle, vous êtes fiévreuse? s'inquiéta-t-elle en tirant les rideaux.

— Non. Vous saviez que le sieur de Champlain avait été informé de notre visite à la boutique Ferras?

— Sainte Madone, il a su! Marion, ce ne peut être que Marion!

— Marion, pour sûr!

— Le sieur de Champlain vous en a fait reproche?

— Et comment! Dorénavant, la fréquentation des boutiques de Paris m'est interdite!

— Rien d'étonnant à cela.

— Non, rien d'étonnant. Reste que ses questions concernant mon miroir m'inquiètent.

— Le miroir de Ludovic?

— Hum, hum... Pour un peu et je le soupçonne de savoir pour Ludovic et moi.

— Ça... rien n'est impossible, Mademoiselle...

— Peut-être, enfin je ne sais plus. Qui me dit que je représente encore quelque chose pour Ludovic? Il fut plus d'un mois dans l'entourage du sieur de Champlain.

— Je crains fort qu'il vous faille vivre avec ce doute, à moins que...

— À moins que?

— À moins que vous n'ayez l'occasion de revoir l'énigmatique personnage pour vérifier.

Cet espoir me fit prendre un soin inhabituel au choix des vêtements avec lesquels j'allais me présenter au maître pelletier. Les habits de madame de Champlain auraient pour tâche de masquer les abominables doutes rongeant le cœur d'Hélène. Dans ma parade, j'allais montrer une attrayante réserve. Je choisis mes jupes et mon corselet de taffetas couleur fleur de seigle, mis un rang de perle à mon cou et camouflai le miroir de Ludovic sous la robe crème recouvrant le tout. Une mousseline blanche dissimulait le galbe de mes seins et des manchettes de soie grège voilaient mes avant-bras. Mes cheveux retenus par deux peignes ivoire retombaient en cascade sur mes épaules. Le reflet observé dans mon miroir vénitien me plut: une image d'élégante vertu. Nicolas aurait été fier de mes choix. Je me fis attendre.

— Les artisans des ateliers Ferras sont installés au petit salon, Madame, m'annonça notre valet.

— Faites-les patienter, je vous prie. Je les rejoins sous peu, répliquai-je pensant à ma mère : « *Les nobles se laissent désirer* », se plaisait-elle à répéter.

Habituellement, je n'avais rien de la noblesse, la ponctualité m'était coutume. Mais pour cette délicate rencontre, je pris tout mon temps. Lorsque le valet ouvrit la porte du petit salon, mes jambes flageolaient. J'avançai lentement craignant de perdre pied. Ils étaient deux. Un seul me troublait.

Maître Mathieu Ferras, digne d'allure et carré d'épaules, arborait une cordiale assurance. Il s'inclina cérémonieusement devant la dame que je lui proposais d'honorer.

— Mes hommages, Madame de Champlain.

Je répondis par une courte révérence.

— Maître Ferras.

— Maître Mathieu Ferras des ateliers *Aux deux loutres*, pour vous servir. Laissez-moi vous présenter un ouvrier de confiance, mon neveu, Ludovic Ferras, poursuivit-il en tendant un bras vers le neveu.

Le neveu salua, s'approcha lentement les yeux braqués dans les miens. J'attendis de recevoir ses hommages. Lorsqu'enfin il s'inclina, je ne fis qu'un léger signe de tête le jaugeant sans sourire. Je ne lui présentai pas ma main. Je tenais à conserver une totale lucidité.

— Madame de Champlain !

Il ne sourit pas plus que moi, et c'était bien ainsi : son sourire m'était irrésistible. Son regard pénétrant insistait et cette insistance chassa toutes mes appréhensions. Maître Ferras reprit.

— Madame, le sieur de Champlain nous a passé commande d'une cape doublée de fourrure à votre intention.

— Je sais, il m'a prévenue, dis-je en délaissant les yeux de Ludovic.

— La première étape consiste à s'enquérir des goûts et désirs de madame. La deuxième nécessite votre visite à notre atelier afin de procéder au choix des peaux. Pour la suite, c'est comme il convient à madame. Ou nous venons chez vous, ou madame prend rendez-vous à la boutique pour deux ou trois séances d'ajustement. Est-ce que les procédures annoncées conviennent à madame ?

Madame était plus que satisfaite. Elle regrettait seulement que les visites ne dussent finir un jour.

— Le tout me convient parfaitement. Je tiens à me déplacer à votre atelier. Avoir sous les yeux toutes les possibilités conduit au meilleur choix, n'est-ce pas ? demandai-je en direction de Ludovic.

— Plus l'échantillonnage est grand, plus les choix sont satisfaisants comme dit madame, rétorqua le neveu.

La sobriété de son pourpoint et de son haut-de-chausse de droguet lui conférait discrétion et sérieux. Le collet de toile blanc couvrant une partie de ses larges épaules agrémentait le gris profond de l'ensemble. L'automne avait foncé ses cheveux et pâli son visage. Au Champ de l'Alouette, il avait reconnu une jeune femme, je lui présentais une dame mariée. Que lui suggérait cette dame ?

— Soit, puisque tout est à la convenance. Parlons maintenant de fourrure, continua le maître. Madame privilégie une bête en particulier ?

J'avais en tête une bête en effet, mais elle était dépourvue de fourrure.

— Qu'avez-vous à proposer, maître Ferras ?

— Ludovic, vous voulez déposer sur la table les échantillons dont nous disposons ici. Bien entendu, ce n'est qu'un aperçu du choix possible.

Il tira une variété de pièces de fourrure d'un volumineux sac de cuir et les étala soigneusement l'une près de l'autre.

— Si on s'attarde à l'extraordinaire couleur des cheveux de madame, on pourrait penser que le renard roux produirait sur elle un effet remarquable. Qu'en pensez-vous, mon neveu ?

Ludovic souleva deux pièces de fourrure au bout de ses bras et y porta attention avant de répondre.

— Par contre, le castor du Canada soulignerait la finesse du teint clair de madame de Champlain. Vous permettez, Madame ? s'enquit-il en m'approchant.

— Pas trop près, je vous en prie, ou je défaille ! pensai-je.

— Madame permettra que je dépose cette fourrure sur ses épaules ?

Je n'eus pas le temps de répondre qu'il y plaçait une pièce de fourrure d'un brun profond. Il me sembla que ses doigts effleurèrent mon cou plus longtemps qu'il n'eût été nécessaire. Je sentis son souffle sur ma joue.

— Voyez par vous-même, termina-t-il en m'invitant à le suivre devant le miroir suspendu au fond de la pièce.

Il se tenait derrière moi, si près de moi! Sa main effleura ma joue avant de glisser le long de mon bras.

— Constatez, murmura-t-il.

Je ne portais qu'une attention distraite à la fourrure. Sur la surface lumineuse du miroir, le reflet de nos visages me rappela la promesse de Séléné.

— Alors, Madame? demanda le maître.

— La proposition de votre neveu me plaît. La simplicité de cette fourrure me convient parfaitement.

— C'est un duvet de castor du Canada. Il est d'une douceur incomparable. Touchez, dit Ludovic.

Il prit ma main dans la sienne et la guida sur la fourrure. Je ne pus l'apprécier tant la chaleur de sa paume me chavira.

— Doux, n'est-ce pas? dit le maître.

— Très doux, répétai-je.

— Concernant la couleur du drap qui accompagnera cette fourrure? s'enquit le maître.

Je prêtai une attention si peu soutenue à mon interlocuteur que j'eus du mal à lui répondre.

— Le gris, dis-je en fixant le pourpoint de Ludovic. J'aime bien le gris.

— Nous avons en boutique de magnifiques draps d'Espagne.

— Je fais entièrement confiance à votre renommée, maître Ferras.

— En ce cas, nous n'abuserons pas davantage de votre temps.

Ludovic retira la fourrure de mon cou sans détacher ses yeux du miroir. Sa présence me bouleversait. Le glissement de ses doigts sur ma peau et la pression de ses mains sur mes épaules ne pouvaient être que des gestes de pelletier. Je fis un effort considérable pour garder le ton qui convenait et conclus le plus rapidement possible.

— Vous me ferez prévenir quand la visite à votre atelier sera requise. Messieurs!

Je fis une courte révérence et me retirai en évitant de regarder vers la source de mon tourment. Je regagnai ma chambre les jambes molles et la tête embrumée. Je refermai ma porte, m'y appuyai en me laissant choir, emberlificotée dans les paniers de mon vertugadin.

Il s'écoula une semaine avant que je ne reçoive le message du maître m'invitant à l'atelier *Aux deux loutres*. Noémie tenta vainement d'apaiser ma fébrilité.

— Ne craignez pas, rien n'y paraîtra. Je serai convenable, d'une retenue exemplaire !

À notre arrivée, deux dames occupaient les services de maître Ferras. Dès qu'il nous aperçut, il nous salua, s'excusa aimablement auprès des dames et vint à notre rencontre.

— Il est malheureux que je sois présentement occupé. Je demande à mon neveu de vous servir à l'instant, à moins que vous n'y voyiez quelque inconvénient.

Je n'y voyais qu'enchantement, mais fis un effort pour ne démontrer qu'une froide indifférence.

— J'accepte cette proposition, à condition bien sûr que vous y jetiez un œil. L'expérience compte pour beaucoup dans votre travail ou je me trompe ?

— Soyez assurée que je prends un soin particulier à superviser le travail de mes ouvriers bien qu'ils soient tous dignes de confiance. Je cherche Ludovic. Veuillez patientez un moment, je vous prie.

Après quelques minutes qui me parurent une éternité, le neveu sortit de l'arrière-boutique, un sourire aux lèvres et un tas de fourrures dans les bras. Il posa les pièces sur une table et vint vers moi.

— Madame de Champlain, salua-t-il poliment. Nous en sommes à l'étape des choix.

— Oui, effectivement, à l'étape des choix.

— S'il vous plaît de vous diriger à cette table, dit-il me présentant une chaise.

Je m'y installai davantage émerveillée par le sourire charmeur de l'ouvrier que par l'étonnante variété de peaux. J'étais disposée à me laisser guider bien au-delà du monde de la fourrure.

— Voyez ce duvet ! dit-il en soulevant une forme de poil brun. Le castor a le duvet le plus dense et le plus soyeux de tout le monde animal. Ces peaux proviennent de la Nouvelle-France. Je les ai achetées à des Algonquins au poste de traite de Gaspé l'été dernier.

— Vous avez apprécié vos voyages au Nouveau Monde ?

Tout en parlant, il retirait d'autres peaux des cartons ronds fixés au mur derrière lui et les étalait avec précaution sur la table.

— Ce furent des expériences fort enrichissantes. J'ai beaucoup appris sur les rouages du commerce des fourrures. Rien de tel qu'un contact personnel pour comprendre l'état du marché.

Il me fit son sourire taquin. Je lui souris. Madame de Champlain défaillait.

— L'état du marché… Et quel est l'état du marché?

Il s'arrêta. Un filet de tristesse traversa son regard.

— Le marché est luxuriant et attirant, mais difficilement accessible.

— Et pourtant, vous avez ces peaux!

Il s'arrêta à nouveau, plongea ses yeux dans les miens.

— Et pourtant, j'ai ces peaux.

Il aligna soigneusement trois peaux de castor.

— Vous avez côtoyé monsieur de Champlain à La Rochelle?

— Oui. Mon oncle et quelques marchands de Paris l'ont accompagné afin d'appuyer son projet de monopole de traite. Votre époux est un homme de puissance et de rigueur. Il tient plus que tout à ses acquis et se bat farouchement pour retrouver ceux qu'il a perdus.

— Le sieur de Champlain a des acquis et les défend, j'en conviens, mais certains ne sont qu'usurpation et illusion.

Il s'arrêta à nouveau. L'étincelle de tristesse repassa au fond de ses yeux.

— Bon, je vous rejoins enfin! interrompit nerveusement maître Ferras. Où en est madame dans le choix de ses fourrures?

— Nous en sommes à l'observation, mon oncle.

— Une étape importante à ne pas négliger. Voyons cela.

Quant à moi, je m'en tins à l'observation du neveu pour le reste de la rencontre où furent sélectionnés tous les éléments de la fabrication de ma hongreline.

Le premier essai avait été prévu pour la semaine suivante, le jeudi en après-midi. Je vivais dans l'attente de ce moment. Le sieur de Champlain, quant à lui, s'échinait à l'élaboration de ses stratégies. Je fus reconnaissante à sa nature de travailleur acharné. Selon ses dires, les assemblées avec les membres de la corporation des pelletiers de Paris donnaient des résultats honnêtes et acceptables. Les bases du monopole s'élaboraient peu à peu et le prince de Condé tenait à être mis au fait des moindres développements. C'était de bon augure. Il ne refit plus qu'une brève allusion à l'atelier Ferras.

— La confection de cette cape de fourrure s'effectue à votre gré ?

— Maître Ferras est un homme d'une grande compétence. Il a toute ma confiance, soyez rassuré.

En ce début d'après-midi, j'espérais recevoir les services de Ludovic. Je mis une robe de satin vert profond, négligeant de recouvrir mes seins de dentelle. Je choisis de ne porter ni collier, ni boucles d'oreilles. C'était trop peu pour madame de Champlain mais suffisant pour Hélène. Noémie, à qui j'avais proposé de m'accompagner, s'inquiéta.

— Faites attention, jeune Demoiselle, vous risquez de vous faire du mal. Ne vous illusionnez pas. Ce Ludovic n'est pas pour vous. Gardez la tête froide.

— Ne craignez rien, je suis sur un pied de garde. Je reste lucide, c'est promis !

Les rues de Paris n'étaient pas plus agréables qu'à l'accoutumée, mais ce jour-là, ni les bruits, ni les flaques de boue, ni les puanteurs, ni la cohue n'assombrirent mes humeurs. Je marchais à la rencontre de celui qui occupait mon cœur et mes pensées depuis plus de deux ans : je marchais vers l'ami d'Hélène. Arrivée près de la boutique, je ralentis le pas. Et si toutes ces manigances ne menaient à rien ? Et si je courais vers mon malheur tout en faisant le sien ? Il était tout à fait possible que Ludovic ait rencontré une autre jeune fille à La Rochelle. Courage ! Il me fallait être courageuse, foncer, déjouer mes peurs et surmonter mes craintes. Le courage devait absolument l'emporter. Je voulais savoir pour lui, pour moi, pour nous. Nous nous arrêtâmes devant la porte de la boutique.

— Les séances d'essayage s'étirent parfois en longueur. J'en profite pour me rendre chez le libraire. Paul désire approfondir ses connaissances sur l'histoire de France.

— Vous m'étonnez. J'ignorais que Paul sût lire.

— Paul a grandement amélioré sa lecture depuis qu'il a épié vos leçons de français auprès des enfants Ferras, Mademoiselle.

— Paul a épié mes leçons de lecture !

— Paul en a eu de la chance, décréta la voix de Ludovic derrière nous.

Je me retournai agréablement surprise. Bien appuyé dans l'encadrement de la porte, les bras croisés sur la poitrine, Ludovic nous souriait.

— Je constate que Madame a tous les talents.

— Vous en doutiez, jeune voleur de poule ? s'offusqua joyeusement Noémie.

Ce souvenir commun nous entraîna dans une familiarité imprévue. Madame de Champlain battait de l'aile. Je n'avais qu'une envie, me jeter dans ses bras. La retenue m'était indispensable. Je me retins.

— Soit, Noémie, je vous attends ici. Combien de temps nous faudra-t-il ?

— Il dépend du client ! Y attribuer une heure me semble acceptable.

La cloche cristalline de la Samaritaine dominait le tintamarre des cent clochers de Paris qui sonnaient les deux heures.

— Alors Noémie, vous me rejoignez à trois heures ?

— Comme madame le dit : entendu pour trois heures.

Je suivis dignement Ludovic dans l'arrière-boutique. Il glissa lentement ses mains sous le collet de ma capeline, la retira et la déposa sur une chaise. Puis, il me fixa, un sourire aux lèvres.

— Madame de Champlain se porte bien ? s'informa-t-il en retournant derrière la table couverte de fourrures.

Du fond de la cour arrière nous parvenaient les bruits des ouvriers. Je demeurai à la place où il m'avait conduite.

— Madame de Champlain se porte comme il convient.

Il regarda le sol un bref instant, raccrocha mes yeux au passage et reprit à voix basse.

— Et Hélène, comment se porte Hélène ?

Sa question m'alla droit au cœur. C'était une attaque redoutable. Bien malgré moi, je dus riposter.

— En ce moment précis, apprenti Ferras, madame de Champlain s'impatiente. Si nous commencions cette séance d'essayage ?

Il releva fièrement la tête, redressa le torse et s'inclina.

— Pardonnez ma familiarité, Madame.

Je regrettai aussitôt ma blessante réplique. Tout au long de l'essayage, il resta froid, précis dans le geste, concis en parole, s'appliquant à n'effleurer ni mes bras ni mon cou. Il mesura, marqua de la craie, épingla et faufila, s'arrêtant de temps à autre pour évaluer l'effet avant de poursuivre sans un mot, le visage flegmatique. Quand il m'invita devant le long miroir, le ravissement chassa mon malaise. Le droguet gris moucheté de brun et d'or de la cape ondulait gracieusement autour de ma silhouette.

Ses rabats de fourrure brune rehaussaient joliment le cuivré de mes cheveux.

— Ludo… ouvrier Ferras, quel beau vêtement !

Je mordis ma lèvre. Il restait derrière moi sans bouger. Je me retournai et lus de l'admiration sur son visage.

— Cette hongreline fait honneur à votre talent.

— Et votre beauté à cette hongreline.

Il s'approcha de moi. Je frémis. D'un geste lent, il leva le bras, saisit un pli et l'ajusta.

— Voilà qui est mieux. Bien, ce sera tout.

Visiblement satisfait, il retourna derrière moi et posa ses mains sur mes épaules. Lentement, il saisit le collet de la hongreline et la retira.

— Madame peut considérer que le travail est presque achevé. S'il vous convient de revenir pour la dernière mise au point ce samedi après-midi, nous pourrons procéder à la touche finale. La boutique fermant tôt, nous serons plus à notre aise. La finition est une étape qui demande une grande concentration.

La tante de Ludovic se présenta dans la porte.

— Ludovic, tu peux venir, deux clientes te réclament.

J'eus un pincement au cœur détestant du coup toutes ces clientes qui le réclamaient.

— Je me libère pour ce samedi. Je viendrai à deux heures, cela vous convient-il ?

— Je suis votre obligé, Madame.

Il replaça ma capeline sur mes épaules et me précéda dans la boutique où une jeune femme beaucoup trop séduisante à mon goût s'approcha de lui.

— Apprenti Ferras, ce sont vos services que nous exigeons. À ce qu'on dit, vous avez la main pour la fourrure.

Bien malgré moi, je scrutai le visage de Ludovic qui se contenta d'émettre un faible sourire. Il m'ouvrit poliment la porte que Noémie s'apprêtait à pousser du dehors.

— Pardon Noémie.

— Y a pas de faute, jeune homme !

— Je vous attends samedi, murmura-t-il avant que je sorte.

Les cloches de la ville marquaient les trois heures.

— Dites-moi, apprenti Ferras, combien de temps convient-il de prévoir pour cette prochaine rencontre ?

— Le dernier essai est souvent imprévisible. Disons que nous prendrons le temps qu'il faudra pour donner entière satisfaction à Madame. Noémie, transmettez mes salutations à Paul.

— Ce sera avec plaisir, mon garçon !

Deux jours me séparaient encore de ma visite. Deux jours où je refis pour la centième fois tous mes pénibles raisonnements. Ludovic est libre, tu ne l'es pas. Ludovic a le droit de vivre en pleine lumière, a le droit d'aimer sans se cacher, tu ne le peux pas. Je ne serai que tracas et soucis pour lui mais je ne peux vivre sans lui. Moi, je n'ai rien à perdre et tout à gagner tandis que lui a tout à perdre et rien à gagner. Maintenant qu'il connaît la vraie nature de madame de Champlain, que pense-t-il d'Hélène ?

Le sieur de Champlain et mes parents avaient été conviés au château du prince de Condé pour la semaine. La chasse aux cerfs allait servir de prétexte à l'avancement de la cause du monopole. Eustache les accompagnait. Âgé de treize ans, il pouvait dorénavant participer à des activités de la noblesse. Le sieur de Champlain, son héros, s'était attaché à lui : il serait un jour son homme de confiance, avait-il décrété. Je bénéficiais encore de deux jours de pleine liberté. Et si Ludovic m'aimait encore et s'il m'aimait suffisamment pour supporter ma condition ? La pensée qu'il puisse en être autrement me fit frissonner.

Samedi arriva, enfin ! Le vertugadin resta sur sa chaise. J'enfilai la tenue la plus sobre de ma garde-robe, une jupe et un corselet couleur pêche. Aujourd'hui, madame de Champlain laisserait toute la place à Hélène, si Hélène était requise.

Lorsque je descendis du carrosse, la porte de la boutique s'ouvrit. Il vint à ma rencontre et prit ma main pour faciliter ma descente. Paul se pencha vers nous.

— Bonjour Paul ! lança Ludovic.

— Comment va mon jeune escrimeur ?

— Bien, je vais très bien ! Dites, Paul, il faudrait bien recroiser le fer un de ces jours.

— Par tous les diables, mais vous n'avez qu'à fixer le lieu et l'heure, il n'en tient qu'à vous ! Je reprends Madame à quelle heure ?

— Laissez Paul, je rentre à pied.

— Mais ce serait très imprudent !

— Ce sera très bien ainsi, Paul, ne vous inquiétez pas.

— Soit, comme il plaira à Madame, se résigna-t-il en haussant les épaules.

Il claqua du fouet et l'attelage repartit. D'un geste de la main, Ludovic m'invita à le suivre dans la boutique silencieuse. Il referma la porte et tira le verrou.

— La hongreline attend Madame dans l'arrière-boutique.

Il me précéda, je le suivis. Je l'aurais suivi au bout du monde, le savait-il ?

— Nous en sommes à l'essayage final. S'il y a quoi que ce soit qui vous indispose, veuillez le mentionner. Je suis là pour vous donner entière satisfaction.

Il retira ma capeline, la déposa sur le dossier d'une chaise et me regarda intensément avant de fixer mon généreux décolleté. Puis, il prit la hongreline et me couvrit délicatement.

— Votre époux ne vous effraie donc pas, Madame ?

Il recula près de la chaise.

— Madame de Champlain a appris à se battre, l'auriez-vous oublié ?

— L'arme que vous utilisez ici est, disons, quelque peu déloyale.

— Je ne comprends pas.

Calme mais déterminé, il s'approcha tout près de mes doigts que je tortillais nerveusement. Son souffle effleura mon front.

— Vous ne comprenez pas, vraiment ? murmura-t-il.

Il posa ses mains sous les rebords de la hongreline qui tomba à mes pieds. Ses mains s'attardèrent sur mes épaules avant de glisser dans mon dos.

— Votre arme est déloyale, Madame !

Il plongea ses yeux dans les miens. Je restai sans bouger.

— Ludovic, Ludovic, aimeras-tu suffisamment Hélène pour oublier madame de Champlain ? implorai-je en pensée.

Du revers de ses doigts, il effleura ma joue. Je fermai les yeux. Sa bouche chatouilla mes paupières et s'attarda sur mes lèvres.

— Déloyale et irrésistible, chuchota-t-il à mon oreille.

Il baisa mon nez et mon front avant de s'éloigner. J'ouvris les yeux, il me regardait en souriant.

— Et Hélène, comment se porte Hélène ?

— Dans vos bras Hélène se porte à merveille, ne l'aurez-vous pas deviné ?

— Je m'en doutais, je voulais simplement m'en assurer, ironisa-t-il en passant ses bras autour de ma taille.

Et sa bouche couvrit la mienne. Tous les clochers de Paris sonnèrent d'allégresse. Mes tourments s'envolèrent. Ses mains glissaient de mon cou à mon dos, de mes épaules à mes hanches. Je n'avais qu'une envie, l'étreindre, m'abandonner à lui. Entre deux baisers, il murmura.

— Ce n'est pas l'usage courant d'une hongreline mais on peut toujours inventer.

Il s'agenouilla, étala la hongreline sur le sol et m'invita à m'y asseoir.

— Madame est à son aise ? demanda-t-il en se pressant à mes côtés. Il suivit le parcours de ma tresse du bout de son doigt.

— À quel moment avez-vous eu la certitude que je ne pourrais vous résister, Ludovic ?

— Dès que j'ai posé le regard sur vous, jolie Dame !

— Vous parlez d'aujourd'hui ?

— Non, je parle de ce jeudi où vous êtes entrée dans le petit salon de la maison de votre père.

— Vraiment ?

— Vraiment !

— Mais c'est impossible, j'ai été si froide et si… si…

— Si hautaine.

— Oui, si hautaine !

Il baisa mes cheveux.

— Vous ai-je jamais avoué que vos yeux me parlent ?

Il couvrit mes épaules de son bras.

— Ah ! Et que disaient mes yeux ?

— Vous désirez vraiment connaître leurs secrets ?

— Oui, je le désire…

— Eh bien, ils criaient votre peine m'appelant désespérément à votre secours.

Je mis un moment avant de réagir. La justesse de sa remarque m'étonna.

— Et que disaient-ils encore ?

— Ils s'inquiétaient.

— Ah, de quoi s'inquiétaient-ils ?

— Ils craignaient que je repousse madame de Champlain.

— Avais-je raison de craindre Ludovic ?

Pour toute réponse, il me renversa sur la hongreline, et m'embrassa. Sa main vagabonda sur ma poitrine. Quand il pressa mes seins, un plaisir exquis me submergea. Audacieusement, il repoussa la chemise qui les recouvrait, les dénudant à demi. Il me sembla que notre intimité allait de soi. Sa bouche chaude glissait sur ma peau. Je me délectais de sa délicieuse hardiesse quand il s'arrêta pour me chuchoter :

—Madame de Champlain ne m'effraie pas : j'ai appris à me battre, Hélène !

Cette fois, c'est moi qui le couvris de baisers. J'avais une telle envie de sa chaleur que j'osai laisser vagabonder mes mains sous sa camisole. Elles effleurèrent ses épaules et le duvet de son torse avant de joindre son abdomen. Il saisit mes poignets.

—Je crains… je crains qu'il soit préférable de s'arrêter ici. Je pourrais difficilement résister à plus de tentations. Il vaut mieux en rester là ! chuchotait-il en promenant ses lèvres sur mes joues.

Je connaissais bien peu au sujet des plaisirs de l'amour, sinon qu'il y avait faveurs à donner et faveurs à recevoir. Aussi, je m'en remis à lui. Il s'allongea à mes côtés, tout près, me dévisageant les yeux humides d'émotion. Au bout d'un moment, il remonta pudiquement ma chemise, sa main s'attardant sur ma gorge.

—Vos armes sont déloyales, irrésistibles et cruelles, Madame. Elles poussent ma galanterie à la limite du supportable !

—Vraiment, à ce point ?

—À ce point, vraiment ! Le vert de vos yeux m'attire, et le blanc de votre peau m'échauffe agréablement les sens. Quant au cuivré de vos cheveux, il enfièvre mes audaces avec une telle ardeur ! Qui plus est, il m'est impossible d'observer la lune sans me languir de vous et de croiser une poule sans penser à vos sautes d'humeur.

—À mes sautes d'humeur ! m'indignai-je.

Il rit de bon cœur en m'enlaçant.

—C'est bien ce que je disais, à vos sautes d'humeur.

Il sut trouver les gestes qui apaisèrent ma saute d'humeur.

Les coups des cinq heures accompagnèrent notre sortie de la boutique. Ludovic avait insisté pour me raccompagner, les rues de Paris étant peu recommandables pour une dame seule : brigands et filous s'y emparant sans vergogne des bourses et des vertus. J'avais accepté. Être près de lui me transportait de joie. Nous marchions en silence. Le cliquetis de son épée, bien dissimulée sous sa cape noire, marquait chacun de ses pas. Coiffé d'un chapeau à large bord, on eût dit un mousquetaire escortant une noble dame. Nous amorcions la traversée du Pont-Neuf, étonnamment calme en cette fin de journée. De chaque côté du pavé, les étals désertés étaient couverts de toiles protectrices. Nul vendeur ne proclamait les bienfaits de ses produits, nul tisserand ne guidait son âne chargé de tissus et nul joueur de cartes ne discutait autour des barils. Seuls quatre porteurs de chaises et un groupe de moines se partageaient le pont. J'observai la Seine. Quelques barques de chargement étaient accostées devant les quais du Louvre sur lesquels s'attardaient des miliciens. J'eus envie d'entendre sa voix.

— Vous avez des nouvelles d'Antoinette ?

— J'ai reçu une lettre il y a plus d'une semaine. Tante Anne a donné naissance à une petite fille à la mi-octobre. L'accouchement fut difficile. Comme elle se remet lentement, Antoinette passera l'hiver à la ferme. Quant à votre tante Geneviève, elle devrait revenir à Paris sous peu.

— Ah, je suis désolée, vraiment désolée pour Anne.

— Elle se remet, coupa-t-il sèchement.

— Et... et le bébé ?

— À ce qu'il paraît, bébé Françoise se porte bien.

— Françoise, c'est un bien joli prénom, ne trouvez-vous pas ?

— Hum, hum ! fit-il. Françoise est un joli prénom, mais je préfère Hélène.

Je ris.

— J'adore votre rire, Madame.

Je ris à nouveau.

— Vous êtes trop galant, Monsieur. J'écris à votre tante dès demain pour la féliciter.

Il se passa un autre moment de silence. Le plaisir de cette journée tirait à sa fin et je m'en affligeais.

— Ludovic, la fabrication de ma hongreline s'achève. Je n'aurai donc plus l'occasion de me rendre à votre atelier. Comment ferons-nous pour... enfin pour nous rencontrer ?

— Il est vrai que les séances d'ajustement furent des plus agréables, particulièrement la dernière, me taquina-t-il avec un clin d'œil.

— Ludovic, je suis sérieuse. Je crains que nous ne puissions nous revoir. Le sieur de Champlain revient à Paris dès demain et je...

— Et moi, j'entreprends mes tâches au lever du soleil pour les terminer à la tombée du jour. De plus, l'automne est une saison captivante pour les pelletiers. Si on ajoute à cela les nombreuses réunions de la corporation concernant le monopole préconisé par votre mari, alors là, je crois vraiment qu'il nous sera impossible de trouver le temps pour…

— Dois-je en conclure qu'il nous sera impossible de…

— De nous revoir ? Absolument !

J'arrêtai ma marche le fixant avec perplexité.

— Ludovic, vous vous jouez de moi ?

— Dois-je répondre à cette question, Madame ? plaisanta-t-il. N'auriez-vous pas perçu une certaine attirance, pour ne pas dire une attirance certaine envers votre charmante personne ?

— Ludovic, laissez ce madame, je déteste quand vous m'interpellez ainsi !

— Princesse, vous préférez princesse ?

— Honnêtement, je crois que oui ! Et que doit conclure la princesse en ce qui concerne nos futures rencontres ?

Un bruit infernal surgit soudainement. Il saisit mon bras et me tira vivement sur l'accotement du pont. Un équipage de six chevaux blancs tirant un carrosse princier nous évita de justesse. Nous étions si près l'un de l'autre. Il serrait toujours mon bras.

— Quelle imprudente vous faites, Princesse ! Traverser le Pont-Neuf tête baissée !

— Mais… cet attelage… vous… bafouillai-je.

Il m'entraîna dans une encoignure sur la façade de la Samaritaine, colla ses lèvres aux miennes et m'embrassa fougueusement. Dieu que j'aimais son étreinte ! Le tintement des six heures nous fit sursauter. Un homme approchait une cruche sous le bras.

— Holà, les amoureux ! D'ordinaire on approche la fontaine pour quérir de l'eau ! rigola-t-il. C'est t'y pas beau la jeunesse !

Nous reprîmes notre marche la joie au cœur. Il pressait ma main dans la sienne.

— Et nos rencontres, Ludovic ?

— J'aurais espéré que ce baiser fût suffisamment éloquent.

— Ludovic, cessez de me taquiner, je suis très sérieuse !

— Sérieuse et incrédule ! Ne comprenez-vous pas que je suis à vos pieds, Ma… pardon, Princesse !

— Je veux vous revoir Ludovic !

— Je le veux aussi. J'ajouterais que ce désir est ma raison de vivre. Croyez-vous au pouvoir de nos volontés ? Moi, si ! La mienne est passablement redoutable. Imaginez ce qu'il en sera si vous y joignez la vôtre.

— Si nous étions seuls, Ludovic Ferras, je vous grifferais au visage.

— Si nous étions seuls, Princesse, je laisserais libre cours à ma galanterie.

— Vous... vous feriez quoi?

Il s'immobilisa et me regarda avec étonnement.

— Comment se passe votre vie avec le sieur de Champlain?

— Quelle question! Je ne vis pas avec cet homme! Il partage le logis de mon père, c'est tout!

— Je veux dire dans l'intimité, comment se comporte-t-il? Vous... vous caresse-t-il?

— Ma parole, vous divaguez! Il n'y a aucune intimité entre lui et moi! Le sieur de Champlain n'a jamais posé la main sur moi, enfin, pas comme vous l'entendez, et il en sera ainsi à tout jamais! Il faudra qu'il me tue avant de me caresser, ne serait-ce que... que le bout des doigts!

— Ah! soupira-t-il tendrement. Je croyais que vous... enfin que vous étiez sa femme à part entière.

— Je ne serai jamais sa femme que sur un parchemin de notaire, Ludovic! Ça, je peux vous le jurer!

— Si nous étions seuls, Princesse, je succomberais au désir qui me ronge, reprit-il en baisant ma main.

— Mais nous ne sommes pas seuls et je ne connais pas la teneur de votre désir, alors...

Il me sourit tout en faisant en sorte que nos pas se dirigent derrière un muret suffisamment élevé pour nous isoler des passants. Il ne souriait plus.

— Je... j'ai envie d'être avec vous, je veux dire très... très près de vous. J'aimerais, dit-il en promenant ses lèvres autour de mon visage, j'aimerais explorer et embrasser chaque courbe, chaque repli de votre corps. J'aimerais que chaque parcelle de votre peau se brûle à la mienne et que vous vous abandonniez totalement à moi afin que je me consume en vous dans une ultime étreinte. Je vous désire tant et depuis si longtemps, Hélène! Je veux vous posséder tout entière. Je veux que vous soyez à moi, toute à moi, rien qu'à moi.

Et il m'embrassa avec volupté tandis que ses mains se logèrent sous ma cape, cherchant fébrilement à s'y brûler.

— Ludo... Ludovic, sachez que j'apprécie votre galanterie, réussis-je à articuler.

Il me sourit.

—Alors, quand nous serons seuls, je souhaiterais que vous…
que nous…

Il m'embrassa.

Le soir tombait lorsque nous atteignîmes la rue Saint-Germain-l'Auxerrois. Nous avions convenu qu'il me quitterait avant
que je m'y engage, la maison de mon père étant à quelques pas.

—Ludovic?

—Princesse?

—Je meurs d'envie de vous embrasser.

Il plongea ses yeux ambrés dans les miens.

—Je meurs avec vous, Princesse.

Avant notre départ de l'atelier, Ludovic avait pris soin d'installer
soigneusement ma hongreline sur son support d'osier. Ne restait
qu'à procéder à quelques retouches, madame de Champlain s'étant
montrée plus que satisfaite.

17

La « Perroquette »

Dès son retour à Saint-Germain-l'Auxerrois, le sieur de Champlain se fit plus exigeant. Il insista pour que je l'accompagne à chacune des cérémonies où il fut convoqué, la plus impressionnante étant celle de l'audience avec Sa Majesté notre régente, Marie de Médicis. Elle réclamait que lui soit faite la présentation du projet du monopole de traite soutenu par le prince de Condé, Vice-Roi de la Nouvelle-France. Pour l'occasion, elle fit organiser un banquet où furent convoqués le prince de Condé, le sieur de Champlain et les principaux seigneurs, actionnaires de la compagnie. Je ne pouvais me défiler, notre régente avait sollicité ma présence.

J'étais aux côtés du sieur de Champlain lorsqu'il fit son entrée dans la Grande Salle du Louvre. La plupart des manifestations de protocole m'indifféraient, mais la magnificence du cérémonial précédant notre introduction auprès de leurs Majestés Marie de Médicis et son fils, le dauphin Louis, m'intimida. Pour accéder aux trônes royaux, nous devions nous détacher du regroupement des princes, princesses, ducs et duchesses, afin d'avancer entre les rangs des grands officiers de la cour de France. Mes jambes faiblirent. À mi-chemin de notre pompeuse marche, le sieur de Champlain, sentant probablement la menace de ma possible défaillance, se pencha légèrement vers moi en marmonnant :

—Je ne vous demande qu'une chose, restez debout !

Je fus prise d'un hoquet. Il bomba le torse et me couvrit avec des yeux réprobateurs prêts à s'extraire de leurs orbites. Confuse, j'atteignis le marchepied de Nos Illustrissimes Majestés la bouche close, retenant tant bien que mal les secousses de mon incontrôlable malaise.

— Le sieur de Champlain, capitaine à la Cour, et sa dame, Hélène de Champlain, clama le haut dignitaire installé à la droite de Marie de Médicis.

— Soyez le bienvenu, Sieur de Champlain. Il plaira à la Cour d'entendre votre plaidoirie sur le projet de monopole sitôt le repas terminé. Mes fonctionnaires nous attendront dans mon antichambre, expliqua pompeusement la Reine en baissant à peine les yeux vers le distingué capitaine agenouillé à ses pieds.

La cheville sur laquelle ma révérence s'appuyait commençait à s'engourdir et mon équilibre précaire était menacé à chacun de mes spasmes. Le sieur de Champlain releva la tête et le chapeau et s'appliqua à baiser cérémonieusement la main de sa Reine. Elle me fit signe de me relever, je lui en fus reconnaissante. C'est alors que notre Dauphin qui se dandinait d'une fesse à l'autre dans son trop grand fauteuil prit la parole.

— Il est ve... vrai que vous avez traver... ver... versé les mers pour vous rendre au p... pays des Sauvages? bégaya-t-il.

— En effet, Sire. À ce jour, j'ai traversé plus de quinze fois les mers qui nous séparent du pays des Sauvages.

— Il est vrai que les ca... caribous comme celui dont nous a fait cadeau monsieur de Monts traversent les forêts et les step...pes en toute liberté?

— Il est vrai, Votre Majesté.

— Aimez-vous la chas... chas... se, Sieur de Champlain?

— J'aime bien une partie de chasse de temps à autre, Sire.

— Nous avons donc ce goût en commun.

— Ce fait m'honore, votre Majesté.

— Sieur de Champlain, votre dame est très jolie, mais un peu jeu... jeu... jeune, ne trouvez-vous pas?

— Elle est jeune en effet, Sire.

La régente leva la main en notre direction tout en jetant un regard noir à son fils.

— Vous pouvez disposer, Sieur de Champlain, décréta-t-elle froidement.

Nous reculâmes tête baissée et fesses hautes. Le teint olivâtre du sieur de Champlain s'était empourpré. Je ne pus clairement discerner la cause de son embarras: mon hoquet ou la remarque du Dauphin? Je pris parti de miser sur le Dauphin.

Le repas de dix services s'étira jusqu'au milieu de la soirée. L'orchestre de chambre de la Cour accompagna les multiples valets de table qui servaient et desservaient les plats. On avait fait au sieur de Champlain l'ultime honneur d'une place au côté du prince de Condé. Cette courtoisie favorisa mon contact avec sa dame, Charlotte de Montmorency. L'énorme masse de ses cheveux blonds relevée en haut chignon au-dessus de sa tête était garnie d'une exquise couronne de diamants. La croix sertie de rubis accrochée à son cou reposait sur le nuage de dentelle de son encolure. Les traits fins et réguliers de son visage s'alliaient avec la réserve et la discrétion qu'elle affichait. Son allure discordait avec la réputation qui la précédait dans tout Paris, ses frasques lui ayant mérité le sobriquet de « Perroquette ». Tante Geneviève m'avait rapporté qu'elle allait sur ses quatorze ans lorsque Henri IV manigança son mariage avec le prince de Condé : le Roi désirant avant tout la tenir à vue dans son antichambre. Je sympathisais avec elle. On lui avait volé son âme. Elle se consumait en frivolités.

La politesse exigeait que j'attende qu'elle m'adresse la parole. J'attendis. Elle me reluqua de temps à autre plus ou moins intensément. Le silence me convenait. Je laissai ma pensée errer dans l'arrière-boutique de l'atelier *Aux deux loutres* me remémorant la douceur des caresses de mon ami retrouvé. Nous attaquions les desserts. La discussion entamée par le sieur de Champlain avec le Prince au service du faisan farci ne s'était jamais arrêtée. Les bougies des chandeliers étaient fondues de moitié et j'étais à m'émerveiller des coulis enchevêtrés les uns dans les autres quand sa voix chétive m'interpella.

— Madame de Champlain, votre époux doit s'absenter de Paris bientôt à ce qu'on me dit ?

— En effet, Princesse, ses affaires l'obligeront à gagner Saint-Malo sous peu. Il doit y rencontrer les marchands au sujet des accords de la nouvelle compagnie de traite qu'il instaure sous la tutelle du Prince, votre époux.

— Vous êtes bien jeune, Madame, pour l'attendre sans chercher quelques distractions.

— J'ai de multiples occupations, Princesse.

— Les liens qu'ont tissés nos époux respectifs me permettent de penser que la femme du grand explorateur qu'est le sieur de Champlain aurait tout avantage à fréquenter les assemblées que je tiens à l'Hôtel de Gondy. Les personnes qui y sont conviées sont de la plus haute qualité. Votre finesse d'esprit saurait en tirer profit.

Je compris difficilement que ma finesse d'esprit ait pu émerger entre deux répliques, mais me gardai bien d'en faire la remarque. Contrarier une princesse n'était pas de mise, surtout que cette princesse était la femme du prince lié au futur monopole du sieur de Champlain.

— Vous me flattez, Princesse. Je verrai si mes obligations le permettent.

— Il serait fort apprécié que vos activités agréent cette liberté, Madame. L'attrait d'une nouvelle venue attise la popularité de mes salons.

— Madame de Champlain se fera un plaisir d'accepter votre invitation, il n'y a pas à en douter un seul instant, n'est-ce pas, Madame? décréta le Prince dont l'attention venait apparemment de s'éloigner de la cause du commerce.

— Madame mon épouse ne manquera pas d'y faire honneur, soyez-en assurée, Princesse, renchérit le sieur de Champlain.

Je mordis ma lèvre en inspirant profondément. La retenue, feinte, feinte…

— La prochaine assemblée se tient à la Saint-Nicolas. Je rédigerai personnellement votre invitation.

Elle ne m'adressa plus la parole de la soirée. À croire qu'elle avait tiré l'essentiel de madame de Champlain. Je me résignai à servir la cause coloniale une fois de plus. Et pourquoi pas?

Décembre approchait et je restais sans nouvelle de Ludovic. Deux semaines s'étaient écoulées depuis notre dernière rencontre. Pour calmer mon impatience, je fis et refis les listes possibles des nombreuses tâches des pelletiers au début de la saison froide. Ludovic ne devait pas avoir une minute à lui. Et puis il devait user de prudence. Et toutes ces réunions et tous ces clients et clientes. La curiosité me torturait et l'ennui m'accablait. La nuit à la lueur de la lune, j'aimais me souvenir de ses caresses.

Un matin, une audacieuse folie me turlupina. Si je lui faisais une brève visite, une toute petite visite, une courtoisie, un bonjour… C'était osé, mais de le voir ne serait-ce qu'un instant valait toutes les imprudences. Ainsi, après notre rencontre d'escrime, demandai-je à Paul de me conduire rue Saint-Séverin. Je pris soin de me recouvrir de ma hongreline. La commande d'un manchon assorti serait le prétexte de ma hardiesse. Lorsque j'entrai dans la boutique, la femme du maître répondait aimablement aux questions de deux messieurs au comptoir de service et une dame attendait sur la chaise près de la porte. Je m'approchai discrètement de l'arrière-boutique d'où provenaient les sons diffus d'une conversation. Je reconnus sa voix.

— Il est entendu que l'élégance et la rareté de cette fourrure flattent la préciosité de votre noble personne, Princesse. Votre blondeur surgira du capuchon de cette hongreline tel un éclat de soleil au petit matin.

— Vous savez parler aux femmes, jeune ouvrier. Quel est votre nom déjà ? dit une voix qui ne m'était pas inconnue.

— Ludovic Ferras, Princesse.

La suspicion m'enflamma. Il me fallait à tout prix voir cette princesse. J'avançai prudemment, juste assez pour entrevoir son reflet dans le miroir. La « Perroquette » ! Ludovic m'aperçut et se tourna vivement vers moi.

— Si Votre Grâce le permet, je vous prie de m'excuser un moment, princesse de Condé.

Il vint à ma rencontre le visage inquiet.

— Madame de Champlain ! Que me vaut l'honneur de votre visite ?

La princesse de Condé me toisa vivement et s'empressa de reprendre.

— Apprenti Ferras, une princesse ne peut souffrir d'attendre. Quand je me contrains à une visite dans une boutique de commerce, je tiens à un service exclusif et irréprochable. Maître Ferras n'aurait rien à gagner du blâme d'une princesse de la Cour !

Ludovic tiqua, me fit un clin d'œil et se retourna vers la Princesse.

— Je prie votre noblesse de m'accorder quelques instants. Un petit moment et je suis à nouveau tout à vous.

Je ne sais si c'est la rage ou la peine qui m'étrangla en premier. Il me regarda à nouveau s'apprêtant à ouvrir la bouche.

— Madame la princesse de Condé exige ce qui convient à son rang. Soyez tout à elle, ouvrier Ferras ! persiflai-je.

Je tournai les talons aussi rapidement que je le pus et regagnai la porte, la fureur guidant mes pas. Je crois que la dame Ferras tenta de m'interpeller. Ma tête éclatait. Je courus rejoindre Paul au coin de la rue.

— Conduis-moi chez tante Geneviève, réussis-je à articuler au travers du flot de larmes qui m'assaillaient. Pauvre naïve ! Quelle sotte je faisais ! Croire aux beaux discours de ce vendeur de fourrure ! La princesse de Condé aurait-elle droit aux derniers ajustements du samedi après-midi ? Comment avais-je pu me laisser berner par tant de stupides rêveries ? Touchée, madame de

Champlain, vous venez de perdre un combat décisif, me dis-je. Je n'étais pas la seule princesse de sa vie et la mienne chavirait.

Je franchis le seuil de la porte de tante Geneviève en larmoyant et en ressortis, le soir venu, presque consolée et résignée. Ludovic n'était pas pour moi. La vie de Ludovic ne ferait jamais que croiser la mienne entre deux essais et deux voyages. Ludovic n'était pas de mon monde. Il était de celui des gens qui doivent travailler pour gagner leur vie et qui plus est, j'étais une femme mariée ! Tante Geneviève avait raison. J'étais calmée et profondément malheureuse.

Le sieur de Champlain se rendit à Saint-Malo au début de décembre. Tante Geneviève s'appliqua à me divertir. Elle m'invita à l'hôpital de l'Hôtel-Dieu afin d'aider au secours qu'elle accordait aux sœurs hospitalières dont les salles de soins débordaient. Ajouté aux trois accouchements dont les relevailles nécessitèrent plusieurs visites, j'eus amplement de quoi occuper mon temps et mon esprit. Peu à peu ma tristesse se transforma en résignation passive. Il n'était plus question de me laisser mourir pour un souvenir. J'avais retrouvé un équilibre qui me convenait. En date du 12 décembre, je reçus l'invitation de la princesse de Condé.

Très honorable Madame de Champlain,
Votre présence au salon que je tiendrai au soir de la Saint-Nicolas
serait grandement appréciée.
Soyez à l'Hôtel de Gondy dès 20 heures.
Charlotte de Montmorency,
Princesse de Condé.

Les recommandations du sieur de Champlain avaient été formelles. Il fallait éviter de s'attirer la moindre disgrâce de cette princesse : son désir commandait, l'avenir de la colonie en dépendait.

Au soir de la Saint-Nicolas, je me présentai donc à l'Hôtel de Gondy. Les personnes qui s'y trouvaient m'étaient inconnues. Je me sentis seule et étrangère. Rien ici ne m'était familier, ni le cabotinage, ni les sourires provocateurs, ni leurs gestes insolites. Tout parlait de séduction et de convoitise. Agacée par les regards inquisiteurs des courtisans, j'avançais vers mon hôtesse, la princesse de Condé sur laquelle Ludovic avait posé les yeux et les mains.

— Madame de Champlain, s'extasia la Princesse avec une intonation mettant en doute sa sobriété, quelle chance de vous compter parmi nous ! Vos charmes rehaussent cette soirée, ma très chère !

Les trois jeunes gens qui l'entouraient saluèrent bien bas son passage.

— Venez, que je vous présente à mes invités.

Elle me fit visiter une salle et un petit salon où des femmes aguichantes se pâmaient devant des galants aux aguets puis, sans plus, elle retourna vers les jeunes gens qu'elle avait délaissés, me laissant pantoise devant une toile sur laquelle des nymphes à demi nues folâtraient dans un jardin. De toute évidence, son rôle d'hôtesse s'arrêtait là ! Je ne connaissais rien à ce genre d'assemblée. Rien ici de comparable au salon de madame Valerand où notre esprit seul était interpellé. Plus j'avançais entre les courtisans et courtisanes, plus mon malaise augmentait. Les regards enjôleurs que les hommes posaient sur moi me répugnaient. Je choisis de me faufiler discrètement derrière une porte entrouverte afin de m'isoler un moment. Des respirations haletantes me ralentirent. Le dossier d'un canapé dissimulait à peine le galant enchevêtré dans les jupons d'une dame dont les jambes s'accrochaient à sa croupe. Je fis demi-tour et refermai la porte, bien décidée à déguerpir de cette soirée sans être remarquée. Je contournai un groupe de dames se pâmant autour de la princesse.

— Ou ce jeune apprenti pelletier est puceau ou je ne suis pas la princesse de Condé. D'une beauté à faire pâlir Adonis, ma très chère ! Il fallait le voir flatter la fourrure ! Un doigté à vous échauffer les sens de divine manière ! Je donnerais cher pour être la première à croquer ce bel étalon.

Elles gloussèrent toutes en même temps. J'étouffai. Je me précipitai au-dehors sans prendre le temps d'attacher ma hongreline. Je dévalai promptement l'escalier la tête basse en fonçant sur l'homme qui s'y engageait.

— Ludovic !

— Hélène ! Mille excuses, Madame de Champlain !

— Mais, que… que faites-vous ici par un soir de Saint-Nicolas ?

— Probablement la même chose que vous. J'ai reçu une invitation de la princesse de Condé qui…

— Ah ! La princesse croqueuse de puceau ! lançai-je haineusement.

— Qu'est-ce que vous racontez là ?

— Cette princesse se vante à qui veut bien l'entendre qu'elle sera la première à croquer le jeune puceau apprenti pelletier. À moins qu'elle ne fréquente plusieurs boutiques de fourrures, il m'apparaît justifié de penser que cette princesse s'apprête à faire de vous son prochain courtisan. Bonne soirée, apprenti Ferras !

Ludovic saisit mon bras me forçant à le regarder. Son visage était empreint d'une détermination rageuse que je ne lui connaissais pas.

— Sachez que le jeune apprenti pelletier ne se donne pas à la première princesse venue ! Je ne vends que des fourrures, Madame ! Ma personne ne fait aucunement partie des transactions, ne vous en déplaise ! Si vous m'attribuez vraiment une telle ambition, il vaut mieux m'effacer à tout jamais de vos souvenirs !

— La prétention vous égare, apprenti ! Pour vous effacer de mes souvenirs, il eut d'abord fallu que vous y teniez une place.

Il relâcha mon bras saluant froidement.

— Ce fut un plaisir, Madame de Champlain ! persifla-t-il.

Je restai inerte devant l'escalier maudit jusqu'à ce que les vifs balancements de sa casaque disparaissent dans la noirceur de la nuit.

Un valet s'approcha :

— J'appelle le carrosse de Madame ?

— Oui… oui, le carrosse de madame de Champlain, je vous prie.

La lune était cachée et mon âme vidée. Ma visite chez la « Perroquette » m'avait appris deux choses brutalement et inexorablement : comment un homme et une femme se consumaient d'amour et comment la jalousie pouvait l'anéantir. Séléné pouvait toujours couler au plus profond de l'onde, personne ne m'y attendrait plus.

Les activités de tante Geneviève m'éloignèrent quelque peu de l'abattement dans lequel je m'enlisais. Avec la complicité de nos amies Angélique et Françoise Boursier, elle avait organisé de courtes visites dans quelques hôpitaux de Paris. La Noël approchait et les malades avaient grand besoin de réconfort. Angélique caressait joyeusement son violon tandis que nos propos débordaient d'espérance. La reconnaissance des nécessiteux alimentait mon contentement. Je me sentais utile et cela me consolait quelque peu des côtés pernicieux de mon caractère.

Malgré tous mes efforts pour oublier, le souvenir de Ludovic me hantait. Celui que j'avais désiré plus que tout au monde avait eu droit à la plus farouche expression de ma cruauté. Pour cela, je me haïssais. Pour son silence je le haïssais aussi, lui que j'aimais tant !

Un courrier nous avait livré la missive du sieur de Champlain. Il allait demeurer à Saint-Malo pour la période des festivités, la résistance de certains marchands lui imposant d'y prolonger son séjour. Mes parents et Marguerite se préparaient pour les bals de la Cour. Tante Geneviève projeta un court séjour au Champ de l'Alouette : l'état de santé d'Anne Ferras l'inquiétait. Je résolus de l'accompagner.

18
Noël

Au Champ de l'Alouette, les jardins givrés offraient un dépouillement qui me convenait. Notre servante avait attisé les feux de cheminée et préparé de bons ragoûts dont les arômes me réconfortaient l'esprit.

Un matin, tante Geneviève m'annonça qu'elle se rendait chez les Ferras afin de s'enquérir de la santé d'Anne. Surmontant mes tiraillleries, je lui proposai de l'accompagner tant j'étais impatiente de revoir Antoinette et les enfants. Notre surprise fut d'y retrouver oncle Clément. La santé d'Anne le préoccupait au point qu'il avait quitté la boutique, imposant à son corps défendant une surcharge de travail aux autres ouvriers. Quelle piètre amoureuse j'étais! Ludovic qui ployait sous la tâche du fait de l'absence de son oncle avait de surcroît eu droit aux effets de ma jalousie. Je méritais bien mon triste sort, ce qui était loin d'être le cas des femmes de la maison. Anne était au plus mal, une forte fièvre la terrassait depuis quatre jours. Antoinette avait maigri. La besogne de la ferme et les soins aux enfants l'accablaient.

— Tante Anne ne se résigne pas à se reposer convenablement. Elle tousse de plus en plus et s'affaiblit continuellement. Je suis désespérée, Hélène! J'en viens à craindre pour sa vie, se désolait-elle. Si seulement ta tante pouvait soulager ses malaises!

Les craintes d'Antoinette m'affectaient plus que je ne l'aurais imaginé. Le jour durant, je la secondai de mon mieux auprès des enfants tandis que tante Geneviève s'activait auprès d'Anne. Elle l'examina longuement, prépara potions et cataplasmes, l'obligeant à garder le lit. Sa mauvaise toux la troubla et sa fièvre l'alarma. Elle mit tous ses efforts à combattre le redoutable ennemi. À maintes reprises, elle fit boire à la malade ses infusions de bourrache et d'achillée. Comme la fièvre persistait, elle préféra passer la nuit auprès d'elle.

L'invitation que je fis aux enfants pour le souper de la Noël les emballa. Oncle Clément jugea ma proposition à propos : Anne avait besoin de repos et les enfants de réjouissances. Comme je ne pouvais compter sur Noémie en visite chez sa cousine de Saint-Cloud, je n'avais pas de temps à perdre. Le soir même, après avoir convenu du menu du lendemain avec notre servante, je sortis dans le jardin cueillir quelques branches de gui pour la décoration de la table de fête. J'avais les doigts gelés. Le ciel était couvert de sombres nuages et les branches des pruniers craquaient sous les assauts du vent du nord. En passant près du pavillon, je ne pus résister à l'envie de m'y asseoir quelques instants. L'image de Ludovic me poursuivait et le poids de mes emportements pesait lourd sur ma conscience. J'avais été injuste et cruelle.

— Cette hongreline vous sied à ravir, Madame, l'entendis-je murmurer.

Je sursautai tout en me retournant en direction de sa voix derrière l'écran des vignes.

— Ludovic ! m'étonnai-je.

Il contourna le pavillon et me rejoignit. L'intensité de son regard attisa ma gêne et son silence augmenta ma confusion. Aussi bafouillai-je tant bien que mal.

— Vous… vous arrivez de Paris ?

— J'arrive de la ferme. Votre tante a supposé que je pourrais vous trouver ici. J'aimerais vous parler. J'aimerais… j'aimerais qu'on puisse reprendre depuis le début du malentendu, si vous le permettez ?

Si je le permettais ! J'aurais donné ma tête à couper pour reprendre depuis le début. Il n'en demandait pas tant. J'avais besoin d'un peu d'humilité, enfin de beaucoup d'humilité, pour convenir de ma jalousie, de mon égoïsme, de ma bêtise et de mon manque de contrôle. Du courage, il me fallait du courage. J'étais prête à tout et misai sur l'innocence.

— Reprendre au début du malentendu ?

— Oui, depuis votre trop brève visite à la boutique de Paris.

Je fis l'effort de tempérer ma fierté.

— Et cette inquisition aurait pour but ? dis-je, en relevant le menton.

Il s'approcha et s'arrêta juste avant que sa cape ne frôle mes mains. Il me sourit, penaud.

— L'hiver est long sans vous.

Un flocon de neige se posa sur son nez et se transforma en goutte d'eau. Je l'essuyai du bout de mon doigt.

— L'hiver est froid sans vous.

Il m'ouvrit les bras et je posai ma tête sur son épaule. Nous restâmes ainsi enlacés sous la neige, serrés l'un contre l'autre jusqu'à ce que les rafales de vent s'intensifient.

— Si nous reprenons du début, cela risque d'être long. Nous serions plus au chaud à l'intérieur, qu'en dites-vous? chuchota-t-il en baisant mon front.

Je me laissai guider, à demi rassurée. Je l'invitai à prendre place devant la cheminée et pris soin de laisser un fauteuil vide entre nous : la distance favoriserait la lucidité dont j'avais besoin pour défendre ma cause. Il s'installa donc, les jambes bien allongées, croisées l'une sur l'autre, une tasse de vin chaud dans les mains. L'assurance calme qu'il affichait m'énerva. Je bus mon vin d'une traite. Les flammes sautillaient dans l'âtre. Je me versai une autre tasse. Il me regardait, impassible. Après ma troisième tasse de vin, j'eus le courage d'entreprendre la discussion. J'étais la coupable, c'était à moi de croiser le fer. La chaleur du feu et plus probablement celle du vin me fit légèrement tourner la tête.

— Vous voulez parler du début, du début du malentendu.

— Hum, hum, fit-il simplement en acquiesçant de la tête.

— Voilà! Je me suis présentée chez vous afin de vous commander un manchon.

— Hum, hum!

Il prit une première gorgée de vin.

— Je disais donc que je désirais vous commander un manchon, quand je vous ai entendu parler, non plutôt minauder, oui, c'est cela : minauder avec cette Princesse de malheur! Si elle avait été laide, si vous n'aviez pas été seul en sa compagnie, si vous ne l'aviez pas flattée de votre voix, si... si, si nous n'avions pas..., enfin..., dans cet atelier, si nous n'avions pas...

Je m'arrêtai, me versai une quatrième tasse de vin et la bus sans hésiter. Il me regarda sans broncher.

— J'ai été sotte, égoïste et jalouse. Oui, j'ai été jalouse, je l'avoue. J'ai été très jalouse!

Il ne bougeait toujours pas, mis à part ses longues jambes qu'il croisait et décroisait nonchalamment. Il but une autre gorgée et me demanda le plus calmement du monde :

— Et le puceau, qu'en est-il du puceau de la Saint-Nicolas?

— Le pu… le puceau, oui, le puceau de la Princesse !

Il me sembla que les paroles me venaient de plus en plus difficilement, les gorgées de vin me brûlaient la gorge.

— Madame la princesse de Cro… hic… té parlait de vous, hic !… de vous croquer le pu… le pupu… le puceau !

Il éclata de rire et plus il riait, plus je m'offusquais. Il riait, plié en deux en se tapant les cuisses. Son rire éclatait à travers la maison et se répercutait dans le moindre recoin de mon crâne.

— Vous vous moque… hic !… moquez… de… hic !… de moi !

Puis, ce fut le noir. Je sentis le choc de ma tête sur le tapis et plus rien. Quand les esprits me revinrent, j'étais allongée sur une surface moelleuse.

— Une paillasse, sûrement une paillasse, pensai-je.

Je m'efforçai d'ouvrir les yeux les refermant aussitôt. Ma tête tambourinait. Une fraîcheur sur mon front força l'ouverture de mes paupières. Son image, d'abord confuse, s'éclaircit ! Ludovic ! Il ne riait plus. Plus ma vue se précisait, plus la conscience me revenait et plus la honte s'installait. Voilà que l'ivresse s'ajoutait à la somme de mes fautes. Je tentai de m'appuyer sur les coudes. Il posa une main sur mon épaule m'immobilisant.

— Vous feriez mieux de rester allongée encore quelques instants. Vous avez soif ? murmurait-il doucement.

Étrangement j'avais soif. Il me fit boire lentement. Je gémis en serrant ma tête entre mes mains.

— Reposez-vous. Je crains que les effets du vin ne vous causent encore quelque malaise.

Au mouvement de la paillasse, je compris qu'il s'apprêtait à se lever. Je tentai de le retenir du geste le plus énergique dont je fus capable. Ma main frôla mollement sa cuisse.

— Ludovic, ne partez pas, ne me laissez pas, je vous en prie !

Je sentis son souffle sur mon visage. Il déposa un léger baiser sur mon front.

— Entendu, je m'installe près de la cheminée. Je reste près de vous.

Je dormis jusqu'à ce que je me réveille avec une urgente envie d'uriner. Je devais absolument me rendre derrière le paravent. Je me levai. Tout se mit à tourner et je me retrouvai à quatre pattes sur le plancher. Il se précipita vers moi et me souleva lentement.

— Mais que faites-vous ? Vous tentez de vous blesser ou quoi ! Il faut m'appeler avant de vous lever !

— Pas si fort, je vous en prie. J'ai besoin de la chaise d'aisance au plus vite ou…

Il me mena jusque derrière le paravent.

— Demandez si vous avez besoin de moi.

Mon esprit flottait dans un épais brouillard. Mes idées éparses allaient et venaient lentement. Je fis un effort pour me relever. L'étourdissement me reprit.

— Hélène, vous avez besoin d'aide ?

— Ludovic, je crois que je vais…

Et je piquai du nez. Je sentis bientôt qu'il me déposait sur le lit et sombrai à nouveau dans un profond sommeil.

Il faisait nuit et les volets claquaient sous les rafales du vent. Dans la pièce, les tisons crépitaient dans l'âtre. Je portai la main sur la douloureuse bosse qui pointait au milieu de mon front. L'ombre de Ludovic se découpait dans la lueur dorée des flammes.

— Ludovic ? chuchotai-je.

Il me regarda, déposa une bûche dans la cheminée et s'approcha.

— Vous avez soif ?

J'avais plus que soif. Je tentai de me soulever pour prendre mon aiguière.

— Laissez, il vaut mieux ne pas bouger.

Il me versa un verre d'eau et s'assit sur le rebord du lit pour me le tenir.

— Buvez lentement.

J'étais à la fois gênée et comblée par sa présence.

— Auriez-vous, s'il vous plaît, la gentillesse de me rappeler les événements qui ont précédé mon installation dans ce lit. Je crains d'en avoir perdu le fil.

Il sourit de ce sourire qui me faisait perdre tous mes moyens.

— Eh bien, vous finissiez de boire votre cinquième tasse de vin quand un évanouissement vous précipita tête première au sol. Votre servante et moi avons convenu que votre lit était l'endroit le plus approprié pour vous reposer.

— Ce fut un bon choix, merci ! Mais, avant ma perte de conscience, j'ai parlé beaucoup et ce qui me trouble, c'est que je ne me souviens plus très bien de ce que j'ai pu…

— Ah, vos propos ! Il faut convenir que les derniers furent un peu embrouillés ! dit-il en riant.

— Un peu embrouillés ?

— Oui, un peu embrouillés.

Il repassa la serviette humide sur mon front.

— Cela vous fait du bien ?

— Le plus grand bien, dis-je en répondant à son sourire.

Le martèlement de mes tempes s'était calmé, mais ma tête me semblait plus lourde qu'elle ne l'avait jamais été.

— Et vous avez retenu quelques bribes de mes propos embrouillés ?

— Entre autres choses qu'une certaine princesse voulait croquer un puceau.

Il parlait bas et doux et si près de mon visage qu'une mèche de ses cheveux frôla ma joue.

— D'un puceau... et d'une princesse ?

— Hum, hum ! D'une vilaine princesse prête à voler votre amoureux.

Il épongea à nouveau mon front avec grande délicatesse.

— Mon amoureux ?

— Hum ! Vous êtes bien amoureuse du puceau, n'est-ce pas ?

Il déposa la serviette sur le guéridon et baisa la bosse de mon front. Puis sa bouche frôla la mienne. Je compris que la conversation tirait à sa fin et ne redoutai plus la condamnation du juge. Ses lèvres étaient douces et chaudes et son baiser ajouta aux brumes de mon esprit. Il s'allongea près de moi, si près de moi que ma confusion s'intensifia. Sa main effleura mon cou, mon nez et mes lèvres.

— Hélène, la vilaine princesse s'égare, le puceau n'existe pas.

La chaleur de son corps et les caresses de ses mains diluèrent son message. Je me laissai aller à ses gestes de tendresse jusqu'à ce que la résonance de ses mots n'atteignent ma conscience. Le puceau n'existe pas, le puceau n'existe pas.

Ma tête tambourina de plus belle.

— Ludovic ?

— Oui, dit-il en baisant ma main qu'il avait portée à sa bouche.

— Ludovic, vous... vous n'êtes plus puceau ?

Il arrêta son geste, se souleva à moitié, grimaça avant de s'affaisser face première contre l'oreiller, redoutant sans doute un nouvel excès de fougue. Je pris le temps d'inspirer à trois reprises avant de m'appuyer sur un coude. Il ne bougeait toujours pas.

— Non, non, ne craignez rien, je... je crois que je le préfère, Ludovic, je le préfère vraiment.

Il dégagea d'abord l'œil gauche, puis le droit et me regarda perplexe. Au bout d'un moment, il posa sa main sur mon épaule et fit glisser la manche de ma chemise d'un geste si doux que je tressaillis.

— Le désir de vous séduire est loin de me faire défaut. Seulement, je m'en voudrais d'abuser de la situation.

Je me blottis contre lui.

— Ludovic, je vous demande pardon, j'ai douté de vous et je vous ai menti.

— Vous m'avez menti ?

— Oui, je vous ai affirmé que vous n'étiez pas dans mes souvenirs et c'était faux.

— C'était faux, vraiment ? se moqua-t-il en resserrant notre étreinte.

— Mais bien sûr ! Vous êtes entré dans ma vie le jour où vous avez assailli notre carrosse une poule sous le bras. Je vous assure que vous n'en êtes jamais ressorti depuis. Vous êtes toujours avec moi, dans mes pensées, le jour et la nuit. Vous me croyez, Ludovic ? Me pardonnez-vous ?

Il promena ses doigts sur la partie de mes seins que lui offrait mon décolleté, remonta jusqu'à mon cou et rejoignit ma bouche sans répondre.

— Ludovic, dites-moi que vous me pardonnez, je vous en prie !

— Répétez, répétez-le encore. J'aime bien me faire supplier, surtout par une jolie femme et surtout si cette jolie femme est dans mes bras. Répétez, je vous en prie.

Je le regardai ne sachant trop s'il était sérieux ou s'il se moquait. Le brouillard de mon esprit se dissipait et le martèlement de mon crâne avait cessé. Seule une langueur s'attardait.

— Ludovic, si vous me faites vôtre maintenant, je promets de ne plus jamais douter de vous.

— Le marché est alléchant, j'y réfléchis sérieusement, me dit-il en détachant lentement les boucles de mon corsage.

— Et que me promettez-vous encore ? continua-t-il en dénouant le ruban de ma chemise.

— Je promets de tenir ma promesse !

Il passa la main sous ma chemise et effleura mon sein. Cette fois, je gémis de plaisir et rejoignis avidement sa bouche. Il me chuchota à l'oreille.

— Si je vous procure quelques désagréments, dites-le-moi, je m'arrêterai.

Il détacha sa braguette et me couvrit de son corps. Il enleva ma chemise et je glissai mes mains sous la sienne. Il frissonna lorsque j'atteignis son ventre.

— Hélène, vous êtes si belle ! Je crains de vous blesser.

— Ne vous inquiétez pas, jusqu'ici vous ne me faites que du bien.

Sa bouche errait sur ma peau avivant la délicieuse fébrilité qui diluait les effets du vin. Quand sa jambe se logea entre mes cuisses et que je sentis son membre sur mes hanches, la panique me gagna.

— Ludovic, arrêtez, je vous en prie. J'ai… j'ai… je crois que vous aviez raison ! Je ne suis pas en état de…

Il s'arrêta et reprit sa place à mon côté.

— Excusez-moi ! Ludovic, je vous prie de m'excuser. Vous aviez raison, je crois qu'il vaudrait mieux…

Pour toute réponse, il passa son bras sous mes épaules m'attirant contre lui.

— Je vous aime, Hélène, murmura-t-il lentement.

Puis, il baisa ma joue et mes cheveux.

— Je crois qu'il serait plus sage que je vous quitte maintenant. Une bonne nuit de sommeil vous sera bénéfique. Demain, c'est Noël !

— Je crois… je crois aussi que ce serait plus sage. Je suis désolée pour tout.

— Ne soyez pas désolée. Croyez-moi, ce fut un plaisir, Mada… non, Princes… non plus ! Vous savez que vous me compliquez la vie ! Comment voulez-vous que je vous interpelle maintenant que cette horrible princesse a croisé nos vies ? plaisanta-t-il en repassant ma chemise.

Je m'abandonnai à ses gestes plus caressants qu'efficaces. Quand la chemise m'habilla enfin, il m'embrassa fougueusement avant de me couvrir de l'édredon.

— Pour le… nom, la… princesse, je ne sais trop, c'est à vous de trouver, mon maître.

— Votre maître ?

— Oui, pour l'amour vous êtes mon maître.

— Vous m'en voyez flatté, belle Dame !

Il baisa tendrement mes lèvres avant de sortir. Mon ivresse se dissipa dans un merveilleux rêve : Ludovic, fougueux chevalier, m'entraînait dans une chevauchée sans fin.

Lorsque je m'éveillai, le soleil était déjà haut. Quelque peu engourdie, je m'étirai lentement, redoutant de départager le rêve de la réalité. Oui, c'était bien vrai ! Ses caresses, ses baisers avaient bien existé et les effluves de mon chevalier erraient encore dans mon lit. Je me surpris à réciter le magnifique *Cantique* appris furtivement lors de ma conversion au catholicisme. L'épousée, se languissant de l'arrivée de son bien-aimé, l'appelle :

> *Qu'il me baise des baisers de sa bouche.*
> *Ses caresses sont délicieuses plus que le vin ;*
> *L'arôme de ses parfums est exquis.*
> *Mon bien-aimé est un sachet de myrrhe :*
> *Entre mes seins, il passe la nuit.*

J'aimais depuis longtemps ce chant d'amour de Salomon, mais ce matin, l'ardeur des désirs qu'il exprimait me posséda tout entière.

— *Entre mes seins, il passe la nuit*, répétai-je.

Entre mes seins, mon bien-aimé passera la nuit. Il savait mon désir et je savais le sien.

Mis à part le bref vertige de mon lever, ma tête avait retrouvé son fonctionnement habituel. Je me rendis à la fenêtre. Une couche de neige scintillait partout, absolument partout. Pas une branche d'arbre n'avait été oubliée. Les poiriers et les pruniers s'étaient métamorphosés en bouquets de dentelle s'élevant sur un fond de ciel complètement bleu. Les odeurs de cuisson montant de la cuisine me rappelèrent la promesse faite aux enfants. Cette première me réjouissait simplement. L'autre, celle formulée dans les bras de Ludovic, m'excitait et me troublait. Il était grand temps que je me prépare pour l'une comme pour l'autre. Ma pensée erra jusqu'à la ferme. J'espérais que les soins de tante Geneviève aient eu raison de la fièvre d'Anne, sans quoi une infection pernicieuse des poumons était à redouter. Je m'efforçai de repousser cette inquiétante possibilité afin de me consacrer aux deux projets que je devais mener à terme. Ma toilette terminée, je refis le lit, déposai un sachet de poudre d'iris sous l'oreiller et plaçai de nouvelles bougies de cire d'abeille dans les chandeliers.

J'eus envie de me parer de teintes douces. J'ajustai une jupe de serge de soie par-dessus mes jupons de toile de Hollande et un corsage de velours sur ma chemise frangée d'or. La couleur ventre de biche de cet ensemble s'harmonisait agréablement avec le cuivré de mes cheveux dont quelques mèches retombaient sur mes épaules dénudées. Une mince frange couvrait l'enflure bleutée de mon front, fruit des pirouettes de ma nuit. Je mis un rang de perles fines à mon cou, des bas de soie, des souliers à talons et m'aspergeai d'eau de rose. Il fallait marquer le jour. Ce soir, dans les bras de mon bien-aimé, je me donnerais pour la première fois.

Les enfants Ferras arrivèrent en milieu d'après-midi accompagnés d'oncle Clément.

— Bienvenue chez nous, oncle Clément! Bonjour, les enfants!

— 'Zour Hélène, me dit Isabeau arborant un large sourire dévoilant la pousse de nouvelles dents. Que vous avez une zolie robe!

— Merci Isabeau, tu sais que la tienne est aussi fort jolie.

— Merci, c'est Antoinette qui l'a cousue. Elle dit que ze suis comme une fleur rose.

Je ris avec elle.

— Donnez, je porte vos capes dans la garde-robe derrière la cuisine. Vous passez la fin de la journée avec nous, j'espère, oncle Clément?

— Oui, enfin si vous m'y invitez. Votre tante Geneviève préfère demeurer auprès d'Anne. La fièvre persiste. Je crois que je serai plus utile ici avec les enfants.

— C'est préférable. Ma tante saura mettre fin à la maladie, n'ayez crainte. Votre présence me fait le plus grand plaisir. Venez, allons près de la cheminée.

Mathurin, le visage triste et la lèvre boudeuse, resta cloué près de la porte.

— Tu viens réchauffer tes mains près de la cheminée, Mathurin?

Il approcha avec réticence.

— Quelque chose te tracasse?

— Oui, non, c'est… que… que je n'avais pas envie de quitter maman. C'est Noël et elle est seule et malade. Je suis ici, chez vous. C'est très beau chez vous et vous êtes gentille, mais…

Les pleurs complétèrent sa pensée. Oncle Clément s'accroupit devant lui. Il lui tendit son mouchoir dans lequel il soulagea son nez avec un bruit de trompette. Puis son père posa les mains sur ses épaules.

— Ne t'inquiète pas, mon garçon, madame Alix est auprès d'elle et c'est une habile soignante. Elle fait tout ce qu'elle peut pour la guérir. Nous avons beaucoup de chance qu'elle soit à ses côtés. Tu crois que ta mère aimerait te voir pleurer ainsi le jour de Noël ?

— Non, non, je sais bien, maman voudrait... voudrait que je m'amuse, réussit-il à articuler entre deux sanglots.

— Ne pleure plus, allez mon gars ! Tu sais ce qui ferait plaisir à maman ?

Mathurin fit non de la tête en soupirant.

— Je suis certain qu'elle aimerait entendre le récit de ta journée, surtout si tu t'es amusé. Ton sourire sera son plus beau cadeau.

Les soupirs s'estompèrent et Mathurin retrouva bientôt son humeur rieuse. J'admirai la patience et la gentillesse d'oncle Clément. Décidément, les hommes Ferras avaient un instinct sûr !

— Approchez près de la cheminée, asseyez-vous, je vous en prie. Un peu de vin chaud ?

— Volontiers ! Après une balade en carriole dans le froid de l'hiver, rien de tel qu'un vin chaud.

— J'ai une belle surprise pour vous les enfants : une boisson particulière et très rare.

— Ah, quelle est cette boisson ? demanda candidement Isabeau.

— Du chocolat, du chocolat chaud !

— Du chocolat chaud !

— Oui, du chocolat ! Le chocolat vient de très loin, d'une colonie au-delà des mers peuplée de Sauvages appelés Aztèques. Ces peuplades récoltent une graine qui s'appelle le cacao et avec cette graine, ils fabriquent le chocolat. Vous voulez goûter ?

— Oui, oui, dirent-ils en chœur.

Ils burent et en redemandèrent. Après avoir dégusté sa deuxième tasse, Isabeau se mit à courir après Minette qui se faufilait sous les tables et les fauteuils tandis que Mathurin se rendit aux cuisines. Je m'assis près d'oncle Clément lui demandant avec le plus de détachement possible :

— Antoinette et Ludovic nous rejoindront pour le souper ?

Son regard avait la même intensité que celui de Ludovic. J'espérais fortement qu'il ne sache lire dans le mien.

— Antoinette et Ludovic avaient à parler. Ça faisait un bon bout de temps qu'ils n'avaient passé quelques moments en tête-à-tête. Ils sont très attachés l'un à l'autre, vous savez. Le fait d'être sans parent a créé entre eux un lien intense et privilégié. Vous comprenez, ils étaient tout l'un pour l'autre, du moins jusqu'à ce que…

Il s'arrêta, se redressa sur sa chaise en fixant le feu.

— Jusqu'à ce que… ? insistai-je.

Il me regarda, hésitant.

— Ils étaient tout l'un pour l'autre jusqu'à ce que Ludovic vous rencontre. Vous tenez une grande place dans sa vie.

Je compris son inquiétude.

— Je sais, j'occupe une grande place dans sa vie et il remplit la mienne.

Il eut l'œil sceptique.

— Madame de Champlain et sa vie parisienne m'indiffèrent. Seul Ludovic importe à mon âme et à mon cœur.

Les trots d'une monture résonnèrent au-dehors. Mathurin et Isabeau se précipitèrent à la fenêtre et je me levai d'une manière révélant un peu trop à mon goût ma douce fébrilité.

— C'est Antoinette et Ludovic qui arrivent ! Hourra ! s'écria Isabeau.

Mon cœur battait la chamade. J'aurais aimé pouvoir célébrer l'arrivée de mon bien-aimé à la manière d'Isabeau.

Je me rendis à la porte en retenant mon élan. J'ouvris à Antoinette qui m'étreignit sans réserve.

— Bon Noël, Hélène !

— Bon Noël, Antoinette. Ludovic n'est pas avec toi ?

— Oui, il ne devrait pas tarder. Il conduit notre monture à l'écurie. La nuit sera froide, il vaut mieux qu'elle soit à l'abri, n'est-ce pas ?

Il y avait dans son regard une complicité taquine qui me remplit de bonheur. Antoinette savait et approuvait.

— Oui, la nuit sera froide. Viens, tu dois être gelée.

— Un peu de chaleur ne sera pas de refus.

Nous avions à peine rejoint oncle Clément que la porte s'ouvrait à nouveau. Il apparut dans la lumière rougeâtre de cette fin du jour. Les enfants se précipitaient sur lui. Pour la seconde fois, je les enviai. Il prit Isabeau dans ses bras lui baisant la joue.

— Comment va ma petite Isabeau ?

— Ludovic, tu sais quoi ? Hélène nous a fait boire du chocolat des Taztèques.

Il rit en la déposant au sol.

— Des Aztèques, du chocolat des Aztèques.

— Tu connais les Aztèques, Ludovic ? questionna Mathurin.

Je m'approchai lentement de lui. Il me dévisagea des pieds à la tête en souriant. Puis il s'éclaircit la voix.

— Bonjour, Hélène ! La nuit a été bonne ?

— On ne peut mieux ! Vous me donnez votre cape ?

Il me remit sa cape sans négliger d'effleurer mon avant-bras de sa main froide. Je frissonnai et souris à ce jeune homme fier et beau. Je frissonnai à nouveau quand ses doigts touchèrent les miens au moment de trinquer à la fête de Noël et que sa main couvrit la mienne sur la miche de pain. Les plats de perdrix et de lapins rassasièrent les appétits et les pâtisseries de masse-pain flattèrent les palais. Lorsque je remis les sucres d'orge en forme de cheval aux petits, ils débordèrent d'enthousiasme. Plus tard, devant le feu, Antoinette nous raconta les finesses de bébé Françoise s'attardant au difficile passage de l'allaitement maternel à celui du lait de chèvre qu'obligeait la très grande faiblesse d'Anne. Mathurin ramena la joie en étalant les exploits de ses grillons.

— Dis Hélène, tes grillons dans la grange, tu les as nourris combien de temps ?

Je faillis m'étouffer avec la gorgée de chocolat que je venais de prendre.

— Vous aviez des grillons, Hélène ? ne manqua pas de questionner Ludovic.

— Oui pendant près de deux ans.

— Et il vous arrive souvent de posséder des grillons ? taquina-t-il, mi-ironique, mi-sérieux.

La gêne me gagna. Je n'avais aucunement l'intention de dévoiler à tous mes secrets les plus intimes.

— Non, ce fut la seule fois. Je rendais service à un ami. Vous reprendrez du vin, oncle Clément ?

— Non, je vous remercie. D'ailleurs, il est grand temps de songer à notre retour. Votre tante appréciera sûrement un peu de repos. J'insisterai pour prendre sa place au chevet d'Anne.

Il se leva l'air soucieux, le regard triste.

— Les enfants, venez, il se fait tard. Nous devons retourner près de maman.

Il me sembla que les remerciements, bien qu'appréciés, n'en finissaient plus. Je me languissais de me retrouver en tête-à-tête avec lui. Plus cet instant approchait, plus je l'appréhendais. Une fois la porte refermée, je m'y appuyai en retenant mon souffle.

— Ludovic, viens à mon secours, j'ai tant besoin de toi! pensai-je.

Le crépitement du feu emplissait le silence. Je ne l'entendis pas venir. Lentement, il glissa ses mains autour de ma taille et me pressa tout contre lui. Ses lèvres chaudes parcouraient mes épaules. Je me retournai, passai mes bras autour de son cou en posant timidement ma bouche sur la sienne. Nos tendres baisers s'enflammèrent.

— Vous avez conclu un marché la nuit dernière, belle Dame, vous en souvenez-vous?

— Parfaitement!

Il salua bien bas. La montée de l'escalier fut ralentie par quelques baisers passionnés. Lorsqu'il referma la porte de ma chambre derrière lui, il s'y adossa et me dévisagea un moment.

— Vous ai-je déjà dit que vous étiez d'une beauté redoutable?

— Oui, enfin je crois, répondis-je en tordant nerveusement mes mains.

— Ce soir, Madame, ce soir, vous vous surpassez. Vous êtes plus que belle, Hélène! Depuis que j'ai passé le pas de votre porte, je meurs d'envie de vous enlever cette exquise toilette, de retirer les peignes de votre chevelure et de vous prendre. Comprenez-vous le désir qui me consume?

Je ris, il parvenait à me faire rire au moment le plus terrifiant, le plus chamboulant, le plus magnifique qu'il m'eût été donné de vivre.

— Je vous aime, Ludovic. Depuis que vous avez passé le pas de ma porte je n'ai qu'une envie, retrouver l'étreinte de vos bras, répliquai-je faiblement.

Il s'approcha et m'enlaça.

— Je vous aime, murmura-t-il à mon oreille.

Puis, il dénoua mes cheveux dans lesquels il enfouit ses mains.

— Ils sont plus doux que la plus douce des soies. Leurs cha-toiements me fascinent. Vous savez que les rayons de lune les transforment en fils d'or?

Puis, fébrile, il dénoua les lacets de mon corsage tandis que je dégrafais nerveusement son pourpoint. Quand mes jupes et son haut-de-chausse tombèrent à nos pieds, il glissa ses mains sous ma chemise et l'enleva. Ne me restait plus que mon jupon et le désir éperdu de me donner à lui. Il me prit dans ses bras, me déposa dans le lit et me couvrit de son torse. Le contact de sa peau m'étourdit et ses baisers me firent complètement perdre la tête. Lorsque sa bouche atteignit la pointe de mes seins, je gémis. Il caressa longuement mon ventre avant que sa main ne se hasarde entre mes cuisses, là où personne n'était jamais allé. Je défaillis sous ses caresses. Il s'allongea sur moi, prit ma tête entre ses mains en murmurant :

— Si vous voulez que j'arrête, il faut le dire maintenant.

Pour toute réponse, je posai fougueusement mes lèvres sur les siennes en écartant les jambes pour l'accueillir.

Il nous unit avec une délicatesse extrême. Il posséda mon ventre et je m'abandonnai à lui.

— Hélène, vous aimez ? chuchota-t-il entre deux baisers.

Je ne pus répondre. De temps à autre, il s'arrêtait, baisait mes seins et mes lèvres et me reprenait.

— Hélène, Hélène, si vous saviez combien je vous aime !

Quand son souffle porta sa jouissance et que son corps tendu se relâcha, je m'accrochai à lui redoutant de m'éloigner de sa chaleur. Il prit le temps d'embrasser mes cuisses, mon ventre et mes seins avant de s'allonger à mes côtés.

— Je vous aime, Hélène, je vous aime depuis cet instant béni où mes yeux ont croisé les vôtres et je n'aimerai que vous jusqu'à la fin de mes jours.

Je me collai contre son flanc, pantelante, submergée de bonheur.

— La fin de vos jours, c'est bien, minaudai-je en croquant le lobe de son oreille, mais dans une heure ou deux, ce serait encore mieux !

Il rit en tirant sur l'édredon pour nous recouvrir. J'appréciai son geste, l'air de la chambre étant plutôt frais.

— Tout bon chevalier a droit à son moment de répit, belle Dame ! dit-il en glissant son genou entre mes cuisses.

— La dame attendra le temps qu'il faut, la prouesse du chevalier en vaut la peine.

Il rit à nouveau. Je souris.

— Vous allez bien?

— Merveilleusement bien! L'habileté de mon maître me comble.

— Vous me flattez! dit-il en tortillant une mèche de mes cheveux.

Une inquiétude brouillait ses yeux.

— Ce fut vraiment agréable, Hélène?

— J'ai beaucoup à apprendre, mon maître?

— Mais non, quelle idée! Je m'assure de votre satisfaction, Madame.

— Vous avez l'avantage d'être le premier. Je ne peux malheureusement pas évaluer votre cavalcade. Mais je vous assure que j'ai suffisamment aimé pour désirer recommencer.

Il rit à nouveau et glissa ses mains jusqu'à mon fessier.

— Je suis honoré et ému d'être le premier à cueillir vos faveurs, le savez-vous?

Ma main vagabondant sur le fin duvet de sa poitrine couvrit son mamelon. Je pris plaisir à en explorer la fine douceur.

— Ludovic, vous connaissez le *Cantique des cantiques*?

— Oui.

— Vous connaissez! fis-je surprise.

— J'ai fait étude chez les Jésuites, l'auriez-vous oublié?

— *Qu'il me baise des baisers de sa bouche. Ses caresses sont délicieuses plus que le vin. L'arôme de ses parfums est exquis. Mon bien-aimé est un sachet de myrrhe. Entre mes seins, il passe la nuit,* chuchotai-je à son oreille.

— *Que tu es belle, ma compagne, que tu es belle! Tes yeux sont des colombes! Tu me fais perdre le sens! Par un seul de tes regards, par une seule perle de ton collier. Que ton amour a de charmes, ma compagne, ma bien-aimée,* souffla-t-il dans la mienne.

La barre du jour se levait. Je me couvris du drap de lit et me rendis discrètement à la fenêtre. Une lueur rosée teintait les surfaces enneigées.

— Un paysage de rêves, pensai-je, un paysage de plénitude, d'éternité.

J'étais heureuse. Le temps aurait pu s'arrêter ici, ma vie n'eût pas été vaine. J'aimais et j'étais aimée. Je regardai vers le lit. Quelques

mèches blondes émergeaient des couvertures couvrant entièrement mon preux chevalier. Je m'assis près du foyer et, sans bruit,
y déposai une bûche. Ludovic mon bien-aimé était là près de moi
dans mon lit et mon cœur débordait de joie. Je m'étirai langoureusement. Noémie avait raison, s'offrir à celui qu'on aime était
plus qu'agréable. Cette nuit, mon bien-aimé avait fait de moi sa
femme. Jamais je ne serais la femme d'un autre, j'en avais la profonde conviction. Il possédait mon esprit, mon âme, mon cœur et
mon corps. Je retournai à la fenêtre en regardant le saule de nos
premières promesses. Dans la cheminée un tison éclata et, dans le
lit, Ludovic grogna. Je me retournai en pouffant de rire.

— Mon maître a-t-il bien dormi ? dis-je à la masse de cheveux
en broussaille émergeant lentement des couvertures.

Il entrouvrit péniblement les yeux, bâilla et s'ébroua la tête.

— Que faites-vous si loin de votre couche, femme ?

— Je protège le sommeil de mon bien-aimé.

Il bâilla à nouveau, rejeta ses cheveux vers l'arrière et me tendit
les bras.

— Mon maître a faim ?

— Je suis affamé ! Approchez belle Dame, venez rassasier l'appétit de votre maître.

Je ris en délaissant mon drap. J'étais aussi affamée que lui.

Le soleil blafard de cette fin d'après-midi ne faisait plus scintiller la neige. Près de notre saule, bien appuyée contre mon
amoureux, je me délectais des murmures de l'eau limpide qui sautillait entre les pierres couvertes de givre. Ses bras vigoureux
m'enlaçaient.

— Vous souvenez-vous de notre promesse ?

— Notre promesse est ma raison de vivre.

Il me serra fortement.

— La vie nous a joué un si vilain tour ! Nous étions si jeunes, si
naïfs ! Mes seize ans sont loin derrière moi.

Je ressentis un pincement au cœur. Je me tournai vers lui avec
le plus de dignité possible.

— La vie m'a privée de ma liberté, Ludovic, mais je ne prétends
pas m'approprier la vôtre. Je me suis donnée à vous par amour et
ne le regretterai jamais. Ce fut le plus beau Noël de mon exis-

tence. Cependant, il ne faut en aucun cas vous sentir obligé à moi, Ludovic? Vous êtes libre et le demeurez. Si un jour vous désirez vous attacher à une autre, alors…

Je haïssais ces larmes qui obstruaient ma vue. Il m'attira contre lui.

— Hélène, ma douce, comme vous y allez! Ainsi donc, sitôt sorti de votre lit, voilà que vous me repoussez?

Je me dégageai tout en essuyant du revers de mes mains les larmes que je contenais avec peine.

— Non, je ne veux aucunement vous repousser! Je dis seulement que… que si vous désirez recouvrer votre liberté… si vous…

Il posa la main sur ma bouche et me fit le plus charmant des sourires.

— Et qu'aurai-je à faire de ma liberté sans vous, dites-moi?

— Vous pourriez succomber aux charmes d'une gentille demoiselle, je ne sais pas, vous marier convenablement, avoir des enfants.

D'autres larmes m'échappèrent. Il me reprit dans ses bras et me présenta un mouchoir sur lequel je reconnus mes initiales.

— Ludovic, c'est mon mouchoir!

— Mais oui, petite idiote, c'est votre mouchoir. S'il a su calmer les émois d'une poule, peut-être saura-t-il calmer ceux de ma colombe.

Nos rires atténuèrent ma peine. Il attendit patiemment que le mouchoir accomplisse sa tâche et le reprit.

— Bien entendu, je ne voudrais pas m'imposer à vous. Si un jour vous en avez assez de moi, je m'éclipserai de votre vie sans plus, je vous le promets, fit-il en me saluant bien bas. Mais en attendant…

— En attendant?

— En attendant, il vous faudra supporter les galanteries de votre chevalier servant.

Et sans plus, il s'élança vers la grille du muret et courut vers la grange. Je n'eus d'autre choix que de l'y rejoindre. Dès que je passai la porte, il m'agrippa par le bras, me tira à lui et m'embrassa avidement.

— Dites-moi où ils étaient.

— Où étaient qui?

— Les grillons qui me rappelaient à votre souvenir.

— Ah, oui, les grillons!

Je m'approchai de la stalle lui indiquant l'espace où je cachais la précieuse maisonnette.

— Et vous les avez nourris pendant deux ans ?

— Oui, près de deux ans.

— Vous avez nourri ces grillons matin et soir, pendant deux ans, en souvenir de moi ?

Je le regardais perplexe, ne sachant trop où il voulait en venir. Il était appuyé nonchalamment sur une poutre, le bras croisés, faisant la moue.

— Vous les avez nourris pendant deux ans en souvenir de moi et je devrais renoncer à vous ? Il faudrait que je sois fou ! À ma connaissance, seule la Pénélope d'Ulysse eut plus de patience !

Il vint vers moi armé de son sourire narquois, prit mes mains, entrecroisa nos doigts et m'entraîna vers un tas de foin. Il m'embrassa fougueusement.

— J'ai envie de vous maintenant. Je peux, belle Dame ?

— Vous êtes mon maître, noble chevalier ! répondis-je ma bouche collée à la sienne.

Avant de me quitter sur le parvis de la porte, il dit :

— Il me semble que j'ai assez bien rempli ma part du marché, tiendrez-vous la vôtre ?

Je fis la révérence et répondis en badinant.

— Je ne douterai plus jamais de vous Ludovic, à moins que…

— À moins que ?

— À moins que vous ne regardiez une autre femme, que vous lui adressiez la parole ou pire encore, que vous la touchiez de vos mains. Le *Cantique des cantiques* dit encore : « *J'ai posé un sceau sur ton cœur, car l'amour est fort comme la mort et la jalousie comme l'enfer* », citai-je en me collant à lui.

— Vous savez que je peux difficilement vivre sans vous ? murmura-t-il.

— Vous saviez que je ne peux vivre sans vous ? répondis-je avant de l'embrasser.

— « *J'ai posé un sceau sur ton cœur* », avez-vous dit ? Je vous fais serment de respecter ce sceau.

— « *Car l'amour est fort comme la mort et la jalousie comme l'enfer.* »

— Je vous aime, Hélène. Il me semble que je vous aime depuis toujours et à jamais.

— J'aime assez le « *pour toujours* ». Oui, pour toujours.

Il rit en retenant ses cheveux que le vent ébouriffait.

— Et pouvez-vous m'indiquer à quel moment il me sera possible de revoir mon vaillant chevalier dans ce « *pour toujours* » ?

— Attendez, je retourne à Paris demain. Nous avons pris beaucoup de retard à l'atelier et de plus…

Il s'interrompit le temps d'un baiser sur ma joue.

— De plus, nous ignorons encore lesquels des marchands parisiens auront à se rendre à Honfleur pour prendre part à l'avitaillement des bateaux qui partiront pour le Canada ce printemps.

Je me dégageai de ses bras, question de retrouver quelque peu mes esprits.

— Attendez un peu, Ludovic Ferras ! Seriez-vous à me dire que vous pourriez éventuellement retourner au Nouveau Monde ?

Il éclata de rire et ce rire amplifia l'effroi qui me venait.

— Non, non, je n'ai nullement l'intention de retourner en Canada, vous n'y pensez pas ! Je mourrais d'ennui si loin de vous. Non, je suis à vous dire qu'il est possible que je doive me rendre à Honfleur, disons pour un mois ou deux. Si c'était le cas, je reviendrai à la ferme en début d'été. Mathurin est encore trop jeune pour prêter main-forte à oncle Clément.

Je mordis ma lèvre, tordis mes mains, rien n'y fit. C'était au-dessus de mes forces. Je me remis à pleurer. Je pleurais son possible départ, je pleurais sur le mauvais sort que ce sieur de Champlain avait jeté sur nous, je pleurais sur ma liberté perdue. Il avait beau me serrer contre lui, j'étais inconsolable. J'aurais voulu mourir là dans ses bras. Sans lui ma vie était insensée et froide. Il caressait mon visage et de temps à autre, embrassait mes larmes.

— Séchez ces pleurs, belle Hélène. Je me chagrine d'être la cause de votre tourment. S'il advenait que je vous quitte ce sera pour quelques semaines, quelques mois tout au plus. Sachez que mes pensées et mon cœur n'auront de cesse de se languir de vous. Je ne suis ni un prince, ni un noble, ni un bourgeois, Hélène. Je ne suis qu'un simple apprenti pelletier qui doit travailler pour gagner sa vie.

— Je sais, pardonnez-moi. Je suis si égoïste !

— Une égoïste amoureuse est une adorable égoïste. Allez, je dois retourner à la ferme avant la tombée du jour. Vous voulez bien m'accompagner ?

— Je vous suis, articulai-je entre deux soupirs. Vous patientez un moment, je dois auparavant retourner à ma chambre. J'ai oublié un objet qui m'est indispensable. Vous venez avec moi ?

— S'il y a un endroit au monde où il me plaît de me retrouver avec vous c'est bien dans votre chambre. Mais, il y a un risque à courir.

— Un risque à courir ?

— Oui ! Une chambre, un lit et vous, c'est tentant. La fin du jour est proche et je redoute de galoper sur les routes dans le noir.

— Je vous assure que je ne verrais aucun inconvénient à vous offrir le gîte pour la nuit. Je crois même que je pourrais y prendre un certain plaisir.

— Et si je désirais plus que le gîte, si je voulais…

— Alors, je vous offrirais tout !

Il me répondit par un baiser qui en disait long sur ses désirs. Avant d'entrer dans ma chambre, il demanda :

— Et quel est donc cet objet indispensable que vous aviez oublié ?

— Votre miroir, j'avais oublié votre miroir.

Il me prit dans ses bras.

— Vous êtes irrésistible !

La nuit fut pleine. Les arômes de mon bien-aimé m'enivrèrent bien plus que le vin. Je ne me rassasiai pas de ses baisers. J'aurais voulu le posséder à tout jamais. Mon bien-aimé était un sachet de myrrhe !

19

Au bal du printemps

Depuis le matin, il pleuvait d'une pluie bruyante et froide, tout comme aux funérailles d'Anne. Une fièvre virulente avait épuisé ses résistances et déjoué les soins de tante Geneviève. Elle nous avait quitté une semaine après Noël, deux mois déjà! Sa mort avait retardé notre retour à Paris. Nous avions tenu à réconforter Antoinette et son oncle Clément que la peine et la douleur avaient complètement anéantis. J'avais pris Isabeau et Mathurin à ma charge tandis que tante Geneviève se préoccupait du sort de Louis et de bébé Françoise. Je n'eus plus l'occasion d'être seule avec Ludovic que le triste événement affligea au point qu'il s'isola de tous. Il s'était réfugié dans son monde intérieur avec ses fantômes, oubliant tout le reste. Je fus éclipsée.

Oncle Mathieu était venu partager la peine de la famille. Après l'enterrement, il regagna Paris en compagnie de mon chevalier à l'âme errante.

— Je crains qu'il ne se passe un long moment avant que nous puissions nous revoir. Je pense à vous. Je vous en prie, ne m'oubliez pas, implora-t-il avant de me quitter.

Son départ me froissa plus intensément le cœur que la mort de sa tante. Ce fait me troubla.

Antoinette souffrait doublement. Elle perdait celle qui l'avait accueillie comme une mère au moment où elle devait renoncer à l'homme qu'elle aimait. Augustin Lalemant avait préféré l'amour de Dieu à celui d'Antoinette. L'ordre de Saint-Ignace conciliait son idéal mystique et son sens pratique. Il allait servir dans la Compagnie de Jésus, chez les Jésuites de Reims, avait-il confirmé dans une déchirante missive.

— La vie fait bien les choses, se résigna-t-elle. Dorénavant, je pourrai me vouer totalement aux enfants de tante Anne. C'est juste! Elle était là lorsque nous avons eu besoin d'elle.

J'avais réprimé la confidence de ma joie amoureuse, les circonstances ne s'y prêtaient pas.

Les enfants apprivoisèrent à leur façon la disparition de leur mère. Isabeau la mêlait à ses jeux, lui parlait comme si elle existait toujours et pleurait lorsque ses appels restaient sans réponse. Elle vivait dans le présent, son plus lointain futur se confondant avec la tombée du jour ou l'heure du prochain repas. Mathurin, quant à lui, comprenait qu'il ne la verrait plus ni à la cuisine, ni au jardin, ni au bord de son lit au moment du coucher. Elle ne serait plus là pour le consoler, panser ses blessures et lui sourire. Quand la peine débordait, il se réfugiait dans sa chambre. Il pleurait en solitaire comme Ludovic.

Louis avait fait ses premiers pas dans la semaine suivant les funérailles, entre les tétées de bébé Françoise que le lait de chèvre parvenait difficilement à rassasier.

— Sa mère lui manque. Je suis persuadée que ses pleurs réclament sa chaleur, se désolait tante Geneviève en berçant la petite.

Oncle Clément, hagard, dérouté et horriblement fatigué, regagna Paris à la mi-janvier.

Je n'avais pu revoir Ludovic. Le sieur de Champlain avait exigé un appui de la corporation des pelletiers de Paris et Ludovic avait été désigné pour accompagner maître Duisterlo à Honfleur. Voilà que le grand explorateur accaparait l'homme que j'aimais. Je le haïssais plus que tout, maudissant le sort qui l'avait placé sur ma route et sur celle des pelletiers Ferras.

La pluie qui tombait dru claquait à ma fenêtre. Le deuil et l'absence de Ludovic m'entraînaient dans une léthargie qu'il me fallut combattre. Après le déjeuner, passant outre à mes humeurs, je me résolus à défier le mauvais temps et me fis conduire par Paul chez tante Geneviève, rue Feurre. J'entrai par la porte basse de la maison, et descendis vers la salle commune. Assise devant l'âtre, elle pleurait, tranquille. Stupéfaite de la trouver dans un tel état, je mis un temps avant de m'approcher lentement de son fauteuil. Elle leva brièvement les yeux vers moi, essuya ses yeux de son mouchoir et soupira. Je m'agenouillai près de son fauteuil et ne dis plus rien. Peu à peu, elle me livra la cause de son désarroi. Elle revenait d'Amiens, oncle Simon, souffrant d'une mauvaise grippe, avait réclamé son assistance. L'épidémie de fièvre des poumons, qui sévissait un peu partout dans le pays, n'autorisait

aucune négligence. Son séjour dans la maison de la maîtresse de son mari avait anéanti ses derniers espoirs.

— Tu comprends, si elle avait été laide ou arrogante ou encore méprisable de quelque manière que ce fût, j'en aurais éprouvé moins de douleur. Mais cette femme est raffinée de corps et d'âme. En d'autres circonstances, j'aurais apprécié son amitié. Élisabeth Chelot est le nom qu'elle porte aux yeux des hommes, bien qu'elle soit davantage l'épouse de mon mari que je ne le suis. À ce jour, elle a su lui donner deux enfants, un garçon et une fille. Tu te rends compte, ils forment une vraie famille ! Il suffit de capter un seul de leur regard pour deviner l'étendue de leur amour.

Elle était inconsolable. Elle pleurait son amour perdu et les enfants que la vie lui avait refusés. Son abominable souffrance méritait un profond respect. Aussi, je me concentrai sur sa peine, retenant avec regret la confidence de mon nouveau secret de femme.

Après quelques jours d'isolement, tante Geneviève reprit ses activités. J'admirai son courage mais ne le compris pas. S'il advenait que la vie me prenne Ludovic, j'en mourrais.

Je résolus de l'accompagner lors de ses visites à l'hôpital du Saint-Esprit et de l'Hôtel-Dieu.

— Ta présence me réconforte et me stimule, disait-elle. Je sais qu'il est difficile pour toi de comprendre, mais de soulager les souffrances des autres allège la mienne. Je t'assure, tout cela me convient, argumentait-elle, quand, fourbue, je lui proposais un répit, un congé, une distraction.

Quand nous n'étions pas à prodiguer des soins aux malades, nous rejoignions nos compagnes chez Christine Valerand. Des parchemins et des lettres exposant nos croyances, nos espérances et nos requêtes devaient être expédiés aux grands bourgeois de Paris afin d'ébranler les odieuses convictions discriminatoires inscrites dans les mentalités de notre société. Nous revendiquions pour Christine, pour Antoinette, pour Angélique, tout autant que pour Charlotte et toutes ces femmes pauvres et miséreuses que nos lois absurdes soumettaient à la volonté des pères et des maris. Il était temps que nos législations servent aussi la volonté des femmes et la légitimité des élans de leur cœur et de leur esprit. La France se devait de reconnaître l'humanité de ses dames.

Nous en étions au dernier jour de février et je terminais la rédaction du texte sur les amendements proposés au code des divorces, quand Christine entra précipitamment, essoufflée et débordante d'enthousiasme.

— Voyez Mesdames, voyez ces feuillets tout frais sortis de l'imprimerie !

Le violon d'Angélique se tut. Je déposai ma plume près de mon encrier d'étain.

— Enfin, voilà que nos efforts s'apprêtent à porter fruit ! s'exclama Françoise Boursier délaissant sa reliure.

— Les fruits se feront peut-être attendre encore un peu. Semons d'abord ces graines dans les fondements juridiques de Paris. Ces feuillets seront distribués sur la place de la Grève cet après-midi même ! C'est l'endroit idéal : l'hôtel de ville étant fréquenté par tous les bourgeois que nous devons provoquer. N'oublions jamais, Mesdames, que cette noblesse de robe possède les véritables clés du pouvoir et de ses lois. Tous ces magistrats, ces conseillers royaux, ces juristes, ces petits et grands financiers, ces chefs d'entreprises sont les véritables artisans de nos sociétés. Ils pensent et agissent et leurs actions valent bien davantage que les courbettes des courtisans de la Cour, pantins de parades, lécheurs de bottes et de culs princiers !

— Diantre, comme vous y allez, Christine ! s'exclama Françoise. Vous avez croisé le diable ou quoi ?

— Le diable, le diable, il dort dans mon lit et croyez-moi, cela est plus que suffisant pour stimuler tous mes emportements.

La hulotte, visiblement troublée par nos rires, déploya son aile valide et s'élança si vivement de son perchoir que le contrecoup de la chaîne fixée à sa patte la fit culbuter tête première dans un palmier. Christine passa aussitôt son gant de fauconnier et tendit la main à notre oiseau fétiche qui s'y posa sans hésitation.

— Sabine, ténébreuse combattante ! Il est prématuré d'agiter les palmes de la victoire, nous devons d'abord briser nos fers ! sermonna-t-elle en déposant l'oiseau sur son perchoir.

Elle prit le temps d'enlever et de déposer son gant sur le guéridon avant de poursuivre.

— Sérieusement, Mesdames, je crois que ces gens d'action et de pensée sont la cible à atteindre. Étant pour la plupart issus du peuple, ils se font scrupule de son devenir.

— J'appuie vos dires, Christine, affirma Françoise en venant vers elle. J'y ajouterai cependant une mise en garde. Il est impératif de ne pas négliger l'influence des gens de science et de lettres.

Ces derniers, profondément enracinés dans les réalités de notre société, sont les artisans de notre futur. S'il doit y avoir quelques visionnaires favorables à notre cause, ils sont des leurs.

— Tout juste ! Leur ouverture d'esprit nous est indispensable. C'est pourquoi je ne confierai qu'une partie seulement de ces feuillets aux colporteurs. Les autres seront distribués dans les librairies et boutiques de la ville ou remis en main propre aux honorables magistrats, directement sur la place de la Grève. Ils la traversent tous à un moment ou l'autre de la journée. Un cadeau du ciel, Messieurs les grands magistrats ! clama-t-elle en saluant bien bas.

Son emballement me fascina. Je me levai d'un bond.

— Je peux vous accompagner, Christine ?

— Si vous le désirez, nous ne serons pas trop de deux. Vous êtes prête ? Je loue une charrette sur-le-champ.

Sans mesurer les risques de mon emportement, je me précipitai dans la foulée de Christine. Pendant que le charretier nous conduisait entre les grouillants promeneurs des rues de la ville, nous observions les enseignes et scrutions les montres des boutiques, déposant nos précieux feuillets là où la semence avait la moindre chance de croître. À l'approche de la place de la Grève, la cohue des passants s'accrut au point qu'elle coinça notre attelage.

— Désolé, Mesdames, une manifestation sur la place de la Grève… Voyez tous ces curieux entassés aux fenêtres ! nous informa platoniquement notre conducteur.

— Quel genre de manifestation ? demandai-je à Christine dont le visage avait subitement pâli.

— À la mine des gens, on peut présumer d'un spectacle peu réjouissant. Il faut exclure le bûcher, vu le manque d'odeur de peau grillée. Non, ce ne peut être qu'une potence élevée pour quelque domestique infidèle ou ce serait la roue pour…

Elle se leva et interpella le porteur d'eau qui avançait péniblement entre les badauds.

— Excusez-moi, mon bon ami.

L'homme, ployant sous le joug de ses épaules, délaissa un seau qu'il tenait à bout de bras et s'essuya le front.

— M'dame ?

— Vous revenez de la fontaine de la place de la Grève, il me semble. Quelle est donc la cause de cet attroupement ?

— On vient de pendre un filou, M'dame.

— Un filou ! Et que rapporte-t-on de son méfait ?

— On raconte qu'il a engrossé la fille du prévôt avant de l'enlever, M'dame.

Il inclina la tête, agrippa la poignée de son seau et poursuivit sa route. Ses paroles me sidérèrent. Je portai les mains à mon cou. On pendait les amants ! Du coup, la vision de Ludovic accroché à une corde percuta mon esprit.

— On pend les amants ! m'exclamai-je. On pend les amants !

L'émergence de cette réalité me foudroya.

— Et comment ! Je l'ai appris le jour où j'ai vu le mien se balancer à une potence. Mon père, digne avocat à la mairie de Reims, s'acoquina avec un officier afin de l'accuser d'un vol qu'il n'a jamais commis. Son seul crime aura été de m'aimer. Je le pleure tous les soirs en supportant les ronflements du mari qu'on a déposé dans mon lit. Je le pleure dans tous les textes que j'écris. Chacune de mes phrases, chacun de mes mots, chacune de mes lettres hurle ma peine et ma rage. Je n'aimerai jamais que lui de toute ma vie ! Je n'aimerai que lui tout en sachant que mon amour l'a déshonoré avant de le conduire à la mort. La culpabilité me ronge la cervelle et le cœur. La paix de l'âme m'a quittée à tout jamais. Si ce n'était de mon combat, je n'hésiterais pas un instant à le rejoindre dans la mort.

Le souffle me manqua. Je suffoquai, étourdie par la charge foudroyante de ses révélations. Ses confidences balayaient mes rêves d'amour, les basculant irrémédiablement dans le gouffre de l'enfer.

— J'ai un amant, Christine, murmurai-je à demi étouffée, les yeux brouillés de larmes.

Elle inspira profondément, retint son souffle, écarquilla les yeux puis, dans un geste furtif, saisit mes mains et les serra fortement dans les siennes.

— N'oubliez jamais, Hélène, n'oubliez jamais que votre amour met sa vie en péril ! Vous tenez sa vie entre vos mains, entre vos mains ! Ne l'oubliez jamais ! scanda-t-elle en ébrouant sa lourde tignasse rouge.

Ce soir-là, seule dans mon lit, le moindre souvenir de Ludovic attisa mes pleurs. L'horreur des menaces me tortura : j'étais un danger pour lui, je mettais sa vie en danger ! Il me fallait absolument abandonner ma chimère et m'éloigner de mon bien-aimé. Cette douloureuse pensée s'infiltra en moi tel un fiel empoisonné. Au lever du jour, ma décision était prise.

Ce cruel déchirement accompagna la fin de mon triste hiver. Au début de mars, après un souper de famille, mon père arborant son allure auguste nous convia tous dans le grand salon. Il s'installa debout, près du fauteuil de mère qui, le dos droit et la main altière, guida allègrement nos pas vers les fauteuils qu'elle nous assigna. Marguerite, Charles, Nicolas, Eustache et moi formions le demi-cercle dont ils étaient le centre. Père s'éclaircit la voix avant d'entamer cérémonieusement.

— Mes enfants ! Votre mère et moi tenons à vous faire part de nouvelles riches de promesses.

Charles et Marguerite, qui se couvaient des yeux depuis leur arrivée, se souriaient béatement. Père prit un temps d'arrêt, s'inclina dans leur direction et continua.

— Marguerite et Charles nous ont informé que la famille Boullé allait s'enrichir d'un premier descendant en septembre prochain. Il va sans dire que nous attendrons tous cet heureux événement avec impatience.

— Marguerite, vous me faites oncle ! s'exclama Eustache.

— Vous m'en voyez réjoui, ma sœur ! renchérit Nicolas.

Le toussotement de père imposa le silence.

— Nous les congratulons : ce fils fera honneur à notre famille !

— Monsieur mon mari, objecta ma mère, n'oubliez pas que la venue d'une fille est tout aussi probable.

— Soit, soit, rabroua mon père. Ce nourrisson, disons plutôt ce nourrisson.

Mère hocha la tête. Il continua.

— La deuxième bonne nouvelle concerne Nicolas. J'ai reçu confirmation, de la bouche même de Concini, que notre régente, ayant remarqué le talent de Nicolas, s'apprête à lui confier la réalisation du portrait de notre dauphin Louis, qui en septembre sera sacré Roi de France à la cathédrale de Reims. Concini poussa la confidence jusqu'à me dévoiler le penchant de notre souveraine pour ses œuvres, dont le style et la fraîcheur s'apparenteraient à ceux du grand maître italien Botti...Botticelli.

Le visage de Nicolas s'empourpra. Visiblement étonné par la stimulante révélation, il se leva, ajusta ses manchettes et répliqua :

— Soyez assuré que je m'efforcerai d'être à la hauteur des attentes de notre souveraine, père.

Mère afficha un large sourire de satisfaction au profit de Nicolas, sourire d'autant plus éloquent qu'il était extrêmement rare.

— Ce privilège royal encense toute la famille Boullé, mon fils!
prononça-t-elle pompeusement en appuyant sur le mot honneur.

Père s'approcha de Nicolas et lui fit l'accolade. Ce geste nous
surprit et nous gêna. L'attitude de notre père oscillait habituellement entre la distante réserve et la complète indifférence.

— Père, répliqua froidement Nicolas en s'inclinant.

Notre père sourcilla.

— Qui plus est, reprit-il en gonflant le torse, une missive nous
est arrivée de Rouen. Elle nous apprend que notre gendre, le sieur
de Champlain, a reçu des appuis suffisants pour justifier l'instauration d'une compagnie de monopole de traite. Si les démarches
suivent leurs cours sans anicroche, la famille Boullé aura sa place
tant à la cour de France que dans les colonies du Nouveau Monde.

Je savais qu'il me regardait, mais je choisis de fixer le feu de
cheminée dont les flammes firent resurgir mes angoisses amoureuses. Il sonna le maître d'hôtel et commanda le meilleur de ses
vins. Il fallait trinquer à la fierté des Boullé, à la France, à son Roi
et à ses colonies. Je me contentai de saluer la venue d'un nouvel
enfant et la satisfaction de Nicolas. Les lauriers de la famille
m'indifféraient. J'en payais trop chèrement le prix pour en tirer le
moindre plaisir.

Il était coutume qu'un grand bal costumé se tienne au Louvre
pour marquer l'arrivée du printemps. L'orchestre des violons du
Roi y accompagnait les ballets royaux avant d'y faire danser la
noblesse de France. Une invitation personnelle de notre régente
était parvenue à la famille Boullé. Cela avait été la dernière bonne
nouvelle présentée par notre père. Avant de nous quitter, Nicolas
promit de dessiner le croquis de ma robe de bal. La déesse Séléné
serait la source de son inspiration. J'avais hésité: Séléné devait
retourner à sa mythologie, la vie d'Endymion en dépendait.

— Je te promets une robe qui fera l'envie de la divine Séléné!

— Si seulement Séléné avait le pouvoir de changer le cours de
la vie, lui avais-je confié.

— Il faut croire au pouvoir des divinités, jeune sœur! Tout est
dans la foi, ne l'oubliez pas!

Nicolas tint promesse. L'esquisse m'avait charmée et le vêtement
m'éblouit. Les verts d'eau de son corselet de soie coulaient sous

de minuscules étoiles, avant de se diluer dans les violacés de ses jupes de tulle sur lesquelles scintillaient des paillettes irisées. Je la revêtis avec précaution. On transforma ma chevelure en un savant tressage et l'on y piqua un croissant de lune d'où émanaient de multiples cordelettes argentées. Noémie n'en finissait plus de s'extasier.

— Magicien, Nicolas est magicien ! Sur la tête de mon Paul, je jure de n'avoir jamais rien vu d'aussi beau, Mademoiselle ! Une déesse descendue sur terre ! Pour un peu et on vous croirait suspendue dans la voûte céleste !

Je ris de bon cœur.

— La voûte céleste !

— Que de cœurs vous allez chavirer ce soir, jolie… jolie… quel est le nom de cette déesse déjà ?

— Séléné, déesse de la lune chez les Grecs.

— Ah bon ! Comme vous en savez des choses, Mademoiselle Hélène !

— C'est Ludovic qui m'a appris.

— Ludovic, pour Séléné ?

— Oui, Ludovic m'a appris pour Séléné.

— Pour Séléné ?

— Oui pour Séléné ! Il m'a appris pour la déesse Séléné, m'impatientai-je.

Elle cessa de faufiler le rebord de ma jupe, se releva lentement, m'observa avec scepticisme et demanda :

— Pour Séléné seulement ? insista-t-elle en faisant rebondir sa mèche.

Je fermai les yeux, quelque peu déconcertée par son allusion. Noémie aurait donc deviné mon secret de femme. Je détournai la tête vers ma fenêtre. Et si je lui parlais, si je lui confiais. Pourquoi pas ?

— Vous aviez raison, Noémie, soupirai-je. Se donner à celui qu'on aime est très… très agréable. Vous savez depuis longtemps ?

— Je le sais depuis Noël. Votre bonheur se lisait sur votre visage, jeune Dame. J'ai l'œil pour ce genre de chose. Et même après la mort de cette pauvre Anne…

Je baissai la tête. J'avais honte de moi. Le bonheur ne devait pas frayer avec la mort, c'était indécent ! Elle retourna à sa tâche sans plus. Quand elle eut terminé, elle déposa le coffret d'épingles sur la table et ajouta :

— Vous êtes si beaux à voir tous les deux! Quel dommage que tout vous sépare!

Elle s'approcha de moi déposant un baiser sur ma joue. Je le lui rendis.

— Vous êtes la seule à connaître mon secret, vraiment la seule.

— Mademoiselle, je vous affectionne comme ma propre fille et je désire votre plus grand bonheur. C'est pourquoi je me permets de vous mettre en garde. Vous êtes mariée à un homme illustre et votre père fréquente la cour du Roi! Si la fierté d'un homme du peuple est en soit une chose redoutable, je n'ose imaginer ce qu'il vous en coûterait de froisser celle d'un homme puissant! Je crains pour vous et je crains aussi pour Ludovic.

Je baissai la tête reconnaissant déjà trop bien la véracité de ses dires: la colère d'un homme puissant pouvait conduire au bout d'une potence. Je regardai au-dehors. Le chaud soleil de mars dorait les fleurs des pommiers. Le printemps était arrivé, victorieux de l'hiver, victorieux de la mort. C'était un temps de la renaissance. Pourquoi fallait-il que ma raison me parle si fort? Pourquoi renoncer à mon printemps, à mon amour, à Ludovic? Pourquoi? La vie pouvait être si affreusement cruelle!

Le ballet du réveil de la nature auquel assistaient Leurs Majestés Marie de Médicis et les princes et princesses, m'enchanta. Le printemps redonnait vie à la terre, aux plantes, aux bêtes et aux hommes. Notre dauphin Louis y tenait le rôle d'un enfant émerveillé, découvrant le cycle des saisons. Son talent de danseur réjouit l'assistance. Il se révéla gracieux et agile, convaincant et émouvant. Tout au long du spectacle, je confondis Ludovic avec le soleil. Comment pouvait-on consciemment renoncer au soleil, se condamnant à vivre dans une éternelle froidure. Je frissonnai malgré la chaleur étouffante de la salle où les personnages, tous aussi colorés les uns que les autres, n'attendaient que les premières notes de l'orchestre pour entrer dans la danse. Je me tenais debout entre Nicolas et son ami Philippe quand Eustache nous rejoignit, accompagné d'un chevalier du Moyen Âge. Le chevalier me salua bien bas, avant de baiser ma main.

— Sire Lancelot du Lac, chevalier servant de votre grâce!

— François! m'exclamai-je, François de Thélis! Quelle agréable rencontre! Vous m'en voyez ravie.

— Je suis au comble du bonheur, noble Dame à la redoutable beauté.

— Redoutable !

— Un seul de vos regards émoustille toutes mes passions. Résister à l'envoûtement de vos charmes m'est un supplice, déesse Séléné !

— Sire Lancelot du Lac est-il toujours aussi flatteur avec les dames ?

— Seul le charme de Séléné pourrait forcer ma chute au plus profond des mers.

Nous rîmes de bon cœur. Lancelot entraîna Séléné dans la danse et Séléné apprécia. François de Thélis, le compagnon de mes aventures d'enfant, s'était métamorphosé en chevalier digne de toutes les princesses de la terre. Sa courtoisie, son aplomb, ses cheveux bruns et bouclés, son sourire timide et sa stature élancée s'alliaient agréablement à ses compétences consulaires. Sa réputation de notaire avisé lui avait précocement mérité une charge au tribunal du commerce de Paris.

— Votre mariage fut si subit ! se désola-t-il après la courante.

La déception qu'il affichait m'indisposa.

— Mon mariage fut subi, Monsieur, subi et imposé.

— Sachez qu'il n'est pas un jour où je ne le regrette.

Son insistance me vexa. Quand il nous entraîna dans la volte de Provence, l'intensité de ses yeux noirs me confirma qu'il ne plaisantait pas. La danse se termina sans un sourire. Au dernier pas, il saisit ma main la portant à ses lèvres.

— Madame, pardonnez-moi, si je vous ai offensée. Je me suis laissé emporter, la magie de la danse, sans doute.

— Bien que je regrette ce mariage autant que vous, il serait inconvenant d'outrepasser les convenances. Sachez néanmoins qu'elles n'affectent en rien l'estime qui me lie à vous. Je garde souvenir de notre amitié.

— On ne peut vivre que de souvenirs, Madame ! Vous avez ici, devant vous, un chevalier prêt à vous servir. Il n'en tient qu'à vous, une parole, un soupir et j'accours, badina-t-il le regard triste.

— Je m'en souviendrai, Sire Lancelot, je m'en souviendrai.

Il baisa longuement ma main avant de me conduire jusqu'à Philippe et Eustache qui rigolaient entre deux gorgées de vin. Nicolas les avait apparemment délaissés.

— Où est passé Nicolas ? demandai-je à Eustache.

— Le grand sultan est disparu voilà près d'une demi-heure. Peut-être une quelconque divinité l'aura-t-elle séduit ? ricana-t-il devant le druide Philippe qui n'apprécia guère. Sire Lancelot aurait-il remarqué les trésors qui s'émoustillent au pied du buste de Philippe-Auguste ?

— Philippe-Auguste, Roi de France au Moyen Âge ?

— Celui-là même qui affronta votre Richard Cœur de Lion, Sire.

— Quel heureux hasard ! Ce glorieux contemporain me semble complètement égaré au milieu de ce bouquet de charmantes demoiselles, ne trouvez-vous pas ?

— Tout juste, d'autant que ce bouquet ne demande qu'à être cueilli et que notre malheureux Roi est on ne peut plus manchot ! conclut-il sérieusement en ajustant les manches de sa longue camisole de peau de biche.

Sa plaisanterie eut l'effet escompté jusqu'à ce que Lancelot arborant un sérieux olympien ne s'exclame :

— Mon serment d'allégeance m'oblige à porter secours à mon Roi. Vous me suivez, Prince d'Amérique ?

— Je suis tout fin prêt pour la romanesque croisade, Sire !

Et les deux compères foncèrent allègrement vers le bouquet de jouvencelles, les plumes du panache du prince des Sauvages ouvrant la voie au chevalier de la Table ronde. Je reportai mon attention sur les danseurs quand Nicolas tira mon bras sous l'œil inquisiteur de Philippe.

— Nicolas, vous revoilà !

— Hé ma sœur, il vous dirait de voir l'ébauche du portrait de notre Dauphin. Vous me suivez à l'atelier ?

L'étonnement retarda ma réplique. Il fit un clin d'œil complice au druide qui parut soulagé.

— S'il vous plaît, déesse, je vous en prie ! supplia-t-il en baisant ma main.

J'acquiesçai en riant bien que je ne comprenne ni l'urgence ni l'empressement de cette exploration nocturne. Néanmoins, m'éloigner momentanément de cette joyeuse agitation me plaisait assez. Il nous fallut parcourir les couloirs humides et sombres du palais, traverser le jardin de l'Infante non sans débusquer quelques couples d'amoureux. J'avançais accrochée aux braies du sultan Nicolas. C'était un soir sans lune et Séléné, malgré les reflets de son costume, n'y voyait rien. Je trébuchai sur une pierre me frappant le front à une branche d'arbre.

— Aïe! Nicolas, quelle imprudence de se promener ainsi dans le noir!

— Ne craignez rien, je fais ce parcours dix fois par jour. J'en connais chaque carreau. Voilà, nous y sommes.

— Ce n'est pas trop tôt!

— Prenez place sur ce banc et attendez-moi ici. Je vous ouvre la porte de l'intérieur. Vous m'attendez?

— Certes, je vous attends! Vous ne croyez tout de même pas que je pourrais retourner seule à la Grande Salle.

— Je fais un peu de lumière.

Il décrocha une torche du mur de pierre, la suspendit à l'arbre voisin des cages d'oiseaux exotiques et disparut derrière les buissons. La curiosité m'attira vers les cages. La tête enfouie sous une aile, les volatiles dormaient bien alignés sur les perchoirs. La lueur de la torche sautillait sur leurs flamboyants coloris: des rouges de feu, des jaunes de soleil et des bleus de mer. Ils me rappelèrent le Coco de la Saint-Jean-Baptiste à Saint-Cloud, la disparition d'Isabeau et Ludovic.

— Coco était plus loquace, murmura sa voix derrière moi.

Je tressaillis à peine. Ce n'était pas possible, ce ne pouvait être vrai, mon imaginaire divaguait.

— Les oiseaux exotiques me font toujours rêver de vous, continua-t-il tout aussi doucement.

Cette fois, je doutai de mes doutes et pris le risque de me retourner lentement vers la source du débordement de joie que je m'efforçai de contenir. Nous restions là, silencieux, l'un devant l'autre, éperdument liés du regard. J'étais profondément déchirée. Après trois mois d'absence, mon bien-aimé me revenait et il me fallait le repousser. C'était impératif!

Hélas, la force me fit lamentablement défaut et je me réfugiai dans les bras qu'il me tendit. Il me berça et m'embrassa si tendrement que mon esprit bascula.

— Comme vous m'avez manqué! chuchota-t-il dans mon cou. Je meurs sans vous, Hélène.

Son aveu rabroua mes sens et je vis une potence s'élever entre les cages des oiseaux. Je me dégageai de son étreinte reculant jusqu'à ce que je frappe l'arbre porteur de torche.

— Ludovic, que faites-vous ici?

Visiblement surpris par ma réaction, il expliqua:

— Je suis rentré à Paris hier et je dois malheureusement repartir dès demain. J'avais une telle envie de vous revoir ! Vous me pardonnez cette cavalière incursion au beau milieu de votre bal du printemps ?

— Crouac ! Crouac ! firent les perroquets.

Leurs cris stimulèrent mes peurs : Ludovic était menacé, j'étais une menace pour lui. En me caressant, il mettait sa vie en danger ; en m'embrassant, il risquait la pendaison. Ma résolution, je devais m'en tenir à ma résolution : je devais quitter Ludovic ! Je reculai d'un pas de plus.

— Ludovic, je vous en prie, ne m'approchez pas. J'ai à vous parler très, très sérieusement. Ne vous approchez pas.

Il resta à distance, hébété, un sourire narquois sur les lèvres.

— Ludovic, je vous en prie, je vous en prie, ne souriez pas. Votre sourire me fait perdre tous mes moyens, je vous en prie.

Cette fois, il éclata de rire.

— Dites-moi, belle Séléné, votre divinité se porte bien ?

Je mordis ma lèvre.

— Ludovic, je suis très sérieuse. J'ai quelque chose de très embarrassant à vous avouer.

L'angoisse m'étranglait. Au bout d'un moment, il me fixa, perdit son sourire et soupira longuement.

— Je vois. Et si nous prenions le temps de nous asseoir, noble déesse ?

— Je… je m'assieds sur le banc et vous sur la pierre, là près du bassin. S'il vous plaît, Ludovic, sur la pierre.

Il s'assit, s'adossa à un arbre, allongea les jambes et croisa les bras.

— Je vous écoute, mais sachez que vous m'infligez la plus brûlante des tortures.

— Torture ! Et pourquoi torture ? questionnai-je, obsédée par l'échafaud des amants.

— Je brûle d'envie de vous tenir dans mes bras, belle Séléné ! Un bûcher me serait plus supportable.

— Taisez-vous Ludovic, ne riez pas de… de ces choses, les châtiments, les punitions qui font souffrir et peuvent même tuer ! Il ne faut pas en rire, tout cela est très, très sérieux !

Il me toisa quelques instants avant de reprendre.

— Et si vous m'expliquiez calmement le souci qui vous ronge, je pourrais peut-être vous rassurer.

— Me rassurer ! Hélas ! Je crains qu'il vous soit impossible de me rassurer !

— Dites toujours, qui sait ?

— Ludovic, commençai-je péniblement. Je crois que nous devrions cesser de nous rencontrer. Nous devons nous quitter ici, aujourd'hui, avant qu'il ne soit trop tard.

— Nous quitter ! Simplement ça, nous quitter !

Il décroisa les bras, appuya les coudes sur ses cuisses et le menton sur ses poings fermés.

— Attendez un moment. Avant tout, il m'importe de savoir. Ce Lancelot, qui savait si bien vous faire danser, est-il pour quelque chose dans les propos que vous me tenez ?

— Vous… vous m'avez vue danser ?

— J'ai des yeux pour voir, Madame. Alors ce Lancelot, il vous plaît à ce point que vous voulez me quitter. Est-ce là le tourment qui vous ronge ? s'impatienta-t-il en se levant.

La retenue qu'il arborait depuis le début s'effritait et plus elle s'effritait, plus l'assurance me venait.

— Ce Lancelot, comme vous dites, est le plus cher ami de ma jeunesse et il le restera que vous le vouliez ou non !

— Ce Lancelot est votre ami ?

— Oui parfaitement, mon ami de jeunesse !

— La question est : aimez-vous d'amour cet ami de jeunesse ?

— Je… j'éprouve de l'affection pour cet ami ! Et de quel droit osez-vous mesurer mes sentiments ?

N'y tenant plus, je me levai et fis les cent pas entre le bassin et la cage des perroquets que nos paroles enlevées avaient excités au point qu'ils croassaient d'indignation. Ludovic s'approcha, saisit mon bras et me força à me rasseoir sur le banc. Il reprit sa place sur la pierre, rallongea les jambes, recroisa les bras et me fixa intensément.

— Qu'y a-t-il, Hélène ? Ne vous ai-je jamais promis de m'éclipser de votre vie si vous en aviez le moindre désir ? Il vous suffit de le demander honnêtement et simplement. Si… si vous aimez quelqu'un d'autre, il faut me le dire, c'est tout.

La générosité de son propos m'émut. Je tortillai les cordelettes de mon costume en mordillant ma lèvre, les yeux au bord des larmes. La confusion de ma conscience était telle qu'il m'était impossible d'exprimer quelque désir que ce soit. Je sentis la chaleur d'une larme sur ma joue. Il s'étira en m'offrant le mouchoir gravé de mes initiales. Puis, il attendit. Les perroquets s'étaient tus depuis un certain temps. Ne restait que le froissement des feuilles et la faible mélodie de l'orchestre portée par une brise tiède.

— Ludovic, je n'aime personne d'autre que vous ! Vous me faites offense en pensant qu'il puisse en être autrement. Je suis honnête envers vous, mais ma situation de femme ma... de femme mariée à un homme illustre met votre vie en danger. S'il fallait qu'on apprenne, que le sieur de Champlain apprenne que nous sommes... enfin que nous sommes amants, qui sait quel châtiment serait le vôtre ? Je ne pourrai survivre si... si...

— Hélène ?

— Oui ?

— M'aimez-vous toujours ?

— Je suis une menace pour vous !

— M'aimez-vous toujours, Hélène ?

Sa voix était ferme. Je levai les yeux vers lui, des yeux gonflés tout autant de passion que de pleurs.

— Je vous aime Ludovic, mais la question n'est pas là.

Il soupira de soulagement et son visage se détendit. Il arbora le plus merveilleux des sourires et se leva.

— Vous dansez, belle déesse ?

Et je me levai aussi indubitablement que le soleil se lève au petit matin, me laissant emporter par les pas de celui dont la vie était entre mes mains. Au loin, l'orchestre jouait une sarabande. Nous dansâmes. Ses gestes étaient à la fois sûrs et souples.

— J'ignorais que vous connaissiez l'art de la danse.

— J'ai mes petits secrets !

Il nous fallut peu de temps pour que nos corps délaissent les élans de la musique : tous nos sens appelaient d'autres accords. Il saisit ma taille et me pressa contre lui.

— Je n'y avais jamais songé mais il y a de quoi y réfléchir, dit-il un sourire au coin des lèvres.

Et si la raison avait eu raison de sa raison ?

— Réfléchir à quoi, Ludovic ?

— À la mort, belle déesse, à la mort. Après réflexion, je crois que si j'avais le choix, celle-là aurait ma préférence.

— Mais de quoi parlez-vous à la fin ?

Il prit ma tête entre ses mains, déposa un léger baiser sur ma bouche, me sourit et reprit.

— Si j'avais le choix, je choisirais de mourir pour vous. Peut-on rêver de mort plus douce ?

— Ludovic ! Arrêtez, vous dites des sottises ! La mort reste la mort et je ne pourrai jamais supporter de vivre si ce malheur vous arrivait !

Je tentai de me dégager de son étreinte, mais n'y parvins pas. Il me retenait de force en souriant.

— Quelle jolie sotte vous faites ! Il n'est pas digne de Séléné de craindre ainsi la mort. Sachez qu'une déesse sait défier la mort, Madame !

— Une déesse peut aussi trembler d'effroi pour celui qu'elle aime.

Il appuya ses lèvres sur les miennes et le spectre de la mort disparut. Ne restait que Ludovic et sa chaleur. Séléné perdit complètement la tête. Il relâcha subitement son étreinte.

— Hélène, je crains d'être insolent. J'apparais après trois mois d'absence vous réclamant sans vergogne. Je... pardonnez-moi si j'ose vous...

La gêne qu'il manifestait acheva de me séduire. Il passa ses mains sur son visage avant de les glisser dans ses cheveux.

— Je crois que je devrais vous reconduire au bal. Oui, il serait plus sage que je vous quitte maintenant. Rester près de vous ne fait qu'ajouter à ma torture. Je suis désolé, je n'y peux rien. Il vaudrait mieux !

Je reculai quelque peu. La lueur du flambeau jouait sur son visage contrit. Je pris sa main, l'entraînant vers les ateliers.

— Vous avez déjà visité les ateliers du Roi, Ludovic ?

— Non. Vous y êtes venue ?

— Oui. J'y suis venue pour discuter avec Nicolas. Au fait, Nicolas était votre complice ce soir. Vous connaissez Nicolas ?

— Je vous l'ai dit, j'ai mes secrets.

J'allumai le chandelier posé sur un tonneau près de la porte et tentai de nous frayer un passage dans la pénombre entre les toiles sur lesquelles les illustres guerriers côtoyaient les saints du ciel, les divinités et les grands de ce monde. Sa tension s'atténua.

— Venez, je vous montre l'espace de travail de Nicolas. Il est en train de peindre notre dauphin Louis. Venez.

J'avais repris sa main. Arrivés derrière le paravent de mon frère, je déposai le chandelier sur la table entre les pinceaux et les bocaux de peinture. Suspendus au milieu de la toile blanche, les yeux marron du Dauphin attendaient qu'on veuille bien leur attribuer un visage.

— Le… le portrait du Dauphin, dis-je me retournant vers Ludovic qui me dévisageait en souriant.

— Ah… le portrait du dauphin, reprit-il distraitement.

Puis, il fixa le lit de détente installé derrière le chevalet qui supportait les yeux du Dauphin.

— Vous… vous aimez la peinture, Ludovic ?

— Je sais suffisamment apprécier pour convenir qu'aucun de ces chefs-d'œuvre ne vous arrive à la cheville, belle Séléné.

Je m'approchai de lui et pris ses mains dans les miennes.

— Ludovic, même les déesses peuvent… je veux dire pour la galanterie, si la tortu…

Il couvrait ma bouche de ses lèvres ardentes. Sur le lit de détente, nos corps avides enflammèrent la voûte céleste et la fougue de mon amant transporta Séléné au pays des dieux. Le vertugadin faillit à la tâche. Il me sembla que les yeux du Dauphin approuvaient.

Encore vibrante des caresses de mon bien-aimé, je regagnai furtivement la Grande Salle où l'orchestre accommodait toujours les pas des danseurs.

— Mais où diable étiez-vous passée, ma sœur ? s'impatienta Eustache en me retrouvant. Voilà plus d'une heure que je vous cherche partout !

— Je commençais à craindre un enlèvement et m'apprêtais à m'élancer à votre recherche, continua sire Lancelot. Après tout une déesse peut facilement se perdre au pays des hommes.

Il ne croyait pas si bien dire, je m'étais perdue en effet ! J'avais perdu mes craintes, mes peurs, ma prudente résolution et les bras de mon amant m'avaient une fois de plus fait perdre la tête. J'étais perdue ! Ludovic devait repartir dès le lendemain pour la foire de Reims et je ne devais plus le revoir avant l'été. Je m'étais égarée, il n'y avait pas à en douter un seul instant. Je rageais pour ma faiblesse, mais ne regrettais aucune de nos caresses.

— Vous n'avez rien à craindre pour moi, noble chevalier ! Une déesse est tout aussi puissante aux pays des hommes qu'au pays des dieux ! répliquai-je à Lancelot avec le plus charmant des sourires.

Je n'en pensai pas moins qu'une déesse éprise était aussi sotte que la plus sotte des amoureuses.

— Sire Lancelot a-t-il toujours le cœur à la danse ? demandai-je en faisant une courte révérence.

— Votre chevalier servant est à vos pieds, déesse Séléné.

Séléné dormit peu cette nuit-là : les parfums exquis de son bien-aimé troublèrent son sommeil l'enivrant plus que le vin.

20

L'écorchure

— Isabeau, tu veux bien m'apporter la binette, les rangs de choux ont besoin d'être retournés.

— Tout de suite Lène, je viens, cria-t-elle de l'autre bout du jardin.

Elle sautilla joyeusement entre les sillons que nous avions creusés avec soin deux semaines auparavant. Ses boucles dorées luisaient sous le soleil de juin. On aurait dit Antoinette, enfant.

— Tiens, voilà la binette. Tu nous amènes à la pêche après le sarclage du jardin, Lène ?

— Si Antoinette y consent et si Paul a réparé la chaloupe, alors oui, je t'amène à la pêche.

— Je cours demander à Paul.

Elle repartit en trottinant comme elle était venue. Depuis notre retour au Champ de l'Alouette, Paul et moi venions presque tous les jours à la ferme des Ferras afin de soulager Antoinette des nombreuses tâches de la ferme. Oncle Clément s'absentait peut-être plus souvent qu'il n'eût été nécessaire pour faire corvée aux alentours. La perte d'Anne pesait lourd. Son âme rôdait encore dans ces lieux qui furent les siens : ses odeurs flottaient dans l'air et les vents portaient les échos de sa voix. Chacun faisait son devoir, malgré tout, puisqu'il fallait bien.

Antoinette, pâle et amaigrie, se résignait à sa destinée. La grosse besogne domestique et le soin des enfants occupaient ses longues journées : elle se levait avant l'aube et retrouvait son lit bien après la tombée du jour. Je me plaisais à la soulager quelque peu de ses obligations. Notre amitié se resserrait.

Je terminai à peine de biner le rang de choux qu'Isabeau revint.

— Paul dit que la chaloupe est prête pour une grande randon-née de pêche. Mathurin prépare les appâts. Il ramasse des vers au bord de la rivière en nous attendant.

— Pas si vite, jeune fille ! Il nous faut d'abord l'accord d'Antoinette. Je suis ici pour l'aider, ne l'oublie pas.

— Antoinette aimerait une partie de pêche, Lène. Peut-être qu'elle ne le dira pas parce qu'elle travaille tout le temps depuis… depuis… Elle travaille tout le temps !

— Bon, je crois que tu as raison. Va pour la pêche ! Essaie de la convaincre. Dis-lui qu'on l'enlève pour le reste de l'après-midi. Le travail attendra !

Elle releva fièrement la tête et me lança :

— Je savais que tu comprendrais, Lène.

Puis, elle tourna les talons sans plus. Je fus étonnée. Du haut de ses sept ans, Isabeau saisissait les mouvements de la vie bien davantage qu'elle ne le laissait paraître.

Nous avions projeté de nous rendre près du pont de Saint-Cloud, là où la rivière était large et calme. On disait que les truites y frayaient en abondance : nous en aurions au souper, c'était assuré !

Antoinette ramait négligemment devant moi, sans intérêt, sans plaisir. Un tablier fleuri couvrait le devant de sa robe de coton bleu, d'un bleu aussi tendre que la nature de son caractère. Une brise rafraîchissante agitait ses fins cheveux blonds. J'admirais sa vaillance tout autant que sa beauté. Elle était à mille lieues de ces péronnelles vides du cœur et de l'âme frayant dans les salons parisiens. Antoinette ne parlait pas.

Sur les rives de la Seine, des bosquets de trembles et de bouleaux côtoyaient les buissons d'aubépines, de fusains et de roseaux qui ombrageaient les quenouilles et les tapis de fougères. De temps à autre, un saule courtisait les nénuphars blancs et jaunes qui tapissaient de leurs feuilles rondes la surface de l'eau. Isabeau s'émerveillait de tout.

— Vois Antoinette, des miettes de soleil sautillent dans les vagues ! Tu entends le cri des grenouilles, Lène ?

J'espérais que sa gaieté fût contagieuse. J'inspirais profondément. L'air transportait des odeurs de foin coupé, de trèfle et de miel. J'étais bien, les enfants étaient heureux et Antoinette avait enfin un moment de répit !

— Regardez, on voit des poissons nager au fond de l'eau ! s'écria Isabeau en se penchant par-dessus bord.

— Tête de linotte ! Tu tiens tes fesses sur ce banc ou je te lance moi-même dans la rivière ! s'énerva Mathurin en agrippant sa jupe.

Isabeau fit la moue en tapotant le bras d'Antoinette.

—Je ne suis pas une tête de linotte! Dis-lui, Antoinette, que je ne suis pas une tête de linotte. Et puis d'abord, c'est quoi une linotte?

Mon rire se mêla au sourire d'Antoinette et cela me ravit. Il était grand temps que la joie lui revienne!

—Mais non, Isabeau, tu n'es pas une tête de linotte. Une linotte, c'est un tout petit oiseau chanteur. Tu as des plumes?

—Là, bien fait pour toi, Mathurin!

—Je crois cependant que Mathurin est sage quand il te dit de rester bien assise sur ton banc.

—Ah! Je risque de me noyer?

—Avec de la chance peut-être pas. Hélène et moi savons nager, tu sais!

—Vraiment! Dis, c'est vrai, Lène?

—Parfaitement! Tante Geneviève nous a appris. Tu aimerais nager?

—Ouiii! Je veux nager, je veux nager!

—Si Antoinette le permet. Ça peut toujours être utile de savoir nager, n'est-ce pas Antoinette?

—Parfaitement! Avant la fin de l'été, vous serez d'habiles petits poissons.

J'avais chaud. Une cane suivie de six canetons se faufilait paisiblement entre des quenouilles. Antoinette fixait le ciel, un ciel bleu vif, percé çà et là de nuages blancs et joufflus: de joyeux nuages.

—Tu rêves, Antoinette?

—Je rêve à nos amours perdues. Tu te souviens de cette époque d'insouciance: tu n'étais pas mariée, Augustin était libre et tante Anne était parmi nous, murmura-t-elle les yeux chargés de peine.

Elle cacha son visage de ses mains.

—Tu veux qu'on s'arrête quelques instants?

Elle ne répondit pas. J'approchai la chaloupe d'une petite crique et la fis accoster sur une plage de galets. Une fois la barque bien immobilisée, je suggérai aux enfants d'aller taquiner les poissons sur une grosse pierre plate avançant dans le courant.

—Qu'est-ce que tu as Antoinette, tu as mal? s'inquiéta Isabeau.

—Laisse, dit Mathurin en l'aidant à sauter sur les galets, Hélène s'en occupe.

Antoinette, toujours assise dans la chaloupe, s'efforçait de camoufler sa tristesse sous un sourire poli.

— Excuse-moi, je ne veux pas gâcher un si bel après-midi. Ce… ce doit être la fatigue ou… ou le bonheur des enfants, je… je n'y peux rien.

Ses paroles se perdirent dans ses sanglots. J'appuyai sa tête sur mon épaule. Ses cheveux sentaient bon la camomille.

— Pleure, allez pleure mon amie. Tu peux pleurer, va. Paul dit que les pleurs nettoient la peine.

Quand elle fut suffisamment apaisée, elle s'essuya les joues du revers de son tablier, se rendit sur le bord de la rivière et s'aspergea le visage. Elle resta debout un moment à regarder le courant et revint vers moi.

— Je te remercie Hélène. Il y a longtemps que je ne m'étais laissée aller ainsi, soupira-t-elle. Ça ira maintenant, je me sens plus…

— Tu sais que tu es ma meilleure amie ?

— Oui, je sais.

Isabeau quitta sa roche et accourut vers nous.

— Regardez, regardez, nous avons pris deux poissons, deux poissons chapes.

Mathurin vint nous rejoindre et nous présenta le seau d'où émergeaient deux queues frétillantes.

— Des carpes, Isabeau, nous avons pêché des carpes, pas des chapes ! s'indigna Mathurin.

Regardez, elles bougent encore !

— Fantastique ! Ce que vous pouvez être veinards, jeunes pêcheurs ! dis-je avec un clin d'œil à Antoinette.

— Et si on allait attaquer les truites maintenant. Qu'en dites-vous, vaillants matelots ?

— Ouais, ouais, attention les truites ! Nous arrivons ! s'écria Mathurin en pointant sa ligne à pêche comme on pointe l'épée.

Nous descendîmes la rivière jusqu'au pont de Saint-Cloud, là où la rivière s'élargissait et où le bleu clair de l'onde passait au bleu profond.

— Arrêtons-nous ici, les truites aiment ces endroits frais à l'orée des bois : elles y pondent tout au fond.

— Tu te souviens du jour de la Saint-Jean-Baptiste, Isabeau ? demandai-je nostalgique.

Elle se mit à rire.

— Je vous ai fait une belle frousse, hein ? À toi et à Ludovic et…

— Tu te tais un peu, Isabeau ! Il vaudrait mieux tendre ta ligne plutôt que de jacasser comme une pie, s'impatienta Mathurin.

— Mais, mais… s'offusqua Isabeau.

— Bien, bien, je crois qu'il serait préférable de reporter notre discussion, gentille Demoiselle. L'heure est à la pêche, terminai-je en riant.

Nous installâmes nos lignes et attendîmes patiemment en silence. Les prises ne se firent pas attendre. D'abord Antoinette, puis Mathurin et encore Mathurin.

— Ce n'est pas juste, et moi alors ! s'exclama Isabeau en se dandinant au milieu de la chaloupe.

— Cesse de frétiller comme ça, nous allons chavirer, lança Mathurin.

— C'est que j'ai envie, moi ! se lamenta-t-elle en croisant ses jambes.

— Ventrebleu ! Voilà ce que c'est que d'amener des filles à la pêche ! se désespéra Mathurin en retirant vivement sa ligne de l'eau.

Le silence fut définitivement rompu par nos éclats de rire.

— Allons Mathurin, ne fais pas la grosse tête, c'est la nature qui commande après tout. Un petit tour sur la grève et nous revenons nous installer, c'est promis, le taquina Antoinette.

— Ah, les filles ! lança-t-il en levant les bras bien haut.

Remonter le courant fut plus ardu que nous l'avions prévu. Il nous fallut ramer avec vigueur et ténacité. Aussi étions-nous satisfaites et fatiguées lorsque nous remontâmes le coteau menant à la ferme. Nos seaux débordaient de truites et de carpes. Le repas du soir allait rassasier les plus grands appétits. Nous avions presque atteint la maison quand Antoinette remarqua un cheval brun près de la grange.

— Tiens, nous avons un visiteur ! À moins que ce ne soit… Attends un peu, mais oui, à moins que ce ne soit Ludovic ! Il serait un peu en avance mais oui, ce ne peut être que lui ! Je reconnais le cheval d'oncle Mathieu !

Mon pouls s'accéléra et mes pas suivirent la cadence. Nous nous précipitâmes dans la maison la joie au cœur.

— Ludovic, tu es là, Ludovic ?

L'appel d'Antoinette resta sans réponse. Une idée me vint.

— Je crois savoir où il est, Antoinette ! m'énervai-je.

— Tu as raison, oui, le pigeonnier! C'est le premier endroit où il se rend quand il revient à la ferme!

Je courus vers le pigeonnier, gravis les marches de pierres deux à deux mais dus bientôt ralentir le pas. Le souffle me manqua et je pris un temps d'arrêt. J'étais suffisamment près du pigeonnier pour discerner à travers les roucoulements des pigeons que la voix d'une jeune fille répondait à la sienne. J'approchai lentement et sans bruit. Ce que je vis par la porte entrouverte me consterna. Des mains de femme étaient nouées autour de son cou et une jambe nue caressait son mollet. Il baisa la joue tendue. Une pierre glissa bruyamment sous mon pied me déstabilisant. Il n'en fallait pas plus pour que je m'effondre au sol, jambes en l'air et jupes par-dessus tête. Je tentai de me relever le plus rapidement possible. Hélas, ce ne fut pas assez vite. J'étais encore à quatre pattes quand il apparut sur le seuil de la porte, le visage de Charlotte collé au sien.

— Hélène! Que faites-vous ici?

Il se précipita vers moi et saisit mon bras. Je me dégageai aussitôt de sa poigne.

— Madame de Champlain! se pâma lentement Charlotte en se courbant presque jusqu'au sol.

— Charlotte! répondis-je en imitant son insignifiante courbette.

Et sans plus attendre, je leur tournai le dos, retroussai mes jupes et courus jusqu'à la grange où Paul s'affairait à la roue de notre charrette.

— Paul, ramenez-moi à la maison, à la maison, tout de suite, je vous en prie, Paul! articulai-je le souffle court et la rage au cœur.

Il me fit monter dans la charrette et je quittai la ferme sans me retourner.

Depuis le retour de Ludovic, je ne parlais plus, passais mon temps dans ma chambre, n'en sortant que pour mes pratiques d'escrime, à l'aube. Paul avait la courtoisie de respecter mon silence. Noémie s'inquiéta. Je la rassurai.

— Une mauvaise passe, voilà tout. C'est ainsi! répliquai-je à chacune de ses questions.

Je n'avais qu'une véritable préoccupation: me convaincre à tout prix que Ludovic Ferras faisait partie de mon passé, qu'il me trahissait avec la première venue et que tous ces beaux discours n'avaient été que perfide comédie. Plus j'essayais et plus je le haïssais. C'était la partie la plus difficile de mon mandat. Le haïr, le haïr sans condition, sans concession, sans compromis. Le haïr, simplement le haïr. Il n'était pas question que je ressorte de ma chambre avant d'avoir renoncé à lui et pour toujours !

J'avais enfilé mon pantalon de cuir et coiffé mon chapeau de mousquetaire. Une blouse légère suffirait. Le soleil qui se levait à peine présageait une journée chaude. Je me rendis derrière la grange en marchant d'un bon pas. Plus j'avançais et plus la silhouette de l'homme appuyé à la clôture se précisait. Ce n'était pas Paul qui attendait l'épée à la main, c'était Ludovic Ferras ! L'espace d'un instant, l'idée de fuir m'effleura l'esprit. Je me retins. Ce gaillard s'était moqué de moi. Je n'avais pas à fuir, c'était lui le coupable ! Je lui ferais mordre la poussière, foi d'Hélène ! Il allait regretter son insolence ! Plus je m'approchais et plus l'envie de me jeter dans ses bras émoustillait celle de lui trancher le cou. Ma résistance battait la cadence de mes pas. Plus jamais ! Cet homme était un traître et un menteur, un amant infidèle. Il ne méritait pas ma confiance ! Plus jamais je ne serais à lui ! Il fit quelques pas dans ma direction et s'immobilisa.

— Hélène, c'est… c'est bien vous ? s'étonna-t-il. Que faites-vous dans cet… cet accoutrement ? C'est une culotte, vous portez une culotte d'homme maintenant !

Sa désobligeance exacerba ma colère.

— Je porte les vêtements qu'il me convient de porter, ne vous en déplaise ! Que faites-vous là de si bon matin, chez moi ? Personne ne vous a convié que je sache ?

Il s'appuya sur son épée et m'observa sans bouger. Je détestais qu'il me regarde, il savait trop bien me deviner.

— Pardonnez cette intrusion dans votre intimité, Madame, mais Paul s'est blessé au coude hier. Il m'a demandé de le remplacer pour votre assaut matinal.

Son regard descendit sur ma blouse dont la légèreté me contraria.

— Lancez-moi ma cuirasse, Monsieur !

Il retourna à la clôture, saisit la cuirasse qu'il me tendit à bout de bras avant de reculer de quelques pas. Quand j'eus finis de l'endosser, je redressai les épaules et saluai froidement.

— Puisque vous devez remplacer Paul, allons-y. En garde !

Il prit sa position de garde et répondit sans conviction.

— En garde !

Je saisis fortement le manche de mon épée, cherchant son fer. Je le croisai, mais il restait sans bouger. J'attaquai en seconde, il ne broncha toujours pas.

— Mais qu'est-ce qui vous arrive, escrimeur Ferras, la vue de ma culotte vous paralyse ?

Je revins à ma position de garde. Il me dévisageait toujours.

— Alors, vous désirez une leçon d'escrime, oui ou non ?

Je cherchai à nouveau son fer.

— L'attaque, vous vous rappelez ? À l'escrime il faut parer et riposter à l'attaque, Monsieur !

Cette fois, il baissa son arme.

— Je n'attaque jamais une personne blessée, Madame de Champlain ! laissa-il tomber d'une voix si douce que je crus défaillir.

— Il t'a trahie, il t'a odieusement trompée, pensai-je afin de raviver mon ardeur.

Et je cherchai à nouveau son fer plus déterminée que jamais à livrer bataille.

— Monsieur Ferras, la vanité vous aveugle. S'il doit y avoir un blessé ici, ce sera vous ! Vous me sous-estimez, Monsieur ! Vous croyez peut-être que de vous voir minauder autour d'une fille me chavire au point de me faire perdre tous mes moyens ? Vous croyez que cela me trouble, me dérange ? Quel prétentieux vous faites ! Vous me connaissez mal, Monsieur Ferras ! À moins que la jeune fille ne vous ait totalement privé de votre sommeil, vous devriez être capable de résister quelque peu à mon fer. Que craignez-vous, Monsieur Ferras ? Que je m'effondre à vos pieds ?

Plus je criais et plus son visage s'empourprait. Il attendit la fin de ma tirade avant de brandir son épée et riposta vivement à mon attaque. Je frappais de rage, je frappais de colère et il me répondait. J'attaquais, il contre-attaquait. Je préparais une feinte, il se dérobait. J'avançais vers lui, il ne reculait pas. Quand nos fers se croisèrent près de nos poitrines, je compris que sa force viendrait à bout de mes efforts. Il me repoussa, je perdis l'équilibre et dus m'appuyer sur les mains pour éviter de me retrouver face contre terre. Je me relevai prestement. Il attaqua en sixte, je contre-attaquai le repoussant tant et si bien que je sortis de l'aire de jeu, accrochai une talle d'herbe haute avant de trébucher tête première. Il n'eut pas le temps de retirer son épée qui effleura la base de mon cou. Le sang dégoulina aussitôt. Il lâcha son épée et se pencha au-dessus de moi visiblement affolé. Comme il voulut m'aider à me relever, je le repoussai violemment.

— Ne me touchez pas, sale menteur. Reculez, goujat ! Jamais plus vous ne poserez la main sur moi, sale menteur ! hurlai-je à tout rompre.

— Hélène, arrêtez un peu, calmez-vous, vous… vous êtes blessée, vous saignez !

Il s'approcha, déjoua les manœuvres de mes résistances et saisit fortement mon bras.

— Lâchez-moi, insolent, comment osez-vous encore me toucher !

Je tentai vainement de me dégager. Il m'entraîna de force vers la rivière et m'assit vigoureusement sous le saule.

— Restez là et ne bougez pas ! ordonna-t-il le nez collé au mien.

Je fis un mouvement pour me relever. Il pressa mon épaule et me cloua au sol.

— Je vous ai dit de ne pas bouger ! Vous savez ce que veut dire ne pas bouger, Madame de Champlain !

— Espèce de… d'odieux personnage ! Comment osez-vous me parler sur ce ton ?

— Je parle sur le ton qui convient ! Vous saignez abondamment, cessez de bouger.

Il courut au bord de la rivière, saisit des feuilles de plantagine et revint les plaquer sur la brûlure que je sentais au cou.

— Comment osez-vous encore poser la main sur moi ?

— Je vous soigne, Madame ! Surtout n'allez pas vous imaginer autre chose ! Il n'est aucunement question d'attirance ! Non, je vous soigne comme je soignerais n'importe qui !

— Et cette Charlotte plus que les autres, j'imagine ?

Il me jeta un regard noir et posa sa main sur mon épaule. Je tentai vainement de m'en dégager. Il empoigna mes avant-bras afin de m'immobiliser.

— Regardez-moi ! Cessez de gigoter et regardez-moi !

— Quel prétentieux vous faites ! Vous imaginez que je puisse encore lever les yeux sur vous. Éloignez-vous de moi immédiatement ! J'ai chaud, je veux enlever ma cuirasse.

— Enfin, une parole sensée ! Il fait chaud, c'est vrai, mais c'est à cause de la chaleur du jour et rien de plus, n'est-ce pas, Madame ?

— Rien de plus ! lui sifflai-je au visage.

J'avais oublié la délicatesse du tissu de ma blouse. Lorsque sa main effleura mes seins pour soulever la cuirasse, je faiblis.

— Éloignez-vous de moi ou je hurle au viol !

— Gardez-vous bien de confondre vos désirs avec la réalité, Madame ! Il ne saurait être question de viol ici, croyez-moi ! reprit-il en tentant de m'immobiliser à nouveau.

Je sentais son odeur musquée, je sentais sa peau. Il était si près de moi !

— Vous vous réservez pour votre nouvelle conquête ? Une pour l'escrime, une pour l'amour, c'est bien ça, Monsieur Ferras !

La colère empourpra son visage. Il me plaqua au sol et s'étendit sur moi. Il essayait de m'embrasser et plus il insistait, plus je me débattais.

— Ôtez… ôtez vous de là, dégagez, sale violeur !

La cadence de sa respiration devint inquiétante. Je frétillai tant et si bien que je libérai mon bras et pris un malin plaisir à lui griffer le visage. Brutalement, il saisit ma chemise, la déchira d'un coup sec et entreprit de presser mes seins avant d'en mordre les mamelons. Puis, il glissa une main dans ma culotte. Je cabrai les reins, tentant vainement de me dégager. Au nouvel assaut de sa bouche sur mes lèvres, ma résistance se mua progressivement en consentement empressé. Je répondis fougueusement à ses caresses, totalement submergée par l'urgent désir de me livrer à mon assaillant. Je ne résistai plus, je lui étais acquise. Alors, subitement, il délaissa ma bouche, souleva son torse au bout de ses bras et d'un bond, se remit debout. Il ajusta son pourpoint, épousseta sa culotte et me fixa, stoïque.

— Madame de Champlain ! clama-t-il, en claquant les talons.

Il s'éloigna d'un pas ferme, repoussa vivement la porte de métal du muret, s'élança vers le lieu de notre assaut, ramassa son épée au passage et courut vers la grange.

Je restai là immobile, observant sa fuite. Lorsqu'il disparut de ma vue, je gémis de honte. Si j'avais voulu extirper Ludovic de ma vie à tout jamais, un peu moins de hargne aurait largement suffi ! J'effleurai ma blessure. Le sang se coagulait, c'était bon signe. Je replaçai les feuilles de plantagine. À tout prendre, la séparation serait plus facile pour nous deux : nous avions dorénavant un bon motif de le faire ! Je me recroquevillai autour de ma cuirasse m'efforçant pour me concentrer sur la forme de nuages gris qui se métamorphosaient lentement au-dessus du saule. Le murmure de l'eau favorisa ma somnolence.

D'abord, j'entendis vaguement Noémie m'appelant au loin. Puis, sa voix s'approcha. Elle toucha mon bras.

— Sainte Madone ! Mademoiselle Hélène, mais que vous est-il arrivé ? Qu'est-ce que c'est que tout ce sang… et votre chemise déchirée ? Vous voilà à demi nue. Quel filou vous aura attaquée ?

— Chut… pas si fort, Noémie, j'ai la migraine.

Je me soulevai lentement sur les coudes cherchant à couvrir ma poitrine des pans de ma chemise.

— Vous m'aidez à me lever ? Il se peut que je sois un peu étourdie.

J'avais vu juste. Je m'agrippai à son bras jusqu'à ce que l'étourdissement me quitte et repris mon épée.

— Venez, j'ai besoin de me laver un peu. Tante Geneviève est à la maison ?

Noémie que l'hébétude n'avait pas quittée ne répondit pas.

— Noémie, je vous demande si tante Geneviève est à la maison ? m'impatientai-je.

— Oui, oui ! Mais que vous est-il arrivé, ma pauvre enfant ?

— Ce n'est rien, juste une saute de caractère. Je crains seulement que cette fois la saute n'ait été un peu trop audacieuse.

Tante Geneviève nous rejoignit en courant au détour de la grange.

— Mais qu'est-ce qui t'arrive ? Et ce sang, d'où vient tout ce sang ?

— Juste une écorchure à la base du cou. Ce n'est rien ! Un peu de fil de lin et il n'y paraîtra plus. Il n'y a pas de mal, je vous assure !

— C'est Ludovic, c'est lui qui vous a fait ça ? C'est bien lui qui était avec vous ce matin, n'est-ce pas ? s'énerva Noémie.

— J'étais avec Ludovic ce matin, mais tout cela est de ma faute. Ludovic n'y est pour rien ! C'est moi et moi seule qui suis responsable de ce désagrément. Vous m'entendez toutes les deux, Ludovic n'a rien à y voir ! affirmai-je désespérément.

Elles se dévisagèrent avant d'opiner de la tête en même temps.

— Je me lave avant ou après les points de suture, tante Geneviève ?

— Après, tu risques de transpirer encore un peu. Une aiguille dans la peau n'est pas ce qu'il y a de plus agréable.

— Va pour la suture avant la toilette.

L'aiguille de tante Geneviève me brûla la peau. Je mordis dans la serviette coincée entre mes dents tout en regrettant qu'il n'y ait aucune serviette pour les aiguilles enfoncées dans le cœur. Il fallait apprendre à vivre avec celles-là.

Après la toilette, je m'étendis sur mon lit et dormis pour le reste de la journée. Noémie me réveilla pour le souper que je choisis de prendre au lit. Un bouillon de poulet contenta mon faible appétit. Sitôt le repas terminé, je me recouchai, appelant le bienfaisant sommeil qui prit l'allure d'un repos cauchemardesque. Ludovic courait à toutes enjambées dans une prairie de ronces, hurlant de douleur. Une épée transperçait son dos lui crevant le cœur. Je manquai d'air et me réveillai en sursaut. Je transpirais et suffoquais. Je me rendis à la fenêtre et y penchai le torse jusqu'à ce qu'un frisson me gagne. L'air s'embaumait de l'odeur des roses. C'était un soir sans lune. Je me refusai à penser à lui. Je pris l'aiguière, me versai un verre d'eau, bus, passai sur la chaise d'aisance et retournai dans mon lit. J'avais les yeux aussi secs que le cœur. Je me rendormis aussitôt.

— Aïe ! Ne vous inquiétez pas, ça ira. Un pincement, c'est juste un petit pincement. Aïe !

— Voilà ! Un peu de sève de géranium appliquée quelques jours encore et la couture n'y paraîtra presque plus !

— Je vous remercie.

Je m'apprêtais à quitter ma chaise quand elle retint mon bras.

— Tu ne veux vraiment pas en parler ?

— À quoi servirait d'en parler ? Les paroles ne peuvent rien changer au passé, à ce que je sache ! dis-je en étirant le mouchoir que j'avais entre les mains.

— Cet événement t'a aigrie, tu as perdu ta joie de vivre. Tu traînes partout sans énergie. La parole permet parfois de mettre un peu d'ordre dans les idées.

Peut-être avait-elle raison.

— Je veux bien, mais je vous préviens que ce que vous allez entendre risque de vous choquer.

— Dis toujours, je jugerai après, si nécessaire.

— J'ai fait une crise de jalousie, oui, je crois bien que c'est ainsi qu'il faut l'appeler, une crise de jalousie. J'ai surpris Ludovic à embrasser Charlotte et quand il est venu remplacer Paul pour ma pratique d'escrime, je lui ai fait une crise de jalousie. Voilà, c'est tout. Voilà vous savez tout, m'énervai-je.

— C'est vraiment tout ? Et l'écorchure, et le sang, et la chemise ?

Je soupirai longuement. Tant qu'à raconter, autant tout y passer.

— Je l'ai insulté, vraiment beaucoup insulté et il… il s'est mis en colère et je suis tombée sur son épée. Il a voulu arrêter le saignement en mettant de la plantagine et je l'ai insulté encore et alors il… il a…

Elle s'éclaircit la gorge.

— Bon, je crois que je saisis. Et il y a longtemps que toi et lui êtes amants ?

— Depuis Noël, nous sommes amants depuis Noël. En fait, nous avons été amants à Noël et au bal du printemps et c'est tout !

— C'est tout !

— Oui, et c'est bien ainsi ! Vous saviez qu'on pend les amants ?

— Ça peut arriver, dans des cas exceptionnels, ça peut arriver, oui.

— Je n'ai aucune envie de voir Ludovic se balancer au bout de la corde d'une potence. C'est pourquoi tout est pour le mieux ! Il ne sera jamais plus mon amant et c'est bien ainsi !

— Et lui, qu'en pense-t-il ?

— Je crois très sincèrement qu'à la suite de notre dernière rencontre il n'en pense plus rien. Et ça aussi, c'est bien ainsi. Je peux me lever maintenant ?

Elle me sourit tristement.

— Oui, tu peux te lever. Tu accepterais de m'assister pour un accouchement ? Je dois me rendre chez les Deschamps au plus tôt. La femme du gendarme devrait accoucher dans les prochaines heures. Je crains que le bébé ne se présente par le siège. Si tel est le cas, je serai forcée de pratiquer une césarienne.

— Une césarienne ! Êtes-vous certaine de vouloir prendre un tel risque ?

— Si c'est le dernier recours possible pour sauver la vie de la mère, alors oui, je le ferai. Je sais que c'est une grave opération et que seuls les chirurgiens-barbiers sont autorisés à cette pratique en cas d'extrême nécessité. Encore qu'ils doivent se passer de la bénédiction du clergé. Mais ici, au fond de la campagne, allez donc trouver un chirurgien-barbier ! J'ai assisté l'oncle de Françoise Boursier à quelques reprises dans ce genre d'opération. Il est docteur régent à la Faculté de médecine de l'Université de Paris et médecin du Roi. Son savoir-faire est plus que fiable ! Je saurai me débrouiller surtout si tu m'assistes. Je devrai inciser les cinq téguments et les muscles de l'abdomen pour ensuite entailler la matrice afin d'en extirper le bébé.

— Tu me crois capable d'assister à une telle opération ?

— Absolument ! Tu n'en es pas à ton premier accouchement et tu connais les instruments. Il suffit que ton cœur tienne le coup !

— Il tiendra.

Le bébé trouva la mort avant de naître, au milieu de la nuit. Après les vingt heures de souffrance atroce que sa position infligea à la mère, il cessa de bouger. Tante Geneviève n'eut d'autre choix que de procéder à la chirurgie. C'était le seul espoir de sauver la vie de la jeune femme, déjà mère de cinq enfants. La mandragore ne suffit pas à atténuer ses douleurs. À mi-chemin, elle perdit connaissance. Elle ne vit pas l'enfant mort-né emmailloté de langes que je remis au père en tremblant. Il le déposa dans le berceau garni d'une légère toile bleue et sortit creuser sa tombe derrière la maison. Lorsqu'il revint, le ventre de sa femme avait été recousu et elle dormait profondément sur la table où on l'avait opérée. Le père fit le signe de la croix, saisit son enfant et ressortit sans un mot.

Malgré une intense fatigue, je ne parvenais pas à dormir. Je songeai à ce petit garçon à qui le souffle de vie avait manqué : un soupir et tout finit avant de commencer. Je me demandais où pouvaient bien aller ces petites âmes mortes avant de naître, avant de connaître la tendresse et l'amour. Je songeai à Ludovic et les larmes refoulées jaillirent comme source. Je m'endormis à l'aube et fus réveillée avec les cliquetis d'un attelage et le hennissement de chevaux. Quelle heure pouvait-il être ? À la position du soleil, nous en étions au milieu de l'après-midi. On frappa à ma porte.

— Mademoiselle Hélène, votre amie Antoinette est en bas. Vous pouvez la recevoir ? demanda Noémie.

— Oui, elle peut monter. Je l'attends ici.

Je me rendis à la fenêtre et ouvris tout grands les volets. Le soleil jouait sur les feuilles des pruniers. Antoinette poussa ma porte hésitante :

— Tu es souffrante, Hélène ?

— Non, paresseuse ! La paresse s'est emparée de moi.

— Ta tante m'a dit pour la nuit dernière. Je dirais plutôt courageuse que paresseuse.

— Ma tante est courageuse. Moi…

— Tu m'as manquée, tu nous manques à tous. Isabeau attend toujours tes leçons de nage.

— Vous me manquez aussi. Surtout toi ! Je regrette de ne pouvoir continuer à te soulager dans ta besogne mais je ne peux pas… je ne peux pas me présenter chez vous. C'est au-dessus de mes forces, je regrette. Comment se portent les enfants ? Tu veux bien me parler d'eux. Tu as le temps pour une petite causerie ?

Elle prit place sur le rebord de mon lit et baissa la tête en soupirant profondément.

— Hélène, je sais qu'il est advenu quelque chose de fâcheux entre toi et Ludovic. Il ne m'en a pas parlé, rassure-toi. Je le sais, parce que depuis deux semaines, il est morose, ne parle que pour l'essentiel, ne rit plus et a perdu l'appétit. Dire qu'il est triste serait assez juste, mais incomplet. Il est plus que triste, il est tourmenté. Ce qui est le plus difficile, c'est que je ne peux rien faire pour soulager sa peine.

— Je n'y peux rien, Antoinette. Je suis désolée, vraiment désolée, mais je n'y peux rien. Ce qui s'est passé entre nous est entièrement de ma faute. Je l'aime trop et mal et qui plus est, je suis terriblement jalouse de… de Charlotte.

— De Charlotte ! Mais que vas-tu chercher là ? Ludovic ne ressent rien pour Charlotte.

— Ah, tu crois ? Enfin je croyais que…

— Il n'y a absolument rien entre eux !

— Alors, je l'ai blessé profondément et pour rien. Je suis jalouse et bête… oui, jalouse et bête. Cependant, aussi insensé que cela puisse paraître, je crois sincèrement que ce qui arrive vaut mieux pour nous deux. Il finira par m'oublier. Je suis une femme mariée, je ne peux lui apporter que des ennuis.

— Et lui, qu'en pense-t-il ?

— Ce qu'il en pense n'a plus d'importance. S'il avait de l'amour pour moi, je crains fort de l'avoir anéanti à tout jamais. Mais je te le répète, c'est mieux ainsi, crois-moi ! Tu as dû te soumettre au choix de ton amoureux, moi je dois me soumettre aux exigences de ma vie. Je ne suis plus libre ! On pend les amants, tu le sais, Antoinette ?

Elle écarquilla ses grands yeux d'azur et ne dit plus rien. Au moment de passer la porte, elle se retourna et ajouta péniblement,

— Il t'aime plus que tout, Hélène. Il aurait peut-être son mot à dire dans tout ça, ne crois-tu pas ?

Puis elle disparut dans l'escalier. Il fallut quelques instants avant que l'attelage ne reparte. Je m'habillai, descendis à la cuisine et fis le tour de la maison. Elle était vide. Noémie devait être aux champs avec Paul, mais tante Geneviève… ? Je me rendis au jardin et résolus d'y travailler pour le reste de l'après-midi. Le travail, ça au moins je savais y faire ! Tante Geneviève revint peu avant le souper. Elle s'était rendue chez les Ferras. Ludovic s'était bêtement coupé la paume de la main en réparant une faucille.

— Un geste maladroit, une distraction, me confia-t-elle, un sourire mystérieux au coin des lèvres. Je lui ai fait quelques points de suture. Dans quelques jours il n'y paraîtra plus.

— C'est juste, Monsieur Ferras ! pensai-je méchamment. Ainsi, chacun de nous portera son écorchure.

21

Sous la voûte céleste

Depuis le départ d'Antoinette, la faim me tenaillait. Aussi, au souper, je m'empiffrai du ragoût de mouton, bus du vin un peu plus que nécessaire et dévorai la moitié de la tarte aux framboises.

— Holà, petite gourmande, laissez-en un peu pour les autres ! me taquina Noémie qui partageait mon repas.

— J'ai faim, je suis affamée ! C'est comme si je n'avais rien mangé depuis un mois.

— Voilà qui est bon signe, jeune fille ! dit-elle avec contentement.

Une fois la table desservie, je pris un cure-dent et sortis prendre l'air. La douce griserie du vin allégeait mon corps et mon cœur. Je me rendis sous le saule de mes amours et m'étendis sur la mousse de la pierre, les bras repliés sous la tête.

— Nous sommes samedi, pensai-je, le dernier jour de besogne pour les fermiers, le dernier jour de besogne pour Ludovic.

Les murmures limpides de l'eau ajoutèrent à ma quiétude.

— Le calme après la tempête, murmurai-je à Minette qui ronronnait sur mes jupes.

Le premier hennissement du cheval m'intrigua. Au deuxième, je me levai d'un bond. Minette déguerpit sous le saule. Derrière le muret, Ludovic immobilisa sa monture et me salua de la tête. La surprise me paralysa. Il m'observait, impassible, la joue droite striée des marques de ma fureur et la main gauche couverte d'un pansement de tissus. Venait-il m'annoncer un prochain départ ? Tout le laissait supposer : ses habits de lin grège, sa chemise dont l'éclatante blancheur avivait sa peau brunie, la couverture enroulée sous un sac de cuir derrière sa selle. Cette appréhension réveilla mon audace. Je devais absolument lui parler.

— Vous êtes blessé, votre main... ?

— Je me rends au bois de Saint-Cloud. Vous m'accompagnez ?

Je ne savais que penser, que répondre. Il me regardait avec insistance. Une vague réticence ralentit mon emballement. J'avançai lentement vers lui. Lorsqu'il me tendit le bras, l'hésitation s'éclipsa totalement. Il dégagea l'étrier et s'installa en croupe. J'y mis le pied en agrippant son bras et me projetai si vivement sur la selle que je faillis tomber de l'autre côté du cheval. Il ne broncha pas. Quand je fus bien installée, il passa ses bras autour de ma taille et pressa légèrement les flans de notre monture qui trotta avant de passer au petit galop. Une fois traversé le pont sous lequel frayaient les truites, il emprunta un étroit sentier bordé d'épinettes, de cèdres, de chênes et de bouleaux blancs. Les odeurs des conifères se confondaient à celles des fougères, fines dentelles de verdure couvrant le sol. Le gazouillis intense des oiseaux emplissait le sous-bois percé des faisceaux orangés du soleil couchant. Un équilibre de paix et de beauté, pensai-je. Un intense bonheur s'insinua dans tout mon être et engourdit mon esprit. Je blottis mon dos tout contre mon chevalier. La chaleur de son corps acheva de m'étourdir. Je m'abandonnai aux lents mouvements de notre chevauchée, de plus en plus intriguée par le bruit sourd d'un fort torrent, qui alla s'amplifiant jusqu'à l'orée d'une étonnante clairière. Tout au fond de l'écrin de verdure, une cascade d'eau s'éclatait sur un amoncellement de rochers avant de se déverser dans un large bassin. Il nous y conduisit. Entre les pierres de ses rives jaillissaient de larges fougères et des touffes de feuillages effilés, porteuses des fleurs toutes semblables à des lys. Au-dessus du bassin, les bouillonnements de l'onde soulevaient des bruines irisées des couleurs de l'arc-en-ciel.

— C'est magnifique !

— Magnifique, vraiment magnifique ! soupira-t-il d'une voix rauque en posant ses mains sur les miennes.

Il embrassa mes cheveux, délaissa mes mains, descendit du cheval et me tendit les bras. Je m'y laissai glisser tout en redoutant de m'y attarder. Je m'empressai de trouver refuge sur une grosse roche plate dont la chaleur me surprit. Il vint s'installer près de moi. Je n'osais le regarder tant j'avais honte : honte de mon caractère, de ma jalousie, de mon emportement ! J'attendais, le souffle court, les yeux rivés sur les écumes que la lumière du crépuscule teintait de rose. Je résistai à l'envie de me tourner vers lui, troublée autant par la gêne que par la crainte de ce qui allait advenir. Je m'étais comportée comme une piètre imbécile et en redoutais les conséquences.

— Je viens de temps à autre dans cet endroit, surtout quand j'ai besoin de réfléchir. J'y suis venu à quelques reprises ces derniers temps, dit-il doucement.

Je ne répondis pas tant l'appréhension nouait ma gorge.

— J'ai bien réfléchi, Hélène, et j'en suis venu à la conclusion qu'il n'y a qu'une solution pour nous.

Je connaissais cette solution et elle m'arrachait le cœur. Je détournai la tête vers le bois, persuadée que les sages adieux étaient proches.

— Regardez-moi, Hélène.

Il repoussa mes cheveux derrière mon oreille et effleura délicatement ma cicatrice du bout de ses doigts.

— Regardez-moi, je vous en prie, regardez-moi. Ce que j'ai à vous dire est…

Il glissa son doigt sous mon menton forçant mon regard.

— Je sais ce que vous avez à me dire et je l'approuve. Notre relation est insensée, nous nous faisons du mal, vous et moi et… et…

La tristesse ralentit mon aveu. Il caressa mes cheveux, puis mon cou de sa main blessée avant de poser sur mes joues les plus tendres des baisers. Dieu que j'allais regretter ses caresses !

— Allons, il est inutile d'en dire davantage, belle Séléné !

— Taisez-vous, Ludovic. Séléné est morte. Séléné ne vivait que pour vous et il est temps de vous en libérer. Séléné vous rend votre liberté.

Il prit mon visage entre ses mains.

— Ma proposition est d'un tout autre ordre, murmura-t-il lentement.

— Je ne vois pas d'autre solution, Ludovic. Nous devons nous quitter, nous oublier à tout jamais. Ainsi vous pourrez faire votre vie sans l'encombrement d'une maîtresse jalouse et… et…

— Jalouse et inquiète.

— Oui, jalouse et inquiète ! C'est… presque ça. Oui, je crois que c'est assez juste !

Je détournai le regard vers la cascade. Il ne dit plus rien. Au bout d'un moment, la curiosité se joua de mes certitudes. Aussi risquai-je faiblement :

— Votre proposition s'allie à la mienne ?

Il sourit, posa un baiser sur le bout de mon nez, sur mes yeux et mon oreille. Il passa ses mains sous mes cheveux et caressa mon cou. Bien que je comprenne difficilement la pertinence de gestes aussi doux au milieu d'une rupture, j'appréciais. Puis, il s'éloigna quelque peu me regardant intensément.

— Pas vraiment non, elle en est même très éloignée.

— Ah! Éloignée?

— Je désire vous épouser, chuchota-t-il.

Son souffle sentait bon la menthe et ses lèvres gourmandes me chavirèrent tant et si bien que le sens de ses paroles se dilua dans la chaleur de ses bras. Je l'embrassai tendrement, langoureuse- ment, ardemment. Comme il m'avait manqué! En dépit de tous mes raisonnements, de toutes mes réflexions et de tout bon sens, je répondais à son ardeur.

— Dois-je comprendre que vous acceptez?

— Que… que j'accepte quoi?

— De m'épouser, douce Séléné.

Je le regardais sceptique, refusant de croire les mots que j'en- tendais. Il me sembla qu'il ne pouvait s'agir que d'une boutade, une méprise, un rêve égaré. Et puis, douce, douce, j'étais loin d'être douce!

— Vous dites des sottises, Ludovic! Auriez-vous oublié la brû- lure de mes griffes sur votre visage? La douceur est une vertu qui me fait défaut!

Il s'éloigna quelque peu en touchant la joue qui avait goûté à ma douceur.

— Vous parlez de ce souvenir! Sachez qu'il est la marque d'amour la plus convaincante que j'aie reçue à ce jour, répliqua-t-il avec un sourire taquin. Voulez-vous m'épouser?

Cette fois, je n'y tins plus.

— Mais cessez donc de me torturer avec le plus cher et le plus inaccessible de mes désirs! Je suis une femme mariée!

— Mariée, vraiment? Vous avez réellement consenti à cette union?

— Non, je n'y ai jamais consenti, mais…

— Vous aimez celui qu'on vous a forcée à épouser?

— Non, absolument pas! Vous savez bien que je ne l'aime pas!

— Vous aspirez aux caresses de cet homme?

— Ça jamais! Plutôt mourir que de… que…

Et l'entendement me vint. Son visage s'illumina.

— Voulez-vous m'épouser, Hélène ?

— Ludovic, vous me rendez folle, je perds complètement la raison !

— Intéressant ! J'adore vous voir perdre la raison d'autant que la raison n'est pas conviée à cette noce.

Il se leva, prit mes mains dans les siennes. Il ne souriait plus.

— Je vous en prie, permettez-moi de faire de vous ma femme, Hélène. Je fais le serment de vous aimer, vous chérir, vous protéger tant que votre cœur voudra de moi. Je vous en prie, Hélène, j'en ai besoin ! J'ai besoin de vous sentir tout à moi dans ces moments que la vie voudra bien nous accorder. Peu m'importe qu'ils soient nombreux ou pas, si je peux espérer les partager avec ma femme, avec celle que j'aime.

Je me tournai vers la cascade.

— « *La volonté de Dieu est inscrite dans la fidélité de votre cœur, Hélène* », avait dit sœur Bénédicte.

Or, mon cœur appartenait à Ludovic depuis longtemps. Mon corps aussi était à lui et mon âme n'aspirait qu'à se fondre à la sienne. Et si ce mariage était la volonté de Dieu ? J'observai les mouvements tumultueux de l'eau qui s'écrasaient sur les rochers avant de glisser paisiblement dans le lit de la rivière.

— Nous ne pourrons jamais vivre sous le même toit, Ludovic.

— Combien d'époux vivent sous le même toit ? Mes parents furent séparés maintes fois durant les cinq années de leur mariage. Les marins sont plus souvent en mer que dans leurs foyers. Votre légitime…

Je me tournai vers lui et posai ma main sur ses lèvres. Il l'embrassa.

— Et les enfants, Ludovic. Un jour viendra où vous aurez envie d'enfants. Je ne pourrai jamais vous donner d'enfant.

— Qui sait ce que la vie nous réserve. Nul ne peut prédire son cours, Madame.

— Et le sieur de Champlain, Ludovic ? Vous savez que des maris font pendre les amants de leurs femmes ?

Cette fois, il éclata de rire.

— Ne vous moquez pas ! C'est la vérité, je suis très sérieuse ! Je connais une dame à qui ce supplice…

— Je ne me moque pas ! Simplement il semble que je connaisse votre mari plus que vous ! Son tempérament est passionné, sévère, orgueilleux et quelque peu autoritaire, j'en conviens, mais il est totalement dépourvu de cruauté. Nous n'aurons rien à craindre de lui tant que nous prenons garde de ne pas nuire à ses projets.

— Vous l'avez côtoyé suffisamment pour...

— Suffisamment à La Rochelle et à Honfleur pour être assuré de sa bienveillance à votre endroit. Les circonstances l'ont contraint à profiter de vous, enfin, des avantages d'une union avec votre famille.

— Mais la potence, Ludovic !

Il empoigna ma taille me pressant contre lui.

— Et si nous nous engagions de part et d'autre à rompre notre union si jamais l'un de nous pressentait le moindre danger pour l'autre ?

Alors, ensorcelée par un merveilleux sortilège, je m'entendis murmurer :

— Et ce mariage, il aurait lieu où ?

— Mais ici ! s'exclama-t-il en levant les yeux et les bras au ciel. La voûte céleste sera celle de notre temple et les arbres en seront les piliers. Les hululements des chouettes et des hiboux ajouteront à la symphonie de la cascade et la lune bénira notre alliance, comme au temps des peuples anciens.

— Ah, les peuples anciens ?

— Oui, les peuples anciens croyaient que les clairières étaient des temples offerts par les divinités.

— Vraiment ?

Je levai les yeux vers la voûte étoilée de notre temple, fascinée par le mystère de l'infini de l'espace, de l'infini des temps. Les lois des hommes, irrémédiablement condamnées à la finitude, m'apparurent mesquines et étriquées. La folie me tenta. Pourquoi pas ? Si je suivais la voie de mon cœur, c'est à Ludovic qu'elle menait. Si je répondais à celui que mon âme appelait à tout rompre, c'était à Ludovic que je disais oui. La folie me séduisit. De toute évidence, j'étais prédestinée à des mariages insolites et précipités ! Un élan subit de coquetterie me troubla. Je tapotai ma jupe pervenche.

— Et ma jupe, vous avez vu ma jupe ! déplorai-je. Je ne suis pas digne d'aller vers mon époux dans un tel accoutrement.

— Attendez, attendez-moi ici, ne bougez pas ! rayonna-t-il en s'éloignant en direction du cheval.

Il revint avec sa couverture qu'il déroula délicatement à mes pieds. Il en tira un voile de dentelle d'une grande finesse. Il le déplia avec précaution et le posa sur ma tête en prenant soin d'ajuster quelques mèches de cheveux. Puis, il recula et me fixa un moment avant de déclarer fièrement :

— Quelle adorable mariée vous faites ! Cette dentelle de Venise convient à Madame ?

— Cette dentelle convient parfaitement, dis-je en riant.

— Ce fut le voile de mariée de ma mère. Il sera celui de ma femme. Quant à votre robe, sachez qu'elle ne saurait être plus belle puisqu'elle…

Je le regardai émue et chavirée. Le voile de mariée de sa mère. Oui, de la dentelle, pensai-je subitement, mais oui !

— Mon futur époux voudrait-il détourner le regard vers la cascade un petit moment ?

Il était déjà retourné. Je me rendis sous un tilleul, enlevai ma jupe et mon corselet et ajustai quelque peu mon jupon de toile de Hollande et ma chemisette de lin très fin brodée de dentelle. Devant n'importe qui d'autre, la légèreté qui en résultait eût été indécente, mais Ludovic n'était pas n'importe qui. Je m'approchai du bassin, cueillis quelques lys blancs dont je me fis un bouquet, replaçai mon voile en toussotant. Il se retourna, hésita et sourit en m'ouvrant les bras. J'avançai vers mon promis, enivrée d'allégresse. Quand je fus près de lui, je lui rendis son sourire.

— De ma vie, je n'ai vu de mariée plus excitante ! Madame, vous êtes si… si désirable ! La cérémonie sera courte, murmura-t-il en me pressant contre lui.

Je le repoussai gentiment. Après tout, nous n'étions pas encore mariés ! Le tapis argenté de la lune s'étalant sur l'eau du bassin aboutissait à nos pieds. Mes yeux se noyaient dans l'ambre des siens. Une chouette hulula. Il prit mes mains les serrant fortement.

— Devant Dieu qui nous regarde, je vous demande de m'épouser, Hélène Boullé, femme de ma vie.

— Devant Dieu qui nous regarde, j'accepte de vous épouser, Ludovic Ferras.

Ses yeux brillaient et ses mains moites tremblaient autour des miennes.

— À ce jour, mon cœur, mon corps et mon âme sont liés à vous. Je fais serment de vous aimer tant que votre cœur battra pour moi.

L'émotion noua ma gorge et l'intensité de son regard m'intimida. Tout cela était à la fois si inattendu, si inespéré, si loufoque et si vrai ! À mon tour, je pris ses mains dans les miennes.

— Je vous prends comme époux bien-aimé, Ludovic Ferras, et fais serment de vous garder mon cœur, mon corps et mon âme jusqu'à ce que la mort nous sépare.

— *J'ai posé un sceau sur ton cœur*, chuchota-t-il en approchant ses lèvres des miennes.

— *J'ai posé un sceau sur ton cœur*, répétai-je en l'enlaçant.

Il m'embrassa comme il eût été impertinent de le faire devant un prélat. La nature était plus permissive. Un craquement me fit sursauter.

— Qu'est-ce que c'est ?

Je me tournai vers le tilleul et aperçus un hérisson sortant de dessous ma jupe.

— Un hérisson, ce n'est qu'un hérisson, ma douce, un joli petit hérisson. Venez vous réfugier dans les bras de votre époux, déesse de ma vie !

Je souris. L'insouciance m'était revenue. Je venais de m'unir à lui, moi, une femme mariée ! Nous ne pourrions jamais vivre ensemble, ni fonder une famille, ni exposer notre amour à la lumière du jour, mais, curieusement, il me sembla que cette union était en parfaite harmonie avec la vie. Je ne ressentais ni remords, ni culpabilité, ni regret. Une paix profonde m'habitait.

— Oh, j'oubliais ! Vous me faites perdre l'esprit, Madame !

Il me fit un clin d'œil, plongeant la main dans la poche de son pourpoint et en ressortit un minuscule écrin de velours doré qu'il me tendit timidement.

— Un cadeau pour ma femme. Avec tout mon amour, Madame Ferras !

Il avait la mine réjouie d'un enfant offrant un cadeau à sa mère. J'ouvris l'écrin. La lune fit luire deux fins anneaux liés par un mince filet d'or.

— Ludovic !

— Vous permettez, Madame ? demanda-t-il en soulevant ma main gauche.

Il passa la bague à mon doigt avant d'y poser les lèvres.

— Votre main l'embellit, ma Reine !

Je reniflai en souriant. Après un court silence, il ajouta :

— Je me suis dis qu'elle nous ressemblait. Deux anneaux unis par un mince filet peut-être, mais unis tout de même.

Je voulus me presser contre lui, il résista, s'éloigna quelque peu, enleva son pourpoint et sa chemise.

— Que faites-vous ?

Il en était rendu à son haut-de-chausse qu'il laissa tomber au sol avant de s'élancer vers le bassin dans lequel il plongea. Je restai là, hébétée, mon voile de mariée sur la tête et la bague au doigt. Au bout d'un moment, il surgit au milieu du tapis d'argent.

— Isabeau est convaincue que ma douce épouse sait nager. Elle dit vrai ? Allez venez, votre époux vous réclame, belle Dame !

— Ludovic, vous êtes certain qu'il n'y a pas de… de… enfin de poissons dans ce…

Il disparut sous l'eau. Je le vis émerger sous la chute, puis plus rien jusqu'à ce qu'il rebondisse devant moi, essoufflé.

— Eh bien non ! J'ai beau scruter les profondeurs, Madame, le seul monstre qui pourrait vous mordre ici, c'est moi ! Un peu de courage, la récompense sera bonne.

J'hésitai à me dévêtir. Il me sourit. Je ne pus résister davantage. J'enlevai mes habits de noce et plongeai, le rejoignant sous l'eau. Il nagea autour de moi en souriant, s'arrêta pour saisir ma main et nous fit rebondir dans le reflet de lune.

— Je vous aime, Madame Ferras ! hurla-t-il.

Puis il replongea, caressa mes seins, mon ventre et mes fesses et rejaillit hors de l'eau.

— C'est que mon épouse a un corps de sirène !

Il replongea. Quand je sentis la chaleur de ses lèvres sur mes cuisses, je faillis m'étouffer avec la gorgée d'eau que j'avalai de travers en tentant désespérément de me maintenir à la surface. Il rebondit encore m'attirant sous la plus haute chute de la cascade. Étonnamment, elle formait un rideau derrière lequel se trouvait une plate-forme rocheuse à peine immergée. Il m'y entraîna, s'y étendit et m'invita à le couvrir de mon corps.

— Je m'offre à vous, belle Dame. Si vous désirez une vengeance, allez-y, faites de moi ce que vous voulez. À mon souvenir, lors de notre dernière rencontre, j'ai manqué à la plus élémentaire des courtoisies. Je me suis conduit comme le plus odieux des hommes.

Je sentis sous mes hanches qu'il était tout fin prêt pour le châtiment. Sa peau était si douce et si chaude ! Je mordillai son cou avant de l'embrasser.

— Lors de cette rencontre, Monsieur mon époux, j'ai cru que vous alliez me prendre.

— Sachez que je succombe aux charmes féminins quand bon me semble, Madame !

— Et ce jour-là, il ne vous semblait pas ?

— Ce jour-là, j'ai craint pour ma vie !

Je ris avant de titiller son mamelon.

— Si vous arrêtez maintenant, considérez que votre revanche est prise. Mais si vous continuez…

— Si je continue ?

— Alors, il faudra remettre ça pour la vengeance ! conclut-il d'une voix rauque et étouffée.

Mon preux chevalier saisit mes fesses, pressa mes hanches contre les siennes et s'introduisit dans le secret de mon être tel un dieu en son royaume. Nos corps humides, animés par la force de nos désirs, s'accrochèrent désespérément l'un à l'autre, jusqu'à ce qu'un long tressaillement ne saisisse mon bien-aimé. Je me délectai de la puissance de son frisson. Puis, assouvi, haletant de plaisir, il chercha fébrilement ma main et baisa mon alliance.

— Je vous aime, Hélène Boullé !

— Je vous aime, Ludovic Ferras ! J'ai bien essayé de vous haïr, mais…

— Haïr, dites-vous ?

— Oui, haïr. J'aurais aimé pouvoir réussir à…

Je glissai vers son bas-ventre et ne pus résister à la tentation de mordre dans son arme la plus précieuse.

— Vous jouez avec le feu, belle Dame.

Il saisit mes épaules et me tira jusqu'à ce que la pointe de mes seins frôle sa bouche. Il les mordilla.

— Je ne bouge plus, je le jure.

Nous restâmes sous la chute, blottis l'un contre l'autre jusqu'à ce que la fraîcheur de l'air nous oblige à retourner au rivage. Il déposa la couverture sur mon dos et remit sa culotte et ses bottes. Je repliai délicatement le voile de dentelle et le roulai dans ma jupe tandis qu'il approcha notre cheval sur lequel il m'aida à monter. Il saisit les rennes et, sans un mot, rejoignit un sentier dans lequel il nous engagea. La nuit était tombée et je n'y voyais rien, hormis la lueur des lucioles glissant çà et là dans les feuillages. Une chouette hulula si près que je sursautai.

— Ne craignez rien, elle vous accueille à sa manière.

— Où allons-nous?

— Je vous conduis à notre château, noble Dame.

Lorsqu'il s'arrêta, une cabane aux murs de rondins de bois et au toit de branches de conifères se dressait devant nous.

— Qu'est-ce que c'est?

— Mon logis secret. Venez.

Il poussa la porte et alluma les bougies. D'un côté de l'unique pièce, un lit couvert d'une paillasse de sapinage, de l'autre, une table et une chaise de bois brut. Sur la tablette du fond, des pierres aux formes surprenantes scintillaient tels des diamants.

— Et ces pierres? Elles… elles sont….! m'exclamai-je en m'en approchant.

Du bleu violacé tissé de fils d'or, du cuivre picoté de gris anthracite et des flèches blanches lézardées de rouille incrustaient joliment leurs surfaces.

— Extraordinaire, n'est-ce pas? Leurs formes et leurs coloris me fascinent. Chacune d'elle est unique, mais toutes ont la fantastique capacité de traverser les âges. J'en rapporte à chacun de mes voyages. C'est mon trésor. Je les collectionne depuis toujours. La plus ancienne m'a été offerte par un ami de ma mère, un ami espagnol, une pierre du désert.

Il déposa nos vêtements sur la chaise et son sac de cuir noir sur la table et prit une pierre constituée de minces plaquettes arrondies colorées de beige rosé et de gris.

— On dirait une rose!

— La rose des sables. Elle vous ressemble, ne trouvez-vous pas? À la fois éclatante et mystérieuse, forte et fragile.

— Vous trouvez?

— Oui, je trouve.

Il la déposa sur la table où il s'appuya, croisa les bras et m'observa sérieusement.

— Vous… vous regardez quoi comme ça?

— J'admire ma femme. Approchez, Madame Ferras, dit-il en ouvrant ses bras.

Je me réfugiai contre lui, en me laissant bercer.

— Si vous saviez combien de fois j'ai rêvé de ce moment, Hélène! Combien de fois j'ai rêvé de faire de vous ma femme, je ne saurais le dire. Je vous aime tant, mon petit hérisson, chuchota-t-il en mordillant mon épaule.

— Comment… comment ça votre petit hérisson?

Il rit, m'attira sur le rebord du lit et m'invita à m'asseoir sur ses genoux. Je replaçai la couverture sur mes épaules. La rugosité de sa laine irrita ma cicatrice, je grimaçai.

— Vous avez mal ?

— Non, si je n'y touche pas, je ne sens rien.

— Et la vôtre ? dis-je en ouvrant sa main blessée.

— Ce n'est rien, un moment de distraction en effilant ma faucille. Votre blessure m'obsédait.

Il fixait toujours ma cicatrice.

— Je voudrais m'excuser, Ludovic. L'autre jour, le jour de notre combat, j'ai été… j'ai agi bêtement et je le regrette.

— Et quand on l'embrasse, vous avez mal ?

— Je… je ne sais pas. Mais de quoi parlez-vous ?

— De votre écorchure, tiens donc !

— Ludovic, je veux m'excuser, j'ai si honte de moi.

Il posa ses lèvres sur l'écorchure.

— Votre affolement fut vain, Hélène. Nous étions à quelques jours de l'anniversaire de Charlotte. Je repoussais le plus gentiment possible ses audacieuses avances tout en lui souhaitant une joyeuse fête. En devenant femme, elle a développé des attitudes, disons pour le moins familières. Elle fait partie de ces femmes qui apprennent aux hommes à dire non. J'étais en train de lui dire non, ma douce.

Je posai le doigt sur la trace de mes griffes. Mes yeux étaient plongés dans les siens. J'approchai ma bouche de la sienne.

— Je suis désolée, Ludovic, vraiment désolée pour tout. Il faut cependant avouer que ce malheureux événement m'a révélé une chose de la plus haute importance.

— Vraiment ?

— Vraiment ! Il m'a appris que vous savez dire non, Monsieur, terminai-je moqueuse.

Il déjoua mon approche et baisa mes cheveux mouillés.

— Vous m'avez fait peur, réellement peur ! J'ai bien pensé que ma dernière heure était arrivée !

Il avait son sourire narquois. Je laissai glisser la couverture de mes épaules et passai mes bras autour de son cou.

— Et moi, j'ai bien cru que vous alliez succomber à ma fougue.

— Je m'adonne aux galanteries quand bon me semble, belle Dame. Tenez-vous-le pour dit !

— Vous m'avez laissée sur mon appétit après avoir attisé mon désir. Ce n'était pas digne d'un chevalier.

— L'heure de votre vengeance a sonné. Mon corps est de nouveau tout à vous !

Je ne bougeai pas.

— Charlotte, minaudai-je en tortillant la toison de son torse, ce fut la première ?

Il sourit, glissa ses mains le long de mon dos et les arrêta sur mes fesses.

— Avant tout, j'ai une faveur à vous demander.

— Et quelle est donc cette faveur, noble chevalier ?

— Le ventre, pour les griffes, je préfère le ventre.

Je me hissai sur les coudes et fis tournoyer une mèche de ses cheveux entre mes doigts.

— Pas de diversion, mon maître. La première fois, c'était avec Charlotte ?

— Non ! La première fois, c'était avec une princesse.

— Une princesse ! Intéressant !

— Ce fut assez intéressant en effet ! Les princesses algonquines ont plus d'un talent !

— Une princesse algonquine ?

— Précisément ! Les peuples du Nouveau Monde ont une coutume d'hospitalité des plus attrayantes. Les chefs offrent leurs femmes aux invités en gage d'amitié. Refuser cet honneur constitue une insulte, une grave insulte. On n'a pas le choix, il faut accepter.

— Pas le choix vraiment ?

— J'ai fait ce qu'il convenait de faire. J'avais appris votre mariage, je n'avais plus de promesse à tenir et j'étais désemparé. Sans vous, je perds mon âme, le savez-vous ? Vous dire que cette princesse ne m'a pas fait de bien serait vous mentir.

Je ne bougeai toujours pas.

— Vous dire que je ne retiens pas mes griffes serait vous mentir.

Il saisit mes poignets, les croisa derrière mon dos et murmura.

—Vous dire que j'ai désiré et aimé une autre femme que vous serait vous mentir.

Il lâcha mes poignets.

— Alors, ces griffes, ça vient ?

— Non, elles ne viendront pas. Je serais folle de recommencer. Vous éloigner, c'est éloigner mon plaisir. Or, je tiens à mon plaisir.

— Hélène, cette chemise que j'ai déchirée ?

— Oui, la chemise… ?

— Vous l'avez toujours ?

— Je crois que oui.

— Tant mieux ! Elle vous couvre d'une manière si… si…

Je retrouvai sa bouche l'embrassant avidement.

— Si vous me quittez maintenant, nous sommes quittes ! murmura-t-il.

Je ne répondis pas tant je savourais le contact de sa peau tiède sous la mienne. Je glissai ma main sur son bas-ventre.

— Si vous arrêtez, quelle cruelle revanche vous aurez !

Je fis mine de me lever. Il saisit mon bras me retenant contre lui.

— La nuit est froide et les coyotes rôdent. Vous serez plus en sécurité ici, belle Dame. Je ne bougerai plus, je vous le promets, fit-il enjôleur.

Je ris.

— Si vous ne bougez plus, alors je pars.

Sa main glissa le long de ma cuisse avant de rejoindre la partie la plus intime de mon être, attisant mon désir. Je l'accueillis jusqu'à ce qu'une vague brûlante déferle dans tout mon corps me consumant tout entière. Le cri que j'émis se confondit au sien. Lorsqu'il voulut se retirer de mon ventre, je le retins.

— Restez, restez en moi, j'aime quand vous êtes en moi…

Nous étions blottis l'un contre l'autre. Au loin, la chouette hululait. Je dormais presque.

— Madame Ferras ?

— Oui ?

— Quelle satanée escrimeuse vous faites !

Je souris avant de m'endormir heureuse dans les bras de mon époux bien-aimé.

Une douce chaleur m'enveloppait. Une odeur de feu de bois me titilla les narines. J'entrouvris les yeux en m'étirant longuement. Les fissures des murs filtraient la lumière du matin. Je reconnus la collection de pierres, sentis le métal dans le creux de ma main gauche et la folie tout entière resurgit à ma mémoire. Je portai l'anneau à mes lèvres. La nuit dernière j'étais devenue madame Ferras! J'avais peine à y croire tout en y croyant ferme-ment. J'étais devenue madame Ferras depuis l'instant où j'avais posé les yeux sur Ludovic. C'était la pure logique de mon âme. Rien ni personne ne pourrait extraire cette certitude de mon cœur. J'étais la femme de Ludovic, c'était inscrit dans l'infini des temps. Telle était la volonté de Dieu!

Je passai mon jupon de toile, ma chemisette de lin et replaçai quelque peu mes cheveux. J'avançai lentement vers la porte en-trouverte et vis qu'il attisait le feu. J'ouvris, la penture grinça. Il se releva en laissant tomber les branches qu'il tenait à la main. Le visage de Ludovic me séduisait à chaque fois que j'y posais les yeux, mais quand il y greffait un sourire timide, alors là, je fondais. Je fondis.

— Madame Ferras! dit-il en me saluant bien bas.

Je m'avançai vers lui. Il empoigna ma taille, me souleva de terre me faisant tournoyer.

— Ma déesse, ma Séléné, ma Reine!

— Mais aussi votre douce, votre petit hérisson! poursuivis-je en riant.

Il me déposa au sol, s'éloigna en m'observant comme on observe un objet insolite. Ne sachant trop quoi penser, je tirai sur le cor-don de mon jupon, ajustai la manche de ma chemisette et passai une main dans mes cheveux.

— Quoi? Qu'est-ce qu'il y a, Ludovic, quelque chose ne va pas?

Il revint vers moi en rougissant, caressa mes cheveux d'une main et mon bas-ventre de l'autre.

— Tout va pour le mieux, chuchota-t-il à mon oreille. Votre époux vient tout juste de remarquer que votre toison est aussi cuivrée que votre chevelure. Il vous dirait de retarder quelque peu notre déjeuner?

22

Le présent

Cet été 1613 porta notre émerveillement de jeunes épousés. Chaque fois qu'il le pouvait, entre les nombreuses exigences des travaux de ferme, Ludovic s'empressait de me retrouver. Rien ne me réjouissait davantage que ses furtifs baisers volés aux portes de la maison, de la grange ou de la remise de simples.

Souvent, au petit matin, je le raccompagnais à la ferme de son oncle où je partageais mon temps entre le potager, la cuisine et les leçons de lecture et d'écriture. Mathurin, dorénavant familier avec la lecture, dévorait le livre du pays des Aztèques tandis qu'Isabeau arrivait à écrire quelques phrases à sa mère au paradis. En fin d'après-midi, Antoinette transportait bébé Françoise dans son couffin et nous nous retrouvions au bord de la Seine pour pêcher. C'était le plus bel été qu'il m'avait été donné de vivre. J'étais entourée des personnes que j'aimais, qui m'aimaient et qui aimaient Ludovic. Leurs sourires discrets soutenaient notre nouveau bonheur. De nous savoir heureux les rendait heureux.

L'indésirable mois de septembre arriva trop vite, beaucoup trop vite. Un midi, alors que je me rendais à la grange pour y chercher les outils de jardinage, Ludovic sortit subitement d'une stalle, saisit mon bras et m'enlaça.

— Vous me manquez. Et si on se permettait une petite sieste dans cette fraîche meule de foin ?

Je savourai son baiser. Il me souleva dans ses bras et me déposa dans le foin. Il défit sa braguette et retroussa mes jupes en caressant mes cuisses. Puis, il dégagea mes seins de ma chemise, les pressant dans ses larges mains et me fit languir avant de me prendre fougueusement.

Je promenais nonchalamment un brin de paille sur le torse qu'offrait sa camisole entrouverte. Il semblait distrait et lointain.

— Vous travaillez à la ferme cet après-midi ?

— Non, cet après-midi, je rejoins les hommes chez les Genais.

La moisson n'est pas terminée, septembre est déjà là et... Hélène, il faut que je vous dise.

Comme sa voix exprimait une contrariante hésitation, je m'appuyai sur les coudes afin de mieux l'observer.

— Je crains de devoir retourner à Paris sous peu avec oncle Clément. L'atelier de Paris a repris ses activités et oncle Mathieu nous y réclame. De plus, il est question que je sois envoyé à Rouen pour la sélection des fourrures qui arriveront de Tadoussac au début d'octobre.

Rouen valait que je m'assoie. Ainsi donc, les jours simples de notre amour touchaient à leur fin. S'aimer au Champ de l'Alouette, à la lumière du jour, entre la rivière et les pruniers était une chose. Le faire à Paris, à la dérobée, parmi les grands de ce monde en était une autre et nous le savions pertinemment tous les deux. Je frissonnai. Il passa son bras autour de mes épaules.

— Il semble que les vrais défis nous rejoignent, Madame Ferras.

— Je le crains. Vous croyez qu'on y arrivera ? Je ne vis plus que pour vous et...

— Allons, allons ! Vous n'allez pas renoncer sitôt l'obstacle en vue ! Je vous sais plus combative ! Et puis, nous sommes deux à présent, vous l'oubliez ? Foi de chevalier servant, nous y arriverons, conclut-il en me serrant contre lui.

— Et vous comptez me quitter bientôt ?

— La semaine prochaine, lundi ou mardi au plus tard.

Il s'était relevé et m'attirait à lui.

— J'aurai tout juste le temps de participer à la petite fête qu'Antoinette a coutume d'organiser pour les enfants avant de les quitter. Mais cette année...

— Cette année ?

Il baisa mes cheveux en promenant son doigt sur ma gorge.

— Est-il besoin de vous avouer que l'odeur de votre peau sur la paille fraîche me manquera au point de m'infliger cruel supplice, Madame Ferras ? L'achèvement de notre été met mon courage à rude épreuve ! Aussi ajouterai-je au motif du contentement des enfants, mon besoin de sceller les merveilleux souvenirs de vos bras autour de mon cou, de votre corps de sirène ruisselant de gouttes d'eau sous le clair de lune et de vos yeux pétillant à mon approche. Jamais je ne fus plus heureux qu'en cette chaude saison, vous l'ai-je avoué ? murmura-t-il à mon oreille.

Je passai mes bras autour de son cou et l'embrassai.

— Quel présent Madame désire-t-elle pour l'occasion ?

— Un présent ?

— Septembre n'est-il pas le bienheureux mois qui vous a vu naître ?

— Si, si, mais…

— Quel présent, Madame Ferras ?

— Vous.

Le lendemain, oncle Clément nous apprit au cours du dîner qu'ils étaient attendus à Paris pour la première semaine de septembre.

— Et la fête, Antoinette ? se désola Mathurin, il n'y aura pas de temps pour la fête !

— Ne crains rien, il ne saurait être question de l'omettre. Si tu me donnes un coup de main, nous aurons la plus belle fête qui soit !

— Moi aussi, je veux aider ! supplia Isabeau.

La veille de leur départ, en fin d'après-midi, Antoinette conduisit notre charrette décorée de tresses d'avoine vers une mystérieuse destination. Les enfants, ravis de partager les cachotteries, y allaient allègrement de ricanements entendus et de joyeuses allusions. Ils insistèrent pour poser un bandeau sur mes yeux et je me soumis à leur caprice de bonne grâce. Ludovic, quant à lui, nous précéda à cheval. Lorsque les tumultes du torrent de la cascade se mêlèrent à la fraîcheur des sous-bois et aux odeurs des cèdres, je sus que le bassin était le lieu choisi. Les enfants enlevèrent mon mouchoir et le spectacle qui apparut m'émerveilla. De grandes branches avaient été disposées au centre de la clairière comme pour un éventuel feu de joie, des bouquets de fleurs sauvages se balançaient aux branches des arbres et de minuscules bateaux d'écorce et de feuilles flottaient dans le bassin. Les enfants se firent une joie de déposer une couronne fleurie sur la tête des dames avant que Ludovic ne m'attire sur la pierre de notre réconciliation autour de laquelle ils se regroupèrent avant d'entonner un chant d'anniversaire :

Tournez, tournez, damoiselle belle,
Dansez, dansez, damoiseau tout beau,
Virevoltez le temps vous appelle,
Pour ses délices et ses joyaux,
Dansez, dansez, damoiselle belle,
Tournez, tournez, damoiseau tout beau.

Puis chacun y alla de ses bons vœux et de ses baisers. Ludovic effleura mes joues avant de chuchoter.

— Pour le présent, Madame devra patienter.

Et le tout recommença. Mathurin prit ma place sur la pierre et eut droit à la ronde du chant, des baisers et des souhaits. Nous étions jumeaux d'anniversaire !

— Et si le dauphin Louis était là, nous chanterions pour lui, Hélène ?

— Pour sûr ! répondis-je en riant. Il est aussi né en septembre, alors…

Sous l'œil vigilant de Paul et de Ludovic, les enfants mirent à profit leurs leçons de nage tandis qu'Antoinette et moi étalions les pains, fromages, saucissons et tartes aux cerises sur les nappes de coton.

— Tu sais le rendre heureux, Hélène, me confia-t-elle en découpant le pain. Je ne l'ai jamais vu aussi radieux.

— Merci Antoinette. Dommage que l'été nous laisse, soupirai-je. Je te souhaite de vivre le même bonheur un jour, Antoinette. Sincèrement, je te le souhaite de tout cœur.

Et je la serrai dans mes bras. Noémie et tante Geneviève qui observaient les ébats des enfants dans le bassin revinrent vers nous.

— Ah, je peux vraiment dire que ces quinze ans vous vont bien ! s'exclama Noémie en me pinçant une joue.

— Vous y êtes pour quelque chose, Madame ma nourrice.

Elle fit mine de protester.

— Si, si, je vous assure ! L'enfant gâtée que j'étais n'était pas de tout repos ! Votre patience fut requise à maintes reprises. Que de pleurnicheries aurez-vous patiemment supportées ! Je ne pourrai assez vous en remercier. Sachez que je suis heureuse, dis-je en regardant en direction de Ludovic.

— La vie ne fait que commencer pour toi, renchérit tante Geneviève. Elle nous apporte à tous ses lots de bons moments. Je me réjouis de ton bonheur d'autant que j'ai acquis la certitude que ton tempérament te permettra d'affronter tous les écueils qui encombrent inévitablement nos routes, un jour ou l'autre, conclut-elle en me pinçant l'autre joue.

— Je sais, les taches de son ! dis-je dans un rire. Merci à vous deux. Vous êtes les personnes qui me sont les plus chères, après… après…

— Ludovic ! conclurent-elles en chœur.

Je souris.

— Après Ludovic.

Le repas terminé, Paul et Ludovic nous firent une démonstration d'escrime qui nous époustoufla.

— Ventrebleu ! On dirait de vrais chevaliers ! s'exclama Mathurin.

— Et toi, tu sais aussi bien tenir le fer, Lène ?

— Hélas ! Il me faut humblement admettre que mes victoires sont plutôt rares !

— Allez, allez, jeune fille, ne sous-estimez pas vos talents ! Il vous faut garder en tête que vos adversaires sont de la trempe des mousquetaires, déclara Paul en imposant une astucieuse contre-riposte à l'attaque de Ludovic.

Paul remporta l'assaut. Lorsqu'il déposa son épée, il essuya son visage rougi du revers de sa manche.

— Par tous les diables, il semble bien qu'il ne m'en reste plus beaucoup à gagner !

— Pas de fausse modestie, objecta Ludovic. Votre habileté est suffisamment redoutable pour m'enlever toute envie de vous défier lors d'une escarmouche, mon maître. Rien que d'y penser, j'en tremble.

Une fois les combattants bien installés autour du feu qu'on s'apprêtait à allumer, Mathurin demanda :

— Dis Ludovic, on se bat à l'épée au Nouveau Monde ?

— Non, dans les colonies, il n'y a ni épées ni armes à feu. On se bat avec des arcs et des flèches si on est éloigné de l'adversaire ou avec un casse-tête et des couteaux si on est plus près.

— Un casse-tête ?

— Oui, c'est une sorte de marteau : une roche est attachée à un manche avec des lanières de cuir ou des nerfs de bêtes. Assez efficace si tu frappes le crâne de l'adversaire d'un bon coup !

— Tu as déjà participé à un combat ?

— Heureusement que non ! Tu me vois avec une flèche au travers de la tête ? dit-il en feignant une grimace de douleur qui déclencha nos éclats de rire.

— Et qu'est-ce que tu y fabriques alors si tu ne fais pas la guerre ?

— J'y fais la traite des fourrures. J'achète des fourrures que nos fourreurs et nos chapeliers transforment en jolis vêtements ou en chapeaux de castor. Tu as déjà vu un chapeau de feutre de castor ?

— Mais oui, oncle Mathieu en porte un en hiver. Et comment fais-tu pour acheter les peaux ?

— Je t'explique comment les choses se passent. Je m'embarque sur un bateau de pêche d'environ soixante tonneaux ou un peu plus. Après avoir affronté des vagues gigantesques et de terrifiants pirates, les marins larguent les amarres au large des côtes des îles de Terre-Neuve, de Gaspé ou du Cap-Breton et y attendent que des morues emplissent leurs filets. Pendant ce temps, les autres membres d'équipage et les traiteurs comme moi, gagnent la grève afin de préparer les vigneaux pour y faire sécher les poissons.

— C'est quoi un bigneau, Ludovic ? demanda Isabeau.

— Un vigneau, v… comme dans vigne, un vigneau. Ce sont des tables construites avec des branches et des cordes tressées sur lesquelles on dépose les morues après les avoir bien vidées de leurs entrailles. Elles y passent quelques jours. Une fois séchées, les voilà prêtes à êtres empilées dans d'immenses barils de saumure au fond de la cale des navires.

— Ah, je vois, reprit Isabeau songeuse. Et les fourrures Ludovic, comment prends-tu les fourrures ?

— Les fourrures, oui, eh bien, ce n'est pas moi qui capture les bêtes.

— Non, c'est qui alors ?

— Ce sont les Sauvages, jeune fille, les Sauvages qui parcourent les forêts durant le rude hiver, défiant le froid et la neige pour y chasser. Le printemps venu, ils se rendent aux postes de traite et…

— C'est quoi un poste de traite ?

— Mais cesse un peu avec tes questions idiotes, Isabeau ! s'impatienta Mathurin. Tout le monde sait qu'un poste de traite, c'est l'endroit où l'on échange les peaux des animaux contre toutes sortes de choses.

— C'est vrai ça, Ludovic ? insista Isabeau.

— Parfaitement ! Nous achetons aux Sauvages des peaux en échange de petites pierres de verre, de miroirs, de chaudrons, de couvertures ou de vêtements. Les Sauvages raffolent de nos vêtements !

— Tu as déjà vu des guerriers, de vrais guerriers ? questionna Mathurin.

— Tu sais, la plupart des Sauvages sont guerriers en temps de guerre.

— Et tu as déjà vu des femmes de Sauvages ? reprit Isabeau.

Ludovic se dandina sur les fesses en me lorgnant du coin de l'œil.

— Oui, je suis allé dans un village un jour et j'ai vu des femmes et des petites filles comme toi.

— Et elles sont gentilles les filles de Sauvages ?

— Plus que gentilles ! répondit-il un sourire en coin. Et si on allumait ce feu maintenant, Paul ?

Les tisons de notre flambée rejoignaient les étoiles et sa chaleur nous chauffait le corps tout autant que le cœur. Comme il était facile de vivre auprès de ceux qu'on aime !

— Une étoile filante ! s'écria tante Geneviève.

Nous en comptâmes une douzaine avant que le feu ne devienne braise et que le temps du départ ne soit décrété.

— Et si on restait coucher ici, Antoinette ? Il y a le repaire de Ludovic qui peut nous abriter. Dis, tu veux bien, Antoinette ? supplia Mathurin.

— Oui, oui, moi aussi je veux coucher ici ! reprit Isabeau en sautillant sur place.

J'observai la déconvenue de Ludovic.

— Je ne sais pas, en principe, c'est le repaire de Ludovic. C'est donc à lui qu'il faut demander, répondit Antoinette quelque peu mal à l'aise.

Je souris de résignation en regardant Ludovic qui masquait difficilement sa contrariété.

— Ça serait un beau souvenir de fête pour Mathurin, risquai-je timidement.

Il regarda Mathurin, me fit un clin d'œil et se releva en déclarant.

— Bon, va pour coucher au repaire.

— Ouiii ! s'exclamèrent Mathurin et Isabeau en lui sautant au cou.

Tout le monde se rendit vers le lieu du repos, en fit le tour et y alla de ses commentaires. Les enfants n'en finissaient plus de questionner sur la collection de pierres tandis que les grands en profitèrent pour nous asticoter.

— Vous ne serez pas trop de deux pour surveiller ces jeunes larrons, déclara Paul en se frottant les mains.

— Il faudra bien vous tasser un peu certes, mais se serrer l'un contre l'autre n'est pas si désagréable après tout ! ajouta Noémie en me tapotant l'épaule.

Quant à Antoinette, elle se contenta de nous envelopper d'un regard qui en disait long sur ses espérances.

— Je vous rejoins à l'aube, dit Ludovic à oncle Clément avant qu'ils ne regagnent la charrette.

— Bonne nuit à vous deux, insistèrent-ils en s'engageant dans le sentier.

Les enfants, curieux de la collection de pierres, exigèrent quelques historiettes reliées à l'un ou l'autre des spécimens jusqu'à ce que les bâillements les attirent sur la paillasse de sapinage. Nous prîmes le temps de les border et de les bécoter.

— Et toi, où tu dors, Lène ?

Ludovic me sourit naïvement en levant les yeux au plafond.

— Ne t'en fais pas pour moi, je trouverai bien une petite place confortable où dormir. Allez, ferme les yeux. Ludovic et moi retournons discuter encore un peu au coin du feu. Si tu as quelques inquiétudes, tu appelles. Ça va ?

— Y a vraiment pas de quoi avoir peur, je suis là petite idiote ! clama Mathurin.

— Allez, bonne nuit !

— Bonne nuit à vous deux, lança-t-elle en clignant des yeux.

Cela m'apparut presque impossible à croire, mais l'espace d'un instant, j'eus la vague impression qu'Isabeau était de connivence avec nous. Sitôt la porte refermée, Ludovic m'étreignit et m'embrassa tendrement.

— Venez, Madame, allons au coin du feu. J'ai un présent à vous offrir.

Il avait déposé une couverture sur ses épaules et m'entraînait sous la voûte céleste, là où le chant de Salomon s'acoquinait avec les étoiles.

Que mon bien-aimé me baise des baisers de sa bouche.
Ses caresses sont délicieuses plus que le vin ;
L'arôme de ses parfums est exquis.

23

Cohabitation

Le bébé de ma sœur Marguerite naquit le 20 septembre. Il mit quinze heures à venir au monde. Un enfantement sans tracas de l'avis de tante Geneviève et de Louise Boursier, sages-femmes émérites. Une descente aux enfers, selon les allégations de la nouvelle mère. Toute la famille Boullé exultait de joie. Charles n'en finissait plus de proclamer sa fierté paternelle et mes parents de s'extasier sur le premier descendant de la famille, Charles-Antoine Boullé Deslandes. Tous ces joyeux emportements atténuèrent quelque peu la vive inquiétude soulevée par le retranchement précipité du prince de Condé dans les terres du Berry où il venait d'être nommé gouverneur. Marguerite, très attachée à sa vie parisienne, appréhendait de s'en éloigner.

L'air frais me fit frissonner. L'été nous avait définitivement quitté, pensai-je. Assise à la fenêtre de ma chambre, je dessinais les pommiers du jardin tout en me laissant distraire par les odeurs de tartes aux pommes qui emplissaient la maison. La faim me tenaillait. Je posai mon cahier à dessin sur mes genoux et pressai l'alliance de mon bien-aimé sur mes lèvres. Si Ludovic avait suivi son itinéraire, il était aujourd'hui à la foire de Rouen. Voilà déjà trois semaines que je l'avais quitté et son retour n'était prévu que pour la mi-octobre. Je soupirai d'ennui. Je tendis mon cahier au bout de mes bras. Désolant ! Les contours des feuillages ne se détachaient pas suffisamment du fond et l'ombre portée était trop pâle. J'étais en train d'effacer quand ma concentration fut saisie par des voix d'hommes montant du jardin. Ils s'approchèrent de la terrasse au-dessous de ma fenêtre et s'y attardèrent. Trois, ils étaient trois. Je reconnus la voix grave et forte de mon père, le verbe recherché de Charles et le timbre nasillard du sieur de Champlain. Il était revenu de Honfleur ! Je serrai les poings et les mâchoires. Voilà que sonnait l'heure des véritables assauts ! Et pendant que je m'appliquais à ramasser les morceaux du fusain que la pression de ma main avait fait éclater, je tendis l'oreille.

— Décidément, ce Condé sait se rendre indispensable ! Il tente de soulever les membres du Conseil royal contre l'influence de Concini, provoque la tenue des États généraux, hérite du gouvernement du Berry en échange de sa réserve, pour finalement être rappelé à la Cour par notre régente, celle-là même qui l'en avait éloigné. De la grande intrigue royale, Messieurs ! s'offusqua mon père.

— Force nous est de convenir qu'elle n'a guère le choix : elle a besoin de son appui au conseil. Seul Condé et ses alliés peuvent refroidir les esprits échauffés et pondérer les ambitions malveillantes de Concini, renchérit Charles.

— Son retour est de bon augure ! Depuis deux ans, en fait depuis sa nomination au poste de Vice-Roi de la Nouvelle-France, Condé a plutôt bien servi la cause du nouveau monopole. Je me réjouis de son retour à la Cour et au Conseil. Il sera plus en situation de défendre nos droits et, par le fait même, ceux de notre colonie, appuya le sieur de Champlain.

— Bien servir le monopole de traite, je veux bien, mais dans les conjonctures actuelles, il serait prudent qu'il réfrène ses audacieuses ambitions politiques. Malgré l'appui de la Médicis, le Conseil de régence est loin de lui être entièrement favorable. Le nouveau député du clergé, cet évêque de Luçon, ce Richelieu se méfie de lui comme de la peste ! continua mon père quelque peu calmé.

— Soit ! N'en reste pas moins qu'il demeure à ce jour notre appui politique le plus fiable. L'établissement de notre compagnie compte sur son prestige tout autant que sur des directeurs de la trempe de votre beau-frère. Simon Alix est un homme d'une éthique exceptionnelle !

— C'est que mon beau-frère ne s'engage jamais à la légère !

— Et souhaitons qu'il décuple cette ferveur car nous en sommes à un tournant crucial, messieurs ! Il est incontestable que si la colonie ne prend pas un nouvel essor sous peu, elle risque de passer entre les mains des Anglais ou des Hollandais. Kébec, le cœur de la Nouvelle-France, n'est tenu que par une centaine d'hommes ! Et je ne vous parle pas de l'Habitation qui est à reconstruire ! En contrepartie, les colonies anglaises au nord de Plymouth réquisitionnent plus de deux mille colons.

— Rien de très réjouissant pour les investisseurs, répliqua mon père. La traite des fourrures n'a-t-elle pas été suffisamment contrôlée pour éliminer toutes les pertes de taxes ?

— De grands efforts ont été fournis et dans l'ensemble, il faut reconnaître que la situation est plus avantageuse qu'au temps du monopole de Du Gua de Monts. Néanmoins, nous sommes encore loin d'une rentabilité adéquate ! Un pays a besoin d'hommes pour le bâtir, or les hommes coûtent cher !

— Que proposez-vous ? demanda Charles.

— La colonisation, mon cher, la colonisation ! s'exclama-t-il. Plus j'y réfléchis, plus je me convaincs qu'il est dorénavant primordial d'orienter nos efforts vers la colonisation. Il y va de la survie de la colonie ! Ce riche pays offre des perspectives appréciables au peuple français qui subit depuis plus de trente ans les affres des guerres de Religion. Encore faut-il que les possibilités infinies de la Nouvelle-France soient soutenues par de solides ressources financières et politiques ! D'où la nécessité absolue de resserrer nos liens avec Condé !

— Et Condé a besoin de soutien dans les coulisses du pouvoir. Vous avez besoin de lui et il a besoin de vous, Champlain, conclut Charles.

— C'est précisément à ce travail de coalition que je désire me consacrer ! Je planifie de demeurer en France pour la prochaine année afin de promouvoir la cause de la colonisation. On me dit que les communautés des Jésuites et des Récollets manifestent quelque intérêt pour l'instauration d'une mission en Canada. L'aspect religieux est loin d'être négligeable, c'est une voie à explorer. De plus, Simon Alix m'a convaincu des avantages d'une société à capital variable. Je compte prendre cette option en considération. Mon séjour à Paris favorisera la rédaction de mon journal de voyages : les nouvelles découvertes autour de l'Outaouais doivent absolument y figurer !

— À ce que je vois, vos prochains mois seront des plus occupés, mon gendre ! ricana grassement mon père. Et l'éventualité d'une cohabitation avec ma fille, vous y avez songé ?

Ces paroles me foudroyèrent. La cohabitation, il ne manquait plus que ça ! Cet homme n'allait tout de même pas exiger que je partage son logis : il était un étranger, un pur étranger ! Qu'avait-il besoin de ma présence au milieu de ses multiples préoccupations ? Le sieur de Champlain se racla longuement la gorge.

— Mademoiselle votre fille, oui, les deux années prévues dans notre contrat de mariage arrivent à terme. Je dois honnêtement vous avouer ne pas avoir réfléchi à cette éventualité. Peut-être vaudrait-il mieux en reparler avec elle ?

— Ma fille fera selon votre entendement, mon ami, n'en doutez pas seul un instant ! Elle est votre femme et en tant que telle, elle vous doit la plus stricte soumission. La réputation de notre famille n'aura pas à souffrir de ses actes, foi de Nicolas Boullé ! Nous nous sommes engagés envers vous et nous tiendrons parole. Sa dot constitue en quelque sorte nos actions dans la future colonie de la Nouvelle-France et nous y tenons ! insista-t-il.

Le sieur de Champlain resta sans réplique. Au bout d'un moment, Charles toussota et continua.

— Votre emploi du temps vous permettra-t-il d'assister à notre dîner de célébration ce dimanche ?

— Une célébration à l'occasion de… ?

— La naissance de mon fils, Messieurs !

— La naissance du premier descendant de la famille Boullé, renchérit fièrement mon père.

— Alors, je ferai en sorte d'y assister. Je ne saurais décevoir votre noble famille.

Ces paroles de mon père me sidéraient. « *Ma fille est votre femme, elle doit vous être soumise… réputation des Boullé… nous nous sommes engagés… dot… actions dans la colonie… cohabiter… soumission…* » Elles tournaient, rebondissaient et se fracassaient dans mon crâne. J'étais anéantie ! Tel était mon père et telle était la teneur de son affection pour moi. Je devais avant tout faire honneur à la famille Boullé. J'étais la contrepartie aux actions détenues par ma famille dans le monopole de la colonie. Étonnamment, je restai calme. Aucune larme ne vint troubler ma vue et aucune rage ne s'empara de moi. La vérité était cruelle, mais c'était la vérité ! À tout prendre, je préférais la cruauté de la vérité aux illusions de l'innocence. Cette vérité serait mon arme.

Le soleil déclinait derrière les pommiers qui s'enflammaient. Noémie frappa à ma porte.

— Entrez, Noémie.

— Sainte Madone ! Mais que faites-vous devant cette fenêtre grande ouverte ? Vous allez prendre froid ! On n'est plus en été, Mademoiselle ! Vous êtes bien pâle, on croirait que vous venez de voir un mort.

Je me levai, fermai la fenêtre et m'approchai de ma table d'écriture pour y déposer mon cahier.

— C'est bien ce que j'ai vu Noémie. Un mort, oui, je viens de voir un mort.

Elle recula d'un bond en portant les mains à sa bouche.

— Mademoiselle, ne dites pas ce genre de choses, vous attirez les mauvais sorts !

— Les mauvais sorts sont là depuis un bon bout de temps, vous n'aviez pas remarqué ?

— Mais de quoi parlez-vous, ma pauvre enfant, vous êtes fiévreuse ? Et puis d'abord, de quel mort s'agit-il ?

— De mon père, Noémie. Je viens d'assister à la mort de mon père.

Elle fit vivement le signe de la croix.

— Sainte Madone, Ma… Mademoiselle Hélène, vous êtes réellement malade ! J'ai croisé votre père à l'instant. Il m'envoie vous prévenir que votre mari… enfin, le sieur de Champlain est là et que vous devez vous préparer pour le souper. Vous êtes sûrement fiévreuse, laissez-moi vérifier, insista-t-elle en se relevant péniblement.

— Allons, Noémie, calmez-vous. Reste que votre idée me convient parfaitement. Dites à mon père que je ne peux participer à ce souper, je suis fiévreuse.

— Mais… mais laissez-moi vous examiner.

— Je n'ai besoin de rien Noémie, juste d'un peu de silence. Vous me ferez apporter quelques plats de la cuisine, je meurs de faim !

— Vous êtes bien certaine que vous n'avez besoin de rien d'autre ?

— J'aurais besoin de beaucoup d'autres choses, mais pour le moment un peu de nourriture suffira. Je vous remercie, j'aimerais me reposer maintenant.

Je fus convoquée dès le lendemain matin au bureau de mon père. Lorsque je frappai à sa porte, il lisait, confortablement assis derrière sa table de travail. Combien de fois étant enfant l'avais-je observé dans cette position ? À cette époque, je l'admirais. Cet homme m'apparaissait tel un Roi tout-puissant veillant sur notre famille. La confiance puérile que j'avais mise en lui était définitivement anéantie. Il leva les yeux et me fit signe de prendre place dans le fauteuil devant son bureau. Je m'assis, le visage impassible, la tête froide et le cœur vide. Il me lorgnait, je soutenais son insistance.

— Vous étiez apparemment fiévreuse hier soir, ma fille ?

— Oui, père, répondis-je laconique.

— Et votre fièvre est tombée ?

— Oui, père, depuis ce matin.

— C'est tout à fait déplorable que votre état de santé nous ait privés de votre présence. Votre époux l'a regretté.

— Ce ne fut pas mon cas !

— Ne soyez pas insolente, ma fille ! Le sieur de Champlain est votre époux, il faudra vous y résigner, un jour ou l'autre. C'est d'ailleurs pour vous entretenir à ce sujet que je vous ai fait mander.

— Ah !

Il ajusta les manches de son pourpoint, dégrafa son collet de velours, se cala dans sa chaise et bomba le torse avant de poursuivre.

— Selon l'entente de votre contrat de mariage, la cohabitation avec votre époux devrait être effective sous peu.

— Ah !

Il me toisa du coin de l'œil, passa la plume qu'il tenait à la main sous son double menton et continua.

— Votre mère et moi avons prévu vous accommoder en vous louant, à prix fort modique, le corps de logis jouxtant notre demeure. Ainsi, les nombreux voyages d'affaires de votre époux ne vous laisseront pas dans un total isolement. Vous serez à proximité de nos services.

— Ah !

— Je profite aussi de l'occasion pour vous annoncer que j'ai le projet de vendre notre maison du Champ de l'Alouette. Il vous faudra renoncer à vos vacances estivales dans la campagne de Saint-Cloud. Votre tante Geneviève vous en reparlera. Vous avez des questions ?

— Je ne cohabiterai pas avec le sieur de Champlain, père, ni dans votre logis ni ailleurs ! affirmai-je énergiquement.

La respiration de mon père s'accéléra aussi vivement que son visage s'empourpra. Il lança sa plume au milieu de ses papiers, claqua ses mains sur la table et se leva brusquement en me foudroyant du regard.

— Comment osez-vous contrarier ainsi la volonté de votre père ?

— Je ne veux contrarier personne. Je vous expose simplement mes volontés en ce qui concerne ma vie, père.

Les rougeurs de son visage s'intensifièrent et le coup de poing qui s'abattit sur la table fut d'une telle vigueur qu'il fit rebondir l'encrier dont le sombre liquide dégoulina sur les documents qu'il était en train de consulter.

— Et depuis quand une fille a-t-elle le droit d'exposer ses volontés en ce qui concerne sa vie ? tonna-t-il en insistant sur les mots fille, volonté et vie.

— Depuis que j'en ai le courage, père.

— Dehors, sortez immédiatement de ce bureau !

— Dois-je aussi sortir de votre demeure, père ?

— Taisez-vous, hurla-t-il. Une fille capable de tels outrages ne peut pas être MA fille. Vous restez ici, sous mon toit, à attendre que je vous fasse connaître MES VOLONTÉS. Et que je ne vous revoie plus de la journée, INSOLENTE !

Ses hurlements firent accourir ma mère qui s'immobilisa à la porte du bureau, déconcertée. Elle se tenait droite, la bouche pincée et l'œil circonspect. Je lui fis une courte révérence et regagnai ma chambre. Je n'avais qu'une envie, rejoindre tante Geneviève. La vente de notre maison de campagne me tourmentait au plus haut point.

En fin d'après-midi, je pris le risque de me rendre discrètement à la grange où Paul s'affairait à brosser les chevaux afin de lui demander de me conduire chez elle.

— Je suis désolé, Mademoiselle Hélène, mais votre père a été formel. Il a insisté pour que je refuse toutes vos demandes. Vous ne devez absolument pas quitter la maison. Même Noémie…

— Quoi, Noémie ?

— Eh bien, même Noémie a reçu l'ordre de veiller à ce que vous ne quittiez sous aucune considération l'enseigne du Miroir. Il lui est interdit de vous accompagner où que ce soit.

Je n'en croyais pas mes oreilles, voilà qu'on me séquestrait ! C'était difficile à croire, mais on me séquestrait ! L'adversaire méritait qu'on analyse sa stratégie. Je me retirai dans ma chambre : j'avais un urgent besoin de réfléchir.

La célébration de la naissance de mon neveu Charles-Antoine Boullé Deslandes fut la première sortie que l'on m'autorisa. Je dus m'y rendre au côté du sieur de Champlain que je n'avais pas revu depuis plus d'un an. Ses cheveux et sa barbiche avaient blanchi et ses dents me parurent plus jaunes que dans mon souvenir. Rassis et froid, il évitait plus que tout de croiser mon regard.

Nous étions réunis autour de l'immense lit sur lequel reposait ma sœur. Dans cette chambre, tout respirait luxe et aisance, depuis les chandeliers dorés aux deux tapisseries de Beauvais en passant par les meubles de bois de rose, les rideaux de velours, la fontaine de porcelaine fine importée d'Italie et les couvertures de soieries damassées. Marguerite resplendissait. Le décolleté de sa brassière de satin couleur de paille découvrait un collier de perles baroques offert par Charles en cadeau de naissance. De nombreux bracelets d'or tintaient à chacun de ses gestes.

— Il est fabuleux! s'extasia mère en tâtant le collier. Ce sont des perles des Indes ou de Chine? demanda-t-elle en direction de Charles.

— De Chine! s'exclama-t-il pompeusement. Il me fallait les plus belles pour la plus belle des femmes!

Le sieur de Champlain que toutes ces familiarités indisposaient se gratta le nez et tira sur son pourpoint. Puis, subtilement, un pas à la fois, il se retira à l'écart près de la fenêtre.

— Et les relevailles, ma fille, comment se passent vos relevailles? interrogea mère délaissant les perles.

— On ne peut mieux! Je n'ai guère le temps de m'ennuyer. Hier, quelques dames du salon de la marquise de Rambouillet m'ont fait visite et la princesse de Condé s'est annoncée pour mercredi prochain.

— La princesse de Condé! Mais... mais vous entendez, mon mari! La Princesse nous fait honneur!

— Ah, Madame, telle est la teneur de la reconnaissance due à notre distinguée famille! Servir un prince apporte certains avantages.

— Et j'en suis fort aise! Toutes ces convenances allègent le joug de mes quatre semaines de réclusion. Il me tarde tant de retourner à mes sorties dans la grande société!

— Et le bébé, il a une nourrice? m'informai-je, entre deux de ses longs soupirs.

— Charles m'assure que celle qu'il emploie est tout à fait convenable, répondit-elle sans grand enthousiasme. Elle est dans la jeune vingtaine, possède une saine dentition et est en parfaite santé. Mais son principal atout est qu'elle accepte de vivre sous notre toit le temps qu'il faudra, ce qui simplifie agréablement les choses : Charles et moi pouvons faire chambre commune sans être importunés par les fringales nocturnes de l'enfant, dit-elle en lançant un regard entendu à Charles.

Ce dernier, quelque peu intimidé, s'éclaircit la gorge avant de préciser.

— Le sommeil m'est précieux. Les exigences de mes charges ne sauraient souffrir quelque négligence par le seul fait d'une naissance.

Tous les hommes émirent un sourire complice. Même Eustache semblait au fait du sous-entendu. Cela me surprit. Apparemment mon jeune frère avait vieilli !

— Le professionnalisme que vous démontrez est tout à votre honneur, mon gendre! enchaîna mon père.

Le faible gémissement de bébé Charles-Antoine eut pour effet d'attirer tous les invités autour de son berceau.

— Quelques années encore et ce petit être se transformera en fier ministre, susurra Charles en se penchant fièrement au-dessus du nourrisson.

— Qu'il est mignon! s'exclama Nicolas.

Mon père inspira profondément, gonfla le torse et répliqua vivement.

— Ce petit mâle sera un homme, un vrai, foi de Nicolas Boullé!

— Allons mon mari, baissez un peu le ton, vous risquez de réveiller le bébé! Je ne saurais supporter ses vagissements! s'indigna faiblement ma mère.

— Mais il n'y a pas à en douter, père, cet enfant sera un vrai mâle, un vrai Boullé! enchaîna calmement Nicolas. Il n'empêche que ses traits sont d'une troublante délicatesse, ne trouvez-vous pas?

Père rougit. Nicolas avait l'habitude des remarques désobligeantes de père qui ne lui pardonnait pas le choix de ses amours. Je me penchai au-dessus du petit être emmailloté dans ses langes qui, paupières closes, souriait, innocent mystère, insouciant mystère, cadeau de vie.

— Vous me dites qu'il a les yeux de son père, ma fille ? questionna mère.

— Assurément ! Quand il les ouvre, ils sont aussi bleus que ceux de Charles.

— Mais il aura l'élégance de sa mère, ajouta Charles. Ses doigts longs et fins en sont la preuve indiscutable !

— Comment auriez-vous pu observer ses doigts, tout camouflés qu'ils sont sous ces innombrables couches de tissus ? s'étonna père.

— Ah, mais c'est que j'ai eu le privilège d'assister à son toilettage hier. Je vous le répète, il aura l'élégance de sa mère.

Il avait rejoint Marguerite et s'attardait à baiser ses mains.

— Et si nous passions à table, soupira-t-il en s'éloignant à regret de l'objet de son désir.

Instinctivement, je posai la main sur mon ventre condamné à la stérilité. Mon cœur et mon corps appartenaient à un homme que je me devais d'aimer dans l'ombre. Or, une femme grosse pouvait difficilement passer inaperçue, même dans l'ombre ! Dieu me préserve d'une grossesse : ce serait la fin de tout ! C'était là l'ultime sacrifice de mon amour.

J'avais pu convenir d'un rendez-vous clandestin à l'appartement de Nicolas pour le lendemain en après-midi. Je sortirais seule et masquée s'il le fallait, mais je me rendrais chez lui. Il était le seul à qui je pouvais me confier.

— Je ne peux croire ce que vous m'avouez. Ainsi, notre père forcerait votre cohabitation avec le sieur de Champlain ! Et le mari, qu'en dit-il ?

— Je ne sais pas et je n'ai aucune envie d'en discuter avec lui. C'est un inconnu pour moi et de plus je… je ne suis plus libre !

Nicolas me fixa un moment, quitta son fauteuil et but une gorgée de vin.

— Vous n'êtes plus libre ? Il est bien évident qu'être mariée à cet homme fait de vous une femme engagée. Que me faut-il deviner sous ce propos ?

Je me levai à mon tour, me rendis devant la cheminée où les flammes se tordaient sous les poussées du vent d'automne. J'hésitai à tout lui raconter. Et si Nicolas ne comprenait pas ? Il était pourtant le seul à pouvoir le faire.

— Nicolas, vous connaissez Ludovic Ferras, n'est-ce pas ?

— Oui, Ludovic, celui qui fait battre votre cœur, oui, je le connais. Et lui aussi me connaît. Philippe et moi nous rendons de temps à autre à l'atelier de son oncle en quête de belles fourrures. Il est réputé auprès des dames de la Cour pour avoir l'œil et la main.

Je retins mon souffle. Il le remarqua.

— En… en ce qui concerne la fourrure, bien entendu ! s'empressa-t-il d'ajouter.

— Ah, soupirai-je, la fourrure, bien entendu. Voilà, le fait est simple : l'été dernier, Ludovic s'est lié à moi en tant qu'époux et je… je me suis donnée à lui comme une épouse et…

La gorgée de vin qu'il avalait l'étouffa.

— Qu… quoi ! Mais qu'est-ce que c'est que cette histoire ? Vous divaguez, ma sœur ! Répétez un peu, s'énerva-t-il en s'essuyant la bouche du revers de la main.

Sa réaction me surprit : Nicolas reniait rarement son calme.

— Ludovic et moi, nous nous sommes liés l'un à l'autre comme le font deux… enfin les époux, repris-je posément.

— Mais c'est insensé ! Vous êtes mariée au sieur de Champlain !

Il se rassit et prit le temps de vider son verre. Je me retournai vers la flamme qui s'éteignait et ne dis plus un mot. Pendant un long moment, je n'entendis plus que le crépitement des tisons et les plaintes du vent.

— Vous l'aimez à ce point ?

Je soupirai longuement, soulagée et reconnaissante. Nicolas avait compris. Je me retournai lentement vers lui acquiesçant de la tête, les yeux prêts à pleurer.

— Vous en avez de la chance ! Un grand amour est rarissime en ces temps arides où les lois du cœur sont jetées comme perles aux pourceaux.

Je m'approchai de sa chaise et m'accroupis à ses genoux. Il posa sa main sur mes cheveux les caressant d'un geste doux et tendre.

— Je me battrai, Nicolas, je me battrai pour vivre cet amour ! Je suis prête à tout sacrifier pour lui. À part Ludovic, rien ne m'importe. Je n'aspire qu'à être auprès de lui, à partager ses jours et ses nuits. Je ne pense qu'à lui. Est-ce trop demander à la vie que de vivre pour l'amour ?

— À la vie tout court, j'imagine que non, mais à la vie dans notre société, je crains fort que ce le soit, oui.

— Vous savez, Nicolas, nous sommes plus d'une à joindre nos volontés pour que nos coutumes changent. Je participe aux rencontres de madame Valerand. J'approuve ses doléances et collabore à ses revendications. Refuser aux femmes le droit de choisir leur époux est contre-nature ! Nous astreindre aux caquetages des salons fait outrage à notre humanité ! Ces créatures stupides, sans espérance et sans talent n'existent que dans l'imaginaire oppressant des hommes ! argumentai-je en me mouchant.

— Vous participez à ce genre de rencontres ? Diantre ! Je ne vous connaissais pas tant de fougue et tant de sérieux. Je vous découvre, ma sœur. Il vous faut une bonne dose de courage pour vous engager de la sorte.

— Je suis loin d'être courageuse, j'aime, c'est tout !

— Hélène, croyez-moi, je souhaite votre bonheur plus que tout, mais sachez que votre hardiesse m'effraie ! Votre amour est quelque peu teinté d'inconscience, ne trouvez-vous pas ? Avez-vous seulement réfléchi aux foudres qui s'abattraient sur vous si père venait à apprendre votre liaison ?

— Je ne suis plus une petite fille, Nicolas ! Je suis une femme maintenant. J'aime un homme qui n'est pas le mari qu'on m'a imposé. L'amour de Ludovic est ce que j'ai de plus précieux et je vous jure, Nicolas, je vous jure que jamais, jamais je ne laisserai rien ni personne m'éloigner de lui.

— Supportez que votre grand frère vous fasse cette mise en garde : l'amour a ses limites.

— Vous êtes vous-même impliqué dans une relation amoureuse illicite et vous y survivez !

— Certes, mais je suis un homme, un mignon, mais un homme tout de même ! Et il semble que dans notre très noble société française, les indulgences ne soient pas distribuées d'une même main aux hommes et aux femmes. C'est injuste, mais c'est la réalité ! Vous le savez autant que moi.

— Je le sais et c'est bien ce qui me rebute.

Je m'étais levée et remettais ma capeline. De lui avoir parlé avait raffermi mes convictions. Il me raccompagna jusqu'à la porte.

— Vous disiez vous rendre à l'atelier des Ferras de temps à autre ?

— Oui, nous devons justement y aller ces jours-ci. Philippe a l'intention d'y passer la commande d'une cape, pourquoi ?

— J'espère quelques nouvelles de Ludovic. Il devrait revenir de Rouen d'ici trois semaines. Pourriez-vous… ?

Il me sourit tendrement.

— M'informer à son sujet ? Volontiers, et je le ferai le plus discrètement du monde ! Dès que j'ai de ses nouvelles, je vous les fais parvenir. De votre côté, vous me promettez la plus grande prudence ?

— Je promets.

J'embrassai chacune de ses joues. J'étais réconfortée et allégée. Nicolas partageait mon secret et le supportait.

— Quel dommage tout de même, soupirai-je.

— Dommage en effet que l'époux imposé ne soit pas l'homme aimé !

— Non, dommage que vous préfériez les hommes, Nicolas. Vous savez si bien écouter les femmes !

Il empoigna mes mains et sourit tristement.

— Prudence, fougueuse amoureuse !

La semaine se termina sans nouvel incident. Je partageai mon temps entre la lecture de l'histoire de France, le dessin et la récolte des pommes en compagnie de Marion qui savait si bien rapporter à mes parents tout ce qui ne devait pas l'être. Elle les servait depuis bientôt dix ans. Petite et maigrichonne, d'une réserve circonspecte, elle épiait tout. Ses cheveux noirs striés de mèches blanches formaient un chignon qu'elle recouvrait d'un bavolet d'étoffe grise attaché sous sa gorge. Le visage tendu, l'œil inquisiteur et la bouche serrée, elle vivait en état d'alerte constant, soucieuse de colliger la moindre indication susceptible de soulever une controverse.

Je sortais très peu de ma chambre. Lors de nos brèves rencontres, mes parents vexés et distants ne m'adressaient plus la parole. Le dimanche soir suivant, je fus à nouveau convoquée au bureau de mon père. Cette fois, mère et le sieur de Champlain assistaient à la rencontre. Nous étions tous assis autour de la cheminée. Aussitôt que je fus bien installée sur ma chaise, père se leva et souleva le menton avant de prendre la parole.

— Nous sommes ici réunis pour prendre décision sur la cohabitation de notre gendre, le sieur de Champlain, avec notre fille, Hélène, désormais en âge d'assumer son rôle d'épouse.

Il regarda le sieur de Champlain qui acquiesçait de la tête et continua.

— Mon épouse et moi avons, d'un commun accord, décidé de vous inviter à occuper le corps de logis juxtaposé à notre demeure. Le coût de location sera réduit au minimum et vous pourrez partager les services de nos domestiques. Qu'en pensez-vous, mon gendre ?

Le sieur de Champlain décroisa la jambe et dressa le torse.

— C'est assurément un bon choix et aux meilleures conditions que l'on puisse imaginer. De plus, votre voisinage compensera judicieusement mes nombreuses absences auprès de ma jeune épouse.

L'entendre parler de son épouse me rebutait. J'écrasai le miroir de Ludovic si fortement dans ma main droite que je crus qu'il allait éclater.

— Bien ! Nous pouvons considérer le marché conclu. Vous pourrez prendre possession de votre logis dès la fin de novembre. D'ici là, des ouvriers verront à le remettre dans le meilleur état possible. Le crépi de certaines pièces est abîmé et le plancher de la cuisine a besoin d'être nivelé. Je surveillerai personnellement les travaux. J'ai, sur ma table, l'acte notarié qui énumère les conditions de votre location. Si vous voulez bien vous approcher, conclut-il en désignant son bureau de la main.

Tous se levèrent d'un coup. La discussion était apparemment terminée. Je restai figée sur ma chaise. Le sieur de Champlain me lorgna du coin de l'œil tandis ma mère agita nerveusement son éventail. Je fixai mon père, ma mère et le sieur de Champlain, ces artisans de ma vie. Ils venaient de tracer ma destinée et je devais m'y soumettre. Hélas, je n'avais pas l'âme d'une soumise ! La fureur que je retenais péniblement me brûlait la gorge. Je me levai tenant toujours le miroir de Ludovic. Tous les visages se braquèrent sur moi. Je me concentrai sur celui de mon père.

— Père, j'ai quinze ans et je suis, comme vous le dites si bien, désormais en âge d'être une épouse. J'en conviens : il est coutumier de marier sa fille à quinze ans, la précocité ne favorisant en rien la compréhension d'un tel engagement. Si cette alliance conclue en mon nom avec le sieur de Champlain se fit sans mon assentiment, sachez que j'entends donner mon opinion en ce qui concerne la cohabitation. Je vous le répète, père, je n'ai nullement l'intention de vivre dans le même logis que cet homme ! clamai-je plus fortement que je ne l'aurais voulu.

Mère s'abattit sur sa chaise, père s'empourpra et le sieur de Champlain tortilla sa barbiche en sourcillant.

— J'ai dû mal entendre ! Il est impossible que j'aie bien entendu, s'énerva mon père en agitant nerveusement sa main dans ma direction.

— Je crains que si, père, vous avez bien entendu ! Je n'ai pas l'intention de cohabiter avec le sieur de Champlain, répétai-je en tentant de maintenir le timbre de ma voix à un niveau acceptable.

— Il y a confusion, une énorme confusion, Madame ma fille ! Personne ici ne vous demande votre avis. Vous me devez obéissance ! Vous allez cohabiter avec le sieur de Champlain, un point c'est tout ! ragea-t-il.

— Pardonnez-moi, mais ma position est ferme. Jamais je ne me soumettrai volontairement à une telle exigence. Il vous faudra me l'imposer de force.

Les torsades que le sieur de Champlain infligeait à sa barbiche s'intensifièrent. Mère poussa de petits cris en se trémoussant sur sa chaise et mon père approcha son visage face au mien.

— Votre père, Madame, votre père, votre mère et votre époux en ont décidé autrement et il sera fait selon NOS volontés ! Nous avons droit à votre docilité absolue ! Vous cohabiterez avec votre époux, dès la fin novembre.

— Les parents honorables se soucient avant tout du bonheur de leur fille. Ce n'est malheureusement pas le cas ici. Je n'aime pas cet homme et ne souhaite aucunement vivre à ses côtés.

— Oseriez-vous insinuer que nous ne sommes pas des parents honorables ? hurla-t-il sous mon nez.

— Je n'insinue rien. J'affirme qu'en ce qui me concerne, l'affection paternelle vous fait défaut. Vos ambitions financières orientent les choix que vous me dictez. Vous m'utilisez comme monnaie d'échange pour gonfler votre glorieuse renommée.

La main qu'il s'apprêtait à claquer sur ma joue s'immobilisa net au son du cri de sirène qu'émit ma mère.

— Nicolas, je vous en prie, Nicolas, retenez vos ardeurs ! claironna-t-elle en s'approchant de nous. Regagnez immédiatement

votre chambre, vulgaire insolente, et n'en sortez plus ! me siffla-
t-elle entre les dents.

Cette ordonnance mit fin à notre rencontre de famille du
premier octobre. Je retournai dans ma chambre, calme et sans
remords. Les paroles de mes parents ne m'atteignaient plus.
J'analysai froidement la situation. Il semblait évident que la cohabitation aurait lieu, je devrais m'y faire. Une fois installée, j'aurais
à inventer la manière d'y arriver sans renoncer à l'amour que je
portais à Ludovic. J'avais la foi, Ludovic était mon complice.
Cette nuit-là, je fis un rêve merveilleux. Ludovic et moi logions
dans une maison de campagne entièrement couverte de roses.
Chaque soir, près du feu de cheminée de notre chambre, il caressait mon ventre grossi par la promesse d'un enfant et je pleurais
de joie dans ses bras. À mon réveil, l'humidité de mon oreiller me
surprit.

24

Vents d'automne

— « *La sincérité n'est charmante que quand elle sait se limiter* », m'avait appris Noémie. J'avais, de toute évidence, dépassé les limites. Comme ultimes représailles, on avait formellement exigé que je ne m'éloigne pas de la maison. Pour occuper mon temps et mon esprit, j'entrepris de perfectionner mes esquisses de chevaux. Aussi, après mes leçons d'escrime, je troquais l'épée pour le fusain. J'étais assise sur un baril et reprenais pour la cinquième fois la courbe de la croupe de notre jument qui roulait ses grands yeux noirs au-dessus de la barrière de sa stalle. La justesse des proportions m'échappait. Je m'impatientais. L'expérience m'avait appris qu'il ne servait à rien d'insister. Quand le geste me faisait défaut, il valait mieux que j'arrête un moment pour ensuite reprendre avec un regard neuf. Je m'étendis sur une meule de foin et somnolai jusqu'à ce que la voix de Nicolas résonne à l'autre extrémité de la grange.

— Paul, sauriez-vous où se trouve Hélène ? demanda-t-il nerveusement.

Son agitation m'étonna.

— Oui, Monsieur Nicolas, elle dessine près de la stalle de la jument rousse.

Je me précipitai vers lui, heureuse de le revoir. Sa vue calma mon exubérance. De toute évidence, quelque chose de grave le tourmentait. Il s'approcha de moi, me prit les épaules et m'embrassa sur le front.

— Bonjour, petite sœur. Eustache m'a fait comprendre que tout n'allait pas pour le mieux pour vous.

— À part le fait qu'on me séquestre et m'oblige à habiter avec cet ami de mon père, tout se passe pour le mieux. Est-ce la raison de vos soucis ?

— Disons en partie. Malheureusement, j'ai bien peur que la nouvelle que je vous apporte n'ajoute à vos tourments.

— Vous avez des nouvelles concernant Ludovic ? m'impatientai-je.

— Oui, j'ai des nouvelles de Ludovic.

— Mais parlez, Nicolas, parlez, votre hésitation me trouble !

— Philippe et moi sommes allés à la boutique Ferras hier. Nous y avons appris que Ludovic a été victime d'une escarmouche à Rouen.

— Ludovic, victime d'une escarmouche ! Mais ce n'est pas possible, Ludovic est à Rouen, pour… pour…

Je terminai ma phrase en me laissant tomber sur un tonneau.

— Laissez-moi vous raconter. Lui et son oncle Clément traversaient la porte ouest de Rouen afin de prendre la route vers Paris, quand ils furent assaillis par une bande de mécréants. Il semble que Ludovic en ait tenu trois au bout de son épée avant de blesser le plus costaud. Sa hardiesse effaroucha les autres filous qui déguerpirent sans prendre le temps de voler quoi que ce soit. Seulement, un des voleurs blessa leur cheval qui se braqua avant de s'élancer à l'épouvante et… hésita-t-il en me regardant.

— Et quoi ? Mais parlez donc à la fin !

— Une roue de leur charrette heurta Ludovic au passage.

— Nicolas ! Il n'est pas… m'écriai-je si fort que Paul accourut vers nous.

— Non, non, calmez-vous, il n'est pas mort.

— Quelque chose ne va pas, Mademoiselle ? s'énerva Paul.

— Paul, Ludovic a eu un accident !

— Ludovic Ferras ?

— Mais bien sûr Ludovic Ferras !

Nicolas me saisit par les épaules.

— Calmez-vous, il n'est pas mort, il n'est que blessé.

— Pas mort ! Juste blessé ! Mais vous ne comprenez rien, Nicolas ! L'homme que j'aime est blessé et vous me demandez de rester calme ! criai-je si fort que nos juments hennirent.

— Et si nous permettions à Nicolas de nous en dire davantage, Mademoiselle, insista Paul.

— Son oncle l'a aussitôt conduit à l'Hôtel-Dieu. Son état, bien que critique au début, s'améliore rapidement à ce qu'il paraît.

— De quoi souffre-t-il ? continua Paul.

— Quelques côtes brisées mais… sa jambe droite a été blessée. On peut dire qu'il l'a échappé belle !

— Échappé belle, échappé belle !

— Mais si, petite sœur, quelques mois de convalescence et il n'y paraîtra plus !

En relevant les yeux vers Paul, je vis Marion se faufiler derrière la porte entrouverte. Mon regard lui fit l'effet d'une piqûre de guêpe. Elle s'éclipsa aussitôt. Il ne manquait plus que ça ! Notre cuisinière avait surpris l'explosion de mes émois. Satanée cuisinière !

— Oui, échappé belle ! Il aurait pu succomber à…, mais oublions tout ça. Il est en voie de guérison, voilà à quoi nous devons nous attarder. Ne vous en faites pas pour lui. À ce qu'on m'a dit, il a reçu les meilleurs soins possibles et devrait revenir dans la région pour la nouvelle année, continua Nicolas.

— Pardonnez mon emportement, je ne me contrôle plus. Ce que je donnerais pour être à ses côtés ! C'est bien la place d'une épouse, non ? Dites-moi, Nicolas, c'est bien la place d'une épouse ?

— Dans les circonstances, il vaut mieux que l'époux et l'épouse s'en tiennent à l'éloignement, croyez-moi ! Me comprenez-vous, Hélène ? Pour votre plus grand bien à tous les deux !

— Je… je comprends. Je me calme. Ne vous inquiétez pas, je me calme. Voyez, je suis presque calmée, répétai-je en tapotant mes jupes.

— Vous désirez que je vous raccompagne à la maison ?

— Non, non surtout pas à la maison ! J'ai un urgent besoin de parler avec tante Geneviève. Si vous aviez l'obligeance de me conduire à son logis, je vous en serais reconnaissante. Nos parents ont interdit à Paul de me mener où que ce soit. S'il vous plaît, Nicolas ?

— Ce sera avec le plus grand plaisir, petite sœur ! À moi, on n'a rien interdit, que je sache.

— Venez, allons-y tout de suite. Paul, vous ne parlez à personne de tout cela, n'est-ce pas ?

— Vous pouvez compter sur ma discrétion, Mademoiselle. Soyez prudente ! On n'est jamais trop prudent.

— Ne vous inquiétez pas pour moi.

Tante Geneviève réussit à alléger mon effroi. Les informations transmises par Nicolas sur l'état de santé de Ludovic ne laissaient présager rien de grave. Les côtes cassées obligeaient à l'immobilisation afin de favoriser la cicatrisation. De là, la nécessité de demeurer à Rouen.

— Et s'il revient pour la nouvelle année, pourra-t-il regagner Paris ?

— Je n'en sais trop rien, me répondit tante Geneviève. Peut-être préférera-t-il séjourner à Saint-Cloud, le temps de retrouver complètement l'usage de sa jambe. Selon le type de cassure, la convalescence peut être plus ou moins longue, tu le sais autant que moi.

— Oui, je le sais. Pour comble de malheur, père se propose de vendre le Champ de l'Alouette de sorte que je ne pourrai plus me rendre à Saint-Cloud !

— Mais si, tu le pourras encore ! Lorsque ton père et Simon me proposèrent ce projet, je m'y suis fortement opposée. Il n'était nullement question que je passe mes étés ailleurs que dans cette campagne ! Simon l'a bien compris. J'avais justement l'intention de m'y rendre immédiatement après les festivités de Noël, enfin, dès que Simon regagnera Amiens.

— C'est vrai ? Vous avez pu conserver nos maisons de campagne, tante Geneviève ?

— Mais oui, c'est vrai ! Tu retourneras à Saint-Cloud, ne t'en fais pas.

— Tante Geneviève, vous ne saurez jamais quel soulagement, quelle joie vous me procurez ! proclamai-je dans un long soupir.

— Je sais un peu, quand même.

— Oui, je sais que vous savez. Là-bas, je vis vraiment. Ici, je ne suis que ce qu'on veut que je sois : je ne vis pas, je subis. On me force à cohabiter avec ce sieur de Champlain et cela me répugne. Je n'ai absolument rien en commun avec cet homme et je n'ai d'autre choix que de partager son logis. Et de surcroît, on m'interdit de quitter la maison ! Comment pourrai-je me rendre à Saint-Cloud ?

— Tu habiteras le même toit que cet homme et tout peut en rester là. Le sieur de Champlain a tant d'activités qu'il est permis d'imaginer qu'il n'aura guère de temps à te consacrer. Peut-être s'en tiendra-t-il à une union de convenance après tout ? Si tu sais y faire, je ne serais pas surprise que cette union soit moins contraignante que tu l'appréhendes. Le bonheur des femmes passe souvent par la discrétion et la réserve, je te l'ai déjà dit. Quant à moi, je demeure parfaitement libre de t'amener à Saint-Cloud si je le désire. Une tante peut bien requérir la présence de sa nièce, non ?

Je lui sautai au cou et la serrai très fort.

— Tante Geneviève, vous me comblez ! Puissiez-vous dire vrai ! J'ai eu si peur d'être privée de ma campagne, de la ferme Ferras. Tous me manqueraient tellement !

— De la ferme Ferras ? J'aurais pourtant cru… se moqua-t-elle en se détachant de moi. J'aurais parié que seul le Champ de l'Alouette importait à tes yeux.

Nicolas me raccompagna jusqu'au jardin de la maison de nos parents. Lorsque je franchis la porte, mère m'attendait au haut de l'escalier.

— C'est ainsi que vous vous soumettez aux demandes de vos parents, ma fille ! me reprocha-t-elle de sa voix pointue.

— J'avais une course urgente à faire chez tante Geneviève, une course concernant un malade. Je regrette, mère, mais cela ne pouvait attendre.

— Il n'y a aucune raison qui vaille. Gagnez votre chambre immédiatement et n'en ressortez que pour le souper, dicta-t-elle, hautaine.

Ma mère ne connaissait rien de moi, rien de la vraie Hélène et je le regrettais à peine. Comment aurait-il pu en être autrement ? Nous étions si différentes l'une de l'autre. Elle se complaisait dans les comédies des grands salons et les luxes de la noblesse tandis que rien ne me satisfaisait davantage que la simplicité de la vie à la campagne. Elle se délectait d'apparence et de frivolités tandis que j'étais interpellée par les mobiles du cœur.

À la fin de novembre, on fit transporter mes effets personnels dans la chambre du corps de logis que j'allais partager avec le sieur de Champlain. J'eus beau déposer ma couverture indigo sur le lit, placer mes coffrets sur les tables et mes robes sur les cintres, je m'y sentais comme dans un lieu qui ne m'appartenait pas. J'étais chez lui, chez cet illustre explorateur de malheur !

En plus de nos chambres personnelles du premier étage, nous disposions, au rez-de-chaussée, d'une salle commune où nous prenions nos repas et d'un petit salon que le sieur de Champlain avait transformé en bibliothèque. De l'autre côté de la salle commune, deux garde-robes et un bouge juxtaposés à la cuisine pouvaient accommoder cuisinières et servantes. Ce n'était pas le cas ici. Marion, notre cuisinière, logeait chez mes parents et j'en remerciais le ciel ! Cette femme m'était de plus en plus antipathique.

Le logement aurait pu être agréable s'il avait été partagé avec l'homme de mon cœur. Mais vu les circonstances, il avait pris la couleur de ma liberté perdue et ses murs étaient ceux de ma prison. Je le haïssais, comme je haïssais celui avec qui je devais me retrouver en face à face à tous les soupers. Comme ces repas m'étaient pénibles! Je n'ouvrais la bouche que pour répondre brièvement à ses questions préférant manger le nez dans mes plats plutôt que de supporter les sautillements de sa barbiche à chacune de ses bouchées. Il mangeait gloutonnement et rapidement. Sitôt son assiette terminée, il émettait un rot de satisfaction. C'était un privilège qui m'était réservé: s'il advenait que d'autres convives s'ajoutent à notre table, le rot ne venait pas. Après le repas du soir, il se retirait à la bibliothèque pour écrire tandis que seule dans ma chambre, je tentais laborieusement de conjurer le triste sort auquel j'étais condamnée.

Nous étions à la mi-décembre et je ne tenais plus en place. Un matin, après que le sieur de Champlain eut quitté notre logis à destination de l'hôtel de ville, je me risquai à accompagner Noémie aux Halles de Paris, bien décidée à bifurquer vers la boutique des Ferras pour avoir des nouvelles de Ludovic. Des réparations à apporter à ma hongreline en seraient le prétexte. Je franchis le pas de la porte le plus discrètement possible, remarquant que les supports débordaient de vêtements de fourrure de toutes sortes: des capes, hongrelines et robes couvraient entièrement les murs libres d'étagères. Dès qu'il nous vit, oncle Clément délaissa les deux clients qu'il servait et s'approcha en souriant.

— Mademoiselle Hélène, Noémie! Que voilà une heureuse visite!

— Oncle Clément! J'ai appris pour Ludovic… comment se porte-t-il? demandai-je avec un empressement démesuré.

— Oui, j'ai reçu de ses nouvelles mardi dernier. Vous pouvez patienter un peu?

— Nous pouvons patienter.

— Alors, venez, je vous conduis dans l'arrière-boutique. Je vous y rejoins dès que j'en ai terminé avec ces messieurs. Ça ne devrait pas être bien long. Peut-être aimeriez-vous observer des pelletiers au travail?

— Certainement! Tout ce qui touche les pelletiers m'intéresse au plus haut point! affirmai-je.

Oncle Clément me sourit et je lui rendis son sourire.

— Eh bien, puisque le travail de pelletier vous intéresse...
Henri, tu ferais visiter l'atelier à ces dames ? demanda-t-il à un
des deux ouvriers qui s'affairaient à la taille d'une peau.

— Certain, M'sieur Clément, y a pas à craindre que mon loup
ne s'échappe.

— Henri est notre premier compagnon ouvrier, je vous laisse
entre bonnes mains. Je reviens le plus tôt possible, conclut-il avant
de retourner à ses clients.

L'homme grassouillet et chauve se leva, s'essuya les mains sur
son tablier couvert de poils de bête et pointa la table sur laquelle
étaient étendues plusieurs laizes de peaux.

— Voyez Mesdames, je suis à couper cette peau de loup-cervier
en esquays, c'est-à-dire qu'il s'agit de séparer le dos du ventre, les
côtés du collet et les pattes de la queue. Chacune de ces parties a
une texture et une couleur de poil convenant à des confections
particulières. Une fois taillées, les pièces identiques sont regroupées pour la création d'un vêtement. Ainsi plusieurs dos de loup-
cervier pourraient être utilisés pour la doublure d'une cape.

— D'une hongreline ?

— Oui, Madame ! Voyez le travail d'assemblage que fait Jehan.
Il coud des dos de martre du Canada commandées pour la fabrication d'un manchon.

L'ouvrier Jehan, visiblement concentré sur sa tâche de couturier,
ne se laissa pas distraire.

— Quel joli dégradé ! Est-ce naturel ce passage du beige au
brun foncé ?

— Tout ce qu'il y a de plus naturel, Madame ! Et l'orangé de la
gorge, y faut voir ! Notre Créateur fait des merveilles ! Suivez-moi
dans la cour, je vous initie à l'habillage.

— À l'habillage ! s'étonna Noémie.

— Voyez ces peaux brutes tout juste arrivées de Rouen. Touchez, dit-il en présentant une fourrure noire à Noémie.

— C'est qu'elle est raide et sèche !

— Eh ben v'là pourquoi elle doit tremper une journée dans un
mélange d'eau et d'huile. Vous voyez ces cuves au fond, elles sont
pleines de peaux qui sont à se ramollir. Approchez, approchez de
ce mur. Ici, c'est le décharnage, une étape ardue qui demande
la main. Un geste de trop et v'là votre peau abîmée, ou p't-être
ben gaspillée. Ludovic est notre champion pour cette délicate
besogne.

— Ludovic, vous parlez de Ludovic Ferras ?

— Tiens donc, vous le connaissez, Madame ? Y est pas à l'atelier pour cause de désagréments qui lui seraient arrivés à Rouen, mais quand y est, c'est not' plus dégourdi. Regardez, l'ouvrier doit enlever les restes des chairs sous la peau en appuyant juste c'qu'il faut sans attaquer le poil.

Nous nous étions approchées d'un immense chevalet sur lequel était tendue une peau. L'ouvrier la grattait avec force et précision à l'aide d'un couteau courbé.

— Après c't étape, il reste à dégraisser.

Il nous fit contourner d'autres bassins où des parties de peaux émergeaient d'un épais liquide blanchâtre.

— Du plâtre, le plâtre permet de retirer le reste des corps gras. Puis c'est le lessivage et le séchage. Nos cordes à sécher sont presque vides aujourd'hui. Il aurait fallu voir la semaine dernière ! Oh là, là ! Y avait du travail pour le jour et la nuit ! Les bourgeois préparent leur hiver, ils veulent des habits bien chauds. L'absence de Ludovic a compliqué not' besogne.

— Eh bien, Mesdames, la tournée de l'atelier vous aura suffisamment informées ? demanda oncle Clément en nous rejoignant alerte et visiblement satisfait de la conclusion des discussions tenues avec ses clients.

— Intéressant, n'est-ce pas Noémie ?

— Pour sûr ! J'avais tout à apprendre au sujet des peaux, renchérit-elle en posant son panier à provision sur un banc. Et ces garçons qui tapent les peaux là-bas, ils le font pourquoi ? demanda-t-elle en observant trois ouvriers frappant à grands coups de bâton.

— Oh, ça ! Le battage sert à débarrasser la peau de la poussière et du plâtre et redresse les poils. Après être passée à la bastonnade, si on peut dire, une peau est lustrée et prête à être travaillée, conclut-il en nous entraînant d'un pas empressé vers l'arrière-boutique.

— Merci mille fois, Henri.

— Ce fut un plaisir, patron !

— Comme ça, Mademoiselle Hélène, vous désirez des nouvelles de Ludovic ?

— Oui, j'ai appris pour votre escarmouche à Rouen.

— Ah ça, pour une escarmouche, c'était toute une escarmouche ! Heureusement que Ludovic est une fine lame ! Nous sortions à peine de la ville de Rouen. Notre charrette débordait de peaux et nous nous engagions vers Paris lorsque trois mercenaires nous ont attaqués sans crier gare. Notre butin était à coup sûr très alléchant. Pensez donc, une charrette pleine de fourrures! Heureusement que Ludovic a bon poignet! De par ma condition de fermier et de pelletier, le privilège de l'escrime m'est refusé. Il va sans dire que je manie l'épée comme le plus rustre des campagnards. Mon intrépide neveu les a tenus en haleine pendant près d'une demi-heure. Il fallait le voir attaquer, parer les coups et riposter. Un mousquetaire n'aurait pas fait mieux! Ah, j'étais rudement fier de lui!

Il racontait avec un enthousiasme que je ne lui connaissais pas. Les exploits des combats émoustillaient la gent masculine de remarquable façon. Il me toisa et demanda:

— Vous êtes bien certaine de vouloir connaître la suite. Peut-être vaudrait-il mieux en rester là. Votre fragilité peut en souffrir.

— Ma fragilité souffre bien davantage de ne pas savoir de quoi il en retourne vraiment. Continuez, je vous en prie.

Il me sourit et nous attira vers le comptoir.

— Alors, soit, vous l'aurez voulu. Tout aurait été pour le mieux si un des trois larrons, enragé et humilié de mordre la poussière, n'avait donné un coup d'épée à la cuisse du premier cheval de notre attelage avant de déguerpir. Le cheval se braqua et c'est alors qu'un de ses sabots écorcha le front de Ludovic qui s'écroula au sol. Une roue du chariot lui broya les côtes et une autre lui fractura la jambe droite.

Je pris appui sur le comptoir. Il s'arrêta de parler et ajouta:

— Faut pas trop vous en faire, Mademoiselle Hélène, les dommages auraient pu être plus graves.

— Oui, je sais, ça ira. Et que lui est-il arrivé par la suite?

— Eh bien, je l'ai transporté à l'Hôtel-Dieu. Les Augustines ont fait de l'excellent travail. Elles m'ont affirmé qu'il pourrait regagner Saint-Cloud avant Noël. Il reviendra avec un de nos facteurs qui rentre à Paris à la fin décembre.

— Il passera Noël à Saint-Cloud? m'assurai-je avec le plus de désinvolture possible.

— La Noël et les fêtes du Nouvel An. Antoinette l'attend avec impatience afin de lui prodiguer soins et attentions. Elle s'est beaucoup inquiétée pour lui. Vous venez à Saint-Cloud à la Noël, Mesdames?

— Non ! Croyez que je le regrette, mais je dois passer la fête de Noël en famille. Il est toutefois possible que je puisse me libérer quelques jours après le Nouvel An, du moins je l'espère.

Oncle Clément me sourit à nouveau avec tendresse avant de reprendre d'une voix posée.

— Ludovic m'a beaucoup parlé de vous, Mademoiselle.

Je le regardai, intriguée et perplexe.

— Nous avons passé presque un mois ensemble, alors forcément, ça laisse du temps pour parler.

— Ah ! Et que vous a-t-il dit à mon sujet ?

— Je ne voudrais pas briser le sceau de nos confidences, mais soyez assurée que vous représentez beaucoup pour lui. Quand je l'ai quitté, il m'a demandé de vous faire un message.

— Un message ! m'étonnai-je.

— Oui. Il m'a fait promettre de vous avertir qu'à son retour, ses assauts seraient redoutables.

Je dus rougir jusqu'aux oreilles. J'avais la gorge sèche et regrettais qu'il tienne autant au sceau de leurs confidences. De quels assauts étaient-ils question ici ?

— Des… des assauts redoutables ? répétai-je innocemment.

Je crois qu'il rougit aussi et je ne voulus pas rajouter à son malaise. Je relevai fièrement la tête.

— Eh bien, soyez assuré que je saurai m'y préparer, oncle Ferras ! Paul est un excellent maître d'escrime ! affirmai-je en me retournant vers Noémie.

Maître Mathieu Ferras entra d'un pas rapide et interpella oncle Clément, nous remarquant à peine.

— Mesdames, nous salua-t-il à la hâte. Clément, j'ai à te parler, tu m'accompagnes à l'arrière-boutique ?

Nous eûmes à peine le temps de le remercier qu'il avait disparu. Le chemin du retour fut des plus réjouissants. Noémie et moi échangions sur nos apprentissages de la journée, nos paniers regorgeaient de provisions et mon cœur était rassuré. Ludovic ne baissait pas les bras, Ludovic ne m'oubliait pas. De Rouen, d'une toute petite phrase, il avait su alléger mes soucis. Il n'y avait pas à en douter, je serais prête pour tous les assauts de mon bien-aimé !

Le retour à la maison fut aussi imprévisible que désagréable. Le sieur de Champlain, debout entre mes parents, m'attendait de pied ferme dans la grande salle de notre logis. Je n'avais pas sitôt fermé la porte que mon père déclarait hautement :

— Quelle insoumise vous faites, Mademoiselle ! Il vous a été interdit de sortir seule, vous perdez la mémoire, ma parole ?

— Je ne vois pas ce qu'il y a de répréhensible à accompagner Noémie aux Halles comme je le fais depuis toujours, père.

— Votre entêtement et votre insubordination me sont insupportables !

— Eh bien, vous n'avez qu'à ne plus me supporter ! D'ailleurs, cet intérêt pour mes allées et venues est plutôt surprenant. Depuis que je suis une adulte, je dois avouer que votre attention me comble, pour ne pas dire m'étouffe. Plutôt étrange, ne trouvez-vous pas ? J'ai droit à plus de surveillance qu'au temps de mon enfance ? La fierté familiale y serait-elle pour quelque chose ? Craignez-vous que je ne fasse ombrage à votre carrière, père ?

Le sieur de Champlain qui s'était éloigné près de la cheminée s'avança quelque peu.

— C'est qu'une dame mariée et respectable se doit de sortir avec une dame de compagnie, Madame.

— J'étais accompagnée, Monsieur, Noémie m'accompagnait !

— Noémie est une domestique ! Quand je parle de compagnie, je parle de dames de votre qualité ! répliqua-t-il fermement.

— La compagnie de Noémie me convient parfaitement, Monsieur ! Nous sommes allées aux Halles et...

— Aux Halles et à l'atelier Ferras !

On m'espionnait ! J'inspirai fortement, ôtai lentement ma hongreline et me rendis la déposer sur la chaise la plus proche.

— Ma hongreline avait besoin d'un ajustement. C'est bien la place où il convient d'aller pour de tels tracas ?

— Madame, puisqu'il faut vous le rappeler, sachez que vous êtes mariée au lieutenant du Vice-Roi Condé ! Je suis Samuel de Champlain, grand explorateur qui deviendra un jour, si Dieu le veut, le premier gouverneur de la Nouvelle-France ! Vous devez tenir votre rang ! La place d'une dame de votre qualité n'est ni au fond d'un atelier de pelletier ni au fond d'une campagne ! Votre place, Madame, est auprès de votre mère et de votre sœur, au milieu de la noblesse parisienne ! Est-ce que je me fais bien comprendre, Madame de Champlain ? tonna-t-il au bord de l'explosion.

— J'ai des oreilles pour entendre, Monsieur ! J'ai aussi une tête pour raisonner, mais cette réalité semble vous échapper totalement.

Je repris ma hongreline en me dirigeant prestement vers l'escalier.

— Et le pelletier Ferras, comment se porte le pelletier Ferras ? caqueta subitement ma mère.

Le hasard voulut que j'aie le dos tourné. Heureux hasard ! Mon dos sauva la face. Je pris prestement l'expression la plus flegmatique qui soit avant de me retourner.

— Les pelletiers Ferras sont très occupés. Avec la froidure qui approche, tous les pelletiers de Paris sont très occupés, mère.

Et je continuai de monter vers ma chambre. *« Le bonheur des femmes tient souvent à la discrétion et à la retenue »*, disait tante Geneviève. La justesse de ses paroles me stupéfia.

Je prétextai un mal de tête pour justifier mon absence au souper. Ce qui n'était pas totalement faux. La discussion de cet après-midi me hantait au point de faire bourdonner mon crâne. Que sous-entendait la question de ma mère ? Qui lui rapportait mes allées et venues ? Quel lien pouvait-elle établir entre moi et les Ferras ? Il y avait là suffisamment d'incertitudes pour alimenter ma forte migraine. On me forçait à vivre avec cet homme, on m'espionnait, on voulait que je prenne mes distances avec Noémie et que je m'adonne à des activités ridicules. C'était trop ! Ma raison divaguait et ma tête éclatait. Je tournais en rond, me rassoyais, me relevais telle une bête traquée. Il me fallait absolument me débattre, trouver une solution afin de me libérer de ces stupides contraintes ! Mais fallait-il vraiment me débattre ? *« Le bonheur des femmes tient souvent à la discrétion et à la retenue. »* Retenue, il fallait que je retienne la retenue, la discrétion et la retenue. Comment pouvais-je me retenir ? J'étais si absorbée dans mes pensées que je ne répondis pas lorsqu'on frappa à ma porte.

— Madame de Champlain, Madame de Champlain ! insistait la voix étouffée de Marion.

— Oui, répondis-je sèchement.

— Madame de Champlain, le sieur de Champlain vous réclame dans la bibliothèque. Il désire vous parler immédiatement.

— Je ne suis pas disponible, je regrette, j'ai la migraine.

— C'est que monsieur insiste, Madame. Il dit que si vous ne venez pas, il viendra dans votre chambre.

Alors là, il dépassait les bornes ! Il n'était pas question que cet homme s'introduise de force dans les derniers retranchements de mon intimité. Je n'avais d'autre choix, je devais descendre.

— Très bien, faites-lui savoir que je viens.

Comment se préparer à affronter un adversaire redoutable ? me dis-je. L'analyse de l'adversaire, ma fille, le calme et l'analyse. Allons courage ! Si Ludovic a su résister à trois assaillants à la fois, tu es bien capable d'en affronter un seul, si prestigieux soit-il. Je lissai toutes les mèches de mes cheveux derrière mes oreilles, ajustai mes jupes, tirai mon corselet et relevai les rebords de ma chemise jusque sous mon cou. Je m'installai devant le long miroir orné de feuilles d'or qu'on avait accroché à mon mur et pris la position de garde. Le plus redoutable assaut de ma vie se préparait.

C'est la tête haute et la gorge serrée que je franchis la porte de la bibliothèque. Au bruit de mes jupes, mon adversaire se détourna de l'immense carte géographique accrochée au mur et, les bras croisés, me toisa en fronçant ses épais sourcils broussailleux.

— Veuillez vous installer là, Madame, nasilla-t-il lentement en m'indiquant de sa barbiche une des deux chaises devant la cheminée.

— Je préfère rester debout.

Il sourcilla et baissa les bras.

— Soit, comme il vous plaira.

Il appuya son large fessier sur le rebord de son bureau, décroisa les bras et me dévisagea avec insistance. Je n'avais aucune envie de prendre la parole, mais il me déplaisait encore davantage d'être observée bêtement par cet homme.

— Vous désirez me parler, Monsieur ?

— Une mise au point avec mon épouse s'impose, Madame.

La tension qui tordait mon estomac s'étendit subitement jusqu'à mon esprit.

— Je ne suis votre épouse que sur un bout de papier et rien de plus ! Il en est ainsi maintenant et il en sera ainsi pour toujours ! Plutôt me pendre que d'espérer me faire changer d'avis sur ce sujet.

— Vous avez un sacré caractère, Madame ! Or, j'aime bien les femmes de caractère.

Il décroisa les jambes et fit un mouvement vers l'avant.

— Ne m'approchez pas ! Je ne supporterai pas que vous m'approchiez !

— Mais je suis votre légitime époux, Madame, vous oubliez que vous devez vous soumettre à mes volontés.

Il avança encore. Je reculai jusqu'à ce que je heurte une chaise.

Il avança avec élan vers moi et tenta de saisir mon poignet. J'eus un réflexe d'escrimeuse et esquivai le coup. Il culbuta par-dessus le dossier de la chaise, tête par-devant, cul en l'air en agitant ses jambes dans tous les sens afin se remettre sur pied. Il grogna, bascula vers la cheminée et fit un audacieux tourniquet avant d'aboutir à quatre pattes, les mains dans les cendres. Je retins si difficilement mon rire que je dus mordre ma lèvre et enfoncer mes ongles dans mes paumes pour ne pas éclater. Le sieur de Champlain grommela de plus belle.

— Jeune impertinente! Comment osez-vous me traiter de la sorte! Comment osez-vous! Vous ignorez à qui vous avez affaire! Je suis votre époux, Samuel de Champlain, et je pourrais vous livrer au geôlier, si telle était ma volonté! La sottise vous habite et quoi encore? Retournez immédiatement à votre chambre, nous reprendrons cet entretien demain, au déjeuner. Et soyez-y! hurla-t-il, hors d'haleine.

Je me dirigeai vers la porte en reculant. Il tenta de calmer sa rage en passant ses mains sur son visage. Lorsqu'il les retira, les rougeurs de sa colère étaient couvertes de cendre noire. Un pirate des mers! pensai-je en grimpant à toute enjambée l'escalier menant à ma chambre. Sitôt ma porte fermée, je me précipitai sur mon lit en éclatant de rire avec une telle intensité que je dus enfouir ma tête sous mon oreiller afin d'éviter que mon hilarité n'atteigne ses larges oreilles. Peut-être était-il un peu sourd? Je le souhaitais ardemment. Je misai sur la prudence et conservai mon oreiller jusqu'à ce que le calme me soit revenu.

Mes rires avaient à tout le moins dissipé mes tensions. L'opinion que Ludovic avait exprimée sur le sieur de Champlain me vint à l'esprit. *« Le sieur de Champlain est orgueilleux certes, mais ce n'est pas un homme cruel. »* Pourvu qu'il ait vu juste!

Bizarrement, j'eus le sommeil profond et paisible et dormis à poings fermés jusqu'à ce que Noémie se précipite dans ma chambre aux premières lueurs du jour. Je me redressai en bâillant l'invitant à s'asseoir sur le rebord de mon lit.

— Mademoiselle, il faut absolument que je vous parle, chuchota-t-elle prise de panique.

— D'où vous vient cet empressement, Noémie? Vous voilà dans un tel état et de si bonne heure?

Elle posa ses mains sur ses joues rougies d'émotion et me confia à mi-voix.

— J'ai surpris la conversation de vos parents hier soir, Mademoiselle, une conversation désobligeante à votre égard. Vos parents sont très en colère contre vous. Ils parlent de vous… de vous…

La hantise de la pendaison refit surface. Je m'impatientai.

— De me quoi ? Mais parlez à la fin !

— Ils veulent vous dés… hé… ri… ter, Mademoiselle ! Ils craignent que votre conduite n'irrite le sieur de Champlain au point qu'il ne vous arrive malheur.

— Me déshériter ! Ils parlent de me déshériter ! Et puis quoi encore ?

— Et puis quoi ?

— Oui, ils veulent me déshériter, mais encore ?

— Mais c'est bien suffisant ! Pensez-y un peu, vous priver de votre héritage !

Je me laissai retomber sur mon oreiller, soulagée.

— Mademoiselle, vous allez bien, Mademoiselle ? s'énerva Noémie en me tapotant la main.

— Je vais on ne peut mieux, Noémie, je me porte comme un charme ! dis-je en me projetant hors du lit.

Elle me regardait, interloquée. Je me dirigeai vers la cheminée en m'étirant. La vue des cendres réanima peu à peu le souvenir de la veille et le rire s'installa lentement. Sans que j'y puisse rien, il s'intensifia et plus je riais, plus le visage de Noémie se décomposait. Il s'allongea au point d'entraîner l'affaissement de sa mâchoire. La bouche grande ouverte et les yeux tout écarquillés, elle se laissa tomber à genoux, ce qui ne manqua pas d'augmenter à l'enjouement qui me possédait. Je riais, pliée en deux, retenant péniblement mon envie de faire pipi. N'y tenant plus, je me précipitai en courant derrière le paravent que je heurtai au passage. Il tomba entre le lit et la cheminée, bouscula l'aiguière qui s'écrasa au sol où elle éclata en mille morceaux. Je m'assis sur la chaise à trou, juste à temps pour éviter un dégât, riant à gorge déployée. Derrière mon lit, Noémie toujours à genoux, faisait son signe de la croix.

— Sainte Madone, Sainte Madone, protégez-nous !

Nous en étions là quand la barbiche du sieur de Champlain se pointa dans l'ouverture de ma porte de chambre. J'arrêtai du coup de rire et de pisser. La main de Noémie se figea sur son front tandis que le sieur de Champlain portait les siennes à son visage.

— Veuillez m'ex… excuser, excusez-moi… Mesdames… excu… ! bafouilla-t-il en s'éclipsant.

Le tapage de ses bottes dégringolant l'escalier se transforma en rebondissements caverneux entrecoupés de plaintes étouffées. Suivit une marche précipitée qui se termina en un vigoureux claquement de porte.

Et l'hilarité m'emporta de plus belle.

— Prions le ciel, Noémie, prions pour que Ludo… que Ludovic ait vu juste ! articulai-je péniblement entre mes ricanements.

Noémie, toujours à genoux, la bouche grande ouverte et le visage déconfit, se tourna vers la chaise à trou en se signant.

— Sainte Madone, Mademoiselle, cette fois je crois vraiment que vous perdez complètement la raison !

25

Le toit du monde

Au temps de la Noël, le sieur de Champlain fut invité à un souper chez sa cousine germaine. Je fis donc la connaissance de la cousine ou plutôt devrais-je dire, la cousine fit ma connaissance. Marie Camaret, étroite d'épaules, longue de jambes et courte de torse, roula ses minuscules yeux gris acier de chaque côté d'un nez trop effilé pour être beau, me jaugeant avec une impertinente application.

— Ainsi donc voilà votre jouvencelle ! persifla-t-elle en toisant la chose qui lui était présentée de la tête aux pieds.

La vive antipathie qu'elle m'inspira se reporta sur son époux au moment où l'on servait un faisan farci de noix. Ce joufflu et bedonnant personnage mordit gloutonnement dans une cuisse de la volaille avant de faire une subtile allusion au retard du paiement de ma dot. La cousine renchérit. La famille Boullé faisait affront à celle des Champlain, elle se riait d'elle : rien n'était plus préjudiciable que des dettes non payées. La famille Boullé se déshonorait. Fort heureusement, les bougies d'un chandelier d'argent me dissimulaient son visage anguleux. Je n'entrevoyais que les mouvements de son épaisse torsade de cheveux bruns qui scandait d'autorité chacune de ses affirmations. La farouche intransigeance qu'elle manifestait envers ses deniers me permit de supposer que la cupidité emplissait ses bourses aussi judicieusement qu'elle vidait son cœur. Leur conversation s'enchaîna sur les profits, commissions et partage du loyer des maisons que les cousins possédaient à Brouage. Je m'ennuyai tant et si bien que je concentrai mon attention sur la broderie de la nappe. Ses motifs argentés évoquèrent la voûte céleste. Je soupirai longuement. Cette hébétude m'attira du coup un regard foudroyant du sieur de Champlain. La cousine poussa des cris d'indignation en se trémoussant sur sa chaise avant d'attaquer.

— Quelques nobles dames m'ont rapporté que votre jeune épouse aurait été vue en compagnie de cette révoltée, cette… cette… Vous me rappelez son nom, Jacques ?

— Valerand, Christine Valerand, activiste qui ose distribuer des pamphlets séditieux sur la place publique et pousse l'audace jusqu'à critiquer notre code civil ! Le nom des Champlain n'a pas à être associé à ces magouillages ! s'énerva l'époux dévoué en léchant ses doigts dodus.

Je tordis mes mains sous la nappe et pris soin d'y ajouter une morsure aux lèvres afin de contenir le fulgurant désir de riposte qui me venait. Je devais absolument m'en tenir à mes nouvelles convictions sur les bienfaits de la discrétion et de la retenue. C'était contre ma nature, l'effort était ardu, mais essentiel. Le sieur de Champlain prit le temps de bien mastiquer ce qu'il avait en bouche avant de répondre.

— Ma jeune épouse, comme vous dites, très chère cousine, eut, il est vrai, quelques écarts de conduite depuis le début de notre mariage. Je vous prie de considérer d'un œil obligeant ces malencontreux débordements de jeunesse, favorisés par le fait de mes nombreuses absences. Soyez assurée que ces dérogations, bien qu'incompréhensibles sous certains aspects, relèvent de la pure naïveté. Il serait dès lors, vous l'admettrez, cousin et cousine, malhonnête d'y associer quelques intentions malveillantes que ce soit. Soyez rassurés, aucun préjudice ne ternira la réputation des Champlain. Ma jeune épouse apprend à se conformer aux exigences de son rang.

Je m'étouffai avec la bouchée de gâteau au miel que je venais d'avaler. J'eus beau prendre de l'eau, du vin, rien n'y fit. La quinte de toux persista. Une parcelle d'aliment coincée dans ma gorge m'étouffait. Je toussai tant et si bien qu'un valet fut requis pour me claquer le dos, mais ma tousserie persista.

— Puis… puis-je me rendre au petit salon ? râlai-je péniblement.

— Disposez, disposez, vous n'avez qu'à suivre notre valet, s'impatienta cavalièrement la cousine.

Je me levai en toussant violemment et sortis, soutenue par un valet sous les regards déconcertés des autres convives.

— Cette jeunesse tout de même, quelle fragilité de constitution ! s'exclama la cousine. Que d'encombrements, que de soucis, mon cousin ! Vous, un si prestigieux personnage, obligé de supporter ces...

— N'ayez crainte, ces inconvénients sont largement compensés !

J'entrais dans le petit salon lorsque ces paroles furent prononcées. L'acuité de mes jeunes oreilles permit que je les entende clairement. Je mis quelques minutes avant de retrouver ma respiration normale. Ce contretemps eut pour avantage de me libérer de la présence de la malveillante cousine. Décidément, les Champlain m'avaient jeté un mauvais sort ! Je ne reparus plus au souper. Ainsi se termina mon premier repas chez Marie Camaret.

Le sieur de Champlain ne fit plus allusion à la conversation de la cousine, pas plus qu'il n'exigea d'autre tête-à-tête avec moi. J'y vis une stratégie de repli et me réjouis du sursis qui m'était accordé. Plus que cinq jours et je quitterais Paris. Je savais que mon départ dérogeait aux attentes du sieur de Champlain quant à la conduite de sa jeune épouse, mais j'étais convaincue qu'il se remettrait facilement de sa déception. C'était un homme d'expérience, il en avait vu d'autres, après tout !

À l'aurore du 2 janvier, je rejoignis tante Geneviève en cachette. Je promis à Paul de saluer toute la famille Ferras en son nom et en celui de Noémie. Leur fidèle affection me soutenait.

Le trajet vers le Champ de l'Alouette se fit sous une froide pluie battante. Les chevaux s'enlisèrent plus d'une fois dans la boue et nous dûmes descendre du carrosse à deux reprises pour favoriser le dégagement des roues des bourbiers où elles s'étaient enfoncées. J'étais transie et frissonnante mais cela importait peu. Seule comptait la perspective de retrouver l'époux de mon cœur. Tante Geneviève s'était rendue à l'atelier des Ferras juste avant Noël. Oncle Clément l'avait assuré que Ludovic devait rejoindre Saint-Cloud sous peu, s'il n'y était déjà. Je n'en doutais pas un seul instant, je le reverrais, enfin !

— Quel homme charmant cet oncle Clément ! avait proclamé tante Geneviève en rougissant.

— Les hommes Ferras savent y faire, tante Geneviève, c'est vous qui me l'avez appris.

— J'ai dit ça moi !

L'étonnement était sincère.

— Mais si, vous m'avez dit ça !

— Je te crois, je te crois. C'est juste que... enfin, conclut-elle en replaçant nonchalamment quelques mèches de sa coiffure.

Nous atteignîmes le Champ de l'Alouette en milieu d'après-midi. La pluie avait cessé et de retrouver notre maison m'insuffla un regain d'énergie. Je me débarrassai de mes vêtements trempés et boueux, passai une jupe et un corselet de fin lainage et défis mes tresses pour que sèchent mes cheveux. Après une journée de remue-ménage, la maison était complètement réanimée. Les cheminées flambaient, la poussière avait disparu, les casseroles avaient été astiquées et les paillasses rafraîchies. Je fis une dernière tournée imprégnée d'un grand bien-être. Il y avait ici tant de merveilleux souvenirs ! Les murs résonnaient des joies et des peines de mon cœur.

Je terminai d'allumer les chandeliers du rez-de-chaussée et nous nous apprêtions à préparer le souper quand un attelage s'arrêta devant la porte. Je n'eus guère le temps de m'y rendre qu'oncle Clément entrait, dégoulinant et embarrassé. Il porta son regard sur tante Geneviève qui s'essuyait les mains dans son tablier en avançant vers lui.

— Je reviens de faire des courses à Saint-Cloud. La lumière à vos fenêtres m'a laissé supposer votre retour. J'ai voulu vérifier si vous ne manquiez de rien. Mais je ne voudrais pas vous importuner.

— Votre visite nous fait grand plaisir, Clément, interrompit tante Geneviève en lui tendant la main.

Son embarras me laissa perplexe.

— Bonjour, oncle Clément !

Il toussota, essuya du revers de sa main les gouttes d'eau sur son front et me sourit.

— Mes hommages, Mademoiselle. Soyez assurée que votre arrivée réjouira toute la famille.

— J'ai bien hâte de les rencontrer tous.

— Il y en a un en particulier qui...

— Parlez-vous de Ludovic ? Est-ce que Ludovic est chez vous ?

Il regarda en direction de tante Geneviève et lui fit un clin d'œil. Leur familiarité m'étonna.

— Ludovic est arrivé juste avant Noël. Son état s'est beaucoup amélioré depuis. Les bons soins d'Antoinette et l'affection des enfants y sont sans doute pour quelque chose. Cette dernière semaine de repos devrait le remettre sur pied.

— Il... il ne marche pas encore ?

— Bien sûr que oui, vous le connaissez, il ne peut tenir en place. Il trottine avec ses béquilles dans toute la maison. Nous lui avons enlevé les éclisses de bois qui maintenaient sa jambe la semaine dernière et il réapprend à marcher dessus. Non, je parlais de son moral. Il est plus qu'impatient de retrouver tous ses moyens, de se remettre au travail. Mais dites donc, ça vous dirait de venir constater par vous-même ?

Mon envie de lui sauter au cou fut contrée par la trop raisonnable réponse de ma tante.

— Nous ne voudrions pas ajouter au fardeau d'Antoinette. Toutefois, si la pluie s'arrête, il nous fera plaisir de vous faire visite demain, en après-midi. Si vous n'y voyez pas d'inconvénient, bien entendu.

Sa réponse nous déçut. Oncle Clément tapota le chapeau mouillé qu'il tenait à la main d'un air résigné.

— Comme il vous plaira. Votre visite sera appréciée de tous, moi y compris. Mesdames, nous vous attendrons demain avec impatience.

À ma grande surprise, il s'approcha de tante Geneviève et lui baisa la main. Elle rougit. Il lui répondit par un sourire entendu. Une subtile connivence les liait, j'en étais certaine.

Nous terminions le repas lorsque la bruyante arrivée d'un nouvel attelage nous fit sursauter. Il faisait nuit et nous n'attendions personne. Le court silence qui suivit l'arrêt du cheval fut interrompu par un fracas insolite et quelques grognements sourds.

— Un attelage à cette heure ?

— Peut-être un blessé qu'on m'amène. C'est étrange, je n'ai prévenu personne de mon court séjour ici.

Je replaçai mes jupes et repoussai mes cheveux secs derrière mes épaules. Mon inquiétude s'envola sitôt que la porte s'ouvrit. Ludovic était là, devant moi, entièrement couvert de boue, béquilles sous les bras. Il sautillait sur sa jambe gauche, la droite étant repliée sous sa cape. Je m'élançai vers lui et sautai à son cou. Il laissa tomber ses béquilles et m'étreignit.

— Aïe ! fit-il en me repoussant quelque peu.

— Désolée ! Je vous ai fait mal ?

Toujours chancelant sur une seule jambe, il saisit mon bras, m'attirant de nouveau à lui.

— Venez embrasser votre époux.

Nos lèvres n'en finissaient plus de se retrouver et je frissonnais de désir bien plus que de froid.

— Hé, hé ! fit tante Geneviève. C'est que la porte est grande ouverte, jeunes tourtereaux !

— Excusez-moi, tante Geneviève, dit Ludovic en fermant la porte, je suis encore un peu étourdi. La descente de la carriole fut moins élégante que je ne l'aurais souhaité.

Je l'invitai à me suivre près de la cheminée. Il y vint en se balançant entre ses béquilles à un rythme impressionnant et prit place sur la chaise que je lui tendais.

— Pardonnez-moi, mais je n'ai pu patienter jusqu'à demain. Je n'ai pas revu Hélène depuis septembre et je me…

— Cessez ces excuses inutiles, jeune gaillard ! Je vous apporte un bol de vin chaud tandis qu'Hélène fait bouillir de l'eau. J'ai l'impression qu'un léger nettoyage s'avère nécessaire.

— Assurément ! Après le bain de boue que je viens de prendre, un peu de nettoyage sera le bienvenu, dit-il en jetant un bref coup d'œil sur ses habits.

Tante Geneviève apporta le vin puis insista pour mener le cheval de Ludovic dans la grange.

— La pluie est froide et il n'est pas sain de laisser un cheval dehors par un temps pareil. Hé, Ludovic, ça vous dirait de veiller sur deux dames esseulées cette nuit ? le taquina-t-elle avant de refermer la porte.

J'étais debout appuyée sur le rebord de la table. Ludovic assis devant moi m'observait intensément sans parler. Son regard sérieux et concentré m'examinait de haut en bas et de bas en haut. Au bout d'un moment, sa main me fit signe d'approcher. Je m'avançai lentement. Lorsque je fus devant lui, il passa ses bras autour de mes hanches et pressa sa tête sur mon ventre.

— Vous êtes si belle, Madame Ferras !

— Et vous si…! murmurai-je en baisant ses cheveux.

Je m'agenouillai devant lui. Sa main vagabonda sur mon visage et s'arrêta sur mes lèvres. Tendrement, je lui mordis le doigt.

— Ah ! Ah ! C'est ainsi ! Après les griffes, voilà que Madame sort ses crocs ! dit-il en effleurant la cicatrice de mon cou du bout du doigt que je venais de mordre.

— On m'a rapporté que je devais m'attendre à des assauts redoutables ! Je m'y suis préparée.

Pour toute réponse, il glissa ses doigts dans mes cheveux et me dit à l'oreille :

— Si j'obtiens le privilège de partager votre couche, jeune Dame, vous aurez droit à des assauts inoubliables.

La fougue de nos baisers nous emporta au point que tante Geneviève se retrouva près de nous, toussotant et brassant ses jupes avec une cordiale impatience.

— Le cheval est à l'abri, vous n'avez plus aucun souci à vous faire pour lui.

— Le cheval ? Ah, oui ! Merci, Madame Alix, marmonna Ludovic sans cesser de me regarder.

— Et ce nettoyage, il aura lieu au rez-de-chaussée ou dans la chambre ? L'eau bout depuis un bon moment, jeunes tourtereaux. La blessure que je devine sur ce front a bien besoin… de…

Je revins quelque peu à la réalité, Ludovic était en convalescence. La boue couvrant une partie de son visage dissimulait à peine le renflement en forme de demi-cercle au milieu de son front.

— Quelle idiote je fais ! Attendez-moi là Ludovic, je cours chercher l'eau.

— Ne craignez rien, je n'ai aucune envie de m'enfuir.

— Vous permettez que je vous enlève quelques-uns de ces vêtements boueux, mon garçon ? demanda tante Geneviève.

— Mais faites donc, faites donc ! J'ai rarement eu droit à tant de bons soins en même temps. Le malaise me gagne, Mesdames.

Lorsque je revins avec tout le nécessaire de toilette, il avait enlevé sa cape, son pourpoint et sa chemise. Tante Geneviève scrutait les couleurs jaunâtres sur sa poitrine.

— Dans un an ou deux, vous en serez quitte pour une légère trace blanchâtre au front. Quant à la poitrine… Vous permettez que je touche ?

— Mais touchez ! Oh, attendez. J'oubliais… un instant, je vous prie.

Il passa sa tête sous le bras de tante Geneviève et acquiesça avec une moue de satisfaction.

— Bien, bien, vous pouvez y aller, Hélène a les deux mains occupées.

— Ludovic ! Comment pouvez-vous ainsi… enfin !

Il éclata de rire. Dieu que je pouvais aimer cet homme !

— Et il semble que ces côtes soient en voie de parfaite guérison. Encore quelques jours de précaution et vous serez complètement remis. Quant à ce qu'il y a dans le pantalon…

— Le pantalon, je préfère le garder, si vous permettez. Il y a ici une chaste demoiselle qu'il me déplairait d'effaroucher.

Je venais de déposer mon seau d'eau sur le sol et ne pus résister à l'envie d'y faire une chiquenaude. Il reçut l'éclaboussure sans broncher. Tante Geneviève eut un léger recul. Son coude accrocha la jambe droite du blessé.

— Aaaaah, aaaaah! gémit-il longuement.

Je me relevai subitement. Ma main droite effleura à peine sa cicatrice qu'il en remit.

— Aaaaah! Aaaaaaah! gémit-il de plus belle.

Je jetai un regard complice à tante Geneviève.

— Je crois vraiment, jeune homme, que nous serons obligées de vous enlever cette culotte. La douleur intense qui vous afflige y est peut-être logée.

Je m'agenouillai devant lui tandis que tante Geneviève feignit de tirer sur son haut-de-chausse.

— Non, non, je vous en prie! La source de ma douleur m'est parfaitement connue. Elle se situe dans le haut du pantalon. S'il vous plaît, Mesdames, un peu de respect pour un homme malade! s'énerva-t-il en faisant mine de se débattre.

— Vers le haut de votre pantalon, vous en êtes certain? demanda tante Geneviève en riant.

— Plus que certain! Oui, le haut me démange comme s'il était assailli par une armée de punaises.

— Alors là, on ne rit plus!

J'avais cessé de rire le regardant confuse.

— Vous êtes sérieux, Ludovic?

— Plus que sérieux! Je suis persuadé qu'il faudra de sérieux examens, longs et approfondis, avant d'évacuer cette terrible sensation.

Je baissai les bras en soupirant fortement.

— Touchée! déclarai-je en lui tirant une mèche de cheveux.

Il m'accrocha le poignet au passage et ses yeux cherchèrent les miens. Il avait cessé de se débattre et sa voix se fit mielleuse.

— Et si les dieux me sont favorables, ce sont ces mains pleines de finesse qui procéderont aux investigations.

Le trouble qui m'envahit me fit oublier tante Geneviève. Je ne pus résister à l'envie de passer mes bras à son cou. Le nettoyage s'effectua tard dans la nuit entre deux étreintes, au coin du feu, sur une peau d'ours.

Je fus réveillée par la fraîcheur du petit matin et les tiraille-ments de mon estomac. Je pris le temps d'observer Ludovic qui dormait à poings fermés, recroquevillé sous sa couverture de laine grise. Comment cet homme vigoureux pouvait-il se satisfaire des brèves rencontres que ma double vie imposait? Comment pouvait-il renoncer à la paternité? Je tirai la couverture au-dessus de ses épaules, son souffle était profond et régulier. Je replaçai les pans de ma chemise et me rendis silencieusement à la cuisine. J'y trouvai un billet sur la table.

> *Hélène, je gagne la ferme des Ferras*
> *sitôt mes courses terminées.*
> *Prends bien soin de notre grand malade.*
> *Tante Geneviève.*

Tante Geneviève était mon amie et je remerciai le ciel pour tout le réconfort qu'elle m'apportait. Je coupai quelques tranches de pain, du fromage et retournai auprès de l'objet de mes amours. Ludovic dormait toujours d'un sommeil paisible.

— Un sommeil d'enfant, pensai-je.

Je remis des bûches dans l'âtre et m'apprêtais à retourner à la cuisine chercher un verre de lait quand il émit un discret gémis-sement. J'avais appris à me méfier de ses plaintes et fis mine de ne rien entendre. Le gémissement s'accentua. Je souris malgré moi et retirai lentement ma chemise avant de me retourner. L'estomac pouvait attendre…

— Vous souffrez, mon maître?

— Je souffre énormément! Il semble que les examens de la nuit furent incomplets. Seriez-vous disposée à…

— Entièrement… Si vous m'indiquiez où se situe le mal.

Il prit ma main et la porta sur la partie la plus sensible de son anatomie.

— Oui, je vois, une enflure insupportable!

Je me glissai délicatement sur lui en prenant appui sur les coudes. Il saisit mes seins entre ses mains et les pressa jusqu'à ce que la douleur me rejoigne.

— Vous souffrez vous aussi, Madame? Que puis-je faire pour vous?

Je pressai mes hanches sur les siennes, écartai les jambes en mordillant ses oreilles.

343

— J'ai beaucoup de douleur dans le bas-ventre. Vous connaissez un remède ?

Avec précaution, il me fit rouler sous lui, prit soin de ne pas me heurter de sa jambe raide et pressa mes mamelons entre ses lèvres jusqu'à ce que je me torde de désir.

— Je connais peut-être un procédé qui saura vous soulager, dit-il d'une voix rauque avant de s'appliquer à l'apaisement de ma douleur.

Je goûtai l'intensité de nos corps bien ancrés l'un à l'autre. Il n'y avait plus que lui et moi, que moi et lui. Tout était là. La guérison fut complète.

— Hélène, vous êtes la soignante la plus efficace que je connaisse, minauda-t-il à mon oreille.

Je ris de bonheur en embrassant la rougeur sur son front.

Le soleil qui jaillissait par la fenêtre me rassura. La pluie avait cessé. Cette fois, l'estomac ne pouvait plus attendre ! Je me levai. Ludovic m'attrapa par la cheville.

— Ah, ah ! Voilà que la soignante délaisse le blessé !

— Ludovic, je vous en prie, j'ai faim ! Vous n'aimeriez pas manger un peu de fromage, du pain ou encore boire un peu de bouillon de veau ?

— Vous déguster me rassasie amplement, mais si vous insistez, alors, va pour le bouillon de veau. Vous me donnez ces béquilles, épouse adorée ?

Je l'aidai à se relever en évitant de le frôler de trop près. Au regard qu'il me lança, je compris que l'abstinence des derniers mois n'était pas totalement compensée. Il prit ses béquilles et se dirigea vers la cuisine.

— Vous m'accompagnez ?

Il s'éloigna en propulsant son corps robuste sur les chétives béquilles, ses cheveux bondissant à chacune de ses secousses. Un fou rire me vint. Je cherchai à le contenir mais ce fut peine perdue. Ludovic s'arrêta d'un coup et se retourna lentement.

— Vous êtes de bien plaisante humeur, Madame. Puis-je connaître la cause de votre réjouissance ?

— La beauté de votre fessier sautillant, Monsieur !

— La beauté de mes fesses, tiens donc ?

— Oui, la beau... beauté de votre fessier ! répétai-je en riant.

Il revint vers moi, laissa tomber ses béquilles et engloutit mon éclat de rire dans sa bouche gourmande.

— Mon derrière sautillant ! Si vous m'émoustillez davantage, c'est le déjeuner qui sautera.

Je fis un effort pour reprendre mon sérieux. Mon estomac gargouillait.

— La journée nous appartient, Monsieur. Sitôt ma faim rassasiée, je serai à nouveau toute à vous.

Le fond de l'air était plus froid que la veille, mais j'étais bien au chaud. Ma hongreline sur mes épaules et Ludovic à mes côtés, je ne pouvais qu'être bien. Nous roulions vers la ferme des Ferras, collés l'un contre l'autre sur le banc de la carriole. Les flaques d'eau laissées par les pluies de la veille étaient recouvertes d'une mince couche de glace sur laquelle se miraient les nuages blancs. Dans les champs, les sillons de labour avaient l'apparence d'une armée de lutins de glace. Je pris une profonde inspiration.

— Je suis heureuse, Ludovic. Vous savez que cette campagne est le lieu de mes plus grands bonheurs.

— Quelle coïncidence ! C'est aussi le lieu de mes plus grands bonheurs.

— Vraiment ?

— Vraiment ! Vous en doutez ? C'est ici que j'ai trouvé une famille, que j'ai appris le métier de fermier. Ah, et les jeux de mon enfance, Madame, vous ne saurez imaginer tous les jeux que ces lieux ont favorisés !

— Ah ! Les jeux ? dis-je vexée d'être exclue de son énumération.

Il me regarda en souriant avant d'ajouter.

— Mais surtout, surtout, c'est ici que le ciel me fit cadeau de ma bien-aimée.

Je lui rendis son sourire.

— Me voilà soulagée ! L'espace d'un instant, j'ai cru…

— Vous êtes mon plus grand bonheur, noble Dame !

— N'exagérez pas !

— Mais je n'exagère aucunement ! Je n'existe pas sans vous, Madame Ferras !

— Je vous aime, dis-je avant de déposer un léger baiser sur sa joue froide et rougie par le vent du nord. Et vos jeux, ils ressemblaient à quoi, dites-moi ?

— Mes jeux… mes jeux… Eh bien, je me revois partir à l'aventure dans la profondeur des bois, tantôt en explorateur pourchassant de terribles ennemis, tantôt en chasseur redoutable combattant les monstres de la forêt. Il m'arrivait de me projeter d'un arbre à l'autre à l'aide d'un cordage et…

— Mais c'est complètement fou! Vous auriez pu tomber et…

— Ah! Mais c'est que je suis tombé! N'allez surtout pas supposer que j'en suis à mes premiers sauts avec des béquilles!

— Ne me dites pas que vous…

— Mais si, je vous dis que je me suis foulé les chevilles plus d'une fois et cassé le tibia à deux reprises. Une fois le droit et une fois le gauche.

— Mais, c'est… j'ose à peine le croire!

— C'est que je suis un homme, un vrai! La rudesse de mon existence n'a rien à voir avec celle des nobles et des bourgeois, ne vous en déplaise, Madame.

— Bien, j'en prends note. Et vos compagnons, vos amis de jeux, vous aviez des amis de jeux?

— Assurément! On ne part jamais seul pour de telles aventures! Il y avait Jacques, le fils du gendarme, Michel, le fils du meunier, et bien entendu… bien entendu, il y avait Charlotte.

— Charlotte, Charlotte et le fils du meunier! murmurai-je.

Je revis Charlotte défaite par les douleurs d'un accouchement, donnant la vie à un enfant qu'elle ne connaîtrait jamais.

— Ah, Charlotte! se délecta-t-il.

— Quoi Charlotte?

— C'est qu'elle impressionnait, notre Charlotte! Elle savait tenir plus d'un rôle. Elle fut notre Reine, notre servante ou encore notre dame. C'est le rôle qu'elle préférait. Quel talent de comédienne elle avait!

Il prit un temps d'arrêt et me fit un clin d'œil avant de continuer.

— Si je vous disais que nous en étions tous amoureux. Elle savait stimuler notre ardeur courtisane comme pas une. Nous rivalisions d'audace et d'exploits périlleux simplement pour l'épater. Cette Charlotte, tout de même!

— Oui, je vous comprends. On peut se passionner dès le tout jeune âge, minaudai-je. Moi, je n'en avais que pour François de Thélis. Vous le connaissez d'ailleurs. C'est le chevalier qui me fit danser au bal du printemps: sire Lancelot du Lac. Quel charme fou il avait! Il était mon prince, mon héros, mon amoureux. Une fois, je m'en souviens comme si c'était d'hier, il n'a pas hésité à grimper sur le toit de notre maison afin de m'impressionner. Dieu sait pourtant qu'elle est haute et abrupte notre maison!

Ludovic arrêta l'attelage au beau milieu de la route, déposa les guides et se tourna vers moi en saisissant mes épaules.

— Le toit de votre maison ! Eh bien moi, je grimperai sur le toit de l'église de Saint-Cloud pour vous, noble Dame !

— Vraiment ?

— J'en fais serment ! Cependant… cependant, il y a une petite condition.

— Ah, c'est que François de Thélis n'a exigé aucune condition !

— Monsieur de Thélis jouissait de l'innocence de l'âge, Madame. Moi, étant plus mûr et plus informé, je suis au fait de mesurer le coût de mes exploits.

— Soit, je vous concède que l'âge soit ici un atout. Et quelle serait cette condition ? chuchotai-je en passant mes bras autour de son cou.

Il m'embrassa longuement et tendrement. Puis il prit mon visage entre ses mains et frotta son nez au mien.

— Votre nez est un tantinet froid, Madame.

Il y posa les lèvres.

— Et votre condition, je me languis de la connaître.

— Comment, vous n'avez pas encore deviné la condition ?

J'entrouvris sa cape, passai mes bras autour de sa taille et l'embrassai à mon tour.

— J'aimerais l'entendre de votre bouche.

— Je monterai sur le toit de l'église de Saint-Cloud à condition que vous y montiez avec moi, Madame.

— Ma compagnie est toute à vous, Monsieur.

— Jusque sur le toit de l'église ?

Je me détachai vivement de lui.

— Vous ne voulez tout de même pas dire que vous désirez que je monte sur… sur…

Il arbora un sourire des plus charmeurs.

— Je parie que vous avez la frousse !

Je me raidis. Ma fierté était en jeu. Dieu, comme j'aurais aimé être un peu moins fière, juste un peu moins fière. Je mordis ma lèvre en relevant le menton.

— Ludovic, si vous montez sur le toit de l'église, alors je monte avec vous.

Il enlaça mes épaules en riant.

— Marché conclu ! Ce soir même, la preuve de mon amour sera faite.

— Ce soir, déjà ! Mais votre jambe, vous oubliez votre jambe ?

— Convenez que ce handicap ajoute à mon exploit. Votre monsieur de Thélis avait le parfait usage de ses deux jambes. Moi, je suis éclopé.

— C'est un point de vue.

— Et puis, ne dit-on pas qu'il vaut mieux battre le fer pendant qu'il est chaud ?

L'envoûtant sourire qu'il m'adressa me fit regretter d'être assise bêtement sur le banc d'une charrette dans la froidure de la campagne de France.

— Les faveurs d'une jolie dame, ça se gagne ! conclut-il.

Il effleura du fouet le dos de notre cheval et l'attelage se remit en marche. Je tentai de nous imaginer dans le noir, juchés sur le toit de l'église, et fus parcourue d'un frisson. J'avais une nature audacieuse, j'en convenais, mais à ce point, jamais je ne l'aurais cru !

— Et que devient ce François de Thélis ? demanda Ludovic la mine réjouie.

— François ? Eh bien, je me suis laissé dire qu'il occupait un poste de notaire à la ville de Paris.

— Un poste de notaire ! J'ai un adversaire de taille !

— J'avoue que sa fonction doublée des avantages qu'il en tire sont d'attrayants atouts. Beau garçon, excellent danseur fréquentant nobles et courtisans, il a effectivement tout pour plaire à une dame du monde.

Cette fois, il perdit son sourire et se tourna vers moi avec sérieux et dignité.

— Il peut de toute évidence plaire à beaucoup de dames. Ce qui m'importe, c'est de savoir s'il plaît à la mienne.

J'aimais assez la tournure de la conversation. Après tout, une virée sur le toit d'une église, ça se mérite, chevalier de mon cœur !

— Il me plaît beaucoup ! Il m'a toujours plu d'aussi loin que je me souvienne. Cependant, il y a un fâcheux inconvénient qui brime mes penchants.

— Et puis-je connaître ce fâcheux inconvénient ?

— Comme vous savez, je ne suis plus une femme libre, j'ai un époux.

— Oui, ça je ne le sais que trop ! Mais ce n'est pas un motif suffisant pour repousser les avances d'un honorable personnage !

— Oh si, croyez-moi, c'en est un de taille ! affirmai-je en regardant nonchalamment vers les champs givrés.

— À ce point? Pourtant vous me fréquentez moi, un simple apprenti pelletier!

— C'est que voyez-vous, je me suis donnée à cet époux avec toute l'ardeur de mon âme et je l'aime profondément. Étant une honnête femme, je ne vois pas comment, com...

— Ah bon! Vous parliez de cet époux-là! s'exclama-t-il soulagé.

— Mais je n'ai qu'un époux, l'auriez-vous oublié?

Il immobilisa notre carriole et passa ses mains sous ma hongreline.

— Hélène, je vous aime, murmura-t-il dans mon cou. Votre façon d'attiser mon désir me rend fou. Si j'osais...

Sa main glissa sur mon ventre..

— Ludovic, vous n'allez tout de même pas... Pas ici dans...

— Non, sur la hongreline. Vous souvenez-vous de la première fois sur le fin duvet de castor? réussit-il à chuchoter entre ses baisers.

Je me laissai guider dans le fond de la carriole m'abandonnant frissonnante à la folie de Ludovic. Quand il eut replacé mes jupes, je l'attirai tout près de moi.

— J'ai un secret à vous dire. Approchez.

Il posa son oreille près de ma bouche.

— Vous savez pourquoi je vous préfère à François de Thélis?

Il répondit avec un éclatant sourire.

— Parce que monsieur de Thélis ne saurait comment vous séduire au fond d'une carriole.

— Et voilà! pouffai-je. Comment avez-vous deviné?

Il posa son front sur le mien en clignant des yeux.

— Il suffit de scruter l'émeraude de vos prunelles, Madame.

Je ris.

Ludovic dirigea l'attelage jusque dans la grange et me fit descendre. Je secouai ma hongreline afin d'en dégager les brindilles de foin qui s'y étaient accrochées. Il détela le cheval et le mena dans une stalle pendant que je me dirigeai vers la porte entrouverte d'où j'aperçus au loin les silhouettes enlacées de tante Geneviève et d'oncle Clément. J'étais encore sous le choc lorsqu'il s'approcha derrière moi.

— Ludovic, vous avez vu?

— L'amour est contagieux on dirait, dit-il en m'enlaçant.

— Vous saviez?

— Oh, oui!

— Vous saviez !

— C'est l'évidence. N'avez-vous pas remarqué comme ils se regardent.

— Si, mais si, hier… Mais Anne, l'aurait-il déjà oubliée ?

— Je ne crois pas, on n'oublie pas ceux qu'on aime. Seulement…

— Seulement quoi ?

— Seulement, il n'est pas bon pour un homme de vivre seul. Son cœur n'est pas mort avec Anne, bien qu'il l'ait beaucoup aimée.

Je me retournai vers lui.

— Ludovic, il faut me promette que si un malheur m'arrivait, vous saurez aimer à nouveau. Vous me le promettez ?

— Je n'aime que vous, Hélène, et tant que vous voudrez de moi, je n'aimerai que vous.

— Moi aussi je vous aime et vous aimerai tant que vous voudrez de moi, mais s'il fallait que la mort…

— Si je mourais, il faut me promettre d'aimer à nouveau, Hélène.

— Non, non, ça je ne pourrai pas ! Ne mourez pas, ne mourez jamais, Ludovic, murmurai-je en m'agrippant à lui.

Nous restâmes ainsi un bon moment, sans rien dire. Il m'embrassa avant de me regarder d'un air contrit.

— Je vous le promets, je ne mourrai jamais, belle Séléné ! Dites, il vous dirait d'entrer à la maison ? J'ai les orteils complètement gelés !

L'accueil que nous firent Antoinette, Isabeau et Mathurin ne fut pas sans éclat. Nous en étions encore aux joies des retrouvailles quand tante Geneviève et oncle Clément entrèrent à leur tour.

— Et cette promenade, c'était bien ? lança Isabeau. Tu sais Hélène, tante Geneviève aime bien les promenades avec papa.

— Et papa aime bien les promenades avec tante Geneviève, compléta aimablement oncle Clément.

Tante Geneviève rougit. Antoinette s'empressa de saisir la cape de tante Geneviève et Mathurin d'ajouter :

— Je crois que papa est amoureux.

— Mathurin, tu veux tenir ta langue, dis ! s'exclama Antoinette lui tirant une oreille au passage. Je reviens tout de suite, Hélène. Installez-vous à votre aise.

Je lui trouvais meilleure mine qu'à l'été. Ses joues étaient plus rondes et ses yeux plus lumineux.

— La route a été belle depuis le Champ de l'Alouette, Ludovic ? questionna oncle Clément.

— Plus que belle, mon oncle ! Étonnant ce qu'il peut y avoir à admirer dans la campagne française en janvier ! affirma-t-il le plus sérieusement du monde. Et votre ballade vous a menés jusqu'où ?

— Madame Alix et moi avions envie d'un peu d'air frais. Un petit tour au bord de la rivière, sans plus, fit-il quelque peu embarrassé.

Il se racla la gorge, s'assit face à son neveu et reprit.

— Antoinette, n'y aurait-il pas un peu de vin et des biscuits pour tout ce monde ?

— Tout de suite, oncle Clément !

— Tu permets que je t'aide, Antoinette ? m'empressai-je d'ajouter en suivant ses pas, non sans avoir remarqué le malaise de tante Geneviève.

— Bien entendu, viens. Il y a un moment qu'on a discuté ensemble.

Le souper fut joyeux, copieux et riche de regards complices porteurs de tendresse, d'amitié et de passions amoureuses. Le repas terminé, tante Geneviève, Antoinette et moi partageâmes les travaux de la cuisine.

— Alors, tante Geneviève, vous développez un attrait pour les promenades ! la taquinai-je en essuyant la dernière assiette d'étain.

— Je redécouvre la saveur des promenades à deux et je dois bien admettre que cela me plaît. Les hommes Ferras ont vraiment un don pour ce genre d'occupation !

— Les hommes Ferras ont des dons pour de multiples activités, vous verrez ! Un tantinet prétentieux, mais appréciables ! Qu'en dis-tu, Antoinette ?

Elle arrêta son activité et se tourna vers nous mi-souriante, mi-triste.

— Je souhaite seulement que toutes ces qualités ne soient pas exclusives aux hommes Ferras. Je vous envie presque, vous resplendissez ! Je sais, mon tour viendra. Chaque chose en son temps, comme on dit ! Mais quand il sera là, alors attention Mesdames, votre Antoinette aura des ailes ! s'exclama-t-elle en simulant un pas de danse avec le chiffon qu'elle tenait à bout de bras.

Cette démonstration provoqua nos éclats de rire. Isabeau pointa le bout de son nez dans la porte.

— Qu'est-ce qu'il y a, je veux rire moi aussi.

Nos rires redoublèrent. Antoinette prit le temps de lui raconter une histoire de prince charmant qui l'émerveilla.

— Nous aurons toutes un prince alors ?

— Oui, il y en aura un pour toi aussi !

— Je ne veux pas de prince, moi c'est Jésus que je veux épouser. Comme ça, je serai plus près de maman.

Sa remarque nous glaça.

— Fort bien, tu te marieras avec Jésus, reprit Antoinette. En attendant, si on rejoignait les hommes près de la cheminée ?

Oncle Clément se leva.

— Venez par ici, Geneviève, cette chaise est plus confortable.

— Mais où est passé Ludovic ? interrogea Antoinette.

— Il est mystérieusement disparu. Il avait, semble-t-il, un bagage à préparer pour une sortie nocturne.

— Tu retournes à la maison avec lui, Hélène ?

— Oui, nous en avons ainsi convenu. Enfin, si vous n'y voyez pas d'inconvénients. Vous désirez que je vous ramène, ma tante ?

— Ce ne sera peut-être pas nécessaire. Je me proposais de reconduire Geneviève si elle le veut bien, répondit oncle Clément.

— Ça ira, Hélène, ne te préoccupe pas de moi. Va l'esprit tranquille. Où allez-vous ?

Ludovic qui redescendait du grenier les béquilles sous le bras et un sac sur le dos s'empressa de l'informer.

— Nous allons à l'église, tante Geneviève, à l'église de Saint-Cloud.

— À l'église de Saint-Cloud ! s'exclamèrent-ils en chœur.

— Mais si, nous y allons pour prier !

Alors là, ce fut l'éclat de rire généralisé ! Même Louis qui ne comprenait pourtant rien à la conversation se laissa entraîner.

— Pou' bébé Chonchon ! réussit à exprimer Louis en tirant sur la culotte de Ludovic.

Il posa ses béquilles sur le dos d'une chaise et le souleva afin de lui déposer un baiser sonore sur la joue.

— Oui, Louis, nous allons prier pour bébé Chonchon, s'amusa-t-il en me regardant.

Le froid était vif et la nuit bien installée. Nous étions à chercher l'échelle de métal derrière l'église qui devait être, selon les dires de mon aventurier, solidement accrochée au mur tout près du clocher.

— Venez par ici, j'ai trouvé ! chuchota-t-il.

Je m'approchai à tâtons, ce côté de l'église était dans la pénombre malgré la pleine lune.

— Vous croyez vraiment que nous devons tenir ce pari stupide ?

— Je n'ai qu'une parole et, de plus, un adversaire de taille à concurrencer, belle Dame ! Déposez votre délicate botte dans cette main et agrippez cette échelle. Vous n'aurez qu'à m'attendre sur le toit.

— Je n'aurai qu'à vous attendre sur le toit, rien que ça ! Et s'il m'arrive malheur, si je glisse ou…

Il m'embrassa en riant.

— Alors, je promets de vous pleurer pour le reste de mes jours.

— Ludovic ! C'est atroce !

— Non, c'est juste un peu inusité comme activité. Ne craignez rien, votre vaillant chevalier est à vos côtés. Vous montez ou je vous séduis sur-le-champ !

— Me laisser prendre ici serait plus agréable qu'une escalade sur le toit d'une église en pleine nuit.

— Holà !

Je l'embrassai si vivement qu'il ne put me résister. Je croyais avoir réussi ma feinte quand il s'arrêta d'un coup, saisit mes poignets et recula en souriant.

— Diablesse ! Il s'en est fallu de peu pour que je plonge tête première dans l'amour ! Un peu de patience, il me faut d'abord gagner vos faveurs. Allez, ce pied, il vient ou je le prends de force ?

Je n'avais d'autre choix que la résignation. Je soupirai profondément en lui présentant ma botte.

— Puisqu'il le faut, il le faut ! Finissons-en au plus vite, téméraire chevalier. À l'assaut !

Je grimpai à l'étroite échelle mes mains gantées s'agrippant aux montants glacés. Je perdis pied à deux reprises avant d'atteindre l'autre échelle appuyée sur la pente relativement douce du toit. Je la suivis à plat ventre et joignis la paroi de pierres du clocher à laquelle je m'adossai. Une fois bien appuyée, je fermai les yeux en inspirant profondément. J'avais réussi ! L'odeur des feux de cheminée qui emplissait mes narines me rassura. Je gardai les yeux fermés jusqu'à ce que la main de Ludovic touche mon bras.

— Regardez Hélène, regardez !

Autour de l'église, les rubans gris perle s'échappant des cheminées ondoyaient gracieusement vers les innombrables étoiles du bleu profond des cieux. Suspendue devant nous, la lune pleine et ronde épandait une douce lumière. Un silence feutré régnait. Je pris la main de Ludovic et la pressai dans la mienne. Il me regarda intensément.

— Le toit du monde ! Pour vous, Madame.

— Le toit du monde…

— Tel est l'infini de mon amour pour vous ! Au-delà du temps, au-delà de l'espace, je vous aime et vous aimerai pour toujours et à jamais.

Une larme coula sur ma joue. Il l'essuya de ses lèvres chaudes et s'appuya au muret à mes côtés. L'enchantement de la nuit nous posséda. Au loin, des aboiements plaintifs percutèrent bruyamment le profond silence avant de s'atténuer peu à peu.

— Qu'est-ce que c'est ?

— Une meute de coyotes. Ils hurlent à la lune. Vous savez observer les étoiles ?

— Non.

Il pointa un doigt vers le ciel.

— Vous voyez dans cette direction. Si vous imaginez une ligne entre ces quatre étoiles et que vous suivez celle du coin gauche en haut, vous voyez ?

— Oui, on dirait un chaudron.

— Remarquez vers le bas, ce groupe d'étoiles sous le chaudron. Elles forment ce qu'on appelle la Grande Ourse. On retrouve la même forme dans cette direction. Vous la reconnaissez ?

— Oui, c'est la même en plus petit.

— Voilà la Petite Ourse.

— Oui, j'y suis.

— Portez les yeux au bout de la queue du chaudron de la Petite Ourse.

— Oui, elle compte trois étoiles.

— Regardez bien la dernière.

— Oui, je la vois.

— C'est l'étoile polaire, l'Étoile du Nord, la seule qui soit constamment immobile dans l'immensité du ciel.

— Étonnant !

— Cette étoile est comme vous, Hélène.

— Moi !

— Vous êtes mon Étoile du Nord !

— Ludovic !

— L'Étoile du Nord guide les marins où qu'ils soient, dans le calme ou la tempête. Elle oriente leur cap. Vous êtes mon Étoile du Nord.

— Je vous aime, Ludovic.

Il m'embrassa.

— Ce qu'il y a d'incroyable, c'est que là-bas, au Nouveau Monde, je voyais exactement les mêmes étoiles. Leurs positions différaient, certes, mais c'étaient les mêmes. Fascinant, non ? D'où nous viennent toutes ces étoiles ? Depuis quand font-elles rêver les hommes ? Depuis quand guident-elles les marins ? Vous imaginez un peu l'infini du temps et de l'espace ?

— Lorsque je suis dans vos bras Ludovic, j'ai l'impression que nous existons depuis toujours et pour toujours dans cet infini.

Il pressa ma main sur ses lèvres.

— Je crois qu'un véritable amour ne meurt jamais. Il danse entre les étoiles pour l'éternité. Vous y croyez à l'éternité ? Vous croyez que notre amour dansera autour des étoiles bien après que nous aurons quitté cette terre ?

— J'en suis persuadé ! Voyez sous la Grande Ourse !

Au fond des nues, un fabuleux voile de lumière blanche strié d'arabesques rosées ondulaient avec une extrême lenteur.

— Qu'est-ce que c'est ? m'étonnai-je.

— Une aurore boréale, d'après les astrologues.

— Quelle merveille ! fis-je subjuguée par les mouvements du rideau céleste.

— Les amours éternelles dansent sous le toit du monde. Là dansera notre amour, Hélène, mon âme unie à la vôtre pour toujours jusqu'à la fin des temps.

Nous restions immobiles, envoûtés par la magnificence du spectacle, quand des battements d'ailes nous firent sursauter. Une ombre atterrit à l'autre extrémité du pignon et deux minuscules tisons jaunes percèrent l'obscurité.

— Une chouette, ce n'est qu'une chouette, ne craignez pas ! Restons calmes, elle s'envolera comme elle est venue, dit-il en tirant en sourdine le sac déposé près de lui. Il le détacha et y plongea la main.

— Vous voulez bien ôter vos gants et fermer les yeux.

— Pourquoi ?

— Une surprise.

Il prit mes mains et les fit glisser dans un espace velouté. Je ne pus résister plus longtemps.

— Un manchon de fourrure !

— Un cadeau pour la femme de mon éternité.

— Ludovic, mais pourquoi ?

— Votre cadeau d'anniversaire, Madame.

— Anniversaire ?

— Il y a six mois, nous avons lié nos destinées ! Joyeux anniversaire de mariage, Madame Ferras !

26

Les gendarmes

Je flottais dans un état de félicité et n'en demandais pas plus à la vie. Je trouvais chez les Ferras une vie de famille qui me comblait; Antoinette, mon amie, confidente et complice, la vitalité débordante des enfants, et un amoureux qui m'aimait simplement parce que j'étais moi et que j'aimais simplement parce qu'il était lui et que lui, c'était tout.

Tante Geneviève décréta la jambe de Ludovic complètement guérie en milieu de semaine. Ses muscles atrophiés n'avaient besoin que d'un peu d'exercice pour reprendre la forme. Chacun de nous y allait bon train afin de stimuler le convalescent. Mathurin l'entraîna maintes fois à la grange soigner les chevaux et Isabeau le supplia de l'amener chez le boulanger de Saint-Cloud pour y acheter le gâteau de l'Épiphanie.

De mon côté, je ne manquais pas une occasion de promenade au-dehors. Aux côtés de mon bien-aimé, les mains bien au chaud dans mon manchon, je me délectais des marches dans les bourrasques de l'hiver sur les rives givrées de la Seine. Nous pouvions batifoler de longs moments observant les jeux de l'eau sous la glace ou les herbes et les bosquets que les frimas de l'hiver transformaient en fines sculptures de givre. Le saule de nos amours était notre point de départ et notre point d'arrivée.

— Comment se passent les choses pour vous à Paris, enfin je veux dire avec vos parents? me demanda-t-il, bien appuyé sur le muret de pierres, la tête enfouie dans le collet de sa cape.

— Pas trop mal. On me force à partager le logis du sieur de Champlain, on me confine à des activités insignifiantes et surveille mes allées et venues. Tout cela mis à part, je ne vais pas si mal. Ah, j'oubliais! Dites-moi, Ludovic, si j'étais sans ressources, jetée à la rue, auriez-vous le même attachement pour moi?

— Approchez, venez plus près.

Je délaissai le rocher sur lequel je m'étais installée et obéis. Il entrouvrit sa cape et me serra contre lui.

— Venez jeune Dame, que votre époux abuse de vous.

Il enfouit une main sous mes cheveux et effleura mon cou de ses lèvres chaudes avant de répondre.

— Avec un corps comme le vôtre, Madame, point n'est besoin d'être fortunée.

— Ludovic, je suis sérieuse !

— Moi aussi ! Je vous préfère nue et dans mon lit. Alors la fortune…

Je goûtais la rassurante chaleur de son corps, mon inestimable trésor.

— J'apprécie votre sincérité, dis-je amusée, néanmoins, sachez que mes parents menacent de me déshériter.

Il tiqua et me libéra de son étreinte.

— Je n'accepterai pas qu'il vous soit fait le moindre tort à cause de moi, Hélène. C'est à cause de moi ?

— Non, rassurez-vous. Mes parents craignent que je nuise à la réputation des Boullé. Ils n'apprécient ni mon tempérament, ni mes entreprises, ni les dames de la société que je fréquente. Je préfère l'action à la parade, et cette inclination répugne aux gens bien nés à ce qu'il paraît.

— Mais de quoi parlez-vous à la fin ? s'énerva-t-il en pressant mes épaules entre ses mains.

— Ne vous inquiétez pas, tout ça n'a aucune importance.

— Ne pas m'inquiéter ! Vous me parlez de représailles, d'obligations insignifiantes, de surveillances abusives et vous exigez du calme ! On vous fait des misères et il me faut rester coi ! Je suis votre mari, au cas où vous l'auriez oublié, je dois veiller sur vous ! Je ne laisserai jamais rien ni personne vous tourmenter injustement. Est-ce que je suis en cause, Hélène ? Si je suis en cause, il faut absolument me le dire, vous avez promis !

Ludovic perdait rarement le contrôle de ses humeurs, même ses colères étaient tempérées, l'expérience me l'avait rudement appris. Devant l'adversité, Ludovic avait l'habitude de se retirer seul ou encore analysait vivement la situation et la transcendait, mais jamais Ludovic ne s'emportait. Cette dérogation à la force de son caractère me troubla au point que je m'inquiétai vivement.

— Vous pouvez me quitter si l'effort qu'il vous en coûte est au-dessus de ce que vous pouvez supporter. Je comprendrai, je sais que…

Il entoura mes épaules de ses bras et me berça tendrement avant de reprendre doucement.

— Ma Séléné, je n'ai aucune envie de vous quitter, qu'allez-vous imaginer ! Simplement, il m'est difficile de ne pouvoir vaincre l'adversité qui vous afflige.

— Je ne souffre pas de ces désagréments. Ils compliquent ma vie, mais je n'en souffre pas. Tout cela n'a aucune importance. Pourvu que je puisse de temps à autre me retrouver dans vos bras comme maintenant, je vous assure, rien de tout cela n'a d'importance !

— Je vous aime, murmura-t-il le nez enfoui dans le capuchon de ma hongreline.

Il prit le temps de baiser mon front et plongea l'ambre de ses yeux inquiets dans les miens.

— Il faut me promettre, Hélène, il faut me promettre de mettre fin à notre liaison si jamais elle vous menace de quelque manière que ce soit. Vous me promettez ?

— Je vous promets ! Mais ce jour n'est pas encore venu, noble chevalier. Vous allez devoir assumer vos tâches d'époux encore quelque temps, j'en ai bien peur !

— J'y compte bien, dit-il en lorgnant la fenêtre de ma chambre.

Le repas de l'Épiphanie fut des plus réussis. Les fèves du gâteau s'étant retrouvées dans leurs assiettes, tante Geneviève et oncle Clément furent élus roi et reine de la journée, ce qui nous permit d'assister à leur premier baiser public. Tante Geneviève redécouvrait les délices amoureux. Elle les méritait amplement, elle dont la générosité débordante n'avait de cesse de distribuer attention et affection à tous ceux qu'elle croisait sur son chemin. Ce nouveau bonheur l'épanouissait, la rajeunissait. Oncle Clément n'était que délicatesse et empressement pour elle. Antoinette avait raison de nous envier : tante Geneviève et moi étions choyées par l'amour.

Les beaux jours de fête tiraient à leur fin. Demain, Ludovic et oncle Clément devaient retourner à Paris. En cette dernière soirée, la nostalgie et le regret rôdaient, mais je m'efforçais de ne rien laisser paraître. Ludovic se tenait debout près de la cheminée et je m'apprêtais à le rejoindre quand des coups de poing retentirent à la porte interrompant tous nos gestes. Mathurin se précipita pour l'ouvrir et clama bien haut.

— Bienvenue chez les Fer… Papa, papa, le gendarme, c'est le gendarme !

Dans le noir de la nuit se détachait la silhouette grise d'un gendarme, raide et figé comme une statue. Il scruta instantanément la pièce de ses yeux perçants et s'attarda sur chacune des personnes qui s'y trouvaient avant de porter la pointe de son gant à son front.

— Gendarme Deschamps de la compagnie de Saint-Cloud, tonna-t-il en gonflant le torse.

Oncle Clément se leva et alla à sa rencontre.

— Entrez, gendarme.

— Fermier Ferras, fermier Clément Ferras ? scanda d'une voix grave le troublant personnage.

— Précisément ! Clément Ferras, à votre service. Que puis-je faire pour vous ?

Le pas vigoureux qu'il fit vers la droite dévoila la présence d'un second gendarme resté à l'écart.

— Mon collègue et moi avons pour mandat de ramener immédiatement à Paris madame Hélène de Champlain, sur ordre de son époux, le sieur Samuel de Champlain ici nommé, tonna-t-il en présentant une enveloppe à oncle Clément.

Tous les regards se braquèrent sur moi. Oncle Clément brisa le sceau rouge du message, déplia le parchemin et le tendit à tante Geneviève. Je pris appui sur le dossier d'une chaise attendant fébrilement sa réaction. Ludovic s'approcha discrètement derrière moi.

— Ne bougez pas, me dit-il tout bas avant de se diriger vers l'intrus en clopinant exagérément.

— Gendarme Deschamps de la compagnie de Saint-Cloud, vous dites ?

— Gendarme Georges Deschamps au service de la commune de Saint-Cloud !

— À tout hasard, ne seriez-vous pas en rapport avec le gendarme Jacques Chesneau dont le père fut préfet dans votre compagnie il y a quelques années ?

La raideur du gendarme s'assouplit quelque peu. Hésitant, il lissa de sa main gantée l'épaisse moustache noire couvrant presque complètement sa lèvre supérieure avant de répondre. La tournure un peu trop familière de la conversation l'indisposa. Le collègue demeuré dans l'ombre profita de ce temps mort pour se faufiler à ses côtés.

— Jacques ! C'est bien toi, Jacques ! s'exclama Ludovic en donnant au collègue une poignée de main un peu trop longue pour être totalement désintéressée.

— Ludovic Ferras !

— Holà, gendarme Chesneau ! Nous sommes ici en charge commandée ! La camaraderie c'est bon pour l'auberge !

— Allons, gendarme Deschamps, reprit Ludovic, Jacques est un ami d'enfance que je revois après bientôt… bientôt… ?

— Cinq ans ! compléta ledit Jacques.

— Cinq ans, déjà ! Votre père était bien le responsable de l'embauche des gendarmes au temps de notre enfance ?

— Que oui ! C'est même lui qui favorisa l'admission du gendarme Deschamps ici présent dans sa brigade, renchérit ce dernier avec un clin d'œil.

— Ça suffit ! tonna le gendarme Deschamps. Y a-t-il une madame Hélène de Champlain dans cette maison ?

Je fis quelques pas vers lui.

— Mais certainement, gendarme Deschamps, reprit vivement Ludovic en tendant un bras dans ma direction. Madame de Champlain et sa tante Geneviève, distinguée sage-femme de Paris, m'ont porté secours. Constatez par vous-mêmes ! Je fus récemment victime d'un terrible accident qui fractura ma jambe en deux sections, insista-t-il en clopinant allègrement devant les visiteurs. Sans ces nobles dames, je serais encore alité, la jambe accrochée à une poulie. Elles m'ont pour ainsi dire sauvé la jambe !

Le gendarme fixa tante Geneviève avec étonnement. Du coup, son visage s'assombrit et ses épaules s'affaissèrent.

— Vous êtes dame Geneviève Lesage Alix, celle qui… qui sauva la vie de ma Lumina l'an… Ouais, je vous reconnais. Je vous salue bien bas !

Il ôta son chapeau et baissa la tête. J'avais gardé en mémoire l'image d'un homme brisé par la douleur pleurant la mort de son enfant. Ce souvenir contrastait avec le représentant de l'autorité qui en imposait dans l'encadrement de notre porte.

— Gendarme Deschamps ! reprit tante Geneviève. Comment se porte votre famille ?

— Grâce à vous, ma famille se porte le mieux possible, dit-il faiblement en replaçant sa toque de feutre sur ses épais cheveux noirs. Quelle fâcheuse coïncidence !

Il se racla la gorge, redressa les épaules et poursuivit.

— Voici de quoi il retourne. Nous avons pour mission d'escorter madame de Champlain de Saint-Cloud à Paris dans les plus brefs délais. Comme la soirée avance et que je la sais en lieu sûr, il serait peut-être plus sage de reporter ce voyage à demain. Qu'en pensez-vous, Chesneau ?

— Cette solution m'apparaît judicieuse, gendarme Deschamps. Qui sait quels désagréments peuvent survenir sur les routes, à la nuit tombée. Le sieur de Champlain désapprouverait certainement que notre rigueur soumette sa jeune épouse aux dangers d'une embuscade ou d'un malencontreux accident. N'est-ce pas, Ludovic ? lança le gendarme Jacques en tirant vigoureusement les rebords de sa cape.

— J'apprécie votre décision, répliqua oncle Clément, d'autant que madame de Champlain est sous bonne garde. Je verrai personnellement à ce quelle regagne le Champ de l'Alouette en toute sécurité le plus tôt possible. Vous prendrez bien un vin chaud avant de nous quitter ?

— Nous sommes en service ! s'offusqua fièrement le gendarme Deschamps avant de poursuivre. Madame de Champlain ?

— Oui ?

— Nous serons au Champ de l'Alouette demain matin à six heures précises. Soyez-y sans faute ! intima-t-il de sa voix grave avant de claquer les talons.

— J'y serai.

Les deux gendarmes gonflèrent le torse et portèrent une main à leur front dans un impressionnant synchronisme.

— Au revoir et merci, Jacques. Ce fut un plaisir de te revoir, fit Ludovic en serrant la main du gendarme.

Dès que la porte se referma, je me laissai tomber mollement sur une chaise. De temps à autre, un tison éclatait dans le lourd silence de la pièce.

— Les gendarmes, ils ne sont pas si malins que ça ! clama subitement Isabeau. T'as vu Mathurin, ils n'ont même pas de fusil !

Je levai les yeux vers elle. Isabeau disait vrai, des gendarmes, ce n'était pas la fin du monde ! J'aurais droit à une escorte privilégiée pour rentrer à Paris, voilà tout ! Je me levai quelque peu soulagée.

— Je suis de ton avis, Isabeau, des gendarmes, ce n'est pas si vilain ! Vous me reconduisez, Ludovic ? Vous me devez bien ce petit service, j'ai aidé à sauver votre jambe, après tout !

Ludovic, resté devant la porte close, hocha la tête, repoussa ses cheveux derrière ses épaules et vint vers moi. Il prit mes mains entre les siennes. Je souris faiblement à son visage contrit. Les plis de son front déformaient le demi-cercle de sa cicatrice. Il baisa ma main.

— Je suis au service de Madame.

Tante Geneviève préféra passer la nuit à la ferme comme elle l'avait fait tout au long de la semaine. C'est le cœur gros que je serrai Antoinette et les enfants contre moi, en leur disant adieu. Puis, je refis pour une dernière fois le chemin qui menait de la ferme Ferras au Champ de l'Alouette, chaudement blottie contre mon époux. De temps à autre, les étoiles et la lune disparaissaient derrière de menaçants nuages.

— Il neigera bientôt, murmura-t-il. Cette nuit, il neigera.

— Aucune importance, Ludovic. Cette nuit je dors dans vos bras.

QUATRIÈME PARTIE

L'ERRANCE

27

Les marais salants

— « *Il n'y a pas de plus dangereux péril que de n'en craindre point de son adversaire.* »

Telle avait été la première leçon de Paul, telle était celle que j'avais négligée[1]. Le 10 janvier 1614, je fus convoquée avec père et mère devant les notaires Aragon et Cartier. La rencontre protocolaire eut lieu dans une pièce exiguë et sombre, presque aussi sombre que l'humeur de mes parents. Dès que nous fûmes installés sur d'austères chaises de bois brun, la longue stature squelettique du notaire se délia derrière les piles de documents posés sur son bureau. Il retroussa les larges manches de sa toge de drap noir et replaça les oreillettes du bonnet de bure brune qui enchâssait son étroit visage. De longs sourcils gris se joignaient au-dessus de son long nez. Il humecta ses lèvres fines et claqua de la langue avant de saluer. Puis, d'une voix fluette, il entama la lecture des actes d'exhérédation rédigés à mon intention. Il révéla les reproches et présenta les sévices, le parchemin officiel frémissant entre ses doigts osseux. J'écoutais la tête haute. La fraîcheur de l'anneau de ma main gauche portait mon courage.

« *Aujourd'huy, en la présence des notaires et gardenottes du Roy, nostre Sire, en son Chastellet de Paris, sont comparuz, noble homme Nicolas Boulé, bourgeois de Paris, et Marguerite Alix, sa femme, lesquelz ont dict et déclairé que leur fille... Hélène Boulé... mariée au sieur Samuel de Champlain... injures, contradictions aux remontrances... propos injurieux... absentée et desrobée de la maison... promesses... préjudiciables... évasion et fuite... lieutenant criminel,... ingratitude... exeredé et exeredent de tout, dès maintenant et à toujours, ladicte Hélène... »*[2]

---

[1] Bernard Champigneulle, « Le Règne de Louis XIII », *Arts et métiers graphiques*, 1949, p. 43.

[2] Actes notariés d'exhérédation d'Hélène Boullé, 10 janvier 1614, devant notaires Aragon et Cartier.

On me reprochait injures atroces et scandaleuses envers mes parents, insubordination envers le noble homme sieur de Champlain et désertion du logis familial. Ma furtive semaine de liberté au Champ de l'Alouette avait apparemment sonné le glas de ma filiation aux Boullé. On me déshéritait et on me reniait. Ce désaveu à mon égard dégageait dorénavant l'honneur de ma famille de tous les rebondissements déplorables de mon indomptable nature. J'avais déshonoré mes parents, je méritais d'être répudiée. On me répudia.

Le tout m'aurait été relativement supportable si mon mari, le sieur de Champlain, avait eu les mêmes inclinaisons punitives d'éloignement et de rejet. Or, ses volontés prirent une direction opposée. J'avais négligé d'évaluer mon adversaire à sa juste valeur. Paul avait raison, c'était là le plus dangereux péril. Ses représailles se firent subtiles, raffinées et combien plus efficaces ! Son coup d'épée visait la tête, mais atteignait le cœur. Dans les jours qui suivirent mon retour à Saint-Germain-l'Auxerrois, je n'eus qu'une seule rencontre avec lui. Elle fut brève et incisive.

— Madame, le temps est venu pour vous de bien comprendre votre situation de femme mariée à Samuel de Champlain, lieutenant du prince de Condé en Nouvelle-France. Sachez que je suis, depuis novembre dernier, responsable de la Compagnie du Canada et que cette charge m'apporte un lot de préoccupations absolument inconciliables avec les enfantillages de, j'ose le dire, votre inconséquente et irresponsable personne ! Comprenez-moi bien ! Régenter une jouvencelle outrepasse mes fonctions ! Vous êtes mon épouse, Madame, et en tant qu'époux, j'exige que vous m'accompagniez dorénavant dans tous mes déplacements, et ce, tant que je serai en France ! Il ne saurait en être autrement ! persifla-t-il entre ses dents.

Il prit un temps d'arrêt. Une de ses mains tortillait sa barbiche tandis que les doigts de l'autre pianotaient sur une pile de ses *Voyages* fraîchement sortis de l'imprimerie. Je ne dis mot, il continua.

— Vous aurez droit à la compagnie de votre nourrice, si tel est votre désir. C'est le seul compromis que je suis disposé à concéder. Sachez que cette solution m'occasionne un lot de tracas aussi incommodants que désagréables, mais je suis prêt à tout pour éviter les remous des égarements que vous accumulez sans remords. Vos caprices ont suffisamment galvaudé mon temps et ma réputation. C'en est assez ! affirma-t-il en frappant bruyamment sur la pile de livres. La société de monopole me verse une solde pour que j'emploie mon énergie à son développement. Je n'ai pas une seconde à gaspiller à courir vos jupons ! Ce salaire, je dois le gagner en servant la Compagnie ! J'ai une réputation à tenir, moi, Madame ! Le sens des convenances semble vous échapper totalement !

— Mais je vous assu… tentai-je désespérément.

— Tout est dit ! Nous partons demain matin, à l'aube, à destination de Brouage. Vous avez avantage à ne pas retarder notre départ !

Cette intransigeante allocution terminée, il m'indiqua cavalièrement la porte de la pointe de sa barbiche tout en déroulant une carte sur les piles de volumes.

Sa décision impliquait deux supplices. La perspective de devoir passer plusieurs mois en sa compagnie en était le premier : il m'était étranger, je n'avais rien à lui donner et je n'attendais rien de lui. Le deuxième, le plus douloureux, était qu'elle m'éloignait de Ludovic. Il serait loin de moi et pour si longtemps que cette seule pensée suffisait à me plonger dans un profond désarroi.

Noémie consentit à m'accompagner sans réticence, d'autant que mon père avait offert les services de Paul au sieur de Champlain pour toute la durée de son voyage. Il serait le cocher qui nous mènerait à Brouage, lieu de naissance de l'illustre personnage. Sa mère y résidait toujours et il fut prévu que nous logerions chez elle durant notre séjour.

J'étais à terminer mes bagages avec l'aide de Noémie quand elle reprit son habitude de m'appeler son enfant. Je la laissai dire. Après tout, c'était bien la condition à laquelle on me réduisait : une enfant assujettie à la volonté de son mari.

— Ce n'est pas raisonnable tout ce qui vous arrive, mon enfant ! se plaignait-elle en pliant soigneusement ma robe bleu nuit dans la grande malle de peau marocaine. Comment des parents peuvent-ils agir de la sorte avec leur propre fille, le sang de leur sang ! Ils n'ont pas de cœur et vous vous en avez trop, voilà ! Si vous n'y prenez garde, vos états d'âme vous perdront définitivement.

Le seul réconfort qu'il me fut possible de trouver au milieu de ces vicissitudes était que Ludovic n'y fut mêlé d'aucune façon. Jamais on ne fit allusion à lui. J'en conclus que les gendarmes de Saint-Cloud avaient agi avec discrétion. J'en remerciai le ciel. Ce départ précipité ne me permit ni de le revoir ni de lui transmettre un message. Même l'envoi d'une note à tante Geneviève s'avérait imprudent.

— Vous avez bien placé mon habit d'escrimeuse dans la petite malle, Noémie ?

— Non. Pourquoi donc auriez-vous besoin de ces habits ?

— On ne sait jamais. Si une chance m'était donnée de m'exercer avec Paul dans une quelconque salle d'armes, je n'hésiterais pas.

Noémie posa ses mains sur ses hanches et fit rebondir sa mèche récalcitrante.

— Voilà bien le genre de souhait qui vous mène directement dans les désagréments qui vous affligent. Mais soyez donc un peu plus raisonnable ! Vous avez déjà suffisamment d'ennuis sans chercher à vous en attirer d'autres, non ?

— Qu'y a-t-il de répréhensible à tirer satisfaction de l'escrime, dites-moi ? En m'y adonnant, je ne fais offense ni à Dieu qui m'en a donné le désir, ni à mes parents, ni à ce sieur de malheur ! Je ne fais que développer un talent qui pourrait bien un jour sauver une vie, peut-être même la vôtre, qui sait ? Qu'y a-t-il de mal à vouloir développer un talent, dites-moi Noémie ?

— Il n'y a rien de mal dans tout ça et vous le savez autant que moi, tout comme vous savez qu'il est scandaleux pour madame de Champlain, fille du secrétaire du Roi, de se promener vêtue d'un pantalon de cuir et de pratiquer une activité strictement réservée aux hommes. Manier l'épée demeure le privilège des hommes de la noblesse, que vous le vouliez ou non !

Je posai un genou sur le couvercle de ma malle pleine à ras bord, la bouclant fermement avant de me laisser tomber en travers de mon lit. Je fixai le plafond lézardé en forme d'étoile et repensai à la voûte céleste du temple où j'étais devenue madame Ferras. Je pressai ma bague sur mes lèvres.

— Mon époux va me manquer. Lui à Paris et moi je ne sais où, à suivre ce personnage qui ne rêve que de monopole et de colonies !

— Mais vous perdez la raison ! Vous accompagnez votre époux, vous quittez Paris avec le sieur de Champlain !

— Non, l'époux que j'aime, mon véritable époux reste à Paris.

Elle se laissa tomber sur les genoux et se marqua du signe de la croix.

— Sainte Madone, Mademoiselle! Êtes-vous en train de me dire que vous avez épousé Ludovic Ferras?

— C'est notre merveilleux secret! Ludovic et moi sommes liés corps et âme. Je n'aspire qu'à lui consacrer ma vie. Ce qui fait mon malheur, c'est que cette vie ne m'appartient pas. Elle appartient à ces hommes qui refusent d'admettre que les femmes aient une pensée qui les anime, des sentiments qui les engagent et une âme qui les guide. La volonté de ces hommes me tue, Noémie! Qui suis-je sans mes pensées, sans mon âme, sans mon cœur? Qui suis-je sans Ludovic?

Je tournai la tête vers Noémie toujours à genoux, figée, les bras en croix et la bouche grande ouverte. Attendrie, je la rejoignis.

— Ne vous en faites pas, Noémie. Quoi que vous puissiez en penser, j'ai encore toute ma raison. Oubliez ces confidences amoureuses. Allez, nous avons encore à faire. Le sieur de Champlain a commandé que nous soyons prêtes à l'aube.

Elle s'appuya sur mes avant-bras et se releva péniblement. Sa taille s'était alourdie avec les années. Elle prit mon visage entre ses mains et me sourit tendrement.

— Je crains que vous ne vous soyez trompée de siècle, ma pauvre enfant! Les hommes n'ont aucun avantage à changer leur façon de mener nos destinées. Nous devons faire avec les coutumes de notre époque. Les mépriser ne peut que vous apporter peine et malheur. Une fille est née pour obéir! Il vous faudra bien accepter la réalité, un jour ou l'autre!

— C'est précisément ce que je m'efforce de faire, croyez-moi! Je m'applique à vivre ma réalité, vous m'entendez, celle de mon cœur, de mon esprit et de mon âme! Je n'ai aucune envie de me trahir en me soumettant bêtement à celle qu'on a imaginée pour moi, m'énervai-je en me frappant intensément la poitrine.

Noémie baissa la tête. Quand elle la releva, une larme coulait le long de sa joue.

— Et pourtant, c'est bien avec celle-là que vous devrez vivre.

— Jamais, jamais! Je ne le ferai jamais au détriment de la mienne, ça jamais, Noémie! Je... j'en suis incapable, c'est contre ma nature! affirmai-je énergiquement.

Lorsque enfin calmée je la serrai dans mes bras, mes larmes se mêlaient aux siennes.

Le trajet vers Brouage se déroula sans entraves. À la traversée de la Beauce, succéda celle de l'Orléanais, de la Touraine et du

Poitou. Notre voyage progressa dans les délais prévus sans que les boues, les pluies et le débordement des rivières nous ralentissent: Paul avait suffisamment d'expérience pour déjouer les adversités de l'hiver. Les auberges où nous passions la nuit étaient des plus respectables. Je pus m'y reposer en compagnie de Noémie qui partageait ma chambre dans les buts avoués de me surveiller et de me servir. Le sieur de Champlain parlait peu. Jusqu'à maintenant, ses propos s'étaient limités aux détails du voyage. Nous en étions à notre troisième après-midi de route. Il était assis devant moi, une main accrochée au rebord de la fenêtre.

— Vous connaissez Brouage, Mesdames? demanda-t-il après un bâillement.

— Non, rétorquai-je froidement.

Noémie hésita, me lorgna du coin de l'œil et reprit:

— Personnellement, je n'y suis jamais allée mais mon Paul m'a informée que c'était une ville importante pour sa production de sel.

— Paul a raison. La saliculture fait sa renommée. Presque toute sa superficie est façonnée de manière à piéger l'eau de la mer afin d'en extraire le sel.

— Ah! Et comment cela peut-il se faire? continua Noémie.

Il se redressa et s'anima.

— Dans les faits, la ville de Brouage est un point surélevé au milieu d'un immense marais. Cette élévation s'est formée à l'époque où les eaux de mer se sont retirées du golfe occupant alors toute la région, il y a de cela très longtemps. «Broue» est le nom de la vase bleutée que laissa la mer en se retirant, d'où le nom de Brouage.

— Oui, mais le sel, Monsieur, comment produit-on le sel? s'impatienta respectueusement Noémie.

— J'y viens, j'y viens! Un ingénieux réseau hydraulique relie entre eux les nombreux bassins d'argile étanches creusés sur toute l'étendue du marais. Ces bassins retiennent l'eau salée de la marée montante et l'évaporation fait le reste. Au bout de quelques jours, il suffit de recueillir le sel qui s'est déposé au creux des bassins. Brouage en produit plus de cent cinquante mille tonnes par an.

— Sainte Madone! s'exclama Noémie en portant la main à sa bouche. Cent cinquante mille tonnes par an! Mais que devient tout ce sel?

Les commissures des lèvres du Brouageais frémirent. Pour un peu, il souriait.

— Il faut savoir que Brouage est une place de commerce de réputation internationale. Des bateaux d'Allemagne, de Hollande, des îles Britanniques et de la mer Baltique y font escale. Avant d'entreprendre leur voyage de pêche à la morue vers le Grand Banc de Terre-Neuve et les côtes de l'Atlantique, ils y remplissent leurs cales de cet or blanc. Il est essentiel à la préparation de la saumure qui permettra la conservation des poissons, nous informa-t-il une pointe de fierté dans la voix.

J'observai ce personnage d'un naturel réservé et taciturne se remémorer le lieu de son enfance, étonnée par l'émotion qui l'inspirait. Les cahotements de notre carrosse s'accentuèrent et le crissement des roues dans les boues glacées redoubla d'intensité. Il frotta nerveusement le bout de son nez aquilin avec l'index de sa main élégamment gantée de cuir noir, entrouvrit l'épaisse toile couvrant notre fenêtre en fronçant les sourcils. Cette portion de route l'inquiétait-elle? Je ne savais le dire. Il fixa le dehors, sans un mot, la pensée dans le souvenir.

— Vous y avez vécu longtemps? reprit timidement Noémie.

— De ma naissance jusqu'à ce que ma carrière militaire…

Il soupira, laissa retomber la toile, enleva son chapeau noir à large bord et le déposa sur ses genoux feutrés de brun avant de poursuivre.

— D'aussi loin que je me souvienne, j'ai les poumons gorgés de l'air du large et la peau mouillée d'embruns salins. Étant jeune, je me postais aux palissades pour observer le va-et-vient des bateaux qui larguaient les amarres dans le golfe quelques jours avant de repartir pour la grande aventure. Ces châteaux des mers me fascinaient tout autant que leurs capitaines, ces marins intrépides, aventuriers passionnés de navigation, capables de défier sans vergogne les gouffres des mers houleuses, les famines, les maladies et la mort même! Rien ne pouvait faire obstacle à leur impétueux désir de repousser les limites des mondes connus.

Il parlait pour lui plus que pour nous. Il parlait d'une voix étouffée à peine perceptible et plus il parlait, plus ses propos ébréchaient l'indifférence que je lui portais. L'évocation de ses souvenirs avait quelque peu détendu son visage et son regard s'était adouci. Il émergeait de lui une tendresse insoupçonnée. Il se tourna vers moi. Enfoncés sous ses épais sourcils grisonnants, ses yeux s'attardèrent dans les miens et c'est alors que je fis une saisissante découverte. Le sieur de Champlain avait les yeux ambrés ! Mes deux époux avaient les yeux de la même couleur ! Une violente secousse ébranla soudainement notre carrosse qui s'immobilisa en piquant du nez.

— L'essieu de la roue droite s'est relâché ! cria Paul de sa banquette extérieure.

Le sieur de Champlain coiffa son chapeau et sortit. À eux deux, ils mirent une heure à remettre la roue et chacun reprit sa place. Le sieur de Champlain, dont les vêtements trempés et boueux empestaient le crottin de cheval, claqua ses gants sur ses bottes de peau afin d'en dégager les galettes qui les recouvraient. Quand le cuir noir fut relativement découvert, il se redressa, inspira fortement en gonflant le torse et arbora un air radieux.

— Mesdames, nous devrions atteindre Brouage dans moins d'une heure, annonça-t-il avec assurance. Sentez l'odeur de la mer.

Mon odorat n'était pas suffisamment aiguisé pour déceler les effluves marins au travers des bouffées de crottin, mais l'approche de la mer m'excita malgré tout.

— Vous avez déjà vu la mer, Noémie ? demandai-je discrètement.

— Oui, à deux reprises. Une première fois à La Rochelle, il y a vingt ans, déjà ! Nous étions jeunes mariés et Paul devait y conduire le noble mousquetaire Valaubrin dont il était alors le cocher. Vous pensez bien que je ne me fis pas prier pour accepter de les accompagner. Quel magnifique voyage ce fut ! Nous étions si jeunes et si amoureux ! C'était hier… soupira-t-elle longuement.

Cette nostalgie indisposa le sieur. Il se concentra sur ses gants qu'il remit vigoureusement. Elle redressa les épaules et poursuivit.

— La seconde fois, ce fut au port de Saint-Malo. C'était à l'occasion du décès de la mère de Paul. Une brave femme, Dieu ait son âme ! termina-t-elle en se signant.

Le sieur de Champlain l'imita.

— J'ignorais que les parents de Paul habitaient Saint-Malo.

— Oui.

— Il a dû apprécier votre compagnie. Survivre à ceux qu'on aime est une épreuve redoutable.

— C'est la pire, croyez-en mon expérience, la pire !

Un ange passa doucement. Le silence me pesa.

— Et c'était comment la mer ?

Faisant fi de toute politesse, le sieur de Champlain entrouvrit les yeux et me fixa intensément.

— La mer est la plus indomptable et la plus envoûtante des maîtresses ! s'exclama-t-il.

Je crus défaillir et me tournai instinctivement vers Noémie cherchant à dissimuler mon malaise. Elle ne me fut d'aucun secours. Son visage aussi rouge que les habits d'un roi était figé d'effroi. Il poursuivit après une courte pause.

— La plus envoûtante des maîtresses, insista-t-il, une extravagante fougueuse exacerbant notre vulnérable humanité jusqu'à la limite du supportable. Il faut se glisser dans les langoureux tangages de ses vagues complaisantes, s'émerveiller des pétillements du soleil sur sa robe d'azur et des scintillements de la lune dans les ténèbres de la nuit. Et que dire de l'éblouissement de ses aurores... ! Ah, la complainte de ses baleines ! Nul ne peut prétendre connaître la mer, s'il n'a jamais frémi au creux de ses houles déchaînées, n'a défié le péril de ses brumes et les forces de ses vents ! La mer, c'est le refuge nécessaire, la source de tous les possibles, de toutes les espérances ! La mer, Madame, la mer, c'est la VIE !

J'étais sidérée, l'œil fixe, la bouche sèche, complètement magnétisée par son emportement. Le trouble m'étouffait. S'il fallait qu'il sache ! Savait-il ? Je fixai les mains jointes de Noémie, blanchies par la pression qu'elle leur infligeait. Puis, comme émergeant d'une extase, il toussota, décroisa ses cuisses et entrouvrit la toile de la fenêtre d'une main ferme. Surpris par ce qu'il vit au-dehors, il saisit promptement sa canne et frappa le toit du carrosse qui modéra aussitôt son allure.

— Veuillez m'excusez, Mesdames, Brouage approche. Il m'importe d'entrer dignement dans la ville qui m'a vu naître. Dégagez les fenêtres, le paysage en vaut la peine.

Il frappa à nouveau le plafond avec sa canne. Le carrosse s'immobilisa et il sortit rejoindre Paul. Le souffle me revint peu à peu. Noémie saisit désespérément mes mains. Elle tremblait. Je compris dès lors qu'il ne me serait plus jamais possible de détester cet homme de la même manière.

Il fallut un moment avant que la curiosité nous gagne. Noémie, encore toute chavirée, entrouvrit lentement sa toile. Au dehors, les silhouettes noires des remparts et des tours de Brouage se dressaient sur le ciel rouge du soleil couchant. Les vents forts courbaient les longues herbes séchées s'étendant à perte de vue sur les marais sillonnés d'une multitude de canaux : les marais de l'or blanc.

Paul guida notre attelage dans la ville quasi déserte, longea les halles des vivres, immense bâtiment rectangulaire de pierres rougeâtres, l'atelier des forges et poursuivit droit vers l'église avant de bifurquer sur la gauche. Il s'engagea lentement dans une rue étroite et ralentit à l'approche d'une maison de pierres au toit de tuiles arrondies devant laquelle la longue cape noire d'une dame battait au rythme des bourrasques. À l'approche du carrosse, elle posa ses mains sur sa bouche et lança un baiser. Le sieur de Champlain courut vers elle.

— Mon petit, mon petit ! s'exclama-t-elle en l'étreignant.

Ce débordement d'affection m'indisposa : jamais je n'aurais cru cet homme capable d'une telle effusion de tendresse. J'avais acquis la conviction qu'il était dépourvu de cœur. J'étais dans l'erreur. Quand sa mère termina d'essuyer ses yeux, elle prit le visage de son fils entre ses mains.

— Comme tu m'as manqué ! Vilain garçon, va ! Comment peux-tu négliger de la sorte de visiter ta mère ? Tu es impardonnable, Samuel !

— Je le suis, mère. Croyez que je le regrette autant que vous. Mais, mais…

— Oui, mais, mais… Je sais, tes charges te commandent de vagabonder sur les mers de par le vaste monde. L'appel de la mer est plus fort que tout, n'est-ce pas ? Cette vieille rengaine a tissé ma vie. Bah, qu'importe, te voilà, c'est l'essentiel. Ne reste qu'à profiter des merveilleux moments que nous offre la divine Providence. Tu as faim ? Viens, je t'ai préparé un pâté de marouettes, ces échassiers dont tu raffoles.

Noémie et moi attendions près du carrosse en retenant à deux mains le capuchon de nos hongrelines ballonnées par les coups de vent. Ce n'est qu'au moment d'entraîner son fils dans la maison que madame de Champlain nous remarqua.

— Mais que Dieu me pardonne ! Quelle impolie je fais ! Mille excuses, c'est l'émotion…

— Et si on entrait, Mesdames, suggéra le sieur de Champlain, nous serons plus à l'aise à l'intérieur.

Il nous indiqua la porte basse et nous suivit au bras de sa mère. Au fond de la modeste pièce, un feu sautillait dans l'âtre. Au-dessus du manteau de la cheminée, une magnifique broderie faisait l'éloge de l'ultime vocation des maîtres de la maison : un vaisseau, toutes voiles gonflées, fendait la houle d'une énorme vague. Un buffet supportant une croix argentée et une aiguière faisait face à une imposante bibliothèque. Je fus impressionnée par la quantité de volumes. Paul déposa nos valises devant la grande table au centre de la pièce tandis que le sieur de Champlain s'empressa d'ouvrir la sienne et d'en sortir deux volumes qu'il présenta à sa mère.

— Samuel, tes volumes ! *Les voyages du sieur de Champlain Saintongeois, capitaine ordinaire pour le Roy, en la marine, 1613*, s'extasia-t-elle en y posant les lèvres. Que me voilà fière de toi !

— Tout droit sortis des presses de Jean Berjon de Paris, pour vous ! Vous y trouverez la description des terres, côtes, rivières, ports, havres de la Nouvelle-France ainsi que la créance des peuples, leurs superstitions et façons de vivre et guerroyer. Vos leçons de dessin m'ont servi, vous verrez ! Plusieurs figures enrichissent les textes. Ainsi, vous pourrez m'accompagner en esprit…

Il s'arrêta et prit sa mère dans ses bras. Elle pleurait. Au bout d'un moment, elle sortit un mouchoir de la poche de son tablier de drap grège et essuya ses joues.

— Quelle médiocre hôtesse je fais, dit-elle en reniflant. Venez, venez, approchez de la cheminée, vous serez au chaud.

Elle déposa soigneusement les précieux volumes sur le buffet et nous guida vers les fauteuils de tapisserie dont le raffinement m'étonna. Les voiliers et les barques de pêcheurs filés dans des camaïeux de bleus, de violacés et de verts se détachaient agréablement des bois rougeâtres élégamment sculptés. L'appétissante odeur de cuisson émanant du chaudron de fonte suspendu à la crémaillère amplifia la faim qui me tordait l'estomac. Le sieur de Champlain s'approcha derrière moi, glissa ses mains sous le collet de ma hongreline et la retira de mes épaules. Sa surprenante familiarité me dérangea.

— Mère, permettez-moi de vous présenter mon épouse, Hélène Boullé, dit-il en tendant un bras vers elle.

— Approchez jeune fille, approchez que je vois votre joli visage. Ma vue s'embrouille avec l'âge.

Sa voix, étonnamment jeune, débordait de tendresse. Je m'approchai lentement. Quand je fus tout près, elle me fit une chaleureuse accolade.

— Bienvenue chez vous, ma fille.

Cette femme, petite de taille et bien en chair, incrusta si ardemment le bleu clair de ses yeux dans les miens que je fus prise d'une gêne indéfinissable. Elle visitait les profondeurs de mon âme, j'en eus l'intime certitude.

Puis, reculant de quelques pas, elle jeta un œil taquin à son fils avant de poursuivre.

— Il en a de la chance, mon fils ! Une compagne telle que vous est un bien précieux. J'espère qu'il sait vous apprécier.

— Merci de votre accueil, Madame de Champlain ! dis-je en saluant de la tête.

— Et vos partenaires de voyage, je peux les connaître ?

— Voici Noémie, dame de compagnie de ma femme, et Paul, son mari, notre cocher, continua son fils.

Paul fit courbette et Noémie révérence.

— Nous sommes très honorés, Madame, reprit poliment Paul.

— Mais tout l'honneur est pour moi. Pensez donc, des visiteurs de Paris !

La chaleur de l'accueil de madame de Champlain ne se démentit pas. Généreuse et attentionnée, elle se plaisait à satisfaire le moindre de nos désirs.

— Considérez que vous êtes ici chez vous, insista-t-elle. Plus Samuel mettra de temps à rejoindre les gens importants de Brouage et plus vous me verrez ravie.

Le grenier fut réservé à Paul et Noémie. On me fit l'honneur de la grande chambre arrière donnant sur le potager, tandis que le sieur de Champlain dormit dans l'alcôve près de la cuisine. J'appréciai le désintérêt qu'il me manifestait tant de jour que de nuit. Cela allait de soi, mais je savais pertinemment qu'il aurait pu en être tout autrement.

Une fois son premier contact effectué à l'hôtel de ville, la rumeur de sa présence traversa la ville telle une traînée de poudre. Du coup, il fut assailli par un débordement d'invitations. Comme le temps lui manquait, il élabora une judicieuse liste de priorité selon le rendement escompté en rapport avec les affaires de sa compagnie de monopole. Celle du contrôleur général des salines de Brouage fut jugée primordiale. Le noroît balayait violemment la pluie lorsque, au bras du sieur de Champlain, je fis mon entrée dans la plus imposante demeure de la ville, celle du noble sieur de Hoüel.

— Cette rencontre est de la plus haute importance pour la compagnie de traite. Le sieur de Hoüel étend son influence dans tous les milieux français. Veuillez, je vous prie, vous en tenir au protocole de politesse. Contrôlez vos états d'âme ! insista-t-il sous le porche en me lorgnant du coin de l'œil.

Ces recommandations m'irritèrent, mais l'atmosphère de la salle où l'on nous fit attendre réfréna du coup mes humeurs. Sur ses murs entièrement tapissés de tableaux de couleurs sombres, une panoplie de saints et d'anges auréolés d'or s'activaient à la lueur du somptueux lustre de verre d'où émergeaient des cercles concentriques formés par les boiseries couleur sang de bœuf du plafond. Dès que les bruits secs d'une canne frappant les dalles retentirent du fond du long corridor à gauche de l'antichambre, le sieur de Champlain se raidit et pressa ma main coincée sous son coude. Le sieur de Hoüel, la tête bien appuyée sur son triple menton, venait pompeusement vers nous, une main serrant le pommeau de sa canne d'ébène, le pouce de l'autre enfoui sous la large ceinture de cuir noir passée autour d'un ventre qu'on devinait bien nourri. Sa dame, mince, de taille moyenne, le talonnait en retrait, un sourire timide figé sur ses lèvres délicates. Sa robe noire avivait ses cheveux gris tirés en chignon derrière sa nuque. Un col empesé et rigide couvrait son cou et coinçait son menton pointu avant de retomber sur ses épaules. Au bout d'une chaîne argentée, une croix aboutissait au-dessus de sa taille. C'était là son seul bijou.

— Ainsi donc, voilà ce Samuel de Champlain, fierté de notre ville ! claironna d'une voix profonde le sieur de Hoüel en pointant le pommeau doré de sa canne sur la source de la fierté. Et cette jeune femme, c'est votre fille ? Ne deviez-vous pas nous présenter votre femme ? Quel incident aura contrarié vos intentions ? Elle fut prise d'un malaise, hum ? continua-t-il en baissant son nez épaté dans ma direction.

Sa dame, visiblement décontenancée, cligna nerveusement les yeux.

— Sieur de Hoüel, permettez-moi de vous présenter ma femme, Hélène Boullé, fille de Nicolas Boullé, secrétaire à la chambre du Roi, enchaîna mon honorable époux, ignorant totalement l'irrévérencieuse curiosité de notre hôte.

Le sieur de Hoüel releva son triple menton tout en relâchant bêtement la mâchoire.

— Mon… mon époux soulignait la beauté de votre jeunesse, Madame. Si nous passions au salon ? s'empressa d'ajouter notre hôtesse afin de diluer la bévue de l'imposant personnage.

Le décor de la salle où nous fut servi le repas ne démentit pas l'intense dévotion religieuse des Hoüel. Des statues de marbre et de cuivre s'étalaient sur le manteau de la cheminée ainsi que sur les deux buffets installés aux extrémités de la pièce. Dans un tel décor, la piété allait de soi. Le long protocole guindé du bénédicité accentua ma détermination à n'ouvrir la bouche que pour manger. Les illustres personnages mèneraient la conversation sans moi.

— Vous êtes à me dire qu'à ce jour, aucun missionnaire n'a foulé le sol de la Nouvelle-France ! s'étonna le sieur de Hoüel en secouant sa lourde crinière argentée.

Il plissa les yeux lançant au sieur de Champlain un regard virulent chargé de reproches. Je baissai le nez dans mon potage, crispée par l'autorité menaçante. Les fils de la maison, deux jeunes hommes d'une quinzaine d'années, eurent le même réflexe. L'asservissement de cette maisonnée à la voix paternelle ne faisait aucun doute. Le sieur de Champlain prit le temps de déposer sa cuillère près de son bol avant de relever le reproche.

— Sieur de Hoüel, sachez que cette déplorable situation me contrarie grandement. À titre de lieutenant de la Nouvelle-France, j'ai reçu comme mandat officiel d'instruire à la connaissance de Dieu et à la lumière de notre foi catholique tous les peuples de ces territoires par la voie de notre sainte Église catholique, apostolique et romaine. Malheureusement, je me vois forcé de porter à votre attention les pitoyables résultats des efforts entrepris à cet effet. L'urgence de la situation m'oblige à faire appel à votre influence, insista-t-il avec une admirable fermeté diplomatique.

— Il ne saurait être question que j'adhère à votre compagnie avant que cette impardonnable négligence n'ait été corrigée. Si Dieu n'est pas avec vous, Il est contre vous ! Ne vous surprenez pas que vos affaires progressent si peu et si lentement !

— Ne doutez surtout pas de ma volonté d'étendre le Royaume de Dieu au nom de notre Roi. Seulement…

— Je ne doute pas, je constate simplement les évidences ! Dieu n'a toujours pas sa place dans votre compagnie et vos colonies. Vous faites offense à Dieu et au Roi, mon ami, vous commettez un sacrilège, un pur sacrilège ! Il faut mettre un terme à cet état de fait au plus tôt… au plus tôt, avant que les foudres du Seigneur Tout-Puissant ne s'abattent sur nos colonies tout entières !

Le coup de poing qu'il fit rebondir sur la table secoua les bols et renversa deux coupes de vin. La dame de la maison, apparemment aguerrie à ces sautes d'humeur, se contenta de cligner des paupières tout en appelant d'un signe de la main le valet qui épongea instantanément les dégâts avant d'amorcer le deuxième service.

— Nous sommes curieux de ces contrées lointaines, Sieur de Champlain. La fierté que vos exploits font rejaillir sur notre ville, vous n'avez pas idée ! continua-t-elle d'une voix étonnamment assurée.

Son réflexe de diversion diminua quelque peu la tension. La respiration saccadée du sieur de Hoüel ralentit tandis que les têtes de ses fils se tournèrent simultanément vers le sieur de Champlain. Le grand explorateur bomba le torse, tout fin prêt à instruire les convives du récit de ses aventures. Il prit la parole, visiblement touché par l'engouement de ses auditeurs. Il parla de ses multiples traversées, des coutumes étranges des peuples sauvages et des merveilles inexploitées avec tant de fougue, que les plats eurent le temps de refroidir avant d'être dégustés. Les deux fils ne le quittaient des yeux que le temps d'une distraite bouchée. Quant à moi, je dus bien admettre que cet éloquent discours fissurait davantage le mépris que je lui portais. Cet homme, qui me volait ma vie, se passionnait pour la sienne. Son exaltation m'inspira respect et admiration. Je l'enviais de pouvoir forger sa vie à la mesure de ses désirs et de ses espérances, mais par-dessus tout je lui enviais sa liberté.

— J'imagine déjà, sur les rivages de ce majestueux fleuve Saint-Laurent, des villes et des villages prospérer tant et mieux que sur nos terres de France. Les innombrables richesses de ses terres permettent d'y croire. Je vois le peuple français y vivre heureux selon les préceptes de notre religion catholique, pour la plus grande gloire de Dieu et celle de notre Roi. Le potentiel est là, Sieur de Hoüel, il ne manque que les appuis financiers et religieux pour que tout s'accomplisse.

Un long silence chargé d'images suivit le discours. Les fils, aux cheveux aussi blonds que ceux d'Antoinette, ramenèrent leur concentration sur leurs portions de gâteau d'épices recouvert de confiture de coing et y plongèrent leurs cuillères. Leurs gestes

presque synchronisés mettaient en évidence leur étonnante simili-
tude. L'extrême douceur de ces jumeaux contrastait avec la fougue
de leur père. Je supposai qu'Antoinette eût apprécié leur présence.
Que faisait-elle en cette fin de janvier ? Et les enfants, et Ludovic ?
Savait-il seulement la cause de mon absence ? La voix forte et
brusque du sieur de Hoüel coupa court à ma réflexion.

— Et les marchands, les marchands qui se sont joints à vous ?

— Oui, les marchands de Rouen et de Saint-Malo… Que vous
importe-t-il de connaître au sujet de ces marchands ?

— Ces marchands appuient-ils l'aspect religieux de votre
mandat ?

— Bien entendu ! Ils s'affligent autant que moi du manque de
ressources évangéliques de notre compagnie. Que pouvons-nous
y faire ? Mes contacts avec les cardinaux restent sans écho. Si vous
aviez quelques pistes où orienter nos recherches, je serais le premier à m'en réjouir, croyez-moi !

Il me sembla qu'il nasillait moins qu'à l'accoutumée. L'air du
large, je présume.

— Ah, mais c'est que j'ai plusieurs pistes à vous proposer. Je
connais personnellement le père Bernard du Verger, récollet provincial à l'Immaculée Conception. Je lui expédie une missive dès
demain. Si ma démarche n'aboutit en rien, je joindrai, dans un
deuxième temps, le père Jacques Garnier de Chapoin, provincial
des Récollets à Saint-Denis. Et si ce dernier ne peut user de quelques influences en votre faveur, eh bien, nous irons directement à
Sa Sainteté le pape, s'emporta-t-il.

Le timbre de sa voix n'avait cessé d'augmenter à chaque étape,
tant et si bien que l'évocation du pape se perdit dans une quinte
de toux.

— Allons, allons, Monsieur mon mari, ménagez-vous, je vous
en prie ! L'état de votre cœur le commande, le supplia sa femme
dont les paupières clignaient de plus belle.

— Soit, soit, je me calme ! Il n'empêche que ces hommes dyna-
miques, tout aussi influents l'un que l'autre au sein de leurs
communautés, verront d'un bon œil les nouvelles perspectives
d'évangélisation qu'offre la Nouvelle-France.

Il essuya sa bouche du revers de sa manche.

— Laissez-moi ce dossier, Champlain, j'en fais mon affaire. Je
vous communiquerai dans les plus brefs délais les résultats de mes

consultations. Considérez que des Récollets se trouvent déjà dans vos colonies ou mon nom n'est pas Hoüel !

Il se leva en projetant son verre de vin au bout de son bras. Le sieur de Champlain fit de même et nous suivîmes leurs élans.

— Prions Dieu qu'il vous entende et vous appuie, Sieur de Hoüel ! Trinquons à l'Évangélisation.

— À l'Évangélisation ! reprîmes-nous en chœur.

Nous étions à Brouage depuis un mois et aucune nouvelle ne nous était parvenue de Paris. L'ennui et l'inquiétude se partageaient mon esprit. Pour m'en détacher, je m'évadais dans les routines journalières. Tôt le matin, j'accompagnais madame de Champlain et son fils à la célébration de la messe. L'église, située au centre de la ville, avait la sobriété robuste des monastères. Construite de lourdes pierres, basse et trapue, elle semblait ancrée au sol, prête à résister aux pires ouragans. Les vents du large pouvaient toujours venir, elle ne bougerait pas ! À chaque fois que j'y entrais, les coloris de la lumière, filtrée par les magnifiques vitraux, charmaient mon âme et calmaient mes pensées. La messe suivait son cours sans que j'y porte vraiment attention. Je répétais machinalement les gestes et les paroles sans conviction. Mon esprit errait, nostalgique, dans les volutes de l'encens jusqu'au plus haut de la nef et s'y perdait. *« Mon bien-aimé est un sachet de myrrhe… »*

Après la messe, le sieur de Champlain se consacrait à la poursuite de ses affaires tandis que madame de Champlain et moi avions coutume de nous rendre au marché à l'autre extrémité de la ville. Ce matin-là, la chaleur du soleil stimula ma bonne humeur. Il n'y avait plus à en douter, le printemps approchait. Sur la place publique, assis sur un banc entre deux pommiers, deux vieillards discutaient bruyamment, solidement appuyés sur leurs cannes de bois. De vieux marins peut-être ? Un peu à l'écart, le long d'un muret, un jeune garçon frappait sur un ballon avec son soulier et s'amusait de ses rebonds sur les dallages.

— Bien le bonjour, capitaine Constant ! lança madame de Champlain.

Ils saluèrent en soulevant leurs chapeaux de feutre noir d'un même geste.

— Eh, bien, Madame de Champlain, vous voilà en charmante compagnie ce matin !

— Ma bru, Hélène, la femme de Samuel, répondit-elle en redressant fièrement la tête.

— Bien le bonjour, Madame !

Je souris sans plus, regrettant soudain la tromperie imposée à la mère de l'homme dont j'étais si peu la femme. Nous avancions vers les forges quand elle ralentit le pas.

— Vous êtes déjà montée à l'estrade ? me demanda-t-elle en m'indiquant l'escalier appuyé le long du mur de pierre de l'atelier du forgeron.

— Non, jusqu'ici, les vents froids n'ont guère favorisé mes promenades.

— Venez, montons. La vue en vaut l'effort, croyez-moi !

Je pressai fermement mes mains enfouies bien au chaud dans le manchon de Ludovic. Le souvenir de notre escapade sur le toit de l'église de Saint-Cloud me pinça le cœur et la nostalgie de mon bien-aimé m'envahit si subitement que des larmes brouillèrent ma vue. La courte montée vers le sommet du rempart ne permit pas que je me ressaisisse. Mon trouble toucha la perspicacité du regard de ma compagne qui, bien qu'étant la mère du sieur de Champlain, ne m'inspirait qu'affection et bienveillance. Elle m'observa amicalement le temps que j'essuie la larme coulant sur ma joue.

— Veuillez me pardonnez, le vent du large… murmurai-je.

— Vos excuses sont superflues. L'ennui est humain, ma fille, et l'ennui d'un cœur amoureux peut être douloureux. Je m'y connais, croyez-moi !

Je me tournai vers le large. Que cette femme lise en moi, ça, je m'en doutais, mais qu'elle y voie si clair m'effraya. Je restai muette, bien décidée à fixer l'horizon sans donner suite à sa remarque.

— Vous aviez raison, le spectacle vaut l'effort.

Elle ne répondit pas. Je me concentrai sur le paysage qui s'offrait. Au loin, tout au fond, le bleu profond de la mer se liait au bleu clair d'un ciel lézardé de minces filets de nuages. Plus près, les îles d'Oléron et d'Aix étendaient leurs bras protecteurs devant la côte. Sur la grève, des femmes cueillaient les huîtres des bouchots. Le vent charriait le ressac des vagues et les effluves des algues et des poissons parfumaient l'odeur saline. Cette vision me projeta hors du temps et de l'espace, là où l'âme vibre à l'éternel.

— C'est merveilleux ! Quelle splendeur ! Et le scintillement du soleil sur les vagues! On dirait des étoiles sautillant sur l'onde. Comme c'est beau!

En cet instant précis, la main de Ludovic me manqua atrocement.

— Vous n'aviez jamais vu la mer, Hélène?

De l'entendre prononcer mon prénom me surprit, elle n'en avait pas l'habitude. Je fixais toujours l'horizon. La peur de rencontrer ses yeux m'y obligeait.

— Non, je n'avais jamais vu la mer, Madame. C'est grandiose, infini, telle la voûte céleste.

— Par la grâce du Seigneur, c'est tout ça en effet. Mais cette mer peut aussi trahir, ensorceler et quelquefois tuer! La mer est à l'image de l'amour, ne trouvez-vous pas?

De plus en plus troublée, je redoublai d'effort pour maintenir ma contemplation. Trois bavardes mouettes se posèrent sur le toit de la forge.

— Autrefois, oh, il y a de cela bien longtemps, j'étais alors si jeune, mon visage était sans pli et ma taille fine. Autrefois, je connus moi aussi un grand amour. Mon amant était fort et fier et nous nous aimions passionnément! Chacune de ses caresses est imprégnée sur ma peau et chacun de ses baisers est un joyau dans le coffret de mon cœur. Je l'aime encore et l'aimerai jusqu'à ma mort.

Instinctivement, je m'étais tournée vers elle. Le ton de la confidence me toucha. Cette femme parlait-elle d'elle ou de moi?

— Étonnant, n'est-ce pas, qu'une personne de mon âge ait pu aimer d'amour?

— Non… non… ce n'est pas… Tous, enfin, je crois que tous les gens peuvent aimer d'amour.

— Je ne suis pas totalement de votre avis. Seuls les êtres vivant des élans d'un cœur pur peuvent aimer d'amour. Or la vie m'a appris que peu d'hommes et de femmes jouissent d'un cœur pur. Certains furent irrémédiablement contaminés par les affres de leurs enfances, d'autres furent souillés par la haine, l'hostilité ou l'égoïsme. Un cœur pur est un don de Dieu. Vous avez su conserver le vôtre, malgré tout. Ce cœur ne peut être qu'un cœur amoureux. Seule la force de l'amour permet de surpasser les injustices de la vie.

— De quelles injustices parlez-vous?

— Forcer le mariage d'une jeune fille de douze ans à un homme pouvant être son père constitue pour moi une injustice.

Sa voix douce et affectueuse parlait si justement de moi que l'émotion me gagna. Je levai mon manchon devant mon visage, étonnée par la force de ma peine. Madame de Champlain s'était tue. Il se passa plusieurs minutes avant que je ne sente la délicate pression de sa main sur mon bras.

— J'ai aimé un homme, mais la vie m'a imposé d'en épouser un autre. Au début, j'ai haï cet époux de tout mon être. Je ne pouvais l'approcher, ni le regarder sans désirer sa perte. Mon amoureux quitta définitivement notre ville afin de m'oublier. Malgré tous ses efforts, il n'y parvint pas, pas plus que moi d'ailleurs. Chaque fois que les hasards de nos vies le permettaient, nous nous retrouvions avec passion. Notre amour a survécu à tout, même à la mort. Lorsqu'il quitta ce monde, je l'aurais suivi volontiers n'eût été le fruit de notre amour. J'aime ce fils de tout mon être, bien que je comprenne la souffrance qu'il vous impose. Je lui ai appris à lire, à écrire, à dessiner. J'ai éveillé son cœur et son esprit aux merveilles de la création. Il est ma raison de vivre. À travers lui mon amour survit, son père survit. J'adore ce fils, Mademoiselle, bien que je déplore votre union. Samuel est toute ma vie. Et je devrai confesser devant Dieu que je n'ai jamais rien regretté. Je vous assure, les regrets me sont étrangers. Même les moments les plus difficiles, comme ceux que vous traversez, même ceux-là me sont aujourd'hui de précieux souvenirs. L'amour véritable est un cadeau du ciel, ma fille, il ne faut jamais l'oublier. Peu sont élus !

Le bleu de ses yeux finit d'apaiser les soubresauts de ma peine. Je m'approchai d'elle pour me réfugier dans les bras qu'elle m'offrait. Nous restâmes ainsi serrées l'une contre l'autre, unies par nos destinées amoureuses, entrelacées dans les vents du large.

Le vendredi suivant, après le souper, le sieur de Champlain annonça qu'il nous faudrait quitter Brouage dès le lundi. Il nous restait deux jours pour faire bagages et adieux. Sa mère cacha ses larmes dans le mouchoir qu'il lui tendit avant de l'attirer devant la cheminée. Je prétextai une sortie avec Noémie pour favoriser leur intimité. Quand nous revînmes à la tombée de la nuit, le fils, étendu sur le tapis persan, dormait aux pieds de sa mère. Elle me sourit.

— Bonne nuit, articula-t-elle du bout des lèvres afin de protéger le sommeil de son fils.

— Bonne nuit, chuchotai-je, par égard pour la tendresse de la mère.

C'est avec regret que j'embrassai une dernière fois madame de Champlain, ma sœur de cœur, complice de mes amours. Elle savait mon secret et comprenait. Ce fait soulagea ma peine et allégea ma conscience. Cette femme adorait son fils et respectait sa destinée. À la fin de notre séjour à Brouage, je respectais le fils et adorais la mère. L'odeur des marais salants allait me manquer.

28

La sirène d'or

Le carrosse de monsieur Pierre Du Gua de Monts s'arrêta devant le porche où j'attendais debout derrière le sieur de Champlain. Il avait été formel, je devais assister à l'arrivée de l'associé, du partenaire, du conseiller et de l'ami. Monsieur Du Gua de Monts déposa sa main gantée de blanc dans celle que lui tendait son cocher, posa cérémonieusement le pied au sol, épousseta d'un geste large le revers de son pourpoint bleu indigo, ajusta son collet de dentelle et adopta un port de grand seigneur avant d'avancer vers nous.

— Madame ! claironna-t-il en effleurant de la plume de son chapeau son soulier à talon, orné d'une boucle satinée d'un bleu à peine plus sombre que celui de son haut-de-chausse. Ses cheveux me parurent plus blancs et ses joues plus flasques que dans mon souvenir.

— L'âge fait sur vous des merveilles, Madame de Champlain ! s'exclama-t-il en me lorgnant. Je constate avec le plus grand des contentements que votre alliance avec mon vieil ami favorise votre épanouissement. Vous m'en saurez gré. J'y suis pour quelque chose, sinon pour beaucoup, ricana-t-il avant d'ouvrir ses bras en croix. Mais, mais, mais, comment peut-on seulement imaginer dénicher pareille beauté si loin de Paris !

Je lui présentai la main dont il avait si efficacement arrangé la vente. Il la baisa longuement, plongea le nez dans mon décolleté et reporta son attention sur le vieil ami.

— Mon ami ! s'extasia-t-il en empoignant solidement l'avant-bras du sieur de Champlain. Quelle joie de vous revoir ! J'ai tant à vous rapporter sur les affaires de la Royauté que je crains devoir m'incruster en votre domaine pour tout le prochain mois.

Que camouflait cette débordante infatuation ? Le manque peut-être, le manque et la tristesse, cette lancinante désuétude des rêves perdus, des désirs oubliés, de l'âme désertée. Le vide de l'âme, oui, cet homme gonflait d'orgueil le vide de son âme.

L'imposant personnage devait séjourner au domaine Real del Rey Nuestro Señor, le temps des pourparlers avec les marchands de La Rochelle au sujet de la nouvelle compagnie. Le sieur de Champlain avait reçu cette propriété en héritage de son oncle provençal, Guillaume d'Héllaine, capitaine des navires du Roi à la cour d'Espagne. Au centre de ce vignoble s'élevait la demeure des maîtres, une imposante maison de pierre rougeâtre, à la façade percée de huit fenêtres réparties sur deux étages. Le porche central, supporté par quatre colonnes blanches, donnait sur une allée bordée de cèdres d'Italie. De chaque côté de la maison s'étendaient des rangs de pommiers dont les fleurs rosées répandaient un délicat parfum au petit matin. Un large vase de marbre blanc, débordant de géraniums rouges, ornait chacune des cinq marches du portail. Le sieur de Champlain n'était pas peu fier de sa propriété. La cave et le cellier n'avaient de cesse de stimuler son enthousiasme.

— De l'espace, voyez tout cet espace! Et que dire des températures et du taux d'humidité! Excellent! Excellent! Tout est au mieux! répétait-il au maître vigneron Brûlé, chaque fois que l'occasion s'en présentait.

Le vigneron Brûlé et sa famille logeaient au domaine l'année durant. Il profitait de la saison froide pour réparer et installer les échalas, tuteurs des futures pousses de vignes, et faisait en sorte que les cépages de chasselas et de morillon rouge soient fin prêts pour le premier labour. Les dix ouvriers embauchés pour la durée de la culture et de la fabrication des vins travaillaient sous sa supervision. Nous étions à la mi-mars. Les engagés achevaient la taille des vignes s'étendant à perte de vue, sagement alignées sur les vallons entourant le domaine. Paul partageait les émois du sieur de Champlain. Jamais il n'avait vu plus grand vignoble en activité. Aussi, sa participation aux travaux relevait davantage du plaisir que du travail. Noémie, quant à elle, n'avait de cesse de se pâmer sur la commodité des cuisines où les deux foyers et les multiples ustensiles de cuivre et d'étain permettaient aux deux cuisinières de préparer les repas du personnel avec aisance.

— Quelle abondance dans ce jardin! Voyez ces choux et ces fèves: les plus appétissantes qu'il m'ait été donné de voir! Et les oignons, mais regardez-moi la taille de ces oignons ! clamait-elle en se tapant dans les mains. Ce doit être la richesse de la terre ou encore l'air de la mer toute proche ? Qu'en pensez-vous, Mademoiselle ?

Je la rejoignis au milieu de l'allée de fèves, sachant qu'elle s'appliquait tout autant à stimuler mes humeurs qu'à proclamer les honneurs des terres de La Rochelle. Nous étions loin de Paris, de ses bruits et de ses puanteurs et pourtant, l'ennui de cette ville diminuait ma vivacité aussi inéluctablement que le printemps favorisait la pousse des plantes du jardin.

La saison douce s'était installée pour de bon. Le soleil réchauffait agréablement l'air et l'odeur de la terre remuée se mêlait à celles des fleurs de cerisiers, de lilas et d'églantiers. Je n'étais pas heureuse. Chaque matin la lumière émergeait derrière les coteaux et se déversait sur les rangs de vignes, parfois claire et pure, mais le plus souvent tamisée par les brumes qu'elle levait langoureusement. Chaque soir, elle s'éteignait derrière les peupliers juchés sur la crête de la colline à l'ouest du domaine. La lumière se levait à Paris et s'éteignait à La Rochelle. La lumière venait du pays de Ludovic et moi je dépérissais à La Rochelle.

Le matin dès l'aube, le vigneron Brûlé sortait de sa maisonnette au fond de la cour arrière et se rendait d'un pas pressé vers la grange, ses ouvriers l'y attendant pour recevoir leurs charges de travail de la journée. Puis, la troupe outillée de bidents et de houes se dispersait dans le vignoble.

Le maître Brûlé, aussi fringant que travaillant, était avare de mots et généreux de geste. Il vivait avec sa femme, qui était, quant à elle, généreuse de paroles et avare de gestes. Il s'avérait que l'approche de tout humain déclenchait chez elle la mise en marche d'un débordement de mots émergeant d'une source intarissable. Faisant fi de tout protocole, la mère Brûlé ouvrait la bouche en nous saluant et la refermait en nous quittant. Ses manières irrévérencieuses avaient l'avantage de n'exiger aucun effort de réflexion de notre part et l'inconvénient de repousser tout véritable contact. Après plus d'un mois passée au domaine, je n'étais parvenue qu'à lui apprendre mon prénom et à répondre tant bien que mal à quelques brèves questions motivées davantage par une obligation courtoise que par un réel intérêt : la répartie lui servait de prétexte pour relancer son moulin à paroles. La nervosité de la mère contrastait avec la réserve du fils unique, Étienne Brûlé, apprenti vigneron par obligation, et musicien par passion. Ce jeune homme, âgé de moins de vingt ans, consacrait toutes ses fins de soirée à la musique. Il avait un don inné pour le luth. Deux soirs par semaine, après le souper, il était l'invité de la maison du domaine. Devant la cheminée de la grande salle, il ajustait les chevilles de son luth, posait le pied sur son tabouret, me saluait avec insistance, et entamait les mélancoliques tirades poétiques qui me charmaient.

> *Si loin de toi mamie, mon cœur se vide,*
> *Si loin de toi mamie, ma vie s'envole,*
> *Reviens, reviens ma tendre,*
> *Reviens, reviens me prendre,*
> *Ce soir j'ai la pensée folle,*
> *Si loin de toi mamie, mon cœur se vide.*

De qui pouvait-il bien se languir? Je me plaisais à imaginer sa dulcinée gracile et blonde, douce et forte, tout à l'image d'Antoinette, et cette seule pensée suffisait à nourrir mon vague à l'âme. Dieu m'en était témoin, tous les Ferras me manquaient terriblement!

Ce soir-là, monsieur Du Gua de Monts marqua le début de la prestation musicale par un rot sonore avant de piquer des clous. Quand la musique se tut, il sursauta et reprit contenance en se gourmant. Le sieur de Champlain ayant suivi distraitement les envolées lyriques de notre artiste l'entraîna aussitôt dans son bureau afin de discuter d'affaires urgentes. Je m'approchai d'Étienne qui glissait nonchalamment le luth sur son dos.

— D'où tenez-vous ce don, dites-moi? Vous savez que votre talent ferait honneur à bien des salons parisiens?

— *Gracias, Madame!* dit-il en plongeant ses yeux noirs légèrement bridés dans les miens.

Cela me gêna. Ce soir, il sentait bon la lavande et le reflet bleuté de ses cheveux d'ébène me rappela ceux de Nicolas. Étienne était de ma taille. Ses épaules carrées inspiraient confiance. Il était beau, d'une beauté rude. Son teint naturellement hâlé dénotait quelques ascendances espagnoles. Quelle jeune fille avait su lier son cœur?

—Il y a longtemps que vous jouez?

—J'ai appris du père de mon père, un gitan.

—Ah, voilà pourquoi votre peau et…

Je m'arrêtai, soudainement prise de gêne. Il sourit de satisfaction en découvrant des dents plus blanches que le lait.

—J'ai hérité du type gitan. Madame de Champlain apprécie la musique?

—J'aime la musique et la poésie. Vous avez composé cette ritournelle?

—Je l'ai tiré du répertoire de mon grand-père. Il était romantique.

—Vous ne croyez pas qu'on puisse se languir ainsi d'amour?

Pour toute réponse, il se contenta de me regarder intensément, comme s'il voulait incruster chacun de mes traits au fond de sa mémoire. Ses yeux firent et refirent le tour de mon visage avant de s'enfoncer dans les miens.

—Je n'y croyais pas avant de vous rencontrer, Madame.

Je crois que je rougis avant de pâlir. Pour un peu, je défaillais.

— Pardonnez mon arrogance, mais il fallait que je vous dévoile le tourment de mon cœur. Sachez que je jouerais pour vous nuit et jour, tant qu'il vous plairait de m'entendre, Madame, murmurat-il d'une voix chaude et douce en baisant ma main.

Il saisit son luth, recula d'un pas, et se remit à piquer ses cordes en chantonnant:

Si loin de toi mamie, mon cœur se vide,
Si loin de toi mamie, ma vie s'envole,
Reviens, reviens ma tendre,
Reviens, reviens me prendre,
Ce soir j'ai la pensée folle,
Si loin de toi mamie, mon cœur se vide.

La tirade terminée, il prit mes mains dans les siennes.

—Je vous en prie, Étienne, je ne mérite pas, vos… je ne suis pas celle qui convient. Je ne suis pas libre, je suis une femme mariée! Votre espérance est vaine.

—Je suis un gitan, Madame! Les gitans vivent d'instinct, guidés par la seule loi de leurs passions. En cet instant, Madame, je vous aime et vous désire, chuchota-t-il en cherchant mon regard.

Son souffle chaud était si près de mes lèvres que je frémis.

— Ludovic, comme tu me manques ! hurlai-je désespérément au fond de moi. Ludovic, je voudrais tes lèvres sur les miennes, tes bras autour de mes épaules, ton corps contre mon corps.

Mes pensées m'égaraient. La chaleur des lèvres charnues du gitan frôla les miennes, je tressaillis.

— Retrouvez-moi, ce soir, derrière le cellier. Je connais un coin discret où nous pourrons mordre à la vie, chuchota-t-il à mon oreille.

Je retirai mes mains, en reculant vivement. Il sourit, plissa les yeux et porta une main sur sa bouche avant de la poser sur ma joue. Puis, il quitta la pièce en fredonnant à voix basse.

Reviens, reviens me prendre,
Ce soir j'ai la pensée folle,
Si loin de toi mamie, mon cœur se vide.

Je faiblis. J'étais profondément troublée, cet homme m'avait profondément troublée ! Ludovic, je n'ai pas voulu, jamais mon cœur n'a été attiré, je vous le jure. Comme vous me manquez !

— Mais qu'avez-vous à la fin ! s'impatienta le sieur de Champlain derrière moi.

Sa voix nasillarde me tira de ma torpeur. Je me ressaisis en me redressant.

— Laissez donc, mon cher ami ! Elle ne serait pas la première jou… jouvencelle à se pâmer devant un po… poète ! Leurs frêles natures s'ébranlent pour si peu et de plus, elle est si jeu… jeune ! ironisa monsieur Du Gua de Monts la bouche pâteuse et les mots hésitants.

— Vous avez besoin d'aide, Madame ? reprit nerveusement le cher ami.

Je me retournai avec toute la vigueur dont je fus capable, c'est-à-dire lentement. La clarté de mes esprits me revenait lentement. Les deux comparses se tenaient debout, un verre à la main. Je saluai le sieur de Champlain et m'empressai de souhaiter bonne nuit. Je pus faire un pas avant que notre invité ne me serre le bras. Je me dégageai.

— Tout doux, tout doux jou… jouvencelle ! Vous n'allez pas nous priver si tôt de la vue de votre spectacu… culaire beauté ? Dites-moi, comment appréciez-vous votre mari ? Dites-moi, entre nous, est-il à la hauteur de tous ses devoirs con… jugaux ? insistait-il bêtement.

Le verre de vin qu'il tenait dans le creux de sa large main n'était assurément pas le premier. Je continuai mon chemin vers la porte du hall sans répondre quand le sieur de Champlain répliqua :

— Allons, allons mon ami, vos paroles outrepassent votre pensée. Mettons votre hardiesse sur le compte du vin. Sachez que madame reçoit tous les honneurs auxquels elle est en droit de s'attendre. Elle ne manque de rien, croyez-moi, hormis peut-être d'un peu d'air vicié de Paris, ironisa-t-il.

Je ralentis le pas.

— Mais nous y pourvoirons, nous y pourvoirons en temps et lieu. Bon, si nous terminions cette soirée dans le vignoble ? Venez mon ami, j'aimerais que nous reparlions des stratégies à adopter avec des marchands de La Rochelle.

Il l'entraîna vers la porte. J'eus un nouvel élan d'admiration pour le tact et la diplomatie de cet homme. Ses propos savaient imposer sans déplaire. Intérieurement, je le remerciai. Jusqu'ici, il m'avait épargné les devoirs insinués par l'impertinent personnage. Je n'aurais pu supporter qu'il en soit autrement !

— N'empêche que sa per… personne a tout ce qu'il faut pour réchauffer la plus froide nuit du Nouveau Monde, ne trouvez-vous pas, mon cher ? Dommage que j'aie vendu l'Habitation de Kébec et que… que…

La liste de ses regrets se perdit derrière la porte que refermait le sieur de Champlain. Le silence succédant au luth d'Étienne et aux pavoisements de ce Du Gua de Monts accentua le sentiment de solitude qui me torturait. C'était un soir sans lune et mon somptueux lit baldaquin, garni de velours et de soie, était froid et vide.

— Vous êtes certain que notre escapade ne vous causera aucun problème, demandai-je à Paul qui menait allègrement notre carriole vers La Rochelle.

— Certain, Mademoiselle ! Vous pensez bien que je ne vous y conduirais pas si ce n'était pas le cas ! Cette ancienne salle d'armes des officiers de la marine était peu fréquentée quand j'y suis venu, il y a cinq ans. Étonnant qu'elle tienne encore debout. Une fois entrés dans la ville, nous n'aurons plus que quelques rues à parcourir. Ne vous inquiétez pas. Vous verrez, nous y serons parfaitement à l'aise pour ferrailler. Vous avez toujours un solide poignet, mousquetaire ?

— Quelques assauts sauront me redonner vigueur, j'en suis persuadée ! répondis-je en riant. Vous sentez l'odeur de la mer, Paul ?

— Agréable en diable ! Dites, puisqu'on est si près, la visite du port vous intéresse ?

— Le port ! Vous croyez qu'on peut y accéder ?

— On peut toujours essayer. Allez hue... hue ! fit-il en claquant les rênes sur la croupe brune de notre cheval.

Une brise chaude caressait mon visage. Je fermai les yeux imaginant le souffle de Ludovic dans mon cou, ses lèvres sur ma gorge et ses doigts dans mes cheveux. J'inspirai longuement, ensorcelée par l'odeur saline, l'odeur de l'amante de Brouage.

— Vous aimez toujours Noémie, Paul ?

— Par tous les diables, bien sûr que oui ! Je l'aime comme au premier jour, n'en doutez pas un seul instant, dit-il en me lorgnant. Ah, ah, je vois : un souci chicotte notre dame.

— Je me demande si un homme peut aimer une femme toute sa vie sans jamais se lasser, sans jamais regretter, c'est ce que je me demande, Paul.

— Pour moi en tout cas, c'est possible. Ma Noémie m'est aussi précieuse qu'au temps de notre jeunesse.

— Et si vous en étiez séparé. Si la vie vous obligeait à vivre loin d'elle, croyez-vous que votre amour résisterait à l'absence ?

— Ah pour ça, je ne saurais vous dire ! Certains diront que l'amour s'effrite loin des yeux... Ce que je sais par contre, c'est que l'amour peut quelquefois soulever les montagnes et traverser les pires tempêtes sans perdre le cap.

— Et l'amour peut aussi s'égarer dans la montagne et se noyer dans les gouffres de l'onde.

Le bleu profond de ses yeux m'enveloppa tendrement. Il fronça ses épais sourcils.

— Ludovic vous aime profondément, Mademoiselle, et je doute fort qu'une montagne ou une tempête puisse y changer quelque chose.

— Paul ! Comment avez-vous deviné ?

Il rit d'un rire à la fois léger et généreux.

— Je vous connais depuis votre naissance, Mademoiselle. Point n'est besoin de vous regarder longtemps pour comprendre que vous mourez d'ennui pour l'homme de votre cœur. Vous paraissez tout aussi à votre aise dans ce vignoble qu'un poisson hors de l'eau. Tenez, si je ne vous avais pas proposé cette sortie d'escrime aujourd'hui, vous auriez promené votre désolation entre les rangs de vigne, sans but. Je me trompe?

— Paul, vous ai-je déjà dit que je vous aimais?

Il rit à nouveau.

— N'en faites pas trop, Mademoiselle, Ludovic pourrait en être jaloux.

— Vraiment! Vous croyez que Ludovic pourrait être jaloux?

— Par tous les diables, l'amour vous aveugle! Vous n'avez pas remarqué que Ludovic puisse être jaloux? Il suffit qu'un garçon vous regarde pour qu'il dresse l'échine!

— Je n'avais pas remarqué, non vraiment pas.

Je repensai à Étienne en frissonnant. Je ne l'avais plus revu depuis son audacieuse déclaration et c'était bien ainsi.

— Tiens, voilà la porte de la ville au bout du chemin. Le port, ça vous dit toujours?

— Oui, oui, si on le peut.

— Très certainement qu'on le peut. Au port, toute!

— Voyez, tout au bout, on aperçoit les tours : la plus haute, la Grosse Horloge et la plus basse, la Saint-Nicolas.

Je m'étirai au-dessus des sacs de jute brune empilés devant une librairie et aperçus au loin les deux tours de pierres blanches suspendues entre le bleu du ciel et le bleu de l'eau.

— Ces tours sont les repères guidant les marins vers le port. Si on avait plus de temps, on pourrait y monter. C'est fascinant, la mer devant nous, à l'infini… Une autre fois peut-être…

De ma vie, je n'avais vu autant de bateaux au même endroit : des bateaux aussi hauts que des cathédrales, des bateaux plus bas, plus fins et des douzaines de barques de pêches. Tous les mâts s'élevaient hauts et fiers telles des lames taquinant de leurs pointes les petits nuages blancs, tandis que les coques se miraient dans l'eau du port. De petites embarcations se faufilaient entre les géants des mers.

J'admirais l'impressionnant spectacle, tout en suivant Paul dans la cohue des quais, solidement accrochée aux basques de son pourpoint. Nous croisions des étrangers portant d'extravagants costumes et s'exprimant dans des langues qui m'étaient inconnues. D'autres aux atours plus familiers étalaient l'accent du midi aux quatre vents. Des transporteurs chargés de valises, bagages, coffres, tonneaux et cordages s'empressaient sur les quais, pendant que des badauds, nonchalamment attablés aux terrasses des tavernes, discutaient et buvaient dans le chaud soleil du matin.

— Que de monde! C'est toujours ainsi dans les ports?

— Toujours! Les ports sont le cœur de tous les commerces, de tous les voyages, de toutes les aventures! Un pays sans port est un pays sans vie, Mademoiselle. En fin de journée, s'ajouteront à cette flotte toutes les pinasses des pêcheurs débordantes de poissons. Voyez ces gabares, voyez, elles transportent probablement les tonneaux de la cargaison du prochain bateau qu'on avitaille pour une grande aventure de pêche vers Terre-Neuve ou Gaspé. Tenez! Sûrement cette goélette là-bas! Oui, c'est cette goélette qu'on charge. À cette époque de l'année, il y en a toujours une en préparation pour ce genre d'expédition. Une fois l'équipage et les provisions bien installés, elle fait une brève incursion à Brouage afin de remplir ses cales de sel et vogue vers le Nouveau Monde. Venez, approchons-nous de ce palan.

Le palan en question était un large appareil muni de deux énormes poulies dont les cordages supportaient une caisse de bois.

— Astucieux, n'est-ce pas? Des bras d'hommes, si forts qu'ils puissent être, ne pourraient jamais lever un tel poids! Allons plus avant, nous verrons bien distinctement les tours de chaque côté du canal menant à la mer. Prenez mon bras.

Je passai mon bras sous celui de Paul, à la fois étourdie et éblouie par toute cette frénésie. Nous cheminions entre les marins, pêcheurs et dames portant valises et ombrelles. Les cris des patrons attirant les clients aux tavernes et des vendeurs proclamant les bienfaits des produits de leurs étals se mêlaient au tintamarre des crochets, poulies et chariots. Des dames aux allures louches se trémoussaient devant des galants aux abords des auberges. Les mouettes et les goélands criaillaient en planant entre les mâts et les habitations. D'autres oiseaux, bien installés sur des pieux, observaient sans broncher le frétillant spectacle.

Je m'apprêtais à reporter mon attention sur les tours, quand je crus reconnaître la stature de deux hommes dans un attroupement devant l'auberge que nous étions sur le point de croiser. Je les voyais de dos. Plus nous avancions et plus…

— Paul, regardez, ce n'est pas possible !

— Où ? Que dois-je regarder ?

— Là, parmi ces gens, voyez Paul, oncle Clément et Ludovic ! C'est Ludovic, Paul ! Ludovic !

Je m'élançai entre deux barils, sautai par-dessus un sac de farine bousculant un vendeur d'étoffe au passage.

— Excusez, excusez-moi, pardonnez…

Ludovic se tenait au milieu du groupe. Je me retenais si fort de l'appeler, de crier son nom. Ludovic ici à La Rochelle ! Je freinai mon élan. À ce moment précis, il se retourna lentement et me reconnut. Entraînée par un magnétisme incontrôlable, je me lançai follement vers lui. Il me rejoignit en m'ouvrant les bras. Je m'y blottis sans rien dire m'accrochant à lui avec autant de force que je le pus.

— Mademoiselle, puis-je vous rappeler que vous êtes ici exposée à tous les regards et à toutes les menaces, glissa discrètement Paul près de mon visage.

Ludovic se dégagea en me souriant du plus resplendissant des sourires.

— Paul a raison, Hélène, Ma… Je crois… je crois que… Seigneur ! Comme vous m'avez manqué ! continua-t-il en plongeant ses yeux dans les miens. Que faites-vous ici ? Que fait madame de Champlain dans un tel endroit ? Je vous croyais au vignoble de…

— Oui, nous sommes bien au vignoble. Paul et moi allions pour l'escrime, il y a une salle d'armes et…

Il rit en pressant ses doigts autour de mes avant-bras.

— Je vois, madame entretient sa poigne de fer. Ah, vos assauts, Madame ! fit-il en riant, l'œil narquois.

Je ne pouvais m'abandonner au rire.

— Je meurs sans vous, Ludovic ! soufflai-je dans le sanglot qui montait.

Il baissa la tête. Quand il la releva, ses yeux portaient ma tristesse.

— Je meurs aussi, Madame !

Il ne me toucha plus. Je restai là bêtement à le regarder m'observer.

— Ludovic, amène-toi ? Faudrait pas manquer le coche pour c'te réunion. T'as promis de nous accompagner. Dommage pour toé, mon homme, la p'tite dame peut pas t'suivre. M'sieur de Champlain est pas chaud de la compagnie de ces dames, hurla un compagnon du groupe en agitant le bras.

— Mon… le sieur de Champlain. Vous allez à une réunion avec le sieur de Champlain ?

Il détourna la tête, mal à l'aise. Il passa un index sous son nez, soupira et me fixa contrit.

— Oui, une réunion de pelletiers. Les marchands de La Rochelle résistent à l'installation du nouveau monopole de traite. Oncle Clément et moi avons été mandatés par les marchands parisiens pour prêter main-forte à monsieur Du Gua de Monts et au sieur de…

— Mes hommages, Madame ! fit oncle Clément retirant son chapeau pour me saluer. Paul, quel heureux hasard de vous rencontrer ici au milieu de cette foule ! Vous passez la journée à La Rochelle ?

— Oui, Madame avait des courses urgentes à faire, expliqua-t-il nerveusement. Nous en profitions pour visiter le port. Et qu'en est-il de vous ?

— Nous séjournons une semaine à La Rochelle. Nous sommes du groupe de marchands parisiens qui participent au financement de *La levrette* qui prendra le départ pour Gaspé sous peu. L'avitaillement se prépare depuis deux semaines déjà. De plus, nous avons eu procuration pour appuyer l'établissement du nouveau monopole qui révolte les marchands Rochelais. Nous avons été informés que vous séjournez présentement dans un domaine aux portes de La Rochelle ?

— Oui, nous nous sommes autorisés une discrète sortie pour la journée.

Je ne quittais pas Ludovic des yeux. Il m'apparaissait impossible de le savoir si près sans que je puisse le revoir, lui parler, me réfugier dans ses bras.

— Serait-il indiscret de vous demander où vous logez, pelletier Ferras ? demandai-je sans retenue.

À la lueur de ses yeux, je compris que mes désirs étaient partagés. Il me fit un sourire enjôleur, s'approcha de mon oreille et déposa un baiser furtif sur mes cheveux.

— Dans votre lit, Madame Ferras. Votre lit sera mon logis.

Je ris pour ne pas pleurer. Mon lit étant bien ce qui lui était le plus inaccessible ! Son visage affichait une telle assurance que je relevai fièrement la tête défiant toutes les certitudes.

— Et quand donc vous proposez-vous de gagner votre logis ?

— Mais cette nuit même, Madame !

— Mais ?

Oncle Clément qui terminait sa conversation avec Paul tira sur la manche de sa chemise.

— Il faut malheureusement rejoindre les autres, Ludovic. Ils ont déjà quitté le quai. Ce fut un plaisir, Madame ! Souhaitons que nous aurons le privilège d'une autre rencontre avant la fin de notre séjour.

— C'est aussi mon plus fervent désir, répondis-je les yeux rivés à ceux de mon bien-aimé.

— Allez viens, Ludovic. Désolé de vous séparer. À bientôt ! termina-t-il en s'élançant entre les deux tonneaux qui venaient d'être roulés au milieu du quai. Ludovic me prit la main, baisa notre anneau de mariage, me fit un clin d'œil, emboîta le pas de son oncle et disparut au premier tournant.

Je restai là immobile, possédée par une joie intense. Mon cœur retrouvait son rythme normal, le souffle me revenait, la vie me revenait : Ludovic était près de moi.

— Et nos assauts, Mademoiselle ? Nos assauts vous intéressent toujours ?

Les bruits du port revinrent à ma conscience. Paul simula une feinte avec son chapeau de paille. Je soupirai longuement, convaincue que seul un miracle permettrait à Ludovic de gagner son logis. Or, je ne croyais pas au miracle. Je redressai vaillamment la tête. À la guerre comme à la guerre !

— Eh bien soit, Paul, je suis prête pour nos assauts !

Vêtue de ma culotte de cuir et de mon pourpoint matelassé, mes cheveux habilement camouflés dans mon chapeau à large bord, je perdais tous mes aspects féminins. Comme la salle d'armes était déserte, nous pûmes nous adonner aux attaques les plus simples comme aux plus complexes.

— L'escrime, c'est comme monter à cheval, vous verrez. Il vous suffira d'un peu de pratique et l'habileté vous reviendra complètement, m'avait promis Paul.

Il avait raison. L'effort fourni pour éloigner l'image obsédante de Ludovic dépassait de loin celle que le croisement des fers me commandait.

— Par tous les diables, vous voilà une escrimeuse digne des exploits des mousquetaires !

— Cessez de me flatter, Paul. Si vous croyez me distraire en nourrissant mon orgueil, vous vous trompez. Attention à la feinte, croisé, retraite, attaque dessous…

— Dérobement, contre-attaque, allez hop ! fit-il avant de porter l'épée à son front.

— Touchée ! Sapristi, comment faites-vous ? Vous avez l'agilité d'une anguille !

Il rit de bon cœur.

— Attention à votre ouverture. Vous êtes gauchère, ne l'oubliez jamais. Protégez le cœur, Mademoiselle, protégez le cœur ! Et le poignet, un peu plus souple le poignet.

Je saluai mon maître d'escrime, mon maître de cœur.

— Vous croyez qu'il nous sera possible de revoir oncle Clément et Ludovic ? demandai-je en replaçant distraitement mon épée dans le baudrier de cuir de ma ceinture.

— Je n'en sais rien. À moins que…

— À moins que quoi ?

— Eh bien, à moins que nous sortions de La Rochelle en passant devant l'enseigne de *La sirène d'or*.

— *La sirène d'or* ?

— Oui, c'est l'auberge où se tient l'importante réunion. Si vous gardez votre costume d'escrimeuse, vous ne risquez pas d'être reconnue. Et qui sait, peut-être pourrez-vous poser vos jolis yeux d'émeraude sur oncle Clément, conclut-il en riant.

— Paul ! Vous avez encore une fois deviné ma pensée. Revoir oncle Clément est la plus fervente de mes envies. Je me ferai discrète, je vous le jure ! dis-je en riant à mon tour.

— Il faudra quasiment passer inaperçue, Mademoiselle. Je ne donne pas cher de ma peau si le sieur de Champlain nous aperçoit !

— Je disparaîtrai presque. Ne craignez pas et soyez assuré que je défendrai votre peau s'il le fallait. J'ai été à la bonne école, non ?

— En avant, mousquetaire !

Les rues étroites et sombres de La Rochelle, quoique moins embourbées que les rues de Paris, étaient néanmoins suffisamment encombrées de passants, de voitures et de chaises pour que la patience de Paul soit mise à l'épreuve.

— Par tous les diables ! Comment de tels sots peuvent-ils se permettre de porter une chaise ? Pour un peu, ils la menaient directement devant notre cheval. Ah, la rue de l'Anse, ce n'est pas trop tôt ! Vous pouvez repérer l'enseigne de *La sirène d'or* tout au bout, Mademoiselle ?

Je scrutai au loin et pus effectivement identifier une enseigne de ce nom. Devant l'auberge, un attroupement d'hommes armés brandissaient sabres et épées en criant.

— Il y a des problèmes, Paul. Il me semble voir Ludovic, Ludovic et le sieur de Champlain armés d'épée. On se bat devant cette…

— Par tous les diables ! Le temps est venu, mousquetaire, ce n'est plus un jeu ! Prête pour le combat ?

Avant même d'avoir complètement immobilisé notre attelage, il s'élançait dans la mêlée. Je dégainai mon épée et le suivis. Les cris et les coups fusaient de toutes parts.

— Maudits soient Champlain et ses alliés catholiques ! clamaient les voix.

Je repérai Ludovic au milieu des combattants. D'une main ferme, il repoussait les attaques autour de lui. Il sautait, virevoltait, contre-attaquait avec l'aisance du joueur amusé. Le sieur de Champlain était aux prises avec trois adversaires que monsieur Du Gua de Monts tentait maladroitement de tenir à distance.

— Arnaqueurs, les Réformés ne seront pas dupes ! Justice pour les marchands rochelais ! clamaient certains assaillants.

— À mort le monopole, à mort Champlain, à mort de Monts ! tonitruaient les autres.

Je m'élançai sur l'un deux en attirant son fer contre le mien. Il avait la force, j'avais la souplesse. Gros, trop gros, il se déplaçait avec peine. Je mis ma concentration à l'essouffler au point qu'après plusieurs déplacements, à bout de force, il baissa son arme et déguerpit.

— Votre cœur, attention à votre cœur ! commandait Paul derrière moi.

Je me retournai vers le sieur de Champlain qui tenait péniblement deux hommes en haleine. Derrière son dos, un troisième s'apprêtait à le transpercer entre les omoplates. Je m'élançai sur lui juste avant que la pointe de son arme ne touche son but. Croisé, attaque simple, marche, marche, marche, croisé, feinte, attaque en sixte. Je l'atteignis à la cuisse droite. En s'effondrant, il projeta son épée dans les airs. Elle s'éleva bien haut au-dessus de l'enseigne et sectionna au passage le cordage qui la retenait. Un coin du panneau de bois percuta la tête de Ludovic qui s'écroula sur les dalles de la rue.

— Ludovic! m'écriai-je en m'élançant vers lui.

Une main ferme empoigna mon bras. Paul me dévisagea, furieux.

— Vous aviez promis la discrétion! Tenez-vous-en à la discrétion! dicta-t-il sous mon nez.

Je hochai la tête en regardant par-dessus son épaule. Ludovic gisait sur le sol, inconscient.

— Une commotion, ce ne pouvait être qu'une commotion, répétai-je tout bas.

J'avançai le plus calmement possible jusqu'à lui. Autour de nous, l'arrivée de miliciens armés de fusils effaroucha les Rochelais qui déguerpirent à toutes jambes. Je m'accroupis, soulevai sa tête et ne vis aucune trace de sang. S'il avait de la chance, il s'en tirerait avec une enflure sur le dessus du crâne. Le sieur de Champlain nous rejoignit, posa son genou au sol et souleva une paupière du blessé.

— Ce n'est rien de grave. Un peu de vin et il n'y paraîtra plus. Qu'on apporte du vin. Laissez, Madame, vous en avez assez fait pour aujourd'hui!

Je croisai son regard. Ses yeux ambrés étaient sans reproche. Il me sourit maladroitement. C'était la première fois que je le voyais sourire.

— Je ne vous connaissais pas ce talent d'escrimeuse, Madame. Je dois reconnaître que votre courage m'impressionne. Votre adresse vient très probablement de me sauver la vie. Nous passerons sous silence votre étonnante présence en ce lieu tout autant que le grotesque accoutrement qui vous habille. Nous en reparlerons ce soir. Ah, le vin! Allons mon ami, un peu de vin vous remettra sur pied.

Je m'éloignai à peine, tenant plus que tout à observer le moindre mouvement de Ludovic. En me relevant, je frôlai malencontreusement monsieur Du Gua de Monts qui me susurra tout bas.

— Quel coup d'épée pour une si jolie Dame! Vous m'éblouissez un peu plus chaque jour. Et ces jambes fines qui se devinent sous ce cuir. De quoi séduire le plus rustre des marins de La Rochelle!

Le sort incertain de Ludovic me préoccupait au point que je n'eus aucune envie de riposter à ses grossières allusions. Je m'éloignai de lui et m'approchai de Paul qui se tenait près d'oncle Clément. Paul me pressa le bras.

— Il s'agit ici des hommes Ferras, Mademoiselle. C'est le pelletier Ferras qui est allongé au sol.

J'acquiesçai de la tête en mordillant ma lèvre. Ludovic gémit. J'enfonçai mon chapeau et m'approchai de lui.

— Vous permettez, sieur de Champlain, je vous en prie. J'ai beaucoup appris auprès de tante Geneviève. Mes connaissances de soignante pourraient aider. Vous permettez que je vérifie la respiration du blessé ?

Il releva la tête, me toisant du coin de l'œil.

— Soit, si vous croyez pouvoir être utile.

J'approchai ma joue des lèvres de Ludovic afin de mesurer son souffle. Il était régulier. Je passai ma main sous son cou et soulevai sa tête.

— Quelqu'un peut apporter un linge humide et du vinaigre ? Un peu de vinaigre pourrait le réanimer.

Je repoussai délicatement ses cheveux et sentis l'énorme bosse de son crâne.

— Deux semaines, deux semaines et il n'y paraîtra plus, marmonnai-je tout bas.

Je déposai le linge humide sur la bosse et passai le flocon de vinaigre sous son nez. Il grimaça avant d'entrouvrir la bouche. J'y déposai un filet de vin, il cligna des yeux, les refermant aussitôt.

— Pelletier Ferras, vous m'entendez ? demandai-je d'une voix tremblotante.

Ses lèvres bougeaient mais sa voix était si faible que je ne parvenais pas à comprendre ses paroles. J'approchai mon oreille de sa bouche.

— Je t'aime, chuchota-t-il tout bas.

Je retins mon sourire, me redressai lentement, pris son poignet dans ma main feignant de vérifier ses battements de cœur et fis une pression suffisamment forte pour y incruster la trace de mes ongles. Il sursauta, les yeux grands ouverts.

— Ah, voilà qui est mieux ! Mais, vous avez tous les talents, Madame ! s'exclama le sieur de Champlain.

Je m'étais relevée, oncle Clément me remercia et Paul me félicita. Ludovic, quant à lui, s'appuya plus qu'il n'eût été nécessaire sur le bras que lui tendait le sieur de Champlain. Il se remit debout en chancelant, une main sur son crâne et l'autre sur une fesse.

— Je crois que je suis allé au paradis, dit-il avec son plus beau sourire.

— Au paradis! s'étonnèrent les autres.

— Certes, j'étais à coup sûr au paradis, j'ai d'abord vu des étoiles, puis un ange m'est apparu.

Les rires qui fusèrent diluèrent les tensions de l'escarmouche et les craintes pour le blessé. Je frissonnai. Ce que l'ange aurait donné pour se retrouver dans les bras de l'éclopé!

Les miliciens tenaient fermement le cordage auquel étaient attachés les derniers manifestants.

— Nous les conduisons au bureau du préfet, dit un officier en s'adressant à notre groupe. Si quelqu'un d'entre vous veut bien nous accompagner. Un rapport des faits s'avère nécessaire.

— J'ai bien l'intention de m'y rendre, croyez-moi! répondit fermement le sieur de Champlain. Il ne saurait être question qu'une telle rébellion passe sous silence! Ces marchands doivent réfréner leurs ardeurs. Nous vous suivons de ce pas, venez de Monts. Nous avons droit à des réparations.

Puis, se tournant vers oncle Clément, il ajouta:

— Vous logerez à mon domaine pour la durée de votre séjour, pelletiers Ferras. Les esprits échauffés de ces Rochelais ne sont pas de bon augure. Paul, veuillez les ramener au domaine. De Monts et moi vous y rejoindrons sitôt ces formalités terminées. J'ai quelques mots à dire au préfet de la ville avant de regagner Real del Rey Nuestro Señor. Après vous, mon ami! indiqua-t-il du bras à monsieur du Monts avant de monter dans son carrosse.

— Le temps de chercher nos bagages à l'auberge *Des moussaillons* et nous sommes à votre disposition, Paul, précisa oncle Clément.

— Je compte sur vous, Paul, répéta le sieur de Champlain avant de donner le signal de départ au cocher.

— À votre service, Monsieur.

Le miracle s'était produit: Ludovic était invité au vignoble. Voilà que le ciel me faisait cadeau de quelques jours auprès de mon amoureux. Je restai là, épuisée, inerte, les bras pendants le long du corps, frappée par la foudre du bonheur.

— Vous m'accompagnez à mon logis, Madame? Vos soins me sont devenus indispensables, chuchota Ludovic à mon oreille trop fortement pour que je sois la seule à les entendre.

Paul et oncle Clément firent un sourire entendu. Je rougis sans pudeur.

— Je me ferai un plaisir de vous soigner, honorable combattant !

Oncle Clément et Paul prirent place à l'avant de la carriole, nous laissant seuls sur la banquette arrière.

— Quel fut le prétexte de cette escarmouche ? questionna Paul.

— La réunion avec les marchands de La Rochelle venait à peine de commencer quand une bande de mécontents s'introduisit dans l'auberge soulevant les esprits à la vitesse d'une traînée de poudre. En un rien de temps, les épées et les dagues devinrent les seuls arguments valables. Le tout se termina comme vous savez.

— Mais, que redoutent ces marchands, à la fin ? s'enquit Paul en dirigeant notre attelage dans une ruelle si étroite qu'un carrosse s'y serait coincé.

— Les marchands protestants voient dans ce monopole une tentative de prise de contrôle de la traite par les concurrents normands et bretons. Certains vont même jusqu'à pressentir l'instigation d'un complot visant à expulser les Réformés du commerce du Nouveau Monde.

— Et ce n'est pas le cas ?

— Absolument pas ! Certes, il faut bien avouer que les directives prévoyant l'avitaillement annuel de trois navires de Normandie contre un seul de La Rochelle ont de quoi stimuler les mécontents.

Je prenais garde de ne pas frôler le bras de Ludovic qui suivait attentivement la conversation. De temps à autre, nos regards s'accrochaient l'un à l'autre comme pour attester de la miraculeuse réalité. Je ne remarquai ni la route ni les passants. Je m'efforçais d'écouter sa respiration. Elle était toujours régulière. Paul et oncle Clément s'étaient tus.

— Vous allez bien, Ludovic ? Et la tête, comment va la tête ?

Il tapota légèrement la protubérance de son crâne.

— On ne peut mieux ! Un ange m'a touché de sa main et me voilà guéri, répondit-il en me dévisageant.

— Ludovic, soyez sérieux un tout petit moment ! fis-je amusée en prenant sa main.

— Mais je le suis. Cet ange a même laissé ses marques rouges à mon poignet. Curieux pour un ange, ne trouvez-vous pas ? Vous voulez voir ?

Je ris malgré moi.

— Ludovic, vous n'avez pas le moindre mal de tête ? Vous ne ressentez pas un martèlement ou une tension quelconque ?

Il prit ma main et la porta à ses lèvres en me souriant narquoisement.

— Si, je ressens une forte tension, reprit-il en glissant ma main le long de son torse, mais…

Les yeux pleins de malice, il pressa ma main sur son ventre en baisant mon cou. Je frémis.

— Vous frissonnez, Madame. Vous avez froid ?

— Non, j'ai plutôt chaud, chuchotai-je sur sa joue.

— Ah ! Alors vous avez peur ?

— J'ai eu peur pour vous.

— J'ai tremblé pour vous, murmura-t-il en baisant mon front. Puis, il joignit nos mains. Je les attirai sur ma cuisse.

— Vous tentez le diable, mon ange !

L'attelage s'arrêta devant l'auberge *Des moussaillons*, une petite auberge sans prétention à la devanture de bardeaux de cèdre teints d'indigo.

— Paul, que diriez-vous d'une chope de bière avant de retourner au domaine ? proposa oncle Clément.

— Tiens donc, ce n'est pas de refus ! Cette échauffourée m'a assoiffé. Avec cette chaleur… Heureusement que la brise du large… Vous nous accompagnez, Ludovic ?

— Non, non, allez sans moi. J'ai une forte tension qui me gêne et comme j'ai à mes côtés un ange prêt à m'en guérir, j'aimerais en profiter. Si vous n'y voyez pas d'inconvénient, bien entendu !

— C'est comme vous voudrez mon garçon. Préparez les bagages, nous repassons dans une heure. Une bière, ça se déguste, n'est-ce pas, Paul ?

— Bien entendu ! Une heure, c'est convenable ! Veillez bien sur mademoiselle ! Elle est sous ma garde.

— N'ayez crainte, je ne la quitterai pas des yeux.

— Je serai plus que prudente ! Et puis je n'ai rien à craindre avec Ludovic.

Les deux compagnons éclatèrent de rire.

— Allons, nous repassons dans une heure.

Et j'entrai dans l'auberge afin de prendre soin de Ludovic qui devait veiller sur moi. Ma tenue d'homme me protégeait des éventuels bigots. Je le suivis dans l'étroit escalier menant à sa chambre avec la légèreté du mousquetaire flatté de sa première victoire. Dès que j'eus franchi le seuil, Ludovic referma la porte

et tourna le verrou. Je m'éloignai de lui, m'approchai de la fenêtre et tirai les volets. J'ôtai mon chapeau libérant mes cheveux qui
s'étalèrent sur mes épaules. Ludovic toujours appuyé sur la porte
m'observait. Je détachai mon pourpoint et dégageai ma chemise.

— Approchez, approchez, ange du paradis, approchez que je
sente à nouveau vos griffes dans ma chair et vos lèvres sur ma peau.

Je m'arrêtai à distance d'un bras. Il tendit les mains vers mes
cheveux y plongeant les doigts.

— Je vous aime tant, mon ange. Ma vie s'arrête quand vous me
quittez, le savez-vous ?

Je baisai le poignet marqué de mes ongles. Il passa sa main
derrière mon cou, m'attira à lui, souleva mes cheveux et posa les
lèvres sur la cicatrice de mon cou.

— Votre cicatrice n'y paraît presque plus. Un mince filet, plus
qu'un mince petit filet.

— Vraiment ! Je le regrette presque !

Ses doigts erraient dans mes cheveux et ses lèvres sur mes joues
jusqu'à ce que je cherche son baiser qui me fit l'effet d'une enseigne m'atteignant en plein front. Je pressai ma bouche contre la
sienne savourant sa chaleur, goûtant son souffle, la prenant et la
reprenant insatiablement. Ses mains erraient dans mon dos, s'égaraient sur mes reins, sur mes fesses et remontaient presser mon
cou fougueusement, intensément, farouchement. Il nous entraîna
vers le lit, posa ses mains sur mes seins avant de les enfouir sous
ma chemise. Frénétiquement, je soulevai la sienne et posai les
lèvres sur chaque parcelle de sa poitrine, m'attardant au mamelon
que je mordis amoureusement. Un délire passionné nous transporta. Quand enfin je me retrouvai nue dans ses bras, j'agrippai
mes jambes autour de ses hanches en pressant mon bassin contre
le sien. Je m'abandonnai aux mouvements de mon envahisseur.

— Ludovic, je vous aime tant, je vous aime, répétai-je pendant
qu'il me possédait.

Il stimula nos plaisirs jusqu'à ce que nos corps atteignent l'ultime ravissement. Ludovic haletant me serrait contre lui. Comme
il m'avait manqué !

— Je vous aime Hélène, j'aime tout de vous. Le vermeil de
votre bouche m'ensorcelle, le vert de vos yeux m'envoûte, le rose
de vos mamelons m'obsède et vos cuisses m'échauffent les sens !
Et quelles fesses, Seigneur ! termina-t-il en les recouvrant de ses
larges mains.

— Ludovic, vous devenez grivois !

— On ne saurait être grivois en honorant les fesses d'un ange, Madame !

Une nouvelle effusion de baisers se déversa sur mon cou et mes lèvres, comme si la satiété ne lui était pas venue. Nos corps tentaient désespérément de reprendre le temps perdu lorsque des coups de poing firent vibrer la porte.

— Ludovic, Ludovic ! appelait oncle Clément. Il est plus que temps de partir. Nous t'attendons à la porte de l'auberge.

— Déjà ! soupira-t-il en s'affaissant sur moi. Dieu est-il donc si cruel qu'il vous reprenne sitôt prêtée ! murmura-t-il avant de répondre. Nous venons tout de suite, oncle Clément. À l'instant, nous vous rejoignons.

Les bagages furent rapidement rassemblés et nos habits couvrirent nos corps bouillants. Avant d'ouvrir la porte, Ludovic m'embrassa fougueusement.

— Le diable n'en a pas fini avec vous, Madame !

— Que le diable m'emporte, Monsieur !

Il rit, me serra contre lui, colla son front au mien et noya ses yeux dans mes prunelles.

— J'irais brûler en enfer si vous y étiez.

— Je crains fort que vous deviez vous contenter de brûler de désir.

Son éclat de rire me réconforta.

— Allons, mon ange, courage ! Nous saurons vaincre tous les feux de l'enfer !

29

La Saint-Joseph

La Saint-Joseph correspondait plus ou moins à la fin de la taille des vignes et au début du premier labour des cépages. C'était là motif de réjouissances ! Le sieur de Champlain tenait à marquer son passage dans la communauté. Pour ce faire, il fit tenir une fête communale qu'il voulut mémorable. Toutes les familles des métayers de ses fermes avaient été invitées à son vignoble afin de célébrer la Saint-Joseph préparée avec frénésie par des valets engagés pour l'occasion. La grange, les dépendances et les cours étaient occupées depuis quatre jours déjà, lorsque Paul et moi avions décidé de notre sortie à La Rochelle, escapade qui me combla au-delà de mes plus loufoques espérances.

Nous n'étions revenus au domaine qu'à la tombée du jour, un bris de harnais nous ayant quelque peu retardés. Le sieur de Champlain nous attendait dans le grand hall, les bras croisés, debout sous le portrait de son oncle provençal. Cette peinture, de dimensions exceptionnelles, couvrait entièrement le mur en face des portes du hall. Depuis le début de mon séjour, elle m'interpellait sans que je puisse saisir le sens de l'intérêt qu'elle stimulait. Je compris enfin ! Leurs ressemblances, voilà ce qui me chicotait ! Il y avait, dans la semblable carrure de leurs corps, une rigueur, une fierté commune. Solidement ancrés sur les sols qu'ils foulaient, les deux hommes semblaient inspirés d'une volonté redoutable. Je pensais à la mère du sieur de Champlain et à son énigmatique passion. Je pensais à ce capitaine du roi d'Espagne qui fit de Samuel de Champlain son héritier universel et je considérais les similitudes. À moins que l'homme de la peinture n'eût été le jumeau du père de celui qui s'apprêtait probablement à me semoncer vertement, alors… le père et le fils, le fils et le père…

— Soyez les bienvenus à mon domaine, pelletiers Ferras ! s'exclama le sieur de Champlain en serrant fortement les mains de nos deux invités.

Je me tournai légèrement en direction de Ludovic qui se plia sans broncher au protocole de politesse. Nos yeux se croisèrent et je sus qu'il pourrait supporter l'insupportable.

— Madame, votre servante vous attend à votre chambre, m'informa aimablement le sieur de Champlain. J'ai demandé qu'on fasse le nécessaire pour votre bien-être. Le souper sera servi dans une heure. Vous pourrez nous faire l'obligeance de votre présence ?

— À votre service, Monsieur.

— Madame, je vous suis redevable de la vie. À ce jour, il me plairait que mon service vous inspire quelques agréments.

Sa courtoisie m'indisposa. Furtivement, je regardai Ludovic du coin de l'œil et pressentis que mon malaise était partagé.

— Je serai présente au dîner. Veuillez m'excuser, Messieurs, fis-je en saluant.

J'avais été lavée, parfumée et coiffée. L'envie de plaire m'était revenue. Je souhaitais à nouveau être belle, belle et désirable.

— Noémie, ne trouvez-vous pas que ma garde-robe est limitée ? Il me semble qu'il y a longtemps qu'une couturière ne m'a visitée, me tourmentai-je devant mon miroir en plaçant et replaçant devant moi, les jupes, corsages et robes étalés sur mon lit. Laquelle me convient le mieux, dites-moi Noémie ? La bleue, la pêche ou la lavande ? À moins que la couleur de la menthe en cette saison… pour mon teint ? Allez Noémie, ne voyez-vous pas mon embarras ?

Noémie, les mains sur les hanches, se trémoussa derrière mon dos en pouffant :

— Ce n'est pas drôle du tout ! Je dois descendre dans dix minutes et je suis encore toute nue.

— C'est encore la tenue qui plairait le plus à qui vous voulez plaire.

— Noémie ! Comment osez-vous !

Cette fois, elle rit de bon cœur.

— Laissez, je me débrouillerai toute seule. Pour une fois que mes habits me turlupinent, vous pourriez faire un effort !

— Oui… oui, je m'y mets, réussit-elle à articuler.

Elle essuya ses yeux de ses mains.

— Je crois, mais c'est mon humble avis, vous pouvez ne pas en tenir compte si…

— Allez Noémie ! Je suis pressée. Laquelle ?

— Eh bien, ce corsage damassé de couleur menthe, ruché d'une large pièce de tulle au décolleté, plairait assurément à Ludovic. Il rehaussera l'éclat de votre peau. Quelques rubans de velours rose et blancs dans votre chevelure et vous serez belle à croquer !

Je doutais, tout en le regrettant, que l'effet puisse conduire jusqu'aux crocs, mais résolus de faire confiance au goût de Noémie. Le reflet de mon miroir vénitien ne le démentit pas. Je respirai presque avec aisance dans le corselet et ma chemise dégageait suffisamment mes épaules pour taquiner le diable. Quand j'atteignis le milieu du grand escalier, les messieurs discutant dans le hall se tournèrent vers la dame du domaine. Je ne voyais que Ludovic. Le sieur de Champlain s'approchant de la dernière marche m'offrit le bras sous lequel je dus passer le mien. Les invités nous suivirent jusque dans la salle où le repas nous attendait.

Je pris place entre monsieur Du Gua de Monts et le sieur de Champlain. Ludovic et oncle Clément étaient devant nous. Je m'en réjouis. Le repas serait apprécié : la vue de Ludovic stimulait mes appétits.

— Pelletiers Ferras, la France tout entière vous est redevable. Aujourd'hui, vous avez fait honneur aux marchands parisiens et à votre Roi ! À vous deux ! s'enthousiasma le sieur de Champlain en levant son verre.

— À la santé des marchands parisiens ! renchérit monsieur Du Gua de Monts.

— À la santé de mon tendre amant, pensai-je en trinquant.

Mon regard chercha le sien, il l'esquiva.

— C'est trop d'honneur, Monsieur. Mon neveu et moi n'avons fait que notre devoir de citoyens.

— Citoyens dégourdis et habiles du poignet ! Surprenant pour de simples pelletiers ! renchérit monsieur de Monts un soupçon d'arrogance dans la voix.

— Surprenant, comme vous dites ! répliqua froidement Ludovic.

— Et… et cette rencontre avec le préfet s'est bien terminée ? reprit aussitôt oncle Clément tout en soupesant nerveusement sa fourchette argentée au-dessus de son assiette de porcelaine.

— Nous avons pu clarifier la situation. Cinq mécontents furent jetés en prison pour un mois. Attaquer un intendant du Roi méritait bien davantage, mais j'ai insisté pour qu'on allège leurs peines. Ces marchands ont des familles à nourrir et, ma foi, suffisamment de gens meurent de faim dans notre beau Royaume de France, termina le sieur de Champlain en s'épongeant les lèvres de sa serviette.

— Cette générosité est tout à votre honneur, mon cher! déclara monsieur de Monts en posant sur ma poitrine un regard plus long qu'il n'était convenable de faire. S'il n'eût dépendu que de moi, ces fripouilles auraient pourri au cachot une année entière! Vous représentez la Couronne de France tout de même!

Chaque fois que la discussion le demandait, ce dernier tournait la tête vers le sieur de Champlain en s'attardant dans mon décolleté et chaque fois Ludovic serrait les mâchoires.

— Les marchands protestants de La Rochelle auront réussi à renverser les volontés de ceux qui nous soutenaient jusqu'ici, les convainquant que la nouvelle compagnie ne pouvait que limiter leurs droits de pêche, de traite, de commerce, ce qui ne manquerait pas de provoquer une forte baisse de rentabilité. La question de finances fit basculer définitivement les hésitants dans le camp des opposants. Les redevances au prince de Condé et au lieutenant de la Nouvelle-France, ainsi que le partage au prorata des dépenses et des recettes de traite, eurent vite fait de cristalliser les opinions. Nous devrons vraisemblablement nous résigner à faire sans eux! conclut vaillamment le sieur de Champlain.

Cet énoncé mit un terme à la demi-heure de discussion où chacun avait allègrement exposé ses expériences de voyage au Nouveau Monde. Celui qui faisait rougir mes joues fut captivé au point qu'il en oublia ma présence.

— C'est aussi mon avis, mon cher. Consacrons maintenant nos efforts à Rouen et Saint-Malo où plus de la moitié des marchands, dit-on, seraient favorables à votre monopole, renchérit monsieur de Monts.

— Et qui plus est, sans suspicion religieuse! Saint-Malo est sans contredit le pivot de notre réussite. Si nous passions au jardin, Messieurs? La douceur de la soirée saura nous préparer à une nuit de repos bien méritée.

Ludovic croisa mon regard. La flamme que j'aurais espérée y trouver n'y était pas: le diable l'avait déserté. Le sieur de Champlain insista pour que je lui tienne le bras. Ludovic le remarqua et tiqua. C'est donc en parade, nos convives à notre suite, que nous fîmes le tour des bâtiments du vignoble, monsieur Du Gua de Monts me côtoyant de près, de beaucoup trop près! La fierté du propriétaire n'en finissait plus de s'étaler et mon chagrin de s'installer. Plus la parade avançait et plus Ludovic s'éloignait. La nuit s'annonçait vide et froide! Au moment de prendre congé, il me fit un distant baisemain.

— Mes hommages, Madame de Champlain.

— Vous comptez retourner à La Rochelle demain? demandai-je le plus simplement possible.

Il hocha la tête sans plus.

— Nous devons nous y rendre très tôt demain matin, enchaîna oncle Clément. Notre travail nous y oblige.

— Mais, il faut promettre de nous revenir en début de soirée. Nous avons ici un joueur de luth qui sort de l'ordinaire. Sa musique saura vous distraire, insista le sieur de Champlain.

— Nous ferons tout ce qui est en notre possible pour faire honneur à votre hospitalité, n'est-ce pas Ludovic?

— Tout ce qui est en notre possible, bien entendu! termina-t-il sèchement.

La tête enfouie dans mon oreiller, déçue de l'attitude de Ludovic, je maudissais le sort qui nous imposait de telles manigances, de tels supplices. Pourquoi cette soudaine indifférence? Pourquoi cette distance entre nous? Le choix vestimentaire de Noémie avait de toute évidence manqué la cible. La seule pensée du vert menthe me levait le cœur. Quand je m'endormis à la première lueur du jour, les paroles de Paul m'étourdissaient encore. Ludovic est jaloux! Il n'y avait pas d'autres explications possibles. Mais jaloux de qui, de quoi? Le sommeil ne m'apporta aucune réponse.

Ma journée fut occupée avec le valet d'hôtel qui tenait à informer la maîtresse de maison des derniers développements des préparatifs de la fête de la Saint-Joseph. Je fus mise au fait du choix des menus de nos cuisinières, des lieux choisis pour l'installation des tentes et des tables, et on me fournit la liste des musiciens et des danseurs. Pour clôturer la soirée en beauté, un feu de joie serait monté derrière le cellier et des bâtons de feu embraseraient le ciel. Le tout me parut fort convenable. Mes charges eurent l'avantage d'éloigner quelque temps de mon esprit la fielleuse potion mijotée par le diable en personne.

Les hommes Ferras partis pour La Rochelle avant l'aube revinrent après le souper. Couverts de poussière et visiblement fatigués, ils eurent à leur disposition tout le nécessaire pour se restaurer. Nous étions déjà installés au salon autour d'Étienne quand ils se joignirent à notre groupe. Ludovic ne m'adressa qu'un faible sourire. Décidément, le diable avait égaré ses flammes ! Nos invités prirent place derrière nous, de sorte que je ne voyais pas Ludovic, qui lui pouvait fort bien entrevoir monsieur Du Gua de Monts attarder son long nez au-dessus de mon épaule. Étienne joua et chanta. Sa musique me captiva moins qu'à l'ordinaire et l'insistance qu'il mit à me dévisager m'irrita. J'eusse été la seule dans la pièce qu'il n'eût agi autrement. De temps à autre, je glissai la main dans mon cou que je sentais scruté à la loupe. Mes cheveux relevés en chignon le dégageaient presque entièrement. Quelques mèches y flottaient, légères. Comme j'aurais apprécié que la main de Ludovic se pose sur la mienne ! Il n'aurait fallu qu'un effleurement, un souffle de sa bouche, un murmure, pour renouer nos esprits, réanimer mes espoirs. Je dus me contenter du luth qui me divertit tant bien que mal, jusqu'à ce que notre artiste s'installe devant moi, proclamant fièrement la couleur de sa prochaine interprétation.

— « À cœur perdu ». Je dédie ce poème à la dame de la maison qui dit l'apprécier entre tous.

Et sa voix mielleuse résonna dans la pièce tel un dragon défiant le diable.

> *Si loin de toi mamie, mon cœur se vide,*
> *Si loin de toi mamie, ma vie s'envole,*
> *Reviens, reviens ma tendre,*
> *Reviens, reviens me prendre,*
> *Ce soir j'ai la pensée folle,*
> *Si loin de toi mamie, mon cœur se vide.*

Au dernier pincement de ses cordes, il fléchit un genou à mes pieds, ses yeux noirs rivés dans les miens. Son intense dévotion m'alarma. Jaloux mon bien-aimé ?

Pour le reste de la soirée, l'indifférence calculée de Ludovic se modifia sensiblement. S'y greffa une glace nordique probablement importée des hivers de Tadoussac : il m'évita complètement. Oncle Clément, quelque peu mal à l'aise, compensa son attitude en s'appliquant à me transmettre des nouvelles du Champ de l'Alouette : les petits se portaient au mieux et Antoinette avait fait la connaissance du fils du pasteur qui insistait pour la raccompagner à la ferme, tous les dimanches, après les offices religieux. Il était avenant et intentionné et elle l'appréciait.

— Pour un peu, on les croirait amoureux, me chuchota-t-il comme un secret. Quant à Mathurin, il seconde admirablement Antoinette à la ferme. Encore un an ou deux et il sera un homme fiable. Il rêve d'entrer à l'atelier des Ferras. Et ma foi…

— Et tante Geneviève ? Vous avez des nouvelles de tante Geneviève.

— Elle a regagné Paris à la mi-septembre. Nous nous rencontrons lorsque ses activités le permettent. Trop peu à mon goût : ses patientes n'en finissent plus d'accoucher, termina-t-il en riant.

— Vraiment ! Comme il me plairait d'être à ses côtés ! Là au moins, je suis utile, je sers à autre chose qu'à la parade. Si vous saviez comme elle me manque !

— Elle me manque aussi, murmura-t-il avec un léger clin d'œil.

— Je suis heureuse, oncle Clément, pour vous et pour elle.

Il regarda en direction de son neveu en soupirant. Je l'imitai.

La soirée se termina sans que Ludovic m'adresse la parole. Étienne me tournait autour et monsieur de Monts s'appliquait à plonger les yeux dans mon corsage chaque fois qu'il en avait l'occasion. Je me résignai à me passer de la conversation du diable.

— Puissiez-vous passer une bonne nuit sous notre toit, lui dis-je avant de prendre congé. Je souhaite que notre logis vous satisfasse en tout point.

Il resta de marbre. Pas un coin de son visage n'exprimait autre chose qu'une impassible froideur. Je retrouvai mon lit profondément attristée : j'avais imaginé ses cinq jours de cohabitation si pleins de tendresse partagée ! Apparemment, je devrais me contenter de convenances protocolaires.

Dans les jours qui suivirent, Ludovic accentua ses distances au point de ne plus assister à nos soupers. Sitôt rentré de La Rochelle, il allait prêter main-forte aux ouvriers. Je désespérais. Sa manière d'être m'interrogeait : je n'en comprenais pas le sens. Chaque soir, seule sous le ciel de mon lit à baldaquin, je me languissais de nos chaudes nuits sous la voûte céleste.

La douleur qui me tourmentait transforma les préparatifs de la fête en agacements. Tout me contrariait. Je fuyais les gens, me désintéressant de tout ce va-et-vient dont la supervision m'incombait. Si seulement il daignait me parler pour m'expliquer !

Pourquoi un tel désaveu, lui qui avait su enflammer tout mon être quatre jours auparavant?

— C'est la première fois que Ludovic partage votre vie de grande dame, Mademoiselle. Il faut le comprendre, me rassurait Noémie. Tout est bien différent du Champ de l'Alouette, ici! La haute société indispose toujours les gens du peuple quand ils s'y frottent de près la première fois. J'en sais quelque chose...

— Je n'arrive pas à comprendre, Noémie, Ludovic sait tout cela depuis si longtemps!

— Le savoir et le vivre sont deux choses bien différentes, croyez-moi! Allez, laissez-lui un peu de temps, ce garçon vous aime de toute son âme! Son amour saura vaincre ses tourments.

— Je suis si malheureuse de le voir ainsi! À tout prendre, je préfère souffrir de son absence.

— Allons, allons, l'important est de ne jamais oublier qu'il vous aime malgré tous ses regimbements. Il lui faut dompter ces démons. Ce n'est pas peu dire! murmura-t-elle en caressant mes cheveux. Il en serait tout autrement s'il ne vous aimait pas à en perdre la tête.

Elle se souleva sur la pointe des pieds, baisa mon front et m'attira près du support d'osier sur lequel était suspendue ma robe de fête.

— Et si on essayait la magnifique robe que la couturière termine à peine?

— Pour ce que ça change, Ludovic ne me regarde plus!

— Tut...Tut...Tut... jeune fille! Sachez que, sans le laisser paraître, Ludovic vous dévore des yeux. La nature a voulu que les hommes soient dotés d'un tel débordement d'orgueil! Ce n'est pas le moment de baisser les bras. Votre amoureux doit continuer de vous admirer, de vous désirer, maintenant plus que jamais! Soyez vous-même et laissez le temps arranger les choses. Il faut croire en son amour, ça, il ne faut jamais cesser d'y croire.

— Puissiez-vous dire vrai!

— Mais je dis vrai! Il faut que votre beauté le torture, gentiment, bien entendu...

— Alors soit! Faisons en sorte que j'asticote le diable.

Mon ensemble vestimentaire, conçu spécialement pour la Saint-Joseph, avait de quoi émerveiller. La jupe faite de soie grège, entièrement recouverte d'une mousseline brodée de minuscules fleurs des champs, liait la transparence des brumes à l'éclatement de l'été. Des rubans de satin, de la couleur des fleurs, divisaient le corsage en fins losanges et une torsade de dentelles courait le long de mon décolleté. Une tresse de feuilles de vignes retenait les boucles de mes cheveux ne laissant retomber que quelques mèches sur mes épaules dénudées.

— Noémie, est-ce que Ludovic aimera ?

— Ludovic aime tout de vous, Mademoiselle, peu importe ce qui vous habille, mais je veux bien être damnée si cette toilette ne le charme au point qu'il ne puisse résister à l'envie de vous tenir dans ses bras.

Mon léger sourire alla s'amplifiant.

— Noémie, que je sois damnée si Ludovic n'est pas dans mon lit au lever du jour !

Le soleil dorait les rangs de vignes et les feuilles des arbres, agitées par la brise, emplissaient le domaine d'un joyeux frémissement. Les premiers fermiers arrivèrent tôt en matinée. Au dîner, le vignoble débordait de gens tout disposés à la fête. Les valets et cuisiniers s'activaient fébrilement autour des convives qui jacassaient, riaient, se reconnaissaient, se saluaient et trinquaient à la santé du seigneur des lieux. Le sieur de Champlain insista pour que je l'accompagne dans sa tournée de maître du domaine. Je le suivis, m'efforçant d'être l'hôtesse attentionnée lui faisant honneur. Je fus avenante avec tous et chacun.

— Votre toilette éblouit, Madame ! me dit-il en pressant sa main sur mon bras.

— Quel trésor, Madame ! Un sacrilège de priver la Cour de tant de beauté ! susurra monsieur Du Gua de Monts en s'attardant sur la torsade de dentelle.

Je n'entrevis ni Ludovic ni oncle Clément.

— Et s'il nous avait quittés sans avis ! chuchotai-je.

— Vous dites, Madame ?

— Je me demandais si nos invités Ferras avaient l'intention de se joindre à la fête.

Le sieur de Champlain arrêta notre marche et s'assura de bien voir mon visage avant de répondre.

— Les pelletiers Ferras nous rejoindront en fin de journée. Des affaires urgentes devaient être conclues au port de La Rochelle. Comme ils nous quittent demain pour Paris…, appuya-t-il en serrant mes mains dans les siennes.

—Je vois, rétorquai-je en espérant que ma déception ne se devine pas sur mon visage.

— Tous nos invités désirent rencontrer madame de Champlain. Vous n'aurez pas le temps de vous ennuyer. Venez, on nous réclame près du cellier.

Sa réplique m'étonna. Il eût été au courant de mes états d'âme qu'il n'eût répondu autrement. Mais il était impossible qu'il le fût. Stupéfiantes coïncidences!

Le vin coula à flot entre les danses, les chants et les promenades. Étienne, délaissant momentanément les jeunes filles des environs, toutes plus jolies les unes que les autres dans leurs robes aux couleurs de printemps, se montra courtois et me fit danser.

— Vous avez brisé mon cœur, noble Dame! me dit-il en accompagnant mon sautillement.

— Votre cœur est trop fragile ou trop exigeant! Je suis là où je dois être.

—Je vous ai pourtant espérée ailleurs.

— Vous êtes trop intrigant, Étienne!

— Et vous trop jolie, Madame! Ce soir peut-être?

Ses yeux noirs et sa voix mielleuse pouvaient chavirer les cœurs et enivrer les esprits.

— Il y a, en ce lieu, plus d'une jeune fille désireuse de partager votre journée. Voyez cette blonde près des pruniers, elle m'envie.

— L'amour est un maître cruel, il aveugle.

—Je ne peux vous aimer, mon cœur n'est point libre.

La danse nous imposa un éloignement. Je fus soulagée. Pour un peu son insistance m'indisposait.

Mon après-midi se passa agréablement mais sans joie. Le copieux souper régala et contenta tous les appétits, seul mon cœur resta sur sa faim. La rafraîchissante tombée du jour incita à un bref répit avant que ne débutent les manifestations de fin de soirée. J'étais assise à une table sous l'imposante ombrelle du platane, monsieur de Monts à mes côtés, quand le diable, source de mon désenchantement, sortit de la maison et rejoignit d'un pas vif le sieur de Champlain près du cellier à quelques pieds de nous. Il le salua, discuta un instant, resalua et se dirigea vers un groupe de jeunes gens près du bûcher, m'ignorant totalement. Selon les dires de Noémie, il aurait pris le temps de me dévorer des yeux sans que rien n'y paraisse. Si elle disait vrai, Ludovic avait le don de voir sans regarder. Je devais à tout prix m'assurer qu'il m'ait clairement remarquée.

— Veuillez m'excuser! dis-je promptement à monsieur de Monts.

Il n'était pas question qu'il m'échappe. C'en était assez! Je m'avançai lentement vers le groupe au centre duquel il se tenait fièrement, un verre de vin à la main. À mon approche, la discussion cessa et les hommes me saluèrent. Ludovic hocha la tête sans plus.

— Continuez, je vous en prie, continuez vos conversations. Je tenais simplement à m'assurer que vous ne manquiez de rien. Tout est à votre convenance? demandai-je en fixant Ludovic.

— Mais oui, Madame, répondit candidement un jeune homme dont les boucles rousses auréolaient le visage joufflu.

— Ce ne saurait être mieux, vous êtes trop généreuse, Madame, reprit une jeune fille aux cheveux bruns joliment tressés.

— Je tiens au bien-être de mes invités. Je ne voudrais en aucun cas les décevoir, continuai-je en tentant de capter les yeux de Ludovic.

Comme il persistait à les éviter, j'insistai.

— Et cette journée à La Rochelle, pelletier Ferras, elle fut satisfaisante? Quelquefois, il suffit de si peu pour que la réalité ne trahisse nos illusions.

— Mon travail n'a rien à voir avec les illusions, Madame. Le tout s'est merveilleusement bien conclu à La Rochelle. Merci de vous en préoccuper, répondit-il en observant les deux jeunes filles qui se trémoussaient devant lui.

Il n'était pas question qu'il s'en tire à si bon compte.

— Vous ne croyez pas aux illusions, pelletier Ferras?

Il eut un ricanement sarcastique.

— Mon travail mis à part, je dirais que tout le reste n'est qu'illusion, Madame! Veuillez m'excuser.

Il inclina la tête et se dirigea à grandes enjambées sous la tente des vins. Les deux jeunes filles se consultèrent des yeux avant de lui emboîter le pas. J'encaissai le coup en plein cœur. Je déglutis avant d'inspirer profondément en mordant ma lèvre.

— Vous demeurez encore un temps au domaine, Madame? questionna timidement le jeune homme roux.

— Oui, environ un mois, peut-être davantage : les affaires du sieur de Champlain sont si imprévisibles! Vous travaillez dans ses fermes?

L'agréable compagnie de ces jeunes gens me permit de reprendre contenance. Ils s'informèrent et s'éblouirent des exploits du sieur de Champlain, s'enorgueillirent de s'entretenir avec sa dame, m'attribuant une vénération que je ne méritais pas. De mon côté, j'en appris sur les activités, les craintes et les innovations des fermiers tout en lorgnant la tente, espérant un possible retour de Ludovic. Les danses étaient reprises depuis un certain temps quand enfin, il en ressortit, escorté par les deux jeunes filles visiblement en pâmoison. Ils rejoignirent un groupe d'invités près du cellier. Au bout d'un moment, la colère supplanta ma peine.

— Vous ne m'échapperez pas si facilement, Ludovic Ferras ! répétai-je en marchant énergiquement vers lui.

J'interrompis leurs rires sans remords.

— La soirée vous est agréable, pelletier Ferras ?

Les jeunes filles, ébahies devant le bel étranger, reculèrent quelque peu, trop peu à mon goût. Comme il me dévisageait froidement sans répondre, je repris :

— S'il manque quoi que ce soit à votre bien-être, il faut absolument m'en aviser. Je suis à votre entière disposition. Il ne saurait être question que nos invités de Paris repartent avec quelques regrets.

Pour un peu, j'éclatais en sanglots. Ludovic s'excusa auprès des jeunes filles, repéra un banc sous un tilleul et m'invita à le suivre d'un geste de la main.

— Si Madame de Champlain veut bien m'accorder quelques instants.

Je le suivis en retenant mes larmes de toutes mes forces. Il attendit que je sois assise avant de s'installer. Je détestais cette position ! Il me répugnait qu'il puisse m'adresser la parole sans me regarder.

— Vous en faites trop, Madame, je n'en demande pas tant. Mes actions parlent d'elles-mêmes, il me semble : notre histoire s'arrête ici. Les évidences m'ont frappé de plein fouet. Il est temps de perdre vos illusions tout comme j'ai perdu les miennes. Nos vies sont incompatibles. Vous comprenez le sens de mes paroles, Madame ? Nos vies sont des chemins parallèles et, par définition, les parallèles ne se croisent jamais ! Notre histoire fut une erreur de parcours, une déviance, un malencontreux détour. Suis-je suffisamment explicite, Madame de Champlain ? Votre cour devrait vous suffire ! Ils sont nombreux, prêts à se jeter à vos pieds, ne le voyez-vous pas, Madame ?

— Je ne vois que vous, Ludovic, murmurai-je faiblement.

Il se passa un temps avant qu'il ne reprenne.

— Demain, il faudra pourtant vous résoudre à accepter votre vie. Vous devrez coûte que coûte vous installer dans votre réalité et dans cette réalité, Madame, je n'existe pas ! Vous devrez continuer sans moi, sans moi !

Je n'eus pas droit à la réplique. Il se leva d'un bond.

— Merci pour tout, Madame. Ce fut un honneur de vous servir, ironisa-t-il en me saluant bien bas, un bras croisé devant son torse.

Puis, il délia ses longues et fortes jambes et s'élança vivement sous la tente des vins. Dieu qu'il était beau ! Dieu que j'aimais cet homme ! Les mouvements de ses cheveux dorés par le soleil battaient le rythme énergique de sa marche. Comme ses bras me manquaient ! Vous pouvez toujours courir, Ludovic Ferras, je vous connais suffisamment pour ne pas être dupe. Votre beau discours n'est que le paravent de votre douleur. Noémie a raison : le passage du temps s'avère nécessaire. J'inspirai profondément. Le parfum vivifiant des fleurs des tilleuls engourdit ma peine. La brise fixa quelques mèches de cheveux à mes joues humides. Et si Ludovic avait raison, si notre histoire n'avait été qu'une aventure à la croisée des chemins ? Alors, si tel était le cas, je le jurais, j'aurais abandonné mon parcours pour le sien. Rien au monde, non, rien au monde n'allait me séparer de lui. Rien !

— « *J'ai posé un sceau sur ton cœur, car l'amour est fort comme la mort...* », murmurai-je en essuyant mes larmes.

Tel était le dernier serment du *Cantique des cantiques* formulé dans ses bras. Tel était celui qui vivifiait mes espérances.

Le feu de joie éblouissait tant par sa taille que par sa force. Quelque peu étourdie par la chaleur et le vin, je me rendis discrètement aux latrines installées derrière la grange pour l'occasion. Un moment de solitude me ferait le plus grand bien ! Des torches et des lanternes piquées çà et là le long du sentier permettaient de s'y rendre aisément. Une fois soulagée, je choisis de m'attarder sous les pruniers longeant les rangs de vignes. La lune était pleine, mais la romance de Séléné m'avait abandonnée. Je me désolais de mon triste sort, quand des froissements d'herbe me firent sursauter.

— Ne craignez rien, belle Dame, ce n'est que... que moi, É... Étienne. Vous m'attendiez à la lueur de la lune. Quel roman...

romantisme ! Notre rendez-vous y gagnera en qualité. Venez près de moi, Madame, venez que je vous chante un po… poème.

Il avançait en titubant. Avait-il trop bu ? Son haleine vineuse confirma mes appréhensions, Étienne était ivre !

— Venez, venez presser vos appétissants nichons contre mon torse, venez que je vous baise… baise à n'en plus finir, dégoisa-t-il en me frôlant effrontément.

— Étienne, non, Étienne éloignez-vous immédiatement, vous êtes ivre ! Étienne, s'il vous plaît, ne commettez pas de bêtise !

Il agrippa mes avant-bras d'une poigne si ferme qu'aucun relâchement ne fut possible.

— Vous séduire est loin d'être une bêtise, Mada… dame. Votre mari se montre-t-il digne… digne de vos char… charmes ?

Il passa ses bras autour de ma taille écrasant ma poitrine contre son torse. Ses lèvres gourmandes chatouillèrent mon cou avant de rejoindre le décolleté que j'avais si astucieusement préparé pour le diable.

— Vous êtes un fruit si désirable, Madame ! continua-t-il en pressant suffisamment mes fesses contre son bassin pour que je sente son attribut masculin prêt à la conquête. Je me retenais de crier en me débattant tant bien que mal. Il empoigna mon corsage le déchirant du long sur le devant, dévoilant un sein que je recouvris aussitôt de mes mains. Puis, il me renversa au sol et entreprit de relever mes jupons.

— Tu seras à moi avant la fin de la nuit, catin des rois. Vois comme tu sais attiser mes désirs !

— Lâchez-moi ou je crie ! Vous êtes complètement ivre, ar…

— Déguerpissez immédiatement d'ici, sale abruti, vociféra Ludovic au-dessus de nous.

Mon agresseur s'immobilisa.

— Retirez vos sales pattes de cette dame ou je vous décapite sur place, poète de mon cul ! tonitrua Ludovic en se jetant sur lui.

Il l'empoigna par les épaules, le releva d'un seul coup à bout de bras.

— Disparaissez sur-le-champ et ne vous approchez plus jamais d'elle ou je vous égorge de mes propres mains ! tonna-t-il en le secouant violemment.

Puis, il le laissa s'écrouler au sol. Étienne culbuta à quatre pattes. Ludovic lui asséna son pied au derrière. Le poète se délia péniblement, porta les mains à ses fesses et courut vers les pruniers aussi vite que son état le lui permit.

Puis, sans plus d'explications, mon sauveur attrapa mon bras et me tira vivement vers sa monture. Il m'installa sur la selle et monta en croupe.

— J'ai un compte à régler avec vous ! siffla-t-il avant d'éperonner les flancs de son cheval qui s'élança au galop.

La forte odeur de son souffle me permit de conclure que Ludovic avait lui aussi abusé du vin. Le sein à l'air, les cheveux en broussaille et le corsage en charpie, j'empoignai le pommeau de la selle, me laissant ballotter contre le torse de mon bien-aimé. Bien que ce ne fût pas précisément l'étreinte espérée, je fus saisie d'un élan de pur bonheur. Enfin, après une semaine d'attente, je me retrouvais dans ses bras ! Des bras enragés certes, mais ses bras tout de même ! Une fois gravi le coteau au fond du vignoble, il nous fit longer les peupliers et traverser un ruisseau dont il suivit le cours jusqu'à une pinède dans laquelle il pénétra. Les reflets de la lune perçaient difficilement les sombres conifères. Nous avancions lentement dans un étroit sentier. Je fus parcourue d'un grand frisson.

— Où allons-nous, Ludovic ?

Pour toute réponse, il mordit mon cou. Voilà qu'était enfin venu le temps des crocs promis par Noémie ! Il relâcha les rênes s'arrêtant en bordure d'un petit espace déboisé. Une talle de bouleaux blancs se détachait des géants de verdure. Pour un peu et je me croyais dans un refuge, notre refuge. Il descendit, et sans un mot, empoigna ma jambe me forçant à descendre. Quand je fus debout, il noua les rênes de notre monture à un bouleau, croisa les bras et me dévisagea froidement de la tête au pied. Les reflets de lune jouaient d'ombre et de lumière sur son visage tendu. Une lueur frappa ses yeux vitreux, des yeux de spectre. Effrayée, je reculai jusqu'à ce que je heurte un énorme tronc de bouleau. Il fit quelques pas chancelants tandis que je m'efforçais tant bien que mal de refermer mon corsage.

— Madame fait dans la pudeur, ironisa-t-il dans un éclat d'un rire sarcastique.

Son cynisme me provoqua. Je relâchai les lambeaux de tissu et pris soin de découvrir le peu qu'ils ne dévoilaient pas.

— Le désir vous abandonne ? le narguai-je, en avançant vers lui.

Il ne broncha pas. Seuls les muscles de ses mâchoires trahissaient sa fureur.

— Ces seins sont une illusion peut-être, Monsieur Ferras?

Il ne dit mot, décroisa les bras et serra les poings.

— Touchez, vérifiez, Monsieur Ferras. Je parie que vous y trouverez votre compte.

Je posai mes mains sur son torse. Il rugit, saisit mes poignets et happa si violemment mes mamelons que j'eus mal. Dès que je pus, je griffai son visage.

— Ludovic, lâchez-moi, vous me…

Il me laissa et dégrafa son pantalon d'un geste vigoureux.

— Vous êtes allée trop loin, Madame de Champlain! Quel horrible manque de courtoisie ce serait de laisser une si noble dame sur son appétit!

— Je ne suis qu'une illusion, Monsieur Ferras, une illusion rappel… lez…

— Vous n'en avez pas fini… Madame de Champlain!

Il pressa mes hanches sur les siennes en m'embrassant avec volupté.

— Je suis au service de Madame! clama-t-il d'une voix éraillée. Madame désire mon cul, mon cul sera servi!

Sa rage m'effraya. Il émit un rire diabolique qui me donna froid dans le dos. Se ressaisissant, il empoigna ma taille, nous renversa au sol et retroussa mes jupons. Il me prit brutalement jusqu'à ce qu'un râle ne s'extirpe de ses entrailles tel un cri de douleur. Lorsqu'il tenta de se relever, je m'agrippai à son cou, recourbant mes jambes autour de sa taille, le retenant de toutes mes forces. Il fallait qu'il reste près de moi. Il fallait que je dompte ses démons.

— Ludovic, je vous aime. Ludovic, écoutez-moi, il faut me croire, chuchotai-je.

Il posa les mains sur mes seins et les écrasa vigoureusement.

— Mais je ne doute aucunement de votre désir d'amante, belle Dame! Dans le monde de l'illusion, les plus folles chimères sont permises!

Je tentai de me dégager.

— Ignoble traître! Vous savez que je veux tout de vous! J'ai toujours tout désiré de vous, m'écriai-je les larmes aux yeux. Vous n'avez pas le droit, je vous aime, m'égosillai-je en martelant son dos de coups de poing.

— Vous devrez vous contenter de mon cul, Madame de Champlain ! Le reste ne saurait convenir à votre noblesse.

— Ludovic, vous devez m'écouter, je dois vous parler. Ne me quittez pas, je vous en prie, Ludovic ! Je vous aime…

— Vous êtes à moi, à moi… gémit-il longuement avant de se remettre debout.

Hagarde, les seins meurtris et les cuisses découvertes, je me soulevai péniblement sur un coude m'appliquant à dégager les mèches de cheveux entremêlées d'aiguilles de pin qui obstruaient ma vue. Ses joues étaient lézardées de traces rouges et ses yeux criants de détresse. Il prit sa tête entre ses mains, émit un atroce grognement, lissa ses cheveux derrière ses oreilles, se détourna et courut vers son cheval sur lequel il monta prestement. Un renard roux passa devant sa monture, tel un éclair. Elle hennit, se braqua et manqua de faire tomber son cavalier. Il s'accrocha à son cou avant de la talonner vigoureusement. La bête effarouchée galopa autour de la clairière en rasant les branches des arbres, jusqu'à ce que Ludovic tire suffisamment sur les rênes pour ralentir son élan. Puis, la contrôlant de ses genoux, il la fit tourner sur elle-même avant de la rapprocher du pin sous lequel j'étais allongée, tremblante de fureur.

— Vous êtes toujours là ? Madame a joui du spectacle ? Allons, il est grandement temps de retourner à votre époux. Montez !

Sa hargne me paralysa.

— Je vous ramène à votre domaine : la fugue de madame risque d'inquiéter.

— Ludovic, il faut que nous parlions. C'est insensé ! Vous êtes ivre ! Comment pouvez-vous renier nos serments ? Pourquoi ?

Il me dévisagea froidement.

— Je suis plus lucide que jamais ! Je rentre à Paris demain, Madame. Ne vous reste plus qu'à oublier votre amant de jeunesse. Le temps est venu de courtiser ceux de votre rang !

— Que me racontez-vous, Ludovic ? Nous sommes unis l'un à l'autre ! Vous m'avez promis de m'aimer à jamais. Vous êtes le seul homme qui importe pour moi ! Je vous aime ! Comment pouvez-vous… pouvez-vous… ?

— Notre jeunesse a fait son temps, Madame ! Couvrez ces jambes et cachez ces tétins ! S'il fallait que votre époux vous découvre ainsi dévêtue… Montez, Madame de Champlain, la fête est finie !

Il rit à nouveau. La nausée me vint. Je me relevai péniblement.

— Allez, catin, vous venez ou vous attendez le prochain amant ? Je gémis de rage.

— Allez au diable, Ludovic Ferras ! Puissiez-vous brûler à tous les feux de l'enfer ! hurlai-je furieuse en replaçant mes jupons tandis qu'au loin pétaradaient les bâtons de feu.

Le cheval, nerveux, les naseaux frémissant, piétina le sol. Je replaçai tant bien que mal les restes de mon corselet. Il ôta sa chemise.

— Couvrez-vous. Un poète rôde…

— Goujat, vous brûlerez aux feux de l'enfer ! Renégat ! Vous êtes le pire imbécile que la terre ait jamais porté ! répétai-je follement en passant sa chemise. Nigaud, vous brûlerez… vous brûlerez en enfer !

— Sans vous, Madame, l'enfer ne présente aucun intérêt. Je me contenterai de profiter des légèretés de ce monde. Montez, je vous ramène à votre Royaume, Princesse ! Le temps des illusions est révolu, que vous le vouliez ou non !

— Je vous hais de toute mon âme, Ludovic Ferras ! Ne vous avisez plus jamais de poser les yeux sur moi car je vous jure, je vous jure que ce sera la dernière image qu'il vous sera donné de voir ! fulminai-je.

— Une bien douce image…

Je repoussai la main qu'il me tendit, posai maladroitement le pied dans l'étrier d'où il glissa à trois reprises avant que je me hisse convenablement sur la selle. Son torse pressé contre mon dos, sa respiration affolée, ses bras autour de mes épaules, tout cela contredisait outrageusement ses paroles. Je ne pouvais le croire : lui et moi étions liés comme le soleil au jour et la lune à la nuit. C'était inscrit au plus profond de mon être. Comment pouvait-il être aveuglé à ce point ? Comment pouvait-il être aussi orgueilleux ?

— L'amour rend aveugle, avait dit Paul.

— Les hommes sont si orgueilleux ! avait affirmé Noémie.

Je repassais et repassais leurs paroles dans mon esprit, incapable d'admettre que je vivais mes derniers instants auprès de celui qui était tout pour moi. Demain la vie l'éloignerait pour un temps que je souhaitais le plus court possible. Pour un temps seulement, il le fallait ! Je ne pouvais vivre sans son amour et je savais pertinemment qu'il en était de même pour lui.

Il nous mena près de la grange, me fit descendre et remonta en selle. Les musiciens s'étaient tus. Seuls les tisons crépitaient à travers le chant des grillons.

— Vous entendez les grillons, Ludovic ? Souvenez-vous du grillon. Et Séléné, Ludovic ? Séléné ?

— Séléné appartient au monde des dieux et les grillons à celui de notre enfance ! Or, nous vivons sur terre et notre enfance est définitivement révolue. Penser autrement relève du pur caprice, Madame ! Notre enfance est disparue, DISPARUE ! Séléné est une déesse qui vagabonde dans l'infini des temps ! Cessez de rêver, allons, un petit effort, Princesse ! Tout n'était qu'illusion, ILLUSION ! Je suis de votre passé, Madame de Champlain, de votre passé, de notre PASSÉ ! hurla-t-il avant de foncer vers les coteaux.

Je restais là à le regarder galoper dans le rayon de lune, fuyant notre amour, s'arrachant le cœur et broyant le mien. Je m'étais doublement trompée. Ludovic n'avait pu supporter l'insupportable et ne serait pas dans mon lit au lever du jour. Je m'étais promis la damnation, elle me rejoignait. Séléné coulait dans les profondeurs de l'onde.

— « *J'ai posé un sceau sur ton cœur, car l'amour est fort comme la mort et la jalousie comme l'enfer…, et la jalousie comme l'enfer* », murmurai-je.

Le *Cantique* scandait ma vie.

30

La Dame blanche

Je ne me lassais pas des couchers de soleil, à chaque soir semblables, à chaque soir différents. Dès que les brouillards s'étaient levés, j'errais, seule, sur les falaises de Brest jusqu'à la tombée du jour, m'imprégnant de la magnificence de l'astre qui se noyait dans l'immensité de l'océan. Quelquefois sa lumière embrasait les eaux, les rocs et le ciel de couleurs si intenses qu'on eût dit qu'elle y mettait le feu. D'autres fois, elle les saupoudrait des délicates teintes d'aquarelle. Ce soir, le dieu du feu épandait un sillage rouge sur les eaux calmes et frangeait d'or les nuages violacés de l'horizon. Des caps de granit avançaient hardiment dans la mer et les barques des pêcheurs de sardines glissaient lentement vers le port. Au large, les îles et presqu'îles, fidèles sentinelles des terres de la Bretagne, se dessinaient à contre-jour. Le temps clair permettait de distinguer, au sud, surplombant l'entrée du port, le promontoire de Crozon, et au nord, tout au fond, le *Penn ar bed*, la pointe du monde de l'*Armorik*. Là était le hameau qui avait porté l'enfance de Ludovic.

Pour le sieur de Champlain, Brest représentait bien plus qu'un port de mer. À l'époque de sa carrière militaire, dans les armées d'Henri IV, il y avait passé près de dix années de sa vie. En 1597, sur cette falaise, les troupes françaises avait combattu l'armée espagnole venue prêter main-forte au gouverneur Mercœur. Cet homme, ambitieux et cupide, avait profité de la confusion provoquée par les soulèvements des Protestants contre les ligueurs catholiques, pour tenter de s'approprier les États de Bretagne au détriment du Royaume de France. Dès notre arrivée dans la région, le sieur de Champlain avait tenu à me parler de cette période de sa vie où il avait été confronté à l'horreur, la barbarie, la souffrance et la mort. Il m'avait accompagnée à ce même endroit, un soir tout semblable à celui-ci, me quémandant comme on sollicite une faveur.

— Il vous plairait de connaître un peu de ma jeunesse, Madame ?
Le désir n'y était pas, mais je fus polie.

— Si cela peut vous apporter quelque satisfaction.

Il s'était résigné à la politesse en soupirant.

— Soit, à titre d'information, simplement à titre d'information.
Il fut un temps où je fus jeune et ce ne fut pas… enfin, sur bien
des aspects, ce ne fut pas la période la plus satisfaisante de ma vie.

Il s'apprêtait à me présenter une page de son histoire qui visiblement le rebutait. Il hésita, le visage tourné vers le large.

— Ici même, Madame, j'ai vu des villages pillés, des femmes
violées, des hommes décapités et des enfants égorgés. Des soldats
rendirent leur dernier souffle sous le piétinement des chevaux, et
la peste… la peste…

Il avait dégainé son épée et la pointait vers l'entrée du port.

— Vous voyez Crozon, là-bas, tout en haut sur la pointe de ce
rocher ?

— Oui.

— Crozon est calme ce soir. Mais au temps de la guerre de
1597 et 1598, il en fut tout autrement. Une armée de quatre cents
Espagnols édifia sur les rochers du promontoire une forteresse de
pierre derrière laquelle elle résista une année entière à nos troupes, et ce, malgré le renfort de nos alliés anglais. Onze Espagnols
survécurent aux combats et trois mille soldats français et anglais
trouvèrent la mort. Que d'horreurs, Madame ! Que de désolation
au nom de la Couronne de France !

Il s'était arrêté et avait essuyé son front du revers de sa main
étonnamment effilée avant de poursuivre appuyé sur son arme.

— Le peuple breton fut écorché vif ! Pas une seule journée de
ces dix années, pas une seule journée ne se passa sans que la
misère humaine ne m'écorche l'âme. Je servis comme capitaine
de la Compagnie de Quimper, auxiliaire, puis maréchal des logis
de l'armée royale de Bretagne, mais aucun de ces titres n'allégea
les tourments de ma conscience. Quand nos armées quittaient les
villages dévastés, laissant derrière eux famines, épidémies, maladies et morts, j'implorais le pardon de Dieu. Les cris des veuves et
des orphelins résonnent encore dans les cauchemars de mes nuits.

Il avait parlé furtivement le visage torturé et les yeux mouillés.
Je l'avais écouté, à la fois intéressée par les faits et embarrassée
par les liens qu'une telle conversation pouvait tisser.

— J'y ai acquis, avait-il repris en sourdine comme on avoue une faute, j'y ai acquis une profonde répugnance pour toutes les guerres, de tous lieux et de tous peuples. Je n'ai jamais participé à aucune d'entre elles sans y être forcé par l'honneur, le patriotisme et la fidélité à mon Roi.

Il porta une main sur son visage et pressa ses paupières. Après un moment, il extirpa un mouchoir de sa poche et essuya son front.

— La guerre dévaste et tue. Or, je n'ai pas l'âme d'un guerrier, Madame. J'ai celle d'un marin, d'un explorateur, d'un découvreur, d'un colonisateur, d'un conquérant, mais je n'ai jamais eu celle d'un guerrier ! Il faut me croire, insista-t-il, prêtant à mon opinion le pouvoir d'alléger ses remords.

La considération qu'il m'accordait me troubla plus que je ne l'aurais voulu. Voilà que cet homme, qui ne m'inspirait qu'un distant respect, m'ouvrait son âme. Ma raison étouffa mes émotions, je le voulus ainsi.

— Vous avez quitté l'armée à cette époque ?

— Après la guerre de Bretagne. L'édit de Nantes mit un terme aux guerres de Religion, décrétant, après toutes ces années de violence et d'horreur, que la tolérance valait mieux que les tueries et les compromis mieux que les dominations.

Il redressa les épaules en gonflant le torse au vent du large.

— Souhaitons que les grands de ce monde aient compris, pour un temps du moins.

Il glissa le regard le long de la ligne d'horizon avant de conclure.

— Mais je n'espère pas trop, les ententes passées entre Protestants et Catholiques demeurent précaires. Le moindre prétexte suffirait à remettre le feu aux poudres. L'ambition humaine sait si bien étouffer la sagesse de la mémoire !

Le ton familier qui perdurait me gêna. Je me détournai vers le nord espérant que cette diversion éloigne ses confidences. Je tenais à ce que nos conversations se limitent à la politesse des convenances. Il mit quelques instants avant de reprendre la parole.

— Vous vous rappelez les pelletiers Ferras, Madame ?

Je tressaillis sous ma capeline de toile.

— Les pelletiers Ferras de Paris ?

— Oui, précisément, Ludovic Ferras qui logea à notre vignoble ce printemps.

Si je me souvenais de Ludovic Ferras? Son souvenir forgeait l'enfer de mon existence! J'étais égoïste, bien sûr, égoïste et mesquine de gémir sur mon sort après de tels aveux.

— Ludovic Ferras, oui, l'apprenti qui était à vos côtés lors de l'escarmouche à La Rochelle? répondis-je sans me retourner.

— Celui-là même, Madame. Eh bien, ce jeune homme est né sur cette pointe de terre qui avance en mer derrière Brest: *Penn ar bed*, la pointe du monde comme l'appelaient les anciens. Un peu à l'intérieur des terres il y a un hameau protégé par un taillis de chênes. Vous voyez cette zone plus sombre?

— Je vois.

— À l'orée de cette forêt était la ferme des Ferras.

— Vous avez connu la famille Ferras?

— Le grand-père maternel de Ludovic, le capitaine Chenet, servait sous les ordres du seigneur Luvak lors des batailles de Crozon: un habile guerrier dont la bravoure et le talent lui méritèrent un fief en échange d'une charge militaire. Il périt, écrasé par un boulet de canon, un soir de décembre, et fut enseveli dans la fosse commune derrière l'église.

— Ah!

— Les capitaines avaient coutume de visiter les soldats. Je me rendis à sa ferme à quelques reprises lors des journées de trêve. Il vivait seul, sa femme étant décédée quelques années après leur mariage. Malgré les revers de la guerre, sa fille unique voyait à tout, gérant les récoltes et planifiant les travaux judicieusement, souvent avec le seul recours des femmes des alentours. Elle s'échinait à la tâche, tout en assistant de son mieux les éclopés que cette bataille éparpillait sur les terres. Une femme pleine de courage, une très belle femme! souffla-t-il faiblement en traçant dans le sable un croissant de lune avec la pointe de son épée.

— Et le père de Ludovic?

Il inspira fortement, comme pour renouer avec ses forces, plissa ses yeux minuscules qui disparurent presque sous ses paupières retombantes et scruta mon visage avant de répondre. Sa main libre glissa le long de son pourpoint et s'accrocha à son baudrier tandis que l'autre serra fortement la poignée de son arme.

— Oui, j'ai bien connu le père de Ludovic, avoua-t-il avec effort.

Puis, reportant son attention sur le hameau.

— Rémy Ferras était honnête homme et fier soldat. Il épousa Louise Chenet en octobre 1593 et fut loyal époux et père attentionné jusqu'à ce qu'une balle de fusil ne l'arrache à la vie en avril 1598, un mois avant la fin de la guerre. Absurde, n'est-ce pas? Révoltant et absurde! Ne trouvez-vous pas, Madame?

— Absurde, oui, parfaitement, approuvai-je en m'engageant d'un pas ferme dans le sentier de cailloutis menant à l'auberge.

Tout ceci était plus qu'absurde! Absurde et déconcertant! J'apprenais, au sommet d'une falaise tachée du sang de milliers d'hommes, de femmes et d'enfants, que l'usurpateur qui condamnait mon amour à l'errance et mon cœur au chagrin, en connaissait plus que moi sur la vie de celui qui possédait, à mon corps défendant, chaque pore de ma peau, le moindre recoin de mon esprit et de mon âme! Il savait le passé de celui que je m'efforçais éperdument d'oublier tout en doutant de jamais pouvoir y parvenir. Absurde, c'était plus qu'absurde, en effet!

Le lendemain, prétextant une randonnée à cheval avec Paul, je m'étais rendue aux abords de cette ferme près du boisé de chênes.

— La ferme qui a vu naître Ludovic, avais-je murmuré, profondément ravie.

Sur la gauche d'une coquette maison de pierres ocre chapeautée d'ardoise verdâtre, un troupeau de moutons broutait paisiblement. Des filets de pêche séchaient sur le toit de la remise autour de laquelle des poules et des chèvres se promenaient librement. Près d'une charrette s'amusaient trois enfants aux cheveux blonds et une femme, grosse, cousait un bonnet de nourrisson à l'ombre d'un grand chêne. Dans une autre vie peut-être, ces autres vies dont avait parlé la *Dame blanche* du temple de pierre, je serais celle qui coud pour les enfants de l'homme que j'aimais, attendant son retour à l'ombre d'un vieux chêne.

Aujourd'hui, les vagues se contentaient de lécher les galets du rivage. Hier, gonflées de rage par le noroît, les énormes houles s'entrechoquaient en vrombissant comme mille tonnerres avant de se fracasser sur les rochers et retomber en bruine sur les eaux tumultueuses. Ces jours de forte turbulence étaient mes préférés. Perdue dans les embruns du large, je déversais ma peine dans les mouvements guerriers des flots et laissais mes illusions se briser aux évidences inébranlables de mon existence. J'étais prédestinée à n'être qu'une monnaie d'échange, une femme d'apparat, une maîtresse déchue. Toutes mes espérances, tous mes désirs sombraient au plus profond de moi comme sombre la pierre jetée à la mer. Ma vie ne m'appartenait plus. Je me confondais avec les landes s'étendant à perte de vue, sèches, stériles, désertes. La ferme aux chênes de vie ne serait jamais pour moi.

Le sieur de Champlain avait quitté l'auberge où nous séjournions depuis cinq jours déjà. Son voyage à Saint-Malo avait pour double objectif de gagner à sa cause les marchands résistant encore au monopole de traite et de convaincre ses associés de la pertinence d'engager des religieux, missionnaires voués à la conversion des peuples sauvages au nom de la sainte Église catholique, apostolique et romaine et du Roi de France. Je n'attendais pas son retour. Je n'avais jamais rien attendu de lui et ses confidences n'avaient rien modifié à mes sentiments. Mes appréhensions s'étaient avérées inutiles. Le sieur de Champlain était redevenu courtois et réservé comme il l'avait été depuis notre départ de La Rochelle en avril dernier.

Je devais aussi reconnaître ses bons sentiments. Tout au long de notre voyage, il avait insisté pour que je persiste dans mes entraînements d'escrime avec Paul, faisant tout en son possible pour les favoriser, cherchant tant à Carnac qu'à Quimper et Brest, des lieux appropriés pour nos combats. Mon habileté à manier le fer lui avait inspiré une considération avouée.

Paul était aux anges et moi bien désœuvrée. L'enthousiasme m'avait quitté comme à chaque fois que mes liens avec Ludovic étaient rompus. Je maigrissais et ne me réjouissais de rien, mis à part les couchers de soleil.

J'étais recroquevillée sur un rocher bordé de bruyères violacées au milieu de la lande et je regardais la mer rose en m'abandonnant à la chaleur de la brise venue du fond des terres.

— Ludovic, Ludovic, murmurai-je.

Je fermai les yeux afin de recomposer son image. Je me demandais s'il arrivait à nous oublier, s'il survivait à la perte de ses illusions, à la fin de nos amours.

Si loin de toi mamie, mon cœur se vide,
Si loin de toi mamie, ma vie s'envole…

— *Reviens, reviens me prendre*, chantonnai-je mélancolique.

J'étais en train de reformuler le poème lorsque des bruits de pas me firent sursauter.

— Veuillez m'excuser, je ne voulais pas vous effrayer.

— Ce n'est rien, je réfléchissais, objectai-je en détournant la tête vers Paul qui se tenait à distance, son chapeau de paille appuyé sur sa poitrine.

— On m'envoie vous chercher. Le sieur de Champlain est de retour à l'auberge, il vous réclame.

— Déjà ! Je croyais qu'il ne devait revenir que la semaine prochaine !

— Un événement inattendu a précipité son retour. Il vous expliquera. Venez, dit-il en me tendant la main afin de m'aider à sauter du rocher.

J'avançais sans parler, me contentant d'écouter le ressac des vagues et le bruissement des bruyères. Bras dessus, bras dessous, nous descendions vers l'auberge, engagés dans l'étroit sentier bordé d'ajoncs, auxquels s'agrippait de temps à autre le bas de ma jupe.

— Serait-il indiscret de m'enquérir des motifs qui assombrissent à ce point l'esprit de ma petite Demoiselle ? dit-il un tantinet blagueur comme je m'affairais à dégager mes jupons d'un buisson.

— Oh, je réfléchissais à tout et à rien, à nos gens...

— Aux gens de Paris ? Ah, vous songiez à Nicolas, Eustache...

— Non, bien qu'ils me manquent tous ! Non, je pensais aux gens de Saint-Cloud.

— Oui, Antoinette, Mathurin, Louis, la petite Françoise, des enfants si attachants ! Je vous comprends. Croyez, qu'ils me manquent aussi. Ah, nos étés à la campagne !

— C'était si agréable ! soupirai-je. J'ai bien peur qu'ils ne reviennent jamais plus, Paul. Rien ne sera plus jamais comme avant, rien...

Je fus interrompue par de multiples grognements d'une intensité impressionnante.

— Ne bougez surtout pas, ne parlez pas ! marmonna-t-il nerveusement en pressant sur mes épaules m'incitant à m'accroupir.

Les grognements se rapprochaient dangereusement. Il porta une main sur la poignée du coutelas qu'il portait à la ceinture et posa un index sur sa bouche. Serrés l'un contre l'autre, camouflés par les bruyères, nous vîmes une tranchée se former progressivement dans les buissons à moins d'une demi-lieue de nous. La laie

435

trapue s'y frayait un chemin suivie par près d'une douzaine de marcassins au pelage rayé. Ils avançaient l'un derrière l'autre, groin contre queue! Mon sang ne fit qu'un tour, Paul retenait son souffle. La menaçante parade traversa le sentier en direction de la mer, ignorant notre présence. Quand les grognements furent couverts par le ressac des vagues, tous mes muscles se relâchèrent.

— Ouf! lâcha Paul dans un profond soupir. Nous l'avons échappé belle! chuchota-t-il en se relevant avec précaution. Combattre un homme armé me convient, mais une femelle sanglier pourvue de défenses aussi longues que les cornes du diable, alors là... Vous allez bien, Ma... Mademoiselle?

— Oui, oui, je vais bien, répondis-je en tentant vainement de me relever.

Les mains moites, envahie par une soudaine bouffée de chaleur, je tombais sur les fesses, étourdie et nauséeuse.

— C'est que moi non plus... croiser le fer avec... sang...

Paul soutint mon dos d'une main et posa l'autre derrière ma tête.

— Penchez la tête par en avant, par en avant. Respirez profondément... respirez...

Je sentis de délicats tapotements sur mes joues. Entre mes nerveux battements de paupières, je distinguais deux points bleus et un cercle jaune paille.

— Mademoiselle Hélène, revenez à vous. Ça va, ça va maintenant, le danger est écarté, s'énervait-il d'une voix étouffée.

Je finis par discerner clairement le visage paniqué de Paul.

— Les... le... les sangliers sont partis...?

— Mais bien sûr, bien sûr qu'ils sont partis! Vous les avez vus comme moi, ils ont descendu la falaise.

— Oui, la mère et ses petits, ils étaient si... si attendrissants!

Paul claqua une main sur son front.

— Par tous les diables, je ne comprendrai jamais les femmes! Trouver de l'attendrissement dans une portée de sangliers! Puis-je me permettre de vous rappeler que cette attendrissante mère aurait pu nous transpercer joliment de ses charmantes défenses, Mademoiselle?

— C'est bien ce qui m'étonnera toujours! Même les créatures les plus monstrueuses parviennent à m'émouvoir. Prenez Ludovic par exemple...

Paul me présenta les bras afin de m'aider à me relever. Je me remis sur pied, tirant sur ma jupe accrochée aux ajoncs.

— Ludovic par exemple… ? continua Paul en soutenant ma taille.

Les épines des arbustes écorchèrent les rebords de mes jupons. Ces lambeaux se confondirent à ceux de ma dernière rencontre avec le diable. Je mordis ma lèvre afin de contenir les picotements qui me chatouillaient les yeux. Ce souvenir éveilla une peine si intense que je ne parvins pas à la refouler. J'évitai le regard de mon maître escrimeur.

— Et ce sont les souvenirs des gens de Saint-Cloud ou ceux de Ludovic qui font briller vos yeux de larmes, Mademoiselle ?

— Les deux, Paul, Ludovic passe l'été à Saint-Cloud, vous savez bien !

Il s'arrêta, déposa sa grosse main rude sur mon bras et continua tout aussi tendrement qu'il avait commencé.

— Ludovic est parti pour le Nouveau Monde en mars dernier.

Du coup, mes larmes tranquilles se muèrent en violents épanchements. Je déposai ma tête sur son épaule, totalement emportée par ma peine. Paul se fit patient. Il me sembla que je pleurai tout ce que j'avais retenu depuis La Rochelle : la brutalité de Ludovic, son abandon, sa trahison ! Pendant que je me morfondais et me débattais dans nos souvenirs, il était probablement à profiter de la vie dans les bras d'une princesse sauvageonne. Je pleurai d'abord de tristesse, puis de regret et d'humiliation. Finalement, la rage m'emporta. L'écume des mers me posséda totalement !

— Je regrette tous les moments passés avec lui, Paul, vous m'entendez ! Tous, TOUS LES MOMENTS ! articulai-je furieuse en tournoyant nerveusement devant l'arc rouge du soleil déclinant à l'horizon. Je regrette le premier instant où j'ai posé les yeux sur lui. Je regrette qu'il m'obsède depuis ce maudit vol de poule qui l'obligea à se réfugier dans notre carrosse. Je hais le moindre de mes souvenirs : son odeur, son sourire, sa tendresse, son courage ! Je hais ses taquineries, ses baisers, la force de ses bras, sa voix profonde et enivrante et ses éclats de rire. Je voudrais qu'il n'ait jamais existé. Paul, je vous en prie, aidez-moi à l'oublier. Je deviens folle chaque fois que j'y pense, Paul… aidez-moi, je vous en prie !

Et je m'effondrai en pleurs dans ses bras, brisée, démolie. Il posa la main sur ma tête, attendit et attendit encore. La dernière lueur du jour disparaissait quand, les yeux bouffis, la tête lourde, et les bras rougis par les ronces, j'entrai à l'auberge. Notre arrivée interrompit brusquement le sieur de Champlain, occupé à une discussion animée avec l'aubergiste. Noémie longea les tables des voyageurs qui terminaient leur repas au son d'un biniou et s'approcha les bras levés au ciel.

— Sainte Madone, Mademoiselle, le sieur de Champlain s'apprêtait à organiser votre recherche, bredouilla-t-elle en lui cédant le passage.

— Madame, mais dans quel état... Paul?

— Madame a été prise de faiblesse et la rencontre d'une famille de sangliers...

— Sainte Madone! Une famille de sangliers! Mais, mais vous auriez pu y laisser votre peau! s'exclama Noémie en portant les mains à sa bouche. Et vos bras rougis!

Le sieur de Champlain sourcilla en agrippant sa barbiche.

— Excusez notre retard, tout est de ma faute, je me suis prise dans les buissons et...

— Il n'y a pas de faute, pas de faute! s'empressa-t-il d'ajouter. Nous étions quelque peu inquiets. La nuit tombe, et puis le mauvais temps se lève si vite dans ce pays. Mais enfin, puisque vous êtes sains et saufs. Venez vous asseoir. Noémie, demandez à notre aubergiste d'apporter des bouillons chauds et une assiette de sardines. Qu'on fasse porter une cuvette d'eau chaude à la chambre de madame. Vous verrez à sa toilette.

Il nous installa autour d'une table près de la cheminée et prêta une oreille attentive au récit que fit Paul sur notre rencontre avec les sangliers. J'avais depuis toujours admiré le talent de conteur de mon maître d'escrime, mais cette fois, il se surpassa. Entre les bouchées de sardines, il fit une telle description de la scène, que pour un peu, nous avions été attaqués par des dragons maléfiques qui, après nous avoir bien cuits de leurs flammes, étaient sur le point de nous enfourcher au bout de leurs défenses diaboliques.

L'exagération de Paul et ma fatigue eurent raison de la réserve que je m'imposais habituellement en présence de mon époux officiel. Je fus prise d'un rire hystérique incontrôlable.

— Paul... tu... tu exa... exagères... Paul... ces marcassins..., tentai-je d'expliquer.

C'est alors que l'inimaginable se produisit. Le sieur de Champlain se laissa aller à un sourire qui se transforma peu à peu en un rire grave et soutenu. Ses épaules sautillaient au point qu'il dut croiser les bras sur sa poitrine pour limiter son relâchement. La surprise fut telle que le sérieux me revint instantanément, de sorte que nous étions trois, Paul, Noémie et moi à le dévisager avec stupéfaction. Il rit jusqu'à ce qu'il constate notre étonnement, ce qui eut pour effet de le figer comme une statue. Il roula des yeux paniqués autour de lui, réajusta son pourpoint, se racla la gorge et finit par tortiller sa barbiche en me regardant.

— Oui, bon… enfin, c'est… c'est une aventure amusante que celle de ces sangliers ! Je me réjouis que cette femelle ne se soit pas sentie menacée par votre présence. Pour cette fois, vous vous en êtes bien tirée. Il faudra cependant vous méfier davantage à l'avenir, Madame. J'irai même jusqu'à vous demander de ne plus vous aventurer seule où que vous soyez. Si vous pouviez me promettre, demanda-t-il avec un relent de tendresse qui m'indisposa.

— Si vous me le demandez, je veux bien promettre. Mais est-ce bien nécessaire ?… C'est la première fois que…

Il s'approcha de moi, me prit la main et baisa l'anneau du bien-aimé que je m'efforçais d'oublier.

— J'insiste, Madame. N'ai-je pas, en tant que mari, la responsabilité de votre bien-être et de votre sécurité ? dit-il me fixant avec des yeux dont l'ambre me rappelait trop bien celui qui m'avait si brutalement réduite à l'état d'illusion.

Je retirai ma main, moins troublée par sa courtoisie que par ce malencontreux hasard.

— Soit, si vous y tenez, fis-je pour couper court à mon malaise.

— Me voilà rassuré.

Il s'éloigna, s'appuya au manteau de la cheminée et continua.

— J'en viens donc à la nouvelle. Je désirais vous informer que notre séjour à Brest s'achève aujourd'hui. Nous devrions partir demain, de bon matin, à destination de Chartres. J'ai appris à Saint-Malo que notre Dauphin, notre régente et leurs escortes de courtisans ont fait de Chartres la dernière étape de leur voyage royal. Ils devraient s'y trouver à la fin d'août. Si nous faisons rapidement, nous pourrions y être au même moment. J'aimerais présenter à Nos Majestés les actes notariés dûment signés par les marchands de Saint-Malo et les informer des nouvelles propositions concernant les Récollets. Il semblerait que des pourparlers entre le sieur Hoüel et le père Jacques Garnier de Chapoin ont fait avancer les choses. Ce dernier doit en discuter avec le prince de

Condé d'ici peu. Si le Prince approuve l'envoi de quatre Récollets au Nouveau Monde, il ne nous restera plus qu'à faire ratifier le projet aux États généraux d'octobre prochain. Vous pourriez être prête à l'aube, Madame ?

— Avec l'aide de Noémie, cela ne fait aucun doute !

Noémie se leva du coup.

— Je me rends de ce pas à votre chambre. Les bagages seront prêts ce soir même.

Contournant les tables autour desquelles les convives s'étaient transformés en joueurs de dés, de cartes ou encore en dormeurs repus de nourriture et de bière, elle s'appuya à la rampe et entreprit de monter l'escalier. Je me levai, désireuse de me joindre à elle au plus tôt.

— Ah, j'oubliais ! Votre frère Eustache et son ami, le notaire de Thélis, qui m'ont assisté à Saint-Malo, feront le voyage avec nous. Bonne nuit, Madame, conclut le sieur de Champlain en m'offrant son bras.

— Eustache ici, à Brest, avec François de Thélis ! Ai-je bien compris, Eustache et monsieur de Thélis sont à Brest ?

— Oui, ils sont descendus à l'auberge *Ker Maria* située à l'autre extrémité de la ville. Ils nous rejoindront ici dès la première heure.

— Mais pourquoi monsieur de Thélis… ?

— Monsieur de Thélis fut d'un précieux secours lors de la rédaction des contrats notariés. Nul n'est plus avisé qu'un notaire pour lire entre les lignes d'un acte notarié, n'est-ce pas ?

Il me jeta un œil furtif, tortilla sa barbiche et continua visiblement ravi.

— Quant à votre frère, je crains fort de lui avoir transmis la passion des colonies ! Il a tenu à m'accompagner pour apprendre les procédures de gestion d'un monopole, comme il le dit. Soyez prête, Madame, une longue route nous attend pour les quatre prochains jours, conclut-il au pied de l'escalier. Je vous quitte ici, j'ai encore à discuter avec l'aubergiste.

Je me retins de lui sauter au cou. Eustache à Brest avec nous ! Je ne parvenais pas à y croire. Le sieur de Champlain s'immobilisa devant la porte de l'office de l'aubergiste, se tourna vers moi soudainement soucieux.

— Je remarque que vous ne portez pas votre miroir à la ceinture, c'est rare ! Il y a un motif particulier ?

Je posai fébrilement la main à ma ceinture. Mon miroir n'y était plus !

— Je l'ai perdu ! m'exclamai-je. Paul, j'ai perdu mon miroir ! Avez-vous remarqué à quel moment il est tombé ? Il me faut retourner sur le sentier. Il doit s'être décroché là où les sangliers… J'y retourne.

— Il ne saurait être question que vous quittiez cette pièce, Madame. Paul, prenez une torche et retournez sur vos pas. Il ne peut être bien loin. Madame est très attachée à ce miroir. Si vous avez quelque ennui, faites-moi prévenir.

— Ce sera fait en un rien de temps, Monsieur.

Je fis une brève révérence dans la direction du sieur de Champlain.

— Je vous remercie, Monsieur. Ce miroir m'est très précieux, je vous suis reconnaissante de le comprendre.

— Je sais. C'est la moindre des choses. Bonne nuit, Madame !

— Bonne nuit, Monsieur !

Paul revint quelques instants plus tard, mon trésor entre les mains. Je pris fébrilement mon miroir et le portai à mes lèvres.

— Merci, oh, merci Paul ! Si vous saviez comme je tiens à lui !

Il pencha la tête sur son épaule et me toisa le sourire en coin.

— Il ne connaît pas sa chance, ce garçon !

Ses paroles se perdirent dans l'ambiguïté qui m'obsédait. Aimer ou détester ? Me souvenir ou oublier ? Je nageais en pleine confusion. Je regardai Paul et conclus qu'il valait mieux revenir à l'heureuse surprise qu'avaient provoquée les propos du sieur de Champlain.

— Paul, vous avez entendu ? Vous avez entendu ce qu'a dit le sieur de Champlain ? Eustache ici !

— Eustache, François de Thélis et vous ! Voilà donc à nouveau réunis les trois mousquetaires des boisés parisiens ! C'est heureux, mais ce qui me réjouit bien davantage, c'est que la joie vous revienne, Mademoiselle. Un peu de jeunesse dans votre entourage vous fera le plus grand bien ! Allez bonne nuit ! J'ai beaucoup à faire pour que le carrosse et les chevaux nous conduisent en temps voulu à la rencontre de nos royautés. À demain, Mademoiselle !

Je m'approchai de lui et déposai un baiser sur sa joue.

— Merci pour tout, Paul.

— Ce fut un plaisir, Mademoiselle !

Je le regardais sceptique.

— Un plaisir, vraiment ?

— Oui, enfin, pas vraiment un plaisir, une p'tite fierté peut-être ben !

— Une petite fierté ? Et en quoi ai-je pu stimuler votre fierté ?

— Ben oui, quoi, ma fierté d'homme ! Ça me fait toujours cet effet quand je rencontre une femme qui aime un homme à la folie. J'avoue que je ne comprends pas trop ce qui se passe. Ce doit être ce qu'on appelle l'esprit de corps des chevaliers !... À demain, Mademoiselle.

Je restai perplexe, debout sur la première marche de l'escalier. Il passa la porte me saluant de son chapeau. Sacré Paul ! De toute évidence je ne pouvais compter sur lui pour extirper Ludovic Ferras de mes pensées ! Je regardai ce petit miroir d'argent et caressai du bout de mes doigts le croissant de lune joliment gravé. Qu'il était loin le temps de Séléné !

Je m'endormis en serrant le miroir de mes illusions contre mon cœur. Le poème d'Étienne flottait dans mon esprit appelant de belles images : les sourires et les bras de Ludovic, la ferme sous les chênes de vie, les vents du large et les pierres druidiques gardiennes des amours éternelles, gardiennes des amours éternelles...

Reviens, reviens me prendre,
Ce soir j'ai la pensée folle.

— Eustache ! m'écriai-je en m'élançant vers mon jeune frère dont la taille dépassait maintenant la mienne. Mais dites donc, vous voilà devenu un homme ! Comme je suis heureuse de vous revoir ! Et Paris, et Nicolas, et Charles-Antoine ?

Il éclata de rire en se dégageant quelque peu.

— Tout doux, ma sœur ! Par quoi dois-je commencer ? Ah, je sais ! Comme vous m'avez manqué ! Paris sans vous est d'un ennui mortel !

— Cessez Eustache. Comment allez-vous ?

— Comme vous pouvez le constater, je grandis en sagesse et en beauté, dit-il en bombant le torse, un large sourire éclairant son visage de ferme carrure.

Un port de tête fier et noble surmontait son corps solide et la largeur de ses épaules inspirait force et confiance. Son nez, moins long et plus large que celui de Nicolas, aboutissait sur une moustache qu'il affinait à la manière du sieur de Champlain. L'été avait hâlé son teint, ce qui avivait le marron de ses yeux. J'avais laissé un garçon, je retrouvais un jeune homme.

— Vous avez grandi en beauté, il me faut en convenir ! Quant à la sagesse…, le taquinai-je en remarquant François de Thélis qui s'empressait de nous rejoindre.

— Madame de Champlain, quel plaisir de vous revoir ! Paris sans vous est d'un ennui mortel !

Étonnée, je regardai Eustache qui éclata de rire. François nous observa, quelque peu déconcerté.

— Quoi, quoi, mais c'est de la bonne humeur consommée ou j'ai un bouton sur le bout du nez ?

— Je termine à peine le « Paris sans vous est d'un ennui mortel ! », expliqua Eustache entre deux rires.

— Eustache, vous galvaudez notre approche courtoise, mon ami ! Cette phrase est exclusivement réservée aux dames dont le galant se languit !

— Quoi, vous usez de phrases toutes faites !

— Mais certainement, Madame ! Vous ne sauriez imaginer l'ingéniosité que doit déployer le galant homme pour faire sa cour de nos jours ! Charmer une dame n'est pas une mince affaire. Tout est dans l'approche et le… le…

— Le doigté, conclut Eustache en badinant.

Le doigté nous fit rire et c'est en riant que nous rejoignîmes le carrosse devant nous conduire vers notre Dauphin.

Le voyage me permit de retrouver quelque peu le goût de vivre. Les souvenances de nos exploits d'enfant, les taquineries d'Eustache sur ma vie de noble dame, et la cour à demi voilée que me faisait discrètement François m'amusaient, me divertissaient et me charmaient. Lentement, ma blessure se cicatrisait. L'amertume et l'humiliation de la catin s'atténuaient. Nous en étions à notre quatrième jour de voyage. Abandonnée aux tangages de notre voiture, je somnolais, la tête sur le dossier de ma banquette sentant bon le cuir.

— Madame, Messieurs, la cathédrale de Chartres ! s'exclama subitement le sieur de Champlain.

Je sursautai.

— Chartres ! repris-je.

— Oui, inclinez-vous sur la droite, voyez par vous-même.

443

Je m'agrippai au rebord de la fenêtre et aperçus au loin l'imposante cathédrale émergeant d'un océan de blé doré. Ses clochers perçaient les lourds nuages gris qui rasaient le sol.

— Saisissant! s'exclama François.

— Saisissant oui… et nous sommes encore à plus de cinq lieues! Attendez d'y voir de plus près. Un vaisseau gothique d'une élégance et d'une harmonie parfaite! La reine des cathédrales consacrée à la Reine des reines, la très sainte Mère de Dieu. Plus de trois mille statues et ses vitraux, ses vitraux! Un pur chef-d'œuvre, vous dis-je!

— À ce point, Monsieur?

— À ce point et plus encore! Chartres est le plus important centre de pèlerinage marial de France. Il symbolise la joie et l'espérance, vous le saviez?

— Non, je ne savais pas. Joie et espérance vous dites?

— Tout à fait. Les pèlerins retrouvent en ce lieu espoir et réconfort! annonça-t-il avec un enthousiasme qui nous surprit.

— Chartres n'a donc rien à envier à Notre-Dame de Paris? questionna Eustache.

— Si peu, si peu, mon garçon! Vous verrez dimanche prochain à l'occasion du *Te Deum* et de la messe auxquels nous avons l'honneur d'être conviés. Nous avons deux jours pour nous y préparer.

— Nous y préparer?

— Oui, effectivement. La rumeur rapporte qu'après la cérémonie religieuse, le Dauphin aura à se rendre au manoir de son médecin Héroard qui officie auprès de lui depuis sa naissance. C'est à cet endroit que nous allons mettre tout en œuvre pour entrer en contact avec lui. C'est notre seule chance! Les députés de l'État de Bretagne voudront accaparer toute son attention. Nous devrons user de ruse. Madame, je souhaite que vous nous accompagniez dans tous nos déplacements. Votre jeunesse et vos charmes nous seront des atouts favorables.

J'acquiesçai de la tête sans un mot, parader étant une obligation coutumière. Le sourire aux lèvres et la tête dans les nuages, je m'y adonnais perdue dans mes rêveries tout en stimulant celles des autres.

— Si vous avez besoin de quoi que ce soit pour agrémenter votre garde-robe, n'hésitez pas. Nous devons lever tous les obstacles!

Je doutais fortement que mes charmes puissent attirer les attentions d'un roi: de bien piètres charmes qui n'avaient pu retenir mon bien-aimé. François avait beau me flatter, me faire les yeux doux à la sauvette, rien n'y faisait. Lui plaire ou plaire à la Cour entière m'indifférait tout autant. Seul le regard de Ludovic avait compté pour moi et j'étais parvenue, à force de volonté et de réflexions, à me convaincre qu'il n'existerait jamais plus. Joie et espérance, avait dit le sieur de Champlain. Or ma joie était éteinte et l'espérance m'avait quittée. J'allais devoir me satisfaire des splendeurs de la cathédrale.

Chartres était en liesse. Des banderoles de toutes les couleurs flottaient devant les maisons de crépi beige incrustées de croisements de bois brun. Des corbeilles de fleurs pendaient aux fenêtres et des tapisseries avaient été accrochées aux murs. Les auberges débordaient de clients, et les rues de passants aux habits tous plus fantaisistes les uns que les autres. Les ganses bleues, jaunes, rouges et vertes qui galonnaient les vêtements des hommes contrastaient avec le noir de leurs courtes vestes et de leurs larges braies retombant sur leurs bottes. Derrière leurs ronds chapeaux de feutre pendouillaient des rubans de velours. Les dames portaient des jupes de couleurs vives plissées de multiples façons. Chacune d'elles arborait une gracieuse coiffe de dentelle blanche. Qu'elles soient de formes rondes ou pointues, étroites ou larges, presque toutes encadraient leurs visages de pans retroussés telles des ailes de goélands. Les sons lancinants des binious et des bombardes accompagnaient des groupes de danseurs, tandis que les vibrations des tambourins de bergers vêtus de peaux de chèvre provoquaient les gais sautillements des enfants aux coins des rues.

— Je crains fort que la cohue nous oblige à gagner l'auberge *Kerke* à pied, Sieur de Champlain. Les rues sont complètement bloquées. À ce rythme, il nous faudra plus d'une heure pour gagner la place de la cathédrale par où nous devons obligatoirement passer, informa Paul penché à la fenêtre du carrosse.

— Combien de temps pour nous y rendre à pied ?

— Sauf imprévu, une trentaine de minutes. C'est comme il vous plaira, Monsieur.

— Vous avez assez de courage pour affronter cette mêlée, Madame ?

— Absolument ! Qu'en dites-vous, Noémie ?

— Je saurai vous emboîter le pas, allez ! Ne vous faites pas de souci pour moi.

Eustache et François s'élancèrent hardiment dans la foule, ne manquant pas d'observer toutes les jolies dames croisées au passage. Le sieur de Champlain avait insisté pour tenir mon bras. Le voir jouer ainsi au bon père m'agaçait.

Nous avancions tant bien que mal entre les charrettes et les passants enjoués, nous attardant de temps à autre devant les multiples étalages qui offraient des articles régionaux aux visiteurs : sacoches de cuir, sabots de bois, gâteaux au miel, coiffes de dentelle, tapisseries et bijoux de toutes sortes. Nous longions un comptoir d'objets de verre quand une broche ayant la forme d'une feuille de chêne attira mon attention. Je la pris et suivis du bout de mon doigt son pourtour élégamment ondulé.

— Elle vous plaît ? demanda simplement le sieur de Champlain.

— Jolie, n'est-ce pas ? Fragile et forte : la lumière qui la traverse lui donne une telle vie ! Voyez les subtilités de ses verts. J'ai appris que le chêne est un arbre sacré en Bretagne. Les anciens croyaient que sa sève était consacrée au Grand Dieu de l'univers.

— Vous m'en apprenez, Madame ! Si vous me le permettez, j'aimerais vous l'offrir en souvenir de la Bretagne, d'autant que ses reflets s'harmonisent parfaitement avec l'éclat de vos prunelles.

Il se tenait devant moi, le visage suppliant. Je fus troublée.

— Non, je vous remercie. Je ne crois pas que… bafouillai-je plus gênée que charmée par cette démonstration de gentillesse.

Je replaçai la broche dans son écrin.

— Je me suis mal exprimé, reprit-il en fronçant les sourcils. Surtout, n'y voyez aucune intention malveillante de ma part. La Bretagne est un pays fascinant et mystérieux. Il se laisse découvrir pour peu qu'on prenne le temps de s'y attarder. Cette broche porte en elle toute la complexité de l'*Armorik* : à la fois discrète et envoûtante, lumineuse et secrète ? Vous l'avez pour ainsi dire comprise, Madame. Il serait convenable qu'elle vous appartienne.

Je le regardai ébahie. Sa perspicacité m'étonna. Je ne pus qu'accepter une broche si porteuse de sens. La Bretagne me révélait la sensibilité cachée de cet homme rustre et austère et m'apprenait que chaque vie porte en elle son lot de secrets et de contrastes.

— Je vous remercie, Monsieur !

Il régla le montant de l'achat avec une vendeuse coiffée d'ailes de goélands, me remit l'écrin de velours, accrocha mon bras et reprit sa marche. Noémie me fit un clin d'œil. Nous contournions le dernier coin de rue d'où se voyait l'auberge *Kerke*, quand je fus intriguée par une silhouette au milieu de la foule, loin devant. Une ombre à peine, une ombre qui aurait pu être celle de Ludovic s'il avait été dans cette ville, s'il avait été dans ce pays. Mais il n'y était pas. Ludovic était dans les bras d'une princesse algonquine à l'autre bout du monde, dans sa réalité, sans moi.

Au petit matin de ce dimanche de fête, notre Dauphin de treize ans, cerné par des troupes de militaires et de mousquetaires, fit son entrée solennelle dans Chartres au son des trompettes. Il chevauchait un palefroi blanc, perdu dans la cohorte de ces cavaliers que suivaient quatre carrosses ornés d'or. Les roulements des tambours et les pas des chevaux claquant sur les pavés accompagnaient les vivats de la foule.

— *Que Dieu bénisse notre régente ! Que Dieu bénisse notre dauphin Louis ! Longue vie au Dauphin et à la régente ! Vive le Roi, vive le Roi de France !* scandaient les loyaux sujets.

Nous avions gagné, tôt le matin, le palier de la cathédrale dont la beauté m'émerveillait. Sur la façade, une immense rosace, *la Rose du Nord*, vibrait de mille couleurs entre des clochers sculptés avec grand raffinement. Je n'en finissais plus de contempler les subtiles dentelles de la pierre du portail tout en attendant fébrilement le cortège royal que nous devions suivre dans la nef. Nous avions eu la chance d'être conviés aux Saints Offices par le maréchal de Guimont, ancien compagnon d'armes du sieur de Champlain, qui était, heureusement pour nous, un familier de la Cour.

Les cloches qui sonnaient à toute volée, couvraient à peine les acclamations de la foule entassée sur la place publique. Lorsque, encadrés par les gardes suisses et les mousquetaires, les grands princes et seigneurs suivirent nos Majestés le dauphin et la régente dans la cathédrale, nous fûmes entraînés par le mouvement de tous les dignitaires, impatients de pénétrer dans l'enceinte divine.

Le sieur de Champlain, François, Eustache et moi suivions péniblement les distingués invités se pressant aux portes. Le soleil m'éblouissait. Je tournai instinctivement la tête sur ma droite et fus saisie d'une troublante vision. Ludovic se tenait dans la foule, souriant tout près du visage d'une jeune fille. C'était insensé, impossible ! Voilà que j'étais à nouveau victime d'une apparition ! Je posai la main sur mon front afin de me protéger de l'éclat du soleil. Je tenais à confirmer ma vision. Il détourna lentement son regard et durant un bref instant, un fragile instant, nos regards se possédèrent. Je butai sur le sieur de Champlain et fus retenue par la main solide d'Eustache qui se pencha vers moi en souriant.

— Le cortège du Roi vous bouleverse à ce point, ma sœur ?

Excitée, je me retournai vitement vers mon rêve éveillé. Il était disparu. Ne restait que la jeune femme, belle et digne, applaudissant son Dauphin. Je sentis une bosse sous mon soulier.

— Hélène, regardez où vous mettez les pieds, vous m'écrasez le gros orteil !

— Pardon, excusez-moi Eustache, c'est que… je viens de voir un fantôme !

— Ma parole, les fées de Bretagne vous ont bel et bien ensorcelée !

— Les fées de Bretagne, oui, ce ne peut être qu'un mauvais tour des fées de Bretagne, ce ne peut être que les fées de…

Je regardai à nouveau dans la direction bénie des fées. La jeune fille n'y était plus.

J'avançais tel un funambule. Dès que je franchis le porche de la cathédrale de la Vierge Marie, l'orgue gronda comme un vent de tempête et la musique des harpes monta avec l'encens, m'entraînant dans le souvenir des brumes de Carnac. J'étais au milieu du temple de pierre, le temple de la Dame blanche.

Nous étions arrivés à Carnac au début de mai et notre passage avait été remarqué, ce village n'étant habité que par une trentaine de familles de pêcheurs et de marchands. Leurs petites maisons aux toits d'ardoise s'étalaient le long du rivage. Nous logions à l'auberge *Ker Gwénola*. Au premier matin de notre séjour, Paul décida de se rendre à l'alignement de Menec malgré l'épais brouillard qui nous empêchait de voir le bout de nos souliers.

— Vous êtes certain qu'on peut y arriver, Paul ? Je n'y vois rien du tout !

— Certain ! Nous faisons un pas à la fois en nous tenant par la main. Comme ça aucun danger d'être enlevé par les druides maléfiques, ricana-t-il.

— Quoi, qu'est-ce que vous me racontez ? Qu'est-ce que c'est que ces histoires de druides maléfiques ?

— Ben quoi ! Vous ignorez les légendes de Bretagne, Made-moiselle ? Aux temps anciens, mais là, très anciens, ce pays était habité par des peuples dont les prêtres portaient le nom de druides. On leur prêtait des pouvoirs magiques. Ils rôdaient avec les Dames blanches. Bien entendu, la plupart erraient avec les meilleures intentions du monde, mais certains, disait-on, étaient acoquinés avec le diable.

— Arrêtez Paul, arrêtez immédiatement vos sornettes ! Où m'amenez-vous, où allons-nous ? Je n'y vois toujours rien !

Une bruine fraîche et humide collait à ma peau. J'avançais en posant les pieds à tâtons entre les ronces et les galets.

— Nous traversons les âges, nous errons en *Armorik*, Made-moiselle. Y a pas de doute, nous approchons de l'alignement de pierres installées par les fées et les druides. Écoutez le vent gémir. On rapporte que les anges y rôdent depuis toujours. Vous verrez, c'est surnaturel ! Quand le brouillard se lève, on se croirait à l'aube des temps. Un peu de courage, allons ! insista-t-il me tirant presque.

Je me persuadais que j'avais passé l'âge de croire aux fées et aux druides. De loin, en sourdine, nous parvenaient le ressac de la mer et les sifflements du vent.

— Vous entendez, Paul ? Comme c'est étrange, on croirait des jérémiades.

— Chut, on approche ! dit-il en tapotant mon épaule de sa large main. Vous voyez ces taches sombres dans le brouillard ?

— Oui, je vois des taches sombres. C'est qu'elles sont énormes ces taches ! Vous croyez que nous sommes en sécurité ? Et ces druides ? Paul, j'ai peur !

Le brouillard dévoila peu à peu des buissons autour de nous. Je pouvais enfin voir où je mettais les pieds. La base des pierres apparut à nos côtés.

— Fantastique ! Tous ces rangs de pierres ! On en dénombre au-delà de deux mille. Vous y pensez un peu, deux mille ! Venez, allons, nous approchons d'une butte de terre, vous arrivez à dis-cerner un trou noir ?

— Un trou noir !

— C'est la porte d'entrée d'un dolmen, approchez.

Paul s'engagea dans l'ouverture ronde et basse de la butte. Je le suivis méfiante, à demi courbée. Il y faisait sombre et humide. Le son des minces filets d'eau dégoulinant dans les parois résonnait en écho.

— Le tumulus de Saint-Michel, murmura-t-il. Selon l'aubergiste, il abritait plus de cinq chambres funéraires.

— Quoi, des chambres funéraires ! m'étonnai-je apeurée. Je ressors, je vous attends dehors.

— Comme vous voulez. Mais vous ratez une occasion unique.

— Unique ou pas, je vous attends dehors !

Je ressortis en tâtonnant sur le mur de granit gluant d'humidité, espérant que la lumière du jour puisse dissiper mes émois. Ce ne fut pas le cas. Plus j'approchais de l'ouverture et plus le vent sifflait bizarrement. Dans les brumes, se tenait une *Dame blanche*, translucide, fluide, incandescente, debout, face à la mer, ses longs cheveux ondoyant comme de soyeux fils de lumière. Une force irrésistible m'attira vers elle. Quand je fus à ses côtés, une paix profonde imprégna tout mon être et un magnétisme inexplicable força mes mots.

— Bonjour, Madame, dis-je.

— Bonjour, Hélène. Ne soyez pas effrayée.

— C'est que… ces pierres, ces tombes… et ce vent plaintif…

— Ce n'est pas le vent que vous entendez, Hélène.

Elle se tourna vers moi et ce que je vis me paralysa. Ses yeux vert d'eau ressemblaient aux miens et son visage était à mon image.

— Ne craignez plus, Hélène. Le véritable amour survit à la vie, à la mort et renaît sans cesse dans l'infini des temps. Ne craignez plus !

Elle parlait d'une voix claire, cristalline et douce.

— Ne pleurez plus, Hélène. Les rêves amoureux ne meurent pas, ils vivent à jamais. Ils naissent et renaissent sans cesse, ailleurs, dans d'autres cœurs, quelque part dans les cycles de vie. L'intensité des élans du cœur traverse les âges. Ne craignez plus, Hélène.

Paul secouait mon bras. Le brouillard découvrait presque entièrement les masses de granit.

— Mademoiselle, Mademoiselle, qu'avez-vous ? On pourrait croire que vous venez de voir un fantôme, s'énerva-t-il.

— Vous dites, Paul ? fis-je hébétée.

— Vous avez vu un fantôme ou quoi ?

— Non, non, vous dites des sottises ! Non, j'observais les… les pierres.

— Je vous l'avais bien dit ! Envoûtant, n'est-ce pas ? Les légendes racontent que ce lieu serait habité par des dames blanches qui se plaisent à prendre des traits humains. Ce qu'ils peuvent inventer ces Bretons!

— Ce qu'ils peuvent inventer…, répétai-je bêtement.

Je me retins de lui parler de la dame translucide aux yeux d'émeraude connaissant mon nom et mon histoire. Un esprit troublé suffisait. Une apparition! Insensé, totalement insensé! Des tourbillons de brouillard, un soupçon de peur, quelques légendes de druides et de fées, et voilà notre folle imagination prête à inventer n'importe quoi! Une apparition, allons donc! Notre esprit pouvait nous jouer de si vilains tours! Je regardai autour de moi, ébahie. Le soleil levant avait dissipé les brumes de sorte que nous pouvions maintenant distinguer clairement les rochers alignés à perte de vue.

— Qu'est-ce que c'est, Paul? Qu'est-ce que c'est que toutes ces pierres? Comme c'est étrange!

— C'est bien l'effet que ça me fait! Venez, voyez tout au bout de ce rang, celles qui forment une immense table de pierre. Qui sait pourquoi et comment elles furent regroupées ainsi? On rapporte qu'on y offrait des sacrifices humains, que c'était un lieu de prière pour les fées.

— Incroyable!

— Fantastique! Fantastique! répétai-je éberluée.

Je fixai le bleu profond de ses yeux miroitant de mystère. Il me sourit tout en recalant son chapeau de paille sur ses cheveux grisonnants.

— Quoi qu'il en soit, maintenant elles sont les plus imposants perchoirs d'oiseaux de mer qu'il m'ait été donné de voir, ricana-t-il en passant son bras sous le mien.

La plainte du vent me fit frissonner. Le soleil du matin flottait autour des rochers les faisant scintiller tels mille joyaux. Il ferait beau aujourd'hui.

Malgré l'encombrement du porche de la cathédrale de Chartres, je parvins à ouvrir mon ombrelle pour contrer l'éclatante lumière. Le tintement des cloches accompagnait les coups de fusil des miliciens qui éclataient en rafale derrière le majestueux bâtiment.

— Mais où étiez-vous pendant la cérémonie? Vous sembliez

complètement perdue dans vos pensées. Il est grandement temps pour vous de regagner Paris, ma sœur !

— Oui, Paris, oui, il est temps que je regagne Paris. Où allons-nous maintenant, Eustache ?

— Alors là, vous n'allez pas bien du tout ! Il est convenu que nous devons absolument nous rendre au manoir du médecin du Roi, vous avez oublié !

— Ah oui, c'est vrai, la rencontre avec le Dauphin, oui. Excusez-moi, j'avais l'esprit ailleurs, excusez-moi. Et le sieur de Champlain ?

— Il est parti devant. Il a fait en sorte que le maréchal de Guimont arrange tout : nous aurons des invitations officielles pour cet après-midi. Votre époux est tout simplement sensationnel ! Quelle chance d'être de la noblesse !

— Cessez, Eustache ! Vos taquineries me lassent à la fin ! Je n'aspire aucunement à cette noblesse, vous le savez bien ! Mais où sont donc passés François et le héros de votre vie ?

— Ils ont rejoint un certain pelletier Ferras que mon héros, comme vous dites, a remarqué dans la foule. Il débarque tout juste d'un voyage au Nouveau Monde. Au dire du sieur de Champlain, sa présence pourrait nous être fort utile. Tenez, les voilà qui reviennent. Mais que fait cette jolie dame près de François ?

Mes jambes faiblirent et ma respiration s'accéléra. Je m'agrippai au bras d'Eustache cherchant à camoufler mon émotion sous mon ombrelle.

— Le soleil est agaçant, ne trouvez-vous pas, Eustache ?

Je mis tous mes efforts à tenir ce manche sans trembler, terrifiée telle une condamnée à l'approche de son bourreau. Le groupe s'avançait, Ludovic tenant le coude de la trop, beaucoup trop jolie demoiselle ! Je regrettai de ne pas avoir pris plus de soin à ma toilette. Le gris de cette robe de satin n'allait peut-être pas si bien à mon teint après tout et cette broche verte, stupide broche ! Seigneur, qu'il était beau ! Habillé tel un gentilhomme de la Cour, il me paraissait plus beau que le plus beau des princes ! L'ocre du col retombant de sa chemise découpait le gris bleuté de son vêtement liséré de rouge. La jolie dame lui parlait avec aisance et il lui répondait en souriant et plus il souriait et plus je m'agrippais au bras d'Eustache. Mes deux époux marchant d'un même pas venaient vers nous.

— Tu rêves là, ma fille ! pensai-je. Le sieur de Champlain est ton seul époux. L'autre t'a réduite à l'état d'illusion, souviens-toi !

Tu n'as plus qu'un seul époux. Tu es madame de Champlain et rien d'autre.

— Ah, je vous retrouve enfin, Madame ! Vous avez souvenance du pelletier Ferras ? questionna poliment mon époux officiel dès que le large bord de son chapeau frôla mon ombrelle.

Voilà que celui que je m'efforçais de haïr de toute mon âme, celui qui avait quitté sa catin gorgé d'amertume et de certitudes, était là devant moi. Je posai mes yeux dans les siens. Il ne broncha pas.

— Pelletier Ferras ? Oui, je crois me souvenir. N'étiez-vous pas au domaine de La Rochelle lors de la fête de la Saint-Joseph ?

Il inclina poliment la tête, l'œil rude et le visage stoïque.

— Parfaitement, Madame de Champlain ! répliqua-t-il en baisant la main que je lui tendais.

— J'oublie rarement les invités de mon époux, surtout quand ils font preuve de courtoisie. Et si vous me présentiez votre compagne ?

Il repoussa nerveusement ses cheveux derrière ses épaules et sourit à sa compagne.

— Madame de Champlain, voici Catherine Lalemant de Reims. Catherine, madame de Champlain.

Et il lui donnait de la Catherine ! Familier déjà ! Il ne perdait décidément pas de temps !

— Je suis enchantée de faire votre connaissance, Madame, fit la Catherine, avec une courte révérence.

— Mademoiselle.

Belle et d'une gentillesse redoutable, estimai-je à regret. Sa soyeuse chevelure noire encadrait un visage rondelet animé par deux immenses yeux bleus, deux magnifiques yeux bleus dans lesquels pouvaient se noyer tous les bien-aimés du monde. Ludovic avait décidément un goût sûr pour les légèretés de la vie ! Eustache me serra le coude.

— Vous connaissez mon frère Eustache, pelletier Ferras ?

— Non, je n'ai pas cet honneur, répliqua vivement Ludovic. Votre frère, dites-vous ?

— Oui, mon jeune frère, Eustache Boullé.

Le sieur de Champlain se tourna vers François.

— Bon, si nous en venions au fait. Le pelletier Ferras débarque à peine du dernier navire en provenance de Tadoussac. C'est une chance inouïe que nous nous soyons rencontrés. Parfois, le hasard

453

fait bien les choses! Le rapport de ses observations sur les transactions effectuées dans le Saint-Laurent au cours de cette dernière saison de traite sera des plus intéressants à entendre. Le maréchal Guimond, qui nous attend aux portes du manoir, verra d'un bon œil qu'un allié de cette trempe se joigne à nous. Entendons-nous bien! Chacun doit rechercher une occasion d'approcher le Dauphin. Tous les moyens sont bons. Il faut absolument que j'entre en contact avec lui aujourd'hui! Cet entretien est capital pour l'avenir de la colonie. Messieurs, je compte sur chacun de vous!

— La mission est bien comprise. N'oubliez pas que vous avez à votre disposition trois anciens mousquetaires, affirma François en saluant bien bas.

— Trois anciens mousquetaires! s'étonna le sieur de Champlain.

— Cesse François, nous sommes loin des bois de Paris. Excusez-le, Monsieur, s'empressa d'expliquer Eustache. François parle de l'époque de notre jeunesse où nous rêvions de posséder le poignet de ces valeureux chevaliers!

— Ressaisissez-vous, mon jeune ami! Le Nouveau Monde est loin d'être affaire de jeu! s'offusqua le sieur de Champlain.

Je n'aimais pas ce hasard, rien n'était moins heureux que ce hasard! J'étais presque arrivée à me convaincre qu'il avait eu raison, que tout n'avait été qu'illusion de jeunesse. J'étais parvenue à me persuader que ma vie pouvait continuer sans lui. La plaie de notre dernière rencontre se refermait à peine. Je détestais ce malencontreux hasard!

— Vous avez votre carrosse, pelletier? s'informa le sieur de Champlain.

— Non. Je voyage avec les parents de dame Catherine. Nous repartons à destination de Saint-Cloud aujourd'hui même. C'est pourquoi je doute que...

— Vous comptiez repartir aujourd'hui?

— Oui, nous devons absolument poursuivre notre route aujourd'hui!

— Il serait extrêmement regrettable que vous ne puissiez pas vous joindre à nous! Vous détenez des informations de la plus haute importance concernant les postes de traite. Il est impératif qu'elles soient divulguées. Vous ne pourriez pas faire...

— Acceptez, Ludovic, objecta la jolie Catherine en posant délicatement une main sur son avant-bras. Je suis certaine que mes parents comprendront et approuveront. L'avenir des colonies leur tient à cœur, ne l'oubliez pas.

Les muscles de sa mâchoire se tendirent. Il ferma les yeux en soupirant de résignation.

— Alors soit! Où puis-je vous rejoindre?

— Le plus simple serait que vous nous suiviez dès maintenant.

— Je crains que ce soit impossible. Je dois d'abord raccompagner mademoiselle auprès de ses parents. Je saurai bien vous retrouver par mes propres moyens, ne vous inquiétez pas, il suffit de m'indiquer la route.

— Bon! Alors, venez, je vous explique en marchant. Nous n'avons plus de temps à perdre. Vos parents logent à quel endroit précisément, Dame Catherine?

Et tandis que le Dauphin entraînait ses sujets dans les rues de Chartres, le sieur de Champlain, escorté de Ludovic et de Catherine, nous menait à la rencontre du futur Roi de France. Mon ombrelle de dentelle me fut d'un grand secours, je pus essuyer quelques larmes sans être vue.

Les jardins du médecin du Roi étaient suffisamment grands pour que j'y trouve quelques buissons derrière lesquels je pus me retirer discrètement. Les projets du sieur de Champlain pouvaient avancer sans moi et je ne me sentais aucunement disposée pour la parade.

Les nobles courtisans s'étaient regroupés autour du magnifique bassin d'eau au centre de la terrasse. On nous apprit que les artisans l'ayant conçu s'étaient inspirés d'un célèbre bassin d'Italie. Il était rectangulaire et suffisamment grand pour commander une longue promenade à qui désirait en faire le tour. Aux quatre coins, une déesse grecque portait une urne d'où jaillissait un généreux jet d'eau. Au centre du bassin, trois sirènes se prélassaient sur une pierre de jade. Le bruissement de l'eau rafraîchissait les esprits à défaut de rafraîchir les corps passablement alourdis par l'étonnante chaleur de cette fin d'été.

Ludovic avait rejoint le groupe du sieur de Champlain qui intriguait afin d'aborder coûte que coûte notre jeune souverain. Ce dernier disparaissait derrière l'écran des illustres personnages de sa cour. J'avais remarqué, au fond du jardin, un petit boisé de chênes percé d'un sentier. Il serait mon havre de paix. J'en fis mon refuge, fuyant chaleur, mondanités et douleur. J'avais besoin d'un peu de fraîcheur, d'un instant de répit, d'un moment de solitude. Je parcourus un sentier bordé de fougères, tout semblable à celui de la forêt de Saint-Cloud, et joignis une clairière dans laquelle une gloriette était judicieusement installée près du ruisseau. Je m'y rendis et pris place sur un banc de fer forgé. Je fermai les yeux. Le joyeux murmure de l'eau et le frémissement des feuilles de trembles accompagnaient ma douloureuse amertume. Il était si près et si loin tout à la fois ! Dieu que j'avais mal !

— Je… je ne voudrais pas vous importuner, Madame, vous permettez que je me repose à vos côtés ? Il fait si chaud et tous ces gens sont si en… en… encombrants !

J'ouvris les yeux et restai sans voix. Le dauphin Louis en personne était assis près de moi. Je voulus me lever, il agrippa mon bras et me retint.

— Je vous en p… prie, ne bougez pas. Vous aimez la nature, Ma… Madame ? Moi si, elle m'a… m'a… m'a… apaise. Vous aimez la chasse ? Moi, c'est l'ac… activité que je préfère. Vous savez, quand la bête est traquée, quand elle doit se soumettre, quand elle est à votre portée, quand vous tenez sa vie entre vos mains ? Vous chas… chassez, Madame ?

— Votre Majesté, comme vous j'aime la nature, comme vous j'y trouve la paix, mais je ne chasse pas, non je ne chasse pas, Votre Majesté.

— Je souhaiterais vous entendre m'appeler Lo… Louis ! Personne ne nous voit, enfin pas encore. Habituellement, je peux profiter d'une quinzaine de minutes de so… so… so… solitude avant qu'on ne s'élance à ma poursuite. C'est peut-être pour cette raison que j'aime tant la chasse, ricana-t-il avec retenue, je suis continuellement traqué. Ma mè… mè… mère, la régente et ses courtisans, Con… ci… Concini en tête, mes attachés politiques, mes attachés professionnels, mes dignitaires, mes prin… princes, mes valets, tous ceux-là qui me tour… tour… tourmentent sans cesse ! La vie d'un futur roi n'a rien d'agréable, hormis la chasse bien sûr ! Tenez encore quelques minutes et l'on me croira enlevé. On imaginera un complot politique, peut-être même un meurtre, quand je ne fais que me reposer un peu.

Le léger bégaiement qui ralentissait son discours m'attendrit. J'éprouvai pour lui une profonde sympathie. Nous étions, lui et moi, prisonniers de notre sort, traqués par la vie, gibiers impuissants !

— Ainsi donc la vie du futur Roi serait à ce point rigoureuse, Votre Majesté ? Ne vous amusez-vous donc jamais ?

— Mais si… si… quand je fais voler mes faucons, que je fabrique un gâteau ou que je répare la roue d'un carrosse. Si… si quelquefois, je m'amuse.

— Vous fabriquez des gâteaux ?

— Parfaitement ! Vous… vous ne fa… fa… fabriquez pas de gâteau, Madame ?

— Non, enfin oui une fois, j'ai bien essayé. Ce ne fut pas une grande réussite !

— Ah ! La qualité de votre maître cuisinier n'était pas à la mesure de vos talents. Vous êtes mariée, Madame ?

— Je suis l'épouse du sieur de Champlain, Votre Majesté. Mon mari est lieutenant de votre colonie au Nouveau Monde. Ces affaires lui tiennent réellement à cœur. Nous venons de parcourir la Bretagne à la recherche d'appuis pour la nouvelle compagnie de traite que vous avez autorisée, Votre Majesté. Présentement le sieur de Champlain planifie la manière de vous joindre. Il désire fortement vous entretenir d'affaires importantes concernant votre colonie, Votre Majesté !

— Oui, je me rappelle avoir rédigé des lettres patentes en novembre 1613 pour le nouveau monopole du prince de Condé. Il y a de nouveaux dé… développements ?

— C'est qu'il y en a eu beaucoup au cours de cette dernière année. Je crois que c'est précisément ce dont veut vous informer le sieur de Champlain. De nombreux actes notariés furent signés le mois dernier avec les marchands de Saint-Malo. Et puis, il y a ces Récollets qu'il projette d'amener afin de convertir les peuples sauvages à la religion catholique de sorte qu'ils deviennent les loyaux sujets de Votre Majesté. Il apparaît important que vous en soyez mis au courant.

— Vos connaissances et votre intérêt pour la cause de notre pays sont tout à votre honneur, Madame de Champlain ! Je me rends de ce pas auprès de votre époux à la con…. con… condition que vous me conduisiez auprès de lui.

Il se leva et, avec une simplicité déconcertante, me présenta son bras afin que j'y passe le mien. Je suivis son pas qu'il voulut lent.

— Vous avez déjà été pré… présentée à la Cour, Madame de Champlain ?

— Oui, il y a quelque temps déjà.

— Ah, tenez, je me rappelle maintenant. Ces cheveux cuivrés et ces yeux d'un vert si pur, oui, il y a de cela bon... deux ans, je crois.

— Vous vous souvenez ?

— J'oublie rarement une jolie femme !

Sa réplique me fit sourire. Notre Dauphin de treize ans savait charmer les dames, déjà !

— Vous me flattez, Votre Majesté !

— Nenni, Madame ! J'ai des yeux pour voir ! Sachez que ces yeux, bien que jeunes, savent apprécier les beautés de ce royaume. Ce sont les yeux d'un Roi, ne l'oubliez pas !

Il laissa échapper un mince filet de rire. Le sentier bordé de chênes s'achevait. Le Roi arrêta son pas, laissa mon bras, s'inclina en pressant ma main contre ses lèvres.

— C'est à regret que je quitte votre compagnie, Madame. Elle aura égayé ma journée. Il faut maintenant m'indiquer le chemin vers votre ma... ma... mari avant que les loups voraces ne se jettent sur nous.

J'ouvris mon ombrelle de dentelle.

— Vous permettez que j'utilise votre ombrelle, Madame ? Rien ne vaut une ombrelle de dentelle pour se préserver des loups.

Et d'un pas vif, camouflé sous mon ombrelle, notre Dauphin me suivit vers le groupe du sieur de Champlain.

— Mes hommages, Madame, salua-il en me remettant mon ombrelle.

Lorsque je la repris, je surpris l'étonnement de Ludovic au travers de son tissu ajouré. Il fronça les sourcils avant de s'incliner bien bas devant son Souverain comme le firent tous les autres.

— Votre Majesté ! s'exclamèrent-ils l'un après l'autre.

Il me fit un clin d'œil qui ajouta à ma gêne. Le froncement de sourcils de Ludovic s'accentua.

— Madame de Champlain m'avise à l'instant que vous avez d'importantes informations à me transmettre, Messieurs ! Je suis disposé à les entendre. Mais faites vite, nous avons peu de temps avant que mes courtisans ne me réclament.

Lorsque la conversation fut bien entamée, je me retirai du côté du bassin qui me sembla le moins achalandé. De là, je pouvais observer celui pour qui je n'avais été que folle illusion de jeunesse. Il dépassait tout le groupe d'une tête, parlait et bougeait peu. De temps en temps, il regardait en direction de mon refuge. Me voyait-il ? Je n'en savais rien. Moi, je pouvais le voir, cela seul m'importait. Mon cœur battait à se rompre et mes larmes coulaient comme fontaine, mais je le voyais. Ludovic quitta les lieux dès que le Roi fut à nouveau assailli par ses courtisans. C'était bien ! Peut-être se hâtait-il de retrouver sa Catherine ? Peut-être ? Tout cela était très bien ! Madame de Champlain comprenait. Seule Hélène se révoltait encore un peu.

— Catherine Lalemant de Reims, murmurai-je entre deux sanglots. Bien sûr, la famille Lalemant de Reims… sa famille d'accueil, la famille de son enfance ! Ils se connaissent bien… probablement très bien… une belle et gentille femme amoureuse de mon amour… bien sûr… Bien, c'était très bien, c'était ainsi…

J'essuyai mes larmes. Le froid métal de mon alliance effleura ma joue. La perte des illusions pouvait faire mal, très mal. Il fallait que je me souvienne.

31

Mariage

Étonnamment, la perspective de regagner Paris me plaisait assez. Après tous ces mois de voyagement, il me tardait de revoir Nicolas mon frère, Marguerite et son fils. Tante Geneviève, quant à elle, terminait l'été au Champ de l'Alouette. Je n'avais reçu aucune nouvelle d'eux. Aussi, j'imaginais fébrilement nos retrouvailles. Seule la pensée de devoir côtoyer mes parents ternissait la joie de mon retour. Je n'avais aucune raison d'espérer une réconciliation avec eux. J'avais été déchue, répudiée, déshéritée pour ce que j'étais. Or, j'étais toujours la même, mes illusions amoureuses en moins.

— Paris n'est plus qu'à une vingtaine de lieues, nous informa le sieur de Champlain. Ce soir, si Dieu le veut, nous serons en ses murs.

— Enfin ! s'exclama spontanément François, surpris de sa propre hardiesse.

— Vous n'appréciez pas les voyages, Monsieur de Thélis ? répliqua le sieur de Champlain en terminant d'essuyer le fond de son assiette avec un croûton de pain.

— Si, si ! Seulement, la vie parisienne me manque. Je suis encore jeune, Monsieur, et la jeunesse, comme vous savez, a besoin de distraction.

Il se laissa aller sur le dossier de sa chaise et fit un clin d'œil à Eustache qui sourit en engloutissant une énorme bouchée de sa crêpe de sarrasin.

— Et vous, Madame, où désirez-vous aller ?

— Mais… c'est que je comptais rentrer à Paris ! m'étonnai-je.

— L'été est encore là et à ma souvenance, vous aviez l'habitude de passer vos étés à Saint-Cloud. N'auriez-vous pas envie de vous y attarder quelque peu avant de regagner la ville ? Pour être honnête, ce délai me permettrait de renouer avec vos parents. Je crois qu'il serait avantageux pour nous tous que je puisse les rencontrer avant que vous ne retrouviez notre logis.

Il avait probablement raison. Si je m'efforçais d'éviter les Ferras, nul doute que je saurais apprécier ce répit dans ma campagne. Je n'aurais qu'à m'y reposer paisiblement. Et puis, j'y retrouverais tante Geneviève, mon amie, ma confidente.

— Il est bien entendu que Paul et Noémie rentrent à Paris avec moi. J'ai suffisamment privé vos parents de leurs loyaux services. Si vous le désirez…

— Soit, je veux bien m'y rendre.

Ce matin-là, le ciel était chargé de nuages gris bien que la pluie eût cessé. Il avait plu abondamment pendant les deux premiers jours suivant mon arrivée, mais le plaisir de retrouver tante Geneviève avait largement compensé le mauvais temps. Elle resplendissait de bonheur : sa relation avec oncle Clément comblait le vide que la double vie d'oncle Simon lui imposait. La solitude l'avait quittée. Entre ses activités de sage-femme, le travail d'oncle Clément à l'atelier de Paris et à la ferme, ils avaient su faire une place à leur amour.

— Cet homme est si sensible, si serein ! se réjouit-elle en sortant de la maison. Rien ne semble le déstabiliser. Et puis il est si affectueux et si… si tendre.

— Vous n'avez pas à rougir tante Geneviève. Je me ferai discrète, ne vous en faites pas…

— Oh, Hélène, ce n'est pas ce que je voulais dire ! Je…

Je ris en la regardant tourner nerveusement autour du seau qu'elle venait de déposer sur le gravier près d'un buisson de roses.

— Petite friponne ! Cesse de rire, tu entends tout de travers. Tu m'aides à cueillir les ovaires des rosiers ? La deuxième floraison s'achève et…

Une monture s'engageait dans l'allée centrale.

— Tiens, quand on parle du loup ! lançai-je en riant.

Les sabots du cheval piétinant dans la boue éclaboussaient les rosiers au passage. Cette visite me plaisait et me déplaisait tout à la fois. J'aurais préféré que mon séjour à Saint-Cloud reste secret. Oncle Clément descendit prestement.

— Madame Hélène ! Quel plaisir de vous revoir ! Il s'en est passé du temps depuis votre départ de La Rochelle ! Ce sont les enfants qui vont en faire une fête quand je vais leur apprendre la nouvelle.

Je restai muette, tiraillée entre mon envie de les retrouver tous et ma volonté d'éviter à tout prix Ludovic et sa trop charmante compagne.

— C'est que… je ne crois pas que ce sera possible de les rencontrer. Mais dites-moi, comment se portent-ils ? Et Antoinette ?

Cette question l'embarrassa. Il regarda tante Geneviève en tortillant les rênes de sa monture.

— Il est arrivé quelque chose de fâcheux à Antoinette ? m'inquiétai-je.

Son éclat de rire me soulagea.

— Non, non, ce serait plutôt le contraire. Ne vous a-t-on pas mise au fait de son bonheur ?

— Que devrais-je savoir ?

— C'est qu'Antoinette… Antoinette se marie samedi, Mademoiselle.

Je regardai tante Geneviève qui soulevait les épaules.

— Antoinette se marie samedi ! répétai-je interdite. Ah, je… non, je l'ignorais. Elle se marie avec le fils du pasteur, je suppose ? Vous m'aviez parlé… parlé de leur attirance déjà à La Rochelle.

— Il semble que cette attirance soit confirmée. Antoinette épouse Claude Bonnier, le fils du pasteur. Vous connaissez la famille Bonnier ?

— Non, non, je n'ai pas l'honneur de la connaître. Je suis heureuse, très heureuse pour elle. Vous voulez bien lui transmettre tous mes vœux de bonheur ?

Le malaise qu'avait provoqué mon ignorance s'accentua. Tante Geneviève n'en finissait plus d'essuyer ses mains dans son tablier rayé de bleu.

— Puisque vous êtes là, je suis certain qu'Antoinette souhaitera vous y inviter. Hier soir encore, elle me disait combien elle regrettait votre absence, reprit-il hésitant.

Je reculai dans un rosier, ce qui eut pour effet de me faire sursauter.

— Aïe ! Excusez-moi, les épines ! dis-je en me frottant le coude.

Je pris le temps d'arrêt que les rosiers m'offraient pour organiser ma pensée.

— Croyez qu'en d'autres circonstances… mais je…. je dois malheureusement refuser, oncle Clément. Je regrette, je ne peux pas, c'est impossible ! Je regrette, dis-je en regardant tante Geneviève qui avait été la confidente de mes peines.

— Ne soyez pas embarrassée, Mademoiselle. Je comprends, vous avez de bonnes raisons de refuser. Antoinette sera déçue, c'est certain, mais elle vous porte une telle amitié qu'elle saura respecter votre choix. Bon allez, je dois retourner à la ferme. Il y a un de ces branle-bas ! Ce n'est pas tous les jours qu'on reçoit autant d'invités. Et les Lalemant qui sont venus de Reims, pensez donc !

Je puisai dans le peu de courage qui me restait pour affronter la dure réalité.

— Les Lalemant logent à la ferme ? demandai-je la gorge sèche.

Une lueur de contentement traversa le bleu des yeux d'oncle Clément.

— Non, pensez-vous, nous n'aurions pu le faire décemment ! Non, présentement, ils sont à Paris afin de visiter, faire des achats. Ils désiraient voir le Louvre, l'hôtel de ville, le jardin des Tuileries, les Halles. Dame Catherine est une charmante personne, curieuse et enjouée. Vous savez, elle et Antoinette sont presque demi-sœurs. La famille Lalemant l'a accueillie juste après sa naissance. Ce sont des gens bienveillants.

— Bienveillants, assurément très bienveillants, répétai-je tout bas en baissant la tête vers une flaque d'eau sur laquelle sautillaient des diamants de lumière. Finalement, il fera beau aujourd'hui, pensai-je.

Oncle Clément s'était avancé vers tante Geneviève.

— Vous avez passé une bonne nuit ?

— J'ai très bien dormi. Et vous ?

— Pareillement. Quoiqu'à la vérité, elle m'ait paru un peu longue…

— Un peu longue, reprit tante Geneviève.

Il se pencha et l'embrassa, sans plus. Elle passa les bras autour de son cou s'abandonnant à l'affection d'oncle Clément. Il ne la quitta des yeux qu'une fois remonté à cheval.

— Bon, eh bien ! Bonne journée, Mesdames. Je vous conduis samedi matin, Geneviève ?

— Non, laissez, vous aurez suffisamment à faire. Je gagnerai l'église par mes propres moyens. La cérémonie est bien à dix heures ?

— À dix heures exactement !

Il salua de la main.

— Advenant le cas où vous changeriez d'avis, Mademoiselle Hélène, soyez assurée d'être la bienvenue parmi nous.

Ce fut effectivement une belle journée de fin d'été. Je ne pus l'apprécier. Une triste langueur m'étouffait. Je fis une tournée de tous les lieux de mes souvenirs ; le saule, la grange, le pavillon et ma chambre. La mère du sieur de Champlain avait raison. Même les moments de colère, de doute et de peine, même ceux-là se transformaient en doux souvenirs avec le passage du temps. Comme elle, je ne regrettais rien de rien ! Je passai ma main dans mon cou. De l'écorchure, il ne restait qu'un fil à peine perceptible. La vie m'avait offert ce qu'il y avait de plus beau : l'amour partagé. Je remerciai le ciel en souhaitant intensément qu'Antoinette connaisse la même grâce.

J'étais derrière la maison dans la remise de simples humant les odeurs des plantes qui séchaient. À cette époque de l'année, les paquets de menthe, lavande, fenouil, achillée et hysope se partageaient les poutres, suspendus tête en bas, entre les tiges de digitales, les racines de mandragore, la sauge et le romarin. Toutes ces plantes destinées à soulager les maux de l'hiver avaient été étiquetées avec soin. Sur les tablettes, regroupés dans des caissettes de bois, les tubercules d'iris, les ovaires de rosiers et les graines de ricin n'attendaient que le pilon pour se transformer en huiles thérapeutiques. Ce vendredi matin, un vent frais présageait l'automne.

— J'espère qu'il fera plus chaud demain, s'inquiéta ma tante en saisissant un paquet de menthe dont elle faisait de réconfortantes tisanes.

— Plus chaud ?

— Oui, je n'ai prévu qu'une légère capeline pour la noce.

Elle termina de ficeler les tiges, essuya ses mains sur son tablier et s'approcha de moi.

— Je comprends ta souffrance, Hélène. On ne guérit pas facilement d'une peine d'amour, j'en sais quelque chose. Mais je doute que de te priver des plaisirs que t'offre la vie ne te soit d'un grand secours. Les blessures du cœur nous chagrinent longtemps. Tu dois d'abord admettre qu'elles sont là, que tu n'y peux rien, et t'efforcer de continuer à vivre malgré tout.

— Il me paraît illogique de m'exposer inutilement à la source de ma souffrance. Je regrette de ne pas pouvoir satisfaire Antoinette. J'en éprouve même du chagrin, mais la présence de Ludovic et de…

— De Catherine Lalemant ?

— Oui, de Catherine Lalemant! Ce serait absurde de m'obliger à leur présence. J'aurai bien d'autres occasions de rencontrer Antoinette pour partager sa joie.

— Sans doute, tu as probablement raison. Il te faudrait en effet une bonne dose de courage et de contrôle pour te réjouir avec nous tout en faisant abstraction de ta peine, j'en conviens. Je te comprends, tu as raison.

Le travail d'installation des simples se termina dans un silence qui me rappela sœur Bénédicte. Le silence me ramenait souvent à elle.

— *« La vérité se trouve au fond de ton cœur, Hélène. Nul autre que toi ne peut connaître ta vérité. »*

Mon cœur était partagé entre mon égoïsme et le bonheur d'Antoinette. L'égoïsme me rebuta tant et si bien que le bonheur finit par avoir gain de cause. Je pourrais peut-être si je savais y faire… si j'osais…

— Où se tiendra ce mariage?

Tante Geneviève releva la tête, les yeux brillants de joie.

— C'est une belle victoire que tu remportes là, Hélène. Je suis fière de toi!

Elle s'approcha, me serra dans ses bras. Je reculai.

— Où a lieu ce mariage?

— À l'église protestante de Saint-Cloud, ma grande, au hameau de Saint-Cloud.

Je reculai près de la porte en me laissant tomber sur la chaise de bois qui ne put absorber mon manque de délicatesse. Elle craqua et je rebondis sur la terre battue.

— Aïe! Non mais! Non, pas là, pas à l'église de Saint-Cloud!

— Hélène! Tu ne… tu n'es pas blessée? Allez, prends ma main.

Je saisis les débris de la chaise pour les braquer sous son nez.

— Vous voyez cette chaise?

— Oui, je la vois et je constate à regret qu'elle aura besoin d'un bon ouvrier, répondit-elle en retenant son rire.

— Eh bien, sachez que je suis en aussi bonne condition que cette chaise pour assister au mariage d'Antoinette!

— Ah! Je vois, un peu de retouches serait…

Cette fois, elle éclata et je la suivis dans son fou rire. Quand les esprits nous furent revenus, elle ajouta:

— Et pourquoi pas à l'église de Saint-Cloud?

— Parce qu'un soir de pleine lune, sur le toit de cette église, Ludovic m'a juré un amour éternel.

— Et puissent Dieu et tous les saints vous accorder un amour éternel !

Le révérend ferma son livre de prières dans un claquement sonore et le déposa sur la balustrade.

— Vous pouvez embrasser la mariée, mon fils, dit le pasteur à son fils.

L'amoureux releva délicatement le voile de dentelle couvrant le visage d'Antoinette et l'embrassa tendrement. Elle portait le voile de mariage de sa mère.

La cloche de Saint-Cloud y allait d'une joyeuse envolée. J'étais debout au côté de tante Geneviève. Les mariés s'avançaient dans l'allée centrale, entre les bouquets de chrysanthèmes d'automne fixés aux chaises. Je fermai vigoureusement les paupières pour contenir mes larmes. Lorsque je les ouvris, Antoinette passait tout près sans nous voir. Resplendissante dans sa toilette bleue, elle souriait à celui qui l'avait choisie. Je sus alors que j'avais pris une bonne décision. Les grands moments de vie sont furtifs et éphémères : ils coulent comme l'eau des rivières. Antoinette vivait un de ces moments. Curieusement, je fus magnétisée par son bonheur et me promis d'en garder la saveur jusqu'à la fin du jour. C'était jour de joie pour Antoinette, ce serait jour de joie pour moi ! Je n'avais qu'à faire abstraction de Ludovic et de la trop jolie demoiselle Catherine qui le dévorait discrètement de ses immenses yeux bleus, beaucoup trop bleus, beaucoup trop grands. Si les miens savaient les éviter, ma douleur pourrait s'assoupir.

Le magnétisme du bonheur me gagna quand les enfants s'accrochèrent à mon cou pour me faire des câlins. Ils ne me quittèrent plus de la journée. Mathurin, du haut de ses dix ans, insista pour me faire danser, Isabeau pour me lire une histoire et Louis, maintenant âgé de quatre ans, n'en finissait plus de tirer sur mes jupes. À quelques reprises, entre les ombrelles, au tournant d'une danse, le regard de Ludovic croisait le mien. Je détournais alors la tête cueillant ailleurs quelques images de bonheur pour me distraire : les boucles blondes d'Isabeau sur lesquelles une mignonne couronne de fleurs bleues tenait bon en dépit de ses galipettes, Claude baisant la main d'Antoinette, tante Geneviève portant sa coupe aux lèvres d'oncle Clément.

En fin d'après-midi, alors que tous se rassemblaient au bord de la Seine où avaient été aménagées les tables pour le souper, je pris la petite Françoise dans mes bras, bien décidée à l'emmener au pigeonnier. Toujours perché sur sa butte de vignes, il était garni d'un rang de pigeons roucoulant sur la crête de son toit. Lorsque j'atteignis la porte, Françoise s'exclama en tapant des mains :

— Igeons, igeons !

— Oui, petite Françoise, ce sont des pigeons. Tu connais les pigeons ?

— Vi, igeons.

Son jargon allégea mon cœur. Je pénétrai dans ce lieu débordant de souvenirs, les larmes aux yeux et le sourire aux lèvres. Quand nous fûmes à l'intérieur, elle agita ses petits bras potelés dans les airs, ce qui eut pour effet d'effrayer certains occupants qui battirent des ailes au-dessus de nos têtes avant de retrouver où se percher.

— Chut, calme-toi un peu ! Chut, ne bouge pas, Françoise. Les oiseaux s'effraient si facilement !

— Elle a toujours cette réaction quand elle entre ici. Je crois qu'elle aime bien les pigeons.

Il avait parlé derrière moi d'une voix calme et douce. Françoise lui tendit les bras par-dessus mon épaule.

— Ovic, Ovic, disait-elle en cherchant à le rejoindre.

Je pris une profonde inspiration. N'eût été la présence de la petite, je me serais enfuie en courant. Je me retournai lentement vers lui et déposai l'enfant dans les bras qu'il lui tendait. Elle bécota sa joue. Il rit, mi-contrarié, mi-heureux.

— Calme-toi un peu Franchon, tu excites les pigeons ! Cesse de bouger, petite friponne !

Probablement insatisfaite de l'accueil fait à son débordement d'affection, elle tira une mèche de ses cheveux. Il enroba sa petite main de la sienne et la porta à sa bouche pour l'embrasser.

— Arrête, tu fais mal à Ovic, Franchon.

Je souris, attendrie par la scène qui s'offrait. Quand il leva les yeux sur moi, il ne riait plus.

— Je vous remercie d'être venue, malgré tout… Votre absence aurait privé Antoinette d'une grande joie.

— Ce fut une joie partagée, croyez-moi, une joie malgré tout. Si j'ai longtemps hésité, c'est… enfin… c'est…

Je mordis ma lèvre, ne sachant que dire, trop d'idées confuses se bousculant dans mon esprit.

— Ouille ! C'est que tu en as de la poigne, mon trésor ! C'est fou ce qu'il peut y avoir de force dans ces petites mains !

En cet instant précis, je vis en lui le père qu'il pourrait être s'il menait une vie normale auprès d'une femme comme Catherine et la douleur qui me tordait l'estomac devint presque supportable.

— Oui, ils sont si surprenants, si drôles, si vivants ! J'aime bien les enfants.

Il me fixa et son regard pénétra au plus profond de mon âme. Je pris appui sur le rebord d'une planche. Ma main aboutit sur une fiente fraîche. Je la dégageai vivement ne sachant trop quoi en faire. Il sortit de sa poche le mouchoir portant mes initiales. Je fus émue, très émue, mais me serais coupé la main plutôt que de le laisser paraître. J'essuyai tant bien que mal la souillure et lui rendis le mouchoir comme je l'aurais fait avec le plus insignifiant chiffon. Il le reprit et le remit dans sa poche comme s'il se fut agi d'un précieux tissu. Puis, il me regarda à nouveau.

— Je voudrais… vous demander pardon, Hélène. Je n'ai jamais cessé de m'en vouloir. Cette dernière fois… cette dernière fois, j'ai été si brutal, si ingrat, si odieux. J'ai honte de moi, chaque fois que j'y pense et… et j'y pense souvent. Vous ne méritiez pas un tel outrage. Je le regrette amèrement.

— J'y repense aussi, Ludovic, et quand j'y repense, je me rappelle vous avoir provoqué. J'ai attisé votre colère et vous étiez ivre et… et fou de…

— De jalousie, dit-il avec une moue de dégoût, alors que je n'avais aucun droit sur vous, alors que je connaissais les enjeux, alors que j'avais moi-même créé cette pénible situation.

— Il ne faut pas trop vous en vouloir. J'étais responsable autant que vous de la pénible situation comme vous dites.

— Ce moment fut pénible. Tout n'a pas été pénible bien…

— Sachez que je n'ai jamais rien regretté de ce qui s'est passé entre nous hormis le chagrin que je vous causais. Je n'ai rien regretté d'autre, Ludovic, rien d'autre que votre chagrin, rien de tout le reste.

— Anchon, faim, Ovic. Anchon, faim ! insista la petite Françoise en se trémoussant.

— Tu as faim, Franchon ? Alors, on va manger ?

— Vi, vi, Ovic, anger, anger !

— Je vous remercie, Madame. Vous êtes trop généreuse. J'avais besoin… besoin de votre pardon pour continuer.

J'entrepris de me rendre à la porte. Supporter sa présence plus longtemps sans pouvoir me jeter dans ses bras était au-dessus de mes forces. J'évitai de le regarder.

— Je n'ai rien à vous pardonner Ludovic. Soyez libéré de tous vos remords. Je n'ai qu'à vous remercier pour tant de bonheur à vos côtés. Sachez qu'ils seront les plus intenses souvenirs de madame de Champlain.

Avant que je ne mette le pied au-dehors, il empoigna mon bras me forçant à le regarder. Ses yeux portaient peine et quête.

— Hélène ?

— Oui ?

— Je… vous y arrivez, vous arrivez vraiment à nous oublier ? murmura-t-il faiblement le visage défait.

Je mordis ma lèvre avant de répondre.

— La vie prend parfois de surprenants détours, mentis-je fermement. Les illusions m'ont quittée, pelletier Ferras, définitivement quittée.

Il laissa mon bras visiblement déçu.

— Ah, je regrette, je…

— Je ne regrette rien, coupai-je froidement.

— Ovic, Ovic, Thurin vient ! cria Françoise en pointant sa petite main vers Mathurin qui escaladait en courant les marches de pierre menant au pigeonnier.

— Que faites-vous ! Venez, tout le monde vous attend pour le dîner. J'ai faim moi !

— Vous m'accompagnez au dîner, jeune homme ? demandai-je à Mathurin en lui présentant ma main.

— Alors là, s'étonna-t-il fièrement, certain, Madame de Champlain !

Je descendis en direction de la Seine, la main de Mathurin réchauffant la mienne. J'avais froid bien que le fond de l'air fût doux. J'avançais la tête haute, me persuadant que tout était pour le mieux. Ludovic était soulagé de sa faute, il ne me restait plus qu'à demander pardon à Dieu pour le pieux mensonge que je venais de formuler. Sans lui, ma vie perdait tout son sens.

— Dites, Madame Hélène, si un jour vous n'êtes plus mariée, vous voudrez m'épouser quand je serai grand ? demanda candidement Mathurin.

— Ah, mais bien sûr que oui ! Vous êtes le plus charmant gentilhomme que je connaisse, Monsieur Mathurin ! répliquai-je en souriant.

— C'est vrai, je pourrais être votre mari ?

— Mais bien sûr que oui, pourquoi pas ?

— Chouette alors ! Un jour, je vous épouserai, c'est promis ! Je peux prendre votre bras, Madame ?

— Très certainement, Monsieur, dis-je d'un ton faussement sérieux en lui présentant mon coude sous lequel il glissa fièrement le sien.

Ce fut plus fort que moi, instinctivement je me tournai vers Ludovic. Il me parut soucieux malgré la gaieté de Françoise qui se dandinait sur ses épaules. Je fis tourner son alliance autour de mon doigt. Les illusions pouvaient faire très mal et de penser que Ludovic s'accrochait à nos rêves en était une. Je devais prendre garde. Ludovic était passé à autre chose. Ludovic avait fait le saut dans sa vraie vie, Ludovic avait rejoint sa réalité. Il retourna s'asseoir près de Catherine qui l'accueillit sagement. Ils formaient un beau couple, un très beau couple ! Catherine avait le port d'une reine et Ludovic celui d'un prince. Quant à moi, j'étais une déesse déchue presque totalement libérée de ses illusions amoureuses.

— Ce fut un plaisir de partager cette journée avec vous, Madame de Champlain, me dit courtoisement Catherine en fin de soirée.

Ludovic se tenait à ses côtés. Je ne regardais qu'elle.

— J'ai remarqué que vous portez une alliance, Madame. Il me semble que ce n'est pas coutume chez les dames de votre société. Vous devez être très attachée à votre époux.

Je baissai les yeux vers mon alliance, ne sachant trop quoi répondre. L'époux de mes amours s'était envolé, ne restait que celui des convenances.

— L'amour est rare, Mademoiselle !

Elle posa sa délicate main gantée de soie sur le bras de Ludovic.

— L'amour est rare, reprit-elle avec conviction, et se trouve parfois là où on l'attend le moins, n'est-ce pas Ludovic?

Je ne pus résister à l'envie de saisir l'émotion de son visage. Il se tourna vers elle et lui fit un faible sourire avant d'envahir mon regard de ses yeux tourmentés.

— Oui, là où on l'attend le moins. L'amour n'a malheureusement aucune logique, conclut-il faiblement.

C'est alors qu'une arrogante illusion, une redoutable illusion s'infiltra au plus profond de mon âme: «Il m'aime encore». Je détournai les yeux. C'en était assez! Ils n'avaient aucunement besoin de moi, et moi, j'avais besoin de solitude. Je fis une révérence devant l'heureux couple.

— Je dois vous laisser, on m'attend à mon carrosse. Bonne fin de séjour à Saint-Cloud, Mademoiselle Lalemant.

J'avais salué Antoinette un peu plus tôt et nous nous étions fait promesse de nous retrouver dès que possible, après son retour de Rouen, où les attendaient les grands-parents de son époux. C'était un garçon sérieux et attentionné, un homme à qui l'ardeur ne semblait pas faire défaut. Je les enviais. Ils avaient la vie devant eux, la mienne était derrière moi. Je venais d'avoir seize ans, mais il me sembla que je portais le poids des ans.

— Telle une pierre du temple de Carnac, murmurai-je.

32

La Saint-Nicolas

Madame de Champlain était revenue à ses parades parisiennes. Distants, mes parents cachaient leur rancœur sous le vernis d'une froide politesse. De temps à autre, le sieur de Champlain et moi étions invités à leur table. Les plats, soigneusement préparés par Marion, se dégustaient au fil des comptes rendus sur les rencontres avec les grands officiers de la cour, les financiers et marchands liés de près ou de loin au projet du monopole, le tout étant abondamment assaisonné des dernières courtisanes. Mère raffolait des assaisonnements : rien ne l'intéressait davantage que les caquetages des couloirs du Louvre. « Vous êtes au fait des démêlés de la duchesse de ? Vous savez que le marquis et la marquise de… ? Nous avons rencontré le Prince de… au Ballet royal ! Ah, mais quel gentilhomme ! Dommage que sa catin… »

Cette année, notre traditionnel repas familial de la fête des récoltes allait permettre de rendre grâce tant à la générosité de la nature qu'à la divine Providence qui favorisait les nouveaux acquis de la Compagnie du Canada. Ce pour quoi le sieur de Champlain avait insisté pour que monsieur Du Gua de Monts se joigne à nous. À ce que j'avais cru comprendre, il avait été le premier à croire en la cause du Nouveau Monde et maintenait formellement le cap de ses convictions, malgré les pertes financières et les déboires juridiques encourus. À la fin de notre copieux repas d'automne où civet de lièvre, pâté de perdrix et tourtes aux pommes nous avaient agréablement rassasiés, notre père nous invita au salon. Bras dessus, bras dessous avec monsieur Du Gua de Monts, il avança tête haute, suivi d'oncle Simon qui écoutait attentivement Charles se flatter des heureuses influences de sa gestion sur la Compagnie. Derrière eux, mère et Marguerite se susurraient des anecdotes princières. Le sieur de Champlain, sérieux et confiant, fermait la marche. J'étais à ses côtés.

Les hommes d'affaires s'installèrent autour de la cheminée

tandis que mère et Marguerite prirent place au fond du grand salon, entre le treillis de broderie et la bibliothèque. Je me rendis à la fenêtre, à mi-chemin entre les deux groupes, seule. À travers le rideau de dentelle, je suivis la montée de la pleine lune. Elle était légèrement teintée de jaune. Je fermai la main en pressant l'alliance désuète que je ne me résignais pas à enlever.

Je suivais distraitement l'envolée oratoire du sieur de Champlain qui effectuait un incessant va-et-vient devant la cheminée. Il levait les bras, tortillait sa barbiche, ajustait son col tout en mimant de jeux de mains les discussions serrées, les rebuffades, les contrariétés et les argumentations qui tissèrent tant bien que mal l'élaboration des ententes conclues tout au long de la dernière année.

La lune disparut sous un épais nuage. Les ombres s'estompèrent. Tout devint gris, d'un gris anthracite. Je songeai aux paroles de la *Dame blanche* du temple de Carnac.

> *L'amour ne meurt pas. Il disparaît quelque temps,*
> *mais ne meurt jamais.*
> *Les rêves amoureux ne meurent pas, ils vivent à jamais.*
> *Ils naissent et renaissent sans cesse, ailleurs,*
> *dans d'autres cœurs, quelque part dans les cycles de vie.*

Une autre vie, une autre vie ! Je ne croyais pas aux autres vies et la mienne m'échappait. Je partageai mon attention entre le groupe de mon père et celui de ma mère y cherchant quelques repères, quelques affinités. Ce fut en vain ! Je me sentis exclue, étrangère de part et d'autre.

— Présentement, seul l'assentiment des cardinaux nous fait encore défaut. Si Condé parvient à les convaincre d'assurer une partie des dépenses pour l'envoi de religieux, il ne restera plus qu'à recruter des Récollets désireux de partir en colonie. Messieurs, tels sont les derniers arrangements conclus avec les marchands, tant à Paris, à Brest, qu'à Saint-Malo. Condé n'a plus qu'à bien jouer ses cartes, termina le sieur de Champlain en s'immobilisant devant le secrétaire du Prince.

Charles, sceptique, porta sa main à son menton et se tapota les lèvres un moment.

— C'est que Condé en a plein les bras ! Vous savez comme moi que la gouverne de Concini est lamentable. Le désordre et l'anarchie règnent en maître dans les antichambres du Louvre ! Cet

Italien et sa dame, cette Léonora Galigaï, s'en mettent plein les poches au détriment de la France ! Cette usurpatrice manipule outrageusement notre vaniteuse régente, tirant les ficelles du pouvoir plus qu'on ne veut bien l'admettre, croyez-moi !

Le visage tourmenté, il se leva en se frottant les mains et continua.

— Il est plus que temps que le Conseil réagisse ! Si Concini et sa Léonora ne sortent pas du Palais sous peu, je ne donne pas cher du Royaume avant longtemps ! Les dépenses de toutes ces années de guerre additionnées à celles accumulées par les avides maîtresses de notre défunt Henri IV ont mené la France au bord de la faillite, nous obligeant à l'endettement envers l'Angleterre et la Hollande. Il est plus que temps qu'un bon administrateur prenne solidement les guides du pouvoir. Il est inconcevable de miser sur un dauphin de treize ans !

Monsieur du Monts se leva à son tour et accrocha ses pouces à sa ceinture, le défiant.

— Il est plus que temps, nous en convenons tous, mais que pouvons-nous y faire mon bon ami ? Les pouvoirs ne sont malheureusement pas entre nos mains. À vous entendre, il appartiendrait exclusivement à ces maudits Florentins ! Il faudrait une bonne dose d'audace pour organiser une opposition valable. Qui serait assez téméraire pour offrir son flanc ?

Charles se tourna face au sieur de Champlain et scanda lentement.

— Condé en aura l'audace !

— Condé ! s'exclamèrent en chœur les deux autres.

— Condé ! Et il a déjà l'appui de plusieurs seigneurs désireux de retrouver un peu de leur indépendance avant que les tenanciers du pouvoir ne les ruinent complètement. Ce noyau d'opposants réclame vivement la tenue des prochains États généraux !

— Dieu veuille que leur provocation n'échauffe pas les esprits au point de déclencher une nouvelle guerre civile ! Ce serait signer l'arrêt de mort du développement des colonies ! s'exclama avec consternation le sieur de Champlain en se laissant choir sur la première chaise venue.

— Tout Paris porte vos inquiétudes, Monsieur ! poursuivit Charles. Il est grand temps que nous vienne un souverain mettant de l'avant les intérêts du Royaume ! Pour ce qui est de Condé, je veillerai personnellement à ce qu'il n'oublie pas les promesses contractées envers la Compagnie. D'autant qu'il est redevable aux actionnaires, vu les avantages qu'il en tire. Un cheval de mille écus par an, et ce, pendant onze ans, plus le vingtième des profits réalisés valent bien quelques démarches et quelques…

Je m'ennuyais! J'observai la tapisserie au-dessus de la cheminée et pris soudainement conscience que la bête traquée se cabrait devant ses agresseurs. Comme madame Valerand! Madame Valerand la rebelle, l'insoumise, la guerrière à l'amant disparu à jamais! J'avais la piètre consolation d'avoir évité la pendaison à mon bien-aimé. Je devais retourner à la lutte pour les droits des femmes, je dois me cabrer avant de me laisser complètement abattre. Ma vie était si vide!

Je me rapprochai des fauteuils de ma mère et de ma sœur qui discutaient discrètement au-dessus des broderies sur lesquelles s'activaient leurs doigts. Mon approche interrompit leurs confidences. Elles m'avisèrent froidement avant de reporter leur attention sur leurs tissus colorés. Mère termina son geste de brodeuse, tâta distraitement le bout de son nez avec son mouchoir et se tourna vers la fenêtre, m'obligeant à contempler son chignon poudré.

— Comment va le petit Charles-Antoine depuis ma dernière visite, Marguerite? demandai-je.

Marguerite acheva soigneusement son point de croix tandis que mère se dandina sur sa chaise afin de replacer nerveusement ses jupes.

— Sa nourrice m'affirme que Charles-Antoine est en parfaite santé. Mis à part une légère toux, il se porte tout à fait bien. Si votre arrogance n'était pas si marquée, il vous serait peut-être possible d'être plus souvent en sa présence!

Marguerite ne manquait pas une occasion de souligner mes écarts de conduite. Son mariage avait accru nos différences. Les activités mondaines la comblaient, elles m'abrutissaient. Elle les recherchait, je les fuyais. Les nombreuses absences de Charles avivaient sa fébrilité, la perte de Ludovic me laissait sans vie. Une fois son tour de taille retrouvé, elle se désintéressa presque totalement de son nourrisson. Je comprenais difficilement qu'une mère accorde plus d'importance aux bals de la Cour qu'à son fils. Il lui tenait lieu de parure, d'ornement de maison, qu'on expose en temps opportun, pour vite le retourner aux bons soins de sa nourrice. C'était coutume chez les nobles. Or, Marguerite se gorgeait de noblesse presque autant que mère.

— Aurai-je le plaisir de le revoir aux fêtes de la nouvelle année ?

— Bien évidemment ! Notre père ne me pardonnerait pas son absence. Vous savez comme il l'adore ! Son seul héritier et un fils de surcroît ! Il est fort heureux qu'il en soit ainsi. Il n'est plus question pour moi de repasser par les atrocités d'un accouchement. Quant à vous…

— Quant à moi… oui, je sais. Quant à moi, fis-je en baissant les yeux.

Marguerite avait raison. Mes choix me condamnaient à la stérilité du corps tout autant qu'à celle du cœur. Je posai ma main sur ce ventre plat qui n'avait été habité que par un amour impossible, un amour stérile, une illusion.

Plus la tenue des États généraux approchait, plus la nervosité du sieur de Champlain augmentait. La veille de l'ouverture de ce prestigieux événement, soit le 26 octobre, une cohorte de plus de quatre cents députés défila solennellement dans Paris, excitant la méfiance de la noblesse qui craignait pour ses acquis, et ravivant les espoirs du peuple dont les misères s'étendaient sur tout le Royaume, des côtes de la Bretagne au Rhône, et des Pyrénées à la Provence.

Le sieur de Champlain, quant à lui, escomptait recevoir une réponse aux demandes faites par le prince de Condé auprès des cardinaux et des évêques, demandes devant aboutir à une décision favorable concernant l'engagement de quatre Récollets. Acharné et volontaire, confiant et énergique, il combla cette attente par l'organisation de son prochain départ prévu pour avril ou mai 1615, si telle était la volonté de Dieu et des cardinaux.

Les préparatifs de l'avitaillement des quatre navires octroyés par les actionnaires du monopole constituaient une lourde tâche. Je collaborai dans la mesure de mes moyens, rédigeant messages et commandes, préparant les listes des nombreux personnels, des articles et des provisions sous la supervision du sieur de Champlain ou de monsieur de Bichon, secrétaire au dos voûté et à la voix rêche, engagé pour l'occasion. Novembre passa donc sans que j'aie le temps de gémir sur mon sort. Je fus si occupée que je dus bien malgré moi renoncer aux rencontres chez madame Valerand.

Au début de décembre, mes larmes avaient cessé de diluer l'encre de mes écrits et d'attirer le regard suspicieux de monsieur de Bichon.

Nicolas me fit quelques visites et m'invita chez lui à plusieurs reprises. J'acceptais toujours avec entrain. J'aimais l'atmosphère effervescente de son appartement : son fouillis d'artiste incitait à la détente. Ce soir-là, au souper, il s'était montré fort intéressé par les descriptions que je lui fis de la Bretagne : ses landes, ses falaises, ses gens et ses légendes. Alors que nous terminions notre vin, confortablement installés devant la cheminée, je me laissai aller au récit de ma rencontre avec la *Dame blanche*. Je n'avais osé parler de cette étrange vision à qui que ce soit d'autre.

— Vous savez, c'était comme si j'avais été envoûtée, immergée dans un espace intemporel, irréel. Il y avait ces immenses pierres de granit, cet épais brouillard et cette forme humaine transparente, presque lumineuse.

Il écarquilla les yeux, se rapprocha tout près s'étonnant à voix basse.

— Vous dites que vous avez vu une *Dame blanche* ?!!!

— Je… enfin je le crois. C'était une dame toute vêtue de blanc. Elle se tenait dans le brouillard, venue de nulle part, au beau milieu des alignements de pierres de Carnac.

— C'est extravagant, inimaginable !!! Vous avez vu une *Dame blanche* ! Savez-vous seulement que… qu'elles sont des fées, des… des sorcières, enfin… je veux dire des sorcières du bien, mais des sorcières tout de même ! Vous êtes certaine qu'elle vous a parlé ?

— Oui, elle m'a parlé. Je vous jure, j'étais bien éveillée. Ce qui m'a troublée, c'est qu'elle avait mon visage. C'était comme si je me tenais face à mon fantôme, comme si un miroir me retournait mon image dépouillée de toute matière. J'étais immatérielle. Elle m'a parlé… oui elle m'a parlé.

— Merveilleux, prodigieux !!!

Il se leva hagard, l'œil vide. Il fit quelques pas lentement, sans un mot, ses mains décrivant formes et lignes dans l'espace.

— Nicolas, que vous arrive-t-il, que faites-vous ?

— Chut ! J'essaie de la voir, là, entre les pierres dans l'épais brouillard. Il faut absolument que je trouve le temps de peindre cette apparition. Si seulement ce Louis de Boulogne me laissait un peu de répit ! Je suis un artiste peintre, pas un décorateur !

— Louis de Boulogne ?

— Oui, c'est le maître décorateur du Louvre. Ses travaux ont pris quelque retard et il s'est permis d'avoir recours à nos services afin que tout soit prêt pour les festivités de la nouvelle année. La tenue des États généraux oblige à de grands déploiements ! Notre Reine est plutôt friande de manifestations pompeuses ! Elle aime bien étaler sa royauté et ses charmes, si vous voyez ce que je veux dire…

Je ne voyais pas très bien. À vrai dire, j'étais surtout effrayée par l'emballement qu'il manifestait.

— Nicolas, je vous demande d'être discret concernant l'étrange apparition. Vous êtes le seul à partager mon secret. Surtout, ne le répétez à personne ! Au point où j'en suis, on pourrait aisément croire que j'ai totalement perdu l'esprit.

Il se dirigea derrière ma chaise et entreprit de me masser nonchalamment les épaules.

— Ne craignez rien, je serai muet comme un fantôme, dit-il en riant.

— Nicolas !

— Allez, restez calme. J'en garde le secret, c'est promis ! Vous aimez toujours mes massages ?

— J'en raffole. C'est que vous avez des doigts d'artiste, mon frère !

Il rit à nouveau s'appliquant à la tâche. J'aimais ces moments privilégiés où il me transmettait sa tendresse par la simple pression de ses doigts. Il me choyait.

— Au fait petite sœur, il vous plairait de m'accompagner au bal de la Saint-Nicolas à la salle du Petit Bourbon, samedi prochain. Philippe est au chevet de sa mère mourante. Je regrette de ne pas être auprès de lui pour le réconforter, mais les choses étant ce qu'elles sont… Je suis triste, petite sœur ! Aller au bal en compagnie d'une jolie jeune fille peut faire des miracles !

— Cessez vos taquineries ! Si vous saviez comme je me sens vieille et dépourvue de tout intérêt.

— Il est vrai qu'à seize ans, une femme arrive au bout de ses charmes. Il est aussi vrai que de vivre auprès d'un homme pouvant être votre père a de quoi vous faire vieillir prématurément. Allez, dites oui, un peu de divertissement nous ferait le plus grand bien à tous les deux ! À quand remonte votre dernier bal, vieille jeune fille ?

— Vous êtes gentil, Nicolas, mais je n'ai pas vraiment le cœur à la réjouissance ! Le travail est encore ce qui me convient le mieux.

— Allez, à quand remonte votre dernière sortie de plaisir dans le grand Paris ?

— Au bal du printemps, il y a presque deux ans. Je me souviens, ce fut une belle soirée, une magnifique soirée ! dis-je plus nostalgique que je ne l'aurais voulu.

Nicolas cessa de me masser. Mon frère lisait en moi comme dans un livre ouvert.

— Il y a combien de temps que vous ne l'avez revu ? dit-il faiblement.

Je n'avais aucune envie de parler de lui. La seule évocation de son nom risquait d'éclater les cloisons laborieusement installées autour de mes souvenirs.

— Je ne vois pas de qui vous voulez parler Nicolas, ou plutôt si, je vois, mais je préfère éviter le sujet. J'ai suffisamment… suffisamment fait d'efforts pour oublier. Ça suffit comme ça ! J'ai fermé la porte, tiré les volets, tourné la page ! Les folies de jeunesse ont fait leur temps en ce qui me concerne. C'est classé, vidé, terminé ! Je mène une vie distrayante auprès d'un homme bourreau de travail, un mari vieux et distant, qui me promène au travers de la France et cela me convient parfaitement. Je n'en demandais pas tant, croyez-moi, Nicolas ! Je ne saurais plus que faire d'un Ludovic Ferras. D'ailleurs, il est présentement dans les bras de sa belle amie d'enfance, lui redisant les mots d'amour qu'il me chuchotait à l'oreille au temps de nos illusions ! Ça suffit, Nicolas ! Je me suis fait assez de mal comme cela ! Vous m'entendez, Nicolas ? S'il m'arrivait un jour de le croiser sur ma route, rappelez-moi je vous en prie, rappelez-moi que je n'ai été qu'une illusion, une folle illusion de jeunesse ! Vous m'entendez, Nicolas ? Nicolas, vous m'écoutez ?

Ma question resta sans réponse. J'appuyai ma tête sur le dossier du fauteuil appréciant ce moment de silence qui me permit de retrouver mon souffle. J'avais beau me convaincre que mon amour était remisé au plus profond de mon être, restait que son souvenir échauffait démesurément mon corps et mon esprit. Je terminai mon verre et attendis que mon malaise se dissipe. Puis, je posai ma coupe sur le guéridon et me levai en prenant soin de replacer les plis de mes jupes. Nicolas était disparu. Appuyé sur le cadre de porte, les bras croisés sur la poitrine, Ludovic Ferras m'observait sans bouger. La foudre du diable me transperça. J'étais terrorisée, contrariée, bouleversée et bien malgré moi, enchantée !

— Ludo… pelletier Ferras ! De… depuis combien de temps êtes-vous là à… à m'espionner comme un vulgaire voleur ? m'indignai-je.

Il décroisa les bras, inclina légèrement la tête et me fixa.

— Pelletier Ferras, je vous ai posé une question, un homme courtois répond quand on lui adresse la parole !

Il se redressa et fit quelques pas dans ma direction.

— Je crains que ma réponse contrarie Madame.

— Je n'en suis plus à ma première humiliation en ce qui nous concerne ! Depuis quand êtes-vous dans cette pièce ? Et puis, où est passé mon frère ? Non, mais dans quel pays vis-je ! Je commence la soirée avec une personne et voilà qu'elle disparaît sans crier gare ! À qui croyez-vous avoir affaire à la fin ? N'ai-je pas droit à la plus élémentaire des politesses ?

J'avais de plus en plus chaud et ma fière assurance se diluait dans un emportement que je contrôlais de moins en moins.

— Si vous le désirez, je quitte cette pièce sur-le-champ, dit-il d'une voix ténue.

— Non… non ! m'exclamai-je beaucoup trop hardiment à mon goût.

Je redressai les épaules, relevai la tête en inspirant profondément, et joignis les mains afin de retrouver un peu de contenance.

— Du moins, pas avant d'avoir répondu à ma question. Je désire… je… depuis combien de temps êtes-vous là à m'espionner ?

Il s'était de nouveau approché, l'œil inquisiteur, les mains derrière le dos et plus il s'approchait, plus mes jambes flageolaient.

— Eh bien, puisque vous y tenez. En fait, je suis entré dans la pièce alors que vous entamiez vos « efforts pour oublier », un peu avant « les bras d'une amie d'enfance », et beaucoup avant « folles illusions », murmura-t-il doucement d'un air contrit.

— Ah ! fis-je de plus en plus confuse. Et qu'avez… que concluez-vous de… je veux dire, que vous suggèrent ces paroles ?

— Tout d'abord, si vous le permettez, je tiens à rétablir les faits : je n'ai jamais tenu mon amie d'enfance dans mes bras.

— Non, ah ! Ce… ceci me surprend ! À la manière dont elle vous dévorait de ses yeux magnifiques et si bleus, de ses magnifiques yeux bleus, je vous croyais presque sur le point de vous épouser.

— Cela aurait pu se faire si…

— Si ? interrompis-je vivement.

Il était si près de moi que je fus prise du réflexe de reculer. Je butai sur mon fauteuil et serais tombée à la renverse si sa main ferme n'avait saisi mon bras. Une fois mon équilibre assuré, il eut la délicatesse de remettre une distance acceptable entre nous. Ses yeux scrutaient les miens.

— Vous… vous disiez ?

— Je disais qu'entre dame Catherine et moi, il aurait pu y avoir bien plus qu'une simple amitié d'enfance si j'avais été libre.

— Quoi, quoi, vous n'êtes pas libre ! Mais allons donc, pelletier Ferras ! Ne me dites pas que l'illusoire attachement que vous m'avez démontré vous tient encore en laisse ! Ah, quelle sotte je fais ! Non, ce sont les légèretés de la vie ! Mais, oui, ce sont ces légèretés qui vous accaparent à ce point !

Son visage, soudain cramoisi, exprima un curieux mélange de déception et de rage contenue. Il déglutit, baissa la tête et lissa ses cheveux derrière ses oreilles avant de continuer.

— La vie m'apporte peu de plaisir, Madame. Sachez que l'attachement que je vous ai porté était loin d'être une illusion. Je maudis le jour où je vous ai parlé dans ces termes. J'étais dans l'erreur, la plus abominable des erreurs.

— L'erreur ! Tiens donc ! Juste ça, une erreur ! Et cette erreur est suffisante pour vous éloigner d'un mariage avec votre amie d'enfance ?

— J'apprécie Catherine comme une sœur. C'est une personne généreuse qui mérite bien davantage que ce que j'ai à lui offrir. À défaut de sentiment amoureux, je lui dois l'honnêteté. C'est que, voyez-vous, je me suis efforcé de vivre sans vous. J'ai essayé, croyez-moi, vraiment essayé. Vous pouvez me repousser, vous avez toutes les raisons du monde pour le faire. Je l'ai plus que mérité. Je ne me pardonnerai jamais les cruels outrages auxquels je vous ai soumise. Vous n'avez qu'à demander et je m'éloignerai à tout jamais de votre…

Je savais que si je levais les yeux vers lui tout risquait de basculer. Je levai les yeux.

— Je vous en prie, pas encore, pas avant… Vous avez retenu autre chose de…

— Oui, bien que mon opinion risque de vous offenser.

— Êtes-vous en train d'insinuer que j'ai l'habitude de m'offenser aisément ? dis-je impatientée par tant de soudaines précautions.

— Aucunement ! Généralement, enfin presque toujours, vous vous offensez quand il y a motif à offense. Ce que je retiens encore de vos paroles ? J'ai… j'ai cru comprendre que vous avez encore pour moi un quelconque intérêt, bien que cela vous contrarie et vous indispose.

— Quoi ! Vous dites un quelconque intérêt pour vous ! hurlai-je.

— Un quelconque intérêt, répéta-t-il avec un faible sourire.

Le sourire fut de trop. Le calme olympien pouvait toujours se supporter, mais son sourire fit exploser mon humeur.

— Vous dites un quelconque intérêt ! Un quelconque intérêt ! La présomption vous égare, Monsieur ! Comment voulez-vous, dites-moi, que j'aie un quelconque intérêt pour un homme qui m'a réduite à l'état d'illusion, aussi bien dire à l'état de poussière. Un homme qui m'a traitée comme une vulgaire catin pour ensuite m'abandonner à mon sort de femme mariée à un homme pouvant être mon père ! Un quelconque intérêt, Monsieur, non mais je voudrais bien voir ! J'ai fait le tour de la Bretagne en écrasant nos souvenirs sur les falaises de granit avant de les couler au fond de l'océan. Je vous ai perdu dans les brouillards, foulé sous les pierres ensorcelées, jeté aux sangliers ! J'ai prié pour que vous brûliez au plus profond de l'enfer et vous vous imaginez que subsiste encore dans mon esprit un quelconque IN… TÉ… RET pour VOUS ! Vous vous illusionnez, Monsieur, cette fois, vous sombrez dans une abominable ILLUSION !

Il restait là sans bouger tandis que je me débattais telle une renarde prise au piège. Lorsque, les joues en feu, la gorge sèche et les cheveux en débandade, je me calmai, il s'approcha de moi, glissa ses bras autour de ma taille et m'attira à lui. Ma tirade m'avait vidée de toute énergie et je me blottis au creux de son épaule comme la plus idiote des idiotes ! Il me berça.

— Pardon Hélène, murmura-t-il à mon oreille, pardonnez-moi, pardon pour tout !

Je restai là dans ses bras me retenant de bouger de peur que le rêve se dissipe. J'étais si bien là, dans la chaleur de ses bras ! Il ajouta doucement.

—Je regrette tant, Hélène, je n'ai jamais cessé de regretter.

—Je regrette aussi, mais… murmurai-je entre deux soupirs.

Je ne bougeais toujours pas et ne dis plus rien. Au bout d'un instant, il se ressaisit et me dégagea de son étreinte.

— Mais… oui, il y a un mais… Je comprends, je vous comprends. Je ne vous mérite pas, je vous ai fait assez de mal comme ça! Vous avez réussi à m'oublier, je veux dire à… C'est bien, c'est mieux! Vous me voyez désolé de vous causer un tel émoi. Je vous quitte le regret au cœur. Seuls mes souvenirs y apporteront quelques soulagements.

Ma rage était assouvie. Je ne dis plus rien, craignant qu'un geste, qu'une parole ne précipite son départ. Il replaça ses cheveux derrière ses oreilles et détourna la tête vers la cheminée.

— Vous êtes attendue? Je veux dire, me permettriez-vous de vous raccompagner quelque part? Nicolas vous a abandonnée. Je peux vous reconduire si…

— Le sieur de Champlain a quitté la ville pour les trois prochaines semaines. Nul ne m'attend et je n'attends plus personne puisque vous êtes là.

Il me regarda intensément sans bouger, les yeux humides.

— Ludovic Ferras, vous ne pourrez jamais imaginer à quel point je vous hais! Je vous hais de toute mon âme! Vous m'avez totalement ensorcelée. Vous n'avez qu'à me regarder et je tremble, me toucher et je perds la raison. Je vous hais parce que vous êtes mon maître. Vous n'avez qu'à demander et j'accours, me repousser et je pars. Je vous hais! Vous êtes le diable en personne, Ludovic Ferras!

Et plus j'exprimais ma haine et plus j'approchais du diable. Il referma ses bras autour de mes épaules et je m'agrippai à son cou comme à une bouée au plus fort d'une tempête.

— Je vous aime tant! soupirai-je dans son cou.

Et j'écrasai fougueusement mes lèvres sur celles du diable et son baiser m'embrasa! Voilà que je revivais enfin après tous ces mois d'errance! Je l'embrassai à en perdre le souffle.

— Désolée, même les illusions ont besoin de respirer, articulai-je haletante.

Il se recula ne me touchant plus que du bout des doigts.

— Vous savez à quel moment j'ai compris que la vie me serait insupportable sans vous?

— Ah, parce que la vie vous est insupportable sans moi? Tiens donc!

— Absolument ! Je l'ai compris dès que je vous ai vue replacer vos jupes, furieuse, les cheveux pleins d'aiguilles de pins.

— Ah bon ! Et qu'avait de si remarquable cette vision romantique ?

— Ce que la jupe cachait, Madame ! Je me suis dit qu'il ne me serait jamais plus possible de trouver de tels charmes. Vous m'avez envoyé en enfer. Eh bien, sachez que j'y suis allé.

— Si cela peut vous consoler, apprenez que j'y ai fait un tour. Curieux qu'on ne s'y soit pas rencontrés ?

Son éclat de rire me fit l'effet d'une pluie de bonheur. Il retrouva son sérieux, entrecroisa nos doigts et scruta mon âme.

— Et lorsque je vous ai aperçue à Chartres, sur le parvis de la cathédrale, la vie m'est revenue. Depuis, l'obsession de vous reconquérir ne m'a plus jamais quitté.

Je me réfugiai dans ses bras.

— Vous imaginez peut-être que je suis de nouveau disposée à vous offrir ces charmes, pelletier Ferras ?

— Tout à fait, Madame ! murmura-t-il avant de glisser ses lèvres sur mon cou. Tout à fait !

— Vous vous illusionnez, Monsieur ! Ma couche n'est pas accessible ! Quant à celle de Nicolas…

Sans plus attendre, il me souleva de terre et se dirigea vers la seule porte de la pièce.

— C'est bien par ici la chambre de Nicolas ?

— Et si Nicolas revenait ? m'inquiétai-je soudainement.

— Nicolas passe la nuit chez son copain.

Sa certitude me secoua. Je me remis debout.

— Vous n'êtes pas en train de me dire que vous saviez que je… que vous aviez tout manigancé avec lui ?

Il me regarda candidement, la tête légèrement inclinée.

— Je vous jure que je n'ai rien manigancé avec Nicolas. Simplement… il est permis d'espérer, non ?

Mi-amusée, mi-offusquée, je tirai mon corsage avec des gestes vifs et replaçai la tresse délabrée qui pendouillait sur mon épaule. Il recula de quelques pas. Sa tête buta sur le haut de la porte.

— Aïe ! Vous… vous désirez toujours que je reste ? demanda-t-il en se frottant l'occiput.

— La dernière fois que… que…

Il baissa les bras et perdit son sourire.

— Je voudrais que cette dernière fois n'ait jamais existé.

— Souvenez-vous, cette nuit-là, j'ai juré de vous crever les yeux si vous osiez les reposer sur moi. Ne craignez-vous pas ?

— Oh si, je crains ! À ce propos, j'ai une faveur à vous demander.

— Laquelle ? minaudai-je en me rapprochant de ma victime.

— S'il vous plaît, Madame, avant de me crever les yeux, attendez que je vous aie revue toute nue.

— Ludovic !

Le plus sérieusement du monde, il me reprit dans ses bras et me déposa sur le lit. Puis, il retira sa cape et alluma les bougies. Il revint vers moi le regard tendre et la main alerte. Il me dévêtit peu à peu, pièce par pièce, avec une douceur exquise, comme si j'eus été un trésor fragile. Quand mes seins furent découverts, il les effleura longuement du bout des doigts. Quand mon ventre fut dénudé, il en baisa toute la surface. Quand mes jambes furent dégarnies de leurs bas de soie, il les parcourut du revers de ses mains comme il l'aurait fait avec une fourrure précieuse. Il s'attarda longuement sur mes cuisses, pétrit délicatement mes mollets et remonta entre mes jambes, s'arrêtant là où mon désir de lui était le plus criant. Quand il baisa ma toison cuivrée, des larmes mouillaient ses joues.

— Que vous êtes belle ! Si vous saviez comme j'ai eu peur de vous avoir perdue à jamais ! Combien de fois ai-je imaginé ces hanches, ces cuisses, ces seins, l'odeur épicée de votre peau, je ne saurais le dire. Chaque soir, avant de m'endormir où que je sois, chaque soir, je repassais dans ma tête les parties de ce temple que j'avais si sauvagement violé. Seigneur que j'ai regretté !

— Ludovic, ce temple avait attisé votre colère, ce temple n'a regretté que votre désertion.

— J'ai été si brutal, si odieux.

— Ludovic, si vous enleviez votre pantalon, vous pourriez procéder au rachat de votre faute, chuchotai-je près de ses lèvres chaudes.

Un faible sourire apparut entre ses larmes.

— Vous savez pourquoi je ne pourrai jamais me passer de vous ? dit-il le nez entre mes seins.

— Je crois. Peu de temples sont habités par des saints nus.

Il éclata de rire, se retourna maladroitement et s'écrasa au sol. Nous rîmes tous deux à gorge déployée, les larmes aux yeux, moi me roulant entre les draps de lit et lui sur les planches de pin. Il se releva tant bien que mal et réussit à s'asseoir sur le tabouret tout contre le lit.

— Si vous pouviez vous concentrer sur votre pénitence, mon fils, le temple se languit de vous !

Ses rires redoublèrent. Je sortis de mon lit et m'agenouillai devant lui en joignant les mains sur ses cuisses.

— S'il vous plaît Ludovic, le temple a froid !

Je glissai furtivement mes mains sous sa chemise. Une fois la chemise enlevée, je passai les doigts sous la ceinture de sa culotte et détachai les agrafes. Quand j'entrepris d'en explorer le dessous, il cessa de rire.

— Laissez, je suis prêt pour le rachat de ma faute.

Il écarta les cuisses, saisit ma taille, m'attira à lui et baisa ma poitrine.

— Voilà bien les plus merveilleux fruits que j'ai dégustés à ce jour !

Se glissa alors une fine brèche dans le merveilleux engourdissement qui s'était emparé de moi.

— Vous en avez dégusté beaucoup ?

Du coup, il m'éloigna de lui, se leva, saisit le drap, m'en recouvrit les épaules et s'assied sur le lit.

— Venez là, sur mes genoux.

Il plaça le drap de façon à couvrir complètement mon torse et prit ma tête entre ses mains.

— Écoutez-moi, Hélène. Je n'ai jamais désiré une autre femme que vous. Aucune, vous m'entendez, aucune autre n'éveille en moi le sentiment de plénitude que j'éprouve à chaque fois que je vous vois, vous parle, vous touche et vous tiens dans mes bras. Vous êtes la seule femme qui existe pour moi, Hélène, la seule qui compte dans ma vie, mon cœur, mon corps, mon âme et… mon lit.

— Et l'hospitalité des princesses sauvageonnes alors ?

— Je n'y ai succombé qu'après l'annonce de votre mariage. J'étais un garçon désœuvré et vous croyais perdue à tout jamais ! Mais cette fois… cette fois…

Il ralentit la confidence et me toisa en fronçant les sourcils.

— Cette fois, Ludovic ?

— Cette fois, je me suis contenté de les admirer de loin ! ricana-t-il en me pinçant une fesse.

— Ludovic ! dis-je en me relevant.

Il reprit son sérieux.

— Cette fois, j'ai fui toute princesse. Vous occupiez toutes mes pensées, Madame. Je n'aurais pu rendre aucun hommage à quelque sauvageonne que ce fût ! Vous me croyez ou non ?

— Et si je ne vous crois pas ?

— Je ne vous touche plus du reste de mes jours.

— Ludovic, vous voulez bien fermer les yeux ?

— Fermer les yeux ?

— Oui, fermer les yeux.

Il ferma les yeux. Je fis glisser le drap à mes pieds.

— Vous pouvez regarder.

Il me regarda de la tête aux pieds et des pieds à la tête.

— Et alors ?

— Ludovic, je… vous… crois.

Nous étions soudés l'un à l'autre, mes bras serrant son corps, ses bras serrant le mien, nos jambes s'entrelaçant, se perdant et se retrouvant. J'apprivoisais le corps de l'homme qui savait me reconstruire aussi rapidement qu'il pouvait me détruire. Je baisai chaque parcelle de son torse, creusant son dos de mes ongles, mordant sa chair de mes dents. Quand le désir nous fut insupportable, il me prit lentement avec une tendresse inouïe. Je pleurais de joie, je pleurais le retour de mon amant, de l'être de ma vie, de mon époux !

— Je vous aime, chuchotait-il en baisant mes paupières.

Ma bouche couvrit la sienne et le sel de ses larmes se mêla aux miennes. Nous avions retrouvé notre maison, notre pays ! La Dame blanche avait dit vrai : l'amour m'était revenu.

— Si vous saviez comme j'ai eu peur de vous perdre ! dit-il avant de m'entraîner dans les délices de la volupté.

Au plus profond de mon ventre, je sentais sa vie et nos plaisirs s'accordèrent.

Il me regardait, souriant.

— Je vous aime, Hélène Ferras ! murmura-t-il en baisant mon front. Madame me hait toujours ?

— De toute mon âme ! Mais il faut bien avouer que vos ardeurs…

Il rit en s'étirant.

— Mes ardeurs… ?

— Savent vous mériter tous les pardons.

Il baisa ma joue.

— Je regrette, je suis désolé. Je ne peux que faire amende honorable pour avoir douté de vous et avec un tel mépris ! La honte et
le repentir n'ont eu de cesse de me tribouiller. Je ne vous quitterai
jamais plus, Hélène, jamais plus !

Il m'embrassa fiévreusement avant de me livrer son sourire
coquin.

— Vous êtes la plus merveilleuse princesse que j'ai jamais connue !
Et quel temple, Seigneur !

— C'est que le pèlerin est d'une telle ferveur !

Il rit à nouveau tandis que je tortillais le duvet de son torse qui
me sembla plus dense que dans mon souvenir.

— Vous avez pris du poil de la bête, on dirait !

— C'est que je vieillis, Madame ! Je suis un vieil amant de vingt
ans, ne l'oubliez pas.

Quand il recommença à pétrir mes fesses et à presser ses hanches contre les miennes, je lui tirai les cheveux tout comme l'avait
fait la petite Françoise.

— Si jamais vous osez à nouveau douter de moi, Ludovic Ferras,
je jure devant Dieu que je vous coupe…

Instinctivement il porta une main sur la partie la plus mâle de
son anatomie.

— Ludovic ! Espèce, espèce de poltron ! Quoiqu'en y pensant
bien, ce ne serait peut-être pas une si mauvaise idée.

Je me recroquevillai tout contre lui. Il s'endormit presque aussitôt. Il avait le souffle léger et le visage serein. Ses démons l'avaient
quitté.

La fête de la Saint-Nicolas m'indifférait, mais la perspective
d'y rencontrer Ludovic changeait tout. Je me préparai davantage
que je ne l'avais fait pour paraître devant le Roi et sa Cour. Cette
fois, mon tracas en vaudrait la peine. Noémie, tout en m'aidant à
revêtir ma robe de satin doré, en profitait pour m'asticoter.

— C'est le diable en personne ce jeune homme ! Un jour c'est
le bonheur, un jour c'est le désespoir. Il faut vous méfier de lui, il
saurait vous faire basculer en enfer que je ne serais pas étonnée !
Ce que j'en dis c'est pour vous mettre en garde. Je suis toute
bouleversée quand vous avez l'humeur chagrine.

J'embrassai ses rassurantes grosses joues rougies par l'effort.

— Je sais tout cela, Noémie. Pour ce qui est de l'enfer, ne vous en faites pas. Il m'y a déjà conduite et j'en suis revenue. Si vous saviez comme je peux aimer ce diable de Ludovic !

— Je m'en doute un peu, figurez-vous ! Je viens de traverser la Bretagne en votre compagnie, au cas où vous l'auriez oublié ! Je dois cependant admettre que le diablotin a un certain charme.

J'accrochai des perles à mon cou, ajustai les ballons de mes manches et m'assurai que la ruche de dentelle blanche de mon décolleté dégage ma poitrine.

— Là, Noémie. Suis-je convenable ?

— Suffisamment pour attiser les ardeurs du diable ! Allez, soyez quand même prudente. Vous êtes une femme mariée.

Je n'avais pas revu Ludovic depuis la nuit de nos retrouvailles. Six jours déjà, six jours à seconder monsieur de Bichon dans les tracasseries de l'organisation de la grande aventure. Six jours à l'imaginer, six jours à l'espérer.

Ludovic avait de son côté beaucoup à faire. Il était préoccupé par le passage de sa maîtrise à la corporation des pelletiers qui devait avoir lieu au début de mars prochain. Il satisfaisait maintenant à toutes les conditions : il dépassait les vingt ans, avait travaillé quatre ans dans un atelier reconnu et obtenu le consentement écrit de son oncle Mathieu, maître pelletier et propriétaire de l'atelier *Aux deux loutres*. Ne lui restait qu'à réussir le test du chef-d'œuvre, soit l'habillage des peaux : quinze d'agneau, dix de castor, six de lièvre. Il lui fallait aussi confectionner une robe ou un manteau fourré. Ce titre de maître allait lui conférer le privilège de posséder sa propre boutique, s'il le désirait un jour.

— Les juges sont d'une extrême sévérité, m'avait-il dit. Je dois m'y préparer très sérieusement. Comme nous sommes au temps le plus captivant de l'année et que l'atelier de mon oncle gagne constamment en popularité, je dois mettre les bouchées doubles. Je devrai patienter jusqu'à samedi prochain pour vous revoir, Princesse ! Une éternité !

Samedi arriva enfin ! C'est au bras de Nicolas que je fis mon entrée au Petit Bourbon, salle spécialement aménagée pour le bon plaisir des bourgeois de Paris.

— Nicolas, vous m'assurez que Ludovic doit nous y retrouver ? m'inquiétai-je en déposant ma hongreline sur les bras que le valet me tendait.

— Nous arrivons à peine, petite sœur, un peu de patience ! Il a dit qu'il viendrait, il viendra. Ludovic n'a qu'une parole.

Nous avancions au milieu des invités, dispersés çà et là autour de la piste de danse. Il ne fallut pas longtemps pour que monsieur Du Gua de Monts nous repère et nous rejoigne un verre à la main : la colonne de marbre derrière laquelle j'avais tenté de me camoufler ayant failli à la tâche.

— Pas lui ! Non, Nicolas ! me désolai-je. Je dois absolument éviter ce personnage. Ludovic ne peut le supporter. Je…

— Madame de Champlain ! Quel honneur et quel plaisir ! susurra-t-il près de mon visage.

— Monsieur Du Gua de Monts, fis-je en inclinant légèrement la tête.

— On me dit que votre époux revient de La Rochelle la semaine prochaine. Et les États généraux, les résultats tardent à venir, n'est-ce-pas ? Et les corvées d'avitaillement, elles avancent ? Maudit soit le sort qui m'oblige à m'écarter de ces projets ! Les satanés procès m'ont littéralement coupé les ailes. Vous êtes accompagnée par… ?

— Mon frère, Nicolas Boullé, dis-je en me retirant presque complètement derrière Nicolas.

— Ah oui ! Je me souviens, je vous ai rencontré chez votre père. Au fait, comment…

— Madame consent à m'accorder cette danse ? dit sa voix derrière mon dos.

Je me tournai vivement. Mon bien-aimé m'apparut dans toute sa splendeur, le sourire aux lèvres et l'œil enjoué. Je regardai furtivement Nicolas en déposant ma main gantée sur celle de mon cavalier.

— Volontiers, Monsieur !

— Mais n'est-ce pas là notre jeune pelletier ? De l'atelier… attendez que je me rappelle… Ferras ? C'est bien cela, n'est-ce pas ? Ferras ? hésita monsieur de Monts.

— Parfaitement, Ludovic Ferras pour vous servir ! Vous permettez, Madame me fait l'honneur de cette danse.

Et il me fit prendre place dans les rangs de la branle qui se préparait avec la plus sérieuse élégance.

— Vous êtes la beauté faite femme, Madame ! me dit-il en enchaînant le premier pas.

— Ah, le flatteur ! répliquai-je entre les mouvements de va-et-vient.

La farandole nous sépara. Monsieur de Monts s'était joint aux danseurs. Quand le hasard fit de lui mon partenaire, il plongea son nez dans mon corsage.

— Quels magnifiques attributs de la nature ! Quel veinard ce Champlain !

— Vous devenez grossier, Monsieur !

Un rire gras fut la seule réplique courtoise qu'il put émettre. La marche me ramena auprès de Ludovic.

— Vous n'êtes pas jaloux ? le taquinai-je.

— Aucunement, Madame ! dit-il en pressant ma main dans la sienne. C'est que j'ai besoin de tous mes morceaux, continua-t-il avant de repartir trottiner autour de la file des dames.

Je retins mon rire et le suivis des yeux. Il bougeait avec souplesse, faisant tourner l'une, prenant la taille de l'autre. Il dansait, il resplendissait !

— Et pourquoi donc avez-vous besoin de tous vos morceaux, pelletier ? demandai-je dès que la danse se fit notre complice.

— Attendez que la danse finisse, belle Dame, je vous expliquerai.

Le Petit Bourbon avait ceci de particulier que la grande salle donnait accès à des balcons qui menaient à un jardin où il était possible de trouver des refuges commodes pour les amoureux. C'est dans un de ces coins sombres, protégés des regards indiscrets par un muret de pierres garni d'ifs et de cyprès que m'entraîna mon partenaire, sitôt la danse terminée. Il appuya ses mains sur le muret me tenant prisonnière entre ses bras tendus.

— Vous êtes adorable, le savez-vous ? Adorable et aguichante, aguichante et irrésistible ! Et votre pied, votre pied !

— Quoi, mon pied ?

Il se pencha, enleva mon soulier de satin brodé, prit mon pied dans sa main et le caressa avant de l'embrasser.

— Quoi mon pied ?

— Votre pied est le début d'un chemin menant tout droit au paradis, Madame !

Et sans plus, il s'enfouit sous mes jupes et parcourut de sa bouche le chemin du paradis. Je frémis.

— Ludovic ! Vous n'y pensez pas ! Pas ici, pas au milieu de tout…

Il avait une façon si suave d'explorer le paradis que j'en perdis toutes mes résistances.

— Ludovic, ces… sez, je vous en prie ! On pourrait nous sur-
prendre !

Il resurgit de mes jupes, baisa mon front en empoignant mes
seins. Il les dégagea de mon corselet et les mordilla jusqu'à ce que
je n'en puisse plus.

— Vous n'en avez pas envie ? demanda-t-il fiévreux de désir.

— Mais si… j'ai envie… j'ai… mais…

À la vérité, plus il assaillait mon corps et plus le Petit Bourbon
disparaissait de ma conscience. Il défit fébrilement sa braguette,
s'accroupit à mes pieds, enfouit à nouveau sa tête sous mes jupes
et retourna caresser les portes du paradis. Je mordis ma lèvre afin
de retenir mes soupirs d'aise, me recroquevillant afin de m'éloigner
de lui.

— Ludovic, ce n'est pas rai… raison…

Il réapparut, le sourire aux lèvres, une main soulevant mes jupes
et l'autre caressant mes cuisses.

— Oh si, c'est plus que raisonnable ! Pensez donc, dans moins
d'une heure, je risque de me faire couper… la… ma… termina-t-il
en me mordillant le cou.

Et sans plus attendre le membre menacé s'introduisit au paradis. Pendue à son cou, les mains accrochées à ses cheveux et les
jambes enroulées autour des siennes, je me laissais porter par les
mouvements de son corps. Il ne tarda pas à se satisfaire et délaissa
le paradis rougi de plaisir. Puis, il me pressa contre lui et me
souleva de terre.

— Vous êtes la plus désirable des femmes, le savez-vous ?

Cette furtive incursion au paradis me laissait pantoise. Je ne
pus répondre. Je me dégageai de lui à contrecœur et tentai de
reprendre contenance. Il me colla au mur et frotta le bout de son
nez entre mes seins. Il titilla de sa langue chacun de mes tétons
avant de les faire disparaître derrière la ruche blanche du bout de
ses doigts.

— Merci pour l'accueil divin, Madame !

— Oh, mais, ce fut une délicieuse incartade, Monsieur ! marmonnai-je en m'efforçant de retrouver mes sens. La… la surprise
passée, je dois avouer que je prends goût à ces frivolités courtoises
dans les conifères !

— Vraiment ! J'en prends note.

— Mais d'où… d'où vous est venu cet… je veux dire cet urgent
besoin de paradis, dites-moi ?

— C'était au cas, par mesure de précaution !

— Par mesure de précaution ?

— Oui, au cas où la jalousie me viendrait. C'est que la sanction promise…

J'éclatai d'un rire que je m'efforçai d'étouffer dans mes mains.

— Nigaud !

Il effleura mon visage de ses doigts.

— Et puis… et puis, il me suffit de vous regarder pour être tenté, de vous toucher pour être submergé par le désir de vous posséder tout entière. Alors vous pensez bien, une danse ! Vos seins qui s'agitent, votre taille qui s'offre, vos doigts qui me frôlent et vos yeux enjôleurs !

— Enjôleurs ?

— Terriblement enjôleurs ! Ces yeux-là ont attiré un Roi sous votre ombrelle, Madame !

— Et un pelletier sous mes jupes.

Il rit en pressant mes hanches contre les siennes.

— Et un pelletier sous vos jupes, reprit-il.

— Dois-je en conclure que le pelletier est plus audacieux que le Roi ?

— Amoureux ! Je dirais plus amoureux.

— Amoureux et aimé, conclus-je la bouche collée à ses lèvres.

— Enjôleuse ! dit-il avant de m'embrasser fougueusement.

Soudainement, il posa un regard soucieux sur ma poitrine.

— Au fait, vous n'auriez pas un morceau de dentelle ?

— Un morceau de dentelle !

— Mais oui, il suffirait juste d'un petit bout.

— Mais pourquoi diable avez-vous besoin de…

— Oh ! Ce n'est pas pour moi, mais pour vous, belle Dame !

— Pour moi !

— Précisément, pour couvrir vos adorables atouts ! Ils attirent le nez de ce Du Gua de Monts aussi efficacement qu'un pot de miel attire les abeilles !

Cette fois, je fus incapable de retenir mon éclat de rire. C'est alors qu'il sortit une dague de sa botte.

— Ludovic, que faites-vous avec… avec une dague dans votre botte ?

— Je ne me promène pas en carrosse, moi, Madame ! Et comme à la nuit venue, il est aussi rassurant de circuler dans les rues de Paris que de traverser un champ de bataille.

Il termina sa phrase la tête sous mes jupes.

— Que faites-vous, Ludovic?

— Cessez de gigoter comme une poule!

— Pardonnez-moi! C'est que je n'ai pas l'habitude d'avoir un galant armé d'une dague sous mes jupons, ne vous en déplaise!

Il en ressortit le visage triomphant, un morceau de dentelle dans la main. Il replaça la dague dans sa botte.

— Il me semblait bien avoir vu de la dentelle quelque part. Vous permettez?

Et le plus sérieusement du monde, il enfouit le morceau de dentelle dans mon décolleté, prenant bien soin de faire disparaître la naissance de mes seins sous la finesse du tissu. Il se recula, jaugea sérieusement le résultat et revint poser ses lèvres sur mon front.

— Voilà! Ainsi garnie, le trop grand nez de Du Gua de Monts peut toujours venir!

— Bien fait! Il n'y a qu'un nez qui m'importe et ma foi, ce nez-là a eu son compte.

Il glissa ses mains derrière mon cou en riant…

— Je suis heureuse, Ludovic.

— Votre bonheur me comble, Madame! Prête pour la défensive?

— Pas tout à fait.

— Ah non! Et que manque-t-il au bonheur de madame?

Il approchait déjà ses lèvres des miennes. Je souris en posant ma main sur sa bouche.

— Mon soulier, Monsieur, mon soulier.

Je quittai Ludovic et me dirigeai prestement vers le cabinet d'aisance, situé tout au fond du couloir jalonné de colonnes de marbre blanc aux socles joliment sculptés. J'étais à libérer ma nature derrière les rideaux, quand des voix féminines captèrent mon attention.

— La «Perroquette» est toute émoustillée. À peine eut-elle le temps d'apercevoir sa nouvelle proie qu'il était disparu.

— Nouvelle proie, vous dites?

— Votre flair de courtisane n'a-t-il pas repéré un jeune loup dans la bergerie?

— Un jeune loup! Vous me mettez l'eau à la bouche, ma chère! Et sur quelle piste mon flair devrait-il s'orienter?

— Sur la piste des pelletiers. Le jeune Ferras a de quoi attiser plus d'un appétit !

— Le jeune Ferras et comment...

Leurs voix se perdirent dans la musique après s'être incrustées dans mon esprit. Je me levai aussi vite que la nature me le permit tentant vainement de les apercevoir. Je vérifiai la dentelle de mon décolleté.

— Pour sûr, susurrai-je entre les dents, pour sûr que je suis prête pour la défensive !

Je rejoignis discrètement Nicolas que monsieur de Monts accaparait encore.

— Vous comprenez pourquoi il est si important que le projet de l'envoi des Récollets soit accepté ? Ah, vous revoilà enfin, Madame ! Mais où diable vous cachiez-vous ?

— J'étais avec le diable, rétorquai-je tentant de le repérer sans trop en avoir l'air.

Monsieur de Monts posa son regard sur ma poitrine, la fixa un bref moment, et reprit la conversation là où il l'avait laissée. De toute évidence, il n'avait aucun intérêt pour la dentelle ! Ludovic réapparut au côté de Nicolas arborant un sourire victorieux. Il glissa innocemment sa main le long de son pourpoint s'arrêtant devant l'objet de sa virilité. Je dissimulai derrière mon éventail le soufflement que son geste avait provoqué.

— Les accords signés avec les marchands stipulent que des subventions seront accordées aux religieux qui s'engageront pour le Nouveau Monde. Si les cardinaux y voient un avantage, l'archevêché s'engagera à assumer le supplément des coûts occasionnés par les ouvriers de l'Évangile.

— Vraiment ! J'aurais cru que les religieux... enfin, mêler ainsi la religion et l'argent, se scandalisa Nicolas.

— Vous êtes un tantinet idéaliste, mon jeune ami ! Tout a son prix en ce bas monde, la religion comme la paix ! Ces hommes de Dieu ne vivent pas de l'air du temps.

— Non, je présume.

— Je vous mets en garde, la naïveté est un poison sournois, j'en sais quelque chose. Nous disions que... Ah oui, une fois acquis l'appui des cardinaux, Champlain aura alors tous les atouts dans son jeu. L'assentiment du Roi, du clergé et des marchands. Les Anglais et les Hollandais n'ont qu'à bien se tenir !

— Les Anglais et les Hollandais ? s'étonna Nicolas.

— Bien entendu ! L'implantation de la Compagnie du Canada a pour effet de réduire l'accessibilité du fleuve Saint-Laurent aux pays rivaux. L'Angleterre et la Hollande demeurent de farouches compétiteurs ! Leurs navigateurs s'emparent des fourrures de notre colonie sans vergogne. La France a tout intérêt à protéger sérieusement son territoire. Et que dire des usurpateurs français qui n'hésitent pas à voler leurs compatriotes, obligeant à des fouilles et remontrances. Il faut voir le prix des fourrures chuter par temps de traite libre ! Vous en savez quelque chose, vous, jeune pelletier ? demanda-t-il cavalièrement en direction de Ludovic.

— Oui, vous avez totalement raison. Une peau de castor ayant pour prix 150 sols en 1610, au terme de votre monopole, a vu son prix chuter autour des 60 sols durant les trois années de traite libre qui suivirent. Une telle situation représente des pertes considérables pour les pelletiers, pertes d'autant plus désastreuses qu'elle nous lèse de l'exclusivité de la distribution, les merciers et les chapeliers pouvant alors commercer directement sans notre intermédiaire. L'établissement d'une compagnie de monopole favorise les marchands pelletiers, il n'y a pas à en douter.

— Et votre corporation appuie sans réserve le projet de Champlain ?

— Absolument ! Des représentants des pelletiers l'ont soutenu tout au long de sa tournée, de La Rochelle jusqu'en Normandie.

— Que voilà des citoyens avisés ! Dès lors que les marchands comprendront une fois pour toutes que les taxes imposées rapportent bien davantage qu'elles n'en coûtent, la législation aura fait un grand pas pour assurer le développement d'une nouvelle colonie. Il est normal après tout de retourner dans ce pays un peu des profits qu'on soutire de ses richesses. Et qui plus est, une colonie bien installée assure la sauvegarde de nos postes de traite et donc de nos revenus. Nous avons tous tout à y gagner !

La musique s'arrêta, ce qui eut pour effet de distraire monsieur de Monts de sa passionnante conversation. Il releva le menton, époussetant son collet de toile blanche tout en se retournant vers la salle au milieu de laquelle un groupe de dames s'émoustillait. Il ne fallut qu'un bref moment avant que la meute n'approche, madame la « Perroquette » menant la parade. Elle fonçait vers nous, plus précisément vers le jeune loup.

— Pelletier Ferras! s'extasia-t-elle. Mais quel est donc ce curieux hasard qui favorise une nouvelle rencontre dans la même semaine! Madame de Taillon, approchez que je vous présente le jeune homme dont je vous ai si longtemps vanté les mérites. Il est en train de se tailler la réputation du meilleur pelletier de tout Paris. On dit même que la marquise de Quilard a fait appel à ses talents. N'est-il pas vrai, pelletier Ferras?

Ludovic, qui saluait, put m'exprimer son exaspération sans être vu.

— Princesse, dit-il en baisant froidement la main qu'elle lui tendait.

— Madame de Taillon, l'apprenti Ferras de l'atelier *Aux deux loutres.*

— Mes hommages, Madame, reprit Ludovic en se tournant vers ses interlocuteurs. Monsieur Pierre Du Gua de Monts, gentilhomme à la chambre du Roi et gouverneur en la ville de Pons. Monsieur Nicolas Boullé, peintre à la Cour.

— Monsieur du Monts, Monsieur Boullé! reprit-elle distraitement en s'approchant de plus en plus de Ludovic.

Il me regarda par-dessus le panache rouge qui se balançait au-dessus de la haute perruque de la « Perroquette ». Je lui fis un clin d'œil, repérai un fauteuil de tapisserie violacé et m'en approchai discrètement. Puis, je m'y affalai mollement en émettant un léger soupir. Lorsque j'entrouvris les yeux, Ludovic et Nicolas étaient agenouillés près de moi. Je gémis à nouveau, ce qui accentua les exclamations pincées des dames qui se dandinaient nerveusement autour de mon fauteuil. Ludovic s'approcha suffisamment pour entrevoir mon sourire derrière mon éventail.

— Madame est au plus mal! Faites avancer son carrosse. Vous pouvez m'aider, Nicolas?

— Je cours prévenir Paul aux cuisines. Vous pouvez la transporter jusqu'à la porte?

— Quelle étrange situation! lança monsieur de Monts, déconcerté. Elle me semblait pourtant en pleine santé, il y a quelques instants à peine! Les dames ont de ces humeurs imprévisibles! grommelait-il tandis que l'homme de ma vie me transportait vers la porte.

J'entendis le pas de Nicolas accourant au bout du vestibule.

— Paul mène l'attelage sous le porche dans la minute. Je peux vous aider, Ludovic?

J'ouvris les yeux, lui souris, passai les bras autour du cou de mon bien-aimé et les refermai aussitôt.

— Ah bon ! Je vois, je vois ! soupira-t-il longuement. Voilà donc le type de malaise qui vous accable, ma sœur ! Je crois, mon ami, que vous seul connaissez le remède convenant à la situation. Je vous laisse en prendre soin. Je retourne rassurer Du Gua de Monts.

— Soyez assuré que je ferai de mon mieux pour soulager madame, Monsieur Boullé, taquina Ludovic.

— Ah, j'oubliais ! Je crains de ne pouvoir regagner mon logis que tard, très tard, autant dire au petit matin ! Vous pourrez en assurer la garde ?

— Prenez tout votre temps, Monsieur Boullé. Votre logis sera entre bonnes mains, répondit Ludovic avant de descendre les marches du porche.

Paul ouvrit vitement la porte du carrosse.

— Il est arrivé malheur à mademoiselle ? Nous allons à l'Hôtel-Dieu ? Tenez, couvrez-la de sa hongreline, elle doit éviter de prendre froid.

— Ce n'est rien, Paul, un léger étourdissement. Quelques minutes encore et la santé lui reviendra. Ne vous inquiétez pas, je vous assure. Je crois simplement que mademoiselle a besoin d'un peu de repos. Tout ce bruit, ce monde et cette chaleur !

Bien calée au fond de la banquette, j'ouvris les yeux en souriant.

— Vous pourriez nous conduire à l'atelier de Nicolas, Paul ? J'aimerais m'y reposer un peu avant de regagner mon logis. Cela est-il possible, Paul ?

Paul leva les bras au ciel en balançant la tête.

— Ah l'amour, l'amour !

Je m'étais installée dans le coin de la banquette le regardant intensément.

— J'ignorais que le monopole du sieur de Champlain puisse influencer à ce point le commerce des pelleteries.

— Certes, la mise sur pied de ce monopole a une grande importance pour nous ! Hormis le fait qu'il empoisonne notre vie amoureuse, il faut bien admettre que votre mari fait beaucoup pour notre pays tout entier. Ses projets sont ambitieux, mais nul ne peut prédire les retombées que ses remarquables efforts entraîneront un jour sur tout le Royaume de France !

— Alors je m'appliquerai au mieux pour l'appuyer. Je le ferai pour vous et pour tous les pelletiers de France.

Il me regarda avec un sourire en coin.

— Approchez.

Il posa son bras autour de mes épaules et appuya sa tête sur la mienne.

— Il n'est pas très honnête d'effrayer ainsi les gens, Madame.

— À chacun ses armes ! Certains font dans la dentelle, moi je fais dans les vapeurs !

Il rit.

— Et c'est bien fait pour cette trop envahissante « Perroquette » ! lança-t-il.

— Et pour le nez trop long de ce Du Gua de Monts !

Il effleura mes joues de ses doigts, longea mon cou, s'attarda dans mon corsage et en extirpa le morceau de dentelle. Il le porta à ses lèvres.

— Vous permettez que je le garde ?

— Bien sûr, c'est votre arme après tout ! lui répondis-je avec le plus candide des sourires.

Il prit la dentelle et la plia soigneusement avant de l'enfouir dans la poche de son pourpoint.

— Et qui plus est une arme cueillie sur le chemin du paradis !

Je ris avant de l'embrasser avidement.

— Vous dansez avec moi cette nuit, Ludovic ?

— Je danserai avec vous pour le reste de ma vie.

— Pour toujours ? murmurai-je près de sa bouche.

— Jusqu'à la fin des temps.

33

Monsieur de Bichon

— Monsieur de Bichon, vous savez où se trouvent les bons de commandes des tonneaux d'eau et de vin ? m'informai-je après une recherche intense dans les piles de parchemins étalés méthodiquement sur les tables de la bibliothèque.

— Les feuillets concernant les achats des tonneaux... Attendez, attendez... Je les ai vus la dernière fois... Ils devraient être... hésita-t-il en se levant.

La nervosité éraïlla sa voix plus qu'à l'accoutumée. Il étira son cou de sorte que sa tête et son dos voûté forment un arc. Ses bras devancèrent son nez qu'il pointait au-dessus des empilages telle une fouine flairant le vent. Monsieur de Bichon, méticuleux et méthodique, organisait tous les espaces de son lieu de travail avec une logique calculée : les coins retroussés et les éparpillements n'étant pas tolérés. Le secrétaire du sieur de Champlain était un homme de perfection. Aussi, cette recherche des feuillets perdus le mit dans un état d'extrême urgence : il devait trouver. Il chercha frénétiquement et trouva. Ses longs doigts crochus soulevèrent la pile au-dessus de son visage effilé, tel un général arborant le drapeau de la victoire.

— Les voici, Mademoiselle, les voici ! s'exclama-t-il élevant le timbre de sa voix aussi haut qu'il lui fut possible de le faire.

Apparemment, ce fut trop ! Une quinte de toux l'assaillit. Je pris les feuillets tout en l'aidant à regagner sa place derrière son pupitre d'écriture.

— Je vous apporte un peu d'eau.

Il but à petites gorgées, prenant le temps de tamponner ses lèvres minces avec son mouchoir entre chaque gorgée.

— Ces feuillets vous...

Il toussota.

— Prenez votre temps. J'ai ce qu'il me faut. Je poursuis la commande pour les tonneliers de Honfleur.

Une fois sa toux calmée, il tapota ma main sur la précieuse pile.

— Merci, mon enfant, merci !

Puis, pris de gêne, il baissa vivement les yeux, reprit la plume, la plongea dans son encrier et se remit à l'écriture.

— Merci à vous ! Sans ces papiers, je ne pouvais terminer ma tâche, fis-je attendrie par sa gêne.

Voilà maintenant quelques mois que je le côtoyais et je ne connaissais rien de lui, hormis l'extrême vigilance qu'il mettait tant à sa ponctualité qu'à son travail. Monsieur de Bichon entrait tous les matins dans la bibliothèque au dernier timbre du carillon de sept heures. Une fois sa cape et son chapeau de feutre déposés sur la chaise près de la porte, il passait en revue le contenu des tables qu'il avait minutieusement organisé la veille et regagnait sa place derrière son pupitre. De là, après quelques minutes de réflexion, il m'abordait avec la même formule de politesse.

— Mademoiselle, aujourd'hui, il serait avantageux pour l'avancement de la charge qui m'a été confiée par le sieur de Champlain, que vous vous intéressiez aux commandes des tonneliers de Honfleur.

Cela avait été la prescription du jour. Notre routine ayant été interrompue par ma fouille inopinée. Il mit quelques minutes à retrouver sa concentration. Je repris mon travail. Sitôt que j'eus terminé, je pris grand soin de m'approcher lentement de son bureau. Le plancher craqua, il sursauta.

— Veuillez m'excusez, Monsieur de Bichon.

— Ou…i, Mademoiselle ?

— C'est que j'ai terminé les commandes des tonneliers.

— Terminé vous dites ? Déjà, Mademoiselle ! Bon, bon, bon… donnez-moi un instant, que je remette mes idées en place.

Il délia les articulations de son index maigrelet et le glissa lentement le long de son nez pointu en levant les sourcils, les yeux mi-fermés.

— Et si vous commenciez la rédaction des lettres pour les engagés… voyons, voyons ! Il nous faut celle du chirurgien-barbier, des cuisiniers, des matelots, des… attendez… des engagés des marchands et… Mais je crois que vous avez suffisamment pour occuper le reste de la journée et plus encore. Quoique avec votre talent…

— Vous êtes trop généreux, Monsieur !

— Non, Mademoiselle, je suis observateur. Un bon secrétaire se doit d'être observateur. Vous travaillez fort bien, avec un talent hors du commun !

Je lui souris osant l'indiscrétion.

— Vous avez des enfants, Monsieur de Bichon ?

Sa main droite eut un geste brusque, si bien que la plume qu'elle tenait laissa une trace disgracieuse sur le papier couvert de chiffres soigneusement alignés. Il ne releva pas la tête, se contentant de prendre une autre feuille, prêt à recommencer ce que je venais de gâcher.

— Excusez-moi, je suis confuse, je…

— Il n'y pas de faute, Mademoiselle, souffla-t-il sans me regarder.

Je récupérai les documents nécessaires à la rédaction des lettres d'emploi dans la bibliothèque et repris ma place en me concentrant si intensément sur les lettres d'engagés que le carillon annonçant les onze heures me surprit.

— Déjà ! m'exclamai-je.

— Mademoiselle ? dit-il faiblement.

— Oui, Monsieur de Bichon ?

— Je ne suis pas marié, Mademoiselle.

— Je suis désolée, je l'ignorais.

— Et je n'ai donc pas d'enfants.

— Vous n'avez donc pas d'enfants, répétai-je bêtement.

— Cependant…, cependant si… si le ciel m'avait fait cadeau d'une fille…

Il fixait la plume qu'il faisait glisser dans sa main gauche.

— Oui, Monsieur de Bichon ?

— J'aurais aimé qu'elle vous ressemble, Mademoiselle.

Je mordis ma lèvre, embarrassée par les picotements de mes yeux.

— Vraiment… vous… moi !

— Oui, vous.

— Merci, Monsieur de Bichon. Je suis touchée.

Je dus essuyer une larme. Il retourna à son écriture. Je l'imitai sans plus. Peu avant le coup de midi, mon père s'introduisit en trombe dans la pièce.

— Hélène, Hélène, il faut venir vite, ton… mon… mon petit-fils vient de… de…

Et il s'effondra en pleurs dans mes bras. C'était la première fois que mon père m'interpellait par mon prénom, la première fois que je le voyais pleurer et la première fois que je me retrouvais dans ses bras. Je mis cette familiarité sur le compte du choc nerveux.

La mort subite de mon neveu Charles-Antoine bouleversa toute la famille et anéantit mon père. Pendant des jours, il resta reclus dans sa chambre, refusant visite et repas. Lorsque brièvement il en sortait, les yeux rougis par les pleurs et le nez par le vin, il titubait. Il était inconsolable. Rien ne pouvait apaiser sa douleur.

Marguerite, quant à elle, ressentit le décès de son fils comme une cruelle offense. Aussi traînait-elle son amertume de salon en salon, y clamant trahison et injustice !

— Après toutes ces souffrances et ces inconforts féminins, voilà que la mort nous l'arrache telle une voleuse ! Qu'on se le dise, une fois m'a suffi ! On ne m'y reprendra plus ! C'est trop injuste !

Charles la dévisageait ahuri, presque effrayé par les épanchements de sa femme. Je songeais au sort réservé à tous ces enfants partis si tôt, beaucoup trop tôt.

— Que deviennent toutes ces petites âmes ! pensai-je en me souvenant des yeux enjoués de mon neveu.

La douleur et la peine furent notre lot du Nouvel An. Charles-Antoine nous avait quittés deux jours avant Noël. Les Boullé étaient en deuil.

— Bien entendu, on ne choisit pas son temps pour succomber à une forte fièvre, mais la période du Nouvel An tout de même ! Nous devrons renoncer à tous les bals de la cour ! Il serait inconvenant de s'y présenter d'autant que ton père est dans un tel état ! se lamentait mère les lèvres pincées.

Le sieur de Champlain revint juste à temps pour l'homélie funèbre. Voyant l'état de délabrement dans lequel s'enlisait mon père, il prit sur lui de l'en dégager. À plusieurs reprises, il l'obligea à quitter sa chambre, opposant à son obstination les compétences indispensables qu'il devait mettre au service de la France et par conséquent au service du monopole. Il le traîna littéralement à chacune de ses réunions d'affaires, le travail étant un prétexte louable pour se présenter dans le monde, endeuillé ou pas ! Après trois semaines d'efforts, père avait repris son allure de grand bourgeois et ne reparla plus jamais de son petit-fils.

Le dernier voyage du sieur de Champlain à La Rochelle avait été inutile. Les marchands protestants refusaient toujours de se joindre à son monopole. Ce fait le décevait plus qu'il ne le laissait paraître. Il avait échoué à réconcilier les marchands bretons, normands et rochelais. Cet aspect des choses le préoccupait bien davantage que les réaménagements occasionnés par leurs refus.

J'étais en train de terminer la liste des producteurs de biscuits de mer quand monsieur de Bichon s'approcha de ma table en tirant sur les basques de son pourpoint noir.

— Oui ?

— Mademoiselle, notre collaboration s'achève et… et… je voudrais que vous sachiez qu'elle me manquera.

— Elle me manquera aussi. Vous êtes un secrétaire modèle et efficace. Le sieur de Champlain ne tarit pas d'éloges à votre endroit.

— Vrai… vraiment, Mademoiselle ?

— Tout ce qu'il y a de plus vrai ! Il me disait justement au souper hier soir qu'il allait regretter vos services. Vous avez su vous rendre indispensable !

— Vrai… vraiment, Mademoiselle ?

— Assurément ! Il a même ajouté que s'il pouvait vous amener avec lui au Nouveau Monde, il n'hésiterait pas un seul instant !

— Ah, il a dit ça ?

— Oui, il a parlé en ces termes, tel que je vous le dis.

— C'est que justement, je m'apprêtais à vous demander d'intercéder en ma faveur.

— D'intercéder à quel propos ?

— Eh bien, c'est que voyez-vous, comme je vous l'ai déjà mentionné, je ne suis pas marié. Je pris soin de ma pauvre mère jusqu'à sa mort. Elle m'a quitté l'an dernier : qu'elle repose en paix ! dit-il en se signant. Je suis donc sans attache, sans projets, et disons-le, sans grand avenir. Vous savez, mon… mon allure disgracieuse et ma timidité ne sont guère… disons favorables dans notre société française.

— Mais c'est votre efficacité et vos habiletés qui sont ici en cause et en cela, vous êtes des plus doués. Seriez-vous à me dire que vous aimeriez offrir vos services au sieur de Champlain ?

Ses lèvres s'entrouvrirent et il esquissa un maigre sourire qui dévoila ses dents enchevêtrées.

— C'est effectivement à quoi je m'applique, Mademoiselle. Si le sieur de Champlain était assez bon pour recourir à mes services pour quoi que ce soit, je suis prêt à le suivre où qu'il aille.

Le lendemain, monsieur de Bichon repartit chez lui un contrat sous le bras. Il cumulait dorénavant la double tâche de secrétaire et de serviteur du sieur de Champlain. Il serait du voyage outre-mer qu'il avait si consciencieusement aidé à planifier.

À la mi-janvier, les caisses de documents étaient entassées dans la bibliothèque, prêtes à être transportées à Honfleur. Les cardinaux et les évêques avaient acquiescé aux demandes du prince de Condé. Ils recommandaient l'envoi de quatre Récollets dans la colonie et s'engageaient à couvrir une partie des dépenses que les religieux de la très sainte Église catholique et romaine occasionneraient aux marchands du monopole. Tout était en place. Pour le sieur de Champlain, il ne restait qu'à faire charger les carrosses et partir pour Rouen où des rencontres avec les Récollets étaient prévues.

Le décès de Charles-Antoine avait déjoué quelque peu la planification du voyage. Il était impensable que je quitte Paris à la mi-janvier avec le sieur de Champlain.

— Vous n'avez pas à supporter tous les détours qui m'incombent avant de joindre Honfleur. Cependant, je tiens à ce que vous m'y rejoigniez. Dans les circonstances, et je veux ici parler des relations tendues avec vos parents, il n'est pas question que vous demeuriez à Paris pour la saison chaude. D'ici l'automne prochain, ils auront le temps de se raviser. Je prendrai donc les mesures nécessaires pour que vous puissiez faire le voyage vers Honfleur en toute sécurité.

La perspective de quitter Paris ne me plaisait guère, mais je savais que rien ne pourrait le convaincre de modifier ses projets. Son entêtement surpassait le mien.

— Je vous assure que je me suis faite à l'humeur de mes parents. Je pourrais très bien…

— Il ne peut être question qu'il en soit autrement. Vous me rejoindrez à Honfleur. Noémie m'a parlé de sa sœur, une certaine dame Bisson, que la mort subite de son mari laisse dans un grand embarras. Elle serait heureuse, semble-t-il, de recevoir des visiteurs, d'autant que Paul pourra la seconder un certain temps dans sa tâche de gérance du verger légué par son époux. Vous y passerez l'été. L'air du large vous fera le plus grand bien !

J'étais appuyée à la fenêtre de la bibliothèque attendant que le carillon sonne le dernier coup de cinq heures et que monsieur de Bichon passe la porte comme à son habitude, quand je les vis s'avancer entre les pommiers du jardin. Le sieur de Champlain était accompagné de Ludovic. Mon sang ne fit qu'un tour. Je ne l'avais pas revu depuis la Saint-Nicolas. Ma nervosité dépassait la curiosité.

— Mon... Monsieur de Bichon, Monsieur de Bichon, le sieur de Champlain vous a parlé à propos d'un certain pelletier Fer... Ferras, Ferras de Paris ?

Il me regarda perplexe, s'approcha de la fenêtre, repoussa le rideau et étira le cou.

— Ah, ce jeune homme, j'ignorais qu'il fut pelletier !

— Vous l'avez déjà rencontré, vous avez entendu parler de lui ?

— Le sieur de Champlain a mentionné le fait qu'il devait joindre un certain pelletier ayant l'expérience des voyages.

— Mais pour... quoi, pourquoi ?

— Eh bien, il a indiqué qu'il serait avantageux pour lui d'avoir ses avis lors des embarquements à Honfleur.

— Les embarquements à Honfleur !

— Oui, c'est bien ce qu'il a dit. Il a aussi ajouté qu'il vous faudrait des gardes fiables durant votre voyage en Normandie. Votre cocher et sa dame ne sont plus très jeunes et de ce fait, ce pelletier lui rendrait deux services en un.

— Quoi ! Vous êtes en train de me dire que ce pelletier serait engagé par le sieur de Champlain pour nous mener à Honfleur !

— Tout juste, Mademoiselle. C'est précisément ce que j'ai cru comprendre. La décision du sieur de Champlain vous cause quelque embarras, Mademoiselle ? dit-il me scrutant de ses minuscules yeux noirs.

— Quelque embarras, dites-vous ?

— Quelque embarras, oui. Si c'était le cas, je pourrais toujours en parler au sieur de Champlain, mais je doute que ce soit le cas.

— Et... et pourquoi ce doute ? demandai-je surprise.

— Parce que la vue de ce jeune homme a éclairé votre visage d'une manière que je ne vous connaissais pas, Mademoiselle, d'une bien belle manière !

Je tentai de retrouver mon calme. J'inspirai profondément en espérant que mes joues perdent de leur chaleur.

— Ce projet me convient parfaitement, Monsieur de Bichon. Quant à mon visage, il faut mettre mes émois sur le compte de la surprise, de la simple surprise.

— Soit, de la surprise. Vous pouvez compter sur moi : la surprise et le secret. Un bon secrétaire sait tenir sa langue et vous êtes au fait de mes compétences. Je vous souhaite une bonne soirée, Mademoiselle.

Le carillon retentit. Au dernier coup des cinq heures, monsieur de Bichon passait la porte en croisant le sieur de Champlain qui précédait le pelletier de ma vie.

— Ah, Bichon, vous m'attendez à la sortie ? J'ai besoin de vos services, vous pouvez m'accompagner à l'hôtel de ville ?

— Bien entendu, Monsieur !

— Attendez-moi un instant, je fais les présentations à madame et vous rejoins.

Puis, avançant vers moi il ajouta.

— Madame, approchez que je vous présente le pelletier Ferras. Vous avez peut-être souvenance… à La Rochelle… lors de l'escarmouche, ce vaillant garçon était à nos côtés ?

Le souvenir de la nuit de la Saint-Nicolas échauffa mes sens. Je répondis faiblement tout en maudissant le rouge de mes joues.

— Je me souviens très bien !

— Madame de Champlain, pelletier Ferras.

Ludovic s'approcha, sérieux de visage et coquin de l'œil. Il me salua courtoisement.

— Mes hommages, Madame !

Magnétisée par le pelletier de ma vie, je dus fournir un effort pour me détacher de son sourire.

— Voilà, Madame. Il se trouve que ce garçon a accepté la proposition d'engagement que je lui ai faite hier. Il sera chargé de votre sécurité et de votre bien-être pendant le voyage qui vous mènera de Paris à Honfleur en compagnie de Paul et Noémie. Vous partirez vers la mi-février dès que les routes seront suffisamment praticables. Par la suite, il restera à vos côtés le temps de votre séjour estival en Normandie, tout en prêtant main-forte à dame Bisson. Ainsi, je pourrai vous quitter l'esprit tranquille. Je vous saurai bien protégée ! À moins que vous n'y voyiez quelque inconvénient ?

Mon cœur battait à m'en rompre la poitrine.

— Je n'y vois réellement aucun inconvénient, si le pelletier Ferras y consent.

— Je serai honoré d'être au service de Madame !

— Alors, puisque tout convient à tous, je vous laisse. Considérez que votre engagement est chose faite. Vous connaissez les procédures des contrats, Madame. Il vous serait possible de rédiger celui du pelletier Ferras ? Ainsi, je n'aurai qu'à apposer ma signature à mon retour.

— Il sera fait comme vous le demandez. Soyez assuré que le contrat sera rédigé en bonne et due forme.

— Soit! Eh bien, on m'attend à l'hôtel de ville. Je vous retrouve en soirée. Mes salutations à votre oncle, jeune homme. Ah, si vous désirez accompagner madame pour le souper, je vous y invite.

D'un geste vif, il salua de la main. La main de Dieu n'aurait pu offrir plus merveilleuses largesses! Je restai immobile devant Ludovic qui regardait la porte entrouverte. Au bout d'un moment, il s'en approcha et la referma.

— Vous permettez? J'aimerais la discrétion la plus absolue en ce qui concerne la rédaction de mon contrat.

Je me précipitai dans ses bras et l'embrassai avec toute l'ardeur dont je fus capable. Quand je fis trêve, il laissa tomber sa cape entre deux caisses, s'y assit en m'attirant près de lui.

— Combien de temps mettez-vous à la rédaction d'un contrat, Madame la secrétaire?

— Si l'engagé se montre bon collaborateur, quelques minutes suffisent… quelques minutes…

Et je me blottis près de l'employé en le serrant fortement dans mes bras. Il finissait de délier les rubans de mon corsage quand on frappa à la porte.

— Ludovic, je… je dois répondre, chuchotai-je en baisant son front. Rendez-vous à mon pupitre.

Il nous releva prestement. Je me rendis à la porte en refaisant tant bien que mal la boucle de mon corselet.

— Oui, qui est-ce? demandai-je le plus fermement possible.

— C'est Marion, Madame. J'aimerais savoir si monsieur votre époux dînera…

J'ouvris si vivement la porte qu'elle faillit s'effondrer à mes pieds. De toute évidence, Marion savait épier!

— Monsieur ne revient qu'en soirée, Marion. Je serai seule pour le souper, à moins que le pelletier Ferras accepte l'invitation à souper que lui fit le sieur de Champlain. Pelletier?

— Si Madame insiste, je veux bien accepter.

Marion parcourut la pièce du regard, pinça les lèvres à la vue de la cape et me salua de la tête.

— Je prépare deux couverts, Madame.

— Ce sera tout, Marion? J'ai à rédiger un contrat pour le pelletier Ferras et cette tâche nécessite un minimum de concentration car les erreurs peuvent entraîner de malencontreuses conséquences. Vous comprenez, Marion ?

— Je… je comprends, Madame. Madame me demande de ne plus la déranger.

— C'est bien ce que je vous demande. Nous descendrons pour le souper, dès que la rédaction sera terminée, soit dans une heure. Vous servirez donc à six heures quinze.

— Très bien, Madame.

— Si j'ouvre à nouveau cette porte et vous y trouve…

— Non, non, Madame, je cours de ce pas aux cuisines.

Je m'appuyai sur la porte fermée en savourant de le voir devant moi, souriant narquoisement, une mèche de cheveux rebelle couvrant son large front, le pourpoint détaché et la chemise entrouverte.

— Ainsi donc, pelletier Ferras, vous avez été chargé de ma sécurité.

D'un geste lent, il replaça la mèche rebelle derrière son oreille.

— Et de votre bien-être ! J'insiste sur le bien-être ! Si on déposait une table devant cette porte, je serais en mesure d'assurer le bien-être de madame en toute sécurité.

Je l'aidai à installer la table devant la porte et mon bien-être fut assuré en toute sécurité.

Nous étions à terminer le potage, assis l'un devant l'autre.

— La mort d'un enfant est absurde, dis-je, un enfant est une promesse de vie : on les imagine si loin de la mort. Où vont ces petites âmes, Ludovic ?

Discrètement, il couvrit ma main de la sienne.

— Il vous manque ?

— Il manquera à la vie.

Le sieur de Champlain entra prestement dans la salle, le visage radieux.

— Ah, mon garçon ! Je suis heureux de vous retrouver. Bonsoir, Madame ! Ce de Bichon est d'une efficacité exceptionnelle ! Il a expédié en une demi-heure une investigation qui en nécessite normalement deux ou trois ! Il m'a confié avoir abandonné ses études de notariat à la mort de son père, avocat aux tribunaux de Paris. Vous étiez au courant, Madame ?

— Non, je l'ignorais. Monsieur de Bichon est discret, mais son talent est irréfutable.

— Et ce contrat ? Il est à votre convenance, pelletier ?

— Tout y est conforme à votre proposition. Je suis plus que satisfait, Monsieur !

— Soit ! Il ne me reste qu'à compléter les clauses salariales et à signer. Tout sera conclu sitôt le repas terminé. Votre oncle ne regrettera pas votre décision ? En ce qui concerne la boutique… les clients ?

— À la mi-février, les fabrications sont terminées. Nous en sommes à planifier pour la prochaine saison. À cet effet, comme je vous l'ai mentionné ultérieurement, je devrai me rendre à la foire des pelleteries de Rouen à la mi-août pour une semaine tout au plus. Les achats terminés, je regagnerai Honfleur.

— Soit, cela était convenu, cela le restera. À ce moment, madame sera déjà bien installée. Paul et Eustache veilleront sur elle le temps de votre absence. Bien, bien, bien, voyons voir ce potage. Marion !

Marion versa le potage dans le bol du maître de la maison, donna à Ludovic un regard hautain, me toisa du coin de l'œil et quitta la pièce.

— Eustache sera du voyage ?

— Ne vous l'avais-je pas mentionné ? Un oubli ! Oui, Eustache m'a pour ainsi dire supplié de l'engager pour escorter. Il quittera Paris avec vous et me rejoindra à Honfleur afin d'aider aux préparatifs du départ. Tout ce qui touche les colonies l'intéresse vivement. Étienne Brûlé a lui aussi été engagé. Son deuxième voyage. Déjà en 1608…

Je m'étouffai légèrement. Ludovic sourcilla. Monsieur de Champlain termina son potage en le buvant et déposa son bol.

— Oui, je disais donc que cet Étienne est animé par un esprit d'aventure inusité. Son âme de gitan, je présume… Vous saviez qu'il avait des origines gitanes ?

— Il m'en a vaguement parlé.

— De plus, il a un don pour l'apprentissage des langues : un formidable avantage en terres étrangères. Il faudra bien qu'un jour, quelques-uns d'entre nous puissent en connaître suffisamment sur les langues de ces peuples. Il sera plus aisé de communiquer en toute connaissance de cause !

— Il a de plus un merveilleux talent de musicien et de poète ! continuai-je en regardant naïvement Ludovic.

— Pour sûr ! Et un talent fou pour stimuler les émotions, renchérit-il un sourire en coin.

Le reste du repas se passa sans anicroche jusqu'à ce que je sois emportée par un élan mal contrôlé.

— Et votre maîtrise, pelletier ?

Ludovic me jeta un coup d'œil par-dessus la bouchée qu'il portait à sa bouche et mastiqua plus que nécessaire son morceau de gâteau aux prunes avant de répondre. Je mordis ma lèvre en baissant les yeux.

— Une maîtrise ? s'enquit le sieur de Champlain en fronçant les sourcils.

Ludovic passa sa serviette sur sa bouche et se tourna vers lui.

— Oui, ma maîtrise de pelletier, Monsieur. Je travaille à son obtention et y parviendrai sans doute l'an prochain, à moins que des événements fâcheux ou heureux ne retardent mes travaux. J'ai commencé à m'y préparer.

— Est-ce à dire que ma proposition retarde vos projets ?

— Elle retarde l'obtention de ma maîtrise. En contrepartie, les expériences qu'elle me permettra valent bien le léger retard qu'elles occasionnent.

— Soit, je ne voudrais en aucun cas…

— Je m'y remettrai avec beaucoup de ferveur l'automne prochain, n'ayez crainte. Bien que les exigences soient élevées, je suis certain d'y parvenir. C'est qu'un maître jouit d'une bénéfique autonomie. Il peut, à plus ou moins long terme, devenir le patron de sa propre boutique. C'est une perspective intéressante !

— Maître pelletier ! Mais c'est effectivement des plus intéressants, mon garçon ! Et le Nouveau Monde vous ouvrira ses portes. Cela vous dirait d'être le premier maître pelletier engagé en terre étrangère ?

— Ça, j'avoue n'y avoir jamais réfléchi. C'est que ma famille, je veux dire les gens à qui je suis attaché vivent en France, Monsieur.

— Votre famille ! Oui, c'est un argument valable d'autant que vous n'avez toujours pas votre maîtrise en poche. Comme on dit, chez les fourreurs : « Mieux vaut ne pas vendre…

— … la peau de l'ours avant de l'avoir tué », continua Ludovic. Je sais. Je ferai tous les efforts nécessaires pour y parvenir l'an prochain. « Qui vivra, verra ! » comme on dit chez les explorateurs.

Cette réplique soutira au sieur de Champlain un sourire de complaisance. Or, il était extrêmement rare que le sieur de Champlain sourie.

— Pour ce qui est de cette année… continua Ludovic.

— Vous aurez la chance de pouvoir consacrer du temps à votre famille !

— Comme vous dites, Monsieur. J'aurai la possibilité de consacrer un peu de temps à ma famille.

Il pressa mon pied sous la table. Je détournai la tête et sourit sottement à Marion qui s'apprêtait à récupérer mon assiette vide.

— Et un peu à la mienne tout de même ! termina le sieur de Champlain en se levant de table.

— Un peu à la vôtre, bien entendu ! renchérit Ludovic en l'imitant.

— Vous nous excusez, Madame, les affaires nous appellent. Vous avez laissé le contrat sur votre pupitre ? Ah ! Et le dossier de mes revenus, il est à son endroit habituel dans la bibliothèque ? Il ne faudrait tout de même pas que le salaire de ce jeune bougre dépasse les rétributions que m'accordent les marchands de la Compagnie ! J'exagère, bien entendu, mais je dois tout de même y jeter un coup d'œil. Alors, tout est bien en place, Madame ?

— Tout est parfaitement à sa place.

Je tendis ma main gauche à Ludovic. Il pressa mon alliance sur ses lèvres.

— Bonne nuit, Madame de Champlain.

— Bonne nuit, pelletier Ferras.

Et il emboîta le pas au sieur de Champlain. Avant de passer la porte, il tourna la tête et me fit un clin d'œil joyeux.

— La vie nous réserve parfois d'extraordinaires surprises ! pensai-je.

J'étais encore sous le choc de l'émerveillement quand un froissement de jupons me fit sursauter. Je me tournai en direction des cuisines et vis disparaître la jupe brune de Marion derrière la porte.

— Et bien des soucis inutiles ! conclus-je en haussant les épaules.

Je montai à ma chambre, bien déterminée à me concentrer uniquement sur la largesse des surprises. Je débordais de joie. J'étais au comble de l'excitation et n'arrivais toujours pas à croire en cet heureux hasard. Je m'assis près de la fenêtre jusqu'à ce que je voie sa silhouette sortir de la maison. Instinctivement, il regarda en direction de ma fenêtre et fit une profonde révérence. Je lançai un baiser de la main au prince de mon cœur. Il fit virevolter sa cape noire qui souleva un tourbillon de neige, puis s'élança en courant vers la rue de Saint-Germain-l'Auxerrois, la rue des rois.

CINQUIÈME PARTIE

SOUS LE CIEL NORMAND

34

La marraine des Andelys

Voilà deux jours que Paul, Noémie et moi voyagions sur les routes escarpées et boueuses de la vallée de la Seine, escortés d'Eustache et de mon preux chevalier, gardien de ma sécurité. À notre droite, le fleuve louvoyait entre les plis calmes des vallons et les falaises éperonnant ses rivages. À notre gauche, de grands massifs forestiers succédaient à des vergers dont les pommiers n'attendaient que la chaleur printanière pour éclater de mille fleurs. À l'aube, l'air frisquet nous gelait le bout du nez. Ludovic galopait tout près de notre carrosse, guidant habilement son destrier. J'avais peine à croire à notre bonne fortune : un été de vie commune sous le ciel de Normandie. Je lui souris. Il approcha sa monture blonde près de ma fenêtre.

— Le froid vous importune, Mesdames ?

— Aucunement. Et toi, No…

Noémie somnolait. Couverte de sa capuche, sa tête hochait au rythme des cahotements de la route. Je posai mon menton sur le rebord de ma fenêtre.

— Et vous, pelletier Ferras, vous supportez la fraîcheur du matin ?

— Absolument, Madame ! Votre vue…

— Ma vue ?

Ses yeux pétillaient de plaisir.

— Oui. Elle m'échauffe suffisamment les sens pour…

Noémie toussota d'une manière qui ne laissa aucun doute sur la nature de sa somnolence. Je me redressai sur ma banquette, soucieuse d'éloigner les résonances de son ardente allusion.

— Nous sommes encore loin des Andelys, du Château-Gaillard ?

— Environ cinq lieues. Encore un peu de patience, jeune Dame et vous verrez poindre le donjon du château fort de Richard Cœur de Lion. Si vous désirez qu'on s'arrête pour quelque raison, n'hésitez pas à me l'indiquer.

Je tendis le bras vers lui. Il empoigna ma main.

— Il serait inconvenant de satisfaire la raison de mon désir.

Il se pencha, reluqua Noémie qui somnolait toujours et me décocha une œillade.

— Les rives des Andelys sont tapissées de bosquets fleuris réputés pour favoriser les savoureuses intimités.

— Ah, vraiment ? Savoureuses intimités, vous dites ? répétai-je avec le plus innocent des sourires.

— Enjôleuse !

Il embrassa ma main et s'élança au trot à la poursuite d'Eustache qui disparaissait derrière la colline.

Depuis Vernon, la porte normande de la Seine, nous n'avions croisé que deux carrosses, trois pataches et quelques chariots de paysans. Malgré le peu d'achalandage des routes, les auberges débordaient de clients. J'avais dû partager avec Noémie des chambres exiguës à la propreté douteuse tandis que nos trois hommes s'entassaient tant bien que mal dans les granges ou les greniers. Les contraintes de nos déplacements ne nous avaient autorisé aucune intimité : Paul et Noémie s'appliquant vraisemblablement à calmer nos ardeurs.

Au plus haut de la colline que nous nous apprêtions à gravir, le vert pâturage dans lequel paissait paisiblement un troupeau de vache jouxtait un sombre massif de pins. J'observais le pré lorsqu'une pétarade nous fit sursauter.

— Saint… Sainte Madone, qu'est-ce que c'est ? Paul, c'est une attaque, Paul ? Paul, Paul ! s'exclama Noémie en se jetant à sa fenêtre.

J'ouvris ma portière. Un nuage de fumée s'élevait derrière les conifères et des cris d'hommes entremêlés à des battements de fer confirmaient un danger évident. Notre carrosse s'immobilisa.

— Paul, Paul, qu'est-ce que c'est ? s'affola Noémie.

— Une embuscade ! Je dois y aller ! Eustache et Ludovic sont impliqués à coup sûr ! Ne quittez le carrosse sous aucun prétexte, sous aucun prétexte ! hurla Paul en s'élançant vers le haut de la colline.

Noémie, les yeux exorbités, s'accrocha désespérément à sa banquette.

— Il n'est pas question que je reste ici ! Mon épée, où est mon épée ? m'excitai-je en sautant au-dehors.

— Dans vos bagages sur le toit. Vous n'allez tout de même pas me laisser toute seule ici !

— Peut-être ! Restez ici. Ne vous inquiétez pas ! Je vois de quoi il retourne. Ne bougez pas !

Je grimpai sur le toit du carrosse. Tout en bas, sur la route, entre les pins et le bord de la falaise, une poignée de gaillards croisaient le fer autour d'un attelage de quatre chevaux noirs. Ludovic et Eustache étaient engagés dans la bagarre. Paul courait vers eux, quand deux agresseurs émergeant des bosquets se ruèrent sur lui. Il était inconcevable que je reste là à le regarder se débattre contre deux brigands. Je défis nerveusement les cordages de mon coffre, saisis mon épée et dévalai la colline d'un trait, volant au secours de Paul, qui en avait plein les bras.

— J'arrive Paul ! m'égosillai-je en brandissant mon épée.

— Retournez immédiatement avec Noémie ! Ces bandits masqués ne sont pas à votre mesure !

— Pas à ma mesure ! Je voudrais bien voir ! Masqué ou pas, un escrimeur n'est toujours qu'un escrimeur !

Et je me précipitai dans l'échauffourée, paradant autour des attaquants. Mes jupes m'encombraient et mon épée n'en finissait plus de s'alourdir. Vu de loin, un escrimeur n'est toujours qu'un escrimeur, mais il s'avérait que ceux-ci étaient des combattants d'impressionnante envergure ! Chacun d'eux faisait le double de ma largeur et la force qu'ils déployaient laissait croire qu'ils étaient constitués de granit plutôt que de chair et d'os. Des yeux bridés, du bleu le plus intense qu'il m'eût été donné de voir, rutilaient par les orifices des bandeaux noirs noués autour de la boule de poils roux qui leur tenait lieu de tête. Ils auraient pu être des jumeaux, des Vikings jumeaux ! Je dus bien vite me contenter de parer leurs coups dont la vigueur me fit craindre une dislocation d'épaule.

— Levez votre garde ! criait Paul en se débattant autour des fripouilles.

À deux, nous arrivions à peine à tenir suffisamment la charge pour éviter qu'ils ne rejoignent le carrosse. La curiosité fut mon impardonnable faiblesse. Je voulus repérer Ludovic quand une lame m'atteignit au bras gauche. Je ressentis une brûlure intense et trébuchai sur une ronce. Des chevaux se précipitèrent sur nous. Un cavalier vociféra à ses complices dans une langue qui m'était étrangère. Mon assaillant sembla protester.

— Ne jamais abandonner un blessé, c'est la règle ! Murdo, prends la femme, ordonna le cavalier.

— Du gaélique… des Vikings ? dis-je horrifiée.

Un colosse me saisit aussitôt par la taille, me projeta au travers de ses épaules comme si j'eusse été une simple poche de farine et déguerpit en direction du boisé. J'étais épouvantée tant par la douleur que par les redoutables manières du bandit. Je frétillais des jambes afin de me dégager tout en soutenant tant bien que mal mon bras blessé qui saignait abondamment. Au loin, les cris désespérés de Paul et de Ludovic se perdaient entre les hurlements des hommes et les hennissements des bêtes. Je ballottai sur le dos de mon agresseur jusqu'à ce qu'il s'arrête derrière un talus et me largue sur une roche plate. Deux cavaliers dirigèrent leurs montures vers nous.

— Monte devant lui sans rechigner, ça vaut mieux pour toi, commanda l'un d'eux en m'indiquant du poing l'autre écuyer.

Ce dernier mit pied à terre et m'imposa une rapide montée en selle.

— Vite ! *Luath ! Luath !* Au repaire !

La douleur de ma blessure m'imposa la résignation. Je me retrouvai assise devant un jumeau aux cheveux et à la barbe rousse et n'eus d'autre choix que de m'appuyer sur ce bloc de granit couvert d'une peau de mouton afin de garder mon équilibre.

— T'as avantage à la fermer ! grommela-t-il d'une voix sourde en orientant sa monture dans la forêt.

— Si vous ne me faites pas immédiatement un garrot, vous n'aurez plus à vous soucier de mes discours !

— Ferme-la ! Ya, Ya ! vociféra-t-il en éperonnant son destrier.

Nous galopâmes jusqu'à une clairière où il s'arrêta. Il couvrit mes yeux d'un foulard puant et déposa dans ma main un bout de tissu.

— Pour ta blessure… Pose-le vite !

Je tâtai fébrilement mon bras et réussis à fixer tant bien que mal le chiffon au-dessus de la source de ma douleur. Je le saisis entre mes dents afin de le nouer. Sitôt l'opération terminée, le galop reprit. Le foulard sentait le rance et l'haleine de ce monstre, l'ail mal digéré. Je tremblais malgré la bouffée de chaleur qui m'assaillait. Ma tête bourdonna et tous mes muscles se relâchèrent.

Une odeur âcre et musquée flottait dans l'air humide. Je fus prise d'une forte nausée. Ma tête était lourde et ma bouche

engourdie. Des sons vagues et caverneux s'éloignaient, se rapprochaient en se répétant : l'écho de voix d'hommes rebondissant à
l'infini. Une femme parla haut et fort entre des jappements de
chien. Puis, les cris et les pas sur les pierres s'interrompirent
brusquement. Ne resta plus que les complaintes du vent et le
bruissement d'un ruisseau non loin de moi. Je clignai des yeux. Je
flottais dans une vapeur sirupeuse. Puis le nuage m'enveloppa
totalement. Je dormis.

Ludovic chevauchait un destrier blanc galopant en direction d'un so-
leil déclinant derrière une falaise escarpée. Je courais derrière lui, les
mains tendues et plus je courais, plus je m'en éloignais. Il s'élança dans
le vide tandis que je hurlais son nom.

— Ludovic ! Ludovic ! Lu… do… vic !
J'ouvris les yeux, il faisait noir. La nausée m'indisposait et la
blessure de mon bras gauche élançait douloureusement. Je désirais
plus que tout la toucher de ma main droite, mais cette dernière
restait inerte telle une pierre ! Il m'était impossible de faire le
moindre mouvement. Mes paupières s'alourdirent.

Nous roulions dans un carrosse blanc orné de guirlandes de fleurs
rouges. Ludovic, souriant, me serrait dans ses bras. Les secousses du
carrosse me pressaient contre lui. Des odeurs de sel, de miel et de lavande
nous enivraient. Nous étions blottis l'un contre l'autre, portés par des
vagues aux écumes si blanches qu'elles nous éblouissaient.

Une lumière chauffait mon visage et des cris d'enfants réson-
naient au loin. On humecta mes lèvres. J'avais si soif !
— Ludovic ! appelai-je faiblement.
— N'ayez crainte, du calme, *air do shocair*, du calme. Vous êtes
en sécurité, me rassura une voix douce.
Je touchai mon bras, Une douleur vive me fit sursauter. Je
heurtai le front de la dame penchée au-dessus de moi.
— Aïe ! Qui… qui êtes-vous ?

Elle passa un linge humide sur mon front et me sourit. Les trous de sa dentition et les plis de son visage rondouillard indiquaient qu'elle était au mitan de sa vie. Une corniche de dentelle surplombait la masse de ses cheveux jaunâtres presque aussi frisottés que ceux des Vikings aux peaux de mouton.

— Des peaux de mouton ! m'énervai-je.

— Tout va bien, je prends soin de vous. *Air do shocair.*

— Mais qui êtes-vous ? Où suis-je ?

— Au monastère Saint-Ignace.

— Au monastère...

Le martèlement de mon crâne s'intensifia.

— Calmez-vous. Il ne peut rien vous arriver de fâcheux ici.

Elle prit un verre d'eau sur la table derrière elle et me l'offrit.

— Utilisez votre main droite, la gauche sera hors d'usage pour quelque temps. Vous avez été blessée.

— Mes compagnons ! Qu'est-il advenu de mes compagnons de voyage ?

— Vous voulez parler de Ludovic ?

— Vous connaissez Ludovic ?

— Non, mais vous l'avez interpellé plusieurs fois dans votre délire.

La méfiance me gagna. Je ne savais ni où j'étais ni comment j'y étais arrivée.

— C'est un compagnon de voyage sans plus. Vous savez où il se trouve ?

J'avais soif. Je pris le verre qu'elle me tendit. Ses yeux transpiraient de bonté et ses gestes de délicatesse.

— Je n'en ai pas la moindre idée. Il vaudrait mieux vous calmer un peu. Vous êtes très faible.

J'observai la pièce. Les murs de pierre couleur de sable n'étaient percés que d'une étroite fenêtre au faîte arrondi. À côté du lit, une chaise et une table de bois brun se partageaient l'espace restreint. Sur la table, je reconnus ma robe, ma capeline et mon épée.

— Où suis-je ?

— Au monastère Saint-Ignace, répéta-t-elle patiemment.

— Mais... nous étions en route pour les Andelys !

Elle sourit à nouveau.

— Madame McAuley est réputée pour sa généreuse hospitalité. Il est probable que vos assaillants aient voulu en profiter.

— Mes assaillants, ces Vikings masqués ?

Elle ricana faiblement.

— Vikings, c'est leur faire un bien grand honneur, Mademoiselle. Disons plutôt des rebelles normands.

— Et ces rebelles normands m'auraient transportée jusqu'au monastère ?

— Nous vous avons trouvée à notre porte. C'est tout ce que je sais. Il est fréquent que ces combattants nous confient leurs blessés.

— Mais pourquoi ici ?

— Tous les habitants de la région connaissent la vocation d'accueil de ce monastère du Moyen Âge. Madame McAuley se fait un point d'honneur de secourir les gens dans le besoin.

— Une dame à la gouverne d'un monastère !

— Ah ça, c'est une longue histoire ! Elle vous intéresse ?

Je lui rendis mon verre en soupirant. Une brise fraîche entrait par la fenêtre donnant sur une cour intérieure. Les enfants s'étaient tus.

— Et pourquoi pas ! J'ai apparemment tout mon temps.

— Il faut savoir que madame McAuley était la fille d'une illustre famille de métayers, des *tighearna*, des propriétaires terriens. Leurs fiefs s'étendaient sur presque tout le territoire normand, des Andelys à Vernon. Lorsque sa famille fut décimée par les soldats d'Henri IV, elle se réfugia avec ses domestiques dans ce monastère abandonné.

— Toute sa famille décimée ! Pourquoi donc ?

— À cause de la trop grande avidité des rois, *maighdeann* ! Sa famille faisait propagande afin d'alléger les redevances royales, ce qui contrariait fortement les nobles seigneurs de la Cour de France. L'armée royale les fit taire à tout jamais. On en brûla quelques-uns et pendit les autres. Ainsi fait la justice française, *maighdeann* ! Et pour qu'il n'y ait aucun doute sur sa suprématie, Henri IV ordonna la destruction du Château-Gaillard, fierté des gens des Andelys. Fort heureusement, les contraintes des guerres obligèrent ses hommes à abandonner le projet, préservant ainsi la plus grande partie du château de la destruction.

Les réminiscences des sons et des odeurs de mon délire me laissèrent perplexe. La résonance des sons sur les pierres, les odeurs d'humidité, les lourdes portes qui se ferment…

— Et ce château, en fait-on encore usage ?

— Que non ! Il est abandonné depuis que la femme de Louis X, Marguerite de Bourgogne, y fut mystérieusement étranglée.

— Étranglée !

— Oui, elle y fut prisonnière pendant plusieurs années jusqu'à ce qu'on la retrouve étranglée.

— Mais pourquoi une telle barbarie envers cette femme ?

— Le Roi l'accusait d'adultère.

Je tournai la tête vers la fenêtre en portant ma main à mon cou. Une femme adultère ! Sans la connaître, je sympathisais. S'il fallait étrangler toutes les femmes adultères du royaume de France !

— Maintenant, reprit-elle, ce qui reste du château est le symbole de la résistance normande : *teann mar na h-iolair* ! Un beau symbole !

— *Teann mar...* ?

— *Teann mar na h-iolair* ! Solide comme l'aigle ! Telle est la résistance normande, *maighdeann* !

— Ah ! Ainsi on m'aurait déposée à votre porte.

— Comme vous dites. Je me suis permis de laver vos vêtements et de vous toiletter après avoir soigné votre blessure au bras gauche. Le sang, la transpiration et la boue ne vous donnaient pas bonne mine. J'ai recousu votre peau.

— Quoi ! m'exclamai-je en m'efforçant de me soulever.

— Ne vous énervez pas. Votre coupure faisait plus de deux pouces et la plaie était profonde. Vous perdiez beaucoup de sang. Ça valait mieux.

Le bandage de toile blanche recouvrant mon bras était propre et solidement installé. C'était de bon augure.

— Je vous remercie. Vous êtes sage-femme ?

— Non, je dirais que je suis mi-apothicaire, mi-soignante tout au plus. J'ai appris à la dérobée en observant mon père, chirurgien-barbier.

Je souhaitai ardemment que ses apprentissages clandestins aient été convenables. Je m'appliquai à mettre un peu d'ordre dans mes idées. Ma protectrice se tourna vers la table et rinça son linge humide dans le bol de l'aiguière blanche avant le replacer sur mon front.

— Quel jour sommes-nous ?

— Le samedi 23 février.

— Mais c'est impossible ! C'était mercredi ! Nous étions le mercredi 20 quand... Que s'est-il passé entre le mercredi et le vendredi ?

— Je ne saurais le dire. Je vous ai vue pour la première fois vendredi matin et vous étiez dans un piteux état, veuillez me croire ! Il semble évident que vous avez été droguée.

— Droguée ! Vous dites droguée !

— Votre blessure ne peut à elle seule expliquer vos divagations. Vous avez faim ?

— Et mes compagnons de route ? Que leur est-il arrivé ?

— Je l'ignore. Mais s'ils sont à votre recherche, ils vous trouveront d'ici peu. Nous ne sommes qu'à dix lieues à l'ouest des Andelys à l'orée de la forêt d'Amboise. La milice intervient volontiers afin d'aider les visiteurs dans l'embarras.

— Parce que de tels événements sont fréquents !

— Assez fréquents oui. Il faut savoir que notre région est pauvre, *maighdeann*. La famine et la misère sont le lot de presque tous les paysans. Les taxes et impôts commandés par la royauté et le clergé sont si élevés que nos gens n'arrivent plus à nourrir leurs familles. La colère gronde. Cet état d'indigence donne lieu à la formation de groupes de… disons, de rébellion.

— Rébellion ! Et nous aurions rencontré un groupe de ce genre ?

— Fort possible ! À quoi ressemblaient vos agresseurs ?

— À d'énormes pierres carrées surmontées d'une boule de poil roux. Ils étaient masqués et portaient des peaux de mouton.

— Vous avez eu affaire aux Robins normands, aux *Laochannan na choille* comme on les appelle ici.

— Les Robins normands ?

— Vous avez déjà entendu parler du légendaire Robin des bois de la forêt de Sherwood d'Angleterre, à l'époque de Richard Cœur de Lion ?

— Vaguement. Paul m'a déjà raconté qu'un groupe de voleurs du Moyen Âge arnaquaient les seigneurs anglais qui abusaient des pauvres gens. Les Robins normands attaquent les riches pour aider les paysans d'ici ?

— *Tha*, oui ! Ceux qui vous ont enlevée ne désiraient aucunement s'en prendre à vous. Vous avez été, sans vouloir vous offenser, un accident de parcours. Ils attaquent habituellement les percepteurs d'impôts retournant à Paris afin de les dépouiller des collectes abusives pour les redistribuer aux miséreux. Le hasard a voulu que votre groupe se trouve sur le lieu du guet-apens. Comme ces arnaqueurs se font un point d'honneur de ne jamais abandonner un blessé à son sort, vous voilà confiée à mes soins. Vous avez faim ?

Mon estomac gargouillait.

— Oui !

— Ah que voilà une bonne nouvelle ! Je reviens à l'instant. Du sirop d'orgeat ! Rien de tel pour redonner de l'énergie sans vous retourner l'estomac.

— Mon miroir ! m'exclamai-je soudainement. Vous auriez trouvé un miroir argenté ? Je le porte toujours sur moi, vous l'avez retrouvé ?

— Orné d'un croissant de lune… Oui, il est sur la table.

— Vous voulez bien me le donner, je vous prie ?

Je pressai le miroir sur mes lèvres. Elle quitta la pièce en refermant lentement la porte de bois brun garnie de larges pentures de métal noir. Au-dehors, la joyeuse animation avait repris. Elle m'intrigua. Je pris une grande inspiration et posai les pieds au sol. Je perdis l'équilibre et retombai sur le lit. Ma bienfaitrice revenait portant allègrement un plateau d'une main.

— Vous n'êtes pas raisonnable, *maighdeann*.

— Qui sont ces enfants dans la cour ?

— Les filleuls de madame McAuley.

— Les filleuls ! Mais combien sont-ils ? On croirait entendre le bourdonnement d'une ruche.

— Aujourd'hui, trente-quatre, vingt filles et quatorze garçons. Le plus âgé a quinze ans et la plus jeune trois mois. Demain, ils seront trente-cinq, le préfet des Andélys nous confie une petite âme demain : un nouveau-né trouvé sous le porche de la mairie la semaine dernière.

Croyant être la victime d'un dérèglement de mon audition, je fermai les yeux.

— Votre mal augmente, *maighdeann* ?

— Non, c'est que j'ai cru entendre qu'il y avait trente-quatre filleuls alors je me demandais si le délire…

Elle éclata de rire, ce qui quadrupla les fortes pulsions de mes tempes. Je portai ma main libre à mon front.

— Vous avez parfaitement bien entendu. Madame McAuley a bel et bien trente-quatre filleuls à ce jour : c'est la protectrice des Andelys, *ise bana-pharant Andelys*. Elle recueille tous les enfants abandonnés aux portes des abbayes, sur le parvis des églises Saint-Sauveur et Notre-Dame ou encore au bord des rivières. Les gens sont dans une telle misère qu'ils n'ont souvent d'autres choix que d'abandonner leurs enfants !

— Les gens abandonnent leurs enfants ! À Paris, il y a les nourrices qui…

Je me ravisai. « *Deux cents enfants abandonnés à Paris seulement…* », m'avait confié tante Geneviève.

— Nous ne sommes malheureusement pas à Paris. Les nourrices se font rares dans les campagnes de la Normandie.

— Je suis dans l'erreur : Paris a aussi son lot d'enfants abandonnés.

Le martèlement de ma tête s'intensifia. Je dus grimacer.

— Et si vous buviez ce sirop. Il allégera votre mal de tête.

Elle ferma la fenêtre, ce qui atténua le charivari des enfants, et quitta la pièce. Mes draps sentaient bon la lavande. Je m'endormis.

Un chant doux flottait dans l'air, un chant modulé par des voix frêles, cristallines, des voix d'enfants d'une pureté céleste… Je n'osais ouvrir les yeux.

> *Les cloches sonnent la fin du jour,*
> *Les coucous se sont tus et les enfants accourent*
> *Autour du feu de l'âtre chercher un peu d'amour.*
> *Sonnez, sonnez clochettes,*
> *Ding, dong, ding, dong, ding, dong,*
> *Sonnez la fin du jour.*

Ma porte s'ouvrit vivement. Je sursautai. Sans dire un mot, une dame toute vêtue de gris entra en agitant une canne de bois devant elle. Un chien la suivait. Elle tapota la patte de la table, bifurqua et s'arrêta face à moi, au pied du lit. De forte carrure et plutôt bien en chair, elle bougeait d'un même mouvement la tête et le torse, comme si son cou eût été dépourvu de toute souplesse. Un voile de dentelle noire couvrait entièrement son visage. Elle toucha le flanc de la bête de sa canne.

— Au pied, Tobi !

La magnifique bête, aux longs poils tachetés de noir et de blanc, s'assit aux pieds de sa maîtresse. Son museau carré flaira les odeurs de la chambre et ses yeux jaunes cernés de noir se braquèrent sur moi.

— Un chien de Robin normand, me dis-je, un chien masqué !

— Vous prenez du mieux, *maighdeann* ? On vous traite bien ? dit la dame d'un ton vif et cassant, tout en se détournant vers la fenêtre. Ils font du bien à entendre, n'est-ce pas ?

Apparemment, les réponses lui importaient peu.

— Vous aimez la musique, *maighdeann* ? On dit que la musique est la nourriture de l'âme. J'ajouterais qu'elle embellit la vie. C'est aussi votre avis ?

Son visage était orienté vers le petit crucifix de métal noir suspendu au-dessus de mon lit.

— Et cette blessure, elle guérit à souhait ? Ces gaillards vous ont quelque peu malmenée à ce qu'on m'a rapporté.

— Je vais mieux, une dame s'occupe de moi. Vous devez être…

— Madame McAuley, coupa-t-elle, ou si vous préférez, la marraine des Andelys. Je tiens à ce que tout soit à votre convenance. N'hésitez pas, si quelque chose venait à vous faire défaut, demandez. J'ai fait prévenir la milice des environs. Vos compagnons de route devraient vous rejoindre sous peu. Vous aimez les enfants, *maighdeann* ? Madame… ?

— Hélène de Champlain. Je… je suis madame de Champlain.

Son corps se raidit. Elle projeta ses épaules vers l'arrière et sa main potelée se crispa sur le pommeau de sa canne.

— Vous parlez du sieur Samuel de Champlain, l'explorateur ?

— Effectivement. Vous le connaissez ?

— Non ! Quoiqu'il y a fort longtemps…

Elle soupira fortement. Ses épaules reprirent leur position normale. Elle tapota la tête de Tobi.

— Et quel motif mène madame de Champlain sur les routes de Normandie à cette époque de l'année ?

— J'étais en route vers Honfleur. Je dois assister au départ des navires vers le Nouveau Monde. Le sieur de Champlain sera du voyage. Je devais le retrouver à la mi-mars, mais je crains…

— Le Nouveau Monde ! Tiens donc… intéressant ! De nouveaux horizons, voilà bien ce qu'il nous faudrait à tous ! Le peuple de France se meurt, constamment ballotté entre ces guerres interminables et ces fragiles traités de paix ! Les paysans crèvent de faim, *maighdeann*! À ce chapitre, la sagesse des rois se révèle plus que douteuse.

Elle effleura Tobi du bout de son soulier. Il se leva aussitôt. Elle se dirigea vers la fenêtre et s'y attarda.

— Un nouveau pays où tout recommencer dans un état de pureté absolu! Intéressant! Des plus intéressants!

Elle étala sa main trapue sur la fenêtre.

— *Pàrras gheibhte*, soupira-t-elle longuement. Vous connaissez l'ode au Paradis retrouvé, *maighdeann*?

— Non.

— Non évidemment! La royauté française a si bien bâillonné le savoir gaélique.

— Le gaélique?

— La langue de ma famille. Nous sommes de souche écossaise. Les McAuley émigrèrent d'Écosse au siècle dernier. Plus de cinq générations ont vaillamment défendu ces terres.

Elle fit un signe de croix et retourna à la porte.

— Pour ce qui est de gagner Honfleur, il n'y a pas de quoi vous tourmenter. Avec un bon attelage, quelques jours suffiront.

— Ah! fis-je quelque peu rassurée. Et mes compagnons, vous avez des nouvelles d'eux?

— Vos compagnons? Ils auraient ratissé les environs afin de vous retrouver. Leur infortune les a conduits aux Andelys, hier, en fin de soirée. Ils devraient être au fait du lieu de votre convalescence.

Ses connaissances et ses certitudes m'intriguèrent. Plus elle parlait et plus sa voix… sa voix ne m'était pas inconnue!

— Gaël, cria-t-elle en direction du corridor. Gaël, venez à la chambre!

Et je me souvins de ce timbre tranchant résonnant sur les pierres humides. L'aboiement d'un chien! Et si elle était complice de mes ravisseurs? Je frémis en rabattant ma couette jusque sous mon menton. Un homme aussi costaud que les blocs de granit vikings se présenta dans l'encadrement de la porte. Ses cheveux grisonnants, tout aussi frisés que les boules de poils roux, s'entassaient autour de son cou large et court.

— Gaël, vous prendrez le bras de madame de Champlain. Nous allons faire une promenade au jardin avant la tombée de la nuit. Il vous plaît de marcher?

— Oui… enfin habituellement ! C'est que je ne suis vêtue que d'une robe de nuit.

— Gaël, allez quérir Effie. *Maighdeann* a besoin de se vêtir.

J'inspirai profondément tandis que mon malaise augmentait. Cette femme m'effrayait.

— Vous croyez que je puisse vous accompagner ? Il vaudrait peut-être mieux…

— Debout, debout ! Allez, le grand air, rien de tel pour se ragaillardir ! Un peu de courage ! À ce qu'on m'a dit, il ne vous fait pas défaut. Vous en prendre aux Robins normands, quelle audace ! Ah, Effie ! Habillez *maighdeann*, nous allons au jardin.

En moins de temps qu'il ne faut pour le dire, Effie, ma soignante, se transforma en habilleuse. Quinze minutes plus tard, au bras de Gaël, je m'engageais avec madame McAuley dans un large sentier bordé de cerisiers. Leurs bourgeons pourpres à peine éclos répandaient dans l'air un délicat parfum sucré. Elle avançait prestement, chacun de ses pas étant précédé d'un mouvement de canne.

— Et ces gens qui vous accompagnent à Honfleur, si vous me parliez d'eux.

J'osais espérer que le pire de ma situation était derrière moi. Sa familiarité me gagna et je me surpris à lui répondre sans trop de réticence.

— Il y a Noémie, ma dame de compagnie, et Paul, son époux, cocher aux écuries de mon père. Nous sommes escortés par Eustache, mon frère et par Ludovic Ferras.

Je baissai la tête avant d'ajouter.

— Il est apprenti pelletier à l'atelier parisien de son oncle.

— Ludovic Ferras, vous dites ! Et quel âge a ce jeune homme ?

— Un peu plus de vingt ans, Madame. Vous connaissez les pelletiers Ferras ?

— Non, je n'ai pas les moyens de ces luxes ! Non, ma curiosité seulement… Je suis curieuse de connaître celui qui hante votre esprit.

— Mais il n'occupe nullement mon esprit ! Il est mon compagnon de route, un simple compagnon de route, m'empressai-je de préciser. Il a été engagé par le sieur de Champlain pour veiller à notre sécurité.

— Pour veiller à votre sécurité ! Tiens donc ! J'ose croire qu'il a plus de talent en pelleterie qu'en matière de sécurité.

— Il n'est aucunement responsable de notre mésaventure ! J'ai passé outre à ses recommandations. C'est ma faute si… Il ne faut surtout pas croire que…

— Je vois, je vois… *faic mi* ! Il ne faut surtout pas imaginer qu'il occupe votre cœur autant que votre esprit. Je vois… enfin si vous me passez l'expression.

— Mais je vous assure…

— N'insistez pas, je vois.

Nous étions à contourner une fontaine ronde au milieu de laquelle deux chérubins enlacés recevaient sur la tête un interminable jet d'eau. Madame McAuley frappa de sa canne un objet de bois traînant au sol. Gaël se précipita aussitôt pour le ramasser et le lui remit sans un mot. Elle tâta délicatement le mouton de bois du bout de ses doigts.

— Le mouton d'Antoine ! Quelle chance ! Pour un peu je l'écrasais sous mes pieds ! Le petit chenapan ! Demain, il faudra que je lui rappelle qu'ici comme ailleurs, il est préférable de ranger chaque chose à sa place.

Elle fit glisser le mouton dans la sacoche de cuir noir accrochée à sa ceinture et reprit sa marche.

— Ces enfants ! Ils ont tout à apprendre, le meilleur comme le pire. Ce qu'il faut de patience !

Puis, elle toucha le poignet de Gaël.

— Je vous quitte ici, Madame de Champlain. Je vous souhaite une bonne nuit. Si vous avez besoin de quoi que ce soit, n'hésitez pas à demander.

— Bonne nuit, Madame McAuley !

— À demain, Gaël.

— Bonne nuit, Brigitte, souffla-t-il à voix basse.

Et elle continua seule dans le sentier dévalant le coteau, le panache de la queue de Tobi balayant les plis de sa jupe. Du haut du vallon, nous pouvions apercevoir, tout en bas, l'arrière d'une petite maison de pan de bois couverte d'un toit de chaume sise devant une rivière. Gaël ne la quitta pas des yeux tant qu'elle fut à portée de vue. Je restais là, chavirée par tant d'amour si bien caché : car il n'y avait pas à en douter, cette rude aveugle débordait d'amour.

Le lendemain après que j'eus dévoré un copieux déjeuner de crêpes, de compote de pommes et d'hydromel, Effie m'invita à visiter les lieux. Nous fîmes le tour des cuisines dont la brillance des planchers d'ardoise aurait fait l'envie de plus d'une maison parisienne, pour ensuite traverser la salle des résidants. Cette grande pièce, agréablement colorée par la luminosité de ses vitraux, me rappela la chapelle du couvent des Ursulines. Je m'y sentis enveloppée d'une profonde sérénité, transportée hors du temps. Ses fenêtres étroites s'étiraient du plancher jusqu'à la base du plafond divisé par des arcades sculptées de feuilles de vignes qui prenaient appui sur des colonnettes. Un drapé de tartan de brun et de vert décorait le mur derrière une longue table rectangulaire. Sous le tissu, un écusson arborant un cardon et des feuilles de laurier, portait une courte inscription.

— *Ceud mile failte*, articulai-je maladroitement.

— Cent mille bienvenues ! C'est l'écusson du clan McAuley.

— Ah ! Et le tartan est…

— Du clan McAuley, vous l'aurez deviné. Nous sommes ici dans la salle capitulaire où s'amusent les enfants quand le temps n'est pas au beau. Nous y tenons aussi les assemblées spéciales du conseil du monastère, les assemblées de gestion. Rendons-nous aux dortoirs des enfants.

Nous longeâmes de longs couloirs sombres avant d'atteindre une grande pièce carrée aux murs bardés de portes. On aurait pu en dénombrer plus d'une trentaine si on s'était donné la peine de compter. Au centre, un immense bouquet de chardons violacés garnissait une table ronde.

— Le dortoir des grands ! Dès qu'ils atteignent l'âge de six ans, madame croit qu'un enfant a droit à son espace personnel, à son monde. Ces enfants ont si peu !

Elle ouvrit une porte. Une courtepointe aux couleurs vives couvrait le lit. Devant la fenêtre, une table et une chaise. Sur la table, un livre, une ardoise et une craie. Au pied du lit, un coffre et sur le coffre le mouton de bois de la veille.

— La chambre d'Antoine ! m'exclamai-je.

— C'est bien la chambre d'Antoine. Comment avez-vous deviné ?

— Le mouton aux pattes noires ! Antoine avait laissé son mouton près de la fontaine aux chérubins et…

— Ah, voilà pourquoi il fut convoqué au confessionnal ce matin !

— Au confessionnal ?

— Enfin, au bureau de madame. Quand il y a une remontrance à recevoir, les enfants y sont convoqués après le déjeuner afin de s'expliquer. Il est très rare que l'audience ne se termine pas avec des tapiches.

— Des tapiches ?

— Des tapiches, des caresses, des baisers, quoi ! Madame déborde de tendresse pour les enfants, vous n'aviez pas remarqué ?

— Si, j'avais remarqué.

Trois corps de logis de deux étages et une muraille percée de grandes portes de fer forgé formaient le quadrilatère du monastère. Aux deux encoignures, des tours carrées montaient la garde. La cour intérieure me fit l'effet d'une fourmilière. Sur la droite, un sentier bordé d'une haie de rosiers délimitait le jardin des simples du potager où s'activaient cinq garçons. Au centre, autour d'un puits de pierre surmonté d'une coiffe d'ardoise, trois servantes aidées de quelques filleules s'affairaient à laver des vêtements dans de grandes cuves de bois, tandis que d'autres alignaient pantalons, chaussons, jupes et chemises sur des cordes installées entre les poteaux de trois charrettes. Sur la gauche, quelques garçons d'âge moyen amusaient les plus petits en les promenant dans des voiturettes devant les portes de ce qui devait être des ateliers et des remises.

— Chaque enfant a une tâche particulière. Il est important qu'ils apprennent à se débrouiller. Les filles aident aux cuisines, au jardin, à la couture et à l'entretien des lieux. Les garçons se rendent régulièrement chez les paysans afin d'apprendre à manipuler les outils, à s'occuper des bêtes, à ensemencer les champs et à produire le vin. Nous les préparons à la vie, m'informa Effie en s'engageant dans un sentier menant au potager. Quand ils nous quittent, ils sont en mesure de se débrouiller. Certains sauront même lire et écrire ! Venez que je vous présente.

Ici, ni haillons ni visages souillés. Tous les enfants étaient sobrement mais proprement vêtus. Des rubans de dentelle ornaient les cheveux bien peignés des fillettes et chaque garçon arborait une chemise éclatante de propreté. Quelques-uns chantonnaient :

> *Abraidh a'chaora : « mé, mé. »*
> *Abraidh a'bho : « Mo, mo. »*
> *Abraidh a'ghobhar : « e,e,e »*
> *Aoh goiridh mo choileachan fhéin,*
> *« gog-gog-goaog ! Gog-gog-goaog ! »*

— Le mouton fait « mé, mé », la vache fait « meuh, meuh ! », la chèvre fait « è,è,è », le coq fait « cocorico, cocorico ! », me traduisit-elle en riant. Amusant, n'est-ce pas ? Ils adorent chanter !

— Bonjour tante Effie, dit le plus grand de ceux qui bêchaient le potager.

C'était un garçon mince au sourire timide. Il immobilisa sa bêche et repoussa d'une main les boucles brunes obstruant sa vue. Je remarquai la finesse de ses doigts, des doigts d'artiste tout comme ceux de Nicolas.

— Bonjour Madame, me dit-il. Je suis Gabriel et voici Antoine, Lucas et Jehan, continua-t-il à mon intention, en pointant chacun de ses compagnons.

— Gabriel, madame de Champlain ne peut retenir tous ces noms à la fois !

— Madame de Champlain, l'épouse du sieur de Champlain qui traverse les mers ! s'exclama hardiment Antoine en balançant un pied dans le sillon poussiéreux.

Sa frimousse joufflue était picotée de taches de son. Sous l'épaisse frange rousse de son front, deux grands yeux bruns pétillaient de curiosité.

— Vous connaissez le sieur de Champlain, Antoine ?

— Ben oui quoi ! Marraine nous donne des leçons d'histoire. Les contes de fées, c'est pour les filles.

— Ah, vous recevez des leçons d'histoire. Voilà qui est bien !

— Vous saluerez le sieur de Champlain pour nous, Madame ? reprit fièrement Gabriel.

— Je n'y manquerai pas. Je lui parlerai de tous les vaillants garçons du monastère de Saint-Ignace.

Une gêne polie étouffa leurs ricanements. Puis, Antoine hasarda :

— Vous venez de Paris, Madame ? Comment c'est à Paris ? Et le Dauphin, vous avez déjà rencontré notre Dauphin ?

Juste un peu après le dîner, tous les filleuls furent rassemblés sous un pommier autour duquel Effie avait attaché des rubans de couleurs vives. Les fillettes portaient une couronne de fleurs des champs sur leurs têtes et les garçons, une veste de tartan aux couleurs du clan McAuley. Gaël habillé d'un kilt, d'une chemise blanche aux larges manches et d'une veste noire, avait déposé un berceau et des bougies au pied d'un pommier. Tout était en place pour le rituel d'accueil du nourrisson au monastère Saint-Ignace.

Pour contrer l'attente, je m'efforçais de satisfaire les juvéniles curiosités. Les enfants étaient assis autour de moi, têtes levées, yeux émerveillés, suspendus à mes lèvres. J'étais en train de parler des pêches de Gaspé quand une berline entra dans la cour. Du coup, mes auditeurs perdirent tout intérêt pour mes beaux discours et s'élancèrent vers les arrivants.

— La nouvelle filleule arrive ! La nouvelle filleule ! Marraine a dit que ce serait une fille !

Effie les regarda s'éloigner.

— Ils sont beaux à voir, n'est-ce pas ? Je ne saurais vous dire combien j'estime ces enfants ! Vous avez des enfants, *maighdeann* ? Pardon, je suis indiscrète. Je n'ai eu que deux enfants. Ils sont le soleil de ma vie. Peu après notre mariage, mon époux périt sous l'épée d'un soldat. Sept mois plus tard, j'accouchais de jumeaux. J'avais rêvé d'une famille nombreuse… Heureusement, il y a Saint-Ignace !

— Vous n'avez jamais pensé à reprendre époux ?

— Il semblerait que je suis de la trempe des femmes fidèles à leur homme dans la vie comme dans la mort ! Mon époux était un honnête homme : un rude travaillant et un vaillant combattant… Le sentiment que j'éprouvais pour lui n'a jamais cessé de grandir depuis le jour de nos épousailles jusqu'à… Et puis j'étais une veuve sans ressource. Aucune dot ne pouvait alléger le poids de ma subsistance ainsi que celle de mes enfants. Non, j'ai préféré me vouer à la cause de madame McAuley. Je doute que vous puissiez comprendre… quoique…

— Quoique… ?

— Pardonnez-moi, mais je fus témoin de vos délires. J'ai cru comprendre que vous êtes très attachée à un certain Ludovic. Vous savez ce qu'on dit, le délire ne ment pas. Je me trompe ?

J'hésitai entre la confiance qu'elle m'inspirait et la crainte d'être compromise.

— Je suis mariée au sieur de Champlain et ce fait limite les élans de mon cœur.

— Les jeunes filles sont forcées d'épouser des hommes sans attachement. Ce sieur de Champlain fait deux fois votre âge si je ne m'abuse.

— Vous connaissez le sieur de Champlain ?

— Il était le capitaine des troupes d'Henri IV qui massacrèrent la famille de madame McAuley.

Cette révélation me foudroya.

— Pas le sieur de Champlain ! Il n'est pas...

Ses yeux bridés fixèrent intensément mon regard. Des yeux d'un bleu si bleu !

— Le bleu des Robins normands ! m'effrayai-je une main sur la bouche.

Et l'angoisse m'étouffa. Je me relevai subitement cherchant à maintenir une respiration normale et une excuse pour m'éloigner. Fuir, il me fallait fuir ! Mais fuir pour aller où ? Tout se confondit. Le sieur de Champlain, les tueries, mon enlèvement, les Robins normands, les colosses, le donjon... Je replaçai l'écharpe soutenant mon bras blessé en reportant nerveusement mon regard des enfants à Effie et d'Effie aux enfants.

— N'ayez crainte, madame McAuley n'est pas rancunière. C'est une bagarreuse ! Elle ne s'enlise pas dans les méandres du passé. Elle préfère aller de l'avant, affronter l'adversité sans jamais baisser les bras. Le fait de votre lien avec les bourreaux de sa famille ne l'atteint pas.

— Mais comment pouvez-vous affirmer une telle horreur !

— Je suis désolée, mais la vérité est souvent compromettante.

— Encore faut-il que ce soit la vérité !

— Libre à vous d'y croire ou non. Je répondais à votre question, c'est tout ! Oui, je connais le sieur de Champlain et ce que je sais de lui n'est assurément pas l'aspect le plus reluisant de sa vie. Il est capable de bien autre chose que ces actes de barbarie commandés par son général au temps de sa jeunesse.

La nuance et le ton conciliant de ses propos me rassurèrent quelque peu.

— Et ces gens, tous ces gens qui travaillent ici, qui sont-ils ?

— Gaël est le frère de madame McAuley. Mon mari et lui étaient jumeaux, tout comme le sont mes enfants.

Il ne manquait plus que ça ! J'avais été enlevée par les jumeaux Robins normands, hébergée par leur tante et soignée par leur mère !

— Des jumeaux !

— Oui, des jumeaux aux cheveux roux ! précisa-t-elle sans hésitation. Quant aux autres serviteurs, ce sont des gens de la région qui seraient probablement dans la misère si...

La joyeuse cohorte des enfants revenait vers nous en guidant les pas de leur marraine qui portait un paquet de langes blancs dans ses bras. Lorsqu'elle s'arrêta devant moi, tous les filleuls s'immobilisèrent et Tobi s'assit à ses pieds.

— Madame de Champlain, approchez, venez admirer l'enfant nourrisson, *naoidhean air a'chich*, l'adorable petite, dit-elle à mi-voix.

Je regardais le petit minois émergeant des langes telle une fleur rose d'un nuage. D'épais cils noirs s'appuyaient sur ses joues rebondies. Elle dormait paisiblement.

— Les enfants ont une faveur à vous demander. Gabriel…

Gabriel tira sur le rebord de sa veste, redressa les épaules et me fit un éblouissant sourire.

— Madame de Champlain, ce nouvel enfant est une fille.

— Une mignonne petite fille.

— Oui. Alors, on se demandait si vous… enfin s'il vous serait agréable qu'elle porte votre prénom, *maighdeann*? Hélène, nous désirons l'appeler Hélène.

C'était trop, trop d'émois, trop de contradictions, trop de trop! Je fus assaillie par les larmes tandis qu'Effie déposait le paquet de langes sur mon bras valide.

— Qu'est-ce qui fait pleurer la dame, Marraine? demanda une petite fille blonde.

— Elle pleure de joie, mon ange! Je crois que votre demande lui fait très, très plaisir!

— Ah bon! On aura notre Hélène, nous aussi, alors?

— *Tha!* Je crois que nous aurons notre Hélène nous aussi, mon ange!

Chaque enfant chercha une bougie et l'alluma. Puis, ils se dispersèrent en cercle autour du pommier derrière les fillettes tenant les rubans. Madame McAuley se signa. Gaël souleva le poupon vers le ciel, tourna sur lui-même et revint devant sa sœur. Elle posa ses mains au-dessus de l'enfant.

— Marraine procède à la prière de bénédiction de l'enfant. Elle prie en gaélique, je vous traduis, me chuchota Effie.

Toi, Dieu, qui habites les cieux
Imprègne-moi de ta bénédiction,
Souviens-toi de l'enfant dans mon corps,
Au nom du Père de la paix;

Quand le prêtre du Roi
L'aspergera de l'eau de la sagesse
Accorde-lui la bénédiction de la Trinité
Qui habite les cieux
La bénédiction de la Trinité
Qui habite les cieux.

Répands sur lui ta Grâce
Donne-lui la vertu et la croissance,
Donne-lui force et direction,
Donne-lui des troupeaux et de nombreuses possessions,
Le bon sens et la raison dépourvue d'artifice,
La sagesse des anges de son vivant,
Pour ainsi être irréprochable
En ta présence.
Être irréprochable
En ta présence[3].

— Être irréprochable en ta présence, répétèrent tous les enfants.

Ils se signèrent tandis que Gaël déposait le nouveau-né dans le berceau. Puis, il gonfla le sac de peau de son biniou et le fit vibrer de légères tirades. Les jeunes filles porteuses de rubans sautillèrent en farandole, recouvrant le tronc du pommier de joyeux coloris. Madame McAuley posa une main sur les langes de la petite Hélène et tous les enfants s'approchèrent afin d'admirer la nouvelle filleule.

L'après-midi s'achevait. J'étais appuyée sur le rebord du puits les observant. Ils étaient heureux ! La marraine des Andelys faisait des miracles !

La cloche appelant pour le souper se taisait à peine qu'ils disparurent dans le réfectoire.

— Effie, je voudrais vous remercier pour tout ce que vous avez fait pour moi.

Elle me fit un large sourire édenté.

— C'était la moindre des choses, Madame de Champlain, nous vous étions redevables.

— Je vous remercie surtout pour ce que vous m'avez appris.

— Vous avez appris quelque chose ici, *maighdeann* ?

— Oui : l'audacieux courage et l'infinie bonté.

[3] Niall MacShionnlaigh, émigrant écossais du XVIIIe siècle.

J'étais assise près de la fontaine des chérubins enlacés que le jet d'eau indifférait toujours. Au loin, de la cour du monastère, les enfants entonnaient la berceuse du soir : le chant des anges, m'émerveillai-je. Ludovic, tu entends le chant des anges ?

Je me remémorais les derniers événements avec une extrême affliction. Mon inconsciente hardiesse avait complètement perturbé notre voyage. J'avais semé des inquiétudes inutiles et compromis la confiance que le sieur de Champlain avait placée en Ludovic. J'appréhendais leur arrivée. Comment allaient-ils réagir ? Je pressais mon alliance contre mes lèvres quand le bruit sec de la canne de madame McAuley frappant contre le banc me fit sursauter. Décidément, j'avais les nerfs à fleur de peau !

— Pardonnez-moi, je ne voulais pas vous effrayer. Vous n'avez rien à craindre ici, *maighdeann*.

Je levai la tête vers le voile de dentelle noire et vis les deux trous rouges de ses yeux. Je frémis en resserrant ma capeline autour de mes épaules.

— Oui, je sais.

— Vous m'aidez à prendre place ?

Elle me présenta sa main et je la guidai sur le siège du banc. Tobi s'allongea à ses pieds soupirant d'aise.

— J'ai interrompu de profondes réflexions à ce qu'on dirait. Vous songiez à ce Ludovic ? Il ne devrait pas tarder. Vos compagnons arriveraient en fin de soirée que je n'en serais pas surprise.

Je la crus.

— Ce fait ne vous réjouit pas autant que je l'aurais supposé. Il y a un tracas ?

Comme j'hésitais à répondre, elle tapota mon soulier du bout de sa canne.

— Vous craignez les réprimandes ? Le responsable de votre sécurité risque d'être vexé ? Je vous parie qu'il le sera. Un homme est un homme. Or, les hommes sont si fiers de leurs performances ! Il avait été chargé de votre sécurité et n'a pas été à la hauteur. Son honneur est compromis. Si on ajoute à son échec le fait qu'il soit jeune et amoureux, alors il n'y a plus de doute possible : il sera vexé !

De toute évidence, cette aveugle y voyait plus clair que moi !

— Vous m'impressionnez, Madame !

— C'est forcé! Vous imaginez que les yeux sont la seule porte de la conscience. Vrai?

— Je dois humblement admettre que votre propos est juste.

— Ne vous en tenez pas rigueur. Tous les voyants cultivent cet avis! Je ne suis pas aveugle de naissance. J'ai eu le privilège de la vision jusqu'à ce que des soldats posent des tisons brûlants sur mes yeux. J'avais vingt ans.

L'atrocité de son aveu me paralysa. Inimaginable, barbare, hurlai-je à l'intérieur de moi. Mais aucun son n'exprima mon indignation.

— J'en remercie le ciel! continua-t-elle comme si de rien n'était. J'ai au grenier de ma mémoire tout ce qu'il faut pour recréer les images dont j'ai besoin.

Elle frissonna avant de couvrir sa chevelure grise de son écharpe de tartan dont les pans étaient attachés avec une broche représentant un chardon argenté. Elle fixa les chérubins jusqu'à ce qu'une chouette huhule.

— Vos cheveux sont cuivrés et votre peau est couverte de taches de son, n'est-ce pas?

— Effie vous a parlé de moi?

— Non, les personnes de votre teint dégagent une odeur de miel légèrement épicée. Je n'ai qu'à sentir et je déduis.

— Vous ne cessez de m'impressionner.

Son rire s'égrena dans l'air tiède du soir. Je retenais ma curiosité. J'aurais aimé en savoir davantage sur…

— Ce sont bien ces mêmes soldats qui ont tué mes parents. Ils ont posé les tisons après… le viol.

Elle me fit cette odieuse confidence sans émotion, froidement. Pendant un long moment, je n'entendis plus que la chouette et l'éclatement de l'eau sur les chérubins. Puis, je posai une main hésitante sur celle qui tenait le pommeau de sa canne. De longs soupirs soulevèrent sa poitrine. Ses pleurs, peut-être? Au bout d'un moment je murmurai:

— Vous êtes la personne la plus courageuse qu'il m'ait été donné de connaître, Marraine.

Elle pressa ma main dans la sienne et se tourna vers moi. L'espace d'un instant, j'eus l'étrange impression qu'elle me regardait.

— Il y a beaucoup d'étoiles ce soir?

— Beaucoup!

— *Gloir do Dhé*! Gloire à Dieu! Le ciel existe encore.

L'observation des étoiles reporta mon esprit vers Ludovic. L'inquiétude me saisit.

— Vous saurez bientôt, ils arrivent.

— Ils arrivent ? dis-je confusément.

— Vos compagnons franchissent la grille du monastère à l'instant.

Je tendis l'oreille. Il y avait bien au loin des pas de chevaux et des bruits de carrosse.

— Vous m'impressionnez de plus en plus, Marraine !

Elle laissa ma main et se tapa sur la cuisse en récitant une tirade en gaélique.

— Allons, courage ma fille ! Il est temps d'accueillir vos compagnons et le gardien de votre sécurité, clama-t-elle en se levant.

Je suivis ses pas avec difficulté : elle était beaucoup trop alerte pour une voyante ralentie par l'obscurité d'un soir sans lune. Avant d'entrer dans la cour du monastère, elle s'arrêta, se tourna vers moi me chuchotant :

— Soyez confiante, il vous aime.

— Il m'aime !

— *Tha !* Il vous aime !

— Mais… mais comment…

— Son amour s'entend quand vous parlez de lui.

— Marraine, comme vous m'impressionnez !

— Cessez de vous répéter, ma fille, l'aveugle n'est pas sourde ! Je ne pus retenir un éclat de rire.

— Dites, Marraine, ces paroles en gaélique…

— Des mots d'amour, *maighdeann*, des mots d'amour : *« Le guerrier revient vers toi, femme bienheureuse. Cours à sa rencontre le cœur léger, les bras grands ouverts. »*

— Vous croyez ?

Elle prit ma main.

— Venez, le guerrier s'impatiente.

35

Le bosquet des dieux

Le guerrier dissimula admirablement son impatience : sa façon d'exprimer sa frustration probablement. Noémie, Paul et Eustache s'étaient précipités à ma rencontre, les larmes aux yeux, curieux et soulagés. Ludovic s'était contenté d'une salutation réservée : un « Bonsoir, Madame de Champlain » du bout des lèvres, puis, les yeux explorant les alentours, un « Madame de Champlain se porte bien ? » gonflé d'indifférence avant d'accompagner Gaël à l'atelier de réparation. Ses « Madame de Champlain » étaient sa façon bien à lui de mettre ses distances entre nous. Ce soir-là, je m'étais endormie en rêvant à son véritable retour. J'avais préféré oublier que ses bras n'étaient pas disposés à m'étreindre.

— Vous dites qu'il y a ici trente-cinq enfants orphelins ! s'étonna Noémie alors que nous traversions la cour au petit matin.

— Trente-cinq ! Attendez qu'ils sortent en trombe du réfectoire, vous pourrez constater par vous-même. Vous m'accompagnez aux cuisines, Effie m'attend pour allaiter la petite Hélène ?

— La petite Hélène !

— Oui, la petite Hélène. Elle fut amenée au monastère hier. Les enfants ont eu la gentillesse de lui donner mon nom. Elle est merveilleuse : un ange du ciel !

— Quel dommage, moi qui adore cajoler les poupons ! Je dois rejoindre Paul qui a grandement besoin d'une couturière pour réparer un accroc à son pantalon. Depuis le jour de votre bagarre, le pauvre se promène une fesse à l'air ! Comme votre recherche ne m'a guère donné le temps d'enfiler une aiguille…

— Pardonnez-moi encore, Noémie. Soyez certaine que si c'était à refaire…

Elle tapota ma main en souriant. Le soleil du matin dorait sa mèche rebelle parsemée de cheveux blancs.

— L'important, c'est que nous soyons à nouveau tous ensemble

et avec tous nos morceaux ! Ne vous en faites pas, nous reprendrons le temps perdu.

— Oui, mais… il y a Ludovic qui…

— Ludovic a sa fierté d'homme. Il mettra quelques jours à
retrouver l'humeur. Ne vous en faites pas, il suffit de patienter. Si
vous saviez comme il s'est inquiété ! Plus d'appétit, presque plus
de sommeil : il faisait peine à voir. Ce gaillard aurait remué ciel et
terre pour vous retrouver !

Je m'apprêtais à quitter le berceau de la petite Hélène qui
s'était rendormie sitôt la tétée terminée.

— J'oubliais ! dit Effie à voix basse. Madame McAuley désire
que vous la retrouviez à la maisonnette.

— La maisonnette ?

— Oui, la maisonnette au bord de la rivière. Elle vous y attend.

La maisonnette aux pans de bois avait façade sur la rivière et,
sur le bord de la rivière, Ludovic et quelques garçons s'amusaient
à lancer des cailloux plats sur l'eau et à compter les ricochets.
Tobi, la queue frétillante, sautillait autour d'eux. J'approchai lentement du coin de la maison, espérant ne pas être vue.

— Ta pierre est trop grosse et trop ronde, dit Gabriel à Antoine.

— C'est vrai, Ludovic ?

— Gabriel dit vrai. Il faut choisir une pierre plutôt plate et plus
petite, sinon elle coule au fond avant de rebondir.

— Tu m'aides à en trouver une ?

— Allons, viens par ici. Tu vois, il faut chercher. Ça peut prendre un certain temps, mais il faut ce qu'il faut.

— Ouais, il faut ce qu'il faut, répéta Antoine. C'est comme
avec les filles, hein ?

— Comme avec les filles ?

— Ben oui, Gabriel dit que s'il y a une fille à notre goût, il faut
prendre le temps.

Ludovic se releva, regarda dans ma direction et continua.

— Gabriel dit qu'il faut prendre le temps ! Et le temps pour
quoi, dis-moi ?

— Le temps pour l'approcher, pour lui parler, pardi ! Il faut
surtout pas l'effaroucher, d'autant que les filles qui nous intéressent

sont plutôt rares. C'est ce qu'il dit Gabriel! Moi, quand je serai grand, je vais prendre le temps avec madame de Champlain!

Ludovic fit sautiller un caillou dans le creux de sa main.

— Ah bon! Avec madame de Champlain, tiens donc! Et pourquoi madame de Champlain?

— Parce qu'elle est belle et gentille, pardi! Vous ne trouvez pas, Monsieur Ludovic, que madame de Champlain est belle et gentille?

L'innocence d'Antoine me fit sourire. Ludovic se racla la gorge, lissa ses cheveux derrière ses oreilles, s'accroupit devant lui et remua les galets.

— Gabriel dit vrai Antoine. Il faut prendre le temps avec les filles comme avec les pierres.

Il souleva son bras l'attirant près de lui.

— Tiens, voilà une bonne pierre pour les ricochets. Tu dois te concentrer sur le dessus de l'eau et bien tourner le dos de ta main vers le sol. Là, comme ça, c'est bien! Le plat de la pierre doit frôler l'eau en surface. Elle doit l'effleurer, seulement l'effleurer. L'eau fera rebondir ta pierre qui retombera sur l'eau, qui la fera rebondir et…

— Je comprends! s'exclama Antoine. La roche caresse l'eau comme le galant caresse sa dame!

Ludovic rit de bon cœur.

— Oui, si tu veux, comme le galant caresse sa dame. Mais dis donc, tu en connais long sur les dames pour ton âge, jeune Antoine! s'amusa-t-il en ébouriffant gentiment sa tignasse rousse.

Ludovic aimait les enfants. Je serais demeurée à le regarder à distance pour le reste de la matinée s'il n'eût été de madame McAuley qui m'attendait. Le défi était d'essayer de me rendre à la porte sans être vue. J'essayai de me faufiler le plus silencieusement possible le long du mur, mais ce ne fut pas assez discret pour Antoine.

— Madame de Champlain! s'écria-t-il en courant vers moi.

Je fis mon entrée dans la maisonnette, accompagnée de Tobi qui se trémoussait entre les garçons.

— Je suis désolée, Madame… je…

Ce que je vis me stupéfia. Tout autour de l'unique pièce, déposés çà et là sur trois tables, de minuscules coussins portaient des pièces de dentelle inachevées. Au centre, face à la cheminée, madame McAuley arrêta le mouvement de son fuseau.

— Madame de Champlain, je vous attendais ! Entrez, entrez. Antoine, tu étais à t'amuser avec Ludovic, n'est-ce pas ?

— Ben oui, Marraine !

— Tu veux bien lui demander de venir, j'ai besoin de lui. Ensuite tu retournes jouer au bord de la rivière. Approchez, ma fille. Je vous impressionne à nouveau on dirait !

— Vous... vous êtes dentellière !

— Dans mes temps libres, la nuit surtout. Je tiens à ce que chacune de mes filleules nous quitte avec sa coiffe de dentelle. C'est mon cadeau de départ, si on peut dire. Approchez.

Elle me tendit un splendide triangle de dentelle d'une grâce aérienne incomparable. Sur un fond d'alvéoles liés entre eux par un délicat filet se détachaient des motifs de roses dont le réalisme étonnait.

— C'est magnifique ! Vous avez des doigts de fée !

— Une dentelle au point d'Alençon, ce sera mon cadeau.

— Votre cadeau ? m'exclamai-je intriguée.

— Ah, Ludovic, *a laochain*, mon garçon ! Venez plus près, j'ai besoin de vous.

Ludovic se pencha et passa la porte en évitant de me regarder.

— Vous désirez, Madame ?

— Vous voyez ce foulard de dentelle ?

— Oui.

— Je l'offre à madame de Champlain. J'aimerais que vous l'utilisiez pour recouvrir cette grossière toile qui lui tient lieu d'écharpe.

— Mais, je ne peux accepter, Madame ! Cet ouvrage représente des mois de travail ! C'est trop, bien trop ! Je...

— Dans notre Normandie, Madame, refuser un cadeau constitue une insulte ! Auriez-vous l'intention de m'insulter ?

Je regardai le triangle de dentelle puis Ludovic qui regardait toujours madame McAuley.

— Tenez, mon garçon. J'imagine que vous saurez y faire, dit-elle en lui remettant le triangle avant de se lever. Tobi l'escorta jusqu'à la porte qu'elle referma derrière elle, nous laissant seuls au milieu de la dentelle. Ludovic me faisait dos. J'attendis. Au bout d'un moment, il se tourna lentement et regarda mon écharpe.

— Vous souffrez ?

— Oui, mais mon bras se porte bien.

Il plongea des yeux contrits dans les miens, s'approcha et repoussa du bout des doigts la mèche de cheveux qui me chatouillait le bout du nez. Puis, il étala l'écharpe devant lui et entreprit d'installer le fin tissu, s'appliquant à la tâche avec des gestes empreints d'une infinie délicatesse. Son souffle chaud frôla mon visage. Il me contourna, fit glisser ma tresse sur le devant de mon épaule et noua les pointes du foulard dans mon cou. Avant de remettre mes cheveux en place, il posa ses lèvres chaudes sur ma nuque. Puis, il embrassa le dessus de ma tête et murmura :

— Je suis désolé de vous avoir abandonnée dans le carrosse. Je suis terriblement désolé !

Je ne fis pas un geste.

— Je suis désolée, dis-je à mon tour. Je n'aurais jamais dû quitter le carrosse. Je suis terriblement désolée pour tous les soucis que…

Il me fit pivoter vers lui et effleura mon front de ses lèvres.

— Vous souffrez ?

— Presque plus !

La ferveur de son baiser soulagea complètement ma douleur.

Nous terminâmes l'avant-midi avec les garçons, au bord de la rivière. L'intérêt suscité par le concours de ricochets réussit à peine à nous distraire du délicieux désir qui nous tenaillait. Gabriel fut couronné champion après avoir répété trois fois l'exploit de cinq ricochets et Antoine glissait timidement sa main dans la mienne chaque fois qu'il le pouvait. De temps à autre, il regardait Ludovic qui lui répondait par un sourire empreint de complicité masculine.

Après le déjeuner, j'accompagnai Effie pour les soins de bébé Hélène, alors que mes trois compagnons de route se rendirent à l'atelier afin de terminer les réparations d'une roue du carrosse. Nous devions reprendre la route dès le lendemain matin. Noémie quant à elle faisait une mise à jour de nos bagages. Nous n'avions plus de temps à perdre pour gagner Honfleur dans les délais prévus.

Bébé Hélène m'émerveillait. Ses vagissements s'atténuaient dès que je la soulevais de son berceau. Je la couchais sur un oreiller déposé sur la table près d'un bol d'eau tiède, déliais ses langes souillés et malodorants en retenant mon souffle, nettoyais ses fesses à peine plus grosses qu'une demi-pomme, pour ensuite la revêtir d'une camisole fraîchement lavée. Puis, prenant place sur une berceuse, je blottissais jalousement cette adorable boule chaude contre moi. J'effleurais doucement ses lèvres roses du chiffon tortillé autour du goulot de la bouteille de verre lui servant de biberon. Elle grimaçait avant d'engouffrer le tétin de tissu dans sa bouche et avalait lentement le mélange de lait de chèvre coupé d'eau d'orge que je lui offrais. De temps à autre, ses petits doigts quasi translucides effleuraient légèrement ma main telle une soyeuse mousseline. Brièvement, ses longs cils noirs s'entrouvraient, découvrant le bleu profond de ses yeux.

— Ses yeux seront bleus, chuchotai-je en direction d'Effie appuyée sous l'arcade séparant la cuisine de la garde-robe spécialement organisée pour l'accueil des nourrissons.

— Oh, ne faut pas trop vous y fier. Les yeux des nouveau-nés sont changeants. Vous êtes sensible aux couleurs ?

— Oui, j'apprécie les couleurs : leurs teintes, leurs reflets, leurs nuances.

— Comme dit madame McAuley de la musique, elles embellissent la vie. Au fait, je suis allée au champ des rhododendrons ce matin : un véritable cadeau du ciel ! *Na craobhan dhia anns an achad fo'nt sàbhailteachd, Dheth !* Le bosquet des dieux !

— Le bosquet des dieux !

— Oui, le bosquet des dieux ! Un coin de paradis ! Vous devriez y faire un tour avant de nous quitter. Tenez, j'ai justement des couvertures à transporter dans le pavillon de chasse qui se trouve tout près, juste un peu plus loin. Vous pourriez me rendre ce service ?

— Entendu, sitôt que notre petite gourmande aura terminé son biberon. Comment pourrait-on imaginer que cette fragile poupée puisse engouffrer autant de lait ? J'irai volontiers à condition que Ludovic puisse m'accompagner, question de sécurité. Il n'aimerait pas que je prenne des risques inutiles après…

Effie qui finissait de plier les chiffons de nettoyage répliqua le plus sérieusement du monde.

— J'allais justement vous le proposer, pour des raisons de sécurité, bien entendu. Il ne saurait être question que je vous y envoie seule ! Je cours le prévenir tandis que bébé Hélène achève son repas. Il est à l'atelier, je crois ?

— Oui, il est à l'atelier.

Se rendre au pavillon de chasse demandait de traverser un pont de bois enjambant la rivière et de franchir une distance d'un quart de lieue en bordure de la forêt d'Amboise. Ludovic, les couvertures de plaid brun et vert bien installées sur son épaule, avançait à grands pas. Le regard droit devant, il effritait une quenouille entre ses doigts. Je m'efforçais de suivre sa cadence, espérant trouver moyen de dissiper le malaise qui nous bâillonnait. Je me risquai à briser le lourd silence.

— Ce n'est pas de votre faute, Ludovic. Vous n'êtes pour rien dans ce qui est arrivé.

— Je devais veiller sur vous, coupa-t-il en allongeant le pas. C'est précisément le contrat qu'on m'a confié et je n'ai pas su vous protéger des dangers. Je n'ose imaginer ce qui aurait pu advenir si vous aviez eu affaire à… à ces Robins normands qui hantent les routes de la région.

— Vous connaissez les Robins normands ?

— Bien entendu ! C'est une des raisons qui a nécessité mon engagement. Ces bandits sont capables des pires atrocités. S'il avait fallu que vous tombiez entre leurs mains !

— À ce qu'on m'a raconté, ces bandits agissent pour une noble cause, osai-je en soulevant mes jupes afin de passer par-dessus une branche au travers du sentier.

— Une noble cause ! Aucune cause n'est assez noble pour justifier de mettre en péril la vie d'innocents voyageurs !

— Ce n'est aucunement leur intention ! Ils s'en prennent à ceux qui exploitent les pauvres gens. Les gens de Normandie ploient sous les impôts, les paysans meurent de faim.

— Il vous semble justifié qu'ils attaquent les voyageurs !

— Excusable ! Ces Robins normands servent leurs compatriotes, Ludovic !

Il s'arrêta brusquement.

— Attendez un peu. Vous êtes là à défendre leur cause comme si vous les connaissiez. Que savez-vous de ces Robins normands ? Comment pouvez-vous être convaincue du bien-fondé de leurs intentions ? Que savez-vous du sort qu'ils réservent à leurs victimes, vous pouvez me le dire ?

Il s'était placé devant moi m'obstruant le passage. Il ne faisait aucun doute qu'il était prêt à l'explosion, comme il ne faisait aucun doute qu'il ne broncherait pas, tant que je ne lui aurais pas fourni d'explications. Je me ressaisis en souhaitant que le ciel m'inspire les bons mots.

— Ludovic, j'ai été informé de tout ceci par Effie, qui est la belle-sœur de madame McAuley et la mère des deux Robins normands qui nous ont attaqués sans vouloir le faire. Nous étions malencontreusement au même endroit que le percepteur d'impôts qu'ils voulaient détrousser. Ils récupèrent l'argent des coffres royaux et du clergé afin de le redistribuer aux pauvres paysans de la région exagérément dépouillés de leurs maigres pitances.

Plus je parlais et plus ses mâchoires se crispaient.

— Quoi ! Vous dites avoir été enlevée par des Robins normands !

— Pas enlevée, blessée. Et comme ils n'abandonnent jamais de victime estropiée derrière eux, ils m'ont droguée et transportée du donjon du Château-Gaillard au monastère Saint-Ignace afin que j'y reçoive les soins nécessaires.

Son visage passa du rouge au blanc et du blanc au rouge. Il ne dit plus rien, haletant d'une respiration qui dénonçait clairement son humeur. Ludovic était en colère !

— Ludovic, je vous en prie ! Je n'y suis pour rien, vous n'y êtes pour rien, c'est arrivé, voilà tout ! Remercions le ciel de nous retrouver tous sans une égratignure… enfin avec une simple couture sous le bras. Ludovic, je vous en prie ! Nous avons tous fait pour le mieux. Ludovic… suppliai-je en approchant ma main de sa joue.

Je n'eus pas le temps de la toucher qu'il me tournait le dos et s'élançait dans le sentier. Il ne marchait plus, il courait. Je résolus de le laisser prendre le large. S'il avait besoin d'un moment de solitude, moi, j'avais un urgent besoin de diversion. J'espérais atteindre le champ de rhododendrons au plus tôt.

Après quelques minutes de marche, je m'engageai dans un sentier qui franchissait un frais boisé avant de joindre une clairière noyée de soleil. Plus j'en approchais et plus l'éblouissement ralentissait mes pas. Entièrement couverte de rhododendrons sur près d'un quart de lieue, elle formait une abside digne d'une cathédrale : le bosquet des dieux ! m'émerveillai-je.

Les fleurs, d'une brillance peu commune, éclataient de tous les tons de rose, du plus pâle au plus foncé. Je fus envoûtée par l'éclatante floraison des généreux arbustes. De temps à autre, ébahie par l'élégante perfection des corolles, je m'arrêtais afin d'admirer les minuscules clochettes regroupées autour des tiges tels des carillons de soie. J'observais les détails, humais et palpais, regrettant de ne pouvoir les dessiner. Et, tout en me dirigeant vers le pavillon de chasse, un petit bâtiment de crépi blanc, je m'imprégnai du pétillement joyeux de cette floraison divine espérant que ce sentiment de félicité eût apaisé quelque peu la hargne de mon bien-aimé.

— À la guerre comme à la guerre, Monsieur Ferras ! me dis-je hardiment en tirant la chevillette, bien décidée à amadouer la fierté blessée de mon gardien de sécurité.

J'entrouvris la porte avec précaution en clignant des yeux afin de m'habituer à la pénombre. Ludovic se tenait debout devant la cheminée. Je discernai ses longues jambes et son torse, mais ne pus distinguer les traits de son visage.

— Ludovic, vous… ?

Il s'approcha d'un pas décidé et saisit mes épaules sans un mot. Puis, il m'embrassa avec une fougue rageuse, dénoua les lacets de mon corsage, déjoua l'écharpe de dentelle, et pressa mes seins jusqu'à ce que ma soumission lui soit acquise. Il ferma la porte d'un coup de pied et me transporta sur le lit. Toujours sans un mot, il retroussa mes jupes, saisit mes cuisses comme on saisit une proie et me prit sans précaution. Ses hanches battaient les miennes et je m'abandonnais à sa colère. Il bougeait en moi sans ménagement, comme pour conjurer les mauvais hasards, vaincre ses contrariétés, écraser ses impuissances. Je le recevais pour fêter la vie, nos vies. Il mordait mes seins, je baisais ses joues. Il tordait avidement sa bouche sur la mienne, je caressais ses cheveux. Quand son coude heurta mon bras éclopé, j'émis un faible cri de douleur. Il se ressaisit.

— Je suis désolé, excusez-moi ! Je suis désolé. Je ne sais pas ce qui m'a pris. Je… articula-t-il confusément soulevé sur ses avant-bras, les cheveux couvrant son visage.

J'approchai mes lèvres de sa bouche.

— Ça ira Ludovic, c'est mon bras. Il vous suffit de prendre garde, c'est tout. Je vous aime.

Il s'affaissa sur mon corps, son nez dans mon écharpe de dentelle.

— Je vous aime, répétai-je. Vous êtes le plus vaillant Robin normand que je connaisse.

Ma déclaration lui extirpa un bref ricanement.

— Je vous assure. Pas un de ces Robins n'a su toucher mon cœur. Je n'aime que vous !

Il approcha ses yeux des miens, scruta mes pupilles et me reprit avec une infinie tendresse. L'enchantement de ses caresses supplanta la séduction du bosquet des dieux et notre étreinte célébra la vie.

Ce fut plus fort que moi, dès que je l'aperçus, je sursautai d'effroi dans les bras de mon bien-aimé.

— Ludovic, ne bougez pas ! Ne bougez surtout pas ! m'exclamai-je.

Prestement, il se projeta hors du lit en brandissant son coutelas, prêt à l'attaque.

— Qu'est… qu'est-ce qu'il y a… qu'est-ce… ? s'énerva-t-il en tournoyant au milieu de la pièce sombre.

Je fus prise d'un fou rire qui alla s'amplifiant. Mon preux chevalier s'affolait dans la pénombre, cherchant à débusquer le terrible ennemi et tout ça pour moi !

— Qu'y a-t-il ? Où ? Quoi ?

— Ce n'est rien… c'est juste… excusez-moi. Une araignée, il y a une énorme… araignée, là ! fis-je en pointant mon index vers l'insecte qui pendait au-dessus de sa tête.

— Seigneur, Hélène ! Une… une a… rai… gnée ! Les Robins normands ne vous effraient pas, mais une araignée… une araignée !

Il laissa tomber son coutelas, saisit le fil de l'araignée du bout des doigts, ouvrit la porte et la projeta au-dehors. Puis, il revint vers moi en retroussant sa chemise. Une fois sa chemise au sol, il dégrafa sa culotte en me souriant candidement.

— Puisque l'ennemi n'est plus une menace… Permettez, Madame, que je vous défasse de ces encombrants atours ? La douceur de votre peau me manque…

Je ne fis aucune opposition à la proposition et collaborai au meilleur de mes moyens. Lorsque nos peaux se furent retrouvées, il se mit à baiser mes pieds, puis mes mollets s'appliquant à en toucher les moindres recoins.

— Que faites-vous ? Ludovic !

— Je réalise mon rêve ! Quand je vous croyais perdue à tout jamais et que la pensée de ne jamais vous revoir vivante me faisait éclater le crâne, je regrettais amèrement de ne pas avoir posé les lèvres sur chacune de vos délicieuses taches de son. Votre peau est plus douce que la plus pure des soies, le saviez-vous, Madame ?

— Ludovic ! Vous savez combien je vous aime ?

— Je m'en doute… Quant à la certitude… chuchotait-il entre ses baisers… à la certitude… vous savez… avec… les femmes… surtout… les très, très jolies femmes… et gentilles… avec tous ces galants… Antoine…

— Quoi Antoine?

— Ben oui, Antoine qui vous tourne autour… et…

— Ludovic! Antoine n'est qu'un enfant!

— L'enfant… deviendra grand.

Il avait atteint mon ventre s'affairant autour de mon nombril.

— Vous aimez les enfants?

— Oui, j'aime bien… mais je crains… je crains de ne pas pouvoir… je n'aurai pas… le temps de… Vous voulez bien vous asseoir, que je rende hommage à votre dos.

Je m'exécutai trouvant de plus en plus agréable la savoureuse exploration amoureuse dont j'étais l'objet.

— Vous n'auriez pas le temps?

— Pour sûr que non. Assurer votre sécurité accapare tout mon temps, Madame!

Je ris, il rit. J'étais heureuse, Ludovic avait exorcisé ses tourments.

— Je trouve quand même étrange qu'on ait fait porter des couvertures dans ce pavillon de chasse qui ne semble habité que par de gigantesques araignées et quelques souris, dis-je tout en l'aidant à replacer le paillasson. Et au printemps… à moins que…

— À moins que?

— Que je suis bête! Mais oui, ce ne peut être que ça! Marraine!

— Qui?

— Marraine, je veux dire madame McAuley. Mais oui, madame McAuley a tout manigancé pour favoriser ce moment d'intimité. Ce ne peut être que marraine!

— Vous croyez vraiment que cette aveugle est capable de petites manigances?

J'égrenai un rire affirmatif.

— Pour sûr!

— Et puis-je savoir ce qui stimule l'hilarité de mon amante adorée?

— Eh bien, c'est qu'il m'apparaît évident que vous avez encore différentes petites choses à apprendre au sujet de la marraine des Andelys.

— La marraine des Andelys ?

— Hé oui ! La marraine des Andelys. Venez, je vous raconte en chemin.

Le tableau que je lui brossai de la vie de madame McAuley fut achevé un peu avant le pont. Il l'avait transporté de l'étonnement à la révolte, de la méfiance à l'admiration.

— C'est une femme admirable ! conclut-il.

— Admirable, répétai-je en me trémoussant.

— Qu'est-ce qui vous arrive ? demanda-t-il étonné par mes soudaines contorsions.

— Bizarre ! Ça me pique partout !

— Sur tout le corps !

— Regardez mon bras.

J'avais le bras couvert de minuscules points rougeâtres. Je portais la main aux démangeaisons de mon cou. Ludovic s'assombrit.

— Hélène, des punaises de lit ! Cette paillasse était infestée de punaises ! Malédiction ! Mes fesses aussi… !

Il se mit à se gratter le postérieur en sautillant. Le fou rire nous gagna au point tel qu'il nous fallut nous étendre dans l'herbe haute pour en supporter l'intensité.

— Une… pommade de bourrache… pour… calmer, calmer les…

Nous étions allongés l'un près de l'autre, riant aux larmes. De petits nuages blancs et dodus voyageaient dans un ciel si bleu ! Je pris sa main et la pressai sur ma joue.

— Ludovic, j'ai… j'ai quelque chose à vous dire.

— À propos des punaises.

— Non, à propos de la vie.

— Ah, la vie !

— Oui, la vie. Je suis heureuse, là, maintenant, en parfaite harmonie. Tout est là, c'est complet : un moment de grâce. Il vous arrive de ressentir cet état ?

La lumière jouait dans l'ambre de ses yeux. Ses cils touchaient les miens. Il m'embrassa.

— Oui, chaque fois que vous êtes près de moi, avec ou sans punaise.

J'effleurai ses lèvres de mes doigts.

— Vous m'aimez, Ludovic ?

— Non, je ne vous aime pas !

Il taquina mes lèvres de sa bouche jusqu'à ce que je lui vole le baiser du bonheur. Nous reprîmes notre marche vers le monastère, les yeux brillants de plaisir et la peau en feu.

— Quel piètre gardien de sécurité je fais ! se désola-t-il en se grattant une cuisse.

Je pouffai tandis qu'il serrait fortement ma main dans la sienne.

— Il vaudrait mieux vous en remettre à la marraine des Andelys.

— Vous croyez qu'elle accepterait, dis-je en délaissant sa main pour me gratter le cou.

— J'en suis persuadé. Elle vous adore !

— Elle m'adore ?

— Ça crève les yeux ! Il faudrait être aveugle pour ne pas le voir.

Il reprit ma main et la pressa sur ses lèvres.

— Cent mille fois moins que moi, mais elle vous adore.

36

Honfleur

— Les paniers de nourriture sont prêts, tout y est, Noémie ? insistai-je nerveusement en entrant dans la vaste cuisine du manoir où flottait encore l'apaisante odeur de la cuisson du pain.

Noémie prit le pot de compote de pommes que lui tendait Ysabel et scella le bouchon de liège. Je me rendis vers les deux paniers posés sur la table et les ouvris.

— Vous avez bien pris les fromages, le cidre et l'andouille ? Ah, il ne faut pas oublier les galettes d'avoine… et les beignets, j'oubliais les beignets !

— Madame de Champlain, auriez-vous perdu toute confiance en votre dame de compagnie ? Les beignets sont sous les fromages.

— Non, excusez-moi, Noémie. C'est qu'il me tarde de partir. Les festivités débutent tôt en matinée à ce qu'on m'a dit et… et…

Je regardai en direction d'Ysabel et me repris.

— La fête des marins débute tôt, n'est-ce pas, Ysabel ?

Pour toute réponse, elle acquiesça de la tête. Ysabel n'était pas muette, elle ne parlait pas, tout simplement. Depuis notre arrivée au début de mars, elle répondait à mes questions par des hochements de tête. Je n'avais jamais entendu le son de sa voix. Trois semaines et elle ne m'avait pas encore adressé la parole. Tout ce que je savais, c'est qu'elle était servante aux cuisines chez dame Bisson, sœur de Noémie, propriétaire du domaine de Bercy où nous avions été invités pour l'été. Ysabel m'intriguait. Je laissai retomber les couvercles des paniers et redressai la plus haute des trois boucles de la pointe de mon corsage. J'étais prête !

— Et Paul, que fait Paul ? Il devrait être là ! m'impatientai-je.

— Calmez-vous un peu ! Nous y serons à temps, ne vous inquiétez pas ! Cette fête de marins ne se fera pas sans nous, je vous le promets. Et Ludovic ne s'envolera pas que je sache…

Je jetai un regard noir à Noémie qui lorgna vers Ysabel laquelle leva furtivement les yeux vers moi.

— Sieur de Champlain doit nous retrouver à la place du marché devant l'église Sainte-Catherine. Paul connaît l'endroit? enchaînai-je afin de brouiller les pistes.

— Bien entendu! Paul s'est rendu à Honfleur à quelques reprises depuis notre arrivée. Tiens, le voilà qui vient!

Paul entrait en levant les bras au ciel et en sifflant d'admiration.

— Par tous les diables! Quel beau tableau vous faites, mes jolies dames! Il faudra prendre garde, Mademoiselle Hélène, les marins pourraient bien vous enlever.

— Paul, ne dites pas de sottises, la mésaventure des Andelys a suffi! Vous risquez de nous attirer un autre malheur avec vos sornettes.

Avec le recul, le souvenir des Andelys me fit sourire. Mon aventure avec les Robins normands m'avait appris que la vérité et la justice étaient des diamants dont les multiples facettes pouvaient scintiller à l'infini. C'était selon la lumière qui les pénétrait et la lorgnette qui les observait. La vérité et la justice prenaient parfois des détours insoupçonnés. Telle était la vie, compliquée et contradictoire: une pomme, une immense pomme à explorer avec prudence et discernement. Un pas de plus vers la sagesse, pensai-je. Quant au bosquet des dieux...

— La pommade de bourrache a quand même fait des miracles! conclus-je distraitement à mi-voix.

— Des miracles? répéta Paul.

— Bien oui! La pommade pour traiter les piqûres de punaises!

— Ah oui, les punaises! Par tous les diables! Il nous faut bien résider dans un monastère pour subir une attaque de punaises. Quelle déveine quand même pour vous, Mademoiselle. Pensez donc, seulement deux victimes et il fallait que ce soit vous et Ludovic. Vraiment pas de chance! me taquina-t-il en agrippant les paniers de ses larges mains.

— Vous connaissez bien la route? Vous savez où on doit les rejoindre? repris-je afin de ramener la conversation sur une pente moins compromettante.

Noémie fixa Paul en pointant discrètement son index en direction d'Ysabel. Sa grimace nous indiqua clairement qu'il venait de saisir le délicat de la situation. Il se racla la gorge et tenta une réplique réparatrice.

— La route? Où nous devons rejoindre le sieur de Champlain?

Bien entendu, bien entendu, que je connais la route! Allez, j'installe ces paniers de provisions dans la berline et vous y attends.

— Je cherche ma capeline. Vous êtes prête, Noémie?

— Tout fin prête, Mademoiselle!

Ysabel quittait la pièce par la porte arrière, sa corvée du dimanche matin étant terminée. Je savais qu'elle irait prier à la chapelle avant de rendre visite à sa mère qui logeait à deux lieues d'ici dans une mansarde près de la mer. Puis, elle descendrait jusqu'à la plage pour revenir au domaine à la brunante. Ainsi se déroulaient les dimanches d'Ysabel, enfin, selon ce que dame Bisson nous en avait appris.

Quand Paul me tendit la main afin de m'aider à monter dans la berline, je lui demandai:

— C'est vrai Paul, vous aimez cette robe? Enfin, je veux dire vous trouvez qu'elle me va bien? Ce bleu tendre, cette soie, ce corselet en pointe…

— Vous êtes ravissante! murmura-t-il contre mon oreille en reluquant Noémie, l'œil narquois, le sourire en coin.

— Tu n'as pas besoin de baisser le ton, vieux pirate. Je ne suis pas jalouse, ricana Noémie tout en posant le panier et les ombrelles à ses pieds.

Comme à chaque fois que je le revoyais après une longue absence, la crainte de ne pas lui plaire me chicotait. Ma blessure étant suffisamment cicatrisée, j'avais drapé le triangle de dentelle de madame McAuley autour de mon décolleté rond, au cas où…

Ludovic et Eustache, voulant compenser notre retard, n'étaient pas montés jusqu'au domaine de Bercy. Ils avaient préféré gagner directement le port afin de procéder à l'avitaillement des deux navires en partance pour le Nouveau Monde.

Les chemins menant à Honfleur offraient des paysages d'une singulière beauté. Les bocages verdoyants qui ondulaient gracieusement le long de la route n'étaient divisés que par de limpides cours d'eau dans lesquels s'abreuvaient des chevaux. De temps à autre, sur le flanc des collines, des vaches tachetées de blanc et de noir s'attroupaient paisiblement autour de fermettes discrètement dissimulées derrière des vergers ou des écrans de frênes. Sur le faîte des vallons, le gris de la route sillonnait les prés verts et joignait les gris de l'horizon. Car le temps était au gris: de lourds nuages couvraient le ciel.

— Vous croyez qu'il y aura de l'orage, Noémie?

— C'est possible. Voyez, ces vaches regroupées sous les aulnes. C'est un signe, mais ce serait dommage ! Tous ces préparatifs pour la fête…

— Vous avez déjà assisté à cette fête des marins ?

— Non, mais ma sœur m'a garanti qu'on y prendrait beaucoup de plaisir. Elle m'a rapporté que tous les bateaux sont décorés de fleurs et de rubans et que la milice…

— Je me languis de le revoir. Si vous saviez comme je m'ennuie !

Elle soupira faisant rebondir sa mèche, ma distraction l'ayant contrariée.

— Pardonnez-moi, la milice disiez-vous… ?

Elle rit en me tapotant la main.

— La milice, vraiment… ? Ah, l'amour ! Votre vie amoureuse n'est pas la plus simple qui soit, j'en conviens ! Prenez patience, il habitera au domaine très bientôt.

— Au manoir ?

— Non. Vous avez remarqué la maison des amis au fond du verger ?

— Oui…

— Hé bien, le sieur de Champlain l'a louée pour l'été à l'intention de ses employés. En principe, Eustache et Ludovic devraient y loger.

— En principe seulement !

— Je dis ça comme ça. Le sieur de Champlain ne voulait pas imposer tout son monde à ma sœur, alors il a convenu de lui louer cette maison. Les Parisiens le font souvent. Ils louent une maison de ferme pour la saison chaude. Si nous n'avions pas le Champ de l'Alouette ce serait une solution pour sortir de Paris au temps des fortes chaleurs. Remarquez que le manoir est suffisamment grand pour nous loger tous dans le plus grand confort. C'est une question de principe, je présume.

— Pourvu qu'il soit près de moi, la maison ou le manoir…

— Nous approchons, s'exclama Paul. Voilà Mesdames, Honfleur là en bas ! Vous n'avez plus qu'à admirer.

Pour admirer, j'admirais. Au loin à l'horizon, le gris du ciel se reflétait sur l'infini de l'océan. De-ci, de-là, les trouées de nuages projetaient sur l'onde des cercles scintillants. Plus près, un bras de mer fendait les terres, créant des bassins d'eau de chaque côté de ses rives tel un tronc avec ses embranchements. Certains d'entre eux étaient bordés de bâtiments qui, de loin, ressemblaient à des cubes de jeux colorés.

— Voyez le bassin de la pointe ! Honfleur !

Il pointait du doigt vers un petit bassin presque rond tout plein de voiles blanches dont les pourtours m'apparurent plus colorés que les autres. Le plus peuplé des bassins ! Ludovic m'y attendait.

De loin, Honfleur était attrayant ; de près, il séduisait. Autour du vieux bassin, d'étroites maisons de quatre ou cinq étages s'élevaient le long du quai Sainte-Catherine, déversant leurs reflets colorés entre les pinasses et les chalutiers. Les rouges, jaunes, bleus ou verts des guirlandes, des fleurs et des drapeaux égayaient les gris du ciel et des eaux. En face, les mâts du *Saint-Étienne* se balançaient devant le clocher de l'église Saint-Léonard. Le *Saint-Étienne* et *La Belle Lorraine* devaient quitter Honfleur dans moins d'un mois. Aussi les quais débordaient-ils de barils, d'empilages de caissons, de sacs et de cordages. La porte de Caen, une solide muraille de pierre munie d'un pont-levis, contrôlait l'entrée et la sortie des navires.

— C'est… c'est… fantastique ! Quel beau sujet de peinture, Noémie ? Si seulement Nicolas était ici !

— C'est très beau en effet ! Cependant, si vous ne sortez pas de votre pâmoison, nous allons perdre la trace de Paul dans la cohue. J'ai du mal à le suivre… tant de gens… et tous ces étalages… Allez venez, nous reviendrons plus tard, insista Noémie en tirant mon bras.

Paul nous menait à la place du marché face à l'église Sainte-Catherine. Là devaient nous attendre le sieur de Champlain, Eustache, monsieur de Bichon et le prince de ma vie. Il ne fallut qu'un instant pour que je le repère au milieu d'un amas de chapeaux à plume. Il n'en portait pas. Ses cheveux éclaircis par le soleil du printemps éclataient au milieu des feutres sombres. Je ne voyais que lui. Il parlait avec le sieur de Champlain. Puis, il détourna la tête dans notre direction et arrêta sa discussion. Je compris que son envie de s'élancer vers moi était aussi forte que la mienne. Intrigués par sa distraction, tous les autres s'étaient retournés, nous repérant.

— Ah vous voilà enfin ! s'exclama le sieur de Champlain en nous rejoignant. J'espérais vous voir plus tôt ! Il y a beaucoup à visiter à Honfleur aujourd'hui. J'entends être votre guide.

Je baissai les yeux pour ne pas croiser ceux de Ludovic.

— Laissez-moi vous présenter Monsieur Gravé du Pont, commandant du *Saint-Étienne*.

— Mes hommages, Madame ! salua d'une voix grave le volumineux personnage aux cheveux et à la barbe noirs.

Sa révérence fut si prononcée qu'il dut poser les mains sur ses reins afin d'assurer dignement son retour à la verticale, position mettant en évidence le ventre en demi-tonneau qu'il exhibait.

Eustache s'approcha. Le sieur de Champlain, précis et courtois, lui céda la place. Il me serra fortement dans ses bras.

— Vous êtes bien remise de votre blessure à ce que je vois ! C'est heureux ! Quelle belle journée nous aurons ! Et le domaine, vous vous débrouillez ? On ne vous fait pas trop de misères ?

Je ris de son empressement.

— Attendez un peu, je ne peux répondre à tant de questions à la fois !

Monsieur de Bichon se contenta de prononcer un discret « Bonjour, Madame de Champlain » du bout des lèvres. Ludovic l'imita, la parole neutre et les yeux enthousiasmés.

— La journée sera chargée ! La bénédiction de la mer aura lieu dans une heure environ. Nous n'aurons qu'à nous faufiler en bordure des quais pour y assister. D'ici là, ce sera selon votre désir, Madame… Une visite aux églises Sainte-Catherine et Saint-Léonard, aux greniers de sel, sur le *Saint-Étienne* ? Aujourd'hui, je suis à votre entière disposition, dit le sieur de Champlain tout en pointant de sa main gantée les quatre coins de la ville.

Ce que je désirais vraiment m'était inaccessible et n'avait rien à voir avec une visite guidée.

— Je suis ignorante de ces lieux. Je m'en remets donc à vous qui les connaissez si bien.

— Soit, alors rendons-nous à l'église Sainte-Catherine. Son architecture est surprenante, vous verrez !

— Va pour l'église !

Sainte-Catherine, entièrement construite de pans de bois, possédait un imposant portail supporté par quatre colonnes blanches. Au-dessus du portail, le clocheton habillé de bardeaux de châtaigniers était orné d'une grande horloge sonnant alors les dix heures. Tout en escortant le sieur de Champlain, lui-même flanqué de monsieur Gravé du Pont, je jetais de temps à autre un œil furtif par-dessus mon épaule, cherchant à croiser les yeux de Ludovic qui suivait notre pas de visiteurs, bien encadré par Eustache et monsieur de Bichon.

— Observez, Madame, voyez cette voûte de bois ! N'est-ce pas impressionnant ? Ce sont les charpentiers du chantier naval qui l'ont bâtie. Voyez, elle a la forme d'une carène de navire. Impressionnant, n'est-ce pas ?

Pendant que nous observions, toutes têtes levées, l'impressionnante voûte, le coutelas de Ludovic frôla ma jupe.

— Pardonnez-moi, Madame ! Je suis ébloui par les beautés de ce lieu sacré ! chuchota-t-il en arborant un large sourire narquois.

Et il releva la tête, tandis que celle du sieur de Champlain se tournait vers moi.

— Vous êtes en effet tout en beauté, Madame !

J'observai cet homme illustre, élégant, connaissant et galant. Une autre que moi aurait pu lui trouver quelques attraits. Je n'éprouvais que respect et froideur.

— Je vous remercie, Monsieur ! Cette voûte m'étonne.

— Ah, le génie humain, le génie humain ! Il est capable de miracles, de surprenants miracles ! Bien, bien, si on se rendait aux quais pour la bénédiction, nous invita-t-il en posant les yeux sur chacun de ses équipiers qui opinaient de la tête.

La place du marché était encombrée. Les gens allaient et venaient autour des nombreux kiosques exhibant les produits de la région : les cidres goûteux et pétillants, des fromages coulants dont la renommée avait gagné Paris, de fines dentelles…

— Regardez cet étalage de draperies ! Les draperies de Caen ! Les plus réputées de tout le territoire français ! nous informa le sieur de Champlain en posant une main sur des piles de tapisseries.

Paul et Eustache ouvraient la marche tandis que le sieur de Champlain et Ludovic la fermaient. Noémie et moi, avancions entre les deux couples, à peine protégées des rafales de vent qui soulevaient nos jupons, gonflaient nos capuchons et ébouriffaient nos cheveux. La bénédiction de la mer et des marins eut lieu au son des tambours et des trompettes de la milice qui s'efforçaient de supplanter tant bien que mal le claquement des voilures, des drapeaux et des oriflammes. La cérémonie se termina un peu avant midi, juste avant que la pluie ne s'abatte sur le port. Je dis s'abatte, parce qu'elle tombait dru, s'éclaboussant joliment sur l'eau du bassin et grossièrement sur le sol qui se transforma, en moins de temps qu'il ne faut pour le dire, en une énorme mare vaseuse.

— Par tous les diables! Les festivités sont à l'eau, c'est le cas de le dire! clama Paul, alors que nous tentions de gagner l'auberge *La Cervoise* au pas de course. Ludovic parvint à presser ma main entre deux enjambées au-dessus d'une flaque d'eau et à frôler mon cou en ajustant ma capeline.

— Holà, aubergiste! Vous avez bien réservé notre table malgré l'engorgement? s'enquit le sieur de Champlain au grand gaillard vêtu d'un tablier de cuir noir qui nous accueillait.

— Et comment! Par ici, Sieur de Champlain, par ici Messieurs, Mesdames.

Les vêtements souillés, détrempés et les cheveux dégoulinants, nous suivions péniblement l'aubergiste qui fendait l'attroupement de la bruyante clientèle. Il nous assigna fièrement une table bien en vue, au centre de la salle des repas.

— La meilleure de la place, pour Vos Seigneuries!

Le sieur de Champlain qui s'apprêtait à me présenter une chaise, me toisa des pieds à la tête, et modifia son intention.

— Peut-être aimeriez-vous bénéficier d'un moment d'intimité pour vous essorer quelque peu, Mesdames? Eustache, accompagnez ces dames à ma chambre pendant que je m'entretiens avec mon bon ami Paul. Prenez tout votre temps! Nous n'aurons rien d'autre à faire tant que dure l'ondée.

Eustache donna un coup d'œil à Ludovic, me regarda, revint à Ludovic, puis au sieur de Champlain.

— Je crains d'avoir oublié mon passe-partout dans ma chambre, Monsieur. Ludovic pourrait peut-être…

— Ludovic, vous pouvez accompagner ces dames?

— Oui, j'ai ma clé.

Je montai l'escalier précédée de Noémie et suivie de mon prince.

— Si c'est là l'auberge la plus réputée de Honfleur, je n'ose imaginer ce qu'on peut trouver sur les planchers des autres! grommela Noémie essoufflée.

— À voir toutes ces taches… à croire qu'ils ignorent les bienfaits du nettoyage! poursuivis-je tandis que Ludovic broyait ma main dans les plis de ma jupe.

— Qu'en pensez-vous, mon garçon?

— Le nettoyage des lieux fait défaut, j'en conviens. Néanmoins, on peut être assuré de ne trouver aucune punaise dans ses paillasses.

— Ludovic! pouffai-je en atteignant le palier.

— La chambre du sieur de Champlain se situe au bout du corridor. Si vous voulez bien me suivre, dit-il en passant son bras autour de ma taille.

Noémie entra la première, s'immobilisa un moment afin de reprendre son souffle, puis se dirigea vers le paravent d'aisance. Ludovic ferma la porte.

— Je frissonne. Vous permettez que je fasse ma toilette la première ? Je ferai rapidement !

— Faites Noémie, prenez tout votre temps. Je...

Je ne pus conclure. Ludovic m'écrasait contre le mur en s'emparant fiévreusement de ma bouche. Je voulus résister, pour la forme. Ma volonté céda à mon désir. Il mordilla mes lèvres, baisa mes joues, revint à la bouche avant de bécoter la peau mouillée de mon décolleté. Bien malgré moi, je fis un effort pour saisir ses poignets et me défiler sous son bras. Il me reprit par la taille.

— Il y a quelque difficulté, Mademoiselle ? demanda Noémie. D'où vient ce tapage ?

Il s'arrêta net, le visage cramoisi, les yeux brûlants de désir. Il posa ses mains sur son visage.

— Non, tout va bien, Noémie ! Ludovic me quitte à l'instant !

Il dégagea lentement son visage et souleva les épaules, résigné et penaud.

— Si vous avez... avez besoin de... de quoi que ce soit, je suis sur... sur le palier, bredouilla-t-il en ouvrant la porte derrière lui.

Je saisis son cou et repris avidement ses lèvres. J'aurais pris bien autre chose, mais bon !

— Ludovic est parti, Mademoiselle ?

— Il... il part à l'instant, Noémie. Il part à l'instant !

Il referma la porte à contrecœur. Ne me restait plus qu'à me livrer à l'essorage de mes vêtements au milieu des cartes et des paperasses couvrant les murs et les tables du sanctuaire du sieur de Champlain. Seule la surface du lit était libre des projets d'exploration de ce grand voyageur. Un lit vide... En souffrait-il ? Je l'ignorais.

— Je projette d'avancer vers l'ouest plus avant en Huronie. Si seulement cette guerre entreprise contre les Iroquois nous laisse un peu de temps et suffisamment d'hommes disponibles...

— Vous allez y combattre, Monsieur ? demandai-je, surprise qu'il soit à nouveau sur un pied de guerre.

— Si les Algonquins et les Hurons y tiennent, il le faudra bien ! Tel est le cœur de l'entente conclue avec ces nations : les Français seront leurs alliés dans la guerre qu'ils mènent contre les Iroquois en échange des droits et des appuis indispensables à l'exploration des territoires qu'ils occupent. S'ils tiennent à la guerre, je n'aurai pas le choix. Je n'ai qu'une parole, bien que je déteste toute forme de guerre. Aller de l'avant, explorer, découvrir, coloniser, telles sont mes ambitions !

— La guerre est pourtant un mal nécessaire ! tonitrua monsieur Gravé du Pont à l'autre extrémité de la table. Il nous appartient de défendre nos lieux, nos biens, nos conquêtes ! Pas de guerre, pas d'expansion !

Ludovic, assis face à moi, s'intéressait sérieusement à la discussion, du moins en apparence. Sous la table, la pointe de sa botte taquinait langoureusement mon mollet. De temps à autre ses yeux rieurs s'attardaient sur mon visage rougi de désir. Noémie bailla aux corneilles et Paul se trémoussa sur son banc. Un rayon de soleil perça les fenêtres, dorant la poussière qui gambadait allègrement dans la pièce surpeuplée.

— Et si nous poursuivions nos visites. Le beau temps semble revenu ! s'exclama Eustache qui sortait de la concentration profonde dans laquelle le plongeait la moindre parole du sieur de Champlain.

— À l'exploration ! clama Gravé du Pont en levant son septième verre d'eau-de-vie.

Ses yeux vitreux roulèrent au-dessus des poches de peau encadrant son large nez veiné de rouge.

— Et vive la Normandie ! Et vive son calvados ! poursuivit-il avant de faire cul sec.

Au-dehors, un arc-en-ciel auréolait le bassin.

— Noémie, regardez ! L'artiste du ciel s'est manifesté ! m'exclamai-je.

— Nous en avons de la chance ! Voilà que Zeus participe à la fête.

— Zeus ? s'intrigua Ludovic.

— Ben oui quoi ! Vous ignorez la légende, mon garçon ?

— Apparemment !

— Quand Zeus est particulièrement satisfait, il envoie son magicien peindre un arc magique dans l'espace. C'est un signe de chance !

— Une courbe parfaite ! Et ces couleurs ! continuai-je en rejoignant les yeux ambrés de Ludovic qui les baissa aussitôt vers la parure de dentelle de mon corsage.

— Une courbe parfaite ! Une vraie merveille ! ajouta-t-il fixant ma gorge. Je n'ai jamais rien vu d'aussi beau ! Dommage qu'on ne puisse s'en approcher, la toucher, la caresser de la main, ne trouvez-vous pas, Madame ?

Il regarda candidement vers le ciel, tandis que ses propos s'infiltraient insidieusement en moi, émoustillant mon désir.

— Dommage en effet ! Qui sait tout le bien-être qu'on saurait en tirer ?

— Assurément le plus grand des bien-être !

— Je suis bien de votre avis ! Qu'en pensez-vous, Noémie ?

— Approcher l'arc-en-ciel ? Quelle idée saugrenue ! Venez, nous prenons du retard, nous risquons de nous perdre.

— Ce ne serait peut-être pas une si mauvaise idée, lançai-je bien résolue à m'incruster là où j'étais.

Elle s'arrêta, fit rebondir sa mèche blonde et promena son regard de moi à Ludovic et de Ludovic à moi.

— Soit, je veux bien vous perdre, mais pas plus d'une demi-heure, vous m'entendez ! Une demi-heure ! Dès que trois heures sonnent, vous nous rejoignez. J'imagine que nous serons encore sur le *Saint-Étienne*. Sa visite ne vous dit rien, Mademoiselle ?

— Rien du tout, vraiment rien du tout ! Je préfère m'attarder aux étalages du quai Sainte-Catherine. Je ne risque rien, je suis en compagnie de mon gardien. Il connaît les lieux. Rassurez-les. Merci, Noémie.

— Ouais. Et ne vous faites surtout pas enlever ! Bon, je les rejoins.

La chambre de Ludovic donnait sur la cour arrière de l'auberge dont la porte basse nous permit une entrée clandestine. Nous fûmes discrets tant sur le palier que dans le lit.

— Vous allez bien ? demandait-il en retirant son haut-de-chausse.

— Et vous? Le travail? répondis-je en dégrafant la pointe de mon corsage.

— Votre robe... joli écrin... pour vos courbes... parfaites, murmurait-il en baisant mes seins.

— Vous me manquez!

— Je me languis de vous, dit-il en me possédant avidement.

Je mordis une mèche de ses cheveux afin d'étouffer mes gémissements jusqu'à ce qu'un spasme voluptueux ne fasse éclater toutes les couleurs de l'arc-en-ciel.

— Je vous aime, magicien de ma vie, chuchotai-je en mordillant son cou.

— Dans moins de trois semaines, je vous rejoins, ma colombe.

— Ma colombe!

— Vous savez si bien m'apaiser!

— Ludovic! Re... regardez ce point noir, ce minuscule petit point noir sur votre cuisse. Regardez... une... pu... pu... une punaise!

— Malédiction!

Le ciel et les eaux avaient viré au bleu clair. L'arc-en-ciel s'estompait. Au dernier coup des trois heures, je montai calmement sur la passerelle du *Saint-Étienne*, Ludovic tenant mon bras, tel le plus galant des gardiens!

L'étendue de la ferme de dame Bisson se partageait en deux sections bien distinctes. Sur la droite du manoir, derrière la cidrerie, s'alignaient les pommiers d'un verger suffisamment grand pour espérer une production d'environ cinq cents bouteilles de cidre. À gauche, une grange attenante à l'écurie abornait le bocage dans lequel paissait un troupeau de trente vaches. Le lait de celles-ci était expédié à la fromagerie de la bourgade voisine où l'on fabriquait les renommés fromages de pâte molle Pont-l'Évêque et Neufchâtel. Près des écuries, un pacage clôturé de perches était le domaine exclusif de l'étalon gris pommelé que l'on conduisait régulièrement aux haras des environs pour les saillies. Tout autour des dépendances coulait une étroite douve qui dévalait vers le bocage des vaches avant de disparaître derrière le vallon, poursuivant sa course vers la mer.

Pour contrer l'absence de Ludovic, je misai sur l'activité. Dès le lever du jour, mes leçons d'escrime avec Paul s'imposaient. La raideur de mon bras s'atténuait progressivement et le rouge de ma cicatrice était passé au rose. Je retrouvais ma force et Paul ses ardeurs.

— Je suis un guerrier par trop galant. Une femme blessée affaiblit mes moyens.

— Allez Paul, avouez votre émoi. Mon fer intimide le vôtre, avouez, ricanai-je en taquinant sa lame.

Habituellement, nos assauts se terminaient par une chevauchée à travers le bocage. Nous ramenions les chevaux dans leurs stalles au moment où les trois employés de ferme terminaient la traite du matin. Ils quittaient l'écurie un seau de lait à chaque bras et se rendaient à la laiterie où les attendait Ysabel. Ce matin-là, je résolus de les suivre. Au sortir de la grange, je pris le chemin de la laiterie située derrière le manoir, y faisant bien malgré moi une entrée remarquée. Les trois employés cessèrent de verser le lait dans les tonneaux, me saluant mi-hébétés, mi-inquiets.

— Madame désire? osa timidement le plus âgé des trois.

— Rien de particulier. Continuez votre travail, je ne veux aucunement vous déranger. J'étais curieuse simplement. Je peux?

— Faites comme chez vous, Madame, y a pas d'faute!

Et ils se remirent à déverser le liquide blanchâtre dans les tonneaux de transport. Ysabel n'avait ni soulevé la tête, ni détourné les yeux du manche qu'elle activait sans arrêt dans la baratte. Je l'observai un moment sans rien dire, émue par la tristesse émanant d'elle. Ysabel s'isolait de tout contact hormis ceux imposés par ses tâches. Je me demandai d'où pouvait lui venir un tel besoin d'exclusion. Quels mystères se cachaient derrière son mutisme? Je m'approchai lentement de la baratte. Une mèche de ses boucles brunes, échappée de sa coiffe blanche, camouflait presque entièrement le mince repli de peau striant sa pommette droite. Lorsque je fus tout près, je lui demandai doucement.

— Vous voulez bien m'apprendre, Ysabel?

Sans rien dire, elle me regarda de ses immenses yeux gris et reporta son attention sur la baratte sans avoir ralenti son mouvement de rotation. Un regard apathique, blasé, sans vie.

— Faites pas attention à elle, Madame, lança le vieil ouvrier en déposant son seau vide sur le sol battu, elle est pas tout' là, si vous voyez ce que je veux dire.

Ysabel ne broncha pas. Moi si ! Je me retournai vers le grossier personnage de manière à être bien vue.

— Sachez qu'il m'est impossible d'apprécier la méchanceté de vos paroles. En revanche, je connais suffisamment Ysabel pour vous assurer qu'elle est bien toute là, si vous voyez ce que je veux dire !

Le vieil employé reprit nerveusement son seau et se dirigea vers la porte en bafouillant entre ses courbettes.

— Faut pas… excusez… pardon, Madame… j'voulais pas vous offenser.

Et il déguerpit suivi par ses deux comparses éberlués. Ysabel me dévisagea. Je crus discerner un discret sourire entre ses lèvres jointes, mais rien n'était moins sûr. Elle s'éloigna de la baratte et d'un geste du menton, m'invita à m'en approcher. Puis, délicatement, elle posa mes mains sur le manche, les recouvrit des siennes m'apprenant le geste. Au bout d'un moment, me laissant agir seule, elle s'éloigna en m'observant. Cette fois, j'en étais certaine, elle sourit faiblement. Je lui rendis son sourire. Une heure plus tard, nous déposions une pleine baratte de beurre jaune dans la cave froide. Nous nous étions comprises, sans dire un mot.

Ysabel avait à peu près mon âge, un peu plus, un peu moins. Plus petite de taille et plus délicate de stature, elle savait écouter attentivement les consignes qu'on lui adressait pour ensuite les exécuter machinalement, sans réticence, sans emportement. Dame Bisson qui était revenue de son voyage d'affaires de Rouen lui portait une attention teintée de tendresse.

— Ysabel a beaucoup souffert. Sa pauvre mère porta dix enfants. Seulement quatre d'entre eux survécurent à la misère et aux maladies. La pauvre femme était seule pour prendre soin de sa marmaille. Son corsaire de mari revenait au logis le temps de l'engrosser et repartait aussitôt courir les mers à la recherche de trésors imaginaires. Et ma foi, c'était aussi bien comme ça !

— Ah, pourquoi donc ?

— C'était un ivrogne, un ivrogne dont les beuveries se terminaient plus souvent qu'autrement par des coups. Quand il entrait en transe, il frappait sur tout ce qui bouge. Il est mort depuis cinq ans déjà ! Dieu ait son âme !

— C'est donc ça, la cicatrice d'Ysabel !

— Celle de sa joue, oui. Une bouteille brisée à ce qu'il paraît. Pour les autres…

— Elle en a d'autres !

— Hélas oui ! À douze ans, elle fut engagée au haras des Aulnes, où son oncle paternel était employé comme homme d'écurie. Il n'était pas corsaire, mais buvait et frappait tout autant que son frère. Un vice de famille ! Quand Ysabel manifestait trop d'opposition aux appétits malveillants de son oncle, il la brutalisait jusqu'à ce qu'elle lui cède.

Je sentis ma respiration ralentir et dus m'appuyer sur le dossier de mon fauteuil.

— Ma pauvre enfant, s'énerva dame Bisson en me tapotant les mains. Ma pauvre enfant, je suis désolée ! Vous soumettre au récit de telles atrocités, vous si jeune ! Veuillez m'excuser.

— Ne soyez pas désolée, Madame. Ce serait plutôt à moi de l'être, opposai-je, honteuse. Quelle mauviette je fais ! Je vous remercie plutôt pour la confiance que vous me manifestez. Soyez assurée que je saurai me montrer digne de vos confidences.

Le verre de vin qu'elle me servit me fouetta les sens. Je repris mes esprits.

— Ne soyez pas si sévère envers vous-même ! Votre sensibilité est ouverte à la douleur des autres. Vous avez du cœur, ce qui est loin d'être un signe de faiblesse !

Elle se rendit à la porte-fenêtre du salon et souleva le voile doré pour mieux regarder au-dehors.

— Voyez notre généreuse Ysabel. Comme tous les dimanches, elle s'apprête à se rendre à la maison de sa mère afin de lui remettre ses gages de la semaine. Sans elle, je n'ose imaginer ce que seraient devenus cette pauvre femme et ses trois fils !

Je la rejoignis. Ysabel, toute vêtue de gris, traversait le bocage, un panier sous le bras, les pans de sa coiffe de dentelle blanche sautillant à chacun de ses pas. Elle se dirigeait de l'autre coté de la colline.

— Et comment avez-vous su, je veux dire…

— Venez, retournons à nos chaises près du clavecin.

— Je n'aurai plus d'autre faiblesse, je vous le promets !

Elle rit en prenant mon bras.

— Je vous l'ai dit, j'aime bien votre faiblesse, comme vous dites. Elle dénote une grandeur d'âme qui vous honore, croyez-moi ! Alors, comment j'ai su… Deux fois par semaine, un jeune pêcheur se rendait au haras des Aulnes afin d'y vendre les poissons de son patron chalutier, et deux fois par semaine il rencontrait Ysabel.

Un beau jour, elle prit la fuite avec lui et ne remit plus jamais les pieds ni chez ses parents, ni chez son oncle. Les amoureux s'étaient réfugiés dans une modeste chaumière, un bijude comme on dit par ici. Ils vivaient de l'autre côté de la Seine tout près de la ville du Havre. Ils y passèrent quelques mois de vie commune jusqu'à ce qu'un dernier malheur ne s'abatte sur elle.

Je pouvais difficilement imaginer ce qui put lui arriver de pire sinon…

— La mort ?

— Vous avez vu juste. La mort emporta son fiancé, il y a un peu plus de deux ans. Il s'était embarqué sur un navire se rendant à Terre-Neuve pour une expédition de pêche à la morue. À ce qu'on a rapporté, le navire percuta une banquise et coula à pic.

Dame Bisson baisa la croix de la chaîne d'argent pendant à son cou avant de poursuivre.

— Ce jeune pêcheur avait été l'ami de mon fils au temps de leur enfance. Damiel, il s'appelait Damiel. Lorsque le chalutier qui l'employait me fit le récit de son histoire, je fus prise d'une obsession : retrouver Ysabel.

— Je ne suis pas la seule à avoir du cœur à ce qu'il paraît !

— Oh, il me sembla que cela allait de soi ! Notre fils ayant péri au combat, nous étions des parents orphelins, alors… Ysabel est devenue notre protégée en quelque sorte.

— Votre fils était soldat ?

— Mousquetaire, mousquetaire du Roi de France. Ironiquement, c'est le titre de noblesse de son père, cousin du comte de Larossac, qui lui permit d'être introduit dans cette troupe prestigieuse. Il fut tué aux frontières de l'Allemagne, lors des soulèvements provoqués par l'assassinat d'Henri IV. Il avait vingt-cinq ans tout juste !

Elle essuya de sa main tremblotante les larmes perlant au coin de ses yeux puis se leva promptement, éloignant d'un geste de la main les tristes souvenirs.

— J'ai suffisamment pleuré sur la bêtise humaine ! Si on allait marcher dans le verger ? Les bourgeons sont sur le point de nous offrir les plus merveilleux des bouquets. Vous aimez l'odeur des fleurs de pommiers, Hélène ? Vous permettez que j'utilise votre prénom ? Après tout, vous êtes presque de la famille !

J'avais demandé à Paul d'atteler la jument dorée, et me fis bien indiquer le trajet pour atteindre la plage.

— Vous ne devriez pas vous y rendre seule, Mademoiselle, c'est imprudent, il y a ces contrebandiers !

— Ne vous inquiétez pas, Paul, je coupe à travers champs comme vous m'avez suggéré. Et puis, je ne serai pas seule, je rejoins Ysabel.

— Soit ! Je suppose qu'il ne sert à rien de vous résister. Vous prenez votre épée ?

— Bien entendu ! Je ne m'éloigne jamais sans elle.

Ma chevauchée au travers des bocages se fit rapidement et sans encombre. Du sommet de la deuxième colline, j'aperçus les bras de verdures s'avançant dans le bleu des eaux. Je me rendis sur une des dunes de sable bordant la plage déserte joliment piquée çà et là d'un rocher de granit. Sur une de ces pierres ondulaient les pans de dentelle de la coiffe blanche d'Ysabel. Quand elle sentit ma présence, elle se tourna vers moi. Ni surprise, ni contrariété, ni joie, ni inquiétude ne se lisait sur son visage. Elle me regardait impassible, flegmatique.

— Je peux venir près de vous, Ysabel ?

Pour toute réponse, elle dégagea le rocher des plis de sa jupe et y posa la main. Je m'installai calmement à ses côtés, l'imitant. J'observais les vagues rouler sur la grève avant de retourner au large. Le bruit apaisant du ressac des vagues m'envahit. Au bout d'un long moment, Ysabel posa son front sur ses genoux. J'approchai ma main de son épaule, elle réagit vivement.

— Ne me touchez pas !

Le timbre grave de sa voix me surprit.

— Excusez-moi, je ne voulais pas vous importuner.

— Ce… ce n'est rien, c'est ma faute… s'excusa-t-elle les traits torturés.

Puis elle laissa retomber son front sur ses genoux et pleura doucement. Elle pleura comme tombe une pluie fine, sans soubresaut, ni plainte, ni soupir. Elle pleura doucement. Quand ses pleurs cessèrent, elle fixa la mer et murmura lentement.

— Il aurait deux ans maintenant. Je l'ai porté dans mon ventre pendant trois mois. Il devait naître à la mi-avril selon les dires de la matrone qui fit de lui un ange. De tout ce qu'on a pu vous raconter sur mon compte, rien n'est comparable à la douleur que j'éprouve quand je songe à lui. Mon fils, le fils de Damiel, notre petit que j'ai mené à la mort…

Son visage tordu de douleur se couvrit à nouveau de larmes. J'ouvris les bras, elle s'y laissa couler. Elle pleura amèrement, énergiquement, longuement, comme pour extirper de son âme tout le poids de sa peine. Lorsque ses sanglots diminuèrent, elle se moucha bruyamment avant de me chuchoter un timide remerciement. Par-dessus son mouchoir, ses yeux désespérés se noyèrent dans les miens. Je sus alors qu'Ysabel entrait dans ma vie pour toujours.

Un courrier nous avait informés que le départ du *Saint-Étienne* et de la *Belle Lorraine* se préparait pour le 24 avril. Les prévisions du temps avaient été soigneusement étudiées et il avait été convenu, par les capitaines et le sieur de Champlain, que les conditions de cette journée seraient favorables. Cette possibilité signifiait l'arrivée prochaine de Ludovic et d'Eustache au domaine. J'insistai auprès d'Ysabel pour l'aider à la préparation de la maison des amis au fond du verger. Là devaient habiter mon frère et mon bien-aimé pour les prochains mois. De dimension restreinte, elle était joliment installée entre le verger et la rivière. À l'intérieur, une salle commune et une petite cuisine annonçaient une aisance confortable. Au-dessus du manteau de bois brun de la cheminée, des briques rougeâtres incrustées dans du crépi blanc formaient un damier égayant agréablement la pièce. Sur le manteau, un superbe coq de cuivre se dressait fièrement : le coq gaulois. À l'étage, les fenêtres des deux chambres s'ornaient des rideaux carrelés dont les couleurs rappelaient le vert des sols et le bleu de la mer.

— Il faudra refaire les paillasses des lits, dis-je à Ysabel, bien appuyée sur les portes du buffet de la cuisine. On n'est jamais trop prévoyant avec les punaises…

— Les pailles ont été changées hier, Mademoiselle.

Elle finit d'essuyer le chaudron d'étain qu'elle déposa près de la pierre d'eau avant de continuer.

— J'ai apporté une vingtaine de chandelles et deux bougeoirs. Le pétrin est propre, bien que je doute qu'il soit utilisé. Ces messieurs prendront tous leurs repas au manoir.

Elle déposa son linge humide sur le dossier d'une chaise tressée d'éclisses de frêne et me sourit.

— Tout est fin prêt pour recevoir votre frère et ce Ludovic Ferras. À moins que…

— À moins que quoi ? demandai-je intriguée.

— À moins que vous ne désiriez y ajouter un brin… comment dire, un brin de féminité pour l'accueil.

Je ne pus contrôler mon élan de curiosité.

— Que veux-tu dire par brin de féminité ?

Ysabel devina mon malaise et reprit.

— Oh, je voulais simplement parler d'un joli bouquet de fleurs. J'ai vu de beaux iris près de la rivière…

J'appréciais sa délicatesse et résolus à me laisser aller à la confidence. Elle méritait de connaître un peu du côté ombre de madame de Champlain. Je passai mon bras sous le sien et l'entraînai vers la porte.

— Je suis totalement de ton avis. Un bouquet d'iris complèterait la mise en place. Viens, suis-moi, je sens que la rivière a quelques secrets à te révéler.

Les quais de Honfleur étaient envahis par la foule bruyante venue assister au départ des navires. Le vent fouettait les drapeaux français accrochés aux fenêtres des logis et retroussait les jupes des femmes et des filles qui n'en finissaient plus d'étreindre les hommes qui les quittaient. Pendant que des marins s'affairaient à monter les derniers tonneaux à bord des navires, les sons des pipeaux, des tambours et des binious perçaient les clameurs de la foule. Je les vis au loin, devant l'église Saint-Léonard, entourés d'hommes vêtus de soutanes noires. Les Récollets, sans aucun doute.

— Paul, Noémie, je les vois… là-bas, devant l'église. Les voyez-vous, Paul ?

— Oui ! Venez, accrochez-vous à moi, je tente de les rejoindre.

Le sieur de Champlain était debout, entre monsieur Gravé du Pont et un prêtre qui tentait de contrer les agaçants mouvements de son surplis avec le bénitier qu'il tenait à la main. Je sursautai en reconnaissant Étienne Brûlé ployant sous le poids du sac de marin qu'il portait sur son dos. Des militaires allaient et venaient autour d'eux, apportant ou recevant les ultimes consignes. Ludovic nous remarqua le premier. Il nous sourit distraitement, avant de reporter toute son attention sur ce qui devait être les dernières recommandations de son patron. Le sieur de Champlain, vêtu comme un grand seigneur, remit un cartable à Eustache, puis attira Ludovic à l'écart tout près de la passerelle du *Saint-Étienne*. Ils étaient à contre-jour, de sorte que je ne voyais que leur ombre. Le sieur de Champlain parla et Ludovic écouta. Au bout d'un moment, il sortit un objet de la poche de son pourpoint. Ludovic se pencha et il lui passa une chaîne au cou. Ils se firent l'accolade la plus longue qu'il m'eût été donnée de voir avant de retrouver le groupe. Le sieur de Champlain le dépassa, me rejoignant d'un pas décidé.

— Madame, insista-t-il l'œil humide en retenant mes mains entre les siennes. Mon voyage devrait s'étendre sur plus de deux ans, si Dieu le veut ! Néanmoins, je vous quitte l'esprit tranquille. Vous serez bien entourée. Paul et Noémie ont pour tâche de vous accompagner dans tous vos déplacements. En cela, j'ai reçu l'approbation de vos parents. Vous devrez en principe regagner Paris dès septembre. D'ici là, Eustache et Ludovic seront à votre entière disposition. J'entreprends ce voyage pour la plus grande gloire de Dieu et de la France. Puissiez-vous… puissiez-vous être heureuse, Madame ! C'est là mon plus cher désir, n'en doutez jamais, n'en doutez jamais ! termina-t-il faiblement en implorant des yeux.

Je saluai confuse et émue, mais la sympathie qu'il m'inspira n'allait pas jusqu'à me faire regretter son éloignement.

— Je saurai prendre soin de moi, n'ayez crainte. Je ne suis plus une enfant, Monsieur ! Que Dieu vous garde. Puisse-t-Il favoriser la réalisation de tous vos projets. Vous l'avez grandement mérité ! Bonne traversée, Monsieur !

Il baisa longuement ma main, puis retourna vers le prêtre autour duquel s'étaient regroupés les capitaines, Récollets, lieutenants et officiers. Eustache et Ludovic s'en éloignèrent. Le prêtre leva les bras au-dessus des fidèles agenouillés devant lui et les bénit.

— Que Dieu vous accompagne dans cette grande aventure. Qu'il soit votre inspiration et votre réconfort, votre guide et votre protecteur. Allez, mes frères, allez répandre la Bonne Nouvelle et convertir les âmes, pour la plus grande gloire de Dieu, au nom de notre sainte mère l'Église catholique et romaine : *In nomine Patris, et Filii, et Spiritus Sancti. Amen.*

Amen, répéta chacun en se signant. Le sieur de Champlain se releva le premier, rassembla les Récollets autour de lui, accrocha le bras d'un Étienne Brûlé rayonnant et se dirigea noblement vers la passerelle au rythme de la marche militaire scandée par les tambours. Sur le pont du *Saint-Étienne*, ses cris dirigèrent les marins qui fermaient les écoutilles, enroulaient les cordages et grimpaient dans les haubans. D'autres, alignés sur les vergues, s'apprêtaient à libérer les voilures. Sur les quais, les gens n'en finissaient plus de se quitter. Des femmes récitaient des prières tandis que d'autres pleuraient, un enfant dans les bras. Puis le sieur de Champlain s'avança sur la dunette, souleva son chapeau et lança l'ordre décisif.

— Levez l'ancre !

Du coup, des marins poussèrent le cabestan autour duquel les cordages s'enroulèrent jusqu'à ce que l'ancre dégoulinante surgisse de l'eau.

— Baissez les voiles ! commanda-t-il dans un nouveau mouvement de chapeau.

Les voilures se délestaient pendant que le capitaine Gravé du Pont donnait le premier coup de barre. Les voiles blanches claquèrent au vent et le *Saint-Étienne* glissa lentement le long du quai et traversa la porte de Caen. Le sieur de Champlain agitait son chapeau dans tous les sens. Le grand explorateur nous quittait pour le Nouveau Monde, à la conquête de son rêve. Le *Saint-Étienne* avança lentement hors du bassin jusqu'à ce qu'il rejoigne la *Belle Lorraine* dans la baie de la Seine. De loin, portés par le vent, nous parvinrent les murmures d'une chanson.

— Qu'est-ce que c'est, Ludovic ?

— Hum ! Excusez-moi, vous disiez, Madame ?

— Cette chanson qui vient du large… ?

— Ah, ça ! C'est l'*Ave Maris Stella* : un rituel. Tous les marins la chantent en quittant les ports de France. Ils invoquent la protection de la Vierge.

Il semblait stigmatisé par les deux masses brunes qui s'évanouissaient à l'horizon. Sur les quais, ne restaient que les claquements des drapeaux et des oriflammes, le clapotis des vagues et les pleurs de femmes. Certaines se mouchaient, d'autres tenaient leurs enfants par la main en fixant le large. J'aurais aimé prendre celle de Ludovic, mais son esprit était ailleurs, sans doute quelque part sur le pont du *Saint-Étienne*.

J'avais espéré qu'une fois installé au manoir, ses pensées me reviendraient, mais tel ne fut pas le cas. Voilà bientôt une semaine que le *Saint-Étienne* avait quitté Honfleur et je n'avais toujours pas eu l'opportunité de lui prendre la main. Ludovic me fuyait. Au début, je mis sa froide distance sur le compte de la fatigue, de l'ennui peut-être ; ses compagnons du port lui manquaient. Je m'efforçai de saisir le sens de son indifférence polie jusqu'à ce que je me résigne au mystère. Je fus d'abord attristée avant d'être rongée par une curiosité obsédante. Il fallait que je sache !

Il avait pris pour habitude de chevaucher seul jusqu'à la mer, sitôt sorti de table, après le souper. Ce soir-là, je résolus de le suivre, redoutant plus que tout de débusquer une redoutable rivale. Lorsque j'atteignis le rivage, je découvris Ludovic assis sur le rocher d'Ysabel, le nez dans les embruns. Il était seul et regardait vers l'ouest, là où le soleil déclinait, éblouissant. Je mordis ma lèvre de joie, recouvrant du coup une respiration plus ample.

—Je peux venir, Ludovic ? criai-je, hésitant à mener ma monture trop près de lui.

Il sursauta, se levant d'un bond sur sa roche, étonné. De toute évidence, je le tirai d'une profonde réflexion.

—Hélène ! Mais… que faites-vous ici et seule ?

—Je ne suis pas seule, vous êtes là !

—Je veux dire, vous…

—Vous attendez quelqu'un, Ludovic ?

—Non, non… dit-il contrarié.

—Vous êtes certain ? Parce que si c'était le cas, je partirais.

—Cessez, je n'attends personne. J'ai besoin de solitude, c'est tout ! D'un peu de solitude, soupira-t-il en reportant son regard vers le large.

Je fis avancer mon cheval tout près de la roche tenant absolument à bien me faire entendre. Nos visages étaient vis-à-vis l'un de l'autre.

—Vous avez besoin de solitude ! Et que dois-je penser de votre besoin de solitude, dites-moi ? Voilà bientôt une semaine que vous m'évitez. Il y a une autre femme, n'est-ce pas ! Vous avez connu une autre dame à Honfleur ! J'aimerais le savoir, parce que moi, voyez-vous, je deviens folle à force de m'imaginer…

Il me sembla que mes paroles le sortaient d'un rêve. Il écarquilla les yeux et, de ses deux mains, lissa ses cheveux derrière sa tête.

— Mais non, qu'allez-vous inventer là !

— Je n'invente rien du tout. Je voudrais simplement comprendre ce qui se passe. Parce que la dernière fois que je vous ai rencontré…, la dernière fois, nous étions très proches et vous… vous… me disiez votre hâte de me rejoindre et…

— Je sais… je disais vrai. Mais depuis… vous voulez bien descendre de votre cheval et venir ici près de moi. J'ai besoin de vous parler…

— Tout de même ! laissai-je échapper en négligeant le bras qu'il me tendait.

Je m'assis sur le rocher m'appliquant à fixer le coucher du soleil. Le plus beau prétexte qui soit pour éviter de voir son visage. Il plia les jambes et appuya son menton sur ses genoux.

— Hélène, depuis quand savez-vous que le sieur de Champlain connaissait mes parents ?

Je le dévisageai surprise. Sa question me parut insolite : je n'en comprenais pas le propos. Son visage à la fois sérieux et triste scrutait le large.

— Depuis quand ? répéta-t-il fermement serrant la mâchoire.

— Depuis notre passage à Brest l'été dernier. J'ai vu la maison où vous êtes né, le champ de bataille où votre père et votre grand-père ont été tués. Il m'a parlé de votre mère et…

— Arrêtez ! s'exclama-t-il brusquement. Arrêtez, arrêtez, je vous en prie… je vous en prie… arrêtez, termina-t-il dans un murmure.

Ce fut à mon tour de sortir d'un rêve. Sa détresse me frappa de plein fouet. Je voulus toucher son front, il me repoussa.

— Je suis désolée, Ludovic.

Il sauta d'un bond sur le sable et entreprit de marcher. Il avançait les bras serrés autour de son torse, retenant la douleur qui l'étouffait. Je résolus de le suivre. Il n'était plus question qu'il souffre seul. Je courus derrière lui.

— Je vois ! J'ai négligé de vous parler de ces faits et vous m'en tenez rigueur ! Excusez-moi, j'ai cru que c'était sans importance ! Comment pouvais-je deviner que…

— Sans importance ! Parce que vous ne pouviez deviner que je sois intéressé par tout ce qui concerne mes parents ! Sans importance ! Vous me décevez Hélène, vous me décevez terriblement !

— Moi, je vous déçois! Moi, je vous déçois, la belle affaire! Vos parents sont morts depuis des années, vous ne m'en parlez jamais, et je devrais deviner que monsieur veut que je lui rapporte la moindre information les concernant!

Il arrêta sa marche et se mit à tourner sur lui-même scandant chacune de ses paroles.

— Savez-vous seulement ce que c'est que de ne pas avoir eu de père et de mère, de n'avoir personne d'autre que soi sur qui compter? Savez-vous seulement ce que c'est que d'avoir été privé de les connaître, rien que de les connaître: savoir comment ils bougent, comment ils sourient, ce qu'ils affectionnent et ce qu'ils détestent? De n'avoir pu partager leurs vies? Le vide Hélène, le vide!

— Le vide! Et moi alors! Je ne suis peut-être que du vent?

— Vous ne comprenez rien à rien!

— Rien! Expliquez!

Il leva les bras au ciel et les laissa retomber mollement le long de ses cuisses en soupirant fortement.

— Non, pas la peine. Si Madame veut bien m'excuser.

Et il s'élança en hâte vers le rocher autour duquel attendaient paisiblement nos chevaux. Je le suivis avec peine.

— Tiens donc! Monsieur préfère fuir, les paroles lui manquent. Facile de blâmer, moins facile de raisonner!

— Madame de Champlain revient avec moi ou sans moi? lança-t-il d'un ton morne, le regard torve.

Je restai bouche bée, les souliers pleins de sable et la larme à l'œil. Je pris une profonde inspiration.

— Je préfère sans, pelletier Ferras!

— Soit, ne tardez pas. Je suis responsable de votre sécurité!

— Responsable de ma sécurité, je sais! C'est la principale clause de votre contrat.

— Bonne nuit, Madame de Champlain!

Il éperonna vivement sa monture qui s'élança au galop, m'aspergeant de sable. Je restai seule et déconfite sur la plage déserte. La rage au cœur, j'essuyai mes joues mouillées d'un geste brusque, croisai les bras en me tournant vers le coucher de soleil. Mes yeux brouillés transformaient la lumière de l'astre en mille étoiles de feu. Ce dieu des couleurs embrassait tout l'espace, les eaux comme les cieux! Ses rouges s'épandaient sur toute la largeur de la baie de la Seine et déclinaient des tons de rose avant d'étaler de brillants orangés sur l'écume des eaux frangée d'or. Aucun peintre ne saurait rendre la fugace beauté de ce miracle ! Aucun peintre ne saurait rendre ce sentiment d'infini, d'éternité qui me possédait chaque fois que j'observais le céleste spectacle. Aucun peintre ne saurait. Il fallait y assister, offrir tous ses sens aux effluves marins, aux vents tièdes, aux roulements des vagues, à l'enchantement de la lumière. Il fallait goûter le moment ! Je compris dès lors le vide de Ludovic. Une partie de sa vie lui échappait : les odeurs, les sons, les couleurs, les images de son enfance lui échappaient !

Je cueillis l'étoile de mer qu'une vague langoureuse déposa à mes pieds. Elle couvrait tout l'espace de ma main. Bien que rien ne le laisse supposer, cette forme harmonieuse vivait. Je passai le bout de mes doigts sur sa surface à la fois rugueuse et flasque, sentis son odeur, curieux mélange d'algues et de sel, et y posai les lèvres avant de la relancer dans la vague, son milieu familier, le seul pouvant assurer sa survie.

Aucun peintre ne saurait transmettre toute l'intensité de ce coucher de soleil, quoique certains puissent en suggérer l'essentiel. Certains, très peu. Je ne peignais pas. Je dessinais honnêtement sans plus ! Mais une image, si médiocre fût-elle, valait mieux que le vide.

37

Fleurs de pommiers

Les jours suivants, je respectai le besoin de solitude de Ludovic, m'efforçant de déjouer mon désenchantement en accompagnant Ysabel dans ses déplacements et ses corvées. Dans ses temps libres, Eustache se joignait à nous. Au début, il le fit pour tromper son ennui, par la suite, parce que l'absence d'Ysabel l'ennuyait. Il l'observait furtivement, lui souriait sans raison apparente tout en portant la galanterie au sommet de ses manifestations. De toute évidence, Ysabel l'attirait. Mais Ysabel ne voyait rien ou simulait de ne rien voir. Quand je le pouvais, je prétextais une obligation pour favoriser leur tête-à-tête. Les premières fois, les yeux d'Ysabel avaient paniqué d'effroi. Vint le moment où elle laissa tomber un peu de sa résistance. Quand Eustache lui parlait, elle répondait, brièvement soit, mais elle répondait.

Mes rencontres avec Ludovic s'inséraient dans la formalité des jours. Je faisais comme si je ne désespérais pas de lui, comme si son indifférence ne m'atteignait pas. Chaque soir, dans ma chambre, à la lueur des bougies, je creusais le fond de ma mémoire, y cherchant le détail, la ligne et la courbe, soucieuse d'inscrire sur mes parchemins les images du vide qui le tourmentait.

Le début mai fit éclater les bourgeons des pommiers en une multitude de fleurs promettant une généreuse récolte. Quelquefois, à la fin des repas, avant de prendre congé, Ludovic me souriait distraitement. Je répondais à son sourire en retenant mes larmes.

Le soir du six de mai, je roulai mes parchemins en prenant soin de bien coincer ma lettre sous le ruban de dentelle écarlate qui les retenait. J'enfilai ma culotte d'escrimeuse et ma chemise de toile de lin dont Ludovic m'avait un jour vanté les séduisants mérites. Mes rouleaux sous un bras et mon épée dans l'autre, j'entrepris de me rendre à la maison des amis. La pleine lune éclairait le sentier du verger où flottait un subtil parfum qui me réjouit le cœur. J'inspirai profondément. À nous deux, Monsieur Ferras !

— Pelletier Ferras, il vous dirait de me faire le plaisir d'un assaut ? demandai-je avec empressement dès qu'il ouvrit la porte.

L'effet de surprise me servit au mieux.

— Un assaut, à cette heure ! C'est que je... Eustache est déjà au lit et...

— Vous n'avez plus la forme ? Le défi est trop grand ?

Il baissa la tête en lissant ses cheveux. Le médaillon argenté qu'il portait au cou scintilla dans le rayon de lune.

— S'il vous plaît, un tout petit assaut, Monsieur Ferras ! J'ai peur de perdre la main, ce qui risque fort de nuire à ma sécurité.

Il laissa tomber un maigre ricanement et redressa les épaules.

— Soit, un petit assaut. Je cherche mon épée, dit-il me laissant négligemment sur le seuil de la porte.

Je mis son manque de courtoisie sur le compte de la léthargie de fin de soirée et déposai mon rouleau de parchemin sur le banc d'entrée. Il revint d'un pas nonchalant.

— Il y a un espace dégarni près de la rivière, cela conviendra-t-il à Madame ?

— Tout à fait !

Je le suivis, fébrile, tout en déliant discrètement les attaches de ma chemise, misant sur la complicité de Séléné pour que les courbes de mes seins réveillent les ardeurs de mon amant. Nous atteignîmes le champ dénudé sans le moindre contact. Notre salut fut suivi de coups sans vigueur. Je m'appliquai à recourir à toute la force dont je disposais, frappant avec ardeur, me déplaçant énergiquement. Plus l'assaut avançait, plus la vivacité lui revenait. Je tournais autour de lui, marchais, retraitais, frappais, pointais et me fendais sans jamais l'atteindre. Sa chemise entrouverte dévoilait des perles de sueur sur la peau brillante de son torse et ses cheveux collaient à son visage. La force lui revint et il fut bientôt tout à notre combat. Je faiblis et dus me confiner à la défensive.

— Allons, Madame de Champlain, vous qui avez croisé le fer avec les Robins normands, un peu de poignet que diable, relevez la garde. Allez hop ! hop ! Allez, vous vouliez un assaut, un assaut vous est servi !

— Vous n'allez pas me reprocher d'avoir quitté ce fichu carrosse ! Je... j'ai couru au secours de Paul ! Vous en auriez fait... fait autant si...

Plus l'emballement lui venait, plus je perdais le contrôle de mes gestes. Je baissai les bras, il me toucha en plein cœur.

Ma chemise collait à ma peau et des gouttes d'eau ruisselaient sur mon front.

— Mes seins, Ludovic, regardez mes seins ! hurlai-je intérieurement tout en saluant de la tête.

— Touchée ! Vous m'avez atteinte en plein cœur !

— En plein cœur ! répéta-t-il en avançant vers moi les yeux rivés sur ma chemise.

Son épée glissa sur le sol et il m'attira à lui. Il hésita et laissa retomber ses bras.

— Seigneur ! Pardonnez-moi, je suis… j'en suis incapable !

— Incapable ? chuchotai-je en posant ma tête sur son épaule.

Il recula d'un pas.

— Le sieur de Champlain, votre… votre époux est un homme admirable. Il s'est montré si généreux envers moi ! Il me porte une telle confiance ! Il me semble que… je n'ai plus le droit de vous désirer.

Je tentai de fixer ses yeux fuyants. Quand j'y parvins, ils étaient mouillés de larmes.

— Je suis désolé, Hélène. Je ne me comprends plus. Je suis désolé !

— Désolé, rien que ça ! Puis-je vous rappeler que ce généreux personnage a ruiné tous nos espoirs d'avenir ! Puis-je aussi vous rappeler que nous nous sommes liés l'un à l'autre !

— Je suis désolé… conclut-il en se penchant pour récupérer son épée.

Il me tourna le dos et s'empressa de retourner vers la maison. Je le suivis.

— Soit, soit, je veux bien admettre qu'il vous ait traité comme… comme quelqu'un qu'il apprécie beaucoup. Mais moi, Ludovic, dites-moi un peu ce que je deviens ?

— Je n'y suis pour rien, Hélène ! Comprenez-moi ! Je regrette cette situation autant que vous.

— Ah ! Vous regrettez, la belle affaire !

Il s'arrêta net me jetant un regard noir. Je glissai vivement mon épée dans mon baudrier, resserrai les cordons de ma chemise et redressai fièrement les épaules.

— Soit, je me soumets ! Dorénavant, je serai celle que vous devez protéger sans plus. Je ne vous importunerai plus avec ces autres balivernes somme toute sans importance. Je comprends !

Et je suivis son ombre jusqu'à la porte qu'il s'apprêtait à refermer comme si je n'existais pas.

— Puis-je entrer avec vous ? J'ai des documents pour vous.

— Si vous voulez, se résigna-t-il en soupirant.

Nous étions assis sur le tapis devant la cheminée, silencieux. La lumière du feu dansait sur son visage. Sur la toison de son torse brillait l'ovale du médaillon.

— C'est nouveau ce médaillon ? demandai-je pour rompre le lourd silence installé entre nous.

Il le prit entre ses doigts et le caressa. Pour un peu, j'en étais jalouse.

— Le sieur de Champlain me l'a remis sur le quai avant l'embarquement.

— Ah !

Décidément, je n'en sortirais pas, le sieur de Champlain était omniprésent !

— Je peux le voir de plus près ?

— Peut-être...

Je m'approchai avec la ferme intention de m'attarder. J'observai le métal, après avoir pris soin d'effleurer sa peau de mes doigts, me penchant si près que je faillis me renverser sur lui. Sur le médaillon d'argent, un trois-mâts émergeant d'une mer houleuse était sculpté en relief.

— Il est beau, très beau, dis-je le plus près possible de ses lèvres.

Pour un peu, il m'embrassait.

— C'est... c'est l'héritage de mon père.

Je reculai ahurie.

— Votre père !

— Oui, mon père. Il est mort dans les bras du sieur de Champlain. Avant de rendre l'âme, il lui remit ce médaillon espérant qu'il puisse me le rendre un jour. C'est ce qu'il a fait sur le quai de Honfleur.

— Ludovic ! fis-je consternée. Pourquoi ne m'avoir rien dit ?

— Je... je ne sais pas. J'ai si peu de mon père... Peut-être ai-je voulu garder ce secret précieusement, pour moi seul...

Les reflets des flammes doraient l'ambre de ses yeux.

— Je crois comprendre. Ce doit être comme... comme si tout ce qui vous a manqué de lui était contenu dans ce médaillon...

— Oui, on peut dire cela. Tout ce qui m'a manqué et tout ce que je n'aurai jamais...

Je passai ma main sur son bras. Il regardait le feu.

— J'ai préparé ces dessins à votre intention. Vous voulez bien y jeter un œil ?

Je déroulai avec précaution mes parchemins devant nous, sur le tapis. Le premier offrait une vue de Brest.

— C'est Brest.

— Ah ! Brest ?

— Oui, là où le vent balaie les landes et les bruyères… et ce gris… le gris des pierres presque partout…

Il suivait attentivement le parcours de mon doigt sur le dessin.

— Et là, au loin, sur la pointe du monde, devant le fort…

— Oui, devant le fort… ?

— C'est là… là où votre père livra sa dernière bataille.

— Sa dernière bataille… répéta-t-il faiblement.

— Derrière ce muret repose son corps. Son nom est gravé sur une petite stèle de granit toute semblable à des centaines d'autres… des stèles alignées pour l'éternité.

Son doigt rejoignit le mien.

— Repose son corps… dit-il comme hypnotisé.

Il essuya vivement une larme sur sa joue. Je pris sa main et embrassai sa paume avant d'étendre le deuxième dessin.

— La ferme où vous êtes né… où vous avez grandi. Une maison de pierres bordée d'hortensias, une grange, quatre vaches, deux chevaux dans le pré, quelques chèvres, et des volailles tout autour des bâtiments. Quand j'y suis allée, cette dame cousait sous le grand chêne, comme votre mère a dû le faire pour vous, jadis. Les deux enfants blonds jouaient dans cette charrette.

Il scrutait l'image intensément.

— Voilà, c'est la ferme de votre enfance.

Il posa sur moi des yeux égarés.

— Si vous saviez comme j'ai envié cette femme !

— Envié ?

— Oui, je veux dire… j'aurais aimé être celle qui vous attend, là, avec nos enfants jouant tout autour. Oui… je…

Il ne parvenait plus à essuyer toutes ses larmes. Il déposa sa tête sur mon épaule et je le berçai tendrement. Je berçais mon amour, je berçais ma vie. Il pleura longtemps avant de s'endormir allongé à mon côté, un bras enroulé autour de ma taille. Je dormis peu. Quand je le quittai à la barre du jour, son visage était détendu. Il tenait fermement son médaillon dans le creux de sa main. Je brisai délicatement le sceau de ma lettre et la déposai bien en évidence sur les dessins afin que mon bref message accompagne son réveil. J'y avais inscrit les mots qui portaient ma vie.

Je vous aime, Ludovic!

Ce vendredi, Eustache et Ludovic devaient mener l'étalon Pommeau au haras des Bronet près de Touques. Situé à quelques lieues de la ferme de dame Bisson, ce haras avait la réputation de favoriser la reproduction des plus beaux chevaux de selle de la région. Pommeau y était attendu pour les saillies. Cette absence ne changea rien à mes habitudes puisque Ludovic me fuyait toujours, préférant être là où je n'étais pas.

Ce vendredi après-midi, Ysabel me proposa une partie de pêche aux crevettes à la mare de Laudron.

— Vous verrez, la pêche aux crustacés est une activité captivante et de plus, le vent du large vous changera les idées.

— Me changer les idées?

— Oui, il me semble… enfin je crois que vous en avez besoin.

— Ah! Et à quoi vois-tu ce besoin de me changer les idées?

— À la tristesse que vous traînez dans vos jupes depuis que ce Ludovic est venu s'installer à la ferme, Madame.

— Ce… je veux dire… c'est aussi évident?

— Pour moi, ce l'est! Cet homme vous éteint.

— Je suis peinée de le voir souffrir, Ysabel.

— Vous l'aimez à ce point?

— À ce point et bien plus encore! Et je suis prête à tout pour sauver notre amour.

La mare de Laudron était ceinturée par un large cordon de dunes séparant la côte de la mer. À marée basse, elle n'était couverte que d'une mince couche d'eau salée. C'est à ce moment que la pêche aux crustacés était à son meilleur. Ysabel et moi tendions nos paniers de filet solidement accrochés au bout de longs manches de bois. Elle rit de la crainte que suscita ma première prise de crevettes et mit une fervente application à m'instruire de différentes recettes convenant à l'étrange bestiole grise que j'enfouissais dans mon panier. Quand il fut plein à ras bord, les crevettes n'avaient plus de secrets pour moi. Ysabel soupira d'aise, le visage rayonnant.

— Tu sembles heureuse, Ysabel ? Satisfaite de notre pêche ou c'est l'air du large ?

Elle sourit, parcourant la mare d'un regard mélancolique et soupira longuement.

— Cette mare m'a procuré les plus beaux souvenirs de mon enfance. Quand j'étais toute petite, j'adorais que mon père m'y amène, à l'époque où il était un homme heureux. Je me souviens, il me prenait sur ses épaules, traversait les bocages et aboutissait sur le chemin bordé de frênes. J'avais l'impression d'être une princesse transportée par le roi du monde. En ce temps-là, je l'ai adoré. De retour à la maison, il déposait son panier débordant de crevettes sur la table clamant de sa grosse voix : « *Ma p'tite sirène a fait not' chance !* »

Son rire se teinta d'amertume. Je n'osai troubler la résurgence de ses souvenirs. Nous regagnâmes la route bordée de frênes avant qu'elle ne reprenne.

— Ma p'tite sirène ! Ce furent les plus gentilles paroles qu'il eût à mon égard. Je devais avoir près de cinq ans. C'était avant… avant que les excès du vin ne l'abrutissent et que les pires jurons n'écorchent la p'tite sirène. Selon ses humeurs, j'étais la fainéante, la garce ou… Lorsque son frère me dénicha un travail, je devins la… la catin, se désola-t-elle.

Elle arrêta son pas, s'appuya sur un grand frêne bordant la route et s'y laissa glisser en pleurant. Je m'assis près d'elle et pris sa main. Elle était froide.

— Tu n'y étais pour rien, Ysabel. Comment pouvais-tu faire autrement ? Tu étais sans défense, tu étais si jeune ! Tu n'as rien voulu de ce qui est arrivé. Cet homme abusait de toi.

— C'est ce que me disait Damiel. Il savait me parler de ces choses… C'est plus fort que moi, là à l'intérieur, je me sens sale… sale et mauvaise ! geignit-elle en frappant son ventre.

Tout au fond dans la baie, des éclats de soleil dansaient sur l'eau et des frises de tulle blanc striaient le bleu du ciel. Deux hirondelles planaient autour du feuillage de notre frêne d'où s'échappaient les piaillements des oisillons. Un vent doux et chaud agitait les feuilles et leurs froissements emplissaient l'air d'un doux murmure. Une magnifique journée de printemps ! Tant de beauté et de laideur sur une même route !

— J'avais douze ans lorsqu'on m'imposa ce mariage avec le sieur de Champlain.

Elle releva la tête en essuyant ses larmes du revers de sa main.

— C'est vrai, vous aviez douze ans…?

— Oui, j'avais douze ans et j'étais follement amoureuse de Ludovic.

— Déjà !

— Déjà ! Tu sais, c'est comme si Ludovic faisait partie de moi depuis toujours. Quand je l'ai vu la première fois, il n'avait que seize ans et portait une poule rousse sous le bras, ricanai-je. Depuis, il n'a jamais cessé d'habiter mon cœur et mon esprit.

— Une poule rousse sous le bras ! s'étonna-t-elle entre deux soupirs.

— Une poule bien vivante, tu peux me croire ! Et qui plus est, une poule qu'il avait volée ! Apparemment Ludovic est attiré par le cuivré, enfin quand il a des yeux pour voir. Ce qui n'est pas particulièrement le cas ces temps-ci.

Je soupirai profondément. Ysabel assécha ses larmes, replaça la courroie de son panier sur son épaule, se releva en me présentant sa main. Elle n'était plus froide.

— Vous croyez à l'amour éternel, Madame ?

— Je crois qu'un véritable amour s'incruste au plus profond de notre âme jusqu'à la fin des temps. Damiel sera présent en toi pour toujours, ne crois-tu pas ?

— J'en suis certaine ! Damiel ne me quittera jamais.

Nous avancions à l'ombre des grands frênes, bras dessus, bras dessous, nos paniers suspendus à l'épaule et nos perches à la main. Des parcelles de lumière se faufilaient entre les feuillages et dansaient sur le sable du sentier. Sur notre droite, une clôture de perches délimitait un pré d'un vert intense dans lequel broutait paisiblement un troupeau de vaches blondes. L'une d'elles, le museau bien appuyé sur la clôture, mâchouillait nonchalamment, ses énormes yeux marron suivant nos pas. Ses oreilles frétillaient tandis que sa queue claquait sans arrêt le long de ses flancs, afin de repousser des mouches tenaces. Elle ouvrit soudainement sa grande gueule en émettant un beuglement alangui qui n'en finissait plus. Apparemment, notre compagnie la contrariait. Ysabel éclata de rire. Son rire entraîna le mien, n'en déplaise à la vache !

— Ne t'en fais pas, on ne fait que passer ! lança-t-elle en direction de l'offensée.

La vache retira son museau de la perche, beugla à nouveau et retourna lentement aux champs.

— On ne peut en dire autant de votre frère, continua-t-elle tout bas.

— Mon frère ? Quel rapport peut-il bien y avoir entre mon frère et cette vache ? badinai-je en laissant son bras.

— Aucun, non, non, ce n'est pas…

— Ne t'en fais pas, je te taquine ! Tu disais au sujet de mon frère ?

— Vous disiez que Ludovic n'a pas d'yeux pour voir, eh bien votre frère lui en a ! Vous avez remarqué comme il me regarde plus souvent qu'à son tour ?

— Ah, peut-être que oui, en y pensant bien, oui, fis-je le plus innocemment possible.

— Ce n'est pas bien, Madame, je ne suis pas une fille pour lui. Il risque de se faire du mal inutilement.

Ce fut à mon tour de m'arrêter à l'ombre d'un frêne.

— Ne dis pas de sottises ! Tu es une fille de cœur et qui plus est, une très jolie fille de cœur ! La qualité de ta nature ferait pâlir de honte plus d'une frivole courtisane de la Cour des rois et des princes. Je t'assure, Ysabel ! Il faut me croire !

— Je ne suis qu'une servante, Madame. Je connais mon rang. Une servante ne peut que servir de catin à son maître tout au plus.

— Je t'interdis ! Je ne veux plus jamais t'entendre prononcer ce mot. Tu n'es pas et n'as jamais été une catin. On a abusé de toi, on t'a maltraitée ! Une catin consent à son sort. Tu ne l'as jamais fait. Et puis, ce serait faire affront à Eustache que de lui prêter de si viles intentions.

— Oh, mais je ne voulais pas insinuer… Non, surtout n'allez pas imaginer… Je dis simplement qu'il aime me regarder c'est tout. Il ne m'a jamais humiliée en me faisant de… enfin… des propositions malhonnêtes, je vous l'assure. Je ne…

Je passai mon bras autour de ses épaules la pressant contre moi.

— Calme-toi. Je voudrais simplement que tu saches que tu es une des plus gentilles filles que je connaisse, que ton amitié m'est très précieuse et que je suis convaincue que tu es digne de toutes les attentions que te porte Eustache. Tu me crois ?

— Vous êtes la seule amie que j'aie jamais eue, Madame. Je suis prête à croire tout ce qu'il vous plaira.

Je l'embrassai sur les joues en scrutant le gris de ses yeux. Aujourd'hui, ils viraient au bleu.

— Puis-je te demander une faveur, Ysabel ?

— Tout ce que vous voulez, Madame.

— Puisque je suis ton amie, tu veux bien m'appeler Hélène quand nous serons entre nous ?

Elle sourit des lèvres et des yeux.

— Ça me ferait très plaisir…, Hélène.

Les crevettes du souper avaient étonné et ravi Eustache tout autant que Ludovic. Tout au long du repas, il parla davantage qu'à son habitude et me regarda avec une insistance qui me réjouit. Comme il faisait doux, dame Bisson proposa de servir le dernier vin au jardin. Ludovic me rejoignit dans la roseraie où j'étais à observer les boutons de floraison.

— La soirée sera douce, Madame.

Je me retins de respirer ne sachant trop comment interpréter ses paroles. Il but une gorgée de vin et me tendit son verre en plongeant des yeux insistants dans les miens. Je pris la coupe qu'il m'offrait et bus.

— Je me proposais de faire une chevauchée le long de la rivière. Vous aimeriez m'y accompagner ?

— Une chevauchée ?

Je scrutais son visage. Un sourire narquois pointa sur ses lèvres. C'était de bon augure !

— Soit, va pour la chevauchée au bord de la rivière.

Il reprit son verre laissant sa main s'attarder sur la mienne. J'eus alors la conviction qu'il était à nouveau avec moi.

— Je selle les chevaux. Vous me rejoignez à l'écurie ?

— Je vous rejoins à l'écurie.

Nos chevaux avançaient lentement sur la piste longeant la rivière, piétinant les fougères, évitant les ronces, contournant les massifs de tilleul dont la stimulante odeur printanière me charma. Il parla peu, se contentant de me regarder du coin de l'œil comme pour se réapproprier mon être. C'est du moins ce que j'espérais de toute mon âme ! Puis il arrêta sa monture au sommet d'un vallon. Sur le versant, cachée derrière un grand saule et quelques pommiers en fleur, se devinait une toute petite construction de crépi au toit de chaume. Ludovic sauta de son cheval, saisit la bride du mien, attacha nos montures au tronc d'un pommier, et me tendit les bras.

— Venez.

Sa main frôla délicatement ma joue. Je penchai la tête pour la retenir.

— Vous m'avez manqué, terriblement manqué !

Il prit ma main dans la sienne m'entraînant dans la pente menant devant la maisonnette.

— Une bijude, notre bijude ! J'ai refait une partie du toit de chaume.

— Vous… vous avez refait le toit de chaume !

Il m'ouvrit la porte et d'un salut chevaleresque m'invita à y entrer.

— Ludovic ! m'exclamai-je en portant les mains à ma bouche.

Dans la salle unique, une cheminée, un lit, une table et deux chaises se partageaient le plancher de carrelage rougeâtre. Un bouquet de violettes avait été déposé sur la table appuyée sous l'unique fenêtre. Au mur, au-dessus du lit, étaient fixés mes deux dessins. Je remarquai que la chevelure de la dame s'était teintée d'ocre.

Il prit mon bras m'attirant près du lit.

— Approchez, venez.

Je m'agenouillai sur le lit et attendis. Il fixait les dessins.

— Voyez, dit-il en pointant le dessin de Brest, vous voyez, là, le cimetière.

— Et alors ?

— Eh bien, c'est là où repose mon père.

Il fit une pause, s'agenouilla près de moi et inspira profondément avant de poursuivre.

— C'est aussi là que reposent toutes mes peines d'orphelin. Je les ai enfouies tout près de lui, tout près de mon père pour qu'il les garde à tout jamais. On ne peut refaire le passé, n'est-ce pas, Hélène ? murmura-t-il en scrutant mes yeux.

Pour toute réponse, je ne pus qu'opiner de la tête. Il poursuivit en pointant le dessin de la ferme.

— Là, c'est la ferme de mon enfance. Elle aussi appartient à mon passé. Je n'y ai vécu que les quatre premières années de ma vie. C'est peu, très peu… Mais cette dame, cette dame appartient à mon présent. Cette dame, c'est vous… Vous êtes celle qui m'attend quand je doute, quand je m'éloigne, quand je suis perdu. Et vous êtes bien de mon présent ! Vous êtes là et vous… vous m'aimez comme je n'ai jamais été aimé. Vous, Hélène…, et je vous aime comme jamais je n'aurais imaginé pouvoir aimer. Vous êtes le seul vrai lieu de ma vie. Vous êtes mon havre de paix, ma chaumière, mon manoir, mon château. Là où vous êtes, là est ma vie ! chuchota-t-il les yeux brillants de larmes.

Je m'approchai de lui et me laissai glisser au creux de son épaule sans rien dire. Il me pressa contre lui et nous restâmes ainsi jusqu'à ce que la pénombre nous enveloppe. Puis, il effleura mon front de ses lèvres.

— J'allume les bougies, murmura-t-il dans mes cheveux.

Quand il eut allumé tous les feux de la pièce, il me fit la plus distinguée des révérences.

— Vous m'accordez cette danse, Madame ?

— Une danse ! Ah oui… une danse !

Je pris sa main et me laissai porter par ses pas. Au début, la branle m'insuffla un léger engourdissement qui m'enchanta. Était-ce le va-et-vient des balancements ou la main de Ludovic qui pressait la mienne, ou encore son souffle effleurant mon visage ou l'odeur de sa peau, je ne sais. Quand son imaginaire nous entraîna dans la volte de Bretagne, une voluptueuse griserie prit la place du léger engourdissement. Lorsqu'il me souleva de terre au bout de ses bras, je m'accrochai à ses larges épaules et ne pus m'en détacher. Je m'agrippai à lui de toutes mes forces.

— Et le sieur de Champlain, Ludovic ? m'inquiétai-je.

Il glissa ses mains le long de mon dos s'arrêtant aux plis de ma jupe.

— À Honfleur, j'ai admiré cet homme à un point tel que… que je ressentis pour lui la fierté qu'un fils aurait pu porter à son père. Quand il quitta le port, ce fut comme si… comme si je perdais mon père pour la deuxième fois, comme si j'étais à nouveau abandonné… abandonné comme un enfant. Et puis, j'ai compris que tout ce qui m'avait manqué, mon père, ma mère, mon enfance, était irremplaçable. J'ai mis un certain temps avant de me résigner à déposer ma chimère sur la tombe de Brest.

— Irremplaçable, répétai-je en me laissant glisser le long de son corps.

— Oui, irremplaçable mais non essentiel. Vous seule êtes indispensable à ma vie. Vous êtes l'essence de ma vie.

Je posai mes doigts sur ses lèvres avant de rejoindre lentement les nœuds de son pourpoint que je défis l'un après l'autre, brûlante de désir. Il se laissa faire sans bouger. Je sortis la chemise de sa culotte, il ferma les yeux. Quand j'effleurai de mes mains chaudes la peau de son ventre, il frissonna.

— Hélène, je vous aime tant ! murmura-t-il à mon oreille avant de poser ses lèvres sur mon cou.

— Il vous plairait d'honorer votre demeure, mon maître ?

— Notre paillasse est fraîche, Madame Ferras.

— Fraîche, vraiment, Monsieur Ferras ?

— Absolument ! Vous voulez vérifier ?

— À la vérité, Monsieur, j'en meurs d'envie !

Il reposait, une jambe par-dessus mes cuisses et sa tête sur mes seins. La lueur des bougies sautillait sur ses fesses.

— Ludovic ?

— Oui !

— Quand vous souffrez, j'aimerais être une déesse pour effacer votre douleur.

Il titilla mon sein. Je soupirai d'aise et collai mon ventre au sien. Il promena sa bouche chaude dans le creux de mon épaule.

— C'est ce que vous faites, c'est ce que vous faites merveilleusement ! Et ma foi, je vous préfère à toutes les déesses du monde !

— Ah, et pourquoi donc ?

— Les déesses n'ont pas votre chaleur, Madame !

Il reprit mes lèvres avec avidité, redescendit vers mes seins dont il emplit sa bouche.

— Ce sont les plus beaux joyaux du royaume !

Il continua son amoureuse exploration jusqu'à ce que l'envie de lui me possède.

— Vous permettez que je regagne mon logis, Madame ?

Je gémis de plaisir.

Les bougies finissaient de se consumer quand je m'endormis le nez collé à son torse tout près du médaillon. Au petit matin, Ludovic n'était plus là. Un mot reposait sur l'oreiller.

J'accompagne Eustache au haras des Bronet.
Nous ramenons Pommeau au domaine en fin de journée.
Je reviens avant le souper. Vous m'attendez ?
Bonne journée, Madame Ferras.

Je m'étirai langoureusement. La pluie fine frappant à la fenêtre n'assombrit pas mon humeur. J'allais vivre ma première journée d'attente et cette pensée réjouissait mon cœur plus que mille soleils.

— Je vous aime, Ludovic Ferras ! criai-je de toutes mes forces.

Je retournai au manoir sous une pluie chaude que la percée de soleil transforma rapidement en une joyeuse bruine tout irisée des couleurs de l'arc-en-ciel. Quand j'atteignis le manoir, le temps avait viré au beau.

— Mais où donc étiez-vous passée ? clama Noémie en trottinant à ma rencontre. Je me fais du sang de punaise depuis hier soir ! Vous n'avez pas coutume de…

Je ris en attachant ma jument dorée à la clôture de l'écurie.

— Cette fois, Noémie, je peux vous assurer qu'aucune punaise n'a troublé mon sommeil.

Et je lui offris un sourire débordant d'affection.

— Noémie, je ne suis plus une enfant et il n'y a pas de Robins normands dans la région que je sache !

Je passai mon bras sous le sien en orientant notre marche vers la porte des cuisines.

— Je vous confie mon secret si vous promettez de ne plus vous faire de souci à mon sujet. Vous promettez ?

Elle fit rebondir sa mèche faisant la moue.

— Bon, bon ! Je vous confie mon secret sans la promesse. Ça vous va ?

— Ce n'est pas humain de me faire de telles peurs ! Je n'ai presque pas dormi de la nuit !

— Si ça peut vous consoler, sachez que moi non plus je n'ai presque pas dormi de la nuit.

— Vous n'êtes pas malade au moins ?

— Mais non ! Vous craignez toujours sans raison, je suis en parfaite santé ! dis-je en riant.

— Mais alors ?

— J'étais dans les bras de Ludovic… alors !

Elle me tapota le revers de la main, mi-offusquée, mi-amusée.

— Mademoiselle ! Vous ! On peut dire que vous m'en faites voir de toutes les couleurs !

— Eh bien, si mon aveu peut racheter un tantinet ma faute, sachez que moi aussi j'en ai vu de toutes les couleurs.

Le rire qui nous gagna ne s'arrêta qu'au moment où nous posâmes les pieds sur le dallage de la cuisine. Paul le visage inquiet, dame Bisson les bras croisés sur la poitrine et Ysabel figée, un chaudron à la main, nous scrutaient telle une apparition cauchemardesque.

— Paul… P… Paul, commença Noémie en reprenant son souffle. Ce n'est ri… rien. Seulement, que les couleurs, je veux dire toutes les couleurs de mademoiselle… cette nuit. Non ! Je recommence. Mademoiselle en a vu de toutes les Ludo… Ludo… a vu toutes les couleurs, débitait-elle en se trémoussant.

Paul, ahuri, s'approcha d'elle et lui tâta nerveusement le front, tandis que dame Bisson indiquait du doigt une chaise à Ysabel qui s'empressa de l'approcher derrière Noémie. Celle-ci recula juste un peu trop à droite, manqua la chaise et atterrit sur le plancher. Ysabel confuse s'empressa de saisir son coude.

— Par tous les diables, Noémie, tu perds complètement la raison ou quoi ?

— Seigneur de Seigneur de Seigneur ! répéta-t-elle en dodelinant de la tête.

— Appelle-moi Paul, Paul suffira !

Cette fois, l'hilarité s'empara de tous. La croix de dame Bisson sautilla sur le devant de sa robe de satin noir tandis que Paul et Ysabel s'appliquèrent à relever Noémie. Quant à moi, j'espérais ardemment que la diversion fût suffisante pour m'épargner plus d'investigation au sujet de mon absence du déjeuner. Noémie toute rougeaude se frotta le derrière.

— Tout va bien, Noémie ?

— Pour le mieux, Mademoiselle ! dit-elle en faisant rebondir sa mèche. Quant à votre absence au déjeuner, j'aimerais à l'avenir en être informée la veille ! Je dis ça comme ça, au cas où il y aurait une prochaine fois. Ce serait la moindre des politesses, Mademoiselle ! N'êtes-vous pas de mon avis, ma sœur ?

Dame Bisson contenait son sourire en pinçant ses lèvres.

— Je suis parfaitement de votre avis. Si on sait, alors on ne s'inquiète pas, surtout si on sait que mademoiselle n'est pas seule et qui plus est si son gardien lui tient compagnie. Alors, il n'y a vraiment plus à s'en faire. Ne croyez-vous pas, Paul ?

— Oh oui, oui. Moi aussi… surtout si le gardien…

Et le rire les emporta de plus belle. Je n'eus qu'à m'y laisser entraîner.

Tous ces complices mirent la main aux préparatifs de mon attente. Paul attela la charrette dans laquelle Ysabel, Noémie et moi installions les chaudrons, assiettes et ustensiles. On avait déposé les terrines, fromage et cidres dans des paniers. Mon gardien, comme chacun s'amusait à l'appeler, n'allait manquer de rien. Dame Bisson insista pour me fournir une nappe de lin, sans laquelle, disait-elle, un repas n'était jamais un vrai repas. J'accompagnai le tout d'une petite valise contenant deux chemises, une jupe fleurie et un corsage de couleur paille. Un peigne, une aiguière et sa cuvette, et quelques serviettes de toilette complétaient l'équipement nécessaire à mon escapade dans la bijude de mes amours.

Mes complices étaient repartis. Chaque article était à sa place et deux assiettes d'étain étaient déposées sur la nappe entre les coupes et les cuillères. La chaudronnée d'huîtres, suspendue à la crémaillère, mijotait au-dessus du feu de cheminée en répandant une appétissante odeur. Des muguets se mêlaient au bouquet de violettes. J'étais prête pour l'attente. Je m'étendis sous le pommier près de la porte grande ouverte, ajustai mon corsage et répartis joliment mes cheveux autour de mes épaules. Le bourdonnement des abeilles accompagnait la rafraîchissante mélodie de l'eau agitée par les pierres du ruisseau. Je fermai les yeux, pour un peu, je dormais. En réalité, je dormis. À mon réveil, le serein était tombé et la pénombre gagnait le verger. La porte de ma bijude était toujours ouverte. Une désagréable odeur de brûlé me fit sursauter.

— Ah, non ! Mon souper a collé ! m'écriai-je en m'approchant du chaudron.

Je jetai vitement de l'eau sur les braises, ce qui eut pour effet d'enfumer la pièce. Sur la table, deux petits écureuils roux se régalaient, le museau plongé dans la miche de pain. Je pris une rasade de cidre et décidai de retourner au manoir. Au début, je me dis que son retard ne pouvait être qu'un léger contretemps, un délai insignifiant, un malencontreux malentendu. Plus j'approchais du manoir et plus ma contrariété se transformait. De simple inquiétude, elle passa par la crainte d'un incident malheureux avant de se cristalliser en angoisse qui me retourna les sens. S'il était survenu un accident de route, une attaque, un enlèvement, des blessures, la mort peut-être ! Quand finalement j'entrai en courant dans le grand salon du manoir, échevelée, essoufflée et totalement paniquée, j'étais au bord des larmes.

— Vous les avez revus ? demandai-je affolée à dame Bisson qui brodait paisiblement près de la cheminée. Ils sont revenus du haras des Bronet ?

— Si vous parlez de messieurs Boullé et Ferras, non, je ne les ai pas revus depuis ce matin. Mais il ne faut pas trop vous en faire, ma chère enfant, ces contretemps surviennent de temps à autre. En matière de saillie, on ne peut jamais prévoir… Venez vous asseoir. À ce que je vois, un peu de cidre vous ferait le plus grand bien ! Venez près de moi.

Je m'approchai réticente.

— Vous savez où se trouve Paul… Paul et Noémie ?

— Je les ai vus sortir après le souper. Ils aiment folâtrer dans le verger avant d'aller au lit.

— Ah, au verger ?

— Oui, vous savez bien ! Ils aiment se rendre au bord de la rivière tout près de la maison des amis. Je les envie.

J'appréciai l'effort de diversion, mais n'avais pas la tête aux confidences.

— Vous permettez que je les rejoigne. Je… je suis inquiète ! Depuis… depuis mon enlèvement, je…

— Mais oui, allez, allez ! Tenez, j'appelle Ysabel pour qu'elle vous accompagne.

D'un bond, elle avait gagné le bas du palier et appelait.

Je courais devant Ysabel.

— Attendez-moi, Hélène, y a pas le feu !

— Si, il y a le feu ! Imagine que Ludovic et Eustache aient été attaqués par des contrebandiers ou quelques autres truands… ou qu'ils aient eu un accident, un terrible accident !

Il faisait presque noir, je butai contre une pierre et m'étalai de tout mon long dans l'herbe mouillée.

— Il ne manquait plus que ça !

— Mademoiselle Hélène ! Par tous les diables, que faites-vous ainsi allongée dans… sur…

— Je suis tombée, je suis tombée ! Paul, Paul je vous cherchais, dis-je me précipitant vers lui.

— Qu'est-ce qui se passe ici ? s'énerva Noémie en se trémoussant.

— Ludovic ! C'est Ludovic et Eustache !

— Quoi, Ludovic et Eustache ? Que leur est-il arrivé ?

— Rien, enfin je n'en sais rien ! Ils ne sont pas encore revenus du haras des Bronet. Il fait nuit… et la nuit, il y a plein de contrebandiers et de bandits… sans compter les accidents… et…

— Mademoiselle Hélène! s'exclama Paul en élevant la voix. Mademoiselle, calmez-vous un peu!

Noémie s'approcha, me prit dans ses bras. Je me débattis.

— Noémie, il faut absolument que Paul parte à leur recherche, ab-so-lu-ment! articulai-je catégorique. Sinon, ce sera moi qui...

Cette fois, ce fut Paul qui me saisit par le bras. Il planta ses yeux furieux dans les miens.

— Mademoiselle, appuya-t-il, Mademoiselle, je me rends de ce pas à l'écurie. Je selle un cheval et je prends le chemin du haras. Cela vous convient?

Je me jetai à son cou et embrassai chacune de ses joues.

— Oui. Je... je vous remercie. Je suis morte de peur.

— Ah, l'amour, l'amour! Allons, venez Mesdames, à l'écurie toute!

Nous approchions du manoir quand des bribes de chansons tordues de fausses notes nous écorchèrent les oreilles.

— Par tous les diables! On dirait bien que nos moussaillons rentrent au port.

Les moussaillons rentraient en effet, mais ils rentraient en tanguant. Accrochés l'un à l'autre, Ludovic et Eustache tentaient tant bien que mal de se maintenir en équilibre. Un cruchon à la main, ils avançaient d'un pas et reculaient de deux.

— Par tous les diables! Ils ont goûté à tous les *bères* de Normandie! s'exclama Paul.

Quand ils purent nous apercevoir, Ludovic et Eustache, étonnés et confus, tentèrent un pénible redressement s'appuyant l'un sur l'autre.

— Hé... Hélène... que... que... hic... que faites-vous... vous... vous ici... hic... ici? demanda Ludovic dont le déséquilibre contrebalançait celui d'Eustache.

— Je vous attendais, Ludovic Ferras! Vous comprenez ce que je vous dis, je vous ai attendu! Vous pouvez m'expliquer ce que signifie ce... cette beuverie?

— Ne criez pas... pas... pas, ma sœur... je vous en prie... ma têêête! bégaya Eustache les mains sur le crâne.

— Et puis quoi encore! Qu'est-ce que ce chahut signifie?

— La vache... commença Ludovic.

— Quoi! Non, mais je rêve! Répétez si vous osez, malotru!

J'approchai et empoignai le collet de sa chemise. L'odeur putride qui s'en dégagea me coupa le souffle. Je couvris ma bouche de mes mains et reculai jusqu'à ce que je heurte Paul.

— Mais qu'est-ce que c'est que cette odeur ? Et ces croûtes de saleté sur vos vêtements ? Vous êtes tombés dans la bouse de vache ou quoi ?

— Pas si fo… fort… hic… Lène… je… prie ! articula Ludovic en se bouchant les oreilles.

— C'est le… veve… veau, le veau. Nous… avons sau… sauvé le veau des… des Bron… Bronet ! Le cidre… les jolies filles… hic… et…

La vache pouvait toujours passer, les jolies filles non !

— Paul, vous y comprenez quelque chose ? demandai-je au bord des larmes.

Il souleva les épaules d'impuissance.

— Je crois comprendre qu'il s'agit d'une histoire de veau et de vache. Malheureusement, j'ai bien peur qu'il faille patienter jusqu'à demain pour connaître le fin fond de l'histoire : nos joyeux lurons ont du mal à tenir debout. Et si on allait au lit, Messieurs ? Une nuit de sommeil vous fera le plus grand bien. Accrochez-vous, je vous accompagne !

Il se plaça entre eux et les saisit énergiquement par les avant-bras.

— À la maison des amis toute ! Je tiens le cap, matelots ! Laissez-vous guider.

Ludovic m'agrippa la main au passage. La rage refoula mes pleurs. Il me regarda penaud et dit :

— Je vous aime, ma coco… hic… colombe !

Je retirai vivement ma main.

— Allez au diable, Ludovic Ferras ! lui dis-je avant de m'élancer en courant vers le manoir.

— Ma coco… ma colom… hic… colombe, répétait-il dans mon dos.

Une forte nausée accompagna mon réveil. Je l'attribuai aux vives émotions qui avaient perturbé ma nuit. Dans mon cauchemar, un corsaire masqué chevauchait un gigantesque étalon noir qui se braquait au-dessus du trou nauséabond dans lequel je m'étais réfugiée. L'odeur rance des vêtements de Ludovic resurgit. Je me levai en trombe pour atteindre la cuve de l'aiguière et vomis.

Noémie choisit ce moment pour frapper à ma porte qu'elle ouvrit dans le même élan. J'avais le nez dans la cuvette et les jambes molles.

— Sainte Madone, que vous arrive-t-il, Mademoiselle ? Vous n'êtes pas bien du tout ! Venez vous allonger. Vous êtes plus blanche que l'albâtre.

Une fois bien allongée, elle me fit boire un peu d'eau. Curieusement, la forme me revint presque aussitôt. Plus de nausée, plus rien !

Elle posa mon verre sur mon armoire, s'approcha, me scruta de la tête au pied et blêmit.

— Ça vous arrive souvent ?

— Souvent quoi ?

— Ces nausées au petit matin… au lever ?

— Mais non, qu'allez-vous chercher là ! C'est la première fois et il y a de quoi avoir la nausée, croyez-moi ! Je passe la journée à préparer le retour de monsieur. J'attends, j'attends, le souper brûle dans le chaudron, monsieur n'est toujours pas là ! Je me morfonds jusqu'à la limite du ridicule et voilà qu'il apparaît ivre mort me confondant avec une vache. Non mais quoi encore !

— Allons, allons calmez-vous ! Il y a sûrement une bonne explication à tout ce branle-bas ! Un peu d'eau ? dit-elle en approchant le verre.

— Je ne suis pas disposée à entendre quelque explication que ce soit pour le moment, Noémie !

— De toutes manières, j'ai bien peur qu'il soit incapable de vous en fournir avant quelques heures ! Je vous conseille de prendre tout votre temps pour vous remettre de vos émotions. C'est dimanche aujourd'hui et la matinée est jeune. Encore un peu de repos ne devrait pas vous faire de tort. Je tire les rideaux. Allez dormez ! Je reviens dans une heure.

Avant de fermer la porte, elle fronça les sourcils et chuchota :

— Si les nausées reviennent, vous promettez de m'en avertir ?

— Y a pas à vous en faire, Noémie, ne vous inquiétez pas !

Elle avait raison. Une heure de sommeil de plus ravigota définitivement mes humeurs. Il n'était pas question que je gaspille mon dimanche à cause de cet odieux personnage ! Un samedi de perdu était déjà bien suffisant ! La compagnie d'Ysabel me serait plus profitable. Elle accepta cordialement que je l'accompagne à sa messe dominicale. Je la suivis, m'efforçant de simuler un cœur léger, un détachement décontracté dont elle ne fut pas dupe. Au moment où elle saisit ma main, m'aidant à sauter d'une pierre au bord du ruisseau, elle dit :

— Il arrive fréquemment que les fermiers accueillent un peu trop généreusement les gens qui leur portent secours. C'est la coutume en Normandie.

— Oui, et alors ? répliquai-je froidement en replaçant nerveusement mes jupes.

— Eh bien, supposons, je dis bien supposons, puisqu'ils ont parlé de vache et de veaux, supposons qu'ils aient aidé à mettre bas une vache mal en point et que le fermier leur ait fourni plus de *bère* qu'il eût été raisonnable d'en boire pour les remercier. Le *bère* est un cidre très alcoolisé, sournois pour qui ne s'y connaît pas…

— Oh, c'est possible ! Cela expliquerait l'affreuse odeur. Et les filles, Eustache a parlé de filles ?

— Les filles ? Là, je ne peux présumer de rien. Le fermier leur aura présenté les filles de la maison. C'est qu'ils sont beaux gaillards et…

Elle sursauta, posa une main sur sa bouche, étonnée de sa hardiesse.

— Ysabel ! Je ne croyais pas que…

— Ne croyez rien ! Surtout, ne croyez rien ! Oubliez mes propos. Je…

Je ris de sa candeur.

— J'en conclus que tu sais apprécier les beautés de la nature.

— Oui, j'ai des yeux pour voir, voilà tout ! soupira-t-elle avant de rire à son tour.

Et de paroles en paroles, de vallons en vallons, Ysabel réussit à transformer ma rage en compassion. Les pauvres ! Ils avaient porté secours à un fermier avant d'être les malheureuses victimes de sa trop grande générosité. Pour un peu, je m'en voulais de m'être laissé emporter.

— Ma colombe ! ricana-t-elle en détournant les yeux vers la mer.

— Quoi, ma colombe ?

— Ah, c'est joli, un beau mot d'amour ! C'est juste… juste que… bafouilla-t-elle timidement en rougissant.

— Oui, Ysabel ?

— C'est juste qu'hier la colombe… Une colombe, habituellement…

— La colombe ne convenait peut-être pas à la situation, j'en conviens! Mettons cette confusion sur le compte du *bère*, conclus-je en joignant mon rire à son nerveux ricanement.

Eustache se présenta seul au souper, bourru, honteux, et sans appétit. Il avala à peine deux cuillères de sa potée de poisson, grignota un morceau de pain, but un peu de vin, silencieux. Nous le regardions du coin de l'œil, chacun à notre tour, mi-sympathique, mi-amusé. L'absence de Ludovic m'inquiéta. Quand je pris de ses nouvelles sur le pas de la porte, mon frère me reluqua le sourire en coin.

— Il vous attend.

— Eh bien, qu'il attende!

À la vérité, priver Ludovic de ma présence me déplaisait davantage que je ne voulais l'admettre. S'il n'était pas bien, un peu de réconfort… Après tout, il avait été victime de sa générosité… Et s'il avait besoin de soins… Je ruminais ces pensées tout en faisant le pied de grue entre les quatre murs de ma chambre, me tortillant les mains, le cœur chaviré. Au-dehors, les grillons grésillaient en chœur. Le grillon! Il n'en fallait pas plus!

Lorsque j'atteignis le saule près du bijude, je l'aperçus au travers du rideau de branches. Sa silhouette, bien appuyée sur l'encadrement de la porte, se découpait dans la lueur dorée des flammes qui émanaient de l'intérieur. Je m'avançai sur le sentier et descendis lentement jusqu'au pommier.

— Ludovic, murmurai-je.

Il se redressa, décroisa les bras.

— Que faites-vous?

— Je vous attendais. J'attendais ma colombe, murmura-t-il en m'ouvrant les bras.

38

L'Éden

Les fleurs blanches des pommiers se muèrent en pommettes vertes qui n'avaient plus qu'à grossir et rougir. Les hortensias teintèrent de lavande, d'indigo et de rose l'enchantement de notre été qui s'écoulait à la vitesse d'une poignée de sable entre les doigts. Ou nous étions ensemble, ou nous nous languissions de l'être. À pied ou à cheval, sur les plages, sur les quais, sur terre ou sur mer, nous étions inséparables. J'aimais qu'il tienne ma main durant nos promenades. De temps à autre, dans les vents du large ou sous les pommiers, il enlaçait ma taille m'attirant à lui le temps d'un baiser, d'un éclat de rire ou d'une caresse. Nous vivions jalousement l'un pour l'autre. Chaque soir, à la lueur des bougies, je m'endormais dans ses bras et chaque matin ses baisers accompagnaient mon réveil. Le bonheur nous possédait totalement. Nous étions heureux !

— J'aimerais que le temps s'arrête, Ludovic.

— Je vous aime pour l'éternité ! répondait-il en resserrant notre étreinte.

— Si l'éternité ressemble à cet instant, va pour l'éternité !

Pour tous les autres, nous étions la joyeuse paire de *horsains*.

— Une paire de quoi ? avais-je demandé la première fois, à dame Bisson.

— Des étrangers, des *horsains* comme on dit en Normandie.

— C'est que je n'ai jamais vu d'amoureux si ficelés l'un à l'autre. Quand l'un paraît, l'autre n'est jamais loin ! Une telle force d'attachement est si rare ! confiait-elle à Noémie un matin que j'apparaissais furtivement dans l'encoignure d'une porte.

Eustache, quant à lui, se liait petit à petit à Ysabel qui, ma foi, l'appréciait de plus en plus. Il prenait plaisir à l'aider dans ses tâches journalières, se familiarisant tant à la confection des bougies de cire d'abeille, qu'à la préparation des soupes, pâtés et tourtes.

Si mon frère n'était intéressé par Ysabel, il en avait du moins toutes les apparences.

Je savourais tous les instants qu'il m'était donné de vivre, refoulant au fond de moi le scrupule avivé par les nausées matinales et les vertiges que je dissimulais parfois avec peine. Je voulais oublier l'interruption de mes mois, m'efforçant plus que tout d'ignorer les regards soutenus de Noémie sur mon ventre. Seul m'importait la joie du partage des jours avec mon bien-aimé.

La mi-août arriva trop vite, beaucoup trop vite !

— Vous allez me manquer, Ludovic. Si seulement vous n'étiez pas obligé à ce voyage ! me désolai-je dans ses bras, debout entre deux pommiers.

Il m'embrassa longuement avant de répondre le visage contrit.

— Il me déplaît de m'éloigner de vous, ma colombe. Je quitte l'Éden et son irrésistible tentation !

— Une délicieuse pomme à croquer ! appuyai-je en glissant mes mains sous sa chemise.

— Je partirai tout au plus une semaine. Une semaine, c'est promis ! affirma-t-il me défiant de l'œil.

— Et s'il vous arrivait malheur ?

— Ne vous tourmentez pas ! Je pars avec Eustache. Nous saurons contrer toutes les embûches, me rassura-t-il tout en dégrafant discrètement sa braguette. Et puis, nous avons l'expérience des embuscades…

— Oh, Ludovic, cessez ! Une fois a suffi !

— Assez dites-vous ? susurra-t-il d'une voix rauque dans mon cou.

— Non ! Oui, enfin… non !

Ce matin-là, je m'étais levée avant lui, la nausée commandant que je sorte de notre bijude avant le chant du coq. Une fois le malaise passé, je repris lentement ma place sous l'édredon, soucieuse de ne pas le réveiller. Sans ouvrir les yeux, il glissa ses mains le long de mon dos.

— Madame délaisse le lit conjugal ! chuchota-t-il à mon oreille.

— Madame avait des besoins pressants ! répondis-je en mordillant la sienne.

Il me pinça une fesse, approcha ses lèvres de mon nez et y déposa un chaste baiser.

— Votre postérieur est de plus en plus appétissant, Madame !

— Appétissant ?

— Hum, hum ! fit-il en me culbutant sur lui, les yeux rieurs.

— Je constate que l'air de la Normandie vous embellit. Vos seins se gonflent, votre taille s'épaissit et votre fessier est vraiment délectable, finit-il en le pétrissant de ses doigts. Je ne peux que m'en réjouir. Vous aviez remarqué ?

Je dus blêmir.

— Ça ne va pas, Hélène ?

— Oui, oui, je vais pour le mieux, quelle question ! Dans vos bras, je me porte toujours au mieux. C'est le beurre... vous savez le beurre de Normandie. J'en mets partout, et puis les fromages... Je suis si gourmande, le grand air m'ouvre l'appétit. Alors...

— Hélène, s'il y avait autre chose que le beurre et le fromage ? Vous comprenez, si... enfin si vous, si nous...

Je repris ma place à ses côtés en évitant de le regarder. J'appuyai mon oreiller au mur en m'y adossant confortablement. Puis, je repoussai mes cheveux derrière mes épaules avant de poursuivre l'embarrassante discussion.

— Que voulez-vous insinuer ? rétorquai-je avec un bref coup d'œil.

Il sourcilla.

— Je ne veux rien insinuer, je constate simplement. Nous faisons... enfin, je sais bien que c'est l'affaire des femmes toutes ces choses : les mois, les grossesses... et...

— Les grossesses ! Vous insinuez que je suis grosse !

Il s'appuya sur un coude et me scruta si intensément que je baissai les yeux. Du bout des doigts, il souleva délicatement mon menton me forçant à le regarder.

— Je veux simplement vous assurer que s'il advenait que ce fût le cas, je serais le plus heureux des hommes, c'est tout ! Et qui sait... à Rouen... continua-t-il tout en orientant mon visage vers le dessin de la chaumière.

— Quoi Rouen ? demandai-je au bord des larmes.

— À Rouen, vous et moi et...

Il s'interrompit, frotta mon ventre, l'œil pétillant.

— Peut-être pourrions-nous trouver une maison toute semblable à celle de Brest et...

Du coup, l'image de Ludovic se balançant au bout d'une potence se superposa à l'exquise vision de la ferme. Je portai une main à ma bouche afin de contenir mon cri étouffé.

— Non ! Pas ça ! Je ne suis pas enceinte, vous comprenez ! Je ne suis pas enceinte ! terminai-je en m'effondrant en pleurs dans le creux de ses bras.

— Allons, calmez-vous ! Je disais ça tout bonnement. Ce n'était qu'un rêve, un merveilleux rêve ! Allez calmez-vous, ma colombe. Vous n'êtes pas grosse, ça va. Ne pleurez plus, je vous en prie, ne pleurez plus, ne pleurez plus, murmura-t-il faiblement avant que la passion ne s'empare de nos corps nous emportant dans une ultime étreinte, bien au-delà des larmes et des rêves.

Après leur départ, je me réfugiai au bord du ruisseau près de notre bijude. Seule, assise sous un pommier, torturée par le spectre du pendu, la maison de Brest, les cris des femmes en gésine et les tombes de Bretagne, je pleurai comme pleure un puits sans fond. De temps à autre, s'y glissait l'image d'un Ludovic réjoui soulevant un nourrisson au bout de ses bras, image que je m'empressais d'éloigner, tout comme je repoussais celle d'un nourrisson se gorgeant de mon sein. Peu à peu, d'images en images, il m'apparut évident que l'enfant que je portais n'avait pas sa place. La vie de Ludovic en dépendait, notre amour en dépendait, et j'étais prête à tout pour sauver notre amour. Ysabel, il fallait absolument que je parle à Ysabel !

Je m'apprêtais à me lever quand elle apparut devant le saule, un panier sous le bras. Je la regardai venir, inerte.

— Hélène, je peux vous rejoindre ? demanda-t-elle avec précaution, après s'être arrêtée devant la porte.

— Oui, j'ai besoin de toi.

— Je vous apporte un peu de pain, du fromage et…

— C'est gentil, Ysabel, j'ai une faim d'ogre ! Tu veux bien t'asseoir un moment ?

Je mangeai sans rien dire, convaincue qu'elle lisait dans mon silence. À mon troisième verre de cidre, je me risquai à lui demander :

— Tu sais Ysabel, cette matrone faiseuse d'anges ?

Pour toute réponse, elle couvrit son visage de ses mains.

— Ysabel, je comprends que tu ne veuilles pas, que tu n'aies aucune envie d'en parler. Mais j'ai absolument besoin de savoir !

Elle posa sur mon ventre des yeux d'une tristesse infinie.

— Il ne faut pas ! Vous n'êtes pas seule ! Ludovic vous adore et vous n'êtes pas dans la misère comme je l'étais. Il ne faut pas, Hélène.

Ses larmes coulaient, les miennes étaient taries.

— Ysabel, tu as déjà vu un amant se balancer au bout d'une corde à cause de la maîtresse qu'il a engrossée ?

Elle fit non de la tête.

— Moi si ! C'est le châtiment qui l'attend ! Songe un peu à ce que serait ma vie si je le menais à la potence ? Je ne pourrais survivre, crois-moi, je ne pourrais survivre ! Et que vaudrait la vie de cet enfant bâtard, orphelin de père et de mère ? Dis-moi, Ysabel, je t'en prie !

Elle se moucha, essuya ses larmes, prit ma main et la posa sur mon ventre.

— Vous l'avez déjà senti bouger, là ? N'entendez-vous pas battre son cœur ? C'est une vie qui vous survivra, Hélène, une vie pour l'avenir. Qui peut dire ce que nous réserve cet avenir ? Si seulement j'avais fait un peu plus confiance à la vie ! Si j'avais su que dame Bisson me prendrait avec elle, je jure que l'enfant de Damiel vivrait aujourd'hui.

— Tu n'es pas mariée au sieur Samuel de Champlain, Ysabel. Ton père n'est pas secrétaire du Roi de France et ta mère... Ah ! Seigneur, si mère apprenait, je serais damnée !

— Dans un cas comme dans l'autre, vous le serez !

— Je n'ai pas le choix, Ysabel. J'irai chez la faiseuse d'anges à l'aube demain, que tu m'y accompagnes ou non !

Elle résolut de m'y conduire et j'eus la certitude que je lui en serais redevable jusqu'à la fin de mes jours. Nous ramions péniblement, nous efforçant désespérément de faire avancer notre pinasse vers Le Havre situé juste en face, de l'autre côté de la baie de la Seine. Des vagues menaçantes contrariaient nos efforts. Nous progressions à l'aveuglette dans un épais brouillard.

— Par un temps pareil, si le vent se met de la partie, nos chances d'atteindre Le Havre seront presque nulles, me cria Ysabel entre deux coups de rame.

— Tant qu'il en restera une toute petite, j'essaierai.

La petite chance nous fit défaut. Au dire d'Ysabel, nous avions atteint le milieu de la baie quand des bourrasques du nord-est firent tanguer notre pinasse jusqu'à la limite du possible. Dès que la pluie s'abattit sur nous, elle chavira. Des remous délièrent ma capeline et je coulai au fond. J'ouvris les yeux un instant et vis les jupons blancs d'Ysabel flottant autour de ses jambes. Les bouillonnements de l'eau m'en éloignaient de plus en plus, me tirant toujours plus bas. Les images de la ferme de Brest, d'un pendu et d'un nourrisson s'entrechoquaient dans mon esprit. Instinctivement, j'agitai les bras et les jambes et refis surface. Ysabel hurlait.

— Hélène, la barque… agrippez… la barque !

Je m'efforçais d'éviter d'avaler l'eau salée qui m'éclaboussait le visage, m'aveuglant complètement.

— La barque, Hélène… hurlait désespérément Ysabel.

Je m'orientai en direction de sa voix brouillée par les sifflements du vent et les clapotis des vagues. Enchevêtrée dans mes jupons, je nageai désespérément vers la silhouette grise d'Ysabel. J'atteignais le rebord de notre barque quand une puissante houle me submergea. Étouffée, je coulai comme une pierre. Une fulgurante désespérance s'empara de mon esprit, m'inspirant la résignation, comme si la délivrance m'attendait au fond du gouffre. À cet instant, le visage souriant de Ludovic m'apparut. L'intensité de son regard fut telle qu'elle m'insuffla une énergie redoutable et je me propulsai vers la lumière avec une surprenante vigueur. Ysabel saisit alors mon bras et m'attira près de la pinasse.

— Agrippez-vous, Hélène ! Tenez bon, agrippez-vous !

C'est ce qu'elle ne cessa de me répéter jusqu'à ce que les vagues nous rejettent sur la grève d'une petite crique. Je me hissai péniblement hors de l'eau et vomis jusqu'à l'épuisement. Quand il ne resta plus que les spasmes, je m'effondrai en tremblant sur les galets. Des odeurs de varech et d'iode se mêlaient à celles de mes vomissures. Je perdis conscience.

Deux jours plus tard, accompagnée de Paul et de Noémie, je reprenais la route à destination de Paris. Il avait suffi d'une goutte de sang pour lui écrire ce mot que je lui laissai :

Oubliez-moi !

SIXIÈME PARTIE

LA DÉRIVE

39

Au-delà de soi

Les reflets colorés des vitraux jouaient sur mon ventre rond.

— Mon ballon d'amour! soupirai-je en le caressant.

J'inspirai profondément. Dans la chapelle de l'abbaye, des effluves d'encens diluaient les odeurs de cire d'abeille. Je regardai Angélique, assise à mes côtés, et lui souris. Bien que son terme devançât le mien de deux semaines, j'étais la plus volumineuse des deux. Angélique caressa des yeux son trésor, serra ma main dans la sienne, et se signa. Puis, elle clopina péniblement vers la sortie, telle une cane obèse, les mains appuyées sur ses reins, son épaisse tignasse de frisettes blondes frémissant à chacun de ses pas. C'était la démarche la plus gracieuse qu'il nous était possible d'effectuer. Comme chaque matin, elle retournait à sa chambre jouer du violon pour l'enfant qu'elle portait. Angélique était mon amie, l'amie de mes premiers combats, et nous avions la bonne fortune de partager la réclusion des grossesses honteuses. Le lien de parenté de Louise Boursier avec l'abbesse avait favorisé notre séjour dans cette abbaye du Moyen Âge, toute semblable au monastère Saint-Ignace. Derrière l'aile des retraités, des alcôves isolées offraient un refuge clandestin aux mères illégitimes. Le fait qu'elle fût située à quelques lieues de Paris, isolée au cœur d'une forêt, me rassurait.

Je caressai mon ventre en soupirant. Une vague de tristesse m'envahit. J'extirpai de mon corsage la précieuse lettre de Normandie et l'ouvris soigneusement comme je l'avais fait mille fois depuis que tante Geneviève me l'avait remise un mois plus tôt.

Jamais! soupirai-je. Ce « *Jamais* » me torturait le cœur. Ludovic l'avait inscrit sous la supplication ultime, sous le « Oubliez-moi... ». Comme j'aurais aimé pouvoir m'y raccrocher! Espoir inutile, peine perdue... Oubliez-moi, Ludovic, je vous en prie, oubliez-nous! Je repliai la lettre en quatre avec précaution avant de la frotter là où pointait une protubérance. Le pied, la main, le coude peut-être? Je me plaisais à imaginer que Ludovic puisse ressentir la fugace trépidation de notre enfant.

— Vous sentez comme il bouge, Ludovic? murmurai-je tout bas. Ce sera un garçon, je sais que vous auriez aimé un garçon. C'est ton père, ton père qui t'aime, mon petit.

Je leur parlais sans arrêt: j'avais un tel besoin de l'un et de l'autre! De les imaginer vivants avec moi atténuait quelque peu les tourments de ma raison qui n'avait de cesse de me rappeler que j'étais irrémédiablement condamnée à leur absence. Le soir, dans mon alcôve, je m'appliquais à dessiner l'image de notre fils. Cent fois, je recréais son visage, la forme de son nez, le pourtour de ses lèvres, une mèche de ses cheveux tombant sur ses oreilles et l'arrondi de ses joues. Il souriait, grimaçait, suçait son pouce, dormait. Cent fois je l'aimais et cent fois je pleurais.

La possibilité de mener discrètement à terme une grossesse indigne était réservée aux filles de la bourgeoisie ou de la noblesse. Je pensai au sort de toutes les autres, à toutes les Ysabel et Charlotte qui n'avaient pas eu cette chance, et ce favoritisme me répugna. Ce tracas s'ajouta aux autres. L'apaisement me vint d'Angélique.

— C'est juste en quelque sorte. N'y a-t-il pas plus de restrictions chez les gens de votre qualité? Dans votre monde, le mariage coûte cher! Or, plus la richesse est en cause, plus les femmes sont assujetties..

— Vu sous cet angle… Il n'empêche que toutes ces jeunes filles qui doivent accoucher sur la paille, seules, dans la misère…

— Nous continuerons nos combats, Hélène. Je vous le promets, nous continuerons.

L'époux d'Angélique, vieux et impuissant, avait désiré un héritier. Pour ce faire, il avait contraint sa femme à s'offrir au pourvoyeur de semence qu'il avait pris soin de choisir pour elle. À son humiliation se greffa le trouble éprouvé en compagnie du jeune libraire qui lui fut imposé. Au fil de leurs rencontres intimes, les deux amants développèrent un attachement réciproque qui se teinta bien vite de pigments amoureux. Angélique portait donc l'enfant de l'homme qu'elle aimait. À chaque semaine, il lui faisait livrer un livre, un mot de tendresse, une petite douceur. Angélique rayonnait de bonheur.

De temps à autre, tante Geneviève passait me voir afin de vérifier mon état de santé. Ses visites me liaient à ceux que j'aimais.

Elle me parlait de la vie au Champ de l'Alouette, d'oncle Clément, des enfants et d'Antoinette qui attendait son deuxième enfant. Elle insista sur le sérieux que mettait Mathurin à s'initier aux travaux de la ferme, me fit rire en imitant les derniers exploits de langage de la petite Franchon et m'attendrit en me rapportant les derniers cauchemars d'Isabeau. Quant à Louis, il était officiellement devenu l'ombre de Mathurin. Elle évitait de me parler de Ludovic et j'appréciais sa délicatesse. Il n'était pas nécessaire d'attiser ma peine. Cet après-midi-là, après son examen d'usage, elle s'attarda.

— Si tout se passe comme prévu, ton enfant devrait voir le jour vers la mi-janvier.

— En janvier, répétai-je tristement en caressant mon trésor. Encore un mois à moi, juste à moi !

Habituellement, une naissance était le début d'une belle aventure. Pour moi, elle en serait la fin. Je soupirai tristement.

— Vous êtes certaine que cette nourrice saura y faire ? m'inquiétai-je.

— Je t'assure que c'est une personne digne de confiance. Ton enfant ne manquera jamais de rien. Je peux te l'assurer, jamais de rien.

— Et l'amour, tante Geneviève ? Cette femme saura-t-elle l'aimer ? Et si on le maltraitait, si on le rejetait, si on abusait de lui ?

Tante Geneviève s'approcha, prit mes mains et les posa sur mon ventre en soupirant.

— Ce que la vie peut être absurde et cruelle ! Tu as la chance unique de porter en toi ce petit être, de lui donner vie, mais tu ne pourras jamais le tenir dans tes bras, l'entendre rire ou pleurer, voir ses premiers pas, lui apprendre la vie. Tu aimes et tu es aimée et malgré tout, tu ne peux fonder une vraie famille. Quel gâchis !

Des larmes brouillèrent nos yeux.

— Cette femme, poursuivit-elle après s'être mouchée, cette femme ne pourra jamais prendre ta place auprès de lui, Hélène, jamais ! Tu seras sa mère pour toujours ! Néanmoins, je peux t'assurer qu'elle lui prodiguera affection et tendresse. Et puis, cet enfant sera fort, je le sais !

— Ah ! Comment pouvez-vous le présager ?

— Je connais sa mère et son père, pardi ! C'est plus que suffisant !

Je me détournai vers la fenêtre, torturée par le désir d'entendre parler du père de mon enfant et la crainte de la douleur que ces paroles allaient provoquer.

— Pardonne-moi, je… quelle sotte je fais ! dit-elle en posant sa main sur mon épaule.

Je la regardai.

— Vous avez des nouvelles de lui ?

— Tu veux vraiment savoir ?

— Tant qu'à faire, aussi bien tout y passer !

— Allez, viens t'asseoir.

— À ce qu'Eustache m'a rapporté, il a très mal pris que tu t'enfuies de Honfleur. Il paraît qu'il a vécu son dernier mois en Normandie dans un état lamentable, s'isolant de tous. C'est Ysabel, la servante de dame Bisson, qui réussit à l'extirper de la torpeur dans laquelle il s'enlisait.

— Ah ! Et comment… ?

— On n'en sait trop rien. Un jour, il l'accompagna à la plage. Dès lors, il reprit peu à peu contact avec les gens.

— Ah ! Mais encore ?

— Eh bien, il travaille sans relâche. L'atelier des Ferras aurait acquis une enviable renommée à la Cour. À ce qu'on rapporte, le talent de Ludovic y est pour quelque chose. On dit aussi qu'il tentera d'obtenir sa maîtrise de pelletier cette saison.

— Et il parle de moi et de… notre enfant.

— Je ne sais pas, enfin je ne crois pas. Ni Eustache, ni Nicolas, ni Clément ne m'ont rapporté de tels propos.

— Ah !

— Il préfère probablement taire sa douleur.

Je sursautai bien malgré moi.

— Je crois qu'il souffre au moins autant que toi, peut-être même davantage… Tu auras eu le temps de la grossesse à partager avec votre enfant, ce qui n'est pas son cas. Il sait, c'est tout ! Et il aura à vivre en sachant, sans jamais pouvoir y faire quoi que ce soit. Il souffre lui aussi, Hélène, ne l'oublie pas.

Au-dehors, une apaisante neige fine tombait. Je frissonnai.

— Vous avez raison, un beau gâchis, un abominable gâchis !

Le bébé me donna un coup de pied. Peut-être protestait-il à sa manière ?

Curieusement, de parler de Ludovic m'avait soulagée.

— Tu aimerais que je lui transmette une missive ? dit-elle en passant sa hongreline.

— Non, surtout pas ! Il doit absolument m'oublier. Il est grandement temps qu'il refasse sa vie. Depuis que je le connais, je n'ai eu de cesse de lui compliquer l'existence.

Cette fois, ce fut le coup de mon petit poltron qui me fit sursauter.

— Il bouge tellement ! C'est habituel, tante Geneviève ?

— Certes oui ! Ne t'en fais pas, tout se passe normalement. Il se calmera bientôt, faute de place. Je repasse la semaine prochaine. Angélique arrive à terme, nous assisterons probablement à une naissance d'ici quelques jours.

Elle prit mes mains et les serra dans les siennes.

— Sois prudente ! Pour tes parents, tu es toujours en Normandie.

— N'ayez crainte... Vous êtes la seule personne à me visiter, alors...

— La période de Noël amènera des visiteurs à l'abbaye. Méfie-toi...

— Je vous promets la plus grande vigilance. Soyez rassurée, Angélique et moi n'avons accès qu'à la chapelle et encore, seulement dans l'heure qui suit les matines... Nous passons la plupart de notre temps dans nos alcôves à terminer le trousseau des bébés. Ah ! J'oubliais ! Concernant le trousseau, j'ai un service à vous demander.

— Oui ?

— Je souhaiterais que vous m'apportiez mon manchon, mon manchon de castor, celui que j'ai reçu en cadeau de Ludovic.

— Oui, je peux te l'apporter. Tu comptes l'utiliser pour après...

— Non, je compte...

Je posai les yeux sur ma précieuse bulle.

— Il sera le premier logis de notre enfant. Je voudrais qu'on le glisse dans ce manchon pour le remettre à sa... à sa nourrice. C'est la coutume, non ? Le premier-né garçon reçoit un objet... du métier... métier de son père à sa naissance, terminai-je en sanglotant.

Tante Geneviève s'approcha d'un peu trop près et rebondit sur ma protubérance.

— Désolée, je t'ai... tu n'as pas mal ?

— Non, je n'ai pas… la rassurai-je en essuyant mes yeux.

Je lui souris faiblement.

— Là, voilà qui est mieux. Et si c'était une fille ?

— Ce sera un garçon, je sais que c'est un garçon ! Vous voulez bien me l'apporter ?

— Ton garçon aura ton manchon comme premier logis, je t'en fais la promesse. Et pour Ludovic ?

— Il doit m'oublier.

— Peut-être bien, mais si j'étais toi, je n'y compterais pas trop !

— C'est ainsi !

— Laisse la vie faire son chemin, Hélène.

Cette fois, elle réussit à atteindre mon front et me fit la bise.

— Allez, à la semaine prochaine !

Elle disparut au fond du couloir sombre. Ses pas résonnèrent sur les ardoises lustrées comme avaient résonné les pas au Château-Gaillard. Madame McAuley, le courage de madame McAuley…

— Demain, je prierai Dieu pour qu'il me transmette une partie, une infime partie du courage de cette combattante. J'en aurai besoin, grandement besoin pour surmonter l'épreuve que je m'apprête à traverser seule, sans lui.

Au soir précédent la veille de la Noël, l'abbesse m'invita à la suivre à son office. Séléné déversait un éclatant rayon par l'étroite fenêtre de la pièce sombre. Séléné, déesse de mes amours, de mes si lourdes amours !

— Prenez place, me dit froidement la corpulente abbesse tout en tirant les pans de sa robe de bure sous sa table de travail.

Je m'installai tant bien que mal sur la chaise de bois, le dos incliné vers l'arrière, les jambes écartées. Mon ventre compressait mes reins et hissait mes seins alourdis jusque sous ma gorge. Qu'il était loin le temps de la honte des seins menus ! Je n'avais presque plus rien à envier à la plus plantureuse des courtisanes.

— Je n'en ai pas pour longtemps, votre inconfort sera de courte durée.

— Ça ira. Vous désiriez me parler de…

— Votre délivrance approche de même que le sacrifice qu'elle vous imposera.

— Je sais, je m'y suis préparée et j'y consens. Tout cela est pour le mieux, pour le mieux.

Elle sourcilla, pinça ses lèvres exagérément charnues, repoussa son voile derrière ses épaules, et sortit des papiers du tiroir dessous la table.

— Bon, puisque tout est bien entendu, allons-y! dit-elle d'une voix profonde et saccadée. Il vous faudra une bonne dose de courage. L'enfant sortira bientôt de votre vie et pour toujours. Vous sentirez un vide terrible dans votre ventre, votre esprit et votre cœur, un terrible vide et pour longtemps, pour très, très longtemps!

Pendant un moment, elle fixa le mur derrière moi, la pensée ailleurs. Puis, elle reporta son attention sur ses papiers dont elle souleva un coin. Concentrée sur sa lecture, elle poursuivit avec détachement.

— L'enfant ne sera plus jamais là. Jamais vous ne verrez son visage et n'entendrez sa voix. Jamais il ne posera sur vous le regard adorateur qu'un enfant pose sur sa mère. C'est le prix à payer pour votre faute, votre faute…

Puis, visiblement satisfaite du document, elle releva la tête dans ma direction.

— Vous avez bien réfléchi aux conséquences de votre décision, Madame?

— Oui!

— Bien, c'est bien! Votre enfant sera transporté chez sa nourrice sitôt venu au monde. Nous ferons le nécessaire pour qu'il soit nourri le plus tôt possible. Jamais vous ne devrez tenter de le rechercher, jamais, au grand jamais! répéta-t-elle en soulevant son large menton garni de deux verrues rougeâtres. Vous comprenez ce que jamais signifie, Madame?

— Oui, je comprends. Jamais veut dire jamais, pour toujours.

— Cet enfant sera tenu dans l'ignorance des noms de son père et de sa mère. Il vivra chez sa nourrice pour tout le temps de son enfance. À cet effet, j'ai une lettre à vous faire signer.

— Une lettre! m'étonnai-je en tentant un disgracieux redressement. Mais si je signe une lettre… N'est-ce pas imprudent? Si quelqu'un…

— Cette lettre sera déposée dans le coffre-fort de notre abbaye. Personne, hormis les religieuses concernées, n'y aura accès. Aucun avocat, notaire ou lieutenant de colonie que ce soit ne saurait nous contraindre à briser le sceau du secret qui nous lie à vous. Par contre, votre part du contrat exige que vous vous engagiez à oublier votre enfant et cette abbaye, tout comme nous nous engageons à vous oublier, affirma-t-elle énergiquement. Toute cette déshonorante aventure sera définitivement scellée pour nous tous !

Mon ventre fut transporté sur la droite par un large mouvement dont l'intensité me stupéfia.

— Mère… qu'est-ce qui…?

— Il se positionne. Je fais prévenir votre tante dès aujourd'hui. Votre dégagement est pour bientôt, on est jamais trop prudent pour une première fois.

— C'est qu'il en prend de la place ! J'ai la peau du ventre si tendue qu'il m'arrive de penser que je vais éclater !

— Je vous saurai gré de restreindre vos lamentations en ma présence. Ces inconvénients sont les justes conséquences de vos péchés de luxure. Voyez-y une voie de repentir. Vous n'aurez trop du reste de votre vie pour implorer le pardon du Dieu Tout-Puissant, dicta-t-elle en levant ses yeux accusateurs vers le plafond.

J'étouffai un cri d'effroi. Mon ventre éclatait.

— Excusez, veuillez m'excuser. J'ai une cram…ampe abominable. Mon ventre…

L'abbesse se leva. Je me pliai en deux autant qu'il me fut possible de le faire, fixant désespérément les lattes de bois du parquet. Le pied de l'abbesse apparut sous mon nez et tapota nerveusement le sol.

— Seigneur, pardonnez-leur car elles ne savent pas ce qu'elles font ! implora-t-elle en glissant le document sous mon visage.

— Vous voulez lire votre engagement ou vous préférez que je le lise ?

Les larmes embuaient mes yeux que je levai vers elle.

— J'apprécierais que vous le lisiez. Je crois que je… j'en suis incapable. C'est pour le mieux ! me désolai-je. Ludovic voulait l'exil, la fuite. Je ne voulais pas. Sa vie aurait été en danger et… on m'aurait recherchée et… un bâtard… Pour le mieux…

Et je fondis en larmes.

La lecture et la signature de l'engagement se firent le lendemain après le souper. Une fois les documents signés, l'abbesse s'attarda quelque peu devant le trousseau que j'avais si minutieusement cousu. Elle avait palpé les minuscules chemisettes, soulevé une des robes de drap bleu avant de la replacer sur la pile en affirmant avec une pointe de mépris.

— Il en a de la chance celui-là !

— De la chance, vraiment !

— Oui, vraiment ! Il est aimé de sa mère. Tous les enfants n'ont pas cette chance !

Et elle repartit, sans plus. Le bruit de ses talons se perdit dans le couloir déserté. J'essayai d'explorer tous les aspects de la question et ne pus me résoudre à convenir qu'il avait de la chance. Je m'étendis péniblement sur le côté, en chien de fusil. C'était la seule position possible pour éviter d'être écrasée par mon trésor. Je frottai l'imposant poupon.

— Que deviendras-tu ? Seras-tu capitaine de navire, explorateur, fermier ou pelletier comme ton père ? Aimeras-tu ? Seras-tu aimé ? Quels désirs pousseront ta vie, quels doutes t'habiteront ? murmurai-je la main posée sur son cœur.

Je regardais par l'étroite fenêtre d'où entrait le faisceau de lune.

— Où êtes-vous, Ludovic ? Quel combat est le vôtre ? Songez-vous quelquefois à nous au fil de vos jours ? Je vous aime tant ! Il faudra qu'on lui trouve un prénom, qu'on trouve un prénom à notre fils.

Je frottai ce ventre porteur de vie en fredonnant pour celui qui allait bientôt me quitter à tout jamais.

Les cloches sonnent la fin du jour,
Les coucous se sont tus et les enfants accourent
Autour du feu de l'âtre chercher un peu d'amour.
Sonnez, sonnez cloches,
Ding, dong, ding, dong, ding, dong,
Sonnez la fin du jour.

Une crampe atroce me broya le ventre. J'étais en transe, le souffle court. Un chaud liquide coulait entre mes jambes. Mes draps étaient tachés de sang.

— Aaaaaaaah ! hurlai-je en me soulevant. Je tombai sur le plancher tel un arbre mort. Mère ! Mère ! criai-je de toutes mes forces en me traînant péniblement jusqu'à la porte.

Une nouvelle crampe scia mon abdomen. Je m'agenouillai entourant de mes bras le gîte de mon enfant.

— Mère ! hurlai-je à nouveau entre deux cris de douleur.

Et je m'effondrai sur les dalles maculées de sang.

On s'activait autour de moi, des bras me soulevèrent. On me déposa sur une couche dure et froide. Quand j'ouvris les yeux, mes jambes étaient recourbées et ma chemise relevée. La tête de tante Geneviève émergeait entre mes cuisses. Je gémis de douleur. Il n'y avait pas de doute, mes entrailles se vidaient.

— Tante Geneviève. Que… qu'est-ce… aaaaaaaah ! J'ai mal !

— Calme-toi, tu fais une hémorragie. Je tente de te mettre un bouchon vinaigré. Si l'écoulement de sang persiste il faudra…

— Quoi ? Il faudra quoi ? paniquai-je.

— Chercher le chirurgien-barbier. Nous devrons pratiquer une césarienne.

— Nonnnnnn ! Pas ça ! Je vais mourir, j'ai si mal ! Le bébé… faut sauver le bébé. Noonnnnn !

— Une césarienne, ce n'est pas la mort, Hélène ! répliqua-t-elle fermement. Calme-toi ! Il est important que tu te calmes. L'éponge d'analgésique, ma sœur ! La ciguë, prenez de la ciguë.

— Non ! Pas d'analgésique ! Je ne veux pas ! Je ne veux pas mourir !

— Tenez-la par les épaules, dicta tante Geneviève à deux religieuses que je ne connaissais pas. On posa une éponge sous mon nez et tout devint noir.

Le chevalier masqué cavalait derrière moi, me forçant à sauter par-dessus les énormes pierres grises, les ronces, les ruisseaux. Des tourbillons d'eau m'emportaient au fond des ténèbres. Des vapeurs âcres me donnaient des nausées. Le chevalier revenait au galop me poussant au fond d'un précipice où je tombais sans cesse, entraînée par des boues à l'odeur putride. Du noir, du noir et encore du noir. Le chevalier braqua tout à coup sa gigantesque monture qui s'abattit ensuite sur mon ventre, en ressortit les sabots sanguinolents et repartit me laissant sans vie. Je ne respirais plus. Une intense lumière m'aveuglait. Alors, Ludovic m'apparut au fond d'un long tunnel. Il accourait en me tendant les bras. Puis tout disparut. Le noir, le vide et plus rien…

— Ludovic, Ludovic ! hurlai-je.

Une forte brûlure dans le bas de mon corps m'obligeait à l'immobilité. Je gémis de douleur et entrouvris les paupières. Le noir, il n'y avait que du noir tout autour de moi. Le noir et un profond silence. Je sentis une fraîcheur sur mon front. On humecta mes lèvres, puis plus rien.

Je dormis longtemps mangeant peu. Il valait mieux que je dorme beaucoup. Le sommeil écartait les douleurs de mon corps tout autant que celles de mon âme et c'était bien ainsi. Je préférais dormir. Un certain jour, tante Geneviève insista pour me parler. Je ne désirais rien d'autre que la paix. Je repoussais tout ce qui n'était pas le silence, le pur et bienfaisant silence.

— Je dois absolument te parler Hélène ! Il faut que tu saches maintenant que ta vie n'est plus en danger.

— Je veux dormir, tante Geneviève. Si vous saviez comme je suis fatiguée !

— Soit, tu sauras bien assez vite, je fais ta toilette.

— Des aiguilles me percent les seins ! me lamentai-je pendant qu'elle appliquait une compresse sous ma chemise.

— C'est normal. Tu as des montées de lait. Je refais tes bandages pour qu'elles se résorbent au plus tôt. Tu as faim ?

— Un peu. Quel jour sommes-nous ?

— Bien, tu reviens enfin parmi nous ! L'an 1616 nous a rejoints. Nous sommes le samedi 10 janvier 1616. Nous avons fêté l'arrivée de la nouvelle année il y a dix jours et... et ton fils est né le 25 décembre, juste un peu avant minuit, par césarienne, continua-t-elle avec une infinie délicatesse.

Je posai les mains sur mon ventre plat en éclatant en sanglots.

— Pleure, pleure ma petite, les larmes lavent les peines.

Je fis le plus long lavage de ma vie. Il se termina dans un profond sommeil.

Dans mes moments de réveil, je m'habituai lentement au vide de mon corps et de mon esprit. Je ne voulais penser à rien et plus rien ne m'intéressait. Il me sembla que j'étais détachée de tout, suspendue quelque part entre ciel et terre, flottant dans le néant. Et j'aimais être ainsi. Pour sauver ma vie, on avait pratiqué une césarienne. Pour sauver celle de mon fils, on avait sacrifié ma matrice. J'étais maintenant stérile.

Le tintement d'une clochette me fit sursauter.

— L'office des Ténèbres, déjà ! m'exclamai-je en me soulevant brusquement sur ma paillasse.

Ma bougie, totalement consumée, s'était éteinte. La première lueur du jour perçait la fenêtre de mon alcôve. Dans le couloir des portes s'ouvraient. Les froissements des robes de bure des abbesses se rendant à la chapelle animèrent le silence.

— Une nuit, il m'aura fallu une nuit pour me souvenir… Ludovic, l'histoire de notre amour… murmurai-je. De juin 1610 à décembre 1615 en une nuit…

Et tout s'achevait ici dans cette alcôve en cette semaine de la passion du Christ. Sacrifice et repentir étaient mon lot. Mon renoncement se devait d'être entier : le don de notre enfant, l'oubli de notre amour. Seule madame de Champlain allait survivre. C'était ainsi !

— « C'est par le bois de la Croix qu'est venue la joie. » Tel est le mystère de la foi. Femme de peu de foi, me blâmai-je.

On frappa à ma porte.

— Oui !

— L'office des Ténèbres, Madame, insista l'abbesse qui veillait scrupuleusement au salut de mon âme.

— Je m'y rends à l'instant, Mère.

La fin avril approchait et j'étais toujours à l'abbaye. En échange du paiement d'une pension et de la tenue de menus services au secrétariat, aux cuisines ou au jardin, tante Geneviève avait obtenu de la redoutable abbesse que je poursuive ma réclusion jusqu'à ma complète guérison. La longue cicatrice de mon abdomen était passée du rouge bourgogne au rouge vif avant de virer au rose. Je retrouvais lentement mes forces. Quelquefois, quand la nuit favorisait mon repos, je me levais sans peine. Ce matin, l'intensité de mes souvenirs contrait les affres de mon insomnie.

Angélique avait quitté l'abbaye un mois après la naissance de sa fille survenue le 5 de janvier. Tout s'était merveilleusement bien passé. Je ne l'avais plus revue depuis.

J'avais terminé mon service aux cuisines et comptais profiter d'une heure de répit pour récupérer mon manque de sommeil. Je me rendis à l'ombre d'un chêne derrière l'aile des retraités et m'assis confortablement dans un fauteuil d'osier. Je m'assoupis aussitôt.

— Madame, Madame, appela au loin le père Georges, une visite… une visite pour vous.

Inquiète, je me levai d'un bond. Angélique, son enfant dans les bras, suivait l'officiant de l'abbaye qui boitait plus allègrement qu'à son habitude. Je courus vers eux, débordante de joie.

En après-midi, nous avions cherché refuge dans mon alcôve. Nous étions assises l'une contre l'autre sur ma paillasse, comme au temps de nos grossesses. Je tenais la petite Marie tout contre moi. J'admirais la délicatesse de ses traits, ses doigts minuscules, ses fins cheveux frisottés.

— Elle aura vos cheveux, on dirait.

— Mes cheveux et les yeux de son père. Henri a de grands yeux bruns.

— Ah! Tu seras une très jolie fille, une jolie blonde aux yeux bruns.

Des larmes couvrirent mes yeux. Je m'étais habituée aux larmes, elles m'étaient devenues de fidèles compagnes. Je les laissai couler jusqu'à ce qu'elles s'arrêtent d'elles-mêmes. Au bout d'un moment, Angélique posa ses mains sur mes genoux.

— Vous aimeriez que je vous coiffe?

— Si vous voulez, ça m'est égal. Tout m'est égal à part votre visite. Je vous remercie d'être venue.

Elle prit mon peigne d'ivoire sur ma table.

— Tournez-vous un peu. Bien. C'est qu'ils sont rudement emmêlés! La coquetterie vous abandonne?

— Tout m'abandonne...

Elle soupira.

— Vous comptez quitter bientôt cet endroit?

— Pourquoi? Je suis parfaitement bien ici. J'ai tout ce qu'il me faut. J'y suis très heureuse.

— Ah ça, pour être heureuse, vous resplendissez de bonheur, il n'y a pas à en douter! Un coup d'œil suffit pour s'en convaincre. Vous traînez comme une âme en peine, pour ne pas dire un fantôme égaré. Vous êtes plus maigre qu'un ermite affamé, vos cheveux sont en broussailles et mis à part vos pâles sourires... Y a pas à en dire, vous respirez le bonheur!

Je laissai échapper un maigre ricanement.

— Notre passage sur terre est une vallée de larmes, Angélique.

— Ah bon! Une vallée de larmes! scanda-t-elle en s'efforçant de ne pas élever la voix. Mais où est donc passée mon amie Hélène, la combative Hélène, l'audacieuse Hélène? Nos combats pour la cause des femmes ne vous importent plus? Sachez que nous avons encore beaucoup à faire pour la conquête de nos libertés. Les jeunes filles sont toujours vendues sur le marché des épousailles ! Nous n'avons toujours pas le droit de choisir nos époux et nous ne contrôlons aucunement nos maternités. Quant à nos pouvoirs de citoyenne… inexistants !

Elle entreprit de tresser ma lourde tignasse avec des gestes saccadés. Puis, elle s'arrêta et prit appui sur mes épaules.

— Rien n'est encore gagné, si je peux me permettre de vous le rappeler. N'avez-vous pas suffisamment souffert de l'autoritarisme des hommes sur votre vie ? Je voudrais pour ma fille un monde meilleur, Hélène, pour elle et pour les filles qu'elle aura un jour. Je voudrais qu'elle puisse aimer et vivre avec l'homme qu'elle choisira. Je voudrais qu'elle ne connaisse ni la misère ni la faim. Nos luttes sont loin d'être terminées ! Elles émergent à peine de la totale noirceur. Hélène, séchez vos pleurs et reprenez les armes ! Nous avons besoin de vous !

Puis, elle se tut et s'appliqua à terminer la tresse qu'elle avait délaissée. Lorsqu'elle déposa mon peigne, je pris sa main la portant à mes lèvres.

— Merci, Angélique.

Et je me levai afin de déposer sa fille dans les bras qu'elle tendait : les grimaces de la petite annonçaient un réveil assoiffé.

— À quand la prochaine rencontre chez madame Valerand ?

Son visage s'épanouit telle une fleur au soleil.

— Vendredi prochain, vendredi en après-midi, le 25 avril prochain ! Vous désirez que je vous y amène ?

— Oui. Je regagne Saint-Germain-l'Auxerrois dès demain. Madame de Champlain rentre à Paris. Son voyage en Normandie s'achève ici.

— S'ils pouvaient seulement baisser le ton, Noémie a besoin de calme ! chuchotai-je à l'oreille de tante Geneviève.

— Les affaires d'État, tu sais, ça échauffe les esprits. Tu me passes le sirop de pavot, elle souffre, dit-elle tout bas.

Noémie avait le souffle pénible et irrégulier. De temps à autre, la conscience lui revenant, elle souriait vaguement, bredouillait quelques mots, serrait notre main et repartait ailleurs, le sirop de pavot ayant l'avantage d'atténuer les douleurs et le désavantage d'engourdir l'esprit. D'atroces souffrances! avait insisté son médecin.

Noémie était atteinte de la maladie du poumon, maladie pernicieuse qui envahit sournoisement tout le corps. Quand les symptômes apparaissent, il est déjà trop tard. On m'avait appris qu'en février, à la suite d'une mauvaise grippe, ses quintes de toux n'avaient cessé de s'intensifier. Lorsqu'au début de mai, le sang se mêla à ses crachats, il devint évident que la maladie serait fatale. Depuis mon retour au logis du sieur de Champlain, je partageais mon temps entre les soins que je lui portais et mes rencontres chez madame Valerand. Paul lui rendait visite furtivement, brièvement. Il ne pouvait faire davantage : les douleurs de sa femme lui étaient intolérables. Les rideaux étaient tirés. Seule la lueur des bougies s'agitait sur les murs sombres.

— Ma mère me quitte, chuchotai-je en soupirant, ma mère, tante Geneviève. Jamais je n'aurai imaginé la perdre un jour. Depuis que je suis toute petite, elle est là pour moi, répondant à mes caprices, modérant mes emportements, soulageant mes peines et partageant mes joies. C'est injuste, elle aimait tant la vie !

Tante Geneviève passa doucement une serviette humide sur son visage.

— Quelle horrible maladie ! S'il n'était de ses cheveux, on aurait peine à la reconnaître. Elle a tant maigri. Et ces taches sombres sur son corps ! Quelle désolation !

Noémie gémit en léchant ses lèvres.

— Tu passes un peu d'eau sur ses lèvres, la fièvre la déshydrate. Je lui redonne un peu de sirop de pavot avant de rejoindre Simon. Il vaudrait mieux qu'on la veille en priant. Je préviens les veilleuses.

— Vous croyez que la fin est proche ?

— Je le crains. Sa respiration s'affaiblit et l'odeur de son souffle... l'odeur des mourants. Mieux vaut t'y préparer. Elle n'en a plus pour longtemps, peut-être cette nuit...

— Je reste auprès d'elle.

— Tu n'es pas raisonnable, tu tiens à peine debout.

Les larmes apparaissaient, mais je les retins. Il ne fallait penser qu'à une chose. La mort serait sa délivrance. Après six mois de supplices, elle avait plus que mérité son repos éternel.

— Je ne peux faire autrement. Vous préviendrez Paul ?

— Soit, je le préviens. Je reviens avant l'aurore.

Elle me prit dans ses bras et me serra longtemps contre elle.

— Bon, je rejoins les hommes d'affaires et leurs sérieuses discussions. L'arrestation et l'emprisonnement du prince de Condé ont mis Paris sens dessus dessous.

Je regagnai ma chaise et repris la main froide de Noémie. Ni le mariage de notre Roi Louis XIII avec l'infante d'Espagne, ni les conflits opposant le sieur de Champlain à ses associés, ni les manigances de la Cour ne m'avaient distraite de Noémie. Accompagner sa mort était ma raison de continuer. Lui faire du bien me faisait du bien. Comme ses regards chargés de bonté, ses sourires complices et sa compréhension allaient me manquer! J'aurais tant aimé lui parler de mon enfant, de l'enfant que j'avais abandonné. Elle aurait su trouver les mots, elle qui avait connu la douleur de survivre à sa fille.

Il neigeait au matin de ses funérailles qui eurent lieu à la paroisse Saint-Germain-l'Auxerrois. Le vent du nord gonflait les capuches des hongrelines et une épaisse couche de neige couvrait complètement le sol comme au matin de mon union avec le sieur de Champlain. Je pris le bras de Paul habitée par une extrême fatigue et une profonde paix. Nous suivîmes le cortège jusqu'au cimetière derrière l'église. Paul avançait péniblement au milieu de quelques amis venus accompagner notre chère Noémie à son dernier repos.

— Et que l'âme de notre chère disparue repose en paix. *Amen*, clama le prêtre en bénissant la tombe.

— *Amen*, reprit l'assistance.

Chacun s'approcha de la fosse pour un dernier hommage. J'avais baissé la tête, mon capuchon camouflant mes larmes. Je passai ma main gantée sur mes joues, levai les yeux et le vis. Ludovic jetait une poignée de terre gelée sur la tombe. Je m'agrippai au bras de Paul redoutant de m'effondrer tant mes jambes flageolaient. Il me dévisagea un long moment et regagna sa place derrière dame Bisson et Ysabel. Je tremblais. Autour de nous, les gens se dissipaient. Paul resta droit devant la fosse qu'emplissait le fossoyeur. J'avais les pieds gelés et la tête échauffée par celui que j'aurais souhaité fuir en courant. Il s'approcha.

— Je vous offre mes plus sincères condoléances, Paul. Je la regretterai, dit-il en lui serrant les coudes.

Puis il se tourna vers moi et souleva son chapeau de feutre en cherchant mon regard. Je fixais le sol.

— Madame! murmura-t-il.

Je détournai la tête. J'étais amaigrie, cernée et anéantie par le chagrin. Je refusais qu'il me voie ainsi. Je tirai le plus possible sur mon capuchon sans répondre.

— Madame, insista-t-il. Je suis désolé, vraiment désolé pour tout! Madame, je vous prie? supplia-t-il.

Je relevai lentement le visage. Ses yeux criaient sa détresse.

— Je suis désolée moi aussi, pelletier Ferras, mais la vie doit suivre son cours. Vous venez, Paul? J'ai froid, j'ai si froid! terminai-je tout bas, pour moi seule.

Nos pas s'incrustaient dans la neige. Avant d'entrer dans notre carrosse, je me tournai en direction du cimetière. Il n'y était plus.

Je détestais les longues soirées où je devais subir les interminables conversations du sieur de Champlain avec mon père. Combien de fois ai-je dû supporter la lecture des textes que le détenteur du monopole se proposait de présenter aux marchands associés et aux princes, afin de stimuler leurs intérêts pour la Compagnie du Canada, intérêts qui, selon certains, commençaient à s'effriter. Il les énumérait dans l'ordre, y ajoutant à chaque fois un détail, un argument, un fait pertinent susceptible d'ajouter à la crédibilité de ses dires: l'alliance avec les Sauvages avait été maintenue, une solide Habitation se dressait à Kébec, les multiples renseignements concernant les nouveaux territoires à conquérir étaient plus que favorables et les païens n'attendaient que d'être évangélisés. Je les connaissais par cœur. Ce soir-là, la diversion me vint de Marguerite.

— J'organise un banquet à notre hôtel pour le Nouvel An. Nous n'allons pas entrer en retraite parce que le prince de Condé est en prison. D'ailleurs, je suis persuadée que ce libertin parvient malgré tout à y prendre du bon temps. On dit même que depuis que la «Perroquette», pardon, madame de Montmorency, sa femme, l'y a rejoint…

— Eh bien quoi, que savez-vous de plus, ma fille? s'enquit ma mère approchant son visage poudré de celui de Marguerite.

— On dit même qu'elle attendrait un enfant.

— Un enfant en prison ! Quel scandale ! pérora mère en replaçant d'un geste emprunté son collier de perle.

— Ajouter cela à l'humiliation d'être arrêté en pleine séance de Conseil, quelle honte ! Les retombées ne peuvent que nuire à la réputation de Charles. Heureusement qu'il sait se faire valoir en d'autres milieux.

Je détachai les yeux de la broderie aux points de croix que j'avais entreprise pour Angélique. Selon certaines rumeurs, les nombreuses occupations de Charles déviaient de temps à autre dans les alcôves des nobles dames. Apparemment, Marguerite s'en tenait à l'abstinence.

— Vous y viendrez, ma sœur ? me demanda-t-elle distraitement.

— Certes non. Je me rends à Saint-Cloud pour la période des festivités. Tante Geneviève m'y réclame. Je quitterai Paris le 20 décembre en compagnie de Paul.

— Quelle drôle de dame vous faites ! Préférer le fond des campagnes aux mondanités de Paris. Je ne vous comprendrai jamais ! Remarquez qu'à l'allure qui vous afflige depuis quelque temps…

— Chacun de nous a droit à ses préférences, n'est-ce pas, Marguerite ? rétorquai-je en me levant. Veuillez m'excuser, je suis fatiguée. J'ai besoin de sommeil.

Le sieur de Champlain me suivit de l'œil jusqu'à ce que je quitte le grand salon.

Sitôt arrivée au Champ de l'Alouette, je fis le tour des pièces de la maison. Je n'aspirais qu'à y trouver le repos. Cette dernière année m'avait complètement vidée de toute énergie.

— Là, dors bien, me dit tante Geneviève en me bordant. Je ne saurais remplacer Noémie, mais je ferai de mon mieux pour prendre soin de toi. Repose-toi, tu l'as plus que mérité, ma grande. Tu sais combien je t'aime ?

— Oui, je sais ! Je vous aime aussi, tante Geneviève. Bonne nuit !

Durant les quatre premiers jours, je dormis presque jour et nuit. Tante Geneviève s'occupait de tout, préparant mes repas, prévoyant les bûches pour les cheminées, faisant les courses au village. La veille de Noël, elle me fit une toilette générale qui se termina par une application des huiles d'amande et de rose sur tout le corps. Une suave gâterie !

— Ta cicatrice guérit bien. D'ici un an, on n'y verra plus qu'un mince filet blanc.

Je passai mon doigt le long du cordon rosé qui divisait verticalement tout mon abdomen.

— Un mince filet blanc, vous croyez? J'en doute. Un cordon blanc, peut-être, mais un mince filet!

— Bon, disons un mince cordon, si tu préfères. Là, mademoiselle se sent mieux on dirait. Les couleurs te reviennent, tu sembles reposée. Encore une semaine et je retrouverai mon Hélène d'avant.

— Votre Hélène d'avant est disparue à tout jamais. L'insouciance m'a quittée et c'est bien ainsi.

— Et est-il possible d'être heureuse sans insouciance?

— Le bonheur n'existe pas!

Elle soupira et me tendit une chemise sentant bon la lavande. Je l'enfilai et passai mon corsage dont j'attachai les cordons avec une nouvelle vigueur.

— Et si on tressait ces cheveux fraîchement lavés? Viens un peu sur cette chaise.

Et elle donna quelques coups de peigne avant de poursuivre sa réflexion.

— Pour moi, tu vois, le bonheur se cueille çà et là au fil des jours. Il nous effleure d'un battement d'aile et s'attrape au vol tel un papillon fragile. Ce moment partagé avec toi est un brin de bonheur.

Je saisis sa main la pressant dans la mienne.

— Pour moi aussi. Je vous remercie pour tout, tante Geneviève. Pour… je veux dire pour mon enfant et pour Noémie et… et pour Ludovic. C'est vous qui l'avez informé de tout, n'est-ce pas? L'accouchement, l'adoption… tout?

— Hé oui! L'accouchement, l'adoption, il sait tout. Je crois qu'il avait le droit d'être informé. Il est le père et d'une certaine manière, il a souffert lui aussi…

Elle termina ma tresse et s'accroupit à mes pieds.

— Les Ferras nous invitent pour le dîner de Noël.

— Je ne peux pas y aller, mais je vous interdis de refuser cette invitation. Je préfère rester ici au coin du feu. Je me coucherai tôt.

— Tu sais, Hélène, un jour viendra où tu devras faire face.

— Je sais. Mais je vous en prie, donnez-moi encore un peu de temps. Je… je me sens encore trop faible pour faire face, comme vous dites.

— Soit, comme il te plaira, conclut-elle en se levant. Je te prépare le plus délicieux dîner de Noël qui soit. Tu aimerais un pâté de lièvre ?

— Un lièvre ! Vous allez chasser ?

Elle rit.

— Non, Clément m'a promis le plus gros lièvre des bois de Saint-Cloud avant la fin de la journée.

— Les choses vont bien entre vous, à ce que je vois !

— Au mieux ! Vous descendez, jolie Demoiselle ?

Il neigea tout l'après-midi. Je m'étais confortablement installée devant le feu de la cheminée m'appliquant à ma broderie. J'en étais rendue aux bouclettes dorées de la fillette quand la porte s'ouvrit dans une rafale de poudrerie. Oncle Clément surgit tenant fièrement un lièvre mollasse par les oreilles. Il secoua ses bottes sur le tapis tandis que Ludovic claquait son chapeau derrière lui. Je me remis à la broderie comme si de rien n'était. Mon aiguille tremblait et je n'arrivais plus à la piquer au bon endroit.

— Hélène, reste où tu es, il fait si froid ! Venez, allons près du feu, dit tante Geneviève.

Je laissai tomber le tissu sur mes genoux en fixant les flammes.

— Comme je suis heureux de vous revoir, Mademoiselle ! s'exclama oncle Clément en s'approchant. Voilà presque deux ans…

— Bonjour, oncle Clément, dis-je sans délaisser les flammes du regard.

Je sentais celui de Ludovic dans mon cou. Je ne le voyais pas. C'était une impression, comme si je pouvais suivre ses yeux à distance : une chaleur, une vibration, un chatouillement, je ne pouvais le dire, mais je savais qu'il me regardait.

— Vous venez à la cuisine apprêter ce lièvre, Clément ?

— Certes, je viens.

Je fixais toujours les flammes au point d'y prendre un réel intérêt. Les mouvements du feu pouvaient fasciner si on s'y attardait. Sans rien dire, il approcha un fauteuil près du mien et m'imita. Quand les deux cuisiniers revinrent vers nous, ils se turent. Leur silence permit d'entendre le pétillement des tisons. Ludovic se leva, remit quelques bûches dans l'âtre.

— Le feu avait besoin d'être nourri, dit-il simplement avant de se rendre à la porte.

— Vous serez des nôtres demain pour fêter Noël, Mademoiselle ? me demanda oncle Clément avant de le rejoindre.

— Non, j'ai d'autres obligations. Je vous remercie. Une autre fois peut-être... Ces bûches ont bien ravivé le feu, ne trouvez-vous pas ?

— Pour sûr, très certainement. Bon Noël alors, Mademoiselle.

— Bon Noël à toute la famille, oncle Clément.

J'avais apprécié que tante Geneviève parte tôt en après-midi. La solitude me plaisait. Pour un peu je me sentais comme à l'abbaye. J'avais déposé un long châle de laine noire sur mes épaules, installé des bougeoirs sur la petite table du salon tout autour du portrait de mon fils, que je m'étais efforcée de dessiner selon les indications de tante Geneviève. J'allais fêter son premier anniversaire. Après le repas, je le dessinerais debout, assis sur un cheval berçant et dormant les poings fermés, avec une robe ou sans. Je mangeais distraitement, essayant d'imaginer la longueur de ses cheveux, la forme de ses yeux, de ses oreilles, de sa bouche. On frappa à la porte. Je dus me résigner à m'y rendre, le visiteur insistait. J'ouvris et voulus refermer aussitôt. Ludovic bloqua mon élan de son pied.

— Je vous en prie, Hélène !

Il aurait été inutile de résister. Je connaissais sa force. J'ouvris et retournai à la cuisine tout comme s'il n'existait pas. L'appétit me fit faux bond. Quand je revins au salon, je le trouvai accroupi devant le portrait de notre enfant. Je m'assis sur le fauteuil devant le feu et attendis. J'espérais qu'il parte, qu'il me quitte, me laisse seule. J'avais prévu un tête-à-tête avec mon fils. Il reprit la place qu'il avait occupée la veille sans rien dire. Il était là simplement. Quand le feu faiblissait, il déposait une bûche dans l'âtre sans plus. Les bougies s'étaient consumées de moitié quand je me fis attentive à son souffle, à ses reniflements, à ses soupirs. Puis, le désir de voir son visage devint irrésistible. Je tournai lentement la tête. Ses joues mouillées réfléchissaient le sautillement des flammes. Alors, je me surpris à murmurer faiblement.

— Jehan-Noël, vous auriez aimé Jehan-Noël ?

Il couvrit son visage de ses mains et pleura vigoureusement. Après un temps, j'effleurai ses mains du bout de mes doigts. Il les

saisit et les broya presque. Puis, il se leva, s'accroupit et s'accrocha à mes genoux avec la fougue du désespoir.

— J'aurais aimé Jehan-Noël.

Au bout d'un moment, résignée à sa présence, je me levai et
l'attirai vers l'image de notre enfant, vers Jehan-Noël, vers celui
qui ne serait jamais à nous.

— C'est lui. Tante Geneviève me l'a décrit. Je me suis appliquée
pour chacun de ses traits, pour…

— Je sais !

Il saisit l'image la scrutant intensément.

— Il a vos yeux. Et la couleur ? Émeraude ?

— Je… je ne sais pas. On dit que les nourrissons ont les yeux
changeants. Ses lèvres ont la même courbe que les vôtres et son
nez. Il est mignon, n'est-ce pas ?

— Tout à fait mignon ! Et les cheveux ? Blonds ou cuivrés ?

— Cuivrés, un reflet cuivré, m'a dit tante Geneviève.

— Ah ! C'est bien ! Il aura du tempérament !

— Comment le savez-vous ?

— Les taches de son ! Les cheveux cuivrés vont de pair avec les
taches de son, c'est connu !

— Ah oui, les taches de son ! repris-je en souriant.

— Vous avez faim, Ludovic ?

— Un peu. Et vous ?

— Un peu. Un pâté de lièvre vous irait ?

— Volontiers ! fit-il distraitement sans cesser de regarder son
fils.

Je souris.

— Vous faites des miracles, Ludovic ! C'est la deuxième fois
que je souris.

Il me regarda hébété, l'air hagard et triste.

— Je crois que vous vous égarez. Le miracle, c'est vous !

Je me réveillai en sursaut. Ce ne pouvait être qu'un rêve ! Dans
la cheminée, une flamme dansait et devant la cheminée, Ludovic
entortillé dans sa cape dormait tout recroquevillé, la tête appuyée
sur les dessins de notre fils. Ce n'était pas un rêve. Il m'avait bien
bordé avant de me dire tendrement :

— Dormez. Reposez-vous, ma colombe. Je veille sur vous, je veille sur ma famille.

Il ne se passa pas une journée sans que nous reparlions de lui. Mille fois il me fit répéter les étapes de ma grossesse, de ma délivrance, de l'adoption et de ma convalescence. Que nous marchions dans la froidure de décembre, écoutions chanter le feu, roulions sur le chemin cahoteux entre la ferme Ferras et le Champ de l'Alouette, notre enfant était toujours là, présent entre nous, en nous, nous rapprochant et nous éloignant tout à la fois. Au soir du premier de l'an, après le souper de fête, il insista pour me raccompagner malgré la tempête.

— Ne vous donnez pas cette peine, mon garçon. Je saurai la ramener à bon port, ne vous en faites pas ! rétorqua Paul.

Rien n'y fit. Il prétexta le mauvais état des routes, la possibilité d'un bris, la mauvaise visibilité. Je comprenais qu'il avait surtout besoin d'être auprès de la mère de son fils.

— Soit, fit Paul à bout d'argument. Il est vrai qu'à mon âge !

— Paul, je vous interdis de penser de la sorte ! Vous sauriez parfaitement vous débrouiller. C'est juste que... enfin je crois que...

— Ludovic aime votre compagnie. Ah, je le comprends et l'envie ! Il faut profiter de tous les moments, vraiment de tous les...

Il noua nerveusement les attaches de sa cape, mit son chapeau et nous ouvrit la porte.

— Je vous attends dans la charrette, dit-il avant de disparaître dans la bourrasque.

— Vous croyez qu'il sait dire quelques mots ?

— J'en doute ! L'an prochain peut-être. Ne soyez pas si exigeant, il a un an à peine !

— Tout juste, je suis un peu idiot.

— Non, vous n'êtes pas idiot. Vous feriez un père fantastique, Ludovic.

Il baissa la tête sur les dessins éparpillés autour de nous et ne dit plus un mot. Je regardais les lueurs du feu dans ses cheveux et je me dis que j'avais eu de la chance. J'avais connu un amour pur, un amour fou, un amour partagé avec un homme de cœur, un homme courageux, un homme généreux. Dieu qu'il était beau! J'aimais chacun de ses traits, son nez légèrement arqué, ses lèvres généreuses et ses yeux à peine enfoncés sous d'épais sourcils dorés. J'avais aimé, mais le temps était venu de le laisser aller. J'inspirai longuement, priant Dieu de m'insuffler le courage nécessaire.

— Ludovic?

— Oui?

— Vous n'avez jamais songé à fonder une famille. Vous savez… aimer une jeune fille que vous pourriez épouser… enfin épouser, vraiment épouser, lui faire des enfants, vivre paisiblement à ses côtés dans la maison que vous auriez construite pour elle. Tout… tout ce que vous ne pourrez jamais avoir avec moi.

Ses yeux ahuris me glacèrent.

— Mais de quoi parlez-vous? s'enquit-il le visage tordu de douleur.

— Je parle de vous, de l'avenir sans issue que vous vous obstinez à vous donner en… en…

Il se leva subitement les poings serrés et les mâchoires crispées.

— Ludovic, je ne veux pas vous offenser. Je… je…. hésitai-je en me relevant.

L'étau de ses mains se resserra sur mes bras. Il me secoua violemment.

— Non, mais vous êtes complètement sotte! Vous divaguez ou quoi? Je n'en finis plus de pleurer notre fils, Hélène, notre fils! Que suis-je donc pour vous? Un amant de passage, une marionnette qui s'agite autour de madame pour l'amuser, un courtisan de bas étage! Madame en a assez de jouer! Madame entre dans le grand monde! Vous n'avez strictement rien compris, Madame de Champlain! Rien de rien, rien compris, Madame de Champlain!

Puis subitement, il arrêta tout, la prise, les secousses, les paroles. Seuls sa respiration saccadée et le pourpre de ses joues trahissaient sa fureur. Il serra sa tête entre ses mains et hurla de désespoir avant que ses bras ne retombent le long de son corps. Il me dévisagea froidement un instant, s'élança au travers de la pièce à grandes enjambées, saisit sa cape et son chapeau au passage et sortit en claquant la porte. Je frémis. De toute évidence, madame de Champlain avait su trouver les bons mots. Cette fois, s'il n'avait pas compris!

Je replaçai minutieusement mes dessins dans leur carton, remis quelques bûches dans la cheminée, mouchai les bougies et regagnai ma chambre. Demain serait la première journée de ma nouvelle vie : ma vie sans eux. Curieusement, madame de Champlain dormit comme un loir.

SEPTIÈME PARTIE

ANCRAGE

40

Touchée !

J'étais assise à la table d'écriture, attendant qu'il continue à me dicter la lettre devant être expédiée à tous les associés de la Compagnie du Canada. Il arpentait la pièce de long en large d'un pas décidé en tortillant sa barbiche.

— Nous en étions...

— Nous en étions à : ... « les reproches que vous formulez à mon égard sont injustifiés. »

— Rayez, rayez tout ce passage, nous recommençons : « Soyez assurés, Messieurs, que les contrevenants rochelais, usurpateurs frauduleux des traites dans l'estuaire du Saint-Laurent, seront pris à parti et poursuivis en justice. Par contre, force est d'admettre que les bénéfices retirés malgré les fraudes, confortent les volontés d'engagements envers la Compagnie du Canada. Aussi, afin de contrecarrer les incertitudes du gouvernement et les piratages dont nous sommes les impuissantes victimes, je vous exhorte à la solidarité, arme redoutable entre toutes. Messieurs, nos objectifs de commerce et de colonisation reposent sur notre solide concertation ! »

— Vous suivez ?

— Incertitudes du gouvernement...

— Incertitudes gouvernementales et les piratages dont nous sommes les impuissantes victimes...

Et il répéta lentement, ajustant son discours au rythme de ma main.

— ... « solide concertation », appuyai-je satisfaite.

— Bon, l'essentiel est dit ! Vous rédigez dix copies de cette missive. Je pars pour Rouen mardi prochain. Je compte qu'elles soient prêtes vendredi au plus tard. Les directeurs doivent y apposer leurs signatures.

— Je les termine dès aujourd'hui.

— Ah! J'oubliais, Eustache et maître Ferras seront des nôtres pour le dîner.

— Maître Ferras! Maître Mathieu Ferras?

— Non, Ludovic Ferras. Ces jeunes gaillards m'accompagneront en Normandie. J'ai besoin de jeunes pour promouvoir efficacement la colonisation. Il me faut stimuler une jeunesse aventureuse, du sang neuf prêt à relever les défis du Nouveau Monde. L'avenir de la Nouvelle-France passe par la colonisation, cela ne fait plus aucun doute dans mon esprit. Intéresser les familles à prendre racine sur une terre pleine de promesses, voilà les nouveaux objectifs! Vous ai-je dit que la Compagnie avait engagé Louis Hébert et sa famille pour une durée de deux ans?

— Non, qui est Louis Hébert?

— Louis Hébert est apothicaire, un apothicaire colonisateur. Il sera le premier colon à s'installer en Nouvelle-France. Son nom passera à l'histoire, je vous le garantis! Ils embarqueront de Honfleur sur le navire du capitaine Morel en avril prochain.

— Ah! Honfleur… marmonnai-je tout bas.

— Je compte sur votre présence au souper, dit-il avant de quitter la pièce.

— Allez, trinquons à la colonisation! lança le sieur de Champlain débordant d'enthousiasme. La Nouvelle-France a grandement besoin de gentilshommes tels que vous, vigoureux, dans la force de l'âge. Si on y ajoute votre solide expérience en pelleterie, mon garçon, il ne vous manque plus qu'une famille pour faire de vous le candidat idéal. Vous avez une dame en vue?

Le candidat idéal s'épongea les lèvres, évita mon regard comme il l'avait fait depuis le début du repas et leva son verre.

— À la Nouvelle-France!

— À la Nouvelle-France! répéta le sieur de Champlain.

— Et vous Eustache, projetez-vous de fonder une famille?

— Peut-être bien! Qui sait, la Normandie regorge de belles jouvencelles, fit-il en émettant un clin d'œil dans ma direction.

Quand le vin fut terminé, le sieur de Champlain revint à la charge.

— Et la famille, Ludovic, insista-t-il. Vous avez esquivé ma question. N'y a-t-il pas une dame qui vous attire, une femme à la hanche solide qui saura vous faire de nombreux enfants ? Il faut penser à l'avenir, que diable !

Ludovic baissa les yeux et se leva.

— Je suis tout disposé à relever le défi du voyage en Normandie. C'est le seul engagement possible dans l'immédiat. Je vous rejoins mardi devant l'hôtel de ville à la première heure comme convenu. Cela convient-il, sieur de Champlain ? conclut-il en saluant.

— Parfaitement, parfaitement ! Vous avez raison, un voyage à la fois. J'admire votre sagesse !

— Madame de Champlain ! dit-il distraitement avant de se diriger vers la porte accompagné de ses deux futurs compagnons de voyage.

Ce furent les seuls mots qu'il m'adressa. S'il n'avait été de la tristesse de son visage, il m'eût été permis de croire que je lui étais devenue totalement indifférente. Mais il y avait la tristesse. Je le regrettais pour lui. J'aurais préféré qu'il fût pleinement heureux.

Ce soir-là, je retirai son alliance de mon doigt et la déposai dans mon coffre aux souvenirs au côté du miroir. J'en sortis les billets de ma vie amoureuse et les relus un à un, lentement, soucieuse de les graver sur les parois de mon cœur : *La mélodie du grillon*, *Le poème de Séléné*, et le « *Jamais* » auquel je ne voulais plus croire. Je les abandonnai aux flammes après y avoir posé les lèvres et m'accroupis devant le feu les yeux et le cœur secs. Madame Ferras se consumait. C'était ainsi !

L'automne 1617 ramena les rencontres au salon de madame Valerand que j'avais quelque peu délaissées durant la saison chaude. Je leur avais préféré les promenades dans les jardins de Paris en compagnie d'Angélique et de la petite Marie. À la fin de l'été, les sentiers boisés du bord de la Seine ou les jardins du Luxembourg et des Tuileries n'avaient plus de secrets pour nous. Je ne me lassais pas d'éveiller la curiosité de Marie aux beautés de la nature. Ses grands yeux bruns avaient tout à découvrir : des pétales de rose flottant sur l'eau, les ailes irisées du papillon posé sur l'écorce blanche d'un bouleau, une chenille verte se recroquevillant sur le dos d'une pierre. À travers elle, je reprenais goût à la vie. Quand Henri rejoignait Angélique, je me faisais complice de leur amour. Marie s'enthousiasmait de tout ce qui lui tombait sous la main et je m'émerveillais de ses boucles blondes, du battement de ses paupières, de ses pas chancelants pendant que sa mère et son père profitaient l'un de l'autre. Dès qu'Henri nous surprenait sous une charmille, au détour d'une dentelle de buis ou derrière une fontaine, Angélique s'illuminait et Marie y allait d'un joyeux jacassement.

— Pap… paa…, jargonnait-elle.

— Vous entendez, Henri, elle vous reconnaît. Elle vient de dire : papa !

— J'ai bien entendu ma petite merveille ! Elle tiendra forcément de vous, Angélique. Croyez-vous qu'elle aimera la musique ? s'extasiait-il en chatouillant le bout du nez de Marie qui éclatait alors de rire en promenant ses petites mains sur le visage de son père.

— Et les livres, elle aimera la lecture, je vous en fais la promesse. Marie saura lire et écrire.

— Vous permettez que je vous présente la dernière parution ? disait-il les mains enfouies dans l'opulente coiffure de sa violoniste.

— Vous voulez bien nous garder Marie un petit moment ? me demandait-elle fébrile.

— Pour un petit et un long moment si vous avez besoin. La lecture d'un livre…

Et ils disparaissaient, Angélique collée sur Henri qui tenait jalousement sa taille.

— Une paire de *horsains* de Normandie, pensai-je mélancolique.

— Gaga, Lène…

— Quoi, Marie ! Répète ! Tu as dit Lène ! Tu viens de… ma petite chérie ! Mon trésor ! Quelle gentille petite fille tu fais !

Et Marie riait tandis que j'essuyais une larme.

Je regardai tomber la première neige de décembre par la fenêtre de notre salon. Le sieur de Champlain entra, l'air préoccupé.

— J'aurais besoin de vos talents de secrétaire aujourd'hui, Madame. Monsieur de Bichon est à nouveau alité. Une forte grippe, à ce qu'on me dit. Le climat parisien ne convient vraiment pas à sa santé ! Étonnamment, il ne fut accablé d'aucune maladie lors de son séjour hivernal à Kébec. Il est vrai que l'air y est plus pur que dans notre vieille cité.

— Je lui ferai porter des sirops par Paul. Je suis à votre entière disposition. Quand désirez-vous commencer ?

— Immédiatement, si vous le pouvez. Je vous attends à la bibliothèque.

Le sieur de Champlain n'en finissait plus de rédiger missives sur missives. Les inquiétudes que soulevaient les mesquineries des marchands obnubilés par les revenus financiers l'indisposaient au plus haut point.

— Il n'est pas question que j'abandonne si près du but ! Ce serait absurde après tous ces combats, toutes ces démarches, tous ces voyages ! Je le sais, je le sens, ce rêve est possible. Si seulement les gens d'affaires et de politique pouvaient y croire autant que moi !

— Il ne tient qu'à vous de les convaincre, Monsieur, avais-je répondu.

Depuis, il ne s'était pas passé une journée sans qu'il envoie un message à un gouverneur, un ministre, un grand seigneur ou un prince.

— Aujourd'hui, nous nous attaquons à un grand personnage : la Chambre de commerce de Paris ! J'ai l'intention de leur faire parvenir un mémoire à l'éloge de ce pays à inventer, un mémoire farci des profits et des bénéfices qu'un minime investissement ne manquera pas de leur assurer. Profits et investisseurs vont de pair, n'est-ce pas, Madame ? Vous êtes prête ?

— Je le suis, Monsieur !

Et je rédigeai la liste impressionnante des multiples produits canadiens évalués au prix du marché, produits devant assurément emplir les goussets des investisseurs : saumon, esturgeon, anguilles et sardines fort goûtées en France, huile, barbes de baleine, dents des vaches des mers, bois de hauteur étonnante, eaux, gibiers de toutes espèces, sans compter les mines à exploiter et les maisons à bâtir. Des profits annuels estimés à quelque 5 400 000 livres ! S'y ajoutait la perspective d'une perception de douanes surpassant de dix fois au moins toutes les levées de France.

— Vous suivez ?

— Je suis, Monsieur.

— Bon, passons du côté du pouvoir. Là, le mauvais sort s'acharne sur nous ! Condé détenu à la Bastille… J'ai encore peine à y croire ! Son arrogance l'aura perdu, je l'avais prédit. Encore heureux que le maréchal de Thémines, nouveau Vice-Roi du Canada, ne manigance pas contre notre compagnie !

— N'avez-vous pas reçu copie de sa charge, dûment signée de la main même du Roi, sur laquelle il est clairement stipulé que tous les droits de votre compagnie doivent être maintenus pour une durée de onze ans ?

— Effectivement ! Mes propos sont déraisonnables, je sais. L'incertitude engendrée par la mort de Concini, je suppose… Voyez-vous, depuis que ce marquis de Vitry l'a froidement assassiné, allez donc savoir vers qui orienter mes requêtes pour obtenir l'écoute et les faveurs du Roi ! Vitry le filou ou Luynes, grand fauconnier et maître de chasse ? Qui des deux est le plus influent pour défendre notre cause ? À qui présenter mes prochaines doléances ?

— Et pourquoi pas au Roi ? Ce n'est peut-être pas coutume, mais cette façon de faire m'apparaît la plus judicieuse, vu les doutes qui vous assaillent.

— Astucieux, Madame ! Votre réflexion me conforte dans mon opinion. Bon, alors, qu'ont besoin d'entendre un Roi et son Conseil ? Un Roi tient à son royaume, au plus grand rayonnement possible de son royaume. Bien ! Bien ! continua-t-il d'un ton plus nasillard qu'à l'accoutumée.

— Vous êtes prête ?

— Je le suis, Monsieur.

Il saisit sa barbiche et reprit sa marche devant les cartes géographiques fixées au mur. Je trempai la pointe de ma plume fraîchement effilée dans l'encre noire et inscrivit l'en-tête officiel du sieur de Champlain. Puis, j'attendis que l'inspiration lui vienne.

— La confiance de nombreux peuples de cet immense pays est acquise à Votre Majesté…

Cette missive parla d'assurer au royaume de France un pays de près de dix-huit cents lieues de long, arrosé des plus beaux fleuves connus à ce jour. Un pays peuplé d'une infinité d'âmes prêtes à se convertir à la foi chrétienne et à s'allier au Roi de France. Suivit la proposition d'envoyer chaque année plus de trois cents familles dans la vallée de la rivière Saint-Charles, dans le but d'y fonder une ville à la grandeur de celle de Saint-Denis : une ville fortifiée, passage obligé de tous les navires, une ville à qui il donnerait le nom de…

— Ludovica ! clama-t-il en déployant ses bras.

Je sursautai. Ma plume dérapa.

— Qu'avez-vous, Madame, il y a un problème ?

— Vous… vous avez bien dit Ludovica ?

— Oui, c'est bien ce que j'ai dit, Ludovica, confirma-t-il en soupirant.

Son visage s'assombrit.

— Ludovica, « Louiseville » dans notre belle langue française.

Il baissa la tête, marqua une longue pause, pressa le coin de ses yeux du bout de ses doigts et s'efforça de reprendre.

— Notre souverain ne porte-t-il pas le prénom de Louis ? Une grande ville pour rendre hommage au grand Roi qu'il sera un jour… enfin au grand Roi que nous espérons tous qu'il soit un jour. La France a grandement besoin d'une poigne solide capable de redresser vitement le royaume qui se démantèle, soit dit entre vous et moi. Et puis, un peu de flatterie ne saurait me nuire, au point où j'en suis ! Les marchands de la Compagnie ne cessent de me harceler : leurs profits, leurs profits…, une véritable obsession ! Quant au Roi… Eh bien, ma foi, tant qu'il ne sera pas confortablement assis sur son trône, on peut toujours craindre le pire ! Les rumeurs rapportent que notre régente, bien que condamnée à l'exil au château de Blois par son fils, ne cesse d'intriguer pour retrouver sa place au Conseil. Si on ajoute à tous ces revers les réticences de mes éditeurs, c'est à désespérer, Madame, c'est à désespérer ! scanda-t-il en levant les bras vers le plafond.

Son laisser-aller ajouta à mon trouble.

— Ce sentiment ne vous est pourtant pas familier, Monsieur ! Je vous sais plus confiant, plus courageux. Votre ambition se nourrit de noblesse. Vous êtes un visionnaire, un grand visionnaire, un conquérant ! Et surtout, vous avez un rêve à poursuivre. Je vous envie, Monsieur, si vous saviez comme je vous envie !

Il s'approcha de ma table de travail, se pencha vers moi, souleva ma main libre et la baisa longuement. Sous ses épais sourcils grisonnants, ses yeux d'ambre exprimaient une profonde reconnaissance. Depuis notre première rencontre, ses cheveux avaient blanchi. Des rides profondes marquaient son front et ses joues s'étaient creusées de sillons. Il avait vieilli et pourtant, ce presque vieillard portait en lui toute l'exaltation de la jeunesse. En cela, je l'admirais.

—Je vous remercie, Madame ! Vos paroles me sont d'un grand réconfort, beaucoup plus que vous ne pourrez jamais l'imaginer, beaucoup plus…

Ses yeux s'étaient gorgés d'eau. Il quitta la pièce d'un pas vif, me laissant devant la lettre inachevée. Je restai figée, hagarde, ma plume d'écriture entre les doigts. Je m'entendis murmurer :

— Ludovica, Ludovica…

Une douleur étrange, diffuse, indéfinissable me frappa en plein cœur, noua ma gorge, envahit mon esprit et força mes larmes. Bêtement pour un mot, un simple mot, pour Ludovica !

— Tu crois qu'un peu de fourrure conviendrait autour de mon décolleté ? demanda tante Geneviève en posant devant son miroir vénitien.

— Je crois que vous êtes ravissante, avec ou sans fourrure.

— Petite coquine ! dit-elle en pinçant ma joue. Et toi, voyons un peu ! Ah, un peu de rondeurs te sont enfin revenues. Voilà qui est mieux ! Cette coiffure, cette coiffure est délicieuse. C'est Ysabel ?

— Oui, Ysabel a des doigts de fée.

— Je la soupçonne d'avoir bien d'autres talents. Sa compagnie attise ta bonne humeur. Depuis que le sieur de Champlain l'a ramenée de Normandie en septembre, je te sens plus joyeuse, plus sereine, encore triste, mais…

— Triste moi ? Où allez-vous chercher pareille sornette ? Je ne suis pas triste, je suis lucide, ce qui est bien différent.

— Lucide ! Y aurait-il une place pour un peu de joie dans toute cette lucidité, jeune fille ?

— La lucidité me réjouit.

— Tu peux le faire croire à d'autres si ça te chante. Tu peux même y croire toi-même, mais tu ne réussiras pas à m'en convaincre. Jadis, j'ai connu une Hélène heureuse et cette Hélène n'avait rien à voir avec celle qui se tient devant moi aujourd'hui.

— Cessez ! Vous devenez comme Noémie avec l'âge. Vous voyez des désagréments où il n'y en a pas, tante Geneviève. Ce bal de Noël, il a lieu à la salle du Petit Bourbon, n'est-ce pas ?

— Tout à fait ! Tu connais ?

—J'y suis allée, il y a quelques années avec… avec Nicolas. Au fait, y sera-t-il?

— Oui, il doit nous y retrouver avec un groupe d'amis. Je suis heureuse que tu aies accepté d'y venir. Il est grandement temps que tu cesses de te punir.

— Qu'allez-vous inventer?

— Je n'invente pas! Tout est là sous mes yeux. Tu ne vis plus, tu erres sans joie, sans désir. Tu ne crois pas que tu as suffisamment expié? Il est temps de retrouver le goût de vivre!

— De vivre! Pour qui, pour quoi? Je survis et c'est plus que suffisant! Arrêtez immédiatement ou je reste ici!

— J'arrête, soupira-t-elle, en retroussant le bouffant de ma manche. Quel soyeux velours! Et ce fil doré autour de ton décolleté, une délicatesse rare! Tu feras des jaloux!

— Pour faire des jaloux il faut être aimée!

— Être aimée…

— Oui, être aimée. Il faut qu'un homme tienne à nous. Il y a longtemps que j'ai cessé…

— Que tu as cessé de croire en celui qui t'aime.

— Vous vous taisez ou je retourne chez moi?

De revoir la salle de bal du Petit Bourbon me plongea dans un étrange état d'insensibilité. C'était comme si je revenais sur un lieu de mon enfance, un lieu d'un passé si lointain qu'il m'indifférait. Les dorures et les lustres de la salle de bal, les urnes garnies de fleurs exotiques, les fruits et les pâtisseries offerts par les laquais ne stimulèrent aucun de mes sens. Tante Geneviève nous entraîna vers un groupe d'amies, un groupe de dames dans lequel je reconnus madame Valerand.

— Quelle merveilleuse soirée, Mesdames! Vos époux ne vous accompagnent-ils pas? Quelles vilaines dames vous faites, vous présenter au bal sans compagnie! ironisa-t-elle entre deux rires.

— Nos époux sont en voyage d'affaires à La Rochelle, précisa tante Geneviève. Un procès est tenu contre les marchands qui outrepassent les réglementations de la Compagnie du Canada. N'est-il pas permis de s'amuser un peu, chère amie? À la vérité…

— À la vérité? interrogea madame Valerand en secouant sa lourde tignasse de feu.

— Nos époux ne sont pas les seuls hommes sur terre. Nous attendons… ah, mais voilà ceux que nous attendons!

Nicolas s'avançait vers nous, suivi de Philippe de Mans et de trois jeunes filles escortées d'Eustache et de Ludovic Ferras. Je faiblis.

— Tante Geneviève! Pourquoi? demandai-je énergiquement à son oreille.

— Pourquoi quoi?

Trop tard, ils étaient déjà tout en courbette devant la grappe de gentilles dames, comme se plaisait à répéter Nicolas qui resplendissait. Son ami Philippe me fit le plus généreux des sourires. Puis Eustache s'approcha, baisa mes joues avant de me demander à l'oreille.

— Ysabel va bien?

— Elle va très bien! Elle vous transmet ses salutations. Vous passerez la voir demain?

— Je n'y manquerais pas pour tout l'or du monde!

Puis, il me présenta les trois jeunes filles: Louise, Julienne et Cassandra, toutes trois liées à de réputées familles de pelletiers parisiens. Elles étaient jeunes et fraîches et se trémoussaient ne sachant trop où regarder, où poser les mains, où mettre les pieds. L'une d'entre elles n'en finissait plus d'interpeller maître Ferras, qui semblait apprécier. L'orchestre jouait admirablement. Je parvins à me concentrer sur la musique: la musique et les couleurs, il n'y avait que cela! Nicolas m'invita pour une première danse.

— Vous resplendissez, ma sœur. Votre beauté m'éblouit!

— Cessez vos idioties, Nicolas, et appliquez-vous à la sarabande, vous m'écrasez le pied!

— Désolé, ma sœur! Votre éclat m'aveugle.

Je ne pus retenir un éclat de rire.

— Nicolas!

— Je suis content de vous voir ici. Votre solitude m'inquiète.

— Cessez! Je mène la vie qui me plaît tout comme vous.

— Soit! Mais vous ne pouvez m'empêcher de supposer que votre vie n'est pas des plus satisfaisantes.

— Qu'est-ce que vous avez tous à la fin?

— Je vous aime, petite sœur. Voilà ce que j'ai.

J'éprouvai un soulagement intense lorsqu'il me ramena à l'ombre des palmiers sous lesquels la grappe de gentilles dames tenait une discussion animée à propos de la détention de Marie de Médicis au château de Blois. Les opinions étaient partagées quant aux décisions du Roi.

— Un fils de dix-sept ans qui exile sa mère, la réduisant à l'état de prisonnière, pensez donc !

— Une mère régente qui abandonne les commandes du royaume entre les mains d'étrangers italiens avides de s'enrichir aux dépens du peuple de France ne mérite pas mieux ! Nous devrions remercier notre Roi à genoux !

— Si seulement nous avions un droit de parole en politique, Mesdames ! renchérit madame Valerand en claquant son éventail dans sa main. Vous avez vu comment ces chers miliciens ont coupé court à la distribution de nos feuillets prônant la participation des femmes à la vie publique. Pour un peu, on m'offrait un séjour à la Bastille ! Une insulte pour toutes les femmes !

Quand Eustache m'invita pour une seconde danse, j'acceptai avec soulagement. Je n'avais pas la tête à la contestation. La demoiselle Julienne ne put réprimer l'expression de sa déception.

— Vous crevez les cœurs, Eustache. Que de chemin parcouru depuis nos jeux d'enfants dans les bois de Paris ! Ysabel aurait de quoi être jalouse.

— Ysabel n'a pas à être jalouse.

— Votre sentiment est véritable ?

— Je le crois oui ! En ce qui me concerne du moins. Quant à Ysabel, elle a beaucoup à oublier.

— Soyez patient ! Vous êtes loin de lui être indifférent.

— Indifférent peut-être pas, mais il y a des lieues entre l'indifférence et l'amour.

— Soyez patient, elle le mérite.

— C'est ce que je dis à Ludovic.

— Quoi ! Vous n'avez pas à parler de moi à Ludovic Ferras, je vous l'interdis Eustache !

— Et pourquoi donc ?

— Parce qu'il doit m'oublier !

— Ce n'est pourtant pas l'impression qu'il me donne.

— Impression ou pas, Eustache, j'appartiens à son passé.

— Bon, bon, j'en prends note, ma sœur.

Quand la danse fut terminée, je n'aspirais plus qu'à une chose ; retourner chez moi au plus tôt ! Tout m'agressait, tout me semblait vil et futile. Tout, sauf celui qui dansait joyeusement au bras de la trop jolie Cassandra, fille de maître Duisterlo, pelletier du Roi. Une jolie petite brune aux yeux pétillants dont le bassin, ma foi, était suffisamment large pour porter une ribambelle d'enfants.

— Vous rentrez bientôt, tante Geneviève?

— Déjà! Mais la soirée ne fait que commencer! Ne me dis pas que tu es fatiguée!

— Si, je suis très fatiguée! Je rentrerais au plus tôt, tout de suite, si je le pouvais.

— Je peux reconduire madame, si vous le permettez, Madame Alix. J'ai un carrosse à ma disposition. Je la ramène à son logis. J'ai à faire, je dois quitter moi aussi.

Ludovic avait parlé d'une voix calme, presque trop calme pour que j'aie envie de résister. Je fis quand même l'effort. Tout cela était insensé!

— Non! Il ne saurait en être question! Je ne peux accepter, ce serait inconvenant!

Il se tourna vers moi, posa ses yeux d'ambre dans les miens et insista.

— J'insiste, Madame! J'ai besoin de m'entretenir avec vous. Je me permets d'insister.

Ses yeux d'ambre! Seigneur, qu'il m'était ardu de déplaire à ces yeux-là!

— Soit, si… si vous me ramenez directement chez moi?

— Directement, je vous ramène directement à votre demeure.

Il passa son bras sous le mien et je lui emboîtai le pas vers la sortie du Petit Bourbon.

— À l'enseigne de la *Licorne*, rue d'Anjou, commanda-t-il au cocher.

— Mais… mais nous avions convenu de…

Il s'installa sur la banquette, comme il l'avait fait la toute première fois, au temps de la poule parisienne.

— Nous avions convenu de tant de choses, Madame! soupira-t-il, le regard lourd. J'ai un présent à vous remettre. Nous n'en aurons pas pour longtemps. Nous allons à mon logis et je vous ramène aussitôt à vos appartements.

Le logis de Ludovic Ferras était sobre mais chaleureux. Devant la cheminée s'étalaient deux peaux d'ours brun. Sur le tablier de la cheminée était alignée sa collection de pierres au-dessus de laquelle un parchemin avait été installé. Il déposa ma hongreline sur un banc, alluma les bougies, attisa le feu dans la cheminée et servit le vin.

— J'ai peu de temps à vous consacrer, dis-je attirée par le parchemin que je lus tout haut.

Monsieur Ludovic Ferras
Maître Pelletier de la corporation de Paris
février 1616

Je me tournai vers lui en levant mon verre.

— Félicitations! Vous avez atteint votre but!

Il but sans répondre, se contentant de me regarder comme il me regardait quand il scrutait mon âme.

— Vous aurez bien le temps pour un autre verre, c'est la Noël après tout! dit-il en approchant des chaises. En principe, Noël, est un temps de réjouissances, non?

Le goujat! Noël ne serait plus jamais pour moi un soir de fête et il le savait mieux que tout autre!

— Non, vous ne croyez pas, Madame de Champlain? insista-t-il.

S'il comptait sur le madame de Champlain pour me faire réagir, il pouvait toujours attendre!

— Un autre verre, Madame?

— Non, non, merci! Vous avez parlé d'un présent. Nous... j'aimerais... je ne...

— Nous n'avons pas beaucoup de temps. Vous aimeriez regagner votre demeure au plus tôt. Vous n'êtes pas disposée à vous attarder, n'est-ce pas? N'est-ce pas, Madame de Champlain?

Je le dévisageai froidement.

— Tout à fait! Alors si nous en finissions? Je suis fatiguée.

Il se leva, se rendit dans une autre pièce, probablement sa chambre, et, sans dire un mot, déposa un paquet sur mes genoux avant de s'asseoir en face de moi. Je reconnus le ruban de dentelle rouge de Normandie, mais fis comme s'il ne me disait rien. Je dépliai le papier de soie et découvris un manchon tout semblable à celui de l'église de Saint-Cloud. Je fus sidérée. Un frisson me parcourut. Je fixai le premier logis de mon fils, un logis vide! Je posai lentement les mains sur la douce fourrure en mordant ma lèvre afin de contenir le gémissement qui me surprit. Je mis un moment avant de retrouver une respiration normale. Quand ce fut le cas, je m'entendis murmurer:

— Il est vide, il est si vide, si vide! Quel gâchis, Ludovic, quel gâchis!

Je ne parvenais pas à détourner mes yeux du manchon. Je ne sais pas combien de temps se passa sans qu'un mot ne se dise, qu'un geste ne se fasse. Seul le pétillement du brasier occupait le lourd silence jusqu'à ce que n'y tenant plus, je me lève et dépose le manchon sur ma chaise.

— Je ne peux accepter ce présent, maître Ferras. Je regrette, je ne peux pas. Une autre... une autre saura le mériter. Vous me raccompagnez?

Il me dévisagea sans broncher.

— Non! répondit-il énergiquement. Pas avant que nous ayons parlé.

— Parler? Et de quoi aurions-nous à parler?

— De nous!

— À ce sujet, il n'y a plus rien à dire, maître! Je croyais... je croyais avoir été assez précise.

— Pour être précise, vous avez été on ne peut plus précise! Pour ce qui est de la compréhension par contre...

— Vous devenez insolent, Monsieur!

Son attaque piqua ma fierté et me donna l'humeur d'une escrimeuse. Je retournai à ma chaise replaçant le manchon sur mes genoux. Ludovic but lentement, une lueur de satisfaction brilla au fond de son regard. Son visage se détendit quelque peu.

— Et qu'y avait-il à comprendre que je n'ai pas compris, dites-moi?

— Moi!

— Vous! Vous! Seulement vous!

— Seulement, oui.

Il déposa son verre sur le sol et étendit ses longues jambes jusqu'à ce que ses bottes frôlent le rebord de mes jupes.

— Que cela vous plaise ou non, Madame, j'ose vous rappeler que je suis le père de votre enfant.

— Vous en êtes le père, mais il y a si longtemps que...

— Et selon vous, on cesse d'être père après combien d'années?

— Ne dites pas de sottises! Ce n'est pas le sens de mon propos, vous le savez fort bien!

— Ah, bon! Et quel en est le véritable sens?

— Vous êtes peut-être le père, mais si peu!

— Si peu! dit-il en fronçant les sourcils. Mais encore, Madame?

— Non, ce n'est pas... soupirai-je, embêtée et confuse. Tout est de ma faute, Ludovic. Moi seule suis responsable de tout ce gâchis!

— Tiens donc! Un enfant aboutit dans le ventre d'une dame par un effet de sorcellerie peut-être? À moins que cette grossesse n'eût été un pur miracle ? Pardonnez-moi, mais je suis bien placé pour affirmer que ce ne fut pas le cas !

— Où voulez-vous en venir qu'on en finisse ?

— Un jour, Madame, nous nous sommes aimés et nous avons été amants. Un fils fut conçu. Lorsque j'ai voulu en discuter avec vous, vous m'avez odieusement menti. Et plus tard, j'ai pleuré à vos côtés et vous m'avez repoussé de votre vie comme on limoge un valet ! Cela vous rappelle quelque chose, Madame de Champlain ?

Je soutins son regard sans broncher.

— Si je vous ai menti et rejeté comme vous le dites, répondis-je sur un ton de moins en moins courtois, c'était pour vous éviter la pendaison ! Vous auriez peut-être préféré vous balancer au bout d'une des cinquante potences de Paris ? Vous trémousser au bout d'une corde faisant de votre fils un bâtard et un orphelin ? criai-je en me levant précipitamment.

Mon lever impromptu provoqua la chute du manchon. Je me penchai pour le reprendre. Il se pencha aussi, ce qui eut pour effet de favoriser une collision frontale assez percutante pour que je crie. Tout en s'excusant, il frôla mon front du revers de sa main avant d'y poser les lèvres. Ce geste embrouilla mes esprits au point que je fus saisie de l'impétueux désir de me presser contre lui. Je ne pus résister. Il m'étreignit, baisa sagement mon front, mon nez, mes joues avant de m'embrasser avec une ferveur incontrôlable. Et je me perdis dans la griserie qui nous emportait, du moins jusqu'à ce que ses mains n'atteignent mes seins. Je tentai de me dégager, il me reprit. À ma troisième tentative, je réussis à saisir le dossier de ma chaise afin de la placer entre nous.

— Ludovic, je… assez, je vous en prie ! C'est une erreur, il ne faut pas ! Je vous ai fait assez de mal comme ça !

— Assez de mal ! Vous m'avez fait assez de mal ?

— Tout est de ma faute ! Je n'aurais jamais dû vous aimer et me laisser aimer de vous. Nous avons amplement payé pour notre faute. Vous méritez mieux que moi. Cette… cette Cassandra par exemple… Elle a le bassin suffisamment large pour…

— Mais de quoi parlez-vous à la fin ?

— De la femme que vous devez épouser, Ludovic. C'est assez avec moi. Je ne fais que vous apporter peines et soucis. C'est ce que je me tue à vous dire depuis des années ! Avec moi, vous ne pourrez jamais vivre normalement. Tout est ma faute, tout ce gâchis, notre enfant abandonné, votre malheur…

— Dites-moi, vous partagez la couche du sieur de Champlain ?

Sa question me choqua. Je dressai le torse relevant fièrement la tête.

— Absolument pas ! Quel insolent vous faites ! Comment osez-vous insinuer une telle chose ? Il n'y a rien entre lui et moi, vous le savez bien !

— Vous ne partagez pas sa couche, tiens donc ! Pourtant, c'est un homme illustre, un homme puissant, un homme riche ! Plus d'une femme n'en demande pas tant pour dormir dans le lit d'un tel époux, avec ou sans amour ! Vous en êtes bien certaine ? Vous êtes certaine qu'il ne vous étreint pas, qu'il ne vous possède pas ?

— Mais vous perdez complètement la raison ! Je ne l'aime pas ! Je ne partagerai jamais la couche d'un homme que je n'aime pas ! Je n'ai jamais aimé que vous et vous seul !

Et je m'arrêtai subitement de crier, comprenant trop tard que je venais de me laisser berner par la feinte décisive. Je baissai les bras en soupirant.

— Touchée, maître Ferras !

Et je me laissai choir sur la chaise, vaincue, au bord des larmes. Il s'accroupit devant moi, m'implorant des yeux.

— Vous comprenez pourquoi je ne partagerai jamais la couche ni de Cassandra ni d'aucune autre. Je ne les aime pas ! Nous sommes tous deux de la trempe insolite de ceux qui ne peuvent dissocier mariage et amour. Je n'aimerai jamais que vous, ne vous en déplaise. C'est ainsi et pour toujours, Hélène ! Quoi qu'il advienne entre nous, je vous aime pour la vie. Vous me comprenez bien, pour la vie !

Je comprenais, mais refusais de me soumettre à cette réalité. Je retins mes larmes et me relevai promptement.

— J'ai porté notre enfant dans mon ventre pour vous, Ludovic. J'ai pensé à vous tous les jours qu'il m'a été donné de vivre avec lui près de mon cœur et à chaque jour j'ai pleuré parce que je savais que nous ne verrions jamais son visage, ni vous, ni moi… jamais ! Vous me manquez terriblement, vous me manquez tous les deux et me manquerez toujours ! Mais je suis une femme mariée et je me refuse à poursuivre notre liaison. C'est ainsi !

Je passai ma main sur la marque rouge de son front. Il l'attrapa au passage y posant les lèvres.

— Puis, continuai-je, lorsque je me suis réveillée après… après ma délivrance, quand j'ai repris conscience, je me suis juré que plus jamais je ne vous ferais souffrir. Une femme vous donnera un jour ce que la vie vous refuse à mes côtés : une ferme en Normandie, des enfants… tout ce dont vous avez rêvé.

Il se releva, m'attira à lui et me berça en caressant tendrement mes cheveux.

— Il ne s'est pas passé une heure sans que je me languisse de vous. Tous mes rêves passent par vous, Hélène. Ma vie coule à travers vous. La ferme, la Normandie, la famille, tout cela n'a plus aucun sens si vous n'êtes plus à mes côtés. Je vous suivrais au bout du monde s'il le fallait, ma colombe, ma douce colombe.

Je fis un effort surhumain pour résister à mon délicieux engourdissement.

— Jusqu'à Saint-Germain-l'Auxerrois, si vous le pouvez.

Il se dégagea lentement, fuyant mon regard, le visage maussade. Il ajusta nerveusement le collet de sa chemise et tira sur son pourpoint.

— Pardonnez ma brusquerie. Je suis désolée, mais je dois absolument rentrer tôt. Demain, le sieur de Champlain revient de La Rochelle en compagnie de sa cousine et de son époux. Et qui plus est, monsieur Du Gua de Monts se joindra à eux. Je dois voir aux préparatifs du souper de Noël avec tante Geneviève. Je suis désolée ! Mais je suis persuadée qu'il vaut mieux en finir ici, Ludovic, croyez-moi ! Il faut m'oublier.

Il ramassa le manchon et me le tendit.

— Je ne peux pas l'accepter. Je ne peux pas ! J'appartiens à votre passé. Oubliez-moi, je vous en prie !

Il déposa le manchon sur sa chaise, m'attira à lui et m'embrassa comme on embrasse une amante. Je répondis comme on répond à un amant. Puis il chercha ma hongreline et la passa sur mes épaules.

— Prenez garde à ce Du Gua de Monts. Je suis jaloux.

— Votre jalousie me flatte mais votre entêtement me chagrine.

— Alors, ne retenez que la jalousie, Madame, ne retenez que la jalousie.

Le lendemain après-midi, sortant de ma chambre pour gagner les cuisines, je ne pus éviter de saisir quelques bribes de la discussion provenant du bureau du sieur de Champlain.

— Vous n'avez qu'à exiger le reste de la dot promise. Il y a un manque à gagner de mil cinq cents livres tournois, si je sais bien lire les chiffres. On a suffisamment abusé de vous dans cette histoire de mariage, mon cousin ! persiflait la voix aiguë de la cousine Camaret.

— D'autant qu'il vous faudra des fonds pour l'achat des matériaux nécessaires à la construction des maisons de Kébec. Et puis, pensez-y un peu ! Tous ces équipements que vous promettez de fournir aux colons qui s'engagent avec la Compagnie dans un but de colonisation. Toutes ces factures doivent se payer avant de quitter la France ! Nos artisans ne peuvent se permettre de vous faire crédit. Les temps sont durs pour tous nos corps de métiers ! renchérit monsieur Du Gua de Monts.

— Cet aspect des choses me répugne à un tel point !

— Ah, si seulement nous pouvions vivre de l'air du temps ! ironisa la cousine.

— Soit, soit, j'y verrai ! Cette semaine je rencontre mon notaire. Ce sera l'occasion de réactiver cette question de la dot. Je compte sur votre discrétion pendant votre visite, cousine, les festivités de Noël ne s'en porteront que mieux.

Les festivités ne m'intéressaient guère. Je les traversai comme on traverse un pont, par obligation, sans intérêt. Ma rencontre avec Ludovic avait ébranlé mes convictions plus que je ne voulais bien l'admettre. Je pris entre mes mains le manchon qu'il m'avait fait parvenir la veille du premier de l'an. Il était d'un grand raffinement. Des pièces de fourrure incrustées en sens inverse dans la peau de castor formaient des étoiles gravitant autour d'un croissant de lune. Depuis quelques jours, j'arrivais presque à le regarder sans penser à notre enfant. À la fin janvier, ma curiosité me poussa à y passer les mains. À ma grande surprise, il n'était pas vide. Il contenait une lettre que je lus et relus avec un empressement déraisonnable.

La Lune pleine au miroir de l'onde
Emporte à jamais dans sa folle ronde
L'âme des visages qui dans l'eau profonde
Auprès d'elle s'y seront noyés.

Séléné, Séléné, des profondeurs de l'onde,
Se languit de toi mon âme vagabonde.
Séléné, Séléné, du fond des eaux profondes,
Je t'attendrai de toute éternité.

Si on recommençait, ma colombe, si on recommençait?

— Jaloux et entêté! Plus entêté que jaloux, dis-je tout bas.

Une joie intense, une joie redoutable emplit peu à peu tout mon être.

— Et si on recommençait? répétai-je bien malgré moi après chaque lecture.

Et plus je le redisais, plus la vivacité me revenait. Ces paroles dégelaient mon apathie aussi efficacement que le soleil du printemps dissout les glaces de l'hiver. Petit à petit, la fonte inonda une à une mes certitudes si laborieusement échafaudées. Le soir, à la lueur de la lune, je refaisais les chemins de ses mains aimantes sur ma peau brûlante. Jour après jour, l'idée de tout recommencer m'obséda jusqu'à ce que je n'y tienne plus. Il fallait que je le revoie.

Lorsque je pénétrai dans la boutique *Aux deux loutres*, oncle Clément se tenait debout, seul, derrière le comptoir sur lequel s'empilaient des cahiers. Il cessa d'écrire.

— Mademoiselle Hélène! Quelle belle surprise! dit-il en déposant sa plume.

— Bonjour, oncle Clément. Je ne vous dérange pas?

— Pas le moins du monde! Comme vous pouvez le constater, les clients ne font pas la file aujourd'hui. C'est toujours ainsi le samedi. Les préparatifs du dimanche obligent...

Il me fixa un moment avant de demander:

— Que puis-je faire pour vous? Je présume que vous ne venez pas seulement pour me saluer.

— Non, bien que cela me fasse plaisir de vous rencontrer. Non, je désirais... enfin j'espérais rencontrer...

Ludovic, paré d'un tablier de cuir, apparut dans l'encadrement de l'arrière-boutique. Je me tus.

— Madame de Champlain désire?

— Oui... en fait... j'aimerais vous entretenir... continuai-je embarrassée.

— Venez, nous serons plus à notre aise dans l'arrière-boutique.

—Je retourne à mes calculs, mes comptes... la fin du mois. Vous avez là un bien joli manchon, Mademoiselle Hélène.

— Merci. C'est... c'est un cadeau de Ludovic.

— Ah! Si c'est de Ludovic, il ne peut qu'être beau!

Je m'avançai vers lui hésitante, les doutes plein la tête. Et pourquoi recommencer? Et s'il avait changé d'avis, s'il... Il déposa son ciseau sur la fourrure blanche étalée sur la table, croisa les bras et plongea ses yeux dans les miens.

— Madame désire? dit-il froidement.

—Je... en fait je... je voulais vous remercier pour le manchon. Après réflexion, je crois que je peux le garder.

— Ah! Après réflexion, vous pouvez le garder, répéta-t-il stoïque.

Je me mis à tortiller le bouton de ma hongreline tout en me mordant la lèvre inférieure. Mon malaise s'intensifia.

— Bon, alors, je vous ai remercié. Je... je ne voudrais pas vous déranger plus longtemps.

— Vous ne me dérangez pas.

— Non... non?

— Non.

— Ah!

Il ne bougeait pas se contentant de m'observer avec insistance.

— Bon, je... je vous remercie encore, dis-je en reculant vers la porte.

— Est-ce vraiment tout? demanda-t-il si bas que j'eus peine à entendre.

Il se tenait fièrement, sans bouger.

— Non... non, en fait, je vous remercie aussi pour le billet, le message. J'ai apprécié, j'ai vraiment apprécié.

— Vous avez apprécié?

— Oui, je... je veux dire que cela m'a... m'a touchée, m'a beaucoup touchée, bredouillai-je en revenant vers lui.

— Vous a touchée?

— Touchée, oui. En fait, surtout la dernière phrase, la dernière phrase, celle où...

J'avançai encore.

— Celle où?

— Celle où vous me proposez de... de recommencer.

— Et?

Je posai le manchon sur la table.

— Et je souhaiterais, si vous êtes encore de cet avis, de l'avis de recommencer, je crois…

Je ne pus terminer. Je fus magnétisée par ses lèvres que je couvris des miennes sans aucune retenue. Comme je me libérais quelque peu de son étreinte, il chuchota :

— L'impudence me gagne, Madame, j'ai un tel désir de vous !

Je me blottis tout contre lui.

— Votre impudence me chavire.

Il rit.

— Alors, je crois que ma journée de travail s'achève ici.

Il ouvrit la porte de son logis, alluma les bougies et m'attira contre lui.

— Vous permettez que je retire votre cape, Madame ? dit-il avec le sourire narquois des beaux jours.

— Je permets que vous m'enleviez…

C'était déjà trop tard, il avait eu le temps de déposer la hongreline et m'embrassait avec volupté.

— Si vous saviez combien j'ai espéré ce moment !

Il me prit dans ses bras, me transporta dans sa chambre, me déposa sur le lit et embrassa mes joues.

— J'allume les feux. Vous m'attendez ?

Je ris.

— Je vous attends !

Il fit du feu dans la cheminée et alluma chacune des cinq bougies des deux candélabres déposés sur les tables de sa chambre. J'eus le temps de le regarder à ma guise. Il bougeait avec une fluide aisance, sans brusquerie. Et d'un coup, une marée de regrets surgit et j'éclatai en sanglots. Je pleurai sans en connaître la cause, je pleurai sur ses absences, sur tant d'absence ! Je pleurai et pleurai sur son épaule jusqu'à ce que je m'endorme épuisée.

Une odeur de pain grillé emplissait la chambre et la lueur jaunâtre des bougies folâtrait sur les murs de crépi tandis que je me remémorais le fil des derniers événements. J'étais revenue à lui et il m'avait ouvert les bras. Je l'entendais s'activer de l'autre côté de la paroi et souris de bonheur en l'imaginant bouger, là, si près. Je me levai, replaçai mes cheveux et les plis de ma jupe et me rendis

659

lentement dans l'embrasure de la porte. La table était mise. Il leva la tête et me regarda venir à lui sans bouger. Quand je fus devant la table, il se réanima et me sourit.

— Une omelette, du pain grillé et du vin. Le repas vous convient ? énonça-t-il en me désignant les plats. Vous avez faim ?

— Que oui, je meurs de faim ! Je ferai honneur à votre repas, maître Ferras !

Nous mangeâmes avec appétit, discutant de tout et de rien, de ce qui emplit la vie. Nous parlions de sa maîtrise si laborieusement acquise, de la technique utilisée pour incruster les motifs dans la fourrure, des deux enfants d'Antoinette qui allait être mère pour la troisième fois, de Mathurin qui désirait plus que tout suivre les traces de Ludovic : il serait lui aussi un maître pelletier, c'était décidé ! J'appris qu'Isabeau pouvait passer des heures à lire la vie des saints tandis qu'oncle Clément et tante Geneviève orchestraient avec satisfaction leur vie amoureuse. Il parlait et souriait, modelant de ses mains les formes de ses propos, s'arrêtant de temps à autre pour plonger son regard dans le mien, entrelacer nos doigts et caresser mon avant-bras. Je vivais un moment de pur bonheur. *« Un battement d'aile, un papillon fragile à saisir »*, avait dit tante Geneviève.

Quand le repas fut terminé, il m'invita à le suivre sur les peaux d'ours.

— Vous désirez encore un peu de vin ?

— Volontiers ! fis-je en levant mon verre.

Nous regardions le jeu des flammes dans un silence subtilement teinté de gêne. Il buvait, me regardait, me souriait et reportait son visage sur la danse du feu. Notre enfant était là entre nous faisant obstacle à notre aisance, je le sentais. Je pris sa main dans la mienne espérant puiser dans sa chaleur l'inspiration, les paroles qui sauraient recréer la complicité, la confiance nous faisant si cruellement défaut.

— À tout moment, risquai-je tout bas, à tout moment, je lui parlais de vous. Notre enfant connaît votre nom, votre métier. Je lui ai appris votre adresse de cavalier et d'escrimeur.

Je l'observais du coin de l'œil. Il fixait toujours les flammes. Je pris une profonde inspiration et poursuivis.

— Je lui ai parlé du Champ de l'Alouette et de la ferme Ferras. Il connaît le pigeonnier, la grange, le jardin. Je lui ai dessiné les lieux de nos promesses et ceux de nos désaveux. Je lui ai maintes fois décrit la couleur de vos yeux, de vos cheveux. Même cette médaille que vous portez au cou… il sait.

Tout le temps de mes mots, il resta inerte. Seule la lumière du feu sautillait sur son visage.

— Quand il bougeait, continuai-je, je posais la lettre où vous aviez inscrit ce «Jamais!» sur mon ventre en imaginant que je tenais votre main et que vous sentiez sa vie en moi. Vous avez été avec nous à chaque instant, Ludovic.

— Seigneur! s'exclama-t-il cachant son visage dans ses mains. Je vous en prie, arrêtez!

Le silence reprit sa place, je le laissai être. Au bout d'un moment, après un long soupir, il reprit ma main.

— Quand… quand je suis revenu en Normandie pour découvrir que vous n'y étiez plus, j'ai cru que j'allais devenir fou. Je ne comprenais rien à ce qui nous arrivait. Je vous ai alors haïe presque autant que je pouvais vous aimer. J'aurais voulu anéantir toute vie autour de moi, tant la rage me possédait. Puis Ysabel m'a expliqué et je vous ai haïe encore davantage. Vous décidiez de tout, de ma vie, de sa vie, de notre vie, sans que j'aie rien à y redire! Et je me suis mis à le haïr, à haïr celui par qui tous ces malheurs arrivaient, j'aurais voulu tuer… tuer cet homme, ce sieur de Champlain que j'avais tant admiré. J'aurais voulu lui faire du mal, le voir souffrir…

Il déglutit péniblement, pencha la tête sur ses genoux recourbés et mit un moment avant de reprendre.

— Toujours et toujours, la pensée de vous et de notre enfant me hantait. Chaque soir, je posais un oreiller tout contre moi imaginant que vous étiez là. Je passais mon bras tout autour y cherchant vainement votre chaleur, votre souffle, votre âme. Alors, je me haïssais de tout mon être, je me haïssais de ne pouvoir rien faire, rien… ni pour vous ni pour lui. Cette idée m'a tué, Hélène, je ne pouvais rien pour vous tout comme je n'avais rien pu faire pour sauver ma mère! Rien, Hélène, rien de rien! finit-il le visage tordu de douleur.

Je caressais ses cheveux comme une mère caresse son enfant afin de le consoler. J'aurais voulu extirper les tourments de son être, les anéantir à tout jamais. Mais comment? C'est alors que l'atroce solution émergea. Elle saurait soulager son impuissance, mais passait par l'horrible aveu: il me fallait lui dévoiler la plus abominable de mes fautes. Dieu, aidez-moi!

—Ludovic, je… je peux vous assurer que vous avez fait beau-coup, croyez-moi, vous avez fait beaucoup.

Il me regarda incrédule.

—Je vous assure! Vous nous avez sauvé la vie.

—Sauvé la vie? dit-il sceptique.

—Oui! soupirai-je. Après votre départ de Normandie, j'étais désespérée. J'ai longtemps pensé à nous, à vous, à l'enfant et à la vie qui serait la nôtre si je le gardais. J'en étais venue à la conclu-sion qu'il valait mieux pour nous tous que cet enfant n'existe pas.

Il me regarda abasourdi, les yeux tout écarquillés. J'essuyai vivement une larme sur ma joue et continuai.

—Entre sa vie et notre amour, j'avais choisi notre amour. Je devais me rendre chez la faiseuse… la faiseuse d'anges au Havre avec Ysabel, mais la traversée… enfin le vent nous a surprises et notre barque a chaviré. Je me débattais dans les vagues agitées. Lorsque l'eau me submergea et m'entraîna au fond de l'onde, je voulus m'abandonner à la mort. Je coulais avec notre enfant jusqu'à ce que votre visage m'apparaisse. Vous m'avez appelée en sou-riant et votre sourire m'a forcée à réagir, à me raccrocher à la vie. Ludovic, votre sourire…

—Vous avez voulu vous tuer! explosa-t-il. Vous avez voulu… pour…

—Oui, j'ai voulu. La damnation éternelle m'apparaissait moins cruelle que la vie sans vous. Je ne pouvais supporter l'idée de vivre sans votre amour. C'était… c'était ainsi! Je me damnais jusqu'à ce que votre sourire nous sauve tous les deux. Vous avez sauvé nos vies, Ludovic, ma vie, celle de notre fils et vous avez sauvé mon âme!

Il me dévisageait blême, consterné, stupéfié comme si j'étais un fantôme.

—Mon… sourire vous a sauvé la vie.

—Votre sourire nous a sauvé la vie, oui.

Il caressa tendrement mon visage.

—Et c'est votre visage qui sauve la mienne. Il faut me croire, Hélène, votre visage… votre visage… répéta-t-il en me renversant sur les peaux d'ours.

—Votre visage, votre merveilleux visage! répétait-t-il sans arrêt en l'effleurant du bout des doigts.

Nous étions allongés, l'un contre l'autre, envoûtés par le sorti-lège de nos âmes retrouvées. La présence de notre enfant se dissipa peu à peu dans la chaleur de nos corps. Lentement, il caressa mes cheveux et lentement j'effleurai les siens, puis il m'embrassa.

— Je vous aime tant, ma Séléné, ma douce colombe, je vous aime tant!

Sa main errante s'attarda sur mon ventre vide.

— Notre enfant aura eu les deux plus merveilleux cadeaux que la vie puisse offrir: votre ventre et votre amour.

— Ludovic, saurez-vous jamais combien je vous aime?

Il ne répondit pas, se contentant de délier les cordelettes de mon corsage, enfouit ses mains sous ma chemise s'emparant de mes seins gorgés de désir. Je me laissai emporter jusqu'à ce que son genou soulève mes jupes.

— Ludovic, arrêtez, arrêtez, je vous en prie! Vous... je... enfin je ne suis plus comme avant!

— J'ai pourtant l'impression de vous reconnaître, dit-il en pressant ses hanches sur les miennes.

— Oui... non, c'est mon ventre. Il y a une marque, une ligne rose sur mon ventre.

— Je sais. Vous avez mal?

— Non, mais ce n'est pas très joli.

Il m'embrassa longuement avant de s'étendre le long de mon corps.

— Et cette ligne rose, elle fait combien de pouces au juste? susurra-t-il dans l'oreille qu'il mordillait.

Je pointai mon ventre le long du triste parcours.

— Si on y ajoute ce mince filet blanc à la base de votre cou, dit-il en y glissant le bout du doigt, et celui sous votre bras, cela devrait faire environ dans les douze pouces de fines lignes sur votre peau.

— Oui, je crois... C'est à peu près ça!

— À peu près! Sachez, Madame, qu'un maître pelletier ne peut se contenter d'un à peu près en matière de mesure. Vous permettez que je vous transporte dans mon lit, une sérieuse vérification s'impose. Il ne saurait être question que je partage la couche d'une dame avant de connaître la mesure exacte des marques sur sa peau. Vous permettez?

J'éclatai de rire.

— Ah, vos cascades de rire, ma colombe! chantonna-t-il en me déposant dans le lit.

Son nez se frotta au mien et je perdis toute envie de rire. Ne resta plus que l'envie de lui.

Il mit la nuit avant d'en finir avec la vérification des mesures. Il se laissa distraire par tant d'autres choses…

41

La robe de peau

En fin de soirée, j'aimais retrouver Ysabel dans la garde-robe qui lui tenait lieu de chambre afin de bavarder avant d'aller au lit.

Je frappai légèrement à sa porte espérant qu'elle ne dorme pas encore.

— Entrez! répondit-elle à voix basse.

Comme à chaque fois, elle rangea les lettres d'Eustache dans le coffret ouvert sur son lit et le déposa sur sa malle. Puis, elle tapota son oreiller, l'appuya au mur avant de s'y adosser en repliant ses jambes devant elle.

— Je vous attendais.

Je m'assis sur son tabouret et lui souris.

— Je ne vous remercierai jamais assez de m'avoir appris à lire et à écrire. Tous ces messages qu'il a écrits de sa main pour moi, juste pour moi!

— Ton plaisir est ma récompense, Ysabel. Eustache te manque autant qu'il y paraît?

— Autant! Lorsqu'il s'est embarqué pour la Nouvelle-France au printemps dernier, je croyais dire au revoir à un ami, à un très cher ami. Depuis, il me manque un peu plus chaque jour. Si seulement je pouvais le rejoindre là où il est.

— Il te plairait vraiment de partir!

— Il me plairait d'être près de lui.

— La Nouvelle-France aurait l'avantage de vous faciliter la vie. Ici, les règles trop sévères de la société… Mais aller à l'autre bout du monde et si loin de tout!

— On n'est loin de rien quand on est près de celui qu'on affectionne, avoua-t-elle en souriant.

— Alors, tu l'aimes?

— J'ai pour lui un sentiment profond.

— Eustache connaît ton désir de le rejoindre?

— Non, pas encore! Vous croyez que je devrais lui avouer?

— Et pourquoi pas ?

— Je ne voudrais pas lui donner de faux espoirs. Si nous ne devions ne plus jamais nous revoir. Si mon ardeur n'était attisée que par l'éloignement. Mes fantômes du passé réapparaîtront peut-être quand…

— Tu veux mon avis ?

— Oui.

— Eh bien, je crois que nous ne devrions jamais négliger de révéler notre attachement. Cet aveu réjouira son cœur, allègera ses peines, nourrira ses espérances. Peu importe l'avenir, Ysabel, le bien que tu lui feras compensera tes doutes ! Si j'étais toi, je n'hésiterais pas, mais je ne suis pas toi, alors…

Elle rit. Ses yeux gris luisaient d'un nouvel éclat. Au fond, tout au fond, l'étincelle de vie était revenue.

— Je sais bien que vous n'êtes pas moi, alors…, mais je vais quand même suivre votre conseil. Je lui écrirai dès que les courriers recueilleront les missives à destination des bateaux en partance pour la vallée du Saint-Laurent ce printemps. À l'été 1619, Eustache Boullé saura tous les secrets de mon cœur.

Elle enleva sa coiffe, retira ses peignes et ébouriffa sa chevelure brune.

— Si seulement le sieur de Champlain n'avait pas eu l'abominable idée de lui confier la garde du poste de traite de Tadoussac, tout serait tellement plus simple !

— Si seulement oui… soupirai-je.

— Pardonnez-moi, je suis ingrate. Je devrais déborder de gratitude envers votre époux à qui je dois d'être à votre service. S'il n'avait pas organisé cette adoption par mon oncle Terrier… Pourquoi faut-il que cette Nouvelle-France soit si loin ?

Je pris le temps de m'étirer paresseusement avant de répondre.

— Le sieur de Champlain ne vit plus que pour la colonisation. Depuis qu'il est revenu de la Nouvelle-France, il n'a que ce mot à la bouche. La colère qu'a éveillée chez lui l'indifférence des marchands pour ce projet n'en finit plus ! Non seulement ses associés, enrichis grâce à lui, n'ont pas tenu leurs promesses d'envoyer les trois cents colons, mais encore se permettent-ils de créer des sous-compagnies de traite. Et comme ils appréhendent la révocation de son monopole, voilà qu'ils lui retirent le privilège d'être du prochain voyage. C'est au capitaine Gravé du Pont qu'ils confient le mandat de traite. Tu te rends compte !

— Dommage pour lui! On peut l'apprécier ou pas, n'empêche que si un pays vient à naître un jour dans ces contrées sauvages, il y aura été pour beaucoup!

— Ysabel, tes connaissances me surprennent! Comment sais-tu pour les régions sauvages et…

— Je vous l'ai dit, savoir lire est un avantage! De plus votre bibliothèque est à ma portée…

Elle sortit un volume de dessous sa paillasse, le dernier récit de voyages du sieur de Champlain: *Voyages et découvertes faits en Nouvelle-France depuis 1615 jusqu'à la fin de l'année 1618.*

— Ysabel, tu t'intéresses à ses écrits!

— Oui! J'ai lu *Brief discours* et *Des sauvages*, et maintenant celui-ci. Je veux en connaître le plus possible sur ce pays. Ne dit-on pas « Qui prend mari, prend pays »? ricana-t-elle en repoussant derrière son oreille la mèche de cheveux qui effleurait le mince repli sur la pommette de sa joue.

— Ysabel, ce serait fantastique! Toi et Eustache!

— Cette nouvelle terre est celle où tout peut advenir à ce qu'on dit. Il est permis d'espérer, ne trouvez-vous pas?

Je pris sa main dans la mienne.

— Où tout peut advenir, Ysabel, mais j'avoue que si elle favorisait ton union avec Eustache, cela m'apporterait une joie, une très grande joie.

— Espérons ensemble.

Un silence s'installa, un silence chargé de ces horizons sauvages où rôdent des amours impossibles. Je soupirai. Mon soupir l'extirpa de sa réflexion. Elle replaça machinalement sa jupe de toile ocre sous ses pieds, posa son menton sur ses genoux et demanda doucement:

— Et Ludovic?

— Je m'ennuie terriblement! me désolai-je. Depuis qu'il a quitté Paris à la fin février pour accompagner son oncle à Rouen, je m'ennuie!

— Alors, nous partageons l'espérance et l'ennui.

— Oui, et ton partage est un cadeau du ciel, crois-moi, un cadeau du ciel. Si tu savais comme je me sens inutile quand il n'est pas là!

— Inutile! Mais vous êtes loin d'être inutile! Il ne se passe pas une semaine sans que vous secondiez votre tante auprès de ses malades et Angélique avec ses bessons.

— Ma bonne amie Angélique… Elle n'aurait pu désirer meilleur dénouement à son histoire d'amour : son vieil époux succombe à la maladie deux ans après la naissance de Marie ! Pour un peu et on croirait qu'il avait tout mis en œuvre avant sa mort. Qui sait, peut-être savait-il après tout ?

— D'heureux hasards à tout le moins. Et votre amitié complète son bonheur. Vous êtes loin d'être inutile comme vous dites.

— Mais il y a tant à faire ! Tous ces enfants abandonnés mourant de faim, maltraités, abusés, et ces jeunes filles privées de leur liberté. Et puis, et puis tous ces pauvres gens travaillant comme des forcenés davantage pour emplir les coffres des princes et des cardinaux que pour subvenir convenablement au besoin de leurs familles ! Et ces gueux qui errent dans les rues de Paris et… Nous vivons à une bien triste époque, ma pauvre Ysabel !

— Arrêtez un peu ! Vous n'êtes pas responsable de tous les malheurs du royaume ! Vous en faites beaucoup plus que vous ne l'imaginez ! Sans vous, je serais encore à errer sur les grèves de la Normandie. Vous m'avez ramenée à la vie, Hélène.

Je lui souris malgré le désenchantement qui me troublait. Elle répondit à mon sourire et continua.

— Et puis tiens, si je pense à votre travail chez madame Valerand.

— Ce me semble si peu ! Enfin…, assez parlé de mes humeurs. J'ai les pensées sombres ce soir. Il me semble que l'innocence de ma jeunesse s'est envolée à tout jamais. Ce doit être l'âge je suppose…

— Ou l'absence de Ludovic qui commence à peser lourd ?

— Tu n'as peut-être pas tout à fait tort, ricanai-je en m'étirant. Dis, tu aimerais venir avec moi chez Angélique demain ? Ses relevailles sont particulièrement difficiles. Ses jumeaux requièrent tellement d'énergie ! Et puis, il y a la petite Marie qui n'a que trois ans…

Ma gorge se noua.

— D'autant… d'autant qu'Henri doit tenir boutique tout le jour.

Ysabel me regarda avec compassion.

— Il vit, Hélène ! Vous souffrez de son absence, mais il vit !

— Je sais… c'est juste que quelquefois, quand j'y pense, je regrette ce qui aurait pu être. Néanmoins nous devons apprendre à vivre avec ce qui est, n'est-ce pas ?

— Nous devons vivre avec ce qui est, confirma-t-elle en serrant ma main.

Elle étendit ses jambes, posa ses mains sur son ventre, et soupira.

— J'ai tant pleuré pour ce que la vie m'a volé : mon enfance, mon innocence, mon fiancé, mon enfant. Vient un moment où nous devons regarder en avant et espérer ! La vie sait nous réserver des cadeaux inespérés… votre amitié, Eustache…

— Et toi et Ludovic.

— Et Ludovic, conclut-elle en souriant. Pour ce qui est d'Angélique, je vous accompagnerai avec plaisir.

Elle camoufla un bâillement du revers de la main. Je bâillai à mon tour.

— L'heure d'aller au lit a sonné, on dirait. Bonne nuit, Ysabel.

— Bonne nuit, Hélène. Vous désirez un œuf pour votre déjeuner ?

— Comme il te plaira, pourvu que tu le prennes avec moi. Je déteste manger seule !

Dès son retour à l'automne 1618, le sieur de Champlain nous avait installés à Saint-Germain-des-Prés, rue Vaugirard. Ce logis, bien que modeste, avait l'avantage de me rapprocher de celui de Ludovic. Je n'avais qu'à parcourir deux pâtés de maisons, tourner à gauche et j'étais chez lui, j'étais chez nous. Nous vivions notre amour comme il se devait, discrètement, du côté ombre. C'était le plus beau secret du monde. Chaque fois que la vie le permettait, je dormais dans son lit et quand ce bonheur nous était accordé, les caresses de mon bien-aimé m'enivraient plus que le vin.

Je voyais très peu mes parents et c'était bien ainsi. Le déjeuner de Pâques allait donner lieu au premier repas familial des Boullé depuis Noël. Nous étions à prendre du vin au grand salon. Pour une rare fois, le repas avait rassemblé toute la famille, hormis Eustache, que nos pensées rejoignaient de l'autre côté de l'océan.

— Souhaitons que notre pauvre Eustache n'ait pas trop souffert des rudesses de l'hiver à Tadoussac. Et partager la vie avec ces Sauvages barbares… Il faut être exalté pour s'ensevelir dans ces territoires perdus ! rechigna ma sœur en étirant son cou lourdement chargé de rangs de perles.

— À chacun sa destinée, Madame ! C'est son droit le plus légitime, répondit Charles d'un ton sarcastique.

Marguerite agita son éventail plus que nécessaire en pinçant les lèvres.

— Il faut savoir que la Nouvelle-France est un pays plein de promesses, Madame, continua le sieur de Champlain. Il est éloigné et aride certes, mais c'est un pays au territoire infini et dont on est encore loin de connaître toutes les richesses. Tout y est à découvrir, à inventer, à construire ! Ne voyez-vous là aucun motif d'enthousiasme ?

— Absolument pas ! Je n'ai nullement la trempe des explorateurs ! Paris me contente en tout point !

Charles se racla la gorge, ce qui mit fin à la discussion sans issue dans laquelle les deux participants s'enlisaient. Il se leva et s'approcha du sieur de Champlain qui observait la scène de chasse appuyé sur le manteau de la cheminée.

— Ainsi, les quatre années de réclusion de Condé à la Bastille n'ont pas ralenti vos projets ?

— Thémines a reconnu tous mes droits. Reste à voir comment le duc de Montmorency, à qui Condé a vendu la vice-royauté, dispensera les pouvoirs. J'ai appris que le sieur Dolu, tout juste nommé intendant de ses projets au Canada, menace les associés de leur retirer tout privilège. Comme si ce n'était pas suffisant, il institue une enquête sur toutes les activités du Nouveau Monde. Déconcertant, effarant !

— Vous n'avez rien à craindre ! L'estime que vous porte Condé est immuable. Je ne vois pas quelle manigance inciterait Montmorency à vous retirer la lieutenance de la colonie. Qui d'autre que vous saurait la défendre avec autant d'ardeur et de ténacité ?

— S'il ne fallait compter que sur les faveurs des grands, je serais de votre avis. Mais il y a, hélas, bien d'autres forces en jeu. Les finances, les alliances, les reconnaissances royales sont toujours à reconquérir, à redéfinir. Tenez, ce cardinal, ce duc de Richelieu dont l'influence à la Cour s'installe lentement mais sûrement. Bien malin qui saurait prédire ses politiques coloniales ! Défendre les acquis au Canada est une démarche sans fin, déclara-il en baissant les bras, une démarche sans fin !

— Laisseriez-vous entendre par là que vous êtes tenté de démissionner, mon gendre ? Après tous les appuis que nous vous avons fournis, articula fermement ma mère en insistant sur les appuis. Il ne saurait être question que notre fille, Hélène Boullé, ne devienne officiellement la dame du premier gouverneur de la Nouvelle-France !

Le sieur de Champlain me regarda du coin de l'œil, baissa la tête un moment et reprit :

— Soyez rassurée, Madame, que je me battrai tant que j'en aurai la force.

— Puisse Dieu vous entendre et vous appuyer ! À la plus grande gloire de la France et à ses colonies ! s'exclama mon père. Trinquons au lieutenant de la Nouvelle France ! Au futur commandant Samuel de Champlain, notre gendre !

— À Samuel de Champlain ! À Samuel de Champlain ! répéta en chœur la famille en levant son verre.

— Et à sa dame ! railla Nicolas dans mon dos.

J'avalai de travers et faillis m'étouffer.

Le duc de Montmorency reporta le sieur de Champlain au poste de lieutenant en Nouvelle-France. Il y ajouta même que la cour de France allait le soutenir en armes et munitions dans le commandement qu'il lui transmit de fortifier et protéger la colonie. Il ne reçut pas officiellement le titre de commandant, mais devait en assumer les responsabilités et les charges. Son insistance à m'entretenir de colonisation et de la valeureuse jeunesse devant s'y installer éveillait mes craintes.

— Il serait bon de faire exemple. Les colons doivent reconnaître une volonté ferme d'implantation. Si seulement quelques nobles se laissaient tenter ! Quel élan, quel stimulant puissant ce serait pour nos braves gens !

J'étais favorable, tant qu'il ne m'imposait pas de prendre part à l'élan. J'avais trop chèrement acquis ma vie auprès de Ludovic pour la sacrifier au profit de quelque colonie que ce soit ! Jamais cet homme ne parviendrait à m'éloigner de lui, jamais !

Nous étions à la fin août et j'étais attablée avec le sieur de Champlain pour le repas du soir. Lorsqu'il eut terminé son bouillon, il déposa sa cuillère, appuya les coudes sur la table et lissa sa barbiche. C'était une position menaçante, une position qui imposait sans équivoque. Je plongeai les yeux dans mon bol.

— Vous avez été informée du renouvellement de mon titre de lieutenant de la Nouvelle-France.

C'était une évidence, depuis deux mois, il ne parlait que de cela !

— Oui, oui ! marmonnai-je entre deux cuillerées de bouillon.

— Les nombreuses obligations rattachées à ce titre me forceront à m'installer en permanence dans la colonie au printemps prochain. Je devrai tout probablement y séjourner pour quelques années.

Je ne fis aucun commentaire.

— Il ne fait aucun doute que votre présence à mes côtés devient essentielle. La place de la dame du lieutenant de la Nouvelle-France dûment mandaté pour développer la colonisation ne peut être qu'en Nouvelle-France.

À cet instant, les rides de son visage m'apparurent affreusement creuses et ses cheveux huileux se confondirent avec ceux du plus crasseux des pirates de mer !

— Seriez-vous en train de me dire que je devrai m'installer en Nouvelle-France avec vous ?

— C'est bien ce que je suis en train de vous dire et il ne saurait être question qu'il en soit autrement ! nasilla-t-il fermement.

— Jamais, Monsieur ! Ça jamais !

Il se contenta d'enfoncer la tête entre ses épaules, ce qui donna la nette impression qu'il était totalement dépourvu de cou.

— Jamais ! répétai-je en me levant brusquement.

Je lançai ma serviette dans la soupière et m'élançai vers la porte. Avait-il réagi, avait-il tenté d'argumenter, je n'en savais rien. Je n'avais plus rien entendu, à part le bruit de la porte que j'avais claquée en sortant.

Je marchais dans Paris en longeant les murs. Ses paroles heurtaient dans mon esprit tel un marteau sur l'enclume.

— La place de la dame… en Nouvelle-France… en Nouvelle-France… place… Pas question !

— Jamais ! Jamais ! me répétai-je en arrivant à Saint-Germain-l'Auxerrois. Plutôt passer le reste de ma vie à pourrir au fond d'un cachot ! Jamais je ne quitterai Ludovic !

Je marchais rapidement espérant rejoindre Paul avant que la lumière ne tombe complètement. Je le trouvai à l'écurie. Il était appuyé sur un tonneau et frottait son épée qui luisait à la lueur des lanternes accrochées aux poutres des stalles.

— Par tous les diables, Mademoiselle ! Que faites-vous ici, à cette heure et seule de surcroît ? Vous n'êtes pas raisonnable !

— Raisonnable, raisonnable, vous n'avez que ce mot à la bouche! Je croirais entendre Noémie, tiens donc!

Il baissa la tête et appuya son épée sur la stalle. Je me précipitai vers lui.

— Pardonnez-moi, Paul, pardonnez ma maladresse. Je ne voulais pas vous faire de peine.

Il passa sa grosse main gercée dans mes cheveux.

— Vous êtes toute pardonnée et, ma foi, ce petit emportement me fait presque du bien! Il laisse entendre que vous n'oubliez pas ma Noémie.

— Comment pouvez-vous seulement imaginer que je puisse oublier Noémie? Je n'oublierai jamais Noémie, je peux vous le jurer, jamais de toute mon existence! Elle me manque à moi aussi, elle me manque terriblement, Paul!

— Eh bien, nous avons cela en commun, Mademoiselle.

Il renifla, reprit son épée et continua à l'effleurer de sa guenille.

— Elle vit toujours avec moi, vous savez. Il ne se passe pas une heure sans que je l'aperçoive au détour d'une porte ou au bord d'un sentier. Au moindre froissement de jupon, c'est elle que j'entends venir. Elle vit avec moi dans mes pensées, tout le temps!

Il ramena son regard sur moi, reposa son épée et nous entraîna sur la meule de foin près de la porte grande ouverte. Les grillons y allaient de leurs cris stridents. Une grosse lune nacrée montait dans l'encre bleue du ciel où scintillaient les premières étoiles.

— Si je peux me permettre, Mademoiselle, qu'y a-t-il derrière cette humeur morose? demanda-t-il calmement.

— Le pire qui puisse arriver, Paul, le pire! Il... il veut que je le suive en Nouvelle-France!

— Il? Je présume que vous parlez du sieur de Champlain.

— Bien entendu! Qui d'autre que lui voudrait me soumettre à un tel supplice? Vous vous rendez compte, Paul! Vous vous rendez compte? dis-je en me tordant les doigts. Il m'impose de quitter Ludovic, après... après tout...

Je ne pus en dire davantage. Les larmes prirent le dessus. Il ouvrit ses bras et m'attira sur son épaule.

— Là, là, pleurez, ma petite, pleurez un bon coup, pleurez, pleurez, ma fille, pleurez...

La tendresse dont il m'enveloppa calma quelque peu ma peine. J'avais toujours aimé Paul, mais il m'avait fallu attendre jusqu'à ce jour pour comprendre la teneur de l'affection qu'il me portait. Ce fait me troubla profondément.

— Paul, vous avez dit ma fille.

— Mais oui ! C'est que vous êtes tout comme ma fille ! Vous en doutiez ?

— Non, non, pas douté, mais… Je suis touchée Paul, vraiment très touchée. Je vous porte une telle affection.

Il passa nerveusement ses mains sur son visage, essuyant furtivement au passage la larme qui luisait sur sa joue, renifla et continua.

— Et ce voyage ne vous plaît pas à ce qu'on dirait ?

— Jamais je ne quitterai Ludovic, jamais !

Dès le lendemain matin, Paul me conduisit au Champ de l'Alouette. Il n'était pas question que je reste à Paris ! Étonnamment, le sieur de Champlain avait aisément conclu que l'air de la campagne me serait salutaire. Sa compréhension me réjouit et m'inquiéta. La liberté avant l'asservissement ? Peut-être ? Il serait toujours temps de réagir !

Je me rendis au Champ de l'Alouette, bien résolue à profiter de cette fin d'été entourée de ma vraie famille ! Mathurin, fort de ses quinze ans, avait pris la relève de Ludovic à la ferme et Isabeau celle d'Antoinette qui n'avait pas trop de toutes les heures de sa journée pour s'occuper de ses deux marmots tout en soutenant son époux dans son ministère. J'aimais venir à Saint-Cloud la soulager quelque peu de son fardeau, surtout les jours où Claude avait à s'éloigner du hameau. La présence de ses deux fillettes me réjouissait plus que tout.

Cet après-midi-là, il faisait chaud, d'une chaleur humide présageant l'orage. Antoinette et moi étions au jardin derrière la maison du pasteur. Je déposai mes dernières carottes dans mon panier plein à ras bord de choux et de navets, tout en remerciant le ciel pour l'ombre rafraîchissante de l'église. Je transpirais de partout. Ma chemise collait à ma peau. Je frottais mes mains l'une contre l'autre afin d'enlever le surplus de terre en observant Antoinette dont la troisième grossesse pointait sous le tablier. Elle se relevait péniblement, les mains posées sur le bas de son dos et essuyait son visage du coin de son tablier.

— Il prend du poids à ce qu'on dirait, il me semble que c'est tôt… enfin au quatrième mois le ventre…

Je me mordis les lèvres, redoutant d'en avoir trop dit.

— La troisième fois, tu sais, la place est déjà toute faite. Tout s'étire plus rapidement.

— Quelle mère courageuse tu fais! Tu te rappelles à quinze ans, tu étais si fragile!

Elle rit.

— On ne peut vraiment plus parler de fragilité. Tu n'as qu'à regarder mes rondeurs pour en être convaincue.

— Je ne voulais pas parler de ton physique. Tu sais bien que…

— Ne t'en fais pas, Claude ne cesse de me répéter qu'il préfère une femme dodue. Un signe de bonheur, qu'il dit!

Elle reprit le chemin des cuisines en riant. Si sa taille s'était épaissie, la blondeur de ses cheveux était intacte.

— Tu as bien dit que Ludovic devait s'arrêter à Saint-Cloud avant de regagner Paris? lui demandai-je dès que nous fûmes entrées dans la fraîche cuisine d'été.

Elle n'avait pas déposé son panier sur la table que ses deux fillettes se trémoussaient autour de ses jupes; Clotilde aux cheveux d'or et Rosine la brune.

— Maman, je peux avoir une carotte? demanda Clotilde en se soulevant sur la pointe des pieds afin d'atteindre la liasse de légumes orangés.

— Bien, tu la partages avec Rosine. Attends, je la lave.

— Tante Hélène, tu veux une carotte?

— Non, merci! Viens un peu par ici, Rosine? dis-je en m'accroupissant devant elle.

La petite avança d'un pas incertain vers les bras que je lui tendais. Je la soulevai bien haut avant de la serrer contre moi. J'aimais la prendre. Rosine suçait timidement son pouce en fixant les dalles du plancher pendant que je bécotais ses cheveux.

— Tu sens le miel, Rosine, tu sens le miel, petite fleur. Dis, ce sont les abeilles qui te parfument?

Et je tournoyai sur place, ce qui provoqua l'éclatement de son rire limpide. C'est alors que la porte s'ouvrit. Il s'immobilisa dans le rayon de soleil. Je cessai de tourner.

— Hélène! dit-il simplement.

Je déposai lentement Rosine et me précipitai vers lui.

— Oncle Ludovic! s'exclama Clotilde.

— Ludovic! s'écria Antoinette.

Ludovic ne put répondre, il m'embrassait.

Qu'il fût à tenir les petites dans ses bras, à manger, à boire ou à nous raconter les événements de son dernier voyage, ses yeux n'avaient de cesse de chercher les miens.

— Il ne faudrait pas trop tarder, Hélène. L'orage approche, m'informa-t-il dès que j'eus terminé d'essuyer la vaisselle.

Antoinette me fit un sourire complice.

— Va, tu en as assez fait pour aujourd'hui ! Ne reste qu'à mettre les petites au lit. Ludovic a raison, l'orage approche. Va, vous n'aurez pas trop de temps pour regagner le Champ de l'Alouette avant que la pluie ne tombe.

Ma monture avançait au trot près de la sienne en soulevant une fine poussière. La route était bordée de champs dorés prêts pour les moissons.

— Vous avez chaud ? demanda-t-il souriant.

— Oui ! J'ai même très chaud !

— Vous aimeriez nager un peu ?

— Nager ?

— Oui ! Il suffirait de se rendre au bassin de la cascade.

— En votre compagnie, maître, j'irais au bout du monde. Mais l'orage approche, non ?

— L'orage ? Ah oui, l'orage ! Ne vous inquiétez pas ! Nous en avons pour deux heures avant qu'il n'éclate.

— Deux heures ! Mais chez Antoinette vous disiez…

— Ah, c'est qu'il y a plusieurs types d'orages, Madame !

— Types d'orages… ?

Il me lança un clin d'œil.

— Ah bon ! Plusieurs types d'orages ! Et j'imagine que certains sont plus agréables à supporter que d'autres ?

— Vous imaginez fort bien ! Certains sont divins !

— Et qu'ont de particulier ces orages divins ?

— Eh bien, il faut savoir qu'ils sont imprévisibles. En fait, c'est comme s'ils étaient toujours là en sourdine, prêts à exploser.

— Et… ?

— Et il suffit d'un rien, un battement de cils, une moue sur les lèvres, un doigt qui se lève, une mèche de cheveux qui s'égare, pour que l'orage gronde.

— Et… qu'arrive-t-il quand l'orage gronde ?

Il arrêta son cheval tout près du bassin et m'offrit sa main pour aider ma descente.

— Il suffit que je me rapproche, dit-il en détachant les cordelettes de mon corsage.

— Que je sente votre frémissement, continua-t-il en détachant l'agrafe de mes jupes.

— Que vos seins se gonflent de désir, chuchota-t-il dans mon cou avant d'enlever sa chemise.

— Que votre souffle effleure ma peau, susurra-t-il sur mes lèvres en déboutonnant sa culotte.

— Et que nos corps se frôlent, fredonna-t-il en faisant glisser ma chemise sur mes épaules.

— Pour qu'il éclate dans toute sa splendeur ! termina-t-il en s'élançant vers le bassin.

Je riais, nue, les pieds pris dans nos vêtements.

— Vous nagez ? cria-t-il en plongeant tout près de la cascade.

Comment résister à celui qui savait si bien attiser les orages ? Je retirai les peignes de mes cheveux, les étalai soigneusement sur mes épaules, défis les boucles de mes souliers et marchai lentement vers le bassin en cherchant à y déceler le dieu des foudres au fond des eaux. Je posai les pieds sur les galets et descendis en frissonnant. La température élevée de l'air contrastait avec la fraîcheur de l'onde. J'hésitai quand il surgit derrière moi. Ses mains glissèrent sur le long de mes cuisses avant d'agripper ma taille. Il me pressa contre son corps humide et chaud et baisa mon dos, mes épaules et mon cou tandis que ses mains couvraient mes seins.

— Vous avez fait surgir le plus fulgurant des orages ! dit-il d'une voix rauque.

Puis, il se projeta sur le dos, m'éclaboussant de jets d'eau, et nagea autour de moi. Il resurgit, empoigna mes hanches, les colla aux siennes et nous fit culbuter. Je me remis debout tant bien que mal, immergée jusqu'au cou. Ses doigts audacieux glissèrent vers ma toison où ils s'attardèrent. Je saisis son cou et l'embrassai avidement tandis que ses caresses nous attiraient toutes les foudres du ciel. Nos corps soudés l'un à l'autre vacillaient dans les ressacs qu'ils provoquaient. Je m'agrippais à lui abandonnée aux forces de sa nature.

— Vous aimez ces orages, Hélène, vous les aimez ? haleta-t-il en soulevant mes hanches.

Je ne pus répondre. Un éclair monta des profondeurs de mon ventre et me foudroya.

— Ludovic ! soufflai-je sur ses lèvres.

— Hélène ! gémit-il.

Je restai suspendue à son cou, mes jambes autour de ses hanches, mes cheveux entremêlés aux siens sur les derniers frissons de l'onde. Ses mains saisirent ma taille et me hissèrent hors de l'eau.

— Vous aimez ces orages, Hélène ? reprit-il la voix rauque.

— J'adore !

Il rit, me relâcha avant de s'élancer vers la cascade.

— Venez, venez nager.

Je le rejoignis, il s'enfuit. Je le rejoignis encore, il me souleva et me propulsa au bout de ses bras. Il plongeait, je plongeais, il souriait, je souriais. Lorsque, hors d'haleine, il nous entraîna dessous le rideau de la cascade, je m'étendis sur lui. Il prit mes mains et chercha à m'embrasser. Je déjouai ses approches en riant jusqu'à ce que le souci me gagne. Je posai ma joue sur son torse.

— Ludovic ?

— Quoi ?

— Il veut m'amener en Nouvelle-France…

Pour toute réponse, il effleura mon dos de la pointe de ses doigts. Je frissonnai.

— Ludovic, insistai-je. Il veut…

Il me souleva, toucha mon front de ses lèvres chaudes et me fit glisser à son côté avant de retourner à l'eau. J'attendis un moment avant de plonger à mon tour. Quand il refit surface, il souriait.

— Ludovic, tentai-je de dire en dégageant les cheveux qui obstruaient ma vue. Vous entendez ce que je vous dis ? La Nouvelle-France, Ludovic !

Il s'approcha en agitant ses bras de manière à se maintenir à flot et enroula ses jambes autour de ma taille.

— Vous entendez, Ludovic ?

— J'entends, mon ange, j'entends.

— Et c'est tout l'effet que ça vous fait ! Je vous annonce qu'il veut me forcer à m'exiler à l'autre bout de la terre et vous souriez ! Non mais…

Je réussis à me dégager et entrepris de regagner la rive. Il saisit ma cheville me forçant à revenir vers lui.

— Tout doux, tout doux, ma colombe !

— Quoi ! Je n'ai nulle envie d'être une douce colombe ! Je… je… Ah, et puis laissez-moi ! m'écriai-je plus haut que je ne l'aurais voulu en battant la surface de l'eau avec assez de vigueur pour que les éclaboussures l'atteignent en plein visage.

J'eus le temps de retrouver la terre ferme. Je saisis mes vêtements et pus enfiler ma jupe avant qu'il ne s'extirpe de l'eau en riant. Son rire ajouta à ma colère.

— Vous riez, il ne manquait plus que ça!

Il enfila sa culotte le visage radieux. Le bougre d'insolent!

— Attendez-moi là une minute. Ne… ne bougez pas. Ne bougez surtout pas!

Il alla à son cheval et revint avec un paquet de peau de bêtes qu'il déroula devant lui. Cette chose ressemblait presque à une robe, une robe de peau. La surprise fit diversion à mon humeur.

— Qu'est-ce que c'est?

— Une robe, pardi!

— Une robe!

— Oui, une robe de *squaw!*

— Une robe de quoi?

— De *squaw*. Les femmes sauvages de la Nouvelle-France portent ces robes. Jolie, n'est-ce pas?

— Je… c'est assez étrange. Ces décorations écarlates au-dessus des franges…

— Des piquants de porc-épic. Elle est pour vous.

— Pour moi?

— Oui, pour vous, pour ma *squaw!*

— Votre *squaw?*

— Oui, *squaw* signifie femme mariée en algonquin. Vous êtes ma femme, non?

— Oui, je suis votre femme. Enfin je le serai jusqu'à ce qu'on m'expédie au pays des *squaws* comme vous dites!

— Et pourquoi ne pourriez-vous pas être ma femme au pays des *squaws?*

Je le fixai mi-intriguée, mi-effarouchée. Je m'éloignai de lui en reculant jusqu'à ce que je bute sur une roche qui me fit perdre l'équilibre. Il s'approcha voulant me soutenir. Je reculai à nouveau.

— Et comment il se fait que vous m'apportiez une robe de… de *squaw* là, maintenant?

Il saisit mes poignets m'immobilisant. Il ne riait plus.

— Hélène, dit-il en plongeant ses yeux dans les miens, si vous partez, je pars avec vous.

Je restai là, ensorcelée par les mots que je venais d'entendre. Ils tintèrent à mes oreilles telles les cloches de Pâques. Ses mots, ses merveilleux mots d'amour: «Si vous partez, je pars avec vous.»

Je me glissai au creux de ses bras souriant à ses yeux rieurs.

— Si vous partez Ludovic, si vous partez, alors je pars avec vous.

La pluie frappait à la fenêtre de ma chambre. Quand un éclair perçait le noir, je me tapissais contre son corps. Quand le tonnerre éclatait, il m'embrassait pour contrer ma peur. La pluie se calma, le tonnerre cessa. Ne restait que quelques éclairs épars dont l'éblouissement produisait suffisamment de lumière pour que je puisse entrevoir la robe de peau suspendue à ma chaise de vertugadin.

— Elles sont toutes faites de peau?

— Hé oui! De peau de daim, de chevreuil ou… marmonna-t-il dans un demi-sommeil, une main autour de mon cou.

— Et les femmes portent toujours de telles robes.

— Occasionnellement. La plupart du temps, elles vont les seins nus…

— Les seins nus!

Il ricana, ouvrit les yeux, se souleva sur un coude et me regarda les paupières entrouvertes.

— Je vous adore, le savez-vous?

— Et quand… quand portent-elles ces robes?

Il éclata de rire avant de répondre.

— Ces robes sont réservées pour les grands jours, les jours d'épousailles à ce qu'on m'a dit. Et puis, lorsque le froid survient, je suppose qu'elles les préfèrent aux seins nus.

— Ah!

Une envie soudaine me vint. Je quittai le lit, pris la robe et la revêtis. Ludovic m'observa en souriant.

— Les jours d'épousailles vous disiez?

— C'est bien ce que j'ai dit! Entre autres, les jours d'épousailles.

Je saisis mes cheveux et entrepris de les tresser. La lueur d'un éclair me permit de comprendre que son humeur se modifiait.

— Hélène, vous provoquez l'orage.

Un coup de tonnerre claqua et je courus me réfugier dans le lit. Il me serra contre lui.

— Ne craignez rien, le Grand Manitou vous protège.

— Le Grand Manitou? repris-je en esquivant ses lèvres.

— Oui! le Grand Manitou, le Grand Esprit!

— Dieu, le Grand Manitou est tout comme notre Dieu?

— Oui, oui! marmonna-t-il le nez dans l'encolure de la robe de daim. Il vous protège et moi je vous désire.

Et je me soumis aux foudres du nouvel orage, n'en déplaise au Grand Manitou!

Une fois tous les éléments apaisés, Ludovic prit plaisir à m'instruire de ces contrées lointaines peuplées d'hommes et de femmes aux coutumes étranges dont l'esprit se confond à celui des bêtes et qui lisent dans les sortilèges du vent. Il me décrivit les *tipis* au centre desquels se consument les feux, les maisons longues où vivent des familles entières et les *canoës*, ces embarcations faites d'écorce de bouleau qui défient audacieusement les plus fringantes rivières. Il me parla longuement du fleuve majestueux aux rives garnies de forêts infinies pleines de mystères. Il s'exprima avec enthousiasme, avec générosité, illustrant ses paroles des formes créées par ses mains, le drap ou l'oreiller. Quand son enthousiasme fut tari, il se glissa sous les couvertures et m'attira dans ses bras. Un vibrant silence s'installa.

— Vous aimeriez y retourner, je veux dire pour y vivre?
— Tout dépend...
— Dépend de quoi?
Il effleura mon nez du bout de son doigt.
— Tout dépend de vous.
— De moi?
— Oui! Si vous partagez mon *tipi*, alors, oui, j'aimerais y vivre.
— Je vous aime, Ludovic.
— Attention, vous chatouillez l'orage!
Je ris.
— Alors, je me tais. Je tombe de sommeil. Pas vous?
— Si, mais...
— Je me tais.
— Bonne nuit, *squaw* de ma vie!
Je somnolais, une jambe recourbée autour de sa hanche.
— Ludovic? soufflai-je tout bas.
— Oui?
— Et la tortue, la petite tortue verte brodée sur la robe?
— La tortue... signifie le début... le début de quelque... chose... d'une nouvelle vie... avoua-t-il avant d'être emporté au pays des rêves.
— Une nouvelle vie...
Le rayon de lune transformait les gouttes d'eau de ma fenêtre en perles de lumière.
— Une nouvelle vie... répétai-je.

Sa main lourde réchauffait mon ventre. Je ne pouvais lui donner d'enfant, ni de fils, ni de fille, nous ne pourrions jamais fonder de famille, mais je pouvais lui offrir une vie nouvelle au pays du Grand Manitou. Il dormait paisiblement. Sa respiration était calme et régulière. Un éclair tardif illumina son visage. Il souriait.

42

La grande aventure

—Vous croyez que j'ai suffisamment de vêtements chauds? m'inquiétai-je auprès de tante Geneviève qui verrouillait ma troisième malle de lingerie.

—Je l'espère! Avec une hongreline doublée de fourrure, une de serge et une de ratine de laine, deux capelines, deux jupes de droguet et deux de crêpe... Ah, j'oubliais tes corsages de taffetas, tes chemises et tes justaucorps! Il me semble en effet que tu as tout ce qu'il faut pour affronter les hivers du Nouveau Monde.

Je me laissai choir sur la malle du mobilier en riant tandis qu'elle regagnait la seule table de la pièce derrière laquelle elle s'assit. Puis, elle s'appliqua à terminer l'inventaire du contenu de nos malles.

—Vous avez raison, je suis ridicule! C'est que partir à l'aventure avec Ludovic m'émoustille tout en m'inquiétant. Tout ce qu'on rapporte sur les traversées: les tempêtes, les épidémies, les pirates...

—Et pourquoi pas les monstres marins et les fantômes tandis que tu y es!

—Ne vous moquez pas. J'ai vraiment la trouille! J'en tremble quand j'y pense. Et la perspective d'être entassés les uns sur les autres sur un navire pendant vingt, trente ou cent jours, vous y pensez? S'il fallait que le manque de vent nous coince au beau milieu de l'océan et que les vivres viennent à manquer? Traverser l'océan, c'est la grande aventure!

—Et tu ne parles que de la traversée! renchérit-elle.

—Oui, je n'ose imaginer tous les dangers qui nous guettent: les mœurs de ces peuples sauvages, les rigueurs des hivers, les coutumes primitives...

Elle éclata de rire et se leva.

—Voilà, terminé! Toutes les listes sont prêtes: celle du sieur de Champlain, de monsieur de Bichon, d'Ysabel, de Paul, et les vôtres, ma très chère nièce. En tout, dix malles que Paul doit expédier sur les quais de Honfleur avant la première semaine de mai.

— Je garderai avec moi les deux boîtes de lattes. J'y ai minutieusement installé les pots de grès contenant les plants de rosiers et de vignes. Ils doivent être traités avec précaution.

Tante Geneviève scella le document, se leva en se frottant les mains et me regarda d'un air tracassé. Elle contourna les nombreuses malles étalées dans la salle de mon logis et vint vers moi à pas hésitants.

— Si on m'avait dit qu'un jour je devrais t'aider à préparer ton départ pour la Nouvelle-France…, soupira-t-elle en serrant son écharpe de soie vermeille autour de ses épaules. Les tournures de la vie sont si imprévisibles !

— On ne peut plus imprévisibles ! approuvai-je en me rendant au bord de la fenêtre. Je pars en voyage avec mes deux époux ; celui qu'on m'a imposé et celui que j'aime : le père de mon enfant perdu.

Au-dehors, entre les murs gris des logis de l'étroite rue Vaugirard, les porteurs de chaises s'efforçaient d'éviter les éclaboussures des voitures et cavaliers qu'ils croisaient ; les pluies des derniers jours avaient transformé la chaussée en une immense flaque de boue. Le printemps parisien ! Tout cela allait-il me manquer ? Les boutiques, les librairies, les rencontres au salon de madame Valerand, les peintures de Nicolas ? Que me réservait la vie au pays du Grand Manitou, dans l'Habitation de Kébec ? Tante Geneviève soupira longuement.

— Vous me semblez soucieuse. C'est mon départ qui vous afflige ?

— Non… non pas ton départ… enfin peut-être si, un peu tout de même.

Elle resserra son écharpe, serra les lèvres et reporta son attention sur les malles.

— Non, c'est ton oncle Simon, avoua-t-elle en me visant du coin de l'œil.

— Oncle Simon ? Mais il ne vit plus avec vous depuis belle lurette ! Quel tracas peut-il bien vous occasionner ? Il s'installe à Paris ?

— Non, non, loin de là ! Il vit à Amiens avec sa famille.

— À ce que je sache, il n'y a rien de nouveau dans ce que vous me rapportez. Il vit à Amiens avec sa femme et ses deux enfants depuis un bon moment !

— Ses trois… ses trois enfants.

— Ah ! Je ne savais pas ! Depuis quand ont-ils un troisième enfant ?

— Le plus jeune aura cinq ans en décembre prochain.

— Ah, cinq ans en décembre ! m'étonnai-je en couvrant mon ventre de mes mains. Cinq ans ! Vous en avez mis du temps avant de m'en parler.

— C'est que je ne voulais pas te blesser, te faire de peine. Il est venu au monde un peu avant le tien. Sur le moment, je n'ai pas été capable… tu souffrais suffisamment. Après, je me disais à quoi bon ! Simon s'est tellement éloigné de nous.

Elle relâcha son écharpe, se tordit les mains et les porta à sa bouche.

— Et c'est ce qui vous tracasse, le troisième enfant d'oncle Simon ?

— Oui, je tenais à t'informer au sujet de son fils. J'hésitais vu l'âge et la date de la naissance. Je… je redoutais de te troubler. Tu as déjà assez souffert…

J'avais reporté mon attention vers la fenêtre. Au-dessus des logis, un rayon de soleil perçait entre deux sombres nuages. Je songeai à Ludovic qui avait partagé ma souffrance. Il avait quitté Paris depuis quatre jours à destination du port de Honfleur. Il y serait dans peu de temps.

— Tu ne m'en veux pas trop ? l'entendis-je me demander.

— Non… non pas du tout ! Pourquoi vous en voudrais-je ? Plus d'un enfant a dû naître en décembre 1615, n'est-ce pas ? Et puis, vous m'avez fait la promesse que notre enfant ne manquerait jamais de rien.

— Je te la refais à nouveau. Il ne manquera jamais de rien.

— Ça vaut mieux ainsi, pour lui et pour nous. Ludovic n'aurait pu supporter de ne pouvoir offrir une vraie famille à son fils.

Tante Geneviève me prit affectueusement dans ses bras.

— Allez, très chère Hélène, tu peux t'embarquer pour la grande aventure le cœur en paix !

— La paix m'a quittée à jamais, ma tante. Mon enfant vit sans moi, grandit sans moi, sans nous. Cette atroce contradiction alimente mon tourment : je le veux heureux sans nous.

Je serrai bien fort cette femme, fidèle confidente, audacieuse et courageuse amie.

—Je ne vous remercierai jamais assez pour tout ce que vous avez fait pour moi. Vous m'avez tant appris et soutenue et… Vous avez été mon guide, mon modèle. Vous allez me manquer, beaucoup me manquer. En vous perdant, je perds ma sœur, ma grande sœur.

— Ne dis pas de sottise! répliqua-t-elle en passant un pan de son écharpe sur ses yeux. Tu ne me perds pas. Nous nous séparons pour quelques années tout au plus. Et puis, tous ces courriers existent pour quelque chose, non? Nous savons écrire toutes les deux, que diable! Et c'est sans compter sur nos hommes! Nous avons chacune un homme Ferras pour nous consoler.

Je ris à travers les larmes qui s'étaient mises à couler. Elle me tendit l'autre pan de son écharpe.

— Oui, répétai-je en essuyant mes joues, nous avons un homme Ferras pour nous consoler.

—Le vent d'est! Le vent souffle d'est! Hélène, Hélène, réveillez-vous, réveillez-vous! s'exclama Ysabel en tirant le rideau.

— Ysabel? Il ne fait pas encore jour!

— C'est le vent d'est, Hélène. Les drapeaux l'indiquent clairement. Ce jour sera le grand jour!

— Le vent souffle d'est? Le vent souffle d'est! m'énervai-je en me levant précipitamment.

— Oui, c'est pour aujourd'hui! Notre départ est pour aujourd'hui!

— Ysabel, c'est fantastique! Après huit jours d'attente, ce n'est pas trop tôt! Tu… bon… oui, alors nos vêtements, vite mes vêtements! Nous n'avons pas une minute à perdre! dis-je en me précipitant nerveusement d'un coin à l'autre de notre chambre.

— Les consignes sont formelles, continuai-je en enfilant mes jupes, nous devons nous rendre au quai le plus tôt possible en matinée. Bon… nos malles sont à bord depuis dix jours… je… Mon corsage, tu as vu mon corsage?

Ysabel, toujours près de la fenêtre, me regardait curieusement.

— Quoi, qu'est-ce qui te prend? Qu'est-ce que j'ai?

Elle sourit, s'approcha et plus elle s'approchait, plus son sourire se transformait en un fou rire qu'il lui était de plus en plus difficile de retenir.

— Pardonnez-moi, par... donnez... mais, c'est... que vous... vous n'avez pas enlevé... enlevé votre chemise de nuit... Sous vos jupes... votre chemise de nuit.

— Ma chemise... de... Ah bon! Ma chemise de... de nuit!

Et je succombai à la contagion de son rire. On frappa à la porte.

— Mademoiselle, cria Paul, on nous réclame sur le quai dans une demi-heure tout au plus. Je vous attends devant l'auberge. L'écrivain de navire doit procéder à l'appel des passagers sous peu. Dans une demi-heure sans faute, Mademoiselle Hélène!

— Nous y serons Paul, soyez sans crainte, nous y serons!

Le bassin de Honfleur émergeait lentement d'une brume langoureuse, une brume si dense que nous parvenions à peine à discerner les trois mâts du *Saint-Étienne* qui n'attendait plus que ses passagers pour s'abandonner au vent d'est. Sur le quai Sainte-Catherine, une foule bruyante s'activait devant les étroites maisons. Je suivais Paul qui tentait désespérément de nous frayer un chemin vers les tables des officiers d'embarquement.

— Paul, vous avez vu Ludovic ce matin? demandai-je quelque peu intriguée par son absence.

— Oui, il prête main-forte au contremaître pour le chargement des malles des retardataires.

— Et le sieur de Champlain, et monsieur de Bichon?

— Le sieur de Champlain procède à la dernière inspection du navire avec le capitaine de Razilly. Quant à monsieur de Bichon, dit-il en me tirant le bras afin que j'évite les trois badauds qui fonçaient sur nous en titubant, monsieur de Bichon aide l'écrivain de navire à dresser la liste de tous les passagers. Ah, nous y voilà!

Nous avancions avec précaution dans tout ce brouhaha tandis qu'une douce lumière nacrée dissipait lentement les brumes.

— Monsieur de Bichon! dit Paul en s'adressant à notre fidèle serviteur.

Bien installé derrière le tonneau lui servant de table, monsieur de Bichon cessa de scruter les pages d'un cahier et releva la tête.

— Madame Hélène! s'exclama-t-il en m'apercevant.

Il se leva de son banc et prit le temps de me faire le plus révérencieux baisemain qui soit.

— Comme je suis heureux de vous retrouver, Madame ! Votre présence à bord sera notre porte-bonheur. La traversée ne pourra qu'être bonne !

— Monsieur Teilly, veuillez inscrire, dit-il en s'adressant fièrement à celui qui s'affairait à ses côtés : Madame Hélène de Champlain, épouse du sieur Samuel de Champlain, lieutenant du Vice-Roi en Nouvelle-France !

L'écrivain s'arrêta net d'écrire, se leva et me salua avec une vénération exagérée.

— Madame de Champlain, mes hommages ! susurra le jeune homme dont les cheveux étaient aussi noirs que l'encre qui tachait ses doigts. Je suis honoré de procéder à l'inscription de madame. Soyez assurée de mon entière disponibilité tout au long de la traversée. S'il y a quoi que ce soit que je puisse faire pour vous, n'hésitez pas. Ce sera un privilège de vous servir !

De toute évidence, cet écrivain ne savait pas seulement écrire, il savait aussi parler. Pendant qu'il me déclamait son admiration, deux gaillards, coiffés du bonnet bleu des matelots, en profitèrent pour se faufiler derrière monsieur de Bichon.

— Veuillez m'excuser, Madame ! dit l'écrivain en se tournant subitement vers les deux fripons.

— Holà matelots ! vous ne pouvez vous soustraire à l'inscription. Revenez immédiatement, par ordre du Roi ! cria-t-il en se dirigeant vers eux.

— Poursuivons, poursuivons. J'inscris : cocher Paul Briard demeurant à Paris, Ysabel Terrier, fille du facteur Richard Terrier, demeurant à Paris, reprit monsieur de Bichon en écrivant avec application. Voilà, c'est fait ! Vous n'avez plus qu'à attendre l'appel d'embarquement.

— Fort bien ! Nous vous retrouverons sur le pont. Venez, Mademoiselle, nous serons plus à l'aise loin des passerelles, avisa Paul en accrochant mon bras. Retournons à l'auberge. Nous en avons encore pour une bonne heure d'attente avant la célébration de la messe. On doit d'abord procéder à l'embarquement des bêtes.

— Des bêtes !

— Oui, à ce qu'il paraît, deux vaches, quelques chèvres, poules, canards et pigeons accompagneront notre traversée. Ah, et le cochon, j'oubliais le cochon !

— Un cochon !

— Oui, un cochon. C'est le vidangeur idéal en cas de…

— En cas de quoi ?

— En cas de tempête ! Vous savez tous ces malaises d'estomac, les…

— Vomissures ! Le cochon nettoie les… mais c'est dégoûtant !

— Parfaitement, Mademoiselle, dégoûtant et puant ! ajouta-t-il en ricanant. Mais il faut ce qu'il faut, comme on dit !

Nous approchions de l'auberge quand je crus reconnaître une voix.

— Hélène, Hélène… Paul ! criait la voix derrière nous.

— Nicolas ! m'exclamai-je. Paul, c'est Nicolas et… mais oui, François, François de Thélis et… et… Marie-Jeanne, sa sœur ! Là derrière, regardez Paul !

Nicolas sautillait au-dessus de la cohue en agitant les bras.

— Hélène, Hélène ! hurlait-il.

— Nicolas ! criai-je à mon tour en me frayant un passage vers lui.

Oubliant toute convenance, négligeant de saluer et François et Marie-Jeanne, je lui sautai au cou.

— Petite sœur, enfin je vous retrouve ! Nous vous cherchons depuis le matin. Nous avons fait le tour de toutes les auberges de Honfleur.

— Vraiment ! Nous logeons à l'enseigne de *La Cervoise*. Que faites-vous ici, je vous croyais à Paris ?

— Il n'était pas question que je vous laisse partir sans un dernier au revoir. Qui sait quand nous nous reverrons ? Tante Geneviève nous attend près de la porte de Caen.

— Tante Geneviève ! Tante Geneviève est ici !

— Bien sûr. Quand elle a su que je venais pour quelques jours, elle n'a pu résister à l'envie de venir vous saluer tous. Nous avons eu si peur de rater le coche. Heureusement que le vent vous fit défaut.

— Oui, nous attendions depuis huit jours que le vent souffle d'est. C'est heureux, votre présence me fait chaud au cœur. Quelle impolie je fais !

François et Marie-Jeanne nous regardaient amusés.

— Y a pas de faute, jolie Dame ! dit François en s'inclinant. Ce n'est pas tous les jours qu'on retrouve son frère sur un quai.

— Vous avez déjà assisté à un départ pour la Nouvelle-France ?

François et Marie-Jeanne s'échangèrent un coup d'œil complice.

— À un départ oui, répondit gaiement Marie-Jeanne, mais jamais à un embarquement.

— Jamais à un embarquement ! répétai-je médusée. Vous ne voulez pas dire que… que…

— C'est exactement ce que nous voulons dire. Madame de Champlain, nous avons l'honneur de vous accompagner en Nouvelle-France.

— En Nouvelle-France ! Paul, vous entendez ?

— J'entends, Mademoiselle, j'entends et je m'en réjouis. Plus il y a de fous comme on dit…

— Nicolas… Nicolas, je suis folle de joie. Je… François et Marie-Jeanne, mais depuis quand savez-vous ?

— Eh bien, cette idée m'est venue lorsque j'ai appris votre intention de partir, reprit François le plus sérieusement du monde en sourcillant.

— Allons donc !

— Parfaitement ! Vous vous souvenez de nos jeux d'enfants dans les boisés de Paris ?

— Oui, je me souviens.

— Nous étions trois pour affronter les monstres des bois parisiens, alors nous serons trois pour affronter ceux de la Nouvelle-France : les trois mousquetaires à nouveau réunis. Le défi était trop beau !

— Quant à moi, poursuivit Marie-Jeanne, j'avais besoin de changer d'air. J'ai depuis toujours un goût pour l'aventure. Un penchant familial, je suppose, ricana-t-elle en plissant ses yeux dorés.

— Mais c'est fantastique ! Eustache aura une telle surprise !

— Nous ne sommes pas encore à Tadoussac, Mademoiselle. Je me permets de vous rappeler que nous avons un océan à traverser avant de toucher terre. Si nous regagnions l'auberge ? J'ai quelques formalités à remplir. Vous nous accompagnez, jeunes gens ?

— Bien entendu ! Nous vous avons trouvés, nous ne vous laisserons plus.

Nicolas me tenait le bras et je tenais celui de Marie-Jeanne. J'étais intriguée par sa décision. J'avais cru Marie-Jeanne attachée à la vie parisienne. À moins que le souvenir d'Eustache y soit pour quelque chose…

— Et ton travail à la cour, Nicolas ?

— Ah, ma sœur ! Vous avez su me décrire le port de Honfleur d'une si merveilleuse façon que j'ai fait des pieds et des mains pour éveiller le Conseil de Sa Majesté à toutes ses beautés. Apparemment, je fus convaincant ! On vient de m'octroyer le plus fabuleux des contrats !

— Un fabuleux contrat ?

— Imaginez, j'ai reçu commande de peindre les principaux ports du royaume de France : La Rochelle, Brouage, Brest, Saint-Malo et bien entendu, Honfleur !

— Nicolas, c'est formidable ! Vous avez vu cette brume et cette lumière nacrée, ce matin ?

— Oui, j'ai vu ! J'ai vu et dessiné, petite sœur. J'ai déjà quelques croquis en poche.

Nous venions de rejoindre Ysabel et Paul qui nous attendaient avec impatience devant l'auberge.

— Hé, Paul, comment se présente votre embarquement ? Ysabel, bonjour, Ysabel ! Pardonnez mon impolitesse, l'énervement. C'est la première fois que j'assiste à un tel départ, dit Nicolas tout excité. Quelle foire tout de même ! C'est étourdissant !

Nous avions retrouvé tante Geneviève dans un débordement d'enthousiasme. Les dernières formalités conclues, il ne restait qu'à se rendre près du *Saint-Étienne* afin d'y recevoir les dernières consignes. Nicolas et Paul portaient mes précieuses boîtes de lattes tandis que je profitais de mes derniers moments avec tante Geneviève.

— Vous embrasserez oncle Clément et Antoinette et… Mathurin, Ysabeau, Louis et Franchon, dites vous ferez…

— Promis, je les embrasserai pour toi. Je saluerai aussi sœur Bénédicte, ferai un câlin à ta chatte Séléné…

— Ah, Angélique, vous ne devez pas oublier Angélique et la petite… Ma… articulai-je avec peine, le cœur gros.

— J'irai saluer Angélique et Marie et les jumeaux chaque fois que j'en aurai l'occasion, je te le promets.

Nous avions déjà rejoint l'imposant navire bleu, blanc et rouge qui reluisait au soleil du matin. Vint un moment où tous les passagers regroupés près du navire eurent les yeux rivés sur la dunette, attendant fébrilement la confirmation du départ. Lorsque le sieur de Champlain et le capitaine s'y postèrent en agitant leurs chapeaux, une vibrante clameur s'éleva des quais. L'inspection avait été favorable, tout était prêt! Ce serait vraiment le grand jour! Mais auparavant, il y avait la messe.

L'église Sainte-Catherine débordait à ce point que plusieurs durent suivre le déroulement de la cérémonie de l'extérieur sur la place du marché. Coincée entre le sieur de Champlain et le capitaine, je suivais distraitement les prières de l'office devant attirer sur notre traversée toutes les grâces du Ciel. Discrètement, je regardais dans toutes les directions espérant y voir Ludovic. Je le cherchais dans l'église, comme je l'avais fait sur la place du marché et le quai, mais ce fut en vain. Je ne le vis pas. Après l'office, les battements des tambours nous entraînèrent vers les passerelles où, après larmes et adieux, chacun devait finalement se résoudre à monter à bord. J'y montai le rouge aux joues et la fièvre au cœur. Où était Ludovic?

Les nombreux passagers avaient gagné le pont du navire où nous étions entassés comme sardines en tonneau. Nous pouvions à peine bouger tant la dunette était bondée d'officiers. Ne restait qu'à recevoir la dernière bénédiction de l'aumônier avant de lever l'ancre.

— Paul! Ludovic? Que lui est-il arrivé, je ne le vois nulle part! m'énervai-je en faisant tournoyer mon alliance autour de mon doigt.

— Ne vous inquiétez pas! Il a dû subir un contretemps, dit-il en scrutant au-dessus de la mêlée.

La bénédiction se termina. Tous les passagers entonnèrent le *Veni Creator* et les dernières notes s'envolèrent sans que Ludovic soit réapparu. Après quoi, debout, guidés par l'aumônier, nous récitâmes les *Litanies* implorant l'assistance de la très Sainte Mère de Dieu pour que des vents favorables nous amènent sains et saufs à bon port. J'adaptai quelque peu ma prière.

— Sainte Mère, faites que Ludovic soit à bord! Je vous en prie, très Sainte Mère! *Ora pro nobis!*

Les *Litanies* s'achevèrent. Les membres d'équipage gagnèrent leurs postes attendant le signal du capitaine pour amorcer les manœuvres qui allaient définitivement nous éloigner du quai.

Tous les yeux se tournèrent vers le milieu de la dunette, vers le sieur de Champlain qui, vêtu de rouge incarnat, rouleaux de cartes sous le bras, se tenait droit debout, flanqué du capitaine, du maître patron et de l'aumônier. Il s'inclina pompeusement avant de faire virevolter la plume de son chapeau en hurlant :

— Le tout étant bien considéré, levez les ancres, mettez les voiles !

Du coup, tout l'équipage s'activa. Des matelots tournèrent le cabestan, fermèrent les écoutilles, grimpèrent aux vergues et aux haubans avec une agilité déconcertante. Le sieur de Champlain avait suivi le capitaine jusqu'à la barre. Le navire s'éloignait du quai lentement mais sûrement ! Ludovic manquait toujours à l'appel. Des coups de canon me firent sursauter.

— Quel malheur, Paul ! C'est incroyable ! Et s'il s'était enfui, s'il avait changé d'avis ? Déserté, s'il avait déserté ? Paul ! me désespérai-je en serrant fortement son miroir suspendu à ma ceinture.

Quand on hissa les voiles et que le capitaine engagea le navire dans la rade, ce fut au-dessus de mes forces. Je ne parvenais plus à discerner Nicolas et tante Geneviève qui agitaient les bras sur le quai tant les larmes brouillaient ma vue.

— Ysabel, mais c'est impossible ! Ludovic… je ne peux pas croire qu'il…

Le vent d'est gonfla les voiles et le navire avança dans l'estuaire. Je m'accrochai au bras de Paul redoutant de m'effondrer. Les marins entonnèrent l'*Ave Maris Stella* :

« *… Dei Mater alma, Atque semper virgo, Felix coeli porta.* »

— Étoile de la mer, Sainte Mère de Dieu et vierge toute pure… implorai-je.

J'avais chaud, je transpirais, la tête me tournait et mes jambes flageolaient.

— Paul, c'est un cauchemar ! C'est un cauchemar, Paul !

Paul scrutait les ponts tandis que je n'en finissais pas de surveiller les quais qui disparaissaient derrière les portes de Caen, y cherchant un indice de sa présence.

— Ce… ce n'est pas vrai Paul, dites-moi que ce n'est pas vrai !

D'un coup, son visage s'éclaircit. Il saisit mes épaules et orienta mon corps en direction de la proue.

— Ce n'est pas vrai, Mademoiselle ! Le voilà !

— Comment pouvez-vous… ? m'impatientai-je en m'essuyant les yeux avec le rebord de la capuche de ma cape.

— Parce qu'il vient. Là, voyez derrière le mât, dit-il en tirant sur mon bras juste à temps pour retenir mon élan vers lui.

— Tout doux, Mademoiselle ! Ici vous êtes avant tout madame de Champlain, ne l'oubliez jamais !

Ludovic venait vers nous, enfin ce qu'on imaginait être Ludovic. Couvert d'une poudre blanche de la tête au pied, il se faufilait entre des soldats : un fantôme, le plus merveilleux des fantômes des mers venait vers nous.

— Lu… Maître Ferras ! m'exclamai-je horrifiée quand il fut près de moi. Que vous est-il arrivé ? Je croyais… j'en étais venue à croire que…

Ses yeux d'ambre, seuls vestiges colorés de son visage, me regardaient intensément.

— C'est le départ qui vous met dans cet état, Madame ? Vous pleurez !

— Un départ… oui, le départ… Ludo… Maître Ferras. J'ai cru que nous partions sans vous. Votre absence…

— Je suis désolé de vous avoir causé une telle inquiétude. C'est à cause de la farine, du sac de farine qui…

— Tout ce blanc, cette poudre blanche, c'est de la farine, un sac de farine ? ricanai-je entre deux soupirs.

— Oui. J'étais à terminer l'inspection au troisième étage avec le contremaître, quand une tablette s'est inclinée. Quelques sacs de farine… Je suis vraiment désolé ! expliqua-t-il le visage contrit. Nous avons réparé cette tablette et… j'ai raté le départ. Nous rejoignons la mer à ce que je vois !

J'étais confuse, tiraillée entre le fulgurant désir de me jeter dans ses bras et l'envie de pouffer de rire.

— Maître Ferras, cette farine… Quel fabuleux fantôme des mers vous faites !

— Vous aimez les fantômes, Madame ?

— J'adore les fantômes !

Et le rire me vint, entraînant celui de Paul et d'Ysabel. Seul Ludovic y résista. Le rire passa, il me regardait toujours avec sérieux.

— Vous aimez tous les fantômes, Madame ?

— Non ! Non ! Votre fantôme, j'aime votre fantôme, murmurai-je en me tournant vers la mer afin de résister à ma redoutable envie d'étreindre l'extravagant, le merveilleux fantôme. Il se rapprocha, sortit de sa manche un mouchoir de dentelle et s'essuya le visage.

— Maître Ferras! C'est le mouchoir de la poule! Vous possédez encore ce mouchoir?

— Il ne me quitte jamais, Madame. Sachez qu'il est mon bien le plus précieux. Une jeune princesse m'en fit cadeau autrefois... continua-t-il les yeux rieurs.

— Une princesse! Une princesse sauvageonne aux seins nus? Son éclat de rire me chavira.

— Votre mouchoir, maître, je peux me charger de le nettoyer afin d'en enlever la farine. Ce serait un plaisir! Bien entendu, il vous faudra me rechercher sur le navire afin de... récupérer votre mouchoir de dentelle.

— Bien entendu, je devrai retrouver madame, afin de reprendre possession de ma dentelle.

Il me fit un clin d'œil et nos regards heureux se portèrent au bout de l'horizon, vers l'ouest, vers le pays du Grand Manitou. Les voiles frémissaient sous la poussée du vent. La proue du *Saint-Étienne* fendait les houles sur lesquelles le soleil du midi déversait de multiples diamants. Discrètement, il glissa le mouchoir par l'ouverture de ma hongreline et pressa ma main dans la sienne. Dans la chaleur de nos paumes, entre les fines mailles de la dentelle, dansaient tous les espoirs de notre fol amour.

À suivre... dans Hélène de Champlain, *tome 2*

Remerciements

Au fil d'arrivée de cette fabuleuse trajectoire, Jacques Allard, directeur littéraire, et Arnaud Foulon, éditeur, validèrent avec un tel enthousiasme mon projet d'écriture que je ne pus résister à leur conviction : ce sera un bel et bon livre ! Puis-je vous dire que c'est un beau cadeau de la vie ?

Le premier tome de la vie romancée d'Hélène de Champlain est l'aboutissement de plus de deux années de travail. Tout le long de ce passionnant parcours de recherches et d'écriture, des mots, des questions et des gestes ont nourri ma confiance et attisé mes ardeurs.

Il y eut le « Faudra t'appeler Madame Nini ! » de Math, le « Si tu écris un livre, je serai fier de toi en fou ! » de Sim, et les nombreux et stimulants « Pis, ton roman ? » de Gab. Merci à mes fils.

Au tout début, l'écoute de Marie-Claude favorisa l'éclosion de l'idée. Les premiers encouragements de Lyse et d'Yvon la validèrent, l'emballement de Jean-Jacques l'allégea et les mises en garde de Bernard la confirmèrent. Vinrent ensuite, la précieuse collaboration et le « Tes textes sont très bons ! » de mon neveu Mathieu, les « Lâche pas, ma Nicole ! » de Denise, et le « C'est un beau projet d'envergure » de Louise. La réponse que je fis au « Y a t'y du sexe là-dedans ? » de Pierre stimula les « Ouais bon, qu'est-ce qui arrive avec ton roman ? » de Sébastien et de Jean-François. Et puis il y a Valérie qui souhaite ardemment voir le livre de sa tante chez le libraire. Lise et Réal, quant à eux, appuyèrent sans réserve mon « sprint » final. Merci à mes proches.

Jeannine, ma première lectrice, alluma l'étincelle du possible, et le « J'ai bien hâte de lire ça » d'Aline l'aviva. Mme Denis appuya de ses « Ah, oui ! » et M. Denis s'étonna : « Encore une correction ! » Ah ! Et Lucie et Françoise, qui savent si bien stimuler mes confidences tout en me jouant dans les cheveux.

Merci enfin à mes conseillers techniques : Mathieu D'Avignon, historien, pour avoir guidé mes recherches en documentation, Éric Bouchard, historien, pour ses suggestions en filmographie, Normand Choquette, professeur d'escrime, dont les conseils évitèrent assurément de nombreuses dislocations d'épaule à mes personnages, et Scotty Blackburn, passionné de langue et de culture gaélique, qui se prêta à la traduction de certaines répliques avec toute sa fougue écossaise.

Et toujours, les regards d'admiration de Luc, mon compagnon de vie.

Mon dernier élan de gratitude rejoindra ma mère dans l'Au-delà. Un jour, il y a longtemps, elle me fit cadeau de mon premier roman. Il avait pour titre « La princesse aux yeux de turquoise ». J'avais douze ans. Je me souviens encore du plaisir qu'il me procura. Merci maman.

Bibliographie

ARMSTRONG, Joe C. W., *Samuel de Champlain*, Montréal, Les Éditions de l'Homme, 1988.

ALLAIRE, Bernard, *Pelleteries, manchons et chapeaux de castor. Les fourrures nord-américaines à Paris 1500-1632*, Sillery et Paris, Septentrion/Presses de l'Université de Paris-Sorbonne, 1999.

BATIFFOL, Louis, *La Vie quotidienne au temps de Louis XIII*, Paris, Calmann-Lévy.

BEAUDRY, René, « Madame de Champlain », *Les Cahiers des dix*, n° 33, (1968), p. 13-53.

BORDONOVE, Georges, *Les Rois qui ont fait la France*, Paris, Pygmalion, chap. 1 à 5.

CHAMPIGNEULLE, Bernard, *Le Règne de Louis XIII*, Paris, Arts et métiers graphiques, 1949, chap. 1 à 4.

CLIO, le collectif, *Vivre en famille dans l'histoire des femmes au Québec depuis 4 siècles*, Montréal, Le Jour, 1992.

D'AVIGNON, Mathieu, *Samuel de Champlain et les alliances franco-amérindiennes : une diplomatie interculturelle*, Faculté des lettres, Département d'histoire, Université Laval, Sainte-Foy, chapitre 1 : La vie et la carrière de Champlain, p. 13-28.

GÉLIS, Jacques, *L'Arbre et le fruit : la naissance dans l'Occident moderne (XVIe et XIXe siècle)*, Paris, Fayard, 1982, p. 171 à 293.

GROULX, Lionel, « L'œuvre de Champlain », *Revue d'histoire de l'Amérique française*, vol. 12, n° 1, (juin 1958), p. 108-111.

LACHANCE, André, « À l'aventure sur l'Atlantique aux XVIIe et XVIIIe siècles », *Revue Québec-Histoire*, vol. I, n°s 5-6, p. 26-31.

LACHIVER, Marcel, *Vin, vigne et vignerons en région parisienne du XVIIe au XIXe siècle*, Pontoise, 1982, p. 40-59 et 95-129.

LE BLANT, Robert, « Le triste veuvage d'Hélène de Champlain », *Revue d'histoire de l'Amérique française*, vol. 18, (1964-1965), p. 425-437.

Les chroniques de l'ordre des Ursulines, *La Vie de la mère Hélène Boullé, dite de S. Auguftin, Fondatrice et Religieufe Urfuline de Meaux*, Le mémorial de Québec, p. 169-175.

Liebel, Jean, « On a vieilli Champlain », *Revue d'histoire de l'Amérique française*, vol. 32, n° 2, (1978), p. 229-237.

Nouveaux Documents sur Champlain et son époque, vol. 1 (1560-1622), Publications des archives publiques du Canada, n° 15, année.

Nos Racines, Une immigration française, vol. 1, p. 4-20, « La traversée et ses périls », vol. 2, p. 21 à 40.

Parade, Jean-Philippe et Gérard Gilbert, *L'Escrime*, Toulouse, Milan, 2000.

Trudel, Marcel, *Dictionnaire biographique du Canada*, vol. premier, « Champlain », Sainte-Foy, Les Presses de l'Université Laval, p. 193-204.

Voyages en France, *La Normandie*, Paris, Larousse.

Voyages en France, *La Bretagne*, Paris, Larousse.

Reveillard, E, « Samuel de Champlain, de Brouage : ses origines et ses affinités protestantes », *Bulletin de la Société de l'histoire du protestantisme français*, avril-juin 1931, p. 167-192.

Actes notariés : Actes d'exhérédation d'Hélène Boullé

Contrat de mariage entre Samuel de Champlain
et Hélène Boullé

Testament de Samuel de Champlain

Contrat d'engagement d'Ysabel Terrier.

Table des matières

Personnages historiques   9

Prologue   11

PREMIÈRE PARTIE
Au Champ de l'Alouette

1. La poule   15
2. Le marché   26
3. Le pigeonnier   36
4. Le don   44
5. Le cheval de bois   54
6. L'ami   66
7. Le miroir   77

DEUXIÈME PARTIE
L'éveil

8. L'alliance   91
9. Séléné   104
10. Sœur Bénédicte   114
11. Passages   121
12. La mélodie du grillon   138
13. Droits et volontés   148
14. Renoncements   164

TROISIÈME PARTIE
Les ressacs du cœur

15. Le poison du doute   183
16. La hongreline   195
17. La « Perroquette »   215
18. Noël   224

19. Au bal du printemps   245
20. L'écorchure   264
21. Sous la voûte céleste   280
22. Le présent   295
23. Cohabitation   303
24. Vents d'automne   319
25. Le toit du monde   335
26. Les gendarmes   357

QUATRIÈME PARTIE
L'errance

27. Le marais salants   367
28. La sirène d'or   388
29. La Saint-Joseph   410
30. La Dame blanche   429
31. Mariage   460
32. La Saint-Nicolas   472
33. Monsieur de Bichon   500

CINQUIÈME PARTIE
Sous le ciel normand

34. La marraine des Andelys   517
35. Le bosquet des dieux   542
36. Honfleur   555
37. Fleurs de pommiers   580
38. L'Éden   602

SIXIÈME PARTIE
La dérive

39. Au-delà de soi   611

SEPTIÈME PARTIE
Ancrage

40. Touchée!   639
41. La robe de peau   665
42. La grande aventure   683

Remerciements   697

Bibliographie   699